Snow
Town

# 雪都

郑闻汐 著

中国工人出版社

**图书在版编目（CIP）数据**

雪都 / 郑闻汐著. -- 北京 : 中国工人出版社，2021.12
ISBN 978-7-5008-7767-7

Ⅰ. ①雪…  Ⅱ. ①郑…  Ⅲ. ①长篇小说—中国—当代  Ⅳ. ①I247.5

中国版本图书馆CIP数据核字（2021）第237065号

雪　都

**出 版 人**　王娇萍
**责任编辑**　傅 娉 严 春
**责任印制**　黄 丽
**出版发行**　中国工人出版社
**地　　址**　北京市东城区鼓楼外大街45号　邮编：100120
**网　　址**　http://www.wp-china.com
**电　　话**　（010）62005043（总编室）　（010）62005039（印制管理中心）
（010）62379038（社科文艺分社）
**发行热线**　（010）82029051　62383056
**经　　销**　各地书店
**印　　刷**　三河市万龙印装有限公司
**开　　本**　710毫米×1000毫米　1/16
**印　　张**　24.5
**字　　数**　440千字
**版　　次**　2022年2月第1版　2022年2月第1次印刷
**定　　价**　56.00元

# 序

如果按市场上的文学作品分类，《雪都》应该算是校园小说。校园小说，在一般人的印象中不外乎一段断而又续的友情、一场轰轰烈烈的爱情、一些少年时代的温情。但《雪都》给我的感受和上述的几种印象都不太一样，这部书完全没有以上诸类似曾相识的桥段。我想其原因主要有两个方面。

一是小说故事源于真实的经历。《雪都》中的很多故事都改编自作者高中生活的真实片段，故事的一点一滴都渗透着作者高中时代的深刻印记。我还记得，作者在创作最后一章前，特意赶回自己的高中，枕一湖清色，作遥远追忆，信笔而书，款款而就。而另一件值得提起的事是，在阅读香港中环和深南大道的相关段落时，我的眼前俨然出现了当地的景象。我于不久前刚去过那些地方，因此对那些地方的景色记忆犹新，而书中对建筑、街道的描写与实地景象分毫不差。由此足见作者从前游历那些地方时，必然在那些地点徜徉良久，感触颇深。于是，这部小说与其他的校园小说有很大不同就不难理解了：每个人都有自己独属的经历，又怎会落在笔端，千篇一律呢？

二是作者的留学生活为作品提供了非凡的素材广度。虽然这本书名义上是校园小说，但是内里空间并不局限于校园，事实上，它天南地北，皆有所括。跟随书中的文字，读者时而穿梭于波士顿大都会的林立高楼之间，忽而又行走在北京林荫掩映的胡同之中。景象的纷繁变幻，使人应接不暇。基于这样的地域广度，本书也针对性地呈现了不同地域的社会文化，使内容饱满不枯燥。将这两个方面结合起来，就解释了为何本书是一部非典型的校园小说。

作者在创作这部小说期间，只将它在小范围内分享。我是最早看到这个故事的几个人之一，有幸见证了它完整的诞生过程。写作期间，我在中国，CZ（作者）在美国——这两处所在也是小说故事的主要发生地。每天下午，我都能准时收到一章更新，日日如此，未有例外。以时差推算，作者是在夜色稠浓之时起笔，于天光初现之际停笔的。CZ 基本上以一天一章的速度产出，有时我的阅读速度甚至赶不上她的写作速度了，当我还徘徊在太平山顶俯瞰港岛风物时，齐粤已经快要同 Rose 分而复合了。如此高效而兼具质量的创作，实在令人钦佩不已。

这部小说的创作过程是愉快而轻松的。每当新的一章出炉，就会迅速在第一批读者圈子里掀起一股热议浪潮。新来的女生是什么来头，会成为关柚的死党吗？关柚的团队能闯进数学竞赛的决赛吗？齐粤和丛邵东有什么恩怨？也真是难为作者了，她每天要接到无数个问题却又因为故事进程不便立刻给出答案。此外，很多故事情节也被我们津津乐道。像“金童玉女”已经被我们自作主张，奉为本书的一大经典片段。说到愉快和轻松，当然绕不开故事里的开心果康俊文。根据截至目前为数不多的读者反馈，康俊文似乎在读者间很受偏爱。其实不只是读者，作者也很喜爱康俊文，她借康俊文实现了很多幽默的构思，为这部作品增添了不少滑稽的场面和温暖的力量。

我在本文开头所写的几种可以明确定义的情感，在本书中都难以寻觅，因为书中的数组情感太难定义了。例如，关柚和丛邵东后期发展出的感情，似乎是爱情，又不太明晰，有点懵懂，有点朦胧。又如，杨景涛和杨萱的感情，有爱情之名，但在旁人看来，又不像是通常意义上两情相悦的爱情，更像是一对欢喜冤家阴差阳错地走到了一起，何况，杨景涛自己也对于他是不是真的喜欢杨萱这件事有些犯迷糊。再如，关柚和 Rose 的关系，她们是最好的朋友，也是最大的对头，她们互相扶持，也相互诘难。这种存在于女生之间的微妙而玄奥的朋友关系或许不甚明朗，但读者却不难体会。这些情感，看似驳杂，实则真实，世事人情本就纠缠交错，哪来那么多的非黑即白？

除难以界定的情感外，“成长”也是本书中值得读者关注的一大主题。当读者们来到最后一章，请不妨把每个人物的状态同他们初登场时的样子做一下对照，如此便会惊讶地发现：书中的每个人都变化了很多，或者更准确地说，成长了很多，但是，从人物的言谈举止间，读者又一定能够确信这个人就是曾经的那个“他”。书中角色的成长，当然离不开身边人的影响，而这种身边人的影响往往并不是单向的，而是双向的。在阅读本书的前半部分时，我曾同 CZ 说，对关柚来说，丛邵东真像一位不挂名的“导师”，每当关柚迷茫困惑的时候，他就会适时出现，为柚子指点迷津。CZ 回应道，两个人平等着对话才有看头，这只是前期而已，后面会更精彩。果然，到后面随着情节的展开以及关柚的逐渐成熟，她又开始在不经意间向丛邵东施加影响。到最后，也不知道是导师改变柚子多一些，还是柚子改变导师多一些。作者似乎借此传达了成长的密码：势均力敌、棋逢对手，总是好过予取予求，平衡的关系才有助于人的成长。

异国文化的碰撞与交融也是本书的看点之一。从中国到美国，关柚一下置身于一个社会文化背景迥异的陌生环境中，她该如何生存、如何生活？我一直相信，真正的距离不是地理意义上的，而是文化意义上的。中美文化的差异太大，前者厚重敦和，后者热情进取。对于留学生来说，在这两种文化的夹层中作取舍与调和，是最大的难题。因此我认为，关柚在少年时代最大的成就并不是获得了什么奖，或是在校园中赢得了怎样的声望，而是在充分理解两种文化的基础上，找到了属于自己的位置。不同文化背景滋养下成长起来的读者群体都可以通过关柚的故事，增进对其他文化的理解。我相信，不管对于中国人，还是对于美国人，书中的故事都具有充足的新鲜度，足够他们饱餐一顿，兴尽而归。

我能想到的暂且就这么多，再多说只怕有碍其他读者的阅读体验，所以我还是点到为止，其余妙趣还请书友们自行探寻。探寻的过程必然畅快，我却深知，作者对这部小说付出的心血非比寻常。如今这部心血的结晶终于修成善果，得以问世，我想最高兴的应该是康俊文吧，不然憋了一肚子话却无处倾吐的他一定难受坏了。庆幸的是，现在他不仅可以说话了，而且将拥有更多的听众。我作为第一批读者之一，很是为他开心。

小狼<br>二〇二〇年七月十七日<br>于中国北京

# 目录

The Greatest

– Sia

Uh–oh, running out of breath, but I

Oh, I, I got stamina

Uh–oh, running now, I close my eyes

Well, oh, I got stamina

And uh–oh, I see another mountain to climb

But I, I got stamina

And uh–oh, I need another lover, be mine

Cause I, I got stamina

Don't give up, I won't give up

Don't give up, no no no

Don't give up, I won't give up

Don't give up, no no no

I'm free to be the greatest, I'm alive

I'm free to be the greatest here tonight, the greatest

The greatest, the greatest alive

The greatest, the greatest alive

……

# |一万公里远|

到机场的时候一切还像是梦一样，未来显得那么遥远而不真实。

读完高一再去美国读一遍高一，这被人们普遍称作“十升十”。而对于关柚来说，她从没想过自己会有一天真的在高中时代就踏上去大洋彼岸独自求学的征途。出国留学这样的重大人生决定，好像就是一句话、一张机票的事。

一年前左右，某个周五放学回家的路上，爸爸忽然问她想不想出国念书，关柚回答不知道。于是，这个答案交换来的就是两周之后父母商量好送她去美国的结局。接踵而至的就是她在应付学校功课的同时开始准备各种出国事宜，包括托福、SSAT，以及各种奇葩的学校小作文题目。然而终究还是玩儿心太重，最终只申请到了一所比较普通的美国高中。

听说美国的高中除前二十那种出类拔萃的外，剩下的排名 20—200 的学校都大同小异，也不知道是真是假。不管怎么说，只能上一所排名 100 左右的学校，关柚心里并非不失落：好歹自己中考成绩也是名列前茅，现在也是上着北京市重点高中的国际部。

等一切都准备就绪，一整个暑假都在和各位朋友告别，离开的日子不远了。

对于出国上学这件事，其实关柚心里是高兴的，很高兴，因为对她来说，离开家就意味着自由。因此，和很多留学生的感伤离别不同，前一天晚上她还特意发了一条朋友圈，写道：出国留学对我来说就是终于可以离开家了！

这次初去美国上学，爸爸妈妈陪同她一起去学校。

看着爸爸正在把自己超重的大行李箱搬上托运柜台的传送带，一切又显得不真实了起来。

这就真的要走了？

排队登机的时候，关柚的前面站了一个高个子男生：穿着灰色的乔丹帽衫、黑色宽松运动裤，还戴了个棒球帽。本来也没什么特别的，可那男生摘下帽子把玩，结果帽子被他一个没拿稳甩了出去，正好掉到关柚的脚边。

她蹲下捡起帽子，递给他，才看到了那个男生的脸——他的脸很干净，五官端正，整个气质散发着一种清新的神采奕奕。不能说是很帅，但浓眉大眼，看起来有种光芒。

他接过帽子，冲她笑了一下。那个笑容是很大、很鲜明、很阳光的那种，嘴一咧，露出几颗白牙，连眉眼也是带着浓浓的笑意，清澈见底。这笑容让关柚一下子觉得心里一暖，仿佛是冬日坐在咖啡馆窗边晒着太阳，透过偌大的透明落地窗看街上的行人来来往往那种悠闲又温馨的感觉。

回过神的时候队伍已经在往前移动，眼看着就要到登机口了。

真的要离开了。

关柚的位置是靠窗的，爸爸妈妈坐在自己旁边。

离开，就是另一种开始。

这次之所以伤感，大概是因为路程远、时间长。虽然理论上三个月之后的圣诞假就可以回国，但毕竟这未来三个月是个完完全全的未知。说实话，加上对英语本身就有的恐惧感，关柚此时的心情并不是那么美好。

她掏出 iPod，戴上耳机，用音乐充斥耳膜，更加强了回忆的汹涌。

对很多人来说，听歌不仅仅是听歌，歌词、旋律往往会勾起一些回忆，可能是歌词与自身经历的相似，也可能是第一次听这首歌时在某年某月某人的身边。

不知又过了多久，飞机终于起飞了。飞机的轮子滑过地面，忽然一下子，整个机身离地，仿佛心里的很多东西也随之被掏出来甩了下去，留在了这片故土之上。

关柚最后看了一眼飞机下方的北京城，心里默默念叨：再见了北京！随后她转过脸，拉下了小遮阳板。

的确，如果告别过于隆重，就会让本来简单的离别都显得过于悲痛。

飞机的小屏幕上显示，飞行时间 13 个多小时，飞行距离 6870 英里。飞行地图上的距离在一点一点被拉近到纽约。对的，这个航班，从中华人民共和国北京首都国际机场飞往美利坚合众国纽约肯尼迪机场。机票上写的是，PEK —JFK。好吧，其实可能也没多大差别，两个地方只差了两个字母，也就是说，事物和人的相似之处依然有 1/3？关柚无厘头地自娱自乐着。

飞机从地图上来看是离目的地越来越近了，但再一看手表，时间依然漫长。

无聊地翻看一些飞机上提供的没什么好看的电影，关柚一路未眠。

她查了好多次的飞行地图、看了很多次的手表，结果每次以为过了得有一个小时，事实上，时间只过了 15 分钟。

终于挨到纽约肯尼迪机场，她却忽然紧张起来——此刻也是到了大洋彼岸了啊。

其实来美国也很多次了，只是这一次她的身份变了：不再是旅游者，而是留学生了。签证也不再是 B2，而是 F1 了。

走下飞机，一切都是那么的陌生。

相比关柚，爸爸妈妈要应对自如得多。这两人的英语都极好，加上常常到美国出差，关柚就这么眼睁睁地看着父母兴奋地讨论在她开学后他们要开车去哪里转转。

人。黑人、白人、亚洲人，好看的不好看的，各种奇形怪状的人，有的一头紫色头发，有的满手臂的文身，有的鼻子上穿个环下巴上打个钉……这些奇观，看得关柚一愣一愣的。这些奇形怪状的人像是给了她一个下马威，告诉她，美国的社会就是这样的。

以往来美国玩儿的时候，看到这样多种多样的人，关柚不仅觉得美国人很有意思，而且还对这种追求个性和自由的多样性社会感到向往；但当她真的要成为局中人而非仅仅是旁观者的时候，她不禁担心，这种与自己成长的环境截然不同的社会，要怎样才可以不至于格格不入呢？她叹了一口气，不禁变得沮丧起来。

排队过关的时候看到队列浩浩荡荡，比排队坐过山车的人还要多，关柚又开始恐慌。这么多人都要来美国？抬头一看牌子，她又开始打退堂鼓。虽说牌子写得还是比较清楚：美国公民、绿卡持有者、旅游者，但关柚就是担心自己会排错队。当然了，有父母在身边，她是不用太担心的，但是他们不在的时候自己要怎么办呢？

这还是自己 16 年的人生中头一次有这种即将独当一面的感觉。

这感觉是多重的，是复杂的，就像香水一样：前调是兴奋自豪，中调是恐慌，后调是彷徨。

“欸，你。”一个梳着朋克头的年轻女工作人员喊道，撞上关柚畏惧的目光，“对，就是你，这边！”她伸手示意关柚去入境的某个窗口。关柚吓得一愣，站在原地不知所措。“走啊！”爸爸在前面叫她。关柚这才怯怯懦懦地挪动着步伐，心中却在打鼓，想着自己不会因为听不懂要求而被遣送回国吧……好在顺利过了关、提了行李。

最后的最后，推着自己的粉色行李箱走出海关的时候，关柚盯着那个高大的胖胖的黑人工作人员，戴着帽子和手套，穿着制服，一本正经地执行着自己的工作。他目不斜视，机械化地用黑人口音的英语说着“thank you”，一遍又一遍，好像根本就不在乎刚刚递给他单子的人是谁、长什么样子，甚至那张单子上究竟写了些什么也都不大重要。

出了海关的这最后一道门，就正式踏上了美利坚合众国的国土。关柚看到墙上一行巨大的字：Welcome to America!

Welcome？还叹号？真的吗？关柚想想每次来旅游时那些态度不耐烦的黑人收银员或者是对她看都不屑一看的纽约曼哈顿的白人女孩，这种冠冕堂皇的字眼对她来说就显得格外的刺眼。

叛逆的关柚环视了一下四周，确定不会有警察把自己抓起来之后，拖着箱子飞快地跑到墙边，在墙上的“welcome”上狠狠拍了一下，然后又飞快地跑开了。

“干吗呢你？”走出好长一段的爸爸看到女儿还没跟上来并且在后面鬼鬼祟祟的，回头催促了一句，“快走了，你这么慢的话一会儿出租车排长队！”

关柚这才悻悻地恢复正常，心中却为自己刚才的壮举而沾沾自喜，感到无比自豪。

妈妈不像爸爸走得那么快，因此她目睹了自家闺女这豪放的全过程，哭笑不得：“还美呢你，别一天到晚在外面丢人了你。你这样我怎么放心啊？不被抓起来我就谢天谢地了！”

关柚咧嘴一笑，心里对自己的勇敢满意得很。

然而，环顾着身边来来往往的人，关柚再一次真切地意识到：此时此刻，自己离家有将近一万公里远。

# |初来乍到|

从机场取了车，关柚随父母一路向北来到了她高中所在的小镇。

下了高速公路后，沿途的风景是大片的田地。正值金秋九月，一条小路延伸得望不到头，只有这一辆车在油画般的天空蓝和田野的金色中奔驰着。田野里的是麦子吧，或者玉米？这些作物长得又浓厚又茂密，是无边无际的乡村景色。

车再继续往前开，路又变窄了些，路上还有些坑坑洼洼起伏不平的地段，偶尔能听到路上飞溅起来的沙子、石子敲击着车的声音。天空变窄了，遮住视野的是整齐排列的树。这些树长得好高，光秃秃的树干，硬挺的枝杈直冲天际。大概是因为纬度变高的缘故，这些树并不是阔叶的，叶子虽不是针叶，但也小小的，远远望去看不见，只是碧绿一片。可惜没有花，清一色的绿色配上公路的灰，终究是单调了一点。

似乎是进了山区，路开始绵延起伏了起来。有时候拐弯之前完全看不到前方的路，但随着弯道的箭头行驶，前面的方向又会一点点被葱郁的树吐出来，然后广袤无垠的金黄色田野又露出来了。

这镇子真小。

爸爸带关柚开车沿着村里唯一的主干道一直走，没过两分钟就从东横穿到了西边。没有喧闹的人群，没有酒吧、KTV 等场所，看来这前不着村后不着店的小镇子还真是个潜心学习的“圣地”。

学校紧邻一个湖，中午的时候阳光洒在湖面上，波光粼粼，带着微风，湖水一起一落，像海水一样卷着浪花冲击到沙滩和木桥上。

教学楼坐落在校园的正中央，一座大楼，复古的墙壁，上面是密密麻麻缠绕着的爬山虎。脚下的砖瓦，看起来也都是有些年代的。

可能因为还没开学的缘故，学校里的人还不多，偶尔才碰到三三两两走过去的几个美国学生：男生运动范十足，女生穿着裙子，长发披肩。亚洲面孔也有几个，看起来像是和关柚类似的中国家庭。

咦！那个男孩！看着怎么那么眼熟？穿着灰色的乔丹外套，戴着棒球帽，那个高个子男生走在他父母中间……

“我们是不是见过？”他看到关柚后停住了脚步，率先开口。

“好像是见过……在机场！”关柚睁大眼睛，又犹豫着回答。

“啊，是你！”他笑了，笑容绽放的一瞬间暖得可以媲美正午的太阳。

“是啊，这也太巧了吧！”关柚惊喜地大笑，“你叫什么名字？”

“我叫杨景涛，Ben，你呢？”

“我叫关柚，柚子的柚，英文名叫 Jessie。”关柚的嘴角咧得很大，颇有种他乡遇故知的感觉。

两家父母也迅速地熟络起来，聊着天。关柚是北京人，而杨景涛是深圳人。杨景涛的妈妈还很自来熟地跟着关柚的妈妈叫起了她的小名，柚柚。

“这孩子真是让人喜欢，长得就讨喜，性格又机灵。”杨景涛的妈妈长卷发松散地梳在脑后，穿着碎花长裙，慈眉善目的。她看到梳着马尾辫，穿着白 T 恤和牛仔短裤的关柚，觉得这是一个大方、体面的女孩子，对她颇为欣赏。

关柚的爸爸客气地接话：“唉，到了寄宿学校看能不能快点独立吧。”

“没问题。”杨景涛的爸爸走上来，“两个孩子今后互相照应着，在海外也是有个伴儿。”

和杨景涛的“认亲”过程刚让关柚在陌生的环境中找到一点安全感，她就在接下来的第一场新生活动中闹了笑话。

大家聚在一起做游戏的时候，关柚对很多单词都反应不过来，因此她每一次的反应都很迟钝。有些人名她从来都没听说过，比如西班牙语发音的“Jose”，关柚照着英文发音念，却惹得美国同学一阵爆笑。另一个名字，“Juan”，看起来更让她不敢念。这是什么？……砖头的“砖”？她索性不念了，但这又让身边的人误解为她大概不是性格内向就是不好相处。

终于熬到了中午吃饭，可是要用英语和这么多陌生人集体交流，关柚还没踏进食堂就已经紧张得没了食欲。

取餐的时候，关柚恭敬地指着豆芽菜说：“请给我一点 spouse。”

“你说什么？”身后的一个棕色卷发女生强忍着笑，“你是想说 sprouts？”

关柚愣了愣，疑惑地看着她。

“sprouts 是这个蔬菜，spouse 是你要结婚的人。”女生解释着。

关柚顿时脸红，觉得自己出了洋相，而身边的其他同学一个个在旁边偷着笑。但也因此觉得关柚是很有趣的人，主动走上来打招呼。

几经波折，关柚回到座位的时候其他同学饭都快吃完了。

新生活动里唯一的收获是认识了一个中国男生——王沐成。他也是北京人，个子不高，微胖，戴一副黑框眼镜，穿了一件浅蓝色 Polo 衫，看起来憨憨的。

到了晚上的新生欢迎 BBQ 晚会，由于听说是稍微正式一点的晚会类场合，关柚特意换了条裙子，把头发也散了下来，还穿了新凉鞋。

她老远就看到了杨景涛，他坐在那里和一个男生在聊着什么。

杨景涛对面的男生穿蓝色经典条纹衬衫，袖口挽到一半，配一条米色短裤再加一双休闲鞋，可以看出是个讲究的人。

“聊什么呢？”关柚倒了杯果汁走过来坐下。

那男生抬起头，规范的平头、皮肤偏黑，不戴眼镜，看起来斯斯文文的。

“聊游戏呢，《英雄联盟》。”杨景涛咧嘴一笑，往边上挪了一点让出一些空间，关柚便在他身边坐下。每次看到他的笑容，关柚都觉得整个世界好像被照亮了，对陌生的环境也没那么惧怕了。

“你好，我叫谢诚。”对面的男生礼貌地打招呼。

“你好。”关柚笑笑，随之也报上姓名，并问，“你是哪里人啊？”

“看不出来吧。”杨景涛未等谢诚开口道，“人家可是‘ABC’哦。”

关柚惊讶地挑挑眉毛：“真的啊？”言下之意是，她第一次见到这类人。

谢诚笑了：“我算是半个‘ABC’吧。小时候在美国出生的，但没多久就回国了，杭州长大的，近几年才又回到美国读初中。”

“这个学校的篮球好像特别强啊，听说校队好多人毕业后进了 NBA？真的假的？”

远处飘来零零星星的中文，好像是在讨论篮球。来人是王沐成和新生女生 Kelly。

王沐成看到关柚，打了个招呼。Kelly 性格大大咧咧的，自来熟，齐耳短发，个高、又壮，十足的假小子，也是北京人。后来加入他们的还有一个叫林想的女生，齐肩发，看起来比较文静，话不多，笑容也不多，和杨景涛同乡，是深圳人。

忽然，“嘭”的一声巨响。一个花盆掉了下来。随后紧接着栽进来一个男生。

在座的人都被吓了一跳。

男生倒是一点也不惊慌，在众目睽睽之下讪笑着，还扶着眼镜点头哈腰，像打招呼一样向各位来宾示意，仿佛自己正在演出一般。

喜剧之王。关柚看到他的样子忍俊不禁，心里默默称这个男生为喜剧之王。

喜剧之王走向他们的桌子，关柚看到他衣服上贴着的用马克笔写的名牌……什么？Chun-Man？

她疑惑地看着他，他正冲她讪笑。

“你叫什么？”她狐疑地盯着他的名牌。

“这不是写着呢嘛，自己看啊。”他答得不慌不忙。

“你姓什么啊？”她继续问。

“我姓康。”他一脸友善地微笑着，看起来人畜无害。

旁边的谢诚已经笑得前仰后合。他都能预感到这家伙接下来又要玩什么把戏。

果不其然。

“康……康纯满？”关柚小心翼翼地猜着。

喜剧之王眼睛一眨一眨的，并不作答，却在纸上写下另一个拼音问她：“那这个呢？”

看着纸上的字：Tai Wai，关柚眯起眼睛，这都什么跟什么呀？

“康——”

“噗！”杨景涛一口可乐喷出来喷了康纯满一裤子。

“哈哈哈哈！”几个人纷纷大笑起来，看着像尿了裤子一样的康纯满。他倒是一点也不生气。

“什么康太歪呀。”杨景涛赶紧赶在关柚出更大的洋相之前制止了她，又转向康纯满，试探着问，“这个是……康大伟？”

“欸，你也讲广东话吗？”康纯满顿时换了粤语开始和杨景涛对话。

杨景涛摆摆手：“深圳人，只是皮毛，略知一二。”

“行了你。”谢诚强忍着笑，捂着肚子砸了康纯满一拳，“你这家伙又来骗新生，我就知道你憋着一肚子坏水。”然后他看向关柚，解释道，“他啊，叫康俊文。他爸是香港人，所以他名字是粤语拼音，不过他爸后来做生意就搬到广州去了，他妈又是北方人，所以粤语普通话都讲的。”随后又补充，“你别理他，他就这样，一天到晚没个正形！”

看两人打打闹闹，关柚猜他们关系一定很好。而康俊文的着装，一件不知道是什么公益活动发的快要穿烂了的 T 恤加一条看起来和中国校服一样的裤子，看得关柚简直收不住嘴角的笑。

康俊文也打量着她，两只小眼睛闪着贼兮兮的光，眨巴眨巴的——关柚又惊人地发现，他的眼镜竟然只有一条腿！

她笑得幅度更大了。

“哟，都在呢。”一个白白净净穿着白衬衫打着领带又梳着油头的男生出现了。

“别来无恙啊，肖恩。”康俊文还是一脸亦正亦邪的笑容，让关柚分不清来人是敌是友。

肖恩神情傲慢，只是微微颔首，把在座的几个女生打量了一圈，最终目光又落回到关柚身上。

经过几轮谈话，关柚搞清了状况：Kelly 和林想是九年级新生，她、王沐成、杨景涛是十年级转学生，而康俊文、谢诚和肖恩是十年级在校生。

微风掠过，桌上的纸巾被轻轻掀起一个角。才九月初而已，但七点多的新英格兰小镇已经开始透着些凉意。倒也不冷，不过是在氤氲着热浪的黄昏，微风钻着一个一个空子，时不时带来些秋高气爽的气息。

杨景涛提议和关柚去湖边走走，两人便先离席了。

康俊文可没闲着，目光来回闪烁，等他们走后，趁众人不注意，猛地凑到谢诚耳边窃窃私语：“谢诚谢诚，你看你看，关柚和杨景涛。”他念两人名字的时候还故意放慢了语速，一字一顿。

“知道！又不瞎。”谢诚拖着长声拍了他一掌，“你八卦娱记的本质又暴露了啊。”

天边的太阳在缓缓下沉，金黄色慢慢变成土黄色，外围的光圈暗淡了下去，又变成深红色，似乎也没那么刺眼了。这里的太阳看起来比北京的远一些，小一些，好像也更亮一些？但怎么又总有种孤独的韵味。

“所以你为什么来美国读书啊？”两人肩并肩走的时候，关柚问杨景涛。

杨景涛耸一耸肩：“在国内成绩不够好呗。”

每当别人说自己成绩很好或是成绩不好的时候，关柚都不知该如何接话才合适，于是她只能适当地转移话题：“那你有没有自己最喜欢的学科？”

“有啊。”杨景涛即刻恢复了灿烂的笑脸，“数学，我喜欢数学。”

“数学？！”关柚叫了出来。好吧，其实男生喜欢数学也没什么太让人大跌眼镜的，只不过对于她自己来说，数学完全就是一个折磨人的学科。

“那你中考数学多少？”关柚自然而然地往下接着问，不过意识到好像不太礼貌，于是又补充，“呃，不方便说也没关系。”

“没什么不方便说的，”杨景涛满不在乎地回答，“数学嘛，满分。”

“满分？！”关柚惊讶得近乎是笑了起来，侧身看着杨景涛。他那么高，她的视角自然而然成了仰视。夕阳的最后一点余光洒下来，正好勾勒出杨景涛侧脸的轮廓。

“是啊，哈哈哈。”杨景涛也笑起来，“你呢？你喜欢什么学科？”

“我本来是最喜欢语文的，”关柚收敛了笑容，“可来了美国……唉，说这个也没意义了。”

“怎么会没意义，”杨景涛正色道，看着她，“既然是喜欢的东西就坚持下去。”

关柚点点头，“我不会放弃的，”接着又问他，“那除了数学，你平时还喜欢干什么？”

“我？打游戏咯！”杨景涛笑起来，脱口而出。

关柚发现他笑起来时嘴边还有两个浅浅的小酒窝：“你不喜欢打篮球？”

“没那么喜欢。看看篮球还行；打嘛，也就是跟朋友在一起的时候，大家都打，我就跟着打，打发时间罢了。”

“哦，我以为男生都喜欢打篮球呢。”

“是啊，我以前也这么以为，直到我发现自己竟然不喜欢。”

“那你打什么游戏？”关柚好奇。

“什么都打。最喜欢的嘛，英雄联盟吧。”

不知不觉中两人就走到了湖边，天空的一半被霞光染成了粉红色，又有些发紫。眼前的天际线和湖水渐渐融合成一片，已经看不出分界线了。远处的树也开始变成模糊的黑色影子，只能依稀看出轮廓了。

耳边是湖水拍打着沙滩的涛声，空气中还有夏日湖边那种特有的味道，潮湿、略带腥气，却不惹人厌烦。

凉意似乎更重了一些。关柚不禁抱紧了双臂。

“欸！你看，那竟然有个篮球场！”关柚惊觉。

杨景涛顺着她的目光看过去——还真是呢，湖边的篮球场。还有个人在打球？

那人远远的，看不出样貌，但是他一下一下地有律动似的拍着球，不停息地奔跑着。走近些似乎能看到他的脸，是个亚洲人，看起来身材高大，皮肤黝黑。

“Joey！”他的同伴叫他，用英文说着些什么。他好像摇了摇头，没说什么话，只是沉默地继续独自打着篮球，背拱起来的样子逆着光，像一道剪影。

关柚被那孤独的身影吸引，看得有点入迷。

“哎哟，原来你们在这儿呢！”

两人闻声先是吓了一跳，随即转过头，发现身后走来的是一众家长。其中有关柚的爸妈、杨景涛的爸妈，还有 Kelly 那个有相声演员天赋的妈妈。

一愣过后，还是关柚先反应了过来。她转头看看身边还傻傻站着的杨景涛，对着家长们挤出了一个标准笑容——这笑容她从小就会，在家长面前百试百灵，人见人爱。

家长们果然买账，笑得也是无比灿烂。

Kelly 的妈妈又一次不负众望地添油加醋道：“还真是金童玉女呢！”

众家长都跟着笑起来。

关柚偷偷瞄了一眼爸妈，发现妈妈竟然笑得正欢；一群人里，唯有自己的爸爸神情略带尴尬。也就是说，另一个角度来看就可以推测出杨景涛的爸妈都在笑。关柚满意地舒了一口气，这说明他们还是挺喜欢自己这个女孩子的。

结果，从这第一晚起，托 Kelly 妈妈的福，杨景涛和关柚两人便莫名其妙地正式被家长们用“金童玉女”相称了。

# |风度翩翩|

第二天一早，新生见面会。关柚和杨景涛一起进场，这还是他们第一次进学校礼堂。人声鼎沸的会场，关柚老远就看到了冲着他们挤眉弄眼的康俊文和谢诚。

招生办主任上台开始讲话，内容无非是冠冕堂皇地欢迎新生，她讲完后则是校长、年级主任、国际生主任等领导。

“好长啊。”关柚在杨景涛耳边窃窃私语。

“嗯，看看再等一下就开溜。”杨景涛已经偷偷摸摸拿出了手机开始玩游戏。

“下面有请优秀学生代表上台讲话。”

“啊！”新生都在低声抱怨。

听了一个成绩很好的女生讲话，又等过一个体育特长生男生的演讲，关柚实在是烦了。

“下面有请国际生代表 Joey 上台。”

关柚推推杨景涛：“要不我们溜吧！”

杨景涛看看台上，赞同地点点头。

两人刚要起身，Joey 上台了。是个亚洲人。

这男生穿着黑色的 Polo 衫，米色裤子，唯一的装饰是手腕上黑色粗带运动手表。关柚推测他大概是个生活简单、做事井井有条的人。

他上台的时候背挺得笔直，昂首挺胸的，看起来很是自信，步伐稳健，不快也不慢，一切真是太恰到好处了。头发是平头的式样，但比寸头又长了些许，有一点点似刘海一样的额发。

“走啊！”杨景涛已经起身，结果一回头发现关柚还愣在原地。

关柚却改了主意：“等等吧，再等等。”她一把把他拉回座位上。

“什么情况？”杨景涛不满。

那男生走到聚光灯下，站定，拿着演讲稿的手臂显出好看的肌肉线条。一点都没有健身房做作包装过的痕迹，完全是纯天然靠运动形成的。他拿着演讲稿的手，手指修长。也许是篮球运动员？而且他虽然拿着演讲稿，却看都没看，在台上大方轻松地侃侃而谈，声音低沉，语调流利，发音又字正腔圆。关柚猜他大概是个亚裔美国人？

他的脸在灯光下显得清晰。她虽然坐得不是很近，但可以看到他脸上分明的棱角，看起来是个雷厉风行、很果断的人呢。

终于散场了。几人走向后排的家长们的时候，听到他们也正在议论刚到台上的那个亚洲男生。

“是北京人？”

“是北京人，没错。听说成绩特别好，篮球打得也好。”

“可不是吗，篮球 A 等赛队历史上唯一打进去的纯国际生亚裔。”

听到家长们的只言片语，康俊文笑嘻嘻地给新生们解释：“就刚才台上最后讲话的那个男生，Joey，中文名字丛邵东，十一年级的学长。GPA 每学期都拿奖，篮球 A 队队员，还是国际生协会的副主席。”

“啊？是中国人？”关柚惊叹，忽而又想到 Joey 这个名字……听着好耳熟。

“欸，Joey！”看到丛邵东经过的康俊文叫住他。

啊！关柚想起来了，是昨天在湖边独自打篮球的人！

丛邵东朝众人走过来。

“大家都想认识一下你。”康俊文笑眯眯地看着他。

丛邵东面无表情，只是对康俊文挑挑眉毛。

“毕竟你太优秀了嘛！”康俊文用粤语讲道，做出一脸娘娘腔的傲娇表情，继续解释，“他妈是广东人，所以他也讲粤语。”

喔，还是双语。关柚顿时对这个学长肃然起敬。

看着他走近，关柚感到他身材高大又风度翩翩。

正想着呢，丛邵东的脸映入眼帘。

“你好。”他伸出手正和众人一一握手，现在轮到她了。他依旧是面无表情，言行沉稳，像个大人一样；给人的感觉疏离，但礼貌分寸却恰到好处。

关柚犹犹豫豫地握上他的手，对这种成年人的问候方式还不是很习惯。

“你叫什么名字？”他问道。

“啊？”她嘟囔着答，“关柚，柚子的柚。”

柚子的柚？丛邵东勾了勾嘴角，收回手。

关柚又偷偷仰头望了他一眼，这种有力度、没长度的握手方式嘛，说明这个人有真心、没耐心，放大一点说，就是他不是一个虚伪的人，但也没有多少热情。

他又被家长们围起来问了些问题，而关柚随着同学们一起先往食堂的方向走去吃饭了。

“Rose 姐！”

正前方款款走来一个好看的长发女生，穿着大号潮牌 T 恤、黑色皮短裤、短靴，和杨景涛一样戴了顶棒球帽。她的长直发浓密、披肩，挑染着一缕粉色、一缕紫色，还戴着夸张的银色圆形大耳环。

“你就是 Jessie 吧。”她朝关柚笑了笑，“我叫 Rose。”说着便在关柚身边坐下。

她五官不算精致，但棕色的网红直眉、烟熏妆般的眼线、烈焰红唇，这精致的妆容和一身行头让 Rose 看上去就是一个标准的美女。

“哎呀又是 pasta，”Rose 脚一跷，抱怨着，“食堂真是越来越没得可吃了。”

“要吗？”一个男生晃晃手里的零食，“我从国内带来的。”

Rose 眼睛一亮，妩媚地笑笑，“早说啊！”接过他递来的东西。

“哎，就知道跟 Rose 姐献殷勤！”旁边女生不满道。

“你也有份！”男生大笑着又掏出一包。

杨景涛、Kelly、林想走过来也纷纷和 Rose 打着招呼。关柚想不明白他们是什么时候认识的，这么快就熟络了？

又有几个高年级学姐也坐了过来，与 Rose 聊着韩国明星和综艺。

关柚搭不上话，看着几个女生的样子，也没有很想去和她们交好，只是有一搭没一搭地和杨景涛、谢诚聊着天。

说话的间隙，丛邵东走进来，和迎面而来的几个高大的美国男生打了招呼，看起来关系不错，随后几个人就坐在了一起。

康俊文注意到她的表情变化，看了看丛邵东，又别有深意地看了看关柚，却没说话，只是低下头继续自己看着手机傻笑了。

“要不要吃蛋糕？跟我一起去看看甜品？”Rose 忽然转过头微笑着问关柚，友好的态度让关柚难以拒绝。

两人离桌后，一个高年级女生开口：“她叫什么？Jessie？怎么现在新生都这么目中无人，招呼也不打一个。”

另一个女生翻翻白眼：“就是，以为自己是谁啊。”

谢诚听到争论，刚想说点什么，Kelly又开口了："是啊，傲得很。从新生见面会就很少跟我们搭话，一副自命不凡的样子。"说完还不作罢，看向杨景涛，"是吧，杨景涛？"

"啊？"杨景涛突然被卷入谈话，没反应过来。

"我觉得还好。"谢诚撇撇嘴。

"是啊，跟我一个组的，我觉得人还行啊。"接话的是王沐成。

"哟哟哟，"Kelly真是继承了妈妈的相声演员天赋，"刚来这么两天，把男同胞都笼络得不错啊。"

一个学姐看看杨景涛，勾一勾嘴角："怎么，想当公主的护花使者？"

Rose虽然看起来浮夸又强势，但相处下来关柚感觉她还算热情友好。Rose是上海人，单亲家庭——这一点她好像也不介意讲给一个刚认识的人。聊下来还发现，两人竟然是同一个宿舍的。

回到宿舍后，关柚算着这个时间室友应该已经到了，不知道是不是个美女呢？她心里期盼着。

可结果总是令人失望的。

一推开门，映入眼帘的是室友的虎背熊腰——她一转脸，脸上的肉也堆成了一堆。这张脸无疑跟"好看"二字是丝毫扯不上关系的。

这个深棕色头发的卷毛室友，一笑起来却蛮可爱："你好，我叫Sabrina，来自新墨西哥州。很高兴认识你。"

关柚也不敢怠慢，连忙伸出手与之相握，一天下来，关柚已经渐渐习惯美国人这种握手礼仪："你好，我叫Jessie。我来自中国，也很荣幸认识你！"

关柚的语气真诚，这倒是真心的；这个室友，虽然长得与美剧里面理想中的女主角相去甚远，但人看起来挺不错，但愿自己以后可以和她和谐相处这一年。

两人竟然还挺聊得来。

这个室友很喜欢中国文化，问了关柚很多中国的事情。她喜欢读中国的史书和兵法，问关柚什么叫"借刀杀人"，又问关柚古代是不是有一个叫诸葛亮的人把另一个人气死了，还问她，西游记里的孙悟空会不会就是传说中在亚洲起源的古人猿。只不过比起中国文化，Sabrina还是对日本动漫更着迷；聊完天后她就自己抱着电脑，蒙在被子里，像一个小山包，时不时传出阵阵抑制不住的傻笑。

她第一次发笑的时候，关柚被这沉默的房间里突然迸发出的莫名其妙的笑声吓了一大跳。

宿舍里，Rose敲了敲关柚的房门走进来，“你刚才不是说没有驱蚊水吗，喏，这是我的，你先用着。”

“啊？没关系的，我——”

“哎呀没事！拿着！”Rose笑笑，把绿色的塑料瓶放到关柚的桌子上，大姐大一样，又问，“有什么要帮忙的？”

看着自己还乱糟糟堆了一地的行李箱，关柚有些无地自容，又不好意思开口。

Rose蹲下，整理着地上的衣服，捡起一件T恤，铺开来，叠好；又从衣服堆里扽出一条裙子，自顾自地说着，“这个可得挂起来，不然就皱了。哎，你看，已经皱了，我要不拿回去帮你熨一下吧！”

关柚站在床前看着得心应手的Rose，暗暗感叹两人自理能力的差距。Rose虽然只比自己大一个年级，却像个大姐姐一样开始照顾她。

“哇，这双凉鞋是香奈儿的啊！”Rose忽然叫起来，端详着箱子里被挤到角落的粉色山茶花编织的凉鞋。

“哎，你放着吧，我晚点自己弄就好。”关柚惭愧地蹲下凑过去。

“跟我还客气什么？”Rose灿烂地绽开一个微笑。

不得不说，Rose的生活能力很强。关柚这些乱七八糟的衣服、鞋子、装饰品、书，没过多久就被Rose打理得井井有条。

“你还缺个烧水壶！”Rose整理完东西，捋了下自己的长发，坐到关柚床上，“我过两天陪你去买吧！这两天你先用我的！”

关柚受宠若惊：“太谢谢啦！”她和Rose并肩坐下，抱着Rose的胳膊，又忽然意识到什么，赶忙起身，“哎呀，我给你拿瓶水！你忙了这么久还没喝水呢！”

“谢谢，”Rose接过水，一双灵动的大眼睛看向关柚，长长的睫毛忽闪忽闪的，“要不要出去走走？”她的开朗、健谈让关柚感到愿意和她聊天、表达自己的想法。

“那些高年级女生好讨厌，一个个长成那个样子，嘴还碎。”关柚嫌弃地抱怨。

“哈哈，”Rose笑，“是啊，所以我们两个做朋友嘛！”

两人一路走一路聊，到了日落时分，刚好是和家长告别的时间了。

杨景涛的妈妈拉着儿子的手，依依不舍的样子：“银行卡、电话卡都给你办好了啊，数学的习题在左手边第一个柜子里，药品在左手边第一个抽屉，还有……”

“哎呀，跟你说一百次了让你别管，你什么都替他做了，他这样能长大吗！”杨景涛的爸爸不耐烦地打断他妈妈，“每次都这样！”

妈妈叹了口气，却继续叮嘱着。

“哎呀妈，好了好了，我又不是小孩子了。”杨景涛敷衍着，掏出刚刚在口袋里振动的手机，看到谢诚约他晚上上线打游戏的消息。什么上学不上学的、在哪上学，反正都得上学呗，真无聊！也就打游戏是他平时闲下来唯一的快乐。

“看什么呢！你妈跟你说话呢！”杨景涛爸爸生气地削了他脑袋一下，凑过来一看又是游戏，更加生气，“就知道玩游戏！”

身边不少美国同学也都在和家长拥抱、告别。

“好好学习啊，少打篮球，”Kelly的妈妈看看比自己高的女儿，语重心长地说，“花这么多钱送你出国是来读书的，别一天到晚不干正经事儿。”

“哎你看你，这都要告别了还总是对孩子这么严厉，”Kelly爸爸摇摇头，拍拍女儿的肩膀，笑着说，“照顾好身体，开开心心的最重要。”

旁边的林想和妈妈拥抱着，红着眼圈，好像很舍不得松开。

“我看见我爸妈了，”关柚对身边的Rose说，“我过去一下。”

“好，”Rose转身，却又回头嘱咐，“等一下国际生协会第一次开会，你别忘了啊。”

“忘不了，会场见！”关柚笑笑。

“笑这么灿烂，是不是觉得终于自由了特别开心啊？”走过来的爸爸调侃着。

“柚柚，看，”妈妈举了举手里一个系着粗布绳子、像灯泡一样的东西，“这是捕龙虾的灯，我们刚才在小镇的商店里发现的，可好玩儿了！”

“哈哈，行，你们这几天就好好玩吧。我明天就开学了，不用担心我。”关柚嘴上说得信誓旦旦，其实心里也打着鼓。

“要尽快独立起来，成熟不是光嘴上说说的。”爸爸临走前留下一句。

真是的，不说让她好好学习的话，也没说照顾好自己一类的，反而在爸爸心里最重要的还是赶紧变独立。关柚笑笑，点头，和父母分别拥抱，算是简单地告别了。

望着他们远去的背影慢慢变小、消失在金色的阳光尽头，关柚忽然又鼻子一酸，有点伤感。

她叹了口气。

国际生协会秋季第一次大会会场。

作为副主席，丛邵东站在讲台上，和另一个副主席——韩国人Jackie一起，在旁边的黑板上列出一些日程安排，也就是 agenda。

“Jessie！”Rose 坐在观众席后排笑眯眯地冲她招手，“帮你占了座位！”

关柚举着一片比萨走过去，看到国际生老师，Mr.Reaves，一个胖胖的中年男人，每天嬉皮笑脸的。关柚觉得他很和蔼，但听 Rose 说，这个 Reaves 是出了名的不负责任——曾经还丢过一个学生的护照。

坐在观众席里，关柚也没怎么听丛邵东在上面叽里呱啦地讲些什么；尽管他的口语真的很好听，好到可以当中国任何一本教材里面的示范带。

“欸，你。”台上的丛邵东盯着下面和 Rose 交头接耳的关柚。

Rose 赶忙推了推她。

关柚恍惚中又被吓了一跳。

“谁叫我？”她小声偷偷问旁边的 Rose，可顺着 Rose 的目光却看到丛邵东。

“What do you think of it?”他举着一根马克笔，懒洋洋地靠在白板前面，点着一个聚餐的提议，似笑非笑地看着她。

啊？

关柚做梦也想不到这位大神学长为什么要在大庭广众之下为难自己。

她连听都没听，哪来的什么想法？一时间，关柚脑袋蒙得很，只听见后排的杨景涛不断提示她，“Good，good，good！”杨景涛的“悄悄话”声音大得简直全场都能听见。

噢，好吧！关柚立刻抓住这根救命稻草，想都没想，脱口而出：“Good!”

全场哄堂大笑。

关柚瞥了一眼丛邵东，他也在笑。

“什么意思啊，故意想看我笑话吗！”一散会，关柚就冲上去质问丛邵东。

丛邵东看着关柚手里揉成一团的吃剩的比萨，皱了皱眉头：“你知不知道这里不让吃东西。”淡淡的语气，没有责备也没有玩笑的意味，就是一个陈述句，不容置疑。

边上有几个中国女生窃笑起来。

“干吗故意找我的碴！”关柚一看丛邵东连回答自己的问题都没有，更加生气。

“我找你碴？我犯得上吗。”丛邵东一脸好笑的样子，拿起书包准备往外走。

“Joey，yours。”那个名叫 Jackie 的韩国人推门进来扔给丛邵东一个苹果。

“Thanks，bro。”丛邵东娴熟地用着一些日常口语，帅气地一把接住苹果。

这要是搁在平时，关柚兴许还会花痴一番，可是现在，丛邵东的一举一动都只会让她心里更加窝火。

就在从邵东把苹果举到嘴边正准备咬的那一瞬间，关柚突然蹿上来一把夺过苹果。从邵东被她这突然的举动吓了一跳。

杨景涛收拾完书包，刚好走过来，看到这一幕，想笑，却又忽然警觉地看了看从邵东。

“怎么了？”杨景涛走到关柚身边。

关柚没有回答杨景涛，而是扬起下巴，斜视着从邵东，学着他的语气：“这里不让吃东西，你不知道吗？”

她挑衅的语气问得从邵东一愣。他不动声色地飞快环视了一下周围的同学，无一不是驻足等在那看着他们这边的戏。

Jackie 估计也没想到会半路杀出个关柚，于是连忙打圆场：“Hi，I'm Jackie!”他走上来冲着关柚笑。

这 Jackie 怎么说也是个风云人物，主动走上来跟关柚这样初出茅庐的无名小卒打招呼，惹得后排的 Kelly 不禁有点嫉妒。

“这关柚可真够冲的。”她旁边的林想撇撇嘴。

“Hi!”关柚转向 Jackie，一秒钟挤出了一个笑容，“Nice to meet you。And——”她又故意斜眼瞥了瞥从邵东，继而再转向 Jackie，“Thanks for your apple。”然后甜甜地一笑，拉着杨景涛往外走；走到门口还不忘再回头看一眼从邵东，发现从邵东也在看她。

她得意地一笑，举起苹果，众目睽睽之下，狠狠地咬了一口。

从邵东怔怔地看着她的背影，指了指门口，不可思议地转头问 Jackie：“她叫什么来着？”

Jackie 憋着笑回答：“Jessie。”

走在路上，杨景涛还没开口，关柚就质问他：“都怪你！净给我出馊主意！”

杨景涛一边走一边笑，笑得腰都弯了：“这能怪我吗，你自己不听着点。”

关柚撇撇嘴，懒得跟杨景涛废话了。

“笨死了啊！”杨景涛笑着揉了揉关柚的脑袋。

“你才笨呢。”关柚推了杨景涛一把，不动声色地使距离重新拉开，“你英文名字就叫 Ben，不就是笨吗！哈哈哈。”关柚抬起头看着他，勾起嘴角，笑得有些嚣张。

阳光斜射过来，刚好像聚光灯一样打在关柚的脸庞上，映得五官更加立体，光与影的交叠让她的整张脸看起来变得有层次。短短的头发被微风吹起一点点，发丝轻拂着她的脸颊，让橘红色光影的脸上又添了一丝两丝的阴影在缓缓晃动。她的眼神明亮，嘴角上扬，带着点这个年纪女孩都有的那种天真和些许这个年纪的女孩中不常见的眼神里的狡猾。她眼神里的挑逗深深印在杨景涛清澈的眼眸里。

关柚并没有注意到杨景涛深沉的凝望，只当他是片刻出神。

“喂！干吗呢你！”她笑着拍拍他。

他回过神来，又使劲揉了一把她的短头发：“叫 Ben 的人都是聪明人！”他笑笑，嘴角的温柔和天空中暖洋洋的橘红色连成一体。

“杨景涛，Ben。笨笨！”关柚还是自顾自地向前走着，走一步说一遍杨景涛的名字，继而又得意地回头，脸上挂着毫无防备的笑容，“小笨笨？老笨？叫什么好呢？”她倒着走在前面，边跳边如数家珍般地给杨景涛起着外号。

瘦瘦高高的杨景涛走在后面。逆着阳光，两人一前一后。

林想和 Kelly 从后面刚好撞上这一幕。林想不服气地说了一句：“还真是金童玉女呢。”

“哎！”关柚倒着走，一下子踩到了小石子，眼看身体就向后仰去，她惊叫起来。

可这惊叫声还没有半秒长，她感到自己的脸颊忽然就贴到了一个温热的胸膛上——是杨景涛。

他一把拉住她，惯性使她一下跌在他胸前，直接被他揽进了怀里。

错愕之后，关柚才缓过神来。她松了口气，忽然间很留恋这个温暖的怀抱，忍不住也伸出手轻轻抱了抱他的腰。

反倒是杨景涛比较害羞。见关柚没事，他马上不好意思地放开了她：“你没事吧？”

关柚扑哧一下笑了，跳了起来：“没事！满血复活！”

杨景涛轻轻握了握自己的右手——就是刚刚拉住关柚的那只手，浅浅地笑了一下。

# |AP 微积分|

第一天上学，关柚也不知道穿些什么。看着学生手册上的 dress code（着装要求）写了西装外套，关柚斟酌再三，选择了一件蓝色衬衫和一件西装外套，在她要穿西裤的时候，被室友坚决制止了。Sabrina 说，虽然 dress code 规定了西装外套，但在学校里不用从上到下都穿得那么正式。

“今天第一天上课呢，你准备好了吗？” Sabrina 走过来，笑眯眯地问她，“给我看看你的课表呗，你上什么课？”

于是关柚就把自己那张彩色的课表展示给室友。

“天啊，Jessie，你上 AP 微积分？！”

“什么 AP 微积分，”关柚一脸发蒙的表情，“你是说数学课吗？怎么了？”

Sabrina 坐到了关柚的床上给她解释，“学校的每一个学科里面的课程都分等级，拿数学来说吧，从最基础的 Algebra 1（代数 1），接着是 Geometry（几何），Algebra 2（代数 2），FST（三角函数），Precalculus（预备微积分），Topics of Calculus（常规微积分），AP Calculus AB（AP 微积分 AB），AP Calculus BC（AP 微积分 BC），最后是 AP Statistics（AP 统计）。对于绝大多数的十年级美国学生而言，他们上的都是 Geometry 或者 Algebra2，尖子生顶多会上 Precalculus。”显然，关柚的“高级别”数学课把 Sabrina 震了一震。

关柚翻了一下 Sabrina 的课本，Algebra 2 的，随便翻一页看到的就是小学五年级学过的一元一次方程。

而英语方面，得知其他中国人都要先上 ESL 而自己因为有过硬的托福成绩而可以直接上十年级英语和历史，她又一次对自己生出满意的情绪。

第一节课就要开始了。

AP 微积分。

关柚花了好一会儿才在大教学楼里找到教室。原来美国的上课模式，学生是要每节课都换教室的，不用动的反而是老师；这样一来，固定的班级这种概念就很弱化了。

一进门，映入眼帘的却是丛邵东。

我的妈呀。关柚吓了一跳。不知道为什么，这两天下来，丛邵东在她心里就是一个很厉害的学长的形象，感觉他上的课应该比自己高级很多才对。他旁边坐着的Jackie，也是那种人气很高、很厉害的人。

关柚连忙退出这间教室，重新又审视了一遍教室编号，对了一下自己的课表……没错啊！

我的天啊，以后我就要在这个班了吗……关柚暗自叫苦，忽然很想打退堂鼓，转身就去换课的冲动都有了。

但总不能第一天开学就当缩头乌龟吧。

她只好硬着头皮走进教室。

班里的桌子椅子摆放得很密，关柚小心翼翼地环视了一下四周，还不错，有一个离讲台很近的桌子还空着，然而过去需要经过丛邵东的座位，关柚紧张地偷偷瞥了他一眼。出乎意料的是，他也正好在看她，挑着眉毛，似笑非笑。

没想到会正好撞上对方的目光，两人都是一愣，随即各自尴尬地转头避开视线。

关柚刚坐定，便看到戴着一副黑框眼镜的杨景涛大摇大摆地走了进来。她眼睛一亮，好像瞬间满血复活了一样。

"你也是这个课吗！那天你怎么没说呢！"都等不及杨景涛走过来，关柚就开始撅着屁股往前探着身子，很大声地用中文"窃窃私语"。

杨景涛笑，一扔书包，吊儿郎当地坐下："都让你知道了怎么能叫惊喜呢。"

关柚哧哧地笑，推了他一把："还戴副眼镜啊，装得挺像模像样！"

"去去去，别闹，"杨景涛笑着推开她的手，"我可是正经读书人。"

后面的丛邵东原本安安静静地低头看着书，听到关柚和杨景涛在这儿肆意说着中文，又不禁抬头往这边看了一眼。

有了杨景涛在身边的关柚明显比刚才要放松多了，现在她可以肆无忌惮地环顾这间教室；她这才惊异地发现——自己是这个班上唯一的女生！她又看了一眼墙上的名单，发现自己和杨景涛还是这个班上仅有的两个sophomore（二年级学生）。

关柚的心里既自豪又紧张。这个班的难度会不会太大了？

上课铃响了，老师终于不紧不慢地走了进来——是美剧里那种经典的中年胖子形象。他走上来自我介绍，让他们叫他Mr.B；关柚瞄了一眼墙上贴着的他的简介，竟然是哈佛毕业的数学系博士，不由得对他肃然起敬了。

第一节课讲的是一个叫“limit”的东西，Mr.B 讲得非常有意思，关柚理解得很快。逐渐一堂课下来，她发现，自己之前的担心都是多余的。

每一道例题她都能理解透彻，每一道习题她几乎都是全班 15 个人中最快做出来的。估计就连 Mr.B 也没想到，关柚和杨景涛这两个“混进来的”sophomore 会超过在座的所有 junior（三年级学生）和 senior（高年级学生）。也正因如此，Mr.B 很明显地开始偏向这两个 sophomore。

包括关柚在内的亚洲人上课都比较沉闷，而美国人却是不停地积极举手，结果回答错误答案，然后继续越挫越勇。

一天下来，关柚发现，自己的历史课和生物课与王沐成在同一个班，而数学课和自习课又与杨景涛一个时间段，很是高兴，安全感增加了很多，陌生感减少了很多。

和王沐成一起上课，关柚就抄王沐成的笔记；而和杨景涛一起上课，则是杨景涛抄她的笔记。杨景涛总是一副自视甚高的样子，总是觉得“我不听课照样考得比你们好”，总是不肯听课。但是关柚愿意迁就他。

教生物的老太太，Mrs.Rice，架着一副金属边眼镜在鼻尖上，少了几分慈祥，多了几分严厉。她并不刁难学生，但是讲课风格只能说是典型的美国老师——过于活跃。课堂上，关柚有一个问题没答出来，本来正紧张着会怎么出丑，已经很自觉地站在那里罚站，结果老太太很和蔼地走过来，一脸不解地问她：“你怎么还站着？”

关柚木木地站在那里不知所措，好在王沐成的初中就在美国上过，他拽了一把关柚，说：“赶紧坐下吧，美国上课不罚站。”

更牛的是一个黑人女生。Rice 点她名字的时候，她就抬了下眼皮，头都没动一下。Rice 太太也不生气，只是笑眯眯地说，好吧，换一位同学回答。

关柚最不喜欢的是英语课。原因很简单，班里没有朋友，没有认识的人，老师很严肃不说，还有一个讨厌的“ABC”女生——典型的“ABC”，叫 Joanna，看关柚的目光时刻充满了轻蔑，处处让她不舒服。

中午，“关柚！”Rose 在中国桌热情地招手。她今天穿了一件深蓝色连衣裙，没画眼线也没戴帽子，画的是深灰色的眼影而头发扎成了一束马尾，显得靓丽又干练。

她邀请关柚一起坐，关柚为难地说自己和几个舍友已经约好。

“那下午一起去音乐楼弹琴吧，你不是一直在找钢琴吗？”她倒不恼，依旧笑眯眯的。

关柚答应下来，走后，几个学姐又七嘴八舌地数落起来了。

“你倒不生气啊，还对她挺好，”一个学姐大声为Rose打抱不平，“她那么没礼貌，你好心邀请她坐过来，她竟然拒绝。”

Rose笑笑：“没什么啦，也许是新生都爱出风头吧。”她嘴上说着，眼角眉梢带着笑意。对于关柚，她也不是毫无防备，不过……相处下来其实是个挺单纯的女生；要说会抢了她的地位吗？看看四周人的你一言我一语，这种担心大概完全是多余的。想到这里，她的笑意又浓了几分。

刚刚取完食物的丛邵东刚好听到了这一切，忽然间对关柚产生了兴趣。这才刚来几天的新生啊，估计连她自己都不知道，她还有这本事，能让这一桌子上的人引发口舌大战。他饶有趣味地挑了挑眉毛，耸耸肩，用手从碗里拿起一个小番茄往嘴里扔去。

下午活动时间，关柚如约来到琴房，几首曲子弹下来，Rose连连拍手叫好。

听到隔壁房间有唱歌声，关柚起身，“好像是粤语歌？”她问Rose。

Rose却忽然脸色一沉，双手下意识地抓了抓自己的裙子：“别过去了。”

“我去看一下。”关柚调皮地回头笑笑。

那不是肖恩吗？不过……肖恩边上的……是谁？

关柚推了下眼镜，肚子突然有点痉挛，心像是漏跳了一拍。

这个男生她从没见过，不过这不是重点。

重点是……这个男生怎么那么好看？！

四月飞雪，五月杨柳；八月骄阳，九月秋风。他的长相和气质看起来都是如此的无死角，多姿多彩又变幻莫测。

“咳。”身后传来Rose的声音，她清了清嗓子，越过关柚直接推门进去了。

“哟，来了。”肖恩对Rose难得地收起了傲慢的神情。

Rose没理他，却向那男生开口道：“好久不见。”语气平静淡然。

男生看着地面，沉默几秒才说：“是啊，暑假回来还没见过。”

“你……”Rose欲言又止。

“你们聊你们聊。”肖恩快步走了出来，回头替两人关上门，又朝关柚摆摆手，示意她离开。

关柚马上反应过来，追上肖恩：“那是谁啊？”

“谁？”肖恩瞥她一眼，“Eric，齐粤，香港人。Rose男朋友。”

“啊？！”关柚震惊。

“啊什么啊。”肖恩转头没好气地看她一眼，“Rose 男朋友，你可别打什么歪主意。”

“不过挺帅的。”关柚回想着他的样子。虽然 Rose 是好看的，但齐粤可是神仙颜值。

“哈，”肖恩笑起来，瞪她一眼，“你也不看看你的样子。”

肖恩走后，关柚又弹了一会儿琴才离开。回宿舍路上，想着好久没跟国内的朋友联系，便拿出手机，微信语音打给了吴与路。

“怎么着啊，关大小姐？”吴与路秒接电话，“美国的生活怎么样？资本主义的水深火热有没有把你磨炼得钢铁般坚强？”

关柚一听，顿时笑得什么烦恼都抛到脑后去了：“我挺好的。你们这些家伙，说好的常联系呢，怎么我一走就把我忘了？”关柚的语气里不无责怪的意思。

“哪儿能啊。”吴与路说着，但这语气在关柚看来怎么都像是在应付。

“你干吗呢？”关柚怀疑地问他。一算时差，北京自然是夜里。

“我这儿正说要上线打一盘儿英雄联盟呢！”那边背景略嘈杂，这家伙的语气匆匆忙忙的。

“你跟谁打啊？Yellow 也在线上呢？”

“嗯是啊，”吴与路的回答越来越漫不经心了，“他就在我耳机另一边呢。我让他跟你打个招呼啊——来，Yellow，跟你柚子姐打个招呼。”

柚子姐是个“尊称”，是他们几个给关柚的称呼。关柚一下子就又忍不住笑了，鼻子也有点发酸。虽说当初离开家想到的满是终于获得了自由，但终究会偶尔想念以前和朋友们朝夕相处的一点一滴。谁不会对过去有点感情呢？还有北京那些嘈杂的汽车声、胡同里老太太的骂声、小孩的吵闹声，在异国他乡的关柚的心里都成了世上最动听的声音。

“你好啊柚子姐。”Yellow 的声音在耳机里响了起来，隔着耳机，像是隔了好几个时空一样。Yellow 的声音还是一如既往，淡淡的，毫无抑扬顿挫可言，完全在一个音调上。但就是这种熟悉让关柚噙着眼泪笑了。

“那什么，柚子姐，我们先挂了，这儿要开始了。”吴与路在那边嚷嚷。

关柚忽然心里一凉：“玩游戏，撸啊撸，就知道撸！”

吴与路似乎听出了她的不对劲，喂了两声后背景音立马安静了，像是走出了房间：“咋了啊柚子姐？”

是啊，自己这是怎么了。其实这样的场景有过很多次了：关柚无聊的时候给吴与路打电话，吴与路因为忙着打游戏便匆匆挂掉，她从来也没觉得什么。

“没什么。”关柚活动了一下僵硬的脖子，抬头看了看美利坚湛蓝的天空，“我只是有那么一瞬间，以为我们之间变了。”

吴与路沉默了片刻：“我们之间是变了……你出国了，而我们还在国内，距离远了，很多事情自然会变。这一点，谁都不愿意承认，可我们心里都清楚得很，而且谁也改变不了什么。”

关柚心里一惊，她想说，那我们的友情呢？可友情是如此脆弱的东西，一碰就碎，以至于她连开口问都不敢。她甚至后悔撕开这段对话的口子，或许她就该装作什么都没发生；可是她做不到，她没法在朋友面前隐藏自己的丝毫情感。

“但只要我们都相信它没变，我们之间的关系就是没变。”吴与路又静静地开口了。

关柚松了一口气：“嗯，距离谁也改变不了，但回忆是共同的，未来是未知的。”

也许他们只是在某一个路口暂时分开，过不了多久就又会在下一个路口碰上，然后接着一起走下一段路；在分开的时间里，他们依然可以联系，可以打电话、发信息，还可以视频。

“是啊。”吴与路的声音让关柚似乎感到她又看到了那张昔日的笑脸，“只要我们的方向是一样的。”再多的话吴与路也不知道该怎么说，但关柚听得懂，他的意思其实就是在说，朋友的价值观要一样。如果是这样，那么距离多远，说到同一件事情的时候观点还是会自然而然地不谋而合；反之，也就只能分道扬镳。

“嗯，知道啦。”关柚破涕为笑，“距离远了，日常的经历都不一样，当然没有以前那么多可说的啦。刚才是我自己多想了……但有空还是要多联系啊，记得给我发信息、给我打电话！”说到最后，她的声音又不禁有些颤抖了。

吴与路笑了：“知道了，关大小姐。”

“嗯，那你赶紧撸吧。”关柚吸了吸鼻子。

“不是撸，是玩儿。”吴与路学着 Yellow 的经典机器人语气纠正道。

“哈哈。”关柚笑了笑，挂了电话。

这一切被刚从图书馆回来的丛邵东在远处模模糊糊地注意到了。

她在那干什么呢？

“喂，Sabrina，我好像迷路了……”隔着老远，丛邵东就听到了关柚的求救电话。

迷路？虽说是新环境，而且学校确实比较大，但那也不至于迷路吧……丛邵东汗颜，这也太夸张了。这小丫头，昨天还嘲笑他呢，今天如果他在危急时刻出现，她是否会求助于他呢？他心里想着，脚步已经不知不觉地向她移动了。

听到脚步声，关柚闻声回过头："从邵东？"

她既没叫他学长，也没叫他 Joey。通常在这个学校里，即使是中国人之间也是互相叫英文名。而她竟然就这么自然而然地脱口而出，从邵东。

"那个什么，我迷路了，你能——"关柚迅速过了一下脑子，"你能送我回宿舍吗？"从邵东比她高很多，她看他也只能仰着脖子。她本来只想让他指路的，但转念一想，改口成了"送我回宿舍"。她倒要看看这冷酷的家伙会如何作答。

从邵东冷峻的脸上浮现出一丝不明显的笑意。"关、柚。"他轻轻地念了遍她的名字，挑了挑眉毛——看来这是他的惯用表情。

"哟，终于知道我名字了呀？"关柚哈哈大笑。不过站在这座大冰山的旁边，她还是觉得有些无所适从。看从邵东不说话，她急着给自己找个台阶下，"算了算了，就知道你人没那么好，我先走了。"

"走？你知道往哪儿走吗你。"他站在她身后，一手抱着书，一手插着裤兜，背挺得笔直。他的声音很有磁性，听起来本来是很严肃得让人生畏的，可语调里浓浓的北京腔才有的儿化音让关柚忽然觉得这个人好熟悉。

"我送你回去。"说着，从邵东一步就走到了关柚旁边，却和她保持着一尺的距离；没有看她，却径直朝一个方向走去。

她连忙跟上去。虽然这个人有点冰冷得讨厌，但现在毕竟不是赌气的时候——更何况跟从邵东赌气，他又不会买账，最后丢脸的只有她自己。

看从邵东的样子是已经把昨天开会时的闹剧都忘了。可是他如此胸有成竹地往前走……难道他知道自己的宿舍？关柚不禁又心生疑惑。

"你是不是在想我怎么知道你宿舍的？女生 C 宿舍对吧？你搬宿舍那天我刚好看到的，看到的东西我就记住了。"从邵东好像一眼看穿了关柚的心理一样，似乎是急于撇清一切潜在的误会，但语气还是一如既往的淡漠。

"没有。"关柚也毫不示弱，"我在想的是——你是不是住男生 E 宿舍？"她故意放慢语速，依旧仰着下巴。

从邵东皱了下眉，低头看了她一眼。

她轻轻一笑，恢复了正常的语气和语速，学着他淡漠的语气，"前天下晚自习的时候刚好看到的。我看过的东西，也不会忘。"

说完话，关柚转过头回到了目视前方的状态，因此她也就自然看不到从邵东眼神里闪过的淡淡笑意。

“到了，下回别再迷路了。”从邵东在关柚的宿舍前站定，身上散发着距离感，仿佛是永远消除不掉的距离感。

她点点头，看了他一眼：“知道了。”

他随即转过身就准备离开。

“欸——”这人也太古怪了吧，连句再见都不说吗？这让关柚竟然有种莫名的受挫的感觉。如果说杨景涛浑身都散发着太阳的温暖，那从邵东就是浑身都散发着冰霜的冷漠。“谢谢你啊，从邵东。”

他转过身，冷漠的脸上还是没什么表情，点点头，嘴角扯出一个笑容，接着毫不犹豫地转身离去。

关柚耸耸肩，拉门进了宿舍，关上门才发觉刚才在外面走这一圈，穿着短裤的双腿已经是冰凉了。天气还真是越发地冷了。

送完关柚的从邵东在回宿舍的路上碰见了刚好从音乐楼里出来的齐粤。

两个身高一米八以上的人，分立在路两侧。

从邵东犹豫着要不要打招呼。齐粤温和的神色出现几分警惕。对峙几秒，谁也没有挪动步伐。

最终还是齐粤先别过脸离开了。

从邵东叹了口气，那段回忆又出现在脑海里。

大概是一年多前吧，那时候从邵东刚当选一个 leadership 的职位，叫 Dean's Council。Dean 就是管纪律的老师，对学生的记过、处分、开除等都由她来决定，权力不容小觑；而 Dean's Council 就是一个学生代表委员会，相当于陪审团。

那个下着大雪的晚上，从邵东当值，裹着棉袄在校园里巡逻。

当时是 9∶55，再过五分钟他就可以舒舒服服地回宿舍躺着看转播的球赛了。可正想着，他闻到一些奇怪的味道。

一股植物燃烧的味道一点一点沁入他的鼻腔，顺着方向找，看到前方女生宿舍后面的小树林里一群晃动的人影。

是一群美国人在吸被禁止的烟草，而这里面就有齐粤的哥哥，当时已经是十二年级的齐晋。

回过神来，从邵东至今还记得冬日里的风尘裹着燃烧后的灰烬的那种味道，挥之不去。

齐晋当时一脸惊慌的表情好像又出现在他眼前了。

后悔吗？后悔举报了他们并如实填写了 Dean's Council 的报告吗？从邵东问自己。

曾经的他和齐晋、齐粤因为都是讲粤语的缘故，关系很好；尤其是齐晋，性格爽朗、理性、聪明，和他很聊得来，两人还总一起打篮球。

在那之后，齐家两兄弟再也没和从邵东说过话。再后来，齐晋因为家里实力雄厚的原因，将这件事情处理掉了，没有太影响他大学的申请。

从邵东收回思绪，回宿舍的步伐却依然沉重。

# |American Pie|

“帮我照张相！”稻草人中餐馆里，关柚笑嘻嘻地把手机递给坐在自己对面的Rose。

今天是周末，Rose的妆容比上学时素了很多，但对于关柚来说，这依然是浓妆艳抹。

镇上一共有两家中餐馆，一家是菲律宾人开的，比较近，味道偏近美式中餐，叫“稻草人”；另一家是中国人开的，叫“红灯笼”，老板是个香港人，讲粤语，做各地中餐做得都很地道，但就是地理位置比较远，开车都要开个一刻钟。稻草人虽说近些，但走路也要走二十分钟，不给送餐；相反，红灯笼虽然远，但可以叫外卖。

听Rose说，学校里的中国人都对红灯笼情有独钟。很多人都会隔三岔五地叫个外卖，跟红灯笼的老板已经很熟了。更有甚者号称吃不惯学校的饭，竟然顿顿都打电话给红灯笼。Rose还说，红灯笼的老板人很好。关柚笑笑，说，那是啊，也赚你们这么多钱呢。

“你啊，就是小愤青！”Rose笑眯眯地给关柚夹了一个煎饺，“这家中餐还可以，但我们都觉得没有红灯笼好吃。下次带你去红灯笼吧！”因为已经待了两年，Rose对镇上相当熟悉。这两天在Rose的带领下，关柚吃遍了附近的美食。她越来越觉得，在异国他乡有个这么贴心的中国闺密真是一件幸福的事情。

“你们怎么都跟迷信似的，”关柚嗤笑，“我看这家就已经很好吃了啊！其实学校的饭也很好吃。”关柚又吃了一大口菜。对于吃，她从来都是不挑的。

“恐怕全学校也就你会这么说了，”Rose做了一个打了个冷战的动作，“不懂得享受美食，真是太可惜了。”她又转眼一笑，“不过也好，给什么吃什么，不挑，好养活！”

“你说我是猪啊！”关柚笑着瞪了Rose一眼，“欸，再帮我照张相。”

“哎哟哎哟，”Rose拿过手机笑话关柚，“你这叫什么？这叫做作！”

关柚一偏头，做了个夹菜的动作，“我不管，你快照吧。”

Rose 一连照了很多张，“好好好，你怎么照都美！”她用一种姐姐对妹妹的宠溺语气说道。

关柚左摆右摆，摆了很多不同的姿势：夹菜的、吃饭的、抬头的、托着腮的，终于摆够了才作罢，“给我看看照片。”关柚兴奋地问 Rose，“怎么样？显胖吗？有没有照出高鼻梁？睫毛明显吗？显不显胸？”

Rose 翻了个大大的白眼，但脸上的笑容一分都不减，笑呵呵地：“我不是说了嘛，你怎么照都好看。”

关柚翻着照片，“哇，Rose！你真是个天才摄影师！”

“满意啦？”Rose 笑的时候眼睛眯成一条缝，“快吃吧，一会儿菜都凉了。”

买单的时候 Rose 拿出一个 Chanel 的钱包和一个 Prada 的钥匙包，不动声色地悄悄瞥了一眼关柚。关柚只是淡淡扫了一眼她那些东西的牌子便收回了目光，反而注意到了 Rose 的小动作。难道她是个爱炫富的人吗？这不禁让关柚心里的 Rose 又有点不一样了。

还没到门口，关柚就看到了杨景涛的身影。他刚才发了信息问她要不要出去走走。

“景涛！”她叫他，“我们去 Dunkin Donuts 吧！我想吃 munchkin 了！”

关柚一贯是直呼杨景涛名字“景涛”的，认识的第一天她就随着他妈妈叫了，就像杨景涛的妈妈叫自己“柚柚”一样，感觉像亲人。自从 Rice 太太带了一次 munchkin 到教室里，关柚就暗暗感叹，这世上还有这么神奇的美食。

“哎哟，又要约会啦？”Rose 看着关柚松开她的手走到杨景涛身边，打趣道，“别太晚回哦！”她笑意深邃。

“知道啦！”关柚朝 Rose 挥挥手，和杨景涛顺着小路往镇上走去。

“哎，你知道吗，那次 Rice 带了 munchkin 到班里，跟大家说，别客气，help yourselves。所有人都说谢谢老师，然后象征性地拿一个。就我——”关柚自己先忍不住笑了出来，“你猜怎么着？”和 Rose 待在一起久了连口头禅都不知不觉相近了。

“你是不是拿了好多？”杨景涛一脸好笑的表情，却强装着一副严肃的语气。

“没错！”关柚重重地点了一下头，“我抓了一把。”

半晌沉默之后，憋着笑的两人都爆笑了出来。

“真不愧是你！”杨景涛“夸”了关柚一句。

杨景涛和关柚不知不觉地就在 Dunkin Donuts 聊了很久，直到天都黑了才意识到马上就要八点了，也就是规定要回寝室报到的时间。

“哎呀！糟糕！”关柚不由分说，拽起杨景涛就往学校跑。

“你跑这么慢，还是我拉着你吧！”杨景涛一脸不服，和关柚调换了一个位置，拉着关柚的手腕，一路狂奔。

跑着跑着，两人都发现这并不是一个高效率的跑步方式。

“哎哟，杨景涛，我，我岔气了。”关柚甩开杨景涛，靠在路边喘气。

杨景涛看了眼手表，还有三分钟八点：“赶紧跑吧关柚！来不及了来不及了。”

“可是我跑不动了呀！”关柚抬头看向杨景涛。

他一把拉住她的手：“走吧，我拉着你！”

这下跑步的效率的确是比抓着手腕要高多了。

被杨景涛抓着手，关柚的心里既没有所谓的泛起一丝波澜的感觉也没有丝毫的不自在，而是如同多年的老友。

关柚的手纤细而柔软，被自己握在掌心里，杨景涛觉得这冰凉的温度舒服极了。凉意从掌心沁到皮肤里，清凉的温柔氤氲开来。天已经被夜色笼罩起来，像是一点墨汁，在湛蓝的天宇中曼舞，一点一滴侵蚀了最后残留的一点日光，就像夏日也在被秋日的凉意一点一点夺取光彩。

他加大了力度，拖着关柚奔跑在这个异国他乡、夜色降临的街道上。

这是个很小的镇子，车本来就不多，天一黑，更是寥寥无几。

他抓她的手抓得很紧，怕一放开这一切就会消失不见；但他又不敢抓得太紧，怕弄疼她。同样地，他不想太快跑到学校，但他又怕跑得慢了就真的会在开学第一周就迟到。

事情就是这么不巧——纵然两个人四条腿捯得再快，学校的整点报时钟还是敲响了。

“哎呀！”关柚气得一跺脚，索性一下子停了下来，“就差了这么一点点！”

可不是吗，宿舍已经近在眼前了。

“还不是你，半路说岔气，停的那半分钟。”杨景涛毫不示弱。

“那怎么办啊？”关柚一甩书包，蹲在路边，哭腔都出来了。

“哎哎，你别哭啊……”杨景涛变得不知所措，“反正也过了规定时间……要不我们索性再转转吧！”

关柚迟疑地抬起头。

杨景涛看到关柚的犹豫，鼓足了勇气接着说："反正迟到一分钟也是要记一次小过，迟到一个小时也是只记一次小过。"

关柚慢慢站起来。

他心里其实是有点紧张的，生怕关柚会觉得他不守规矩而疏远他。

"要是……"他正要说"要是不行就算了，我们现在就回去"，结果刚吐出两个字就被关柚猛地推了一把，只听她一阵爆笑："对啊！我怎么没想到呢！哈哈哈！杨景涛你真是个天才！"

杨景涛被关柚过激的反应吓了一大跳。

"这样我们还赚了一个小时！"关柚兴奋地拉着杨景涛一边跳一边说。

"这叫……赚了一个小时？"杨景涛无语地耸耸肩，"明明都要被记过了。"

"对啊，反正都要被记过，那我们再去转转好了。"她拉起他的胳膊，这使他的身子又是一僵。

关柚感觉到了杨景涛片刻的僵硬，迟疑了一下，但终究没有松开手。

Rose独自在房间里翻着自己和齐粤的旧照片，想打电话给他，又不知道从何说起。

他们从九年级刚进校不久就在一起了，就同现在的杨景涛和关柚一样，人称金童玉女。不，比杨景涛和关柚站在一起看着更养眼呢。齐粤是那样安静的人，而她总是吵吵闹闹的。感觉他很喜欢她在身边时的热闹。

她打开微信，盯着对话框，打字，又删除。

忽然想到了什么，她退出微信，打开facebook的messenger——对啊！这里可以看到他的动态。齐粤……active在两小时之前。

唉，也没什么线索。

哎呀。她胡乱地揉了揉自己的长发，一头栽倒在床上。想到两人家庭的差距，Rose无奈地叹了口气。

一抬头看到墙上的钟，八点半了？！关柚怎么还没回来？她不由得担心起来。

关柚和杨景涛在错过check in时间之后又去湖边走了走，但由于湖边已经一片漆黑，毫无景色可言，加上初秋的新英格兰已经让穿着短袖的两人不禁打起寒战，这并算不上是多么惬意的散步。

回来的时候，关柚披着杨景涛给她的外套——是她最喜欢的那件灰色乔丹帽衫。

送关柚到宿舍门口后，杨景涛便转身匆匆离去。他走出几步后，关柚才意识到自己还披着他的外套；关柚心里盘算，如果自己改天当着所有中国人的面在中国桌上当场还给杨景涛这件外套，那所能取得的效应和反响将会比现在热闹得多。那些对自己有敌意的中国女生会怎么想呢？

关柚勾一勾嘴角，这么好的机会，她可不想浪费。

这一次的迟到，两人不出所料双双被记了小过。

星期六是学校举办的舞会——传说中的美国人的 party。

关柚心里有些忐忑，但在 Sabrina 和同宿舍几个同学的劝说下，她也穿上了吊带上衣，化了妆，和她们一道去了学校的船屋。

真是未见画面声音先震耳欲聋啊。

美国人的 party 和传说中差不多：暗、吵、热、人多。

手机振动。

关柚没空接电话，正忙着和新认识的两个美国男生和一个美国女生聊天。

手机又振动。

“哎呀，搞什么鬼？”她不悦地接起电话，走到外面的阳台上。

“你在哪？”杨景涛被吵得瞬间把手机举出一尺。

“party 啊。”关柚轻描淡写。

“啊……你、你等一下，我马上过去。”还一个人去 party？不行，她要是去，那他必须也得去啊！

紧赶慢赶地来到船屋，杨景涛觉得这音乐简直是震耳欲聋。

在黑暗里面他只看到一个一个穿着暴露的男男女女，全是人影，连脸都看不清啊。但他就这么来回穿梭着，找着关柚。

还是关柚先看到了杨景涛。

“我过去一下！”她扯着嗓子跟身边几个美国人说道。

走过去的时候她看到 Joanna，穿着一件灰色棉质小背心，上面低、下面短，这衣服穿得，好像布料不够一样。

关柚心里暗暗嘲讽着。

Joanna 似乎也看到了她，先是轻蔑地一瞥，之后又得意地一笑。

关柚赶紧收回了目光。看着 Joanna 在男生面前谈笑风生、卖弄性感的样子，她虽然心里不屑，但又羞愧地觉得自己似乎气势还是略逊一筹。

“你怎么来了？”她终于穿过人海走到杨景涛身边。

他转脸看着她，似乎很愤怒的样子。

音乐已经没什么旋律，只是节拍的律动一下下震颤着，和心率一样，越来越快。整个房间、桌椅、脚下，都被这个巨大的鼓点震动得嘭、嘭、嘭，像是催促着青春，又像是心碎的声音。

“走，跟我出去！”他一把抓住她的手腕。

“哎，你！”她娇小的身躯被他不由分说就拉起来往外走，“干什么啊你！”她想甩开她，但她力气太小了。

湖边。

已经很晚了，四周一片漆黑，几乎什么也看不见了，唯独能听到的是湖水的潮起潮落，一声、两声。

浪花大概是不知疲倦的，在自然引力的引导下，周而复始。就这么听着涛声，是不是回忆也真的就能随风飘散呢?

终于传来脚步声，Rose知道，是齐粤来了。

她约他在湖边见面。她知道他一定会来，因为齐粤从来不会拒绝她。

“你来了。”她转过头，微笑。可惜他大概看不清她的脸，也就看不到她精致的妆容。

“嗯。”齐粤轻轻回答。

风吹起Rose的长发，发丝的影子在更浓重的夜色中反而被衬托起来，飘舞着，肆无忌惮地遮住Rose的脸，也掩饰着她的苍白。

涛声还是乐此不疲，自顾自地演奏着。

几声别样的声响传来，大概是附近的飞鸟抖动着翅膀经过此地。

除此之外，世界是安静的。

沉默良久，还是Rose先开口了，因为她知道，齐粤是不会主动开口的。

她闭上眼睛，胸口起伏着，似乎鼓起很大勇气才颤抖着问出来：“想好了，要分？”

齐粤还是沉默，过了好久，才轻轻挤出一个鼻音：“嗯。”

Rose突然很恼火：“你永远都这样，在一起的时候是我说在一起，假期见面的时候我说见你就说好，我说不见你也说好，我要是什么都不说你就什么都不说。你到底能不能有一点自己的意见？！”她带着哭腔开始疯狂捶打着他的手臂、他的胸膛，“你哥让你分手，你就答应；我求你别分手，你也答应。所以怎么样，齐少爷，你现在可是想好了，自己拿定主意了？”她讽刺地冷笑道。

齐粤不知如何作答，哥哥齐晋找他谈话的场景却还历历在目。

由于父亲是香港有名的娱乐公司老板，金山银山那是不缺的；他不仅衣食无忧，父母还支持他的一切兴趣爱好，唯一的代价就是一切听从家里的安排。

“去美国上高中吗？”听从家里的安排吧。

“想回香港还是留在美国？”不知道啊，家里会安排的。

“交女朋友了？”“是。”“上海人啊？还是单亲？别太拜金吧！还是算了，你和她分了吧。”

……那好吧，那就听从家里的安排吧。

他鼻子一酸，眼前的视线也有点模糊了。作为一个从小乖巧又孤僻的孩子，和Rose在一起，他是开心的。

“齐粤……”她忍不住还是上前了一步，抱住了他。

他流下一滴眼泪来，被风吹动，又滑落下去，掉在她的长发上。

他感觉自己的心疼了一下，心脏跳动得那么快，手臂却又瘫软无力似的；想回抱她，却连举起来的力气都没有。

终于，他轻轻举起手掌，覆上她的背，又缓缓开口：“Rose，我们还是……”

“啊！”Rose一把推开他，捂住耳朵，“我不听我不听！”

但即使不听，她也知道他下一秒要说什么了。

她的肩膀已经控制不住地在颤抖，眼泪止不住地往下掉。在双腿软得没有力气之前，她猛地掉头往回走，越走越快，疯狂地跑起来，哭声清晰地充斥着耳膜。她感觉眼泪滴到了自己手背上、脖颈上、衣服上。

这一次，他没有挽留。

望着Rose依稀融进夜色的背影，齐粤脸色苍白、肩膀颤抖着喃喃自语，“其实我也舍不得啊……”

许久，他蹲在地上，抱住头，这才终于小声地抽泣起来。

回到宿舍，Rose闪进门里，望着镜子里的自己，俨然一副黑魔女的形象：两条眼线拉出来的黑色眼泪在她白皙的脸上画出来两条分界线。

船屋的音乐终于开始渐渐平缓下来了。

夜越来越深，人群也开始慢慢散去。

“什么意思？”杨景涛把关柚拽到屋外之后，无头无脑地抛出一句质问。

“什么什么意思啊？你什么意思？！突然跑来这里，那就大家一起好好玩啊，把我拉出来一通劈头盖脸就质问又算是怎么回事？！”关柚也正在气头上。刚开始感受一些美国文化的美妙，聊得正欢，突然半路杀出个杨景涛。

“你，”杨景涛一下子被噎得说不出话来，打量着关柚，伸出手指着她，从头到脚，“你自己看看你穿的这是什么啊？！穿了跟没穿一样，还到处跟各种男生鬼混，你把我当什么啊？！”

“鬼混？”关柚抬起头，一脸好笑地看着杨景涛，“什么叫鬼混？！学校组织的party，我来参与一下活动，也有错了？”

“真是莫名其妙！”关柚生气地丢下一句话，懒得再和杨景涛争辩——自己把他当好朋友，他怎么还干涉起她的私生活了？真把自己当男朋友了？

回到宿舍，关柚来Rose的房间sleepover。她关上门，滔滔不绝地先是抱怨了杨景涛的得寸进尺，接着又炫耀今天和美国同学交流——尤其是和几个帅哥搭讪的战果。

Rose已经卸了妆，整个人素颜、苍白，靠在床上；手搭在膝盖上，骨节分明。她就静静地听着，偶尔挤出一两个微笑。

“欸，你怎么这么安静？”关柚终于洗漱完毕、换好衣服，这才注意到Rose的反常。

Rose叹了口气：“我和齐粤……正式分手了。”

关柚愣了几秒钟，一时间大脑短路，竟不知道说什么好。

“你……那你……很难过吧？”过了好一阵她才挤出这么一句算不上安慰的安慰。

Rose没说话。

她心里太乱了，像是空了一拍、漏掉了什么——可能是一首曲子里副歌中最重要的几句旋律，又或者是结尾时的几个小节。

唉，算了。她叹了口气。

关柚爬到床上，和她肩并肩躺着，头靠在她肩膀上，伸手轻轻抱了抱她。

Rose本就红着的眼眶，这一下子忽然如洪水涌动般又止不住地开始流泪了。她也握住关柚的手，脑袋往右偏了偏，和她的靠在一起。

关柚思索着更多该如何安慰她的话，却又欲言又止，不知如何开口。

“困不困？” Rose 看了看墙上的钟表已经指向两点，“睡吧？”

“好。”关柚的大脑也的确不适合再继续胡思乱想下去了。

于是 Rose 按下了灯的开关，房间里顿时变得漆黑，只有窗帘底下透过来时不时晃动的一抹月光。

# |新英格兰|

“哎哟我的妈呀，累死我了！”

Rose 刚敷上面膜就听到关柚独特的砸门声，一打开门关柚就一头栽进来，哭丧着脸。

趴倒在 Rose 的床上，关柚开始数自己这一天里面倒霉的事情。

“今天英语课我都要丢死人了，”关柚愁眉苦脸地瘫在那里开始讲，“本来老师语速就快，读的东西我也不太懂，结果偏偏有这么一个环节：每个人站起来走到前面，讲一大段你自己对刚刚读过的内容有什么想法。我的天啊，我读都没读完哪来什么想法，可是我又不好意思说。你知道吗，我走上去的时候腿都软了，那个 Joanna 还一直看我，我一个字也说不出来。”

Rose 叹了口气，扔给她一罐可乐，自己刚来的时候又何尝不是这样呢。

“其实我觉得你的英文已经很好了，真的，”Rose 拉开自己的可乐拉环，看着关柚认真地说，“有些时候你可能不是不懂，也不是不会，就是不自信才会紧张而已。”

“唉，还是你的枕头舒服，”关柚惬意地翻了个身，“有些时候我真心觉得还是中国那种大课堂好，方便浑水摸鱼，嘿嘿。”

“没办法啊。”Rose 一摊手，“小课堂反而是美国教育的优势。”也听不出来这语气是认真还是讽刺。

“哎，你快帮我看看这个。”Rose 端着笔记本电脑，一脸神秘兮兮地走过来，“你觉得哪个好看？”

关柚和 Rose 这些日子相处下来，不用看也知道她又在给她看韩国明星的照片或者新上市的奢侈品。

“这个。”关柚扫了一眼，就随便指了一个。

“啊！你也喜欢他是吧！我也是！”Rose 兴奋地叫起来，声音又尖又亮，然后马上又打开另一个页面，开始看 Dior 新上市的秋装，还说准备给自己买两件。

关柚耸耸肩。Rose总是喜欢关注各种奢侈品。又来了，又说要买新衣服，还是这么贵的东西，还要买两件！

“你不是老说喜欢我化的妆嘛，我给你化一个试试。”Rose看腻了Dior的网站，跳下床，笑眯眯地，说着就端起各种瓶瓶罐罐，“女人就是要对自己好啊，这样才会有男人愿意对你好。”

“我哪有那么多时间啊，我每天的时间和精力都献给作业了。”关柚笑笑。

“你啊，”Rose一副恨铁不成钢的样子。她近距离端详着关柚的五官，心里暗暗感叹，凭什么这个丫头就能命这么好呢！记得开学后不久，Rose她们几个中国女生一起还偷偷讨论过，大家都一致说觉得中国男生里杨景涛最帅。可能也未必是相貌，但不知道为什么，杨景涛这小子的女人缘好像特别好。

这么受女生欢迎，想必杨景涛自己是知道的；然而关柚不知道。

她还听说，林想似乎对杨景涛是有点意思的。

“你和杨景涛，到底怎么回事啊？”Rose试探着问，“你总说只把他当朋友，但我看他可不是这么想啊。”

“唉，”关柚无奈，“是啊，我现在就想赶紧找机会和他说清楚吧，越快越好。”但转念一想，她又愁眉不展了，“可你说，他也没表白啊？我也不确定他对我是怎么想的，是不是认真的啊？总不能人家还没表白，我就先拒绝吧？”

Rose若有所思地点点头：“这倒也的确……”一看表，她反应过来，“柚柚，你是不是该去上晚自习了？”

关柚这才想起来，的确是该走了。

十月的新英格兰，七点多天已经很黑了，还下着小雨，冻得关柚直哆嗦。还是Rose借了她一件厚外套穿，穿上就暖和多了。

“我送你去吧！”临出门的时候Rose还是出来了，“你连把伞都没有。”

Rose打着伞一路送关柚到了教学楼门口。这让关柚觉得，无论Rose有什么缺点，自己能有这样一个闺密，依然是件幸福的事情。

但令关柚没想到的是，更幸福的事情还在后面呢。

下晚自习的时候，雨越下越大了。

想着Rose说过下晚自习的时候她恐怕出不来，没有伞的关柚以为自己恐怕只能淋雨回宿舍。她走到教学楼门口，徘徊了半晌，见雨丝毫没有减小的势头，只得戴上帽子，准备冲进雨中速战速决。然而她刚走下台阶两步，就听到后面追过来的急切的脚步声。

“关柚！”

这声音再熟悉不过了——不是杨景涛又是谁。

关柚的心一下子融化了。

她转过头，看到举着伞的杨景涛。

看到她，杨景涛笑了，又是那种清澈见底、纯粹没有杂质的笑，像温暖的阳光一样。唉，烦死了。关柚最喜欢杨景涛这样子的笑容。可自己……应该是不喜欢他的吧？更不会和他在一起。

“你怎么出来得这么快啊！”杨景涛抱怨着撑起伞，“走吧。”

“你……”关柚不知道该说什么好。其实雨天结伴而行的确是很正常的事情，但关柚此刻忽然有些犹豫。这种突如其来的幸福感似乎是一种错觉，让她感觉自己的待遇好像就是女朋友送、男朋友接。Rose是自己最好的姐们儿这没错，可杨景涛……说他只是自己最好的哥们儿，关柚越来越觉得这只是自己的一厢情愿。

杨景涛可没有给她磨蹭的机会：“你什么你啊，快走吧！”说着他又小心翼翼地问，“那个……你不生气了吧？”

关柚愣了一下，难道真的因为关心则乱？如此大大咧咧的杨景涛都变得这么婆婆妈妈的。可是他真的有这么喜欢自己？她不敢继续想，只是笑着轻轻捶了他胳膊一下：“嗨，早就不生气啦！”

但这一次，在她意识到这个举动的亲密之后，立即收回了手。

走到宿舍门口，她跟杨景涛告别。

杨景涛没说话。

“喂，杨景涛？”关柚摆摆手，“我走了啊。”

他又是呆滞了一下才闷闷地回答了一声犹豫不决的“嗯”。

她正要走，却刚走出一步又听到杨景涛的脚步声。他又跟上来干什么？

她转过身，抬眼看他，眼睛里反射着盈盈的水光。

“抱一下。”杨景涛在迟疑很久之后终于慢吞吞地吐出了三个字，声音轻轻的，带着小心翼翼的试探。

关柚愣了一秒。

翌日，中午的食堂。

“欸！关柚！”坐在Rose旁边的关柚闻声抬头，看到的是杨景涛的笑脸。

“哟，杨景涛，怎么，来找关柚？”刚刚正和学姐们聊得热火朝天的Rose突然转过头来，语气里有点挑衅地看着杨景涛，又看看关柚。这使关柚心里忽然很不舒服。

杨景涛倒没那么敏感，索性一屁股坐在关柚对面，大大方方地说：“是啊，看见她在这我就过来了。”他一笑，露出白白的牙齿，顺手拿过盘子里的苹果，放在关柚面前。

“哟，这么体贴？”Rose又阴阳怪气地接了句话。

“她喜欢吃苹果嘛，我就顺手拿一个过来。”杨景涛无所谓地耸耸肩，笑了笑，掏出手机开始玩起游戏。

关柚却不解，Rose今天怎么了？脾气好像很冲，嘴巴厉害得很。正想着，只见Rose站起身，面无表情地端起盘子，“你们聊吧，我先走了。”

桌上一片唏嘘。几个学弟互相坏笑着交换了一下眼神，几个高年级学姐也是一脸又不满又无奈的表情，其中一个脸像胀大的气球，让关柚想笑。但他们都盯着她的目光实在是太尴尬了。

“我，我也先走了。”关柚慌忙收拾起自己的刀叉，把苹果放进口袋。

“真的喜欢她啊？”一个学姐沉默几秒后意味深长地直视杨景涛。

饭桌上一下子安静了，一个个都看向杨景涛。

康俊文埋在网上的恶搞图里面的头忽然抬了起来——杨景涛会怎么回答呢？他饶有趣味地看了看杨景涛此时窒息一般的脸，好像很紧张，但紧紧皱起的眉毛好像又很坚定。

谢诚看杨景涛不语——算了，这的确也是太尴尬了啊，要不打个圆场吧——

结果杨景涛开口了。

他静静地回答：“嗯，是。”

饭桌上又沸腾了，几个学姐不可思议地做出夸张的动作和表情，又七嘴八舌起来。

杨景涛不耐烦地放下叉子：“喜欢关柚怎么了？我觉得她挺好的，你们对她到底有什么意见？”

几个学姐瞠目结舌，互相大眼瞪小眼，一时间惊讶得说不出话来。

逃离了人群，关柚总算松了口气。Rose去哪了呢？她拉开大门的手犹豫片刻，转身还是决定先去Mail room看看自己有没有新的包裹。

Mail room旁边有一个上二楼的楼梯，楼下是洗衣房，平时没有人，但今天她似乎听到楼道里面传来了一些声音，好像还是中文，这不禁引起了她的好奇。

然而眼前的一幕算是彻底让她目瞪口呆了——

是 Rose 和肖恩。

他们在楼道里……接吻。

难道是 Rose 出轨了？！难道这才是她和齐粤分手的真正原因？

关柚的思绪被身后的轻微声响打断，后面难道还有人？

她转头一看，更加目瞪口呆——

她身后竟然是齐粤。

也就是说，齐粤就这么目睹了女朋友出轨、自己被戴绿帽子的全过程……

关柚忽然有些心疼齐粤。

她看着他，试图给他一个微笑以示安慰，但齐粤似乎根本没有注意到她。他的表情谈不上尴尬也谈不上悲伤，只是呆呆的。

关柚看不透他到底在想什么。

正当她想开口说些什么，齐粤却转头就走了，留给她的只有背影。

再回过头的时候，Rose 和肖恩已经注意到了她——想走然后装作什么都不知道已经是不可能的了。

她忽然有了一种作为路人却阴错阳差地目睹了惊天秘密之后、莫名其妙引来杀身之祸的恐惧。

Rose 推门而出，“柚柚？”她的神情语气看不出慌张，也看不出质疑，就还是那一副大姐大高高在上的样子。

“呃……那个 Jessie 啊……”肖恩随后推门出来，一手整理着衬衫和领带，另一手摸着后脑勺。他的脸上是有尴尬的，对关柚说话的语气也是前所未有的友好。

关柚一愣，也不知道说什么。她没有多管闲事的习惯，但刚才的一幕加上身后齐粤眼神里的淡淡忧伤忽然让她气愤，“Rose，你为什么要——”

“就当你什么都没看见吧。”Rose 打断她。

“是啊是啊，就别跟别人说啦，说了对谁都没好处。”肖恩适时地敲着边鼓。

关柚对 Rose 有些失望，胸口一起一伏，话到嘴边却说不出口。她想说“你难道一点羞耻感都没有吗”，但她说不出来。她又心疼起 Rose 了——听她讲述的和齐粤过去的点点滴滴，要说 Rose 没有付出真心，关柚第一个站出来反驳。其实和齐粤的分手对 Rose 的打击……大概不小吧。

“作为朋友，你至少该告诉我到底发生了什么吧？”她直勾勾地盯着 Rose 的眼睛，眼神很复杂。

看着Rose惯有的打扮，一身朋克的大长发、大耳环、大美瞳、大浓妆，还是像一朵绽放在夏日骄阳下、浓郁芬芳的艳红玫瑰。但那双依旧是睫毛膏眼线液包装过的大眼睛今天看起来却格外空洞无神。

关柚叹了口气，这样一个要强的Rose，可她强势又美艳的伪装骗得了别人，骗不了关柚。

“发生了什么你不是已经看到了吗。”Rose淡淡地说着，避开了关柚的眼睛，只是看了一眼肖恩——他还是带着难堪的表情站在那里。

关柚差一点就要说出齐粤亲眼看到了这一幕的事实——但说了会怎么样呢？Rose会不会更难过也更难堪？齐粤的尊严又怎么办？

此时的关柚心里很矛盾。

“我迁就过你那么多次，为什么就不能迁就我一次？”最终还是Rose先开口了。

关柚侧头看向食堂里面，齐粤不在他平时常坐的座位上。他会在哪儿？他现在心情一定糟透了吧？

关柚叹了口气，本着友情至上和少管闲事的原则，说道：“好，我不会和任何人说的。”

此时的丛邵东正坐在教学楼走廊里的沙发上，嘴里随便咬着一个三明治，专心致志地看着他的虎扑体育新闻。

“Joey，申请大学的事情考虑得怎么样了，想上哪个学校？”碰巧经过的Advisor和他打招呼。

丛邵东笑：“不知道啊，梦想学校没有，最大的梦想还是打进NBA。”他开着玩笑——但其实也不完全是玩笑，更像是一个不切实际又执着的梦，总是不好意思提起，又总是被他深深埋在心底。

Advisor大笑：“也好，也好。”

“不过现实一点的话，我觉得数据分析一类的专业以后可能会成为热点。”

作为一个统计学的老师，Advisor自然对这个提议表示赞同：“这是个很实用也很新颖的方向。”

“嗯，”丛邵东点点头，“我最近看了些金融、股票的新闻，觉得比起台前华丽的操作，其实数据是一个真真切切、各行各业都会需要的工具。”

“这是个很好的想法，不过也要你自己喜欢做才行。”Advisor拍拍他肩膀，对于这个勤奋努力、一直很有自己想法的孩子，他向来是不担心的，“什么时候开始申请？你的推荐信我可都想好怎么帮你写了！”他很是偏爱丛邵东。

相比于自己喜欢的事情，丛邵东更相信务实。

在一个大的世界中，每个人都只是一粒小小尘埃；与其盲目追求所谓梦想，还不如看准局势，做些用得上的东西。

走出食堂的齐粤，脑海里还是不停地回放着刚才的画面，像电影一样。

风吹起他的衣角：米色的 Burberry 风衣，深蓝色的裤子。神情忧郁的齐粤走在金秋时节的树下像一幅风景油画。

隔着那个模糊的玻璃，透过门缝狭窄的画面里，Rose……Rose 还是那个像玫瑰一样美艳的 Rose，却是在另一个男生怀里；而这个男生还恰恰是他的好朋友。

“你能不能有点自己的主意啊！”Rose 在湖边的声嘶力竭回荡在他耳边。

“这就是唯一的条件。”自己家里，在中环的暮色和山下星星点点的灯光中，齐晋那张丝毫没有商量余地的脸又出现了。

“齐粤！”迪斯尼乐园里，Rose 转头在明媚的阳光下对着他笑。

他闭上眼睛，努力想把这些纷杂的思绪统统赶走，可一幕幕回忆却越来越生动，好像故意和他的脆弱作对似的。

脸上滑过一道冰凉的泪水，他赶忙用手抹掉，但睫毛还是湿漉漉的。

秋风吹过，齐粤感到身后一阵阵凉意。

他又赶紧把冰凉的双手插进口袋里。

# |十字路口|

一转眼就到了感恩节假期，关柚受到室友 Sabrina 的邀请，准备随她回波士顿的家度过小长假。这可以说是关柚来美国之后的第一个小长假了，要放十天的假呢！想想国内的假期，除了寒暑假这样的大假期，最长的也就是“十一”，七天假，还有一大堆的作业。这里的学校简直足以让关柚感恩戴德——假期一律不允许留作业！

收拾东西的时候，关柚接到妈妈的微信视频邀请，不情愿地接起来，这才意识到自己在来美国之后的的确确还没和父母视频过几次呢。

“干吗？我收拾东西呢。”

“哎呀，你去了美国也不跟我们常联系，我们也不知道你过得怎么样啊。”妈妈的脸本来占满了整个屏幕，爸爸的脸又忽然挤上来。

“你要多跟我们联系啊，知道吗！Kelly 的妈妈可跟我说了，人家 Kelly 每天都要跟她视频好半天呢！”妈妈在那边用一种撒娇的语气说道，惹得关柚笑起来。

她嘴一撇：“嘿，你们懂什么，天天哭天喊地说想家的人，那是因为他们混得不好——”关柚白眼一翻，“比如 Kelly。”

“哈哈哈，”妈妈笑起来，“行，那你混得好就行了，我们就放心了。”

“那当然。”关柚笑了笑。

听说关柚马上要出发，杨景涛急忙放下游戏从宿舍跑过来。

“关柚！”他看着她搬行李，上前帮了一把。

“你怎么来了？”她看到他的出现，脸上却并不惊喜。

杨景涛心里又打起鼓来：“你最近是怎么了？给你发信息总回得那么慢，叫你出来也不出来。”

关柚准备合起后备厢的手顿了顿，抬头笑笑：“没有啊，最近忙了呗。”

“可是——”

“哎呀，你别多想啦！”她打断他，好像急忙躲开似的，走到车门旁才回头看他，挥了挥手，“回去吧，假期快乐！”

“欸，”杨景涛很是受挫，但看着她马上就要离开，也顾不上和她争辩，“喂！打电话啊！”

“看来对你很是上心呢。”看着后视镜里远去的杨景涛，身边的Sabrina笑道。

关柚无奈地摇摇头：“本来只是想当好朋友的。我也不知道……我也不知道他是不是误会了。可他也没挑明啊，我只能暗示他；但他好像又没有意会。”

波士顿市郊。

“你家可真大啊！”一进Sabrina家的家门，关柚就兴奋地说，“这么大客厅，比我家大多了呢——竟然还有一整个party room！”她推开滑动的玻璃门，玻璃柜里是锁起来的酒，各种各样，琳琅满目。

原来美国人家的house就是这个样子的啊。厨房是瓷砖、客厅是木地板，客厅有两个——据Sabrina说，另一个是接待室。沙发看着又大又舒服，有落地窗，还有壁炉，真的和美剧里面一模一样；外面竟然还有个小后院，后院里还有吊床和秋千！关柚看到眼前的景象真的如同刘姥姥进了大观园一样，什么都觉得新鲜，看什么眼神里都是赞叹。

“这么多的酒？！好棒啊，哈哈，好想喝一瓶！”关柚兴奋地大叫。

“Jessie，”Sabrina一贯对各种规矩还是遵守得很，“你没到21岁，喝酒是犯法的。”

“我只是说说，”关柚不悦地耸耸肩，“这要是在中国就好了，什么21岁啊，幼儿园小孩都可以随便喝！”

“真的啊，这么好！”Sabrina睁大眼睛。

第一天的晚上家里就是一场party。看来，只要是美国人、青少年时期的女生，什么白人黑人穷人富人，全是一样的，都喜欢在自己家办party。

“什么！你还请了Julia？”关柚夸张地大叫，“就是那个很……”这人和她们同所高中，颇有些名气，但是嘛……也不是什么很好的风评，人称“夜店女”，以浓妆艳抹善于勾引男生著称。关柚一时都找不到一个合适的词去形容她。

“Yeah，that bitch（对，就是那个贱人）。”Sabrina索性也没给关柚找形容词的时间，直接就替她说了。其实她也不太喜欢Julia，“但没办法，她和我住一个镇子的，又一个学校，这小镇就这么小，哪家办个party，四面八方的人都会一起来玩。”

正说着，Julia 来了。果不其然，一如既往地浓妆艳抹，烟熏妆，眼角的白色高光；低胸的衣服露着半个胸，超短裙，紫色的内裤若隐若现。在场的帅哥也果然无一例外，全部眼神时不时地就瞟向 Julia；然而相对地，在场的女生无不对她带有敌意。

而 Julia 呢，就那么旁若无人地跟各种男生调情，左拥右抱。

party 上，音乐声震耳欲聋，全是欧美的鼓点很强的那种流行乐或是摇滚乐。灯光虽然不如正规专业的那样闪耀，却也是五颜六色；墙壁上还挂了一些装饰，贴了些涂鸦的海报，整个 party room 看起来很有气氛。大吧台上摆满了饮料、小吃、party 帽、沙锤等东西；地上还有散落的薯片和糖果。沙发上也乱成一团：各种人的包、外套，甚至还有人把运动鞋脱了扔在沙发上。

“Hi!” Julia 看到关柚竟然对她笑着打了个招呼。她笑得明媚，示意关柚一同出去走到外面安静一点的地方，简单寒暄了几句。

“欸，我看到了什么？” 正说着话，Julia 突然眼睛一亮。

关柚看到蹲在地上的几个男生……似乎还都蛮帅。

其中一个金发男孩走上前：“你叫什么？”

他走近了，看着关柚的眼神竟然那么温柔。

“Ayh。” 身后一片起哄的声音。

这个男孩叫 Luke，在小镇上的走读学校读高中。

两人聊着，去后院的秋千上坐了很久。关柚说她冷了，Luke 就张开双臂，问她，需要一个怀抱吗？他说话的语速既温柔又慢，渐渐地，他停了下来。

关柚抬起脸看着他：“What's wrong? Keep talking。(怎么了？接着说啊。)”

Luke 停顿了短暂的一秒钟，忽然以迅雷不及掩耳之势低下头，低声道：“It's too hard to talk now。(接着说话太难了。)”

他的手温柔地摩挲着她柔软的黑发，脸就凑得更近了些。

“OH MY GOD!” 应 Julia 叫声而来的一群人，包括 Sabrina 在内，站在玻璃门后面随即目睹了这一切，“They kissed!（他们接吻了！）”

再看到杨景涛的消息时已经是第二天中午。

睡得昏天黑地的关柚拉开窗帘，被正午的阳关晃到。

杨景涛昨天晚上给她发了很多消息，关柚一条也没有看见。他还以为她又生气了。看着他的语气，想起那张可爱的面容还有那个大男孩可爱的性格，关柚心里还是有点歉意的。她对着手机笑笑，给他回了语音电话过去。

“你昨天在干什么？不回信息也不接电话。”杨景涛很快就接了，一上来就是质问。

原本还心怀愧疚的关柚顿时愧疚感全无，反而有些生气。“昨天？没干吗啊。”她故意轻描淡写，“Sabrina 家开了个 party，认识了几个帅哥。”她故意把后面几个字加强了，想试探一下杨景涛的反应。

杨景涛沉默了好一阵才又开口：“关柚，你什么意思啊？”

他声音的低沉和沙哑竟让关柚一时语塞。

“没什么意思啊。”她忽然心虚，不知道说什么好了。

“陪别人玩就把我晾在一边？”杨景涛满腹的委屈。

“可是我也有我的自由啊，也有权利选择和谁玩，选择什么时间想干什么事情。”关柚尽量心平气和。

“所以我就活该守着手机一直等着你？！等着你什么时候想起我？！等着你选择什么时候轮到我头上是吗？！关柚，你这样太自私了！”杨景涛忽然发起脾气来了，在电话那头嚷嚷着；准确地说，他声音也并不大，只是字字句句铿锵有力，一种委屈的语气又油然而生，说得关柚明明觉得自己没错，这会儿也觉得是自己理亏了。

“景涛，我——”

“……”杨景涛那边已经变成了忙音。

杨景涛在房间里踱着步子。

“什么情况啊你？说好的十二点上线呢？”谢诚打来电话催他打游戏。

“哎呀，没心情，不打了不打了！”关柚的态度让他害怕起来，原先有的一丝期盼和安定现在在他的内心动荡了起来。

“你㞞什么！敌退我进，敌疲我打。”谢诚军师开始出主意。

虽然杨景涛不明白关柚为什么退缩，但他不相信关柚的内心对他一点好感都没有。那么既然她现在在退缩……他回答，“嗯，好吧，那看来唯有强攻来一搏了……兴许能取胜。”

在屋子里思来想去，杨景涛终于又给关柚打电话过去了。

“对不起，是我太冲动了。原谅我吧。”杨景涛的声音在听筒中响起。

关柚终于等到回复，毕竟还是开心的：“那以后我们能不能互相尊重对方，给彼此留点空间？”

他沉默片刻，直奔主题：“关柚，你说过的，你没有男朋友，对吗？”

“啊？”关柚的心瞬间提到嗓子眼，“景涛，我觉得我们一直是很好的朋友，所以——”

“可我不想只当你的好朋友，我想当你的男朋友。”他终于说出了这句憋在心里已久的话。

关柚沉默了，一下子不知道怎么作答。想了好久，她才开口：“我觉得，我们最适合的还是做好朋友吧……”

“你难道对我一点好感都没有？你敢说你一点都没喜欢过我？”杨景涛不甘心，不依不饶。

关柚闭上眼睛，睫毛在颤抖，“我……”

“骗人吧！我不信！到底为什么？！”杨景涛又开始发脾气了。

两人不欢而散。

同一时间，Rose 正坐在沙发上百无聊赖地看着杂志，最近 YSL 新出的一款口红正流行。看到口红，她又想起了齐粤……毕竟以前一起逛街，他还是没少给她买东西。不过如此说来，自己究竟是在乎他的人还是他的钱呢？她想要优越的生活，这没错，而这些齐粤恰好都能给她；可抛开这些不说，他俊美的容颜、温柔的神态、永远都会照顾她迁就她的包容……

唉，终究还是想他的。

齐粤坐在钢琴前面弹着曲子，修长的手指如玉，正在琴键上飞快地穿梭。

“叮！”

钢琴上面的手机振动了一下，打断了优美的旋律。

是 Rose。

齐粤眉头皱了皱，犹豫着打开信息，看到 Rose 发来一张图——啊，是去年他送给她的一款 Tiffany 项链。

他凝视着项链里那颗青蓝绿色的宝石，却马上收回思绪，正准备置之不理，结果 Rose 的简讯又来了。

“刚在收拾东西，看到这个，好伤感。”

伤感？

这个词忽然让齐粤觉得很讽刺。

他马上拨通了 Rose 的电话。

坐等电话的Rose看到齐粤果不其然还是心软了，正满心欢喜："喂？"

"别再玩这种把戏了。"齐粤淡淡地说道。那声音依旧是云淡风轻，听不出悲喜，说得好像满不在乎一样。

Rose吓了一跳，怎么会这样？！她试探着问："你……怎么了？"

齐粤沉默几秒，电话那头有轻微呼吸的声音："一条项链而已，让肖恩去买给你吧。他以后还能给你买更多的项链，买项链、手链、耳环、戒指。"

Rose听得简直瞪大了双眼。她不光是震惊于齐粤强硬的态度，同时她也感叹……这真是齐粤有史以来说过的最长的句子之一啊！

转念一想，她在脑海中飞快地思索：怎么回事？明明只有那一次，还几乎是个小意外。明明是天衣无缝的，除了……唯一的知情人就是关柚……关柚！

"你都知道了什么？"想到这里，Rose的声音已经在颤抖。视线全模糊了，眼泪充满了整个眼眶，开始一滴、两滴，像是洪水决堤前的漏水一样滴落。

齐粤的心情也并不轻松。他叹了口气，胸口像压了一块石头一样，但他已经没有了要流眼泪的冲动。"我什么都知道了。"他回答道，语气平静。

闭上双眼，世界漆黑，眼泪终于开始断线般流淌了。

Rose哭倒在床上，声音都嘶哑了。

也许齐粤永远回不来了。

而让她同样难过的是关柚背叛了她。

她讨厌关柚不费吹灰之力就取得的关注、讨厌她初来乍到就在众目睽睽之下顶撞从邵东的自信、讨厌她刚来美国就可以跳过ESL的流利英语、讨厌她有一个完整的家庭。

可她们也真真切切地做了三个月的闺密。

一幕幕相处的场景还历历在目：她帮她熨衣服、带她买水壶、陪她去弹钢琴……还有两个人一起面对面敷面膜、下雨天她送关柚去上晚自习，而关柚聆听着她讲和齐粤分手的事情……她们两个人躺在同一张床上，一个头偏左，一个头偏右。

Rose又伸手去抽纸巾，但纸巾盒已经空了。

"啊！"她气得尖叫，胡乱地把化妆盒、纸巾盒，连同她平时最珍爱的香水都通通推到地上去了。

杨景涛挂了关柚的电话之后一直把自己关在房间里，晚饭也没吃。

他把头蒙在被子里哭，直到闷得不行了又坐起来。

手机打开——没有信息。算了，关机！

结果一个小时还不到他又忍不住开机——还是没有信息。

他又打开了飞行模式。可没过一会儿，又关掉了。

“喂，今晚玩不玩了？”谢诚问。

“不玩！”杨景涛吼道。

谢诚一脸的莫名其妙，刚要挂电话，又听到——

“不对！玩！我要当刺客！”

“什么鬼。”谢诚看看听筒，做了个冷战的耸肩动作。

受邀和 Sabrina 一道来到 Luke 家的烧烤晚会，关柚和 Luke 好像又回到了前一天晚上寂静的夜，美好、甜蜜，却也不真实。这是所谓的浪漫吗？这算得上是爱情吗？又或者……和美国男生的接触也算得上是一种融入和被认可吗？但……她对杨景涛是否愧疚呢？

回到 Sabrina 家，关柚躺在床上，久久无法入睡，便坐起身来，披上件衣服，蹑手蹑脚地走出房门，来到阳台上。她看了看手表，已经将近凌晨三点了。

呀，下雪了。

房间的阳台很宽敞，面向森林，看不到周边其他什么房子。

毕竟穿得单薄，裹着衣服的关柚还是有点冻得打哆嗦了；但此时此刻，她毫无睡意，总想着能和谁说说话。

第一个想到的是 Rose。

“睡了吗？”关柚发了条信息过去，但已经夜深至此，她并没有期待答复。

没想到手机突然振动。

Rose 来电。

关柚不知道的是，Rose 一直在纠结着，也想着要找个契机质问关柚。

“喂。”Rose 冷漠的声音响起，正酝酿着后面的一连串提问，却没想到关柚压低着声音，先发制人。

“Rose！”关柚的声音似乎很惊喜，“你竟然也没睡！”她直接向 Rose 讲述了自己这两天在美国人家参加 party 的所见所闻，以及和 Luke 之间发生的故事，还发了张两人的合影，看起来十分亲密。

“什么？！”也顾不上之前计划好的对话了，Rose 听到这些大吃一惊。这可是……

爆炸性新闻。

看着关柚发过来的照片，关柚的脸和那个金发男生 Luke 的脸凑得挺近，两人都灿烂地微笑着——她忽然决定不问关柚了。也没什么可问的。但手握这个新闻，她胸有成竹的另一个计划生成了。

既然关柚先打破了承诺，那她也一定要让她付出代价！

和 Rose 通完话的关柚看着漫天飞雪，忍不住给杨景涛发信息。

也不知道他怎么样了啊？毕竟她也不愿意让他伤心。

盯着手机屏幕上自己两小时前发的两条信息——“景涛”“你还好吗”——没有回复。唉。

犹豫片刻，她再次拿起手机，重新打字。

呆呆地盯着聊天对话框，杨景涛出乎意料地在凌晨三点半看到了“对方正在输入……”。

他屏住了呼吸。

她会发些什么呢？她怎么也还没睡呢？

他闭上眼睛，再睁开——

“真的对不起，但我还是很珍惜你这个朋友。”

他再一次绝望地闭上了眼睛，把头深深地埋进被子里。

然后第五次关机。

十天的假期，一转眼就过完了，但好像又特别漫长。

假期的最后一晚，从邵东和父亲在金门大桥底下散步。

“有件事，跟你商量一下，”父亲踱着步子开口道，“你爷爷也去世一年了，我和你妈商量决定，还是把那套老房子卖了吧。”

老房子？卖了？

听到这几个字眼，从邵东不禁胸口起伏、眉头拧到了一起，双手轻轻握起了拳头。

见他不答，父亲又道：“你觉得呢？”

从邵东叹了口气：“既然你们都已经决定了，还谈什么和我商量。”

父亲摇摇头：“我知道那套房子对你的意义——”

“卖了吧。”他打断父亲，低沉的声音缓缓响起。

父亲沉默良久：“我知道你舍不得，但是——”

“理解，”他再一次打断父亲，“我也宣布一件事，”他转头，特意补充，“不是商量，是我决定的。我打算明年申请UC伯克利；如果录取，伯克利就是我的首选。”

父亲点点头，停住脚步，拍拍丛邵东的肩膀：“你一贯是很有主见的，这个我们都不担心。”

丛邵东望向对面，虽然夜幕降临、雾色又浓重，但……那大致就是伯克利的方向吧，也不知道会不会成为自己未来生活的地方。

清晨，又出太阳了。

“好了吗？”Sabrina已经从外面的车里在喊关柚了。

“来了来了！”她手忙脚乱地把东西胡乱一塞，合上箱子。欸，要是Rose在就好了，她总是能把所有东西打理得井井有条。

“走吧！”关好后备厢，Sabrina拉开车门，“愣什么神哪？”

关柚撇撇嘴，不情愿地坐进车里：“Luke还说等我走的时候会来送呢，你说……他会来吗？”

Sabrina大笑：“他那种花花公子，谁知道。”

“那也许会发个信息？”关柚还是心怀期待。

Sabrina摇头：“不一定吧……别太当真啦！就当一个萍水相逢，不也挺美好的？”

关柚耸耸肩。

“由旧金山飞往波士顿的旅客现在可以开始登机了。”

丛邵东在登机口听到广播，站起身。

微信突然收到消息——父亲传来一张图……竟然是一张自己的照片？他疑惑。难道是昨晚拍的？图中是他站在金门大桥前望向远方的背影。

他想起来他拒绝合影之后父亲的反应。

好像……有点感动。又有点心酸。

走上廊桥之前，他还是给父亲发了个信息：我走了，保重。

爸爸回复：照顾好自己！

他盯着屏幕上的照片……拍得还挺好。

他不禁笑了笑。

哟，鲜有动态的丛邵东学长竟然发了条朋友圈?

旁边的 Sabrina 已经睡着，百无聊赖的关柚打开微信朋友圈，刚好捕捉到丛邵东的这条状态。

是一张背影的图，在金门大桥前面。配文，“过客三番”。

还挺文艺。

她笑起来，随手点了个赞。

# 不是友情，不地久天长

回到学校，关柚和杨景涛之间丝毫没有缓和，仿佛真的就形同陌路了。

他还是那样，现在不光删了她的微信，还取消关注了她的 instagram，唯一没删除的社交渠道是 facebook 的 messenger——现在成了她唯一可以找他的方式。

见面的时候他就把她当透明人。

经历了几次当着很多人跟他说话却被他直接无视的尴尬经历之后，关柚也渐渐灰心了，每次看到杨景涛都是欲言又止，想说话却已经越来越怕开口了。

周三放学放得早，中午之前课就结束了。

“杨景涛！”她在空无一人的楼道里堵在他面前，“杨景涛，我们谈谈。”

她仰起脸看他的角度还是和以前一样，阳光照过来打在他脸上柔和的色调也和以前一样。杨景涛的喉结动了动，没说话，眼神看向了别处。

“你能听我说句话吗？”她的声音有些发颤了。她从来没想过会和他有这种“悲剧式”结局。

“在我心里，你是我到这个学校认识的第一个朋友，也是我心里面一直觉得最可以依靠的朋友……”她偷偷瞥他，“和你在一起的时候我总是很开心。”

杨景涛依然不看她，但从他紧皱的眉头和抿着的嘴唇来看，关柚觉得他有在听。

“不管你怎么想的，能不能说句话？”空无一人的楼道里寂静得可怕，关柚的声音几乎都带了哭腔。

“我没什么可说的。”杨景涛良久才给了一句在关柚看来更绝望的话。

“就不能继续……继续好好做朋友吗？我真……”

“难。”这回杨景涛终于肯扭过头给她一个正脸了。

他那么高，在往日的记忆里都是依靠的象征，可是此时此刻，她觉得他们即使近在咫尺，之间的距离却远得可怕。

远处好像有什么东西掉在了地上，声响传过来，很清晰。

又好像有什么人推门进来了，然后和另一个人打了个招呼。

笑声。

笑声这种东西在关柚听起来让她开始更加紧张她和杨景涛之间的关系。

“为什么？”关柚深吸了一口气，“做朋友不好吗？只有友情才能地久天长。”她认真地看着他。

但这神情似乎突然惹恼了他。于是他也就怔怔地看着她：“可我们不是友情。所以我们，没法地久天长。”

一字一句，像针尖一样，一下一下扎在关柚的心上。

他走了。说完就走了。大步流星地扬长而去。

往日关柚会看他的走路姿势笑，会跟他开玩笑，会聊天，会拥抱，可是现在什么都没有了。好像这一次他走了就再也不会回来了。

她才发现有杨景涛陪伴的日子已经成为习惯；他已经不知不觉成了她的依靠。

所以这就是终点了？

难道……这就是他们之间的终点？

接下来的数学课，关柚和丛邵东被分在了一组，同组的还有韩国人 Jackie。

挪到新组的时候 Jackie 油嘴滑舌地和关柚打招呼，表示热情欢迎，同时打趣他们，说：“你们两个说中文的可不要欺负我听不懂哦。”

关柚看了一眼丛邵东，他给她的依然只有那冷峻的侧脸。她心想，我跟他连话都不说，你还怕我们说中文太多？你真是多虑了。

不过这句话她没有说出来。

果不其然，丛邵东在 Jackie 面前就能聊得热火朝天，而对她，看都不看一眼。关柚也一样，有不会的问题直接用英文问 Jackie，虽然她其实也不是很好意思在丛邵东大神面前说英语。不过算了，看他低头写题的样子估计连她说的是什么都没有在听吧。

一节课下来，Jackie 算是看出来了，这两个中国人完全是零交流。

“Joey, 你怎么回事啊！”Jackie 笑着责备他，那种温暖明亮的笑容和他身边冷若冰霜的丛邵东形成强烈反差。

“怎么？”丛邵东手指飞速按着计算器，头也不抬，语气一如既往地平淡。

“你们两个怎么从来不说话呀！”他懒得和丛邵东打哑谜，便直接转向了关柚。

“呃……”关柚一时说不出话，下意识地看了一眼丛邵东。

“Waste of time（浪费时间）。”丛邵东想都不想就直接回答了。

连 Jackie 都满怀同情地看着关柚，后悔自己提起这个话题。明明知道丛邵东就是一个从不会开玩笑的呆子。

“抱歉啊 Jessie，你别介意，”Jackie 连忙替丛邵东赔着笑脸，“他不是那个意思。”

关柚耸了下肩：“没事，习惯了。”

“什么？”丛邵东突然从题海里面抬起头，一脸疑惑地看着关柚。

“你不是不想和我说话吗？”关柚没好气地白了他一眼。

丛邵东觉得好笑：“我不是不想和你说话啊。我做题的时候没空跟任何人说话。”

“你和 Jackie 不是聊得挺开心吗？”关柚质问他，想着自己何曾有过这样被冷落的待遇。

丛邵东看了她一眼，不知如何作答，只得眉头一皱：“哎呀，下一道题！”

关柚气得眼泪都要掉下来了。不过平静片刻之后，她还是可以受理智控制的。毕竟丛邵东只是一个普通同学，自己不能要求所有人都以她为中心吧。

下课的时候，丛邵东又一次我行我素地像老大一样下“命令”：“晚上八点，图书馆。”他陈述的语气让人听不出来这到底是不是一个小组协商。

Jackie 看起来是早就习惯了，直接点了点头。

收拾书包的时候关柚下意识看向杨景涛——平时下了数学课，他们都是一起走的。可这一次，杨景涛慢吞吞地收拾完东西，没看她，径直往外走了。

一出教室，杨景涛的昂首挺胸立马变成了垂头丧气。

他往沙发上一坐，拐角处闪出一个人。

“哟，是 Joey 学长啊。”杨景涛看到丛邵东，吊儿郎当地跷起了腿，“这次单元测验你是全班唯一的满分，真是厉害。以后我有不会的问题还要向你请教。”

丛邵东淡淡地看了他一眼，平时没什么交集的人，怎么突然上来搭话？

“请教就算了，没空。”留下一句话丛邵东就要走，完全不想浪费时间和杨景涛争。

杨景涛却不服。一向以数学天才自诩的杨景涛，竟然眼睁睁看着丛邵东成了全班的考试状元，这口气他哪咽得下：“我最近事情太多，考试状态不好，下次一定赢你！”

丛邵东停住脚步，回头勾起嘴角，心想，考试争风这种事情，多大人了？又不是小孩子！真是幼稚。“下次再说。”

他不屑的语气激怒了杨景涛。

“你！”杨景涛嚷嚷着跟了上去，一路争辩到食堂。

好不容易挨到午饭，关柚期待着能见到Rose好和她商量一下杨景涛的事情。

“Rose！”关柚挤过来，看到Rose仿佛看到救命稻草。

可出乎意料的是，Rose竟像是没听见一般，和身边女生有说有笑，完全没理会她。

中国桌瞬间安静了，所有人似乎都若有若无地往这边瞟着，像等着什么好戏发生。

关柚自然也没傻到继续叫Rose——这样明显的无视显然不是没听见那么简单。那么……现在自己该怎么办？

餐盘是已经端在手里了，自己人也已经站在这里了……前进，硬挤进去坐到桌上，还是后退，掉头就走，直接把餐盘送到回收房然后走人？可前者太尴尬，后者又显得懦弱……短短几秒钟，关柚左思右想：既然太显眼了丢人，那么什么地方才最不显眼？

人群中，大概是人群中吧。只有离开聚光灯，坐到观众席，才可以不被注意——不是这种万众瞩目的小丑般引人注意。

她默默深吸了一口气，硬着头皮假装镇定地忽略掉所有质疑的、等着看笑话的目光，转过身就径直朝中国桌反方向的位置走去。

幸好，还有空位子。有时候食堂人满为患，连一个空位子都没有。

小心翼翼地环视周围，每一桌都是一个小圈子，只有自己孤零零的一个人——不过不管怎么说，关柚在那一刻还是知足的。篮球队员们、风流的女生们、各种各样的圈子……但在远离中国桌的这一头，没有什么更多的人会对她投以奇怪的目光。

于是关柚就自己挑了一张角落的小桌子坐了下来，假装自己是聋子，假装周边的喧嚣都不复存在。

她吃得很慢，也很快，既谨小慎微却同时又很想赶紧逃离。

无论她再怎样克制，不幸的是，眼泪还是流了下来，就这么猝不及防地滴到了她的餐盘里，滴到汤里、菜里。

好不容易顶着众人目光才找到这么一个相对安静的角落，若是现在离开，刚才的勇气就都白费了。

可是她又实在是没胃口。

有人说，一个人吃饭的时候就什么都不要想，不要看别处，也不要想别人在说什么，专心吃饭就好。

还有人说，一个人的时候戴着耳机可以减轻孤独感和尴尬。

——可这些方法都不奏效。

终于，她放下了手里的刀叉，端着一盘自己精挑细选、刚刚还满心期待、现在却只动了几口的食物，朝回收房走去了。

“要不打场篮球！”辩论了一路，杨景涛还是不服。

“不就一次考试吗，你有完没完了。”丛邵东的耐心终于耗尽了。

“但重点是全班最高分从来都是我啊！”杨景涛提高的声调又弱下去，“……基本，基本都是。”

“基本？”丛邵东笑了，“关柚也赢过你吧，不是吗？”

“别提她！”杨景涛瞬间横眉冷对，双手插兜。

“哟？”丛邵东忽然对杨景涛提起了兴趣。反常啊？

他拉开食堂的门，杨景涛紧跟其后。

“你跟 Jessie，这是怎么了？怎么突然这样了？”Kelly 凑到 Rose 面前问。

“哼。”对面的高年级学姐冷笑一声，作为 Rose 的“资深闺密”，她显得比 Kelly 知情。

“怎么回事啊？”林想也走了过来，同时还在往关柚的方向张望。

高年级学姐看了一眼 Rose，交换了一下眼神，确定得到了 Rose 的允许：“不知天高地厚。”她只莫名其妙地吐出了这么一句，顿了顿，才又说，“她竟然给 Eric 发信息表白！亏 Rose 一直对她这么好，她竟然想破坏 Rose 和 Eric！”

Rose 和 Eric 是一对，这是一件大家都知道的事情。然而两人其实已经分手的事就并不是人人都知道了。更加不为人知的自然是 Rose 和肖恩的事情——其实这甚至不能说背叛，毕竟当时两人已经正式提过分手——只是这样的内情被大家一知晓，那必定会显得 Rose 就不无辜、不楚楚可怜了。

既然关柚背叛在先，那就让她以此做做文章，也让关柚尝尝当小人的下场吧！

肖恩走了过来，和 Rose 交换了一下眼神。只要齐粤不在，关柚不在，这张桌子上的低年级小孩们真的是又傻又天真，可以任由 Rose 糊弄。

看到他们还在为自己愤愤不平地骂关柚，Rose 真是痛快极了。

“还有更爆炸的新闻呢，有人想听吗？”Rose 故意把手中的杯子一放，敲出很大的声响，故弄玄虚地大声吆喝。

“我的天那，又是 Jessie？”对面的高年级学姐都忍不住感叹。

“她是火药附体吗，哈哈哈，每天都爆炸性新闻。”低年级学弟凑过来附和。

杨景涛不想听下去，转身想走。

旁边的丛邵东却来了兴趣，关柚怎么突然掀起这么大风浪？但他马上制止了自己的胡思乱想。他向来禁止自己在没用的闲事上面浪费脑细胞。

“欸——怎么，走了？”Rose 饶有趣味地看着杨景涛。

“对不住啊姐，”杨景涛立马换一副嬉皮笑脸的表情，“作业多呢，先回去了。”

“你是不敢听吧？”Kelly 没好气地瞪了他一眼。

“因为没兴趣听。”杨景涛收敛了笑容，耸了耸肩。

“切，别理他！”林想说话一贯是最直的，“快讲。”

整张中国桌的气氛已经沸腾到了极点——除了桌子最边缘的康俊文还一边吃着盘子里的黄瓜，一边举着手机自顾自地乐着里面的政治漫画；只有桌子上的声音吵到他的时候他才微微抬了抬眉毛，两只小眼睛滴溜溜地转，透过镜片瞥了一眼桌上的人。

“没人吧？”丛邵东自顾自地问康俊文，不等他回答就拉了把椅子在他身边坐下。

Rose 看到丛邵东，狐疑地眯了眯眼睛。他怎么也跑来凑热闹了？

“哼，”Rose 清了清嗓子，真正的压轴戏终于开始，“就这个假期，她天天出去拈花惹草，还……”她把关柚和 Luke 的事情和盘托出了。

整张中国桌瞬间又安静了，所有的人都瞠目结舌——除了康俊文还悠哉悠哉地嚼着黄瓜盯着手机屏幕笑。

这笑声忽然间形成了极不协调的感觉，惹得 Rose 瞪了他一眼。

可是康俊文压根就没看见。

终于，几秒的沉寂之后大家的反应又复苏了。

不负 Rose 所望，整张桌子显然是炸开了锅。

“这么贱！？”

“不是吧，就她那个样子……”

“活该被踢出中国桌啊，真是罪有应得。”

“就这样还想勾引 Eric？！简直恬不知耻。”

听着身边此起彼伏的骂声，Rose 觉得太痛快了：关柚，你毁了我的幸福，我自然也不会让你好过！

仅仅这样依然不能让 Rose 满意，她拿出了手机，开始和大家分享当时关柚给她发的信息里面的细节。

关柚做梦也想不到，曾经最信任的人，因为信任才分享的经历，现在会被 Rose 拿来当众人的笑柄、当对付自己的武器。

关柚最后也不知道自己是怎么吃完了那顿饭、走出了这间食堂，又在寒风中自己走回了宿舍。

走出门的时候中国桌的位置是必经之路。

她感受到了身后种种敌意的目光。

但最让她心凉的是出门前的最后一刻，她隐隐听到有人说道："那我们以后可得离她远点！"

下午，音乐楼。

"C 和弦——"

"E 和弦——"

"G 和弦——"

音乐老师正在指导齐粤的声乐。

"很有进步啊！"合上钢琴，音乐老师笑眯眯地看着齐粤。

齐粤腼腆地道谢。

"Eric，这次冬季的 Coffee House 才艺表演，你参加吧？"

"啊，Coffee House 啊，我还没想好……"他低头犹豫着，又看向窗外。

"你天赋很好啊！真的应该参加。"老师鼓励他。

这个白胡子音乐老师是 Mr. Friedman，看拼写更像是 Fried-man，"油炸的人"。音乐方面造诣，那真是空手就能编曲、八个声部的合唱里都能找出是谁走了音，没话说。

"我再想想吧。"齐粤笑笑，其实心里也不是不想唱。两年了，每次自己弹琴、唱歌，总是期待一个舞台；但事到临头，又总打退堂鼓，"其实也不是一定要被看到才有意义吧。我就自己唱给自己听，对我来说也够了。"他安慰自己。

音乐老师一皱眉头："你说得也对，但不试一试怎么知道呢？"

齐粤又微笑着沉默了。

"好吧，我不强人所难，"老师合上琴谱，"你再考虑考虑吧。"

钢琴上 Coffee House 的海报静静地躺着：一个音符，后面一串五颜六色的旋律。

齐粤伸手抚摸了一下那张海报。

偌大的音乐排练厅里，他一个人站在中央。没有了老师、没有了 Rose，也没有肖恩。好像在这个大千世界，只剩下自己了。

要不……试一次？他问自己。

八点。图书馆。关柚如约而至。

能和丛邵东一起学习，关柚也不知是应该为终于有了一个能交流的人而开心，还是该因为这个潜在能交流的人并不会和自己交流而难过。

她走进图书馆的时候丛邵东已经坐在那里，摊开的书本像是他已经到了很长时间。

“你迟到了。”丛邵东一如既往，头都不抬一下，右手继续奋笔疾书，左手按了一下手机的主屏幕键，瞥了一眼上面的时间：8∶02。

“两分钟而已嘛。”关柚看着手机屏幕，不以为然。

他耸耸肩，代表自己并不是很在乎：“我只是说一下这个事实。”

她甩下书包坐下：“Jackie 呢？”

“他有点事情，等会儿过来。”

“噢。”说完关柚便开始托着腮帮子发呆，就看着丛邵东在纸上刷刷地列着式子。草稿纸上的字写得龙飞凤舞，但作业纸上的字其实还真的蛮好看的：方方正正的，工整、干净、刚劲有力。字如其人。

“你来很久了吗？”关柚看着他认真写作业的样子，忽然来了兴致，开始没话找话。

他沉默了一下，直到写完手头的这道题才回答：“也就比你早个十分钟。”

“十分钟？！十分钟你就写了这么多？”关柚不可置信地看着他，“我以为你来了得有半小时了呢。”

丛邵东笑了，抬头看了看她：“我每天很多事情啊，学习、训练，还要准备 SAT 和托福，自然要抓紧时间。”

“噢对哦，你已经 junior 了，该准备申大学了吧？”

丛邵东的笔尖顿了一下，抬起头认真地端详着关柚，“现在 junior、明年 senior，准备申大学这不是很明显吗？”他脑子里又不禁闪过四个大字来形容此时此刻和面前这个女生的对话：浪费时间。

“你在干吗？”他这才注意到关柚面前空空如也的桌子，“这么长时间了，你都在干吗？”丛邵东这时候的表情简直可以用诧异二字来形容了，“你的时间就都是用来荒废的吗！”

关柚想说自己心情不好，没法学习，可是看到对面这位，实在觉得自己一切的借口都是矫情。然而她还是任性地说：“不想写。”

丛邵东抿着嘴，一脸的无奈，直接打开书推到她面前：“写吧，早晚都得写。”

关柚盯着面前的数字和字母发呆，感觉眼前无数个符号在晃。好吧，写就写吧。

可是直到丛邵东把作业都写完了她也才只写了两道题。

“关柚，你的效率呢？”丛邵东盖好笔帽之后终于忍不住痛心疾首地看着她，问出了自己心底的疑问。怎么可以有人这么荒废时间？真是前所未见。

“哇……”关柚抬起头，重点却不在丛邵东的问题，“你竟然会叫我名字？”感觉他好像很少叫过她的名字。说完话她忽然又后悔，为什么自己在他面前显得像弱智一样。

丛邵东再次无语，“我不怎么关注人际，但名字……我还是记得住的。”

人际？社交技能？你确定你有？她低着头盯着自己的笔尖忍不住笑了出来。

“你笑什么？”他低沉的声音终于开始略透了一些和年龄相符的孩子气，严肃的脸上也浮现了一丝笑意。

“没什么，”关柚抬起脸，眼神亮晶晶地笑，“也许就是因为你的时间是用来抓紧的，我的时间是用来荒废的，所以我才不如你这么厉害。”

“你觉得我很厉害？”丛邵东眼神一亮，饶有趣味地问她。

“你不是全校公认最厉害的中国人嘛。”关柚忽然又不敢和他对视了，连忙眼神看向别处，但回答的时候她依旧装作漫不经心的样子。她并不想把这段对话继续下去。即使她的确认为丛邵东很有能力，但她也并不是那种天天说别人有多厉害的小喽啰的角色。

还好丛邵东没有把这个话题继续下去。他向来不是自恋的人。

“我觉得你也挺厉害的啊。”丛邵东努了努嘴。

关柚不可置信地再一次看向他。

“十年级上 AP Calc，不厉害吗？”他笑笑，“其实能自己来美国寄宿学校上学就挺厉害的，我觉得我身边的每一个人都挺厉害的。不过也要看你怎么定义厉害这个词。”

他一闪而过的眼神里充满了太多东西，关柚敏感地注意到了，却捕捉不全。他眼神的深邃、狡黠，还有冷漠。她忽然觉得眼前这个人是个挺特别的男生，不仅仅是个有距离的学长了。

她感激他能认真地跟她展开一段谈话。

“其实每个人每天要做的事情的量都是一定的。如果你能掌握时间、不做时间的奴隶，你就赢了。所以我每天都会在早上起床的时候在脑子里过一遍，哪些事重要、哪些事不重要，哪些紧急、哪些不紧急，这样在自己脑子里其实就列出了一个四方格，然后依据这个来规划自己的一天。”他一边说着一边把桌上自己的书本和笔往书包里装。

“那心情不好的时候怎么办？”不知从哪里来的信任，或者说是有病乱投医也好，关柚鬼使神差地就继续问出了自己隐藏的问题。

他挑挑嘴角：“我的话，一般就是去健身房咯，跟朋友打球咯。不过心情好不好也是相对的。即使情感上面可能心情不好，我还是会强迫自己去完成该完成的事情。”看着关柚若有所思的脸，尤其是映在玻璃上和外面漆黑的夜形成对比，丛邵东有种想帮她的冲动。然而这种奇怪的冲动他以前是没有的。他为什么要帮别人？自己的事情还忙不过来。

“人的一辈子这么短，你是为了自己活的，又不是为别人。”他的眉头微微皱起，看着她眉宇间隐隐的忧伤和恐惧。其实他的观察力比很多人想象中要敏锐。

关柚吓了一跳，别人？难道最近发生在她身上的种种他也有所耳闻？她小心翼翼地看着他，试图从他的表情上找出答案。

不仅是有所耳闻，明明就是了如指掌。注意到关柚微妙的表情变化，丛邵东在心里暗自得意。

她叹了口气：“你要走了？”

他的表情恢复了冷漠，刚才一丝丝的亲切和关心消失得无影无踪：“作业写完了当然要走了。”

“……喂！”关柚突然感到很难堪，“你叫我来图书馆，怎么自己写完就要走了！不应该是等我写完吗……”

“可是是你自己选择不抓紧时间的啊。”丛邵东挑起眉毛，坐在桌子上一手撑着桌子一手插兜，慢慢俯下身子，直到脸和关柚之间只有一尺的距离时才停下。

关柚吓得往后缩了缩。

“毕竟每个人都有自己的时间表嘛。”丛邵东坐直了身体，转身从桌子上下来。潜台词就是，没有谁该为了配合别人的时间去改变自己的轨道。

这和关柚所习惯的截然不同，但恰好和 Sabrina 所描述的美国人的相处方式吻合了。

丛邵东拿起书包，开始往外走。

“……喂！”又是一贯的丛邵东风格，没礼貌，连再见也不会说。看着他往外走去的身影，关柚有些不满，却也无话可说，“可是 Jackie 都还没来呢！”

“他有事，说不来了。”从邵东往外走的时候头都不回地说了一句。磁性的声音，音量不大不小正合适——还是一切如此恰到好处的从邵东。

什么嘛，Jackie 怎么能这样耍人。关柚在心里埋怨。

背对关柚，从邵东的嘴角却浅浅地浮现出一丝笑意，忍不住又看了一遍刚才和 Jackie 发的信息：

“Jack, just stay in dorm tonight.（你不用来了。）”

“But you’re the one asking me to go to the library bro?（可不是你叫我去的吗？）”

“Not anymore.（现在不用了。）”

“Why??（什么情况？）”

“Just because.（别问了。）”

# |形同陌路|

圣诞放假回国那天，窗外又是纷纷扬扬的大雪。

看到关柚在漫天飞雪里自己费劲地搬着行李，有位高年级的学姐又开始拿杨景涛打趣："你不去帮帮你家关柚？"

杨景涛拿着可乐的手顿了一下，修长的手指上苍白的骨节攥紧了易拉罐片刻，铝罐微微的凹陷发出咯咯的声响："她和我又没关系。"

Rose 刚好走到车门处，听到身边的对话不禁冷笑了一下。

上车后，前排三三两两地坐着虎视眈眈的学姐，关柚只得硬着头皮往后走，走到最后一排。

"嗯，没问题，不用接。"从邵东看样子是和父母打着电话。

深吸一口气，关柚坐在了从邵东前面一排。

他还是打着电话，看了她一眼，没有任何表情或者要说话的迹象。

"人都到齐了吗？"司机开始清点人数。

"欸，等一下等一下！"一个金发女生跑上来，"不好意思，我来晚了。"她噔噔噔地跑上车，掸着身上的雪，笑眯眯朝司机师傅说道。接着，她一路往后走，走到后面稍微空一点的几排，左右环视片刻，坐到了关柚旁边。

"你好，我叫 Liz。"她笑着打招呼，眼睛眯成一条缝。她没化妆，金灿灿的头发却在阳光直射下发着光。

"你好。"关柚犹豫着点点头，也礼貌地笑笑。正准备戴上耳机侧头睡觉，Liz 却开始和她聊天。而两个人不知不觉就在去往波士顿的两个小时中聊了一路，甚至没注意到前排几个高年级学姐若有若无地在回头。

北京。

"火锅真是回家的好吃！"热气腾腾的火锅店里，玻璃窗外寒冬的夜对比着玻璃窗里面的灯火通明。

关柚、李美玉、吴与路、Yellow 终于重聚。

总感觉这些年北京的火锅店越开越多了。

人声鼎沸，字字句句都是熟悉的北京腔。

美国人是不吃涮羊肉的，南方人也是不吃涮羊肉的。

一碗海鲜酱、一碗麻酱加香菜和葱花，再加一碗香油——简直就是人间天堂了。

店里的人在嚷嚷，声音很吵，听着却很踏实；偶尔有人爆几句粗口，或者是带着儿化音的话，垮里垮气的语调——一切瞬间就真实了：自己的确是回国了，离学校又是一万公里远了，又重新回到大洋此岸了，身边坐着的又是自己昔日熟悉的伙伴了，讲的是熟悉的中文。

"在美国待这么三个月是不是好多都不适应了啊？"对于刚刚关柚大声地说"我想尿尿"还满心以为周围没有人听得懂的行为，李美玉表示不满。

吴与路总是未语先笑："就是的啊，还专挑服务员来上菜的时候说？真当周围人都听不懂中文了？"

关柚嘿嘿一笑："还真是。"

窗外路过三两行人，偶尔一辆 104 路电车优哉游哉地驶过。

相同的纬度，但总感觉北京没有自己学校所在的美国小镇冷。北京的风更烈一些，刺骨，但没有那种温柔似水却一点点渗透的寒气逼人。或者可能也是因为习惯了。

树枝都已经光秃秃的了。

街边竟然还有推着车卖酸奶、糖葫芦、糖炒栗子的小贩。这么冷的天啊，会有多少人愿意驻足来光顾一下他们的生意呢？关柚心里开始不忍，开始心疼那些平凡人。也许每个人都是这样吧，为了生计奔波，为了养家糊口操劳，太多的身不由己，太多的未知——自己的明天会如何呢？连她自己也答不上来。

只可惜后海的水还没有完全冻成冰。等露天冰场开放可能要元旦以后了，但那时候她又已经不在北京了。

"想什么呢？"李美玉一边喝酸梅汤一边在关柚眼前挥了挥手，"发什么呆啊？快吃啊，一会儿凉了。"

"欸欸欸，我宣布件事儿啊！"一直没说话的 Yellow 忽然开口了，"我打算，申请美国的大学了。"

关柚嘴里塞满了肉，口齿不清地感叹："特大喜讯啊！恭喜！"

“挺好的，咱俩到时候就并肩战斗吧！”李美玉笑眯眯地一巴掌拍在 Yellow 肩上。她是从初中的时候就想好了大学要去美国上的。

“你呢，吴与路？”这么看来，四人帮里就剩吴与路一人还去向不明了。

“我记得你上次提过一次，你也想出来上学？”关柚想起两人以前的对话。

“啊，”吴与路放下筷子喝了口酸梅汤，“我还不知道呢。”他撇撇嘴。去美国上学嘛，他不是不想，只是自己在国内的成绩很好，所以高考是一条更直观，也更稳的路。

“我觉得还是出国吧，出国好，多见见世面。”Yellow 在自己决定了留学之后立马当起了说客。

“你让他自己决定呗，毕竟是自己的路。”李美玉是最不喜欢管闲事的，即使是最好的朋友，她也依然冷眼旁观。

“主要是，我看不到出国的理由啊。见一见世面？这个太虚了！没有什么实质性的让我觉得一定要走的理由……”

“那留下就有理由？”Yellow 往前探了探身子追问。

“也不能说就有什么具体理由，”吴与路摇摇头，“但这是一条我熟悉的路啊，走了这么多年的路，也就不再问为什么了。”

拐弯的时候看红绿灯，但是在高速路上直行的时候大概就会直觉性地一直走下去吧；除非很累了，不然就习惯性地停都不会停，因为太习惯。

其他的朋友也是见了一拨又一拨。有些人依然亲密，有些人曾经亲密无间现在却觉得少了些什么，还有些人干脆就懒得见了。

无论曾经关系多好，终究会走上各自不同的路，只是有些人的轨道重合得多一点，一起走的时间就能长一点。关柚现在算是明白了。说白了，人际关系，也没什么是那么地久天长的。

回学校之后又该如何面对那些中国人？为什么贵圈就是这么乱呢。关柚心里叹气。

现在想想，不管怎么说，自己以前国内的高中在人际这一点上倒感觉单纯许多了。

果然关柚的担心和预感都不是没有道理的。

圣诞假十五天，圣诞加元旦，一晃就过去了。回来之后便是零下二十摄氏度的飘雪天气、下午四点天就黑得绝望以及昏天黑地的时差。

有那么一恍惚的时间关柚真的想拖着行李箱就逃，逃离这个学校，逃离这个地方。那么先去波士顿唐人街吃一顿还是直接买机票回国呢？

即使有美国人表面客套地上来跟她拥抱打招呼，说着好久不见，说着假期怎样，关柚的余光每次偷偷瞟到中国人的圈子时都会让她像刺猬一样感到不寒而栗，瞬间像是雷达碰到了什么东西而反弹回来，需要顿时把自己保护得严严实实，不能让任何人看到她的脆弱。

回学校后第一节课，下课铃响了，美国同学都像箭一样直接冲出去。午饭时间了。是吧，可能午饭对大家来说都是一个兴奋的时间，一个休息、和朋友 hang out 的时间。

从邵东和 Jackie 也是收拾好书包往外走。

关柚静静地坐在那里，还没想好自己是去图书馆还是偷偷回宿舍待一会儿。她抬起头的时候刚好看到从邵东从课桌上拎起书包斜着挎在肩上的那一瞬间，之后他右手扶着书包的肩带，左手自然地插兜，整个人高挑又瘦；或者不能说瘦，是一种肌肉感很强的匀称。整个人看起来……顺眼，太顺眼了。可能并谈不上有多帅，但是有一种雷厉风行的气质。

可是自己什么时候才能成为从邵东这样的人呢？也许永远都不可能吧。

收回目光，关柚这才慢吞吞地开始收拾书包，准备往外走的时候却忽然发现从邵东就在外面的走廊上打电话。又一次见识到了学长流利的英语。

“你不去吃吗？”她经过的时候，从邵东的声音突然变成中文。随意的一句问候却吓了她一跳。

她转过身，疑惑地看了看他：“你在跟我说话？”

从邵东环顾周围，反而觉得莫名其妙：“不然呢？”

“我……”关柚的心提到了嗓子眼，“不吃了，我……我不饿。”

从邵东挑了挑眉毛，嘴角往下撇撇：“好吧，那我走了。”说完，便大步流星地离开了。

没吃午饭的关柚果然肚子饿得前胸贴后背。终于挨到放学，这个时候食堂是几乎没有什么人的，那么也就意味着她终于可以出现在那个充满是非的战场了。

走进空荡荡的食堂，关柚看着没有人的中国桌，这才算松了口气。

她三步并作两步，烤了面包，倒了牛奶，选了窗边的位子自己坐下。

下午的音乐活动时间结束后，关柚拉好大羽绒服的拉链，背起书包准备回宿舍，可经过其中一个练习房的时候她却听到了有人在用钢琴弹奏陈奕迅的《十年》。

有中国人不稀奇，听到中文歌也不稀奇；可陈奕迅是自己最喜欢的歌手之一，而且这个人弹得如此温柔而忧伤。是谁，弹得这么入神？

关柚忍不住轻轻地走过去，站在房门外面，猜着里面会是谁。

她把自己知道的学校里会弹钢琴的中国人都罗列了一遍，还没等得出答案，房门猝不及防地开了。

“啊！”关柚吓了一跳，连忙后退一步，“我不是故意偷听的啊——”话音还未落，抬起头的她看到眼前的人——是齐粤。

怪不得，到底谁能把曲子弹得这么温柔又忧伤？原来闻曲便知其人。是齐粤的话，一切都不言而喻了。

齐粤倒是一点都没被她吓到，波澜不惊的脸上怔了片刻之后便恢复了平日里那张温和的面孔：干净的眉眼，安静如水的神情，微微上扬的嘴角让人永远看不到他的喜悦或悲伤，只能感觉到透着淡淡的儒雅却多愁善感。

他为什么总带着一股忧郁的气质呢？关柚忍不住想。

“Hi。”齐粤笑着和她打招呼。

“嗨！”她赶忙挤出一个微笑，“我……刚刚听到陈奕迅的《十年》，是你弹的吗？”

齐粤嘴角的弧度收敛后又一次上扬，还是刚刚好的位置，那么平静，那么美好。他点点头，没有说话。

“你弹得真好。”关柚夸赞道。

气氛安静得有些诡异了。五点之后的艺术楼，人都走光了，带着一种独特的、过分安静的气氛，加上楼道里的声控灯现在都是黑的，只有关柚所在的走廊和齐粤的房间还有灯光，但也很昏暗。他身上好像有淡淡类似于薰衣草还是什么草本植物的芳香。

看到齐粤的脸，关柚不忍心打扰他的片刻宁静。

她清了清嗓子，有点尴尬地说道：“那……我不打扰你了，我先走了。”说完，她回报了一个礼貌的微笑，转过身打算离开。

没想到她走到走廊尽头的时候齐粤忽然开口问道：“你也喜欢陈奕迅吗？”

她有点惊讶，再一次转过身，犹豫着点点头：“是啊，怎么了？”

“你都听过他什么歌？”齐粤脸上浅浅的微笑不见了，有点严肃，有点认真，有点认真的好奇。

他自顾自地走回房间，关柚只好又跟了过去：“就一些……老一点的歌吧。《十年》是我最喜欢的，还有《好久不见》《浮夸》《红玫瑰》《孤独患者》，还有……”她在努力回想自己听过的所有陈奕迅的歌。

“活像个孤独患者，自我拉扯。”关柚沉默的时候齐粤忽然轻轻说了这么没头没脑的一句话。关柚也搞不清他是在念歌词还是自己在感叹。

“为什么听起来这么怨念。”关柚笑着打趣道。

齐粤也笑笑，转而说道：“我这两天在练一首陈奕迅的歌，你要听听吗？”

他要主动唱歌?

“好啊。”

那是一首粤语歌，一首关柚听不懂的粤语歌。

“挺好听的，就是我听不懂。”她笑道。齐粤的声音真的很好听，还和陈奕迅有几分相似。

“这首歌叫《完》。”他的语气黯淡。

“这么伤感？听着就挺诀别的。”

“你能听出来歌里面的情绪？”齐粤抬了抬头看她。

“这当然能听出来了。”关柚觉得这个问题颇有些奇怪。

可是 Rose 为什么就从来听不出自己唱歌时想要表达的东西呢。齐粤心里苦笑。

“歌词是讲什么的？”

“病床一张，时光流逝，想拼尽全力打漂亮的最后一仗，但最终……油尽灯枯吧。”他语气低沉着，脖子的角度微微背对着关柚，脑袋耷拉着。看来 Rose 的事情对他打击不小。这歌词听得关柚心里一凉，心里有点心疼齐粤。

“我有时候总在想，我要是会粤语就好了。”她转移了话题。

“想会广东话是为什么？也没什么用。”他恢复了温和，对她温柔地笑了笑。这微微一笑足以把关柚的心都融化了。

“想去香港吃早茶！”关柚玩笑道。

“哈哈！”齐粤现在的笑容在关柚看来终于有几分敞亮了——敞开心扉、放下伪装的笑容和舒畅的笑声。关柚忽然很开心，也许自己能给他带来一丝丝的快乐吧。同样地，齐粤的出现也给黑暗里的她带来了一缕温暖的阳光。

“我觉得你说粤语超级好听。”关柚语气平淡地夸赞。说的是真心话，只不过她也不愿意让他误会自己对他有什么特别的情感。

“哈哈，一种语言而已，你想学我可以教你啊。”

关柚发现自己和齐粤短短的聊天中，他已经连续笑了很多次；即使算不上开怀大笑，但至少是那种“面具式微笑”之外的、发自心底地露牙齿有笑声的真心笑容。关柚对这个很满意。

“好啊，求之不得。”她礼貌地回复。

“你知道其实你刚才说的那些歌都有粤语版吗？”齐粤忽然提起，“其实那几首歌我也都很喜欢，只不过听它们的普通话版之前我都是先听的粤语版。有些歌的歌词，我觉得还是粤语版更贴切；普通话是从粤语翻译过去的。”

他似乎很关注歌词？这是一个人内心敏感的标志之一。

“《十年》的粤语版叫《明年今日》,《爱情转移》的粤语版叫《富士山下》,《好久不见》的粤语版是《不如不见》，还有《K 歌之王》，也有粤语版。”

“听起来果然是诗意很多啊，”关柚点点头，呢喃道，“明年今日，不如不见……感觉有些意思相差很多啊。”

“是啊。”齐粤笑。他看了看手表，“下次给你推荐些别的好听的粤语歌，如果你愿意的话。”

“好啊。”她微笑。

“那时间不早了，我先回去了。”他礼貌地点一点头。

真是个绅士的男生。

关柚掏出手机，准备把那首《完》下载下来。

“对了。”齐粤走到门口转过身，“谢谢你听我唱歌，还有……还有陪我听歌。”他穿着一件黑色的呢子大衣，双排扣，戴一条经典条纹的 Burberry 围巾，整个人就是一种古老的贵族气质。

连用词都这么讲究啊。关柚心里暗想。要是自己的话，肯定就是说“谢谢你陪我聊天儿”，对，肯定还要加上老北京的儿化音。

“客气什么……”他的礼貌反而让她有点无所适从，“随时。”

齐粤此刻心里忽然一暖。不管怎么样，这么多日子积攒的情绪在和这个女孩对话的过程中都烟消云散了。他对关柚有点感激。

走出艺术楼的时候天色又已经黑透。小山坡上都是冰，走的每一步都好像要滑倒。

# |峰回路转|

又是一天的晚饭时间，关柚缩在宿舍里；本来都不想去食堂了，但一天没吃饭的她实在是饥肠辘辘，饿到胃疼。看了看时间，六点四十。食堂的晚饭供应到七点——那要不……我等六点五十九再去吧，那时候肯定人都已经走光了。想到这里，关柚还是很开心的，没有人群就没有是非，没有人再会用批判或者厌恶的眼光来看她。

走出宿舍的时候依然是冷风呼啸，到食堂里面才暖和。可心还是冷的。一路走来，关柚的脸被冷风吹得很僵，但也许即使没有冷风，她的脸也不会有任何表情吧。

空荡荡的食堂，不真实，却很令人兴奋。

走进里面，关柚看到今天晚餐的食物竟然是自己最喜欢的红烧鸡块呢，脸上忍不住浮现出了久违的笑容。

这样空的食堂，即使端着盘子不知道坐哪里也不会尴尬。随便找个空位就好吧。

她看向中国桌——可能就是一种习惯——不管和谁坐，不管什么时候出现在这个地方，她总是会习惯性地往中国人经常坐的长条桌子瞥一瞥，看看有谁在，看看谁和谁坐在一起；尽管很多时候她主观意识上并不想这样。

这个时间——中国桌子上是……空的！一个人都没有？关柚惊讶，犹豫着要不就坐过去？反正没人。

可是走近一看又并非如此。桌上虽然没人，却赫然并排摆着三个大盘子：一盘肉、一盘菜、一盘白米饭。是谁这么会享受！她看到这阵势，忍俊不禁。

“欸，Jessie？”身后突然传出了声音。

她转身——这不是戴着缺一条眼镜腿的眼镜的喜剧之王吗？！康纯满！哈哈。看到他那镜片后面滴溜溜的小眼睛还有那充满喜剧气氛的微微上扬的嘴角，关柚刚刚心里的紧张顿时烟消云散了。

“康……康俊文？”关柚笑了，差点就把他又一次叫成了康纯满。

他扶了扶自己的小眼镜，把手里的一碗蛋糕放在桌子上。

“嚯，这些全是你的啊？！”关柚笑。也不知道为什么，和他说话不仅毫无压力、十分轻松，还很有安全感。

康俊文笑着点点头。其实关柚时常好奇，康俊文的脖子为什么看起来感觉比别人都长一截。“学校里别的东西一般，但就蛋糕做得最好吃，你也应该尝尝。”康俊文不仅有喜剧气质，有时候还一开口就像百家讲坛里的老教授。

关柚点点头：“好啊，哈哈。那……”她在纠结自己是该坐下，还是该走呢？“我能坐这儿吗？”终于，她还是开口问了出来。毕竟也不想一个人坐吧。反正现在这张桌上没有别人。她在心里安慰自己。

“欸，关柚？你坐啊！”谢诚热情友好的声音从身后响起。

她松了口气。

“Jessie，你的表情告诉我，你的内心此刻很不平静啊。”康俊文又神经兮兮地推了推自己的小眼镜，故作深沉地分析道。

“哈哈，还好。”关柚尴尬了一瞬间，打算敷衍过去，“你们怎么也这么晚来吃饭？”

“人少啊，多清净，想吃多久吃多久，”谢诚一脸惬意的神情，“平时这桌子上叽叽喳喳的，吵死了。”他马上表情又换作一脸嫌弃。

关柚和谢诚一直聊着，话就没断过，这让她感到一种久违的和人交流的幸福。

一旁的康俊文呢，相比之下反倒是大部分时间都在安静地看漫画，偶尔才搭话。

“呀，你怎么回事嘛。”谢诚看着关柚走了之后开始审问康俊文。这家伙，平时精得像算命先生，话多得像雨点一样密，刚才却惜字如金。也不能说他不友好，但的确没有很热情。“你别告诉我你忠于那些流言蜚语？”

康俊文摇头晃脑地眨巴着眼睛，别有深意地摇摇头笑：“关柚没有我手中的漫画吸引人啊。”

“哼，是哦，”谢诚笑道，“你鬼精鬼精的！”虽然大部人都会以为康俊文是在不停地胡言乱语，但其实很多时候，他倒更像是鱼龙混杂的人群心里最有数的那一个。

“隔岸观火，”康俊文憨憨地一笑，“免得引火烧身。”

回到宿舍里，关柚觉得头昏脑胀，起身去泡感冒冲剂。

“不好意思，借过。”她昏昏沉沉地在楼道里感到有人迎面而来，抬头却看到 Rose 那张来者不善的脸。

看来不是正常的错身而过，而是 Rose 在故意挡道了。

“让一下。”关柚不想和她多计较，只想赶紧吃药睡觉。

可她往左 Rose 就往左、她往右 Rose 也往右。看来是在故意找碴了。

“你无聊不无聊？”她的怒火瞬间蹿了上来。

“是谁更无聊啊？专管别人的闲事。”Rose 不紧不慢地说着，语气挑逗。

闲事？什么闲事？“什么意思？”关柚不解。

“哼，别装，你做了什么你自己知道。”

“我？明明是你吧，到处散播我的谣言，我还没找你算账。”关柚不想耗着，伸手推她，“你赶紧让开，有完没完？好狗不挡道！”

“你——行，你也就是嘴巴厉害了，”Rose 气得眉毛拧在一起，但随即平息下来怒火，“反正你现在也是孤家寡人。”

这句话算是戳到了关柚的痛处。她又抬头直勾勾地盯着 Rose 看了一眼，不说话，那锋利的眼神却把 Rose 看得毛骨悚然。

Rose 侧过身，让路了，但还是不依不饶地补了一句：“你等着，还有好戏在后面呢。”

星期二的课是最多的。

关柚依旧是饥一顿饱一顿的，这让她感觉自己在过乞丐生活——不对，乞丐至少不用躲躲藏藏、偷偷摸摸的。

数学课后，Mr.B 特意把关柚叫住，让她留一下。

“Jessie，你最近怎么了啊？感觉这两周上课都心不在焉的。”Mr.B 停下手中的事情，担心地看着关柚。

“我……我没什么事，谢谢您关心。”说实话，Mr.B 特别关照着叫她来谈话，关柚心里还是挺感动的。

但老练如 Mr.B，他可不听关柚敷衍的话，直入主题：“怎么？一个假期过后，家里有事？人际关系问题？还是什么别的？以你的水平，作业可不该是这个成绩啊，还接二连三。我可是等着看你 AP 考试考 5 分的。”

“是啊……很多事情发生。”毕竟找到一个愿意听自己说话的，关柚也就不再隐瞒。

“跟我讲讲吧。”他看关柚刚说两句话就开始抽泣，意识到可能的确有什么对她来说重要的事情发生了。但他的语气还是如此平静，毕竟是活了半辈子，见过太多的事情，再也没有什么会让他惊奇或慌张的了。

“圣诞假期回来之后，我感觉自己身边的人际全都不一样了，之前的朋友都不是朋友了。”把自己所有的遭遇一一罗列之后，关柚越说越觉得自己的生活真的很惨，眼泪掉得更厉害了。

Mr.B 沉默了一下，继而笑着说：“你哭什么啊？”

“啊？”关柚从一片泪水的模糊中抬起头。这么多不幸的事情……难道还不该哭吗？不哭难道还笑吗？！

“也许你现在觉得很难过，但几年之后——也许仅仅一年之后，你回过头再看这些经历，就再也不会觉得它们是不幸了。相反，这些都是你的幸运。遇到的所有坎坷，都是为了今后可以少走弯路；在年轻的时候遇到的困难越多，你对自己的认识就越深刻。”

关柚若有所思，“可是现在很痛苦啊。”她哭得还是很厉害。

Mr.B 叫她别哭了，表情还是笑眯眯的。其实他在学生心中并不是一个万年好脾气的老师，但日常相比于对着班上一帮小伙子的严厉，他对关柚向来和蔼很多。

“人们总是喜欢站在现在的角度看现在，或者站在现在的角度后悔过去。但是设想一下，如果你站在现在的角度看未来呢？或者假设你是在未来，再从未来的角度回头看现在呢？”

“现在的角度看未来，未来的角度看现在？”这个说法听起来倒是新奇，“可是未来全是痛苦。”她嘴角向下一撇，又恢复了自己的苦涩表情。

“错了，未来总是美好的。如果你觉得今天是最糟糕的了，那么未来的每一天都会比今天好一点，不是吗？如果你觉得未来还有可能会有更糟糕的事情，那就更不用哭了，因为你发现，今天并没有那么糟。”他笑呵呵地用笔在桌上点了点，“孩子，一帆风顺的路就像一盘没有任何调味品的菜，你爱吃吗？或者说如果你觉得还不错，但天天吃，你不会腻吗？有成长就必定会有伤痛啊。”

其实还真是有道理。谁会永远完美、永远顺利呢？关柚宁愿相信上天是公平的。

“嗯，您说的我明白，”她点点头，“可是我现在觉得很孤独。我很害怕。”

“你可以让孤独成为一种选择，而不是一个结果。”这句话听着耳熟，好像妈妈也说过类似的话。

关柚忽然意识到，其实自己是很幸运的。和妈妈关系亲近，还有吴与路和李美玉，现在又有 Mr.B 的关心……相比有苦没处诉的人，她顿时觉得其实自己真的应该知足。身边有这么多关心自己、陪伴自己的人呢。

“你总是要先学会和自己相处，才能好好和别人相处。等你学会坦然面对孤独，你就长大了。”这句话是妈妈说的。

关柚又想到了丛邵东。不知道为什么，他经常一个人，但是没有人会把他和“孤独”联想到一起。可能是因为他一个人的时候总是那么从容吧。这就是所谓的长大了吗？

“但是一个人的时候，我会觉得很没有安全感。即使去面对孤独、接受孤独，这仍然需要一个很长的过程。”

“任何事情都是需要时间的啊，孩子。”

见关柚又不说话，他补充道：“我教你一个方法吧。你每天睡觉前自己心里默默想三条自己的优点，或者是这一天里面你做的让自己满意的地方、一天里让你开心的三件事。”

“啊？”关柚忽然破涕为笑，“这个听起来很有意思啊。”

“是很有意思啊，”Mr.B 淡淡的笑容让关柚感到极度的宁静，“所以你会照做吗？只有坚持才会有效果啊。”

关柚笑了，点点头。

在成长的必经之路上，我们注定会碰到一些人，然后再失去一些人。就像两条直线相遇相交，如果找不到共同点，相交过后自然而然就擦肩而过、各奔东西了。也许这并没有什么可惜的。只不过在青少年时期这种和朋友的决裂，对一个人的打击还是不小的吧。

她想，如果一切重来一次，会不会不一样？

“呵呵，其实不会的，”Mr.B 那双哈佛数学博士的眼睛深邃而锐利，“因为人的本性不变，所以其实相同的路上，相同的人基本会倾向于做出相同的选择。”

关柚叹了口气：“唉，也许吧。”

渐渐地，关柚开始努力保持积极的心态，热情面对新认识的同学、在课业上更加努力，也同时反思着自己以往的问题——若事事锋芒毕露，的确会成为众矢之的吧。

每天，她开始去健身房，踢踢沙袋，再跑一会儿步；没人的时候还会自己下篮球场投篮。

而最让她感到安全的还是音乐练习室。坐在钢琴前，想着最近发生的事，她就闭上眼睛，按照心里的感觉弹出她认为相应的旋律。有一次，学校里有名的音乐才子 Zac 路过听到关柚弹的旋律，敲门进来；两人交流了音乐之后开始经常一起唱歌。关柚也由此开始学习了吉他。

C 和弦。

G 和弦。

Am 和弦。

F 和弦。

好神奇。

学了这么多年钢琴，弹的全是经典曲目；如果不是吉他，关柚发现不了其实万变不离其宗的几个和弦组合的奥秘。原来大部分流行歌曲都是围绕着同一组，或常见的那同几组和弦再变换旋律而已。

她坐在钢琴前，用自己熟悉的乐器和新学的方法开始弹奏一些简单的和弦，重复着一遍又一遍，忽然想到了点什么——

她想到了一个旋律。

于是她在左手保持着和弦的基础上，右手开始弹这个旋律——天哪！还是一个听起来挺顺耳的旋律!

她拿起手机，赶紧把刚才的成果录了下来。

窗外在下雪，心里感觉……在流血。最近带给自己烦恼最多的是 Rose 和杨景涛，给自己鼓励最多的是妈妈、Mr.B 和国内以前的一些朋友；在异乡的没有安全感、被抛弃的孤独、不受欢迎的恐惧……但是人生总还是要向前看。幸福因为经历过痛苦才会显得珍贵，星星因为有了夜空才会更明亮。也许自己现在的生活就是半杯水，有时候自己想到它只有半杯满，但也有时候自己会鼓励自己，好歹还有这么半杯，好歹它不是一个空杯子。即使是在黑暗里，只要有指南针，只要有雷达，船也好飞机也好，就不会失去方向吧。

有了，有歌词了!

她迅速把歌词记下，然后开始试着往曲调里面带入。

于是一首歌就诞生了。

走出琴房，穿过走廊，歌声似乎是从楼上的什么地方传过来的。她顺着楼梯往上走；以前还从没来过这里。

“Hey！果然是你。”关柚看到了楼梯上面有个平台，类似阁楼，平台旁边有一扇紧锁的门，透过门上的玻璃可以看到里面废旧的剧场。传说这个地方闹鬼。齐粤就坐在平台上面一艘巨大的废旧帆船的边缘唱歌，唱的好像还是上次那首粤语歌。

“你来了。”齐粤笑笑，取下耳机，一点都没有生分。一个温暖的笑容、礼貌性的问候，让关柚觉得亲切极了。可就是不知道为什么，他的身上总是带着淡淡的疏离，眼神里带着些许忧伤，总是让人又想亲近又心疼。

“你还在练上次那首歌？”

“嗯。”齐粤说话的时候总是面带微笑的。

关柚其实想问这首歌和Rose有没有关系，但她又觉得他们还没熟到这个程度上，似乎问出来也并不合适，更何况这跟她并没有任何关系。

齐粤犹豫着问：“学校有个叫Coffee House的小型才艺演出，每年会有两到三次，你知道这个吗？下周末……就是冬季的Coffee House演出。”

“我知道啊，我报名啦！不过还没想好唱什么呢，”关柚汗颜，“我前两天写了首新歌，想唱那个，但吉他还没有练好。”

“这么厉害？”齐粤对她刮目相看，“我可以听听吗？”

“当然可以啊！”关柚有点不好意思，但还是很开心。走到琴房，拿起吉他，开始卖弄地拨起了弦，弹奏着新学的还不熟练的和弦。中间好几次断断续续或者是忘记歌词，但齐粤总是侧耳倾听，一副很认真的样子，没有说话也没有笑，就一直静静地听着。他的轮廓是那么美好。

“相当厉害啊！”终于磕磕绊绊地弹完了，关柚松了口气，而齐粤竟然真的很给面子地夸奖了一番。

“哈哈，谢谢。”关柚自知弹得不好，也不想多说什么。

齐粤接着说：“歌词写得真好，又安静又平和，让人听了很平静，也很受鼓舞。”他没看她，更像是低着头自顾自地在说，好像是说给自己听的。

这让她顿时倍感力量：“那你呢？你唱什么？”

“我……”齐粤看了看她，还没想好到底要不要唱呢……心里有点虚。

“啊，我知道了！是《完》吧？你要唱《完》，对不对？”她眼睛一亮。

“唉，哈哈，”他笑道，“你还记得呢。不过我还没想好。”

“但那首歌你一直在练啊，感觉你挺上心的。”

“还没想好唱不唱。”齐粤摇头。

“为什么不唱？”关柚放下吉他，合起钢琴，和齐粤面对面坐着。

齐粤被她盯得下意识挪了挪身体，转头看向墙，挠了挠头：“我唱得不好吧，哈哈。”

“我觉得你唱得挺好的啊，”关柚不解，“你声音多好啊，所有人都会像我一样觉得你唱得特别好！”她真诚又执着地想说服他。

齐粤张了张嘴，没说话，只是有所触动地看着她。

“真的，”她补充，“而且……唱歌是给自己唱的，做事是给自己做的，为什么要管别人怎么想？如果你为了一个构想出来的可能性而错过这个机会，那我觉得，你才真的会后悔吧。”

齐粤安静如清泉的眼睛眨了眨，笑着起身，又低下头看她：“好，你说的话我记下了。”

写完歌练完吉他，关柚一看表都快七点了。看着电脑屏幕上的词，她心满意足。

康俊文果然在食堂，和他一起的还有谢诚和王沐成。

看到关柚畏畏缩缩地在远处出现，康俊文老远就喊，“哎哟，Jessie！”与其叫声相匹配的自然是他那在缺了一条腿的眼镜后面滴溜溜转的小眼睛，还有他那像植物大战僵尸里面的豌豆射手一样前后摇晃的长脖子。

关柚顿时松了一口气，笑起来，朝他们的桌子走过去。

“又碰上啦，”谢诚主动打招呼，友好地说，“不过平时你很少来啊。”

王沐成点点头算作打招呼。他一贯是这样的，永远不会多热情，但在他身边，你也永远不会觉得突兀。

“那是！我们关柚多厉害啊，”康俊文开始阴阳怪气地说话，嘴都快咧到后脑勺了，脖子依旧前后摇晃着，“人家可是不屑于和中国人混的，是吧，关柚？”

“康俊文！别天天胡说八道……”关柚尴尬地放下书包，面露难色地看了看谢诚。

“咳，你别理他，他不就这样每天没个正形啊。”谢诚笑着打了康俊文一巴掌。

关柚笑起来：“你们几个可真有意思。”心里暗想，今天康俊文话多了很多。

食堂的大门被推开了，丛邵东走了进来，和几个比他还高很多的黑人球员走在一起，看样子是刚结束训练。

“哎哟哟，看什么呢关柚，眼睛都直了。”康俊文开始打趣道。

“狗嘴里吐不出象牙吧你，康纯满？”关柚白了他一眼，直呼其外号了。

王沐成差点被一口可乐呛到：“哈哈哈哈哈，我一听你叫他这个我就想笑啊！”

谢诚倒是没忘了正题，问关柚：“你喜欢丛邵东？”

“啊？！”关柚往嘴里塞了一块肉，含糊不清地诧异道。

“错错错！”康俊文一本正经地打断，“其实——”他看了看关柚，“其实是齐粤吧？”

“啊？！”关柚又吓了一跳，“什么啊，都哪儿跟哪儿啊。”

“不是吗？！”康俊文一脸的不可置信。

“丛邵东……是很厉害的学长啊……齐粤……很安静很忧郁的气质，但我和他们都没什么特殊交集。”

“天若有情天亦老，人若有情死得早。”康俊文吟诗般摇头晃脑地说。

“什么鬼……”关柚一时语塞。

“欸，你看你这个表情，”康俊文凑近了脸盯着关柚尴尬的微笑，又坐回到座位上，“很像这个，这个这个……蒙娜丽莎。”

“康纯满！”关柚举起手里的小西红柿想扔他脸上。

“来来来！”康俊文做好了张着嘴准备接的姿势。

“这也行？”看着康俊文还真一口接住了西红柿，谢诚和王沐成异口同声。

关柚大笑。

“欸，不过说正经的，”王沐成低头看着刚来的邮件，“篮球赛季首发名单刚公布了，丛邵东没当选。”

“什么？就是那个很厉害的篮球队？”关柚结结巴巴地问，显然对体育赛事一无所知也毫不关心。

“对啊，”康俊文抻长了脖子看向丛邵东的方向，一本正经，“脸色发黑哎，看起来是落选的失落！”

“他本来就黑。”谢诚嗤笑。

关柚悄悄看了看远处安静吃饭的丛邵东，偶尔和身边人说几句话，还是那张不苟言笑的脸。到底是不是情绪低落呢？她托着腮，睁大眼睛想看出个究竟。

想到之前在图书馆丛邵东给自己讲起效率的情景，关柚还是有点感激的，毕竟他在她最困难的时候也算是点拨了吧。

那她得知恩图报。

于是她拿出手机，思索一番，发了条微信：篮球赛还是要加油啊，我们都会去看你比赛的！

手机振动。

消息提醒——

一条微信，来自……关柚？

她不就在食堂吗？发什么信息？

他点开信息，笑了笑；抬起头刚好又看到她小心翼翼的目光。

他破天荒地对她笑了笑。反正就是勾了勾嘴角，他也不知道这看上去是不是一个友好的微笑。但他觉得他的意图是尽量做出一个看起来友好的微笑。

也不知道她看不看得见他的表情。

“干吗呢？”旁边一个队友看着面对空气微笑的丛邵东，举手在他眼前晃了晃。

这一幕被关柚看到了，她笑出来。

谢诚和康俊文交换了一下眼神。

他们没有告诉关柚，之前两人打赌，要问一问当事人，从第一角度对比一下，看看哪个版本的流言是真实的：有人说关柚早就暗恋丛邵东，看到他们天天在图书馆约会，也有人说，关柚向齐粤表白，蓄意破坏齐粤和 Rose 的感情。

还是王沐成每次都会在关键的时候说话。

他抬头就对关柚说了一句：“看来你还真是两耳不闻窗外事啊。”他的意思是，她对那些恶意攻击自己的流言蜚语丝毫都不知道。

其实她并非没有听到。她不在乎闲言碎语，只是想不明白为什么。虽然现在看到的只有结果，能做的也只有接受，但其实凡事发生都必定会有一个原因。也许所有的原因在未来的某一天又会浮出水面。

“要做的只有等待啊，凡事急不得。”康俊文吃饭的时候慢慢悠悠地跟关柚说。

“又来了又来了，康纯满，一副道士嘴脸。”关柚看着他嘴里塞满菜的样子，活像一头刚刚咬完一口草的饥饿的驴。

康俊文咽下了他那一大口菜，不紧不慢：“这不是我说的啊，这是佛说的。佛教讲究静心。你毛毛躁躁的，什么都干不好。”

“有时候也不用知道这些无聊的东西，”谢诚安慰她，“不把自己放到圈子里，就不会受圈子里的是非困扰。”

这几句话听起来抽象得很，不过关柚也大概懂了。

生活是围城，那何不跳出这座城，去做一个不迷惑于当局的旁观者呢？

听了他们的话，她忽然释然了，会心地一笑。即使自己已然被当作众矢之的，最好的保护自己不受伤也不受困扰的方式就是不去听。

不听就不想，游离之外，反而轻松自在了。

# |春暖花开|

历史课下课前是例行布置作业的时间。

拿到论文题目，关柚却惊讶地发现自己的作业赫然标注着“accelerated”。

在这个学校，所有的课都会根据学生成绩给每个人的作业、考试难度分等级，从难到易依次是：accelerated，standard 和 foundational。按理说，跳过了国际生通常都要上 1—2 年的 ESL 来辅助英语，关柚已经直接上了和美国学生一样的英语、历史；如此情况，在班里踏踏实实停在 standard 的关柚竟没想过自己可以在文科课会有一天被升级到“accelerated”。

“哟，accelerated？”一个美国男生经过的时候瞥到，故意大声挑逗地问，有种不可置信的感觉。言下之意是觉得一个国际生能在美国的文科上驾驭最高难度吗？

同学们往外走的时候也纷纷侧目。

关柚隐约听到有人在说“accelerated asian”类似的字眼。

“国际生怎么了？学得比你好不服？”Liz 来等关柚下课，站在门口刚好听到了这些，仗义执言。

寒假那次坐车偶然相识之后，有一次关柚独自去食堂的时候碰到了 Liz，被邀请去一起坐，也就同时认识了她的一众朋友：温和的 Marie，极有个性的红卷发女生 Hazel，想走艺术专业的 Jenny，还有从小练帆船的 Megan。这几个人的成绩还都在年级里数一数二，令关柚惊讶也庆幸自己难得碰到了努力学习、不太 party 的美国人；同时她们又都有自己的兴趣特长，性格有趣，也并不是书呆子。久而久之，关柚开始融入了这个小圈子，午饭的时候也开始和她们一起坐。

“你别听那些胡言乱语啊，做好你自己！不过 accelerated 还是很厉害的，恭喜你啊！”看着关柚走出来，Liz 笑着迎上去，“欸，你今天化了妆？”

“嘿嘿。”关柚不好意思地笑笑。自从上次去 Liz 家玩，她给她修了眉毛之后，关柚的确也开始渐渐尝试日常化个淡妆了，“技术还生疏，画得不好。”

“我看看——”Liz 端详着关柚的脸，“我觉得还不错！我买了条新裙子，下午要不要去我那里看看？感觉很适合你，借你穿一天！”

“好啊。”两人边走边聊，“你上次借给我的那本书我正好看完了，下午也带给你。”

推门进了食堂，关柚英文课上的一个男生和她打招呼，Liz 开玩笑问：“这可是这礼拜第三次看到他这么热情地凑到你面前了啊。”

中国桌上的女生看到这情景又开始嚼舌根，杵了杵杨景涛。

杨景涛其实也一直在若有若无地关注着关柚，但他故意不去看。

周六晚上。Coffee House 演出现场，小小的剧场里面挤满了人。抢到座位的人都是提前半个小时就来了的；来晚的人有些两个人挤一个座位，有些站在门口，有些索性坐在靠近角落的地上或是走道的空当。

“真是挤得连下脚的地方都没有。”谢诚看着人满为患的剧场，庆幸他们来得早。

“还不如去打球。”对王沐成来说，通常，周六晚上是他雷打不动的篮球时间。

“你好大的胆子，”康俊文摇头晃脑，“你我都是奉命来给关大小姐捧场，你竟想临阵脱逃？你这个，这个……”即兴表演到一半，康俊文想不出词来了。

“她人呢？”谢诚问。

“在备场呢吧，刚还发信息叫我录像的时候切记要横着录不要竖着录。”

关柚是第二个。

要说不紧张那是假的。

被老师叫到准备上场的时候她还在琴房里最后几遍临阵磨枪地练着吉他。

深吸一口气，她感到走去剧场的双腿都在发抖。一进门，先是被聚光灯晃了一下，紧接着看到场下观众席简直是比海洋馆海豚表演还要人山人海。

她当即有种想临阵脱逃的感觉。

但很快，她看到了人群里竟然有一束手电光？！——是康俊文。又是康俊文。果然这家伙脑子里的奇思妙想还真是多啊!

她缓缓走到聚光灯下，舞台中心，拎着吉他在椅子上坐定。

康俊文的那束手电光和他们几个的笑容顿时给了关柚极大的鼓舞。

她望着那个方向，微笑着。众人看到她目光的方向，也顺着看过去，看到关柚大张旗鼓的三人亲友团。

观众席传来笑声。

关柚又深吸一口气，伸出手微微调整话筒，话筒传出轻微刺啦刺啦的声音。

她闭上眼睛，开始陈述：

“这是我的第一首原创歌。这一年，来到美国，我经历了从前未曾有过独在异乡为异客的感觉，而刚过去的这个冬季，更是给了我很多前所未有的挑战。以前我也不知道自己竟然还能写歌，但写出这首歌，我才发现，困境会挖掘人的潜力。”

观众席下面鸦雀无声。

她睁开眼睛，努力保持从容地扫视过第一排观众，发现竟然每个人都在睁大眼睛认真地听着她讲。

她继续说道：“谨以这首歌，送给这段时间鼓励过我、帮助过我的人，也送给我自己。歌名叫 *Always With Me*，希望大家喜欢。”

“Wooo！”

“Yes, Jessie!”

下面传来一些欢呼和叫好声，大概是认识的同学在给她捧场。

后来回想起来，她也忘了自己当时是怎么有的这种巨大的勇气，拎着自己 200 多元人民币的黑色小吉他就上了场，开始拨弄起才学了没几天的和弦，唱起了自己的歌。

“I can see the snow

Right out of my window

Things like that

Are slow and shallow

There is too much

That I don't know”

间奏处，观众席上传来一片喝彩声；再抬头看向前方，关柚惊讶地发现，现在不只是康俊文一道手电的光，而是十道、百道、无数道！

全场的人都打开了手电筒，在空气中挥动着双臂，像粉丝那样给她加油助威。

关柚的眼睛忽然湿润了，声音有些哽咽。

那天晚上下起了好大的雨。

不应该是春天细雨连绵吗，怎么突然狂风骤雨了。

从邵东结束训练后从体育馆出来的时候被淋个正着，还没吃晚饭，他肚子又饿得咕咕叫；不过想起今晚有 Coffee House 的演出，他破天荒地绕路到艺术楼的演出厅去看了一眼。

进门的时候他拉开大衣的拉链，掸了掸自己一身的水；才走这么一路，手指都冻僵了。他穿衣服一贯穿得少，即使零下二十摄氏度的天气，也就一件绒衣加一件薄羽绒服，有时候甚至连羽绒服都不穿，只穿一件夹克。

演出厅早已人满为患，他远远地就看见挤在门口去晚了没位子坐的人。

一般来说，每一次的 Coffee House，演出的人都唱得很不错；不过今年还没听过，所以也不知道新生的水准怎么样。

走到门口的时候他看到台上赫然是关柚在唱，还弹着吉他？丛邵东勾了下嘴角，眨眨眼睛，表示出乎意料。

听了一会儿，他挑了挑眉毛，所以说，今年的水准也……

其实她唱得还可以。

听了两段，没等关柚唱完，丛邵东就转过身准备回宿舍洗澡了，但走到一半他还是停住了，因为他听到关柚似乎唱到了最后一句——欢呼。没错，例行的掌声。不过这也算是听了一首完整的曲子。

想到刚才的满场手电灯光，他不禁笑着摇摇头。阵仗还不小？

他在身后的欢呼声中离去，又进入了外面的一片暴雨中。

“怎么样怎么样？”一下场关柚就紧张地问康俊文。

“唱得很棒！”谢诚伸出手来与关柚击掌。

“嘿嘿，谢谢。”关柚感激地看看他，“其实我都紧张死了，直怕自己忘词。吉他还弹错了好几次。”

“的确不太熟练，吉他的错音也很明显。”康俊文认真地说。

“啊？！”关柚大惊失色，同时也有点尴尬。康俊文这话，说得也太直了吧……

“哎哟，你怎么脑子缺根弦的毛病又犯了。”谢诚捅了捅康俊文的胳膊赶忙制止他，“你别跟他一般见识，”他笑呵呵地安慰关柚，“唱得真的挺好的！”

关柚一时之间不知道说什么，心脏还紧张得一下一下用力跳着，不过她很快听见康俊文又说，“唱得嘛，还是不错的。”

“我的天。”她翻了个白眼，什么情况嘛，一会儿一个说法，还总是这么严肃正经的脸，真是一惊一乍要把她吓出心脏病了。

“齐粤上场了。”关柚的思绪被谢诚打断，她一抬头，看到了台上的齐粤。

啊，齐粤！所以说，他最后下定决心来表演了！

聚光灯下的他，光彩照人又苍白无力，白T恤黑裤子，简单、干净，永远和他的性格一样。站在光束底下，关柚更加觉得这个男孩仿佛是有一股仙气一样美好。

她脑子里突然闪过一个想法：Rose呢？Rose来了没有？齐粤的歌是不是为了Rose唱的呢？那么Rose又会不会为了他来听呢？放下自己和Rose之间所有的恩恩怨怨，如果说自己在学校里最不愿意见到的人是她，那么此时此刻，她反而比任何人都希望Rose出现。因为关柚总觉得，有Rose在的地方，齐粤的眼神都是发光的。

她是那个能牵动他一颦一笑的人吧。

齐粤在台上说，今天他要唱的这首歌叫《完》，代表了一个结束，一个和过去的告别。

他面向观众席，目光扫视着——Rose来了吗？还没找到Rose却先看到了关柚，他朝她笑了笑，她也瞬间洋溢起一个笑容，朝他挥了挥手。

"过去的美好值得铭记，而痛苦也值得被忘记。"

话音落下，音乐伴奏响起。

看着台上他单薄的身躯，听着他低沉的嗓音，关柚的心揪起来；为他……可能也为自己。到底为什么，她也说不上来。

…………

转眼间就四月了，而四月总是从一个愚人节开始。

很多时候关柚都在想，如果所有的孤独和磨难都是上帝开的一个玩笑，都是愚人节，那该多好。

对于很多人来说，四月是最令人兴奋的一个月：因为最激动人心的一年一度全美高中篮球联赛又要正式拉开帷幕了。

翌日。篮球赛场上人声鼎沸。

犹豫再三，关柚还是跟着王沐成、康俊文、谢诚他们来凑个热闹；不过想到自己之前给丛邵东发过的信息，虽然他可能不会太在意，但自己这样也算是信守诺言了。

总算挤到前排，关柚眯着眼睛往场上来回扫视，终于看到了坐在场边备场的他——

"呀！"她大叫，然后开始使劲拍康俊文，拍完康俊文拍王沐成和谢诚，"你们看你们看，丛邵东丛邵东！"

"你被康俊文附体了啊？"谢诚看着她滑稽的样子笑得直不起腰，感觉相比康俊文，关柚都快要青出于蓝而胜于蓝了。

“Ah，Joey！Joey is up now！”旁边传来几个女生的尖叫声。关柚侧头，还是几个金发美国女生——她们刚才说谁？她们竟然在为丛邵东尖叫？

丛邵东身着学校校队蓝色的球衣，矫健的身影跑上了场。

“怎么样？看到美国女生都在为Joey尖叫，他在你心目中的形象是不是又高大了许多？”这种场面怎么能少得了康俊文的逗贫呢。康俊文的脸在关柚眼前一晃一晃的，在眼镜片的锃亮和小眼睛里一闪一闪的贼光衬托下，他用一种吟诗般恶心的语气说道。

“打住打住……”关柚一边笑一边赶紧制止了康俊文。周围声音本来就震耳欲聋，她懒得和他在篮球联赛上又讨论一些八卦话题、想象一些变态的故事和场景。

“欸，你们看，他的球衣……”关柚使劲往前抻着脖子探着脑袋，眯着眼睛试图看清丛邵东的号码。

“33。”王沐成回答，转过脸又无奈地看了关柚一眼。

“老王想说——”“全校都知道。”谢诚和康俊文异口同声，交换了一下眼神，肩膀笑得简直一抖一抖的。

关柚无奈地撇撇嘴，看来自己平时是真的一丁点儿都不关心篮球啊。

“你是不是连四月篮球联赛哪天开始都不知道？”谢诚打趣道。

“欸，你怎么知道？”关柚眼睛一亮，“我真的是昨天才听说的呢！”

谢诚掩面：“看来还是高估你了。”

“漂亮！”随着全场的人声又一拨涌动，王沐成这个篮球迷专心致志地趴在前排也痛快地大喊了一声，“Joey传了个很漂亮的球，后来进球了哦。”他特意转过身通知关柚。

“他打什么位置？”关柚问。

“控球后卫。”王沐成迅速回答完就又目不转睛地继续看比赛了。

作为全美高中男子篮球的蝉联冠军，区区一个小组赛对关柚的学校来说自然不在话下。

打完比赛之后，人群四散，很多人拥上去恭喜篮球队员们再度取得好成绩。

他们几个下楼的时候正好碰到丛邵东在走廊里喝完水准备走进更衣室。

“欸，Joey！”康俊文猥琐的小眼睛又开始一闪一闪亮晶晶了。

“恭喜啊学长，你打得真好！”谢诚走上去。

丛邵东礼貌地笑了笑，看到关柚后笑得狡黠：“你还真来了？”

“你还真记得？”她坏笑着接话。

从邵东一脸好笑的表情，点点头，“真难得。我训练一整个冬天赛季，在联赛上还有幸见到大小姐的身影，不容易。”

看来他明显是赢了球之后心情很好，关柚也毫不示弱：“我认识你整整两个季节，竟然还能看到你也会开玩笑，更不容易。”

“啧啧啧。”谢诚一脸狐疑地看好戏的表情，拉着康俊文和王沐成就要走。

“那我们先走了啊。”王沐成跟关柚打招呼。

“关柚，”康俊文则神情凝重地对着关柚一步三回头，“记得啊记得啊！”他一边倒着走路一边不停做弯腰的动作嘱咐关柚。

“他干吗？干吗鞠那么多躬？……遗体告别吗……”从邵东看着康俊文和关柚之间的暗号看得一头雾水。

从邵东这个人吧，关柚总觉得他的表情和话语是分离的：为什么每次很搞笑的玩笑到了他这里都像在法庭上陈述陈词一样，板着一张脸……

“哎哟！”隐隐约约听到远处康俊文发出一声怪异的声音，关柚顺着方向看过去，“哈，这个康纯满！”还真是为了她“鞠躬尽瘁”了——为了回头嘱咐她，手舞足蹈倒着走路的康俊文终于右脚被自己左脚绊倒，猛地一个踉跄。

从邵东更加无语，握着水瓶的手也微微有点尴尬，使劲捏了捏上面的水珠。

关柚想到从邵东对康俊文的动作称为“鞠躬”的评论，又想到那个动作事实上的意思是之前两人的对话中康俊文说到的“俘获男神之——色诱术，多弯腰多露胸”，关柚自顾自地就忽然哈哈大笑起来。

看来她和康俊文关系还真是很近咯，从邵东觉得很有意思。“你笑什么？”他略微不满地看着她，皱了皱眉头，嘴角却也不住地上扬。

身高一米八五的从邵东看一米六五的关柚，完全是一个俯视的角度。

人潮还在不断地涌出来，楼上的大拨人马乌泱乌泱地走下楼来。

杨景涛、Kelly，几个高年级学姐也都在。几个人簇拥成一团，走下楼来看到的刚好是从邵东和关柚相对而立的场面。

夕阳映照过来，体育馆明亮的玻璃窗上反射出两人对立的影子；一束阳光刚好穿过两人中间，四射出来，映照着关柚的脸庞。影子是黑的，阳光是金色的，高大的从邵东和娇小的关柚站在人群中的一角。

关柚明显是在哈哈大笑，而就连千年冰山的从邵东也似乎隔着这段距离依稀可见其唇角隐约的笑容。

“哇，Ben，看见了吧。”一个高年级学姐瞠目结舌。

“长这么大没见过这么不要脸的！”另一个学姐愤愤不平地朝着他们所在的方向狠狠瞪了一眼。

杨景涛看着夕阳下勾勒出来的两个影子，逆着阳光，这种美好他曾经以为是属于他的。他曾经也以为在关柚心里他是特别的。想到这里，身边的一切喧嚣仿佛都静止了，人群好似也消失了，只剩下杨景涛自言自语的心声。他鼻子酸了一下。

Kelly看到丛邵东二话不说，直接就要走上前。

一个学姐拉住她：“哎哎哎，干吗去？”

“我去打个招呼。”每每看到丛邵东她都忍不住要向最尊敬的学长问好。

“去什么去！”Rose冷冷地一把把她拉回来。

“你干吗……”Kelly不满。

“走吧景涛。”和杨景涛关系最好的学姐推了推他，“别看了，这种人，多不值得。”

“看什么啊？”杨景涛马上恢复平时那一副阳光开朗的笑脸，没再看关柚，只是低下头片刻，看了看地面。

“你要回去吗？一起走吧。”关柚仰着头看丛邵东。他们赢了球，她的心情也很好；而且习惯了丛邵东的这种冷漠，在他身边的次数多了，无论他怎么冷着脸或是不说话，关柚倒也不觉得是受到冷落了。

“呃……我还得去更衣室冲个澡，然后换衣服。”丛邵东看向更衣室方向，挠了挠头。

“啊？噢，那好吧……”关柚有点失望，但也没停留，只是笑笑，“那我先走了。”

“嗯。”丛邵东点点头，停顿了一下便朝更衣室走去。

对着更衣室的镜子，丛邵东脱下上衣，肚子上漂亮的腹肌展露无遗。

其实……其实刚才就回宿舍、跟她一起走也不是不可以啊。丛邵东对着镜子撇了撇嘴，忽然有种往外走的冲动——不过过了这么久，她肯定早就走了吧？

太习惯这种一个人独来独往的生活，自己安排自己的事情，任何决定也从不会被任何人左右。

关上水龙头，他又用湿漉漉的手往脸上抹了一把。对他来说，除了学术是自己必须要做的，篮球就是他的生命。

丛邵东活动了一下肩膀。在Junior Varsity选拔一年，为Varsity校队效力两年，身上经历的伤病无数……但如果有任何人问他，他的答案还是毋庸置疑：对他来说，篮球赛季永远是一年里最好的时光。

五月初，湖面上的冰终于全部化完了。之后，晚春来得快，夏天来得更快。草坪上的所有积雪全部消失仿佛也就是一夜之间的事，而接踵而至的一下子就是二十五摄氏度以上的高温了；从棉袄换成短袖、吊带，仿佛也就是一个星期的事。

此时，关柚正坐在厕所里的马桶上，透过窗户窥探着外面结伴出去玩的男生女生。屋檐还在滴着水，灰色的砖瓦在白雪褪尽后又暴露无遗了。她忽然想到了国内的一切——天呢，真的马上……马上就要回国了。

景色、回忆……关柚的脑子里又开始浮现出一些字字句句。于是她就一边上着厕所，一边打开手机备忘录把这些灵感记下来；上完厕所后迅速冲回房间，拿起吉他就开始拨弄和弦。

很快，一首歌又写好了，灵感来自国内的家人和朋友们——

《致我最亲爱的人》

致我最亲爱的人
你们还好吗
独自漂泊在外的我
时常会想家
过去的每一点一滴
在我心里都不曾抹去
我盼望着归期
却也在异乡尝试追寻着自己
都是珍贵的经历

毕业典礼那天，从一早开始校园里就不同往日的安静，已经开始人山人海了。家长、嘉宾，各种人从四面八方赶来。所有男生西装革履、女生清一色的白裙子、毕业生穿着他们的毕业袍——这是关柚第一次亲眼见到了想象中很庄严的大场面。

从宿舍开始排队，人群依次入场、就座，关柚这才强烈地意识到，原来美国人也这么形式主义啊。

丛邵东和齐粤都是西装革履：丛邵东身穿一件黑色西装，而齐粤的是深蓝色。关柚经过的时候简直看呆了。

“看什么呢？”冷不丁地冒出声音，关柚汗毛都竖起来了。这声音，不用看她也知道是 Rose，再熟悉不过了。

她叹了口气，转过头：“有何贵干？在毕业典礼这样的盛大场合，又想找什么碴？”

“这样盛大的场合我可不想找碴。”Rose 难得地神情里收起了厌恶和轻蔑，没有了冷笑和跋扈，只是神情严肃，“我就问你一件事。”的确，闹了半年，她们还没有面对面对质过这件事情。

“什么？”

看着关柚的眼神，Rose 想解开心中的谜团，“你……嘿。”未语先笑，其实每次想到这里她还挺伤感，毕竟面对的是曾经好友的背叛。

关柚看着她软下来的神情，心中也有所触动，“你说。”

Rose 正了正神：“当初，我和肖恩在楼道里……是不是你告诉齐粤的？”

我？齐粤？告密？！

关柚的脑袋突如五雷轰顶。

但这样倒解释得通了！

全明白了！

原来 Rose 一夜之间态度大反转是因为误会了她向齐粤打小报告！随之而来的种种报复也正因如此。

关柚鼻子突然一酸，觉得这真是太讽刺了。而后的两人忙着打仗，竟然连一次都没有好好谈过。

Rose 和肖恩一定以为她是唯一的知情人，但事实上，知情人不止她。然而齐粤也是知情人这件事才是除了关柚没有第二个人知道了。

“我从来没有说过那件事。”关柚胸口起伏一下，努力保持镇静。

“那，他是怎么知道的？”Rose 迟疑。

“其实——”其实齐粤自己看到了！关柚正要脱口而出，但转念一想，齐粤安静的侧脸、美好的眼神、眉宇的忧伤……这样一说，会不会很伤害他的尊严？她从来都不想当一个告密者。正如 Rose 的事情她不会和别人说，齐粤目睹一切的事情她也不想和任何人说。可不说的话，Rose 又会一直误会她……

从邵东和齐粤擦身而过的时候，对视了一眼。

距离那件事两年了。

思绪回到那个寒冷的秋末冬初的晚上，巡查的丛邵东发现了树林里的人。

齐晋的眼神慌乱："Joey，你……你要举报我们吗？"

丛邵东心烦意乱。本来这大冷天的就没人想来当值，结果最后五分钟了抓住一伙人，里面还偏偏有自己的朋友。"你这是何必？"他也心有怨气。

"能不能看在我们交情的分上，放我一马？"齐晋神色很为难，但似乎也并不想强人所难。

这就是他们为什么能做朋友：他理解齐晋作为富人家孩子的烦恼，齐晋也懂他做人的原则。

理论上来讲，丛邵东是该铁面无私的。

齐晋沉默着，和丛邵东相对无言；远处的美国人也都吓得在观望，不敢上前。

丛邵东看了眼手表：十点整了，值班时间结束了。

他深吸一口气："我当值时间结束了，我就当什么都没看见。"

"Joey！"齐晋看着丛邵东转过身去的背影，喊他，"谢谢！"随之闭上眼睛，可算是松了口气。正值大学申请季啊，档案上突然多出个处分可不是开玩笑的。

丛邵东停住脚步："别再有下次，不然我也帮不上你。"

收回思绪，一抬头，是亮得晃眼的太阳。

正前方是关柚，她和 Rose 对立着，神情很悲壮的样子。

"关柚！"他叫她，似乎打断了她们的对话。

Rose 循着他的声音看过来，看到了他旁边的齐粤；而齐粤察觉到她，眼神立马瞥向别处，朝反方向走去了。

Rose 也随即收回目光，看了看他，又看了看关柚，终究还是走了。

关柚却看着 Rose 的背影，似乎还有话没说完。

"Rose！"她叫她。

——但是毕业典礼开始了。

看着各种人的相聚、相拥，再分离、踏上各自回家的路，关柚感觉心潮澎湃又热泪盈眶。

也许相比于某个目的地来说，真正更让她兴奋的是旅途中的过程。

毕业典礼一结束就是暑假了。中国的孩子们，很多人都是乘坐海南航空 HU482 由波士顿飞往北京。飞机是当天的航班，下午起飞，所以毕业典礼一结束，关柚他们就要马上回宿舍取行李、离校，时间还是相当紧。

关柚这个迟到大王，依照自己的惯例，拖着大箱子一路狂奔才在最后时刻赶上了学校的大巴。

“Jessie！”上车的那一刻，关柚听到熟悉的 Liz 和 Marie 的尖叫从远方传来。

她在车门的台阶上停下脚步，试图寻找她们的身影。可无奈，负责老师已经不耐烦地催促着她上车，不给她任何停留的余地：“快点快点，你已经晚了。”

她只得朝远处的好闺密使劲挥了挥手。

Liz 和 Marie 看到了，便也没有再追过来，只是停住了脚步也使劲朝她挥了挥手，算是就此别过。

车子发动了，小镇渐渐远去。随着途经的路牌上显示的数字一点一点减少着，即使依然身处美国，关柚却仿佛已经感受到了与家的距离在一点点变近。

“哎呀关柚，马上要回家了，你激动吗？”康俊文难以掩饰兴奋之情，已经开始在旁边坐立不安了。

“你都出来这么久了还没习惯啊！”谢诚从后座爬过来嘲笑他。

看着他们就这么斗嘴，关柚的嘴角抑制不住地上扬——这种踏实、温暖的感觉就是此时此刻世上最美好的瞬间。

从上空看到波士顿那些巨型的建筑一瞬间变得渺小，冗长的回忆好似也都如尘埃般散落在空中。关柚的眼眶又一次湿润了。

其实来美国这一年，她最大的收获就是明白了一个道理：生活不止眼前的苟且，还有诗和远方的田野。

城市渐渐远去了，视野里剩下的只有湛蓝纯净的天空和成片成堆的云。

那是象征晴朗的卷积云。

再见，美利坚。

# | 新来的女生 |

时隔一年之久，秋季又降临在这个北国的小镇了。

九月初秋，教学楼的墙上是绿油油的爬山虎，青草绿油油的，树上白色的小花也还开得正盛。走近湖边的时候依然可以闻到湖水卷来的一点点潮湿味道和腥味，混合着耳边的涛声……多么熟悉的感觉。

关柚走进食堂的时候康俊文他们已经都在了。

“关柚！”谢诚第一个跳起来给了她一个熊抱，“怎么样，有没有想我们啊？”

关柚笑嘻嘻地说：“当然想啊！今天食堂吃什么？”

“切，没诚意！”谢诚放开她，一脸鄙视。

端完吃的回到座位上，关柚发觉那些高年级学姐全部毕业以后，桌子上真的是清净了许多。她看到桌子另一端的齐粤，他正戴着耳机看视频；注意到她的目光，他也笑眯眯地挥了挥手。

“哎，听说了吗，”康俊文嘴里嚼着东西凑到关柚耳边，“学校里……”

“就是她，你看！”

“那个粉裙子、马尾辫？”

“也没有很好看吧？”

“但是腿长啊！”

康俊文话还没说完，关柚的注意力就被桌上其他一些男生女生的讨论打断了。

远处走来了一个女生，个子高挑，走近一看，梳着齐头帘、马尾辫，穿了一身棉质的粉裙子，上面还有些浅淡的花纹。她长相清秀，称不上好看，顶多算是……清纯。

“你们好，我叫杨萱！”她走过来，露出一个标准微笑——很客套，但又很礼貌。谈不上真诚。

“你好你好。”桌上安静半晌后有学弟开始回应着打招呼，随之而来的，关柚也注意到他身旁学妹的略微不满。

“我是新来的，十年级，以后请大家多多关照！”她声音不大，有点犹豫，看起来并不十分胸有成竹。

“客气了，以后都是同学。”谢诚点头示意，也回报了一个微笑。

杨萱不动声色地将桌上人打量了一圈，脸上的微笑始终保持在同一个角度。

“哎，你就是杨萱吧！”门一开一合，身后走来一个明媚的女生——这一身的大长发大浓妆大耳环大美瞳——不是 Rose 是谁。

她走到杨萱身边站定，两人感觉一明一暗，一个浓妆艳抹、一个素面朝天。

“Rose 姐！”立马就有两三个小男生小女生开始和 Rose 打招呼。

杨萱见状也连忙客气道：“你好！”脸上的微笑不增不减，没有刻意地谄媚。

“大型认亲现场又开始了。”谢诚压低了声音窃窃私语。

齐粤不知道什么时候已经离开了，位子上空空荡荡的。

林想和 Kelly 一起进来了，Rose 就顺势拉着杨萱和她们一起去厨房拿吃的了。

“你说她会不会跟 Rose 党走得近了就冷落你？”康俊文饶有趣味地叉起盘子里的半截香肠问。

“康俊文，”关柚皱皱眉头，虽然心里也在打鼓，但还是制止他，“就上个学而已，你别又搞得像宫斗戏一样，还拉帮结派。”

“你难道不想知道？”康俊文明明自己不是八卦的人，更不是天天为了芝麻大点破事斤斤计较的人。

“哪有那么多是非啊，管好自己就够了，不去想那些乱七八糟的没什么不好。”谢诚支持关柚的说法。

王沐成还是一贯的事不关己高高挂起，给他们仨的唯一回应就是站起来拿起自己的盘子，一言未发，朝回收房走去了。

开学后，关柚意识到自己这学期三门 AP 课的负担还是很重的。

说实话，她从没奢望过自己可以上什么难度很高的课。“学霸”这个概念吧，不能说和她无缘，但又没那么贴切；她不属于那种特别聪明、玩着玩着就全会了的，也不是特别努力的类型。因此，说她成绩还不错是公认的，但真要说有多学霸，这种词倒通常也不是用来形容她的。

AP 课本就是大学先修课程，难度还是相对高的。尤其是在高中里，上 AP 课的学生已经都是年级里的尖子了，更何况是上多于一门的 AP 课，比如关柚，今年作为 junior 的她上了三门。学校里最多可以上六门课，她有一半就上了 AP；三门 AP 课里还有一门是文科——被美国人喻为“地狱”的AP美国历史，传说中三天一小考五天一大考，每天20页的A4纸阅读量，要背很多的东西，第二天就考试。

第一次的考试，关柚得了68分。拿到卷子的时候她都蒙了，有种很想死的感觉。好歹也是个quiz的成绩啊！68分可不是开玩笑的。

可是那些书她根本就读不懂，那些人名、地名、历史事件已经够难懂的了，偏偏这个作者文笔还很好，写出来的东西都是描写性很强的，用了很多形容词、副词。也许对美国人来说是件好事吧，读历史可以不读得那么枯燥，像看故事一样就看完了；但对于关柚来说真是欲哭无泪，这无疑是把读历史又增加了一个读文学的难度。

读起历史作业来，关柚每天字典不离手，下了课就开始读，一直读到晚上都读不完。每天3个小时起的阅读量，这还真是前所未有。然而，就算是她好不容易读懂的内容，感觉自己记住了，一到考试、盯着卷子，还是觉得每一道题都看起来熟悉又陌生。好像所有的知识点都在脑子里，但就是都混为一谈让她对不上号。

本来以为quiz会一次比一次好的。但第二次得了个73分之后第三次又跌落到56分了。

只是令她没想到的是，和家人联系的时候她忍不住和爸爸说了自己的测验成绩，爸爸只说，好好休息，别压力太大。

关柚顿时觉得像心间流过一股热流。在和爸爸的关系中，她从来没觉得这么感动过。

数学课是继续和杨景涛、丛邵东同班，从去年的AP微积分AB上升到了第二阶段的AP微积分BC。AB的班级有两个，而BC的班级只有一个。AB班里有的人不再上下去就转而选择普通微积分，还有一些人上AB的时候已经是senior，现在已经毕业了。

班上除关柚和杨景涛两个junior外，还有另外一个韩国人。

每次上完历史课再来上数学课变成了让关柚很有幸福感的一件事，因为她忽然发现，数学和读历史相比起来好像一下子显得简单了许多。人都会因为自己擅长一件事而对这件事的好感度增加。但相反地，从数学课去上历史也让她很有成就感，因为数学尖子大部分都是亚洲人，而这些亚洲人，别说是英文很好的丛邵东和Jackie没上过最难的文科课，有几个泰国来的奖学金学生甚至连最基本的日常用语都还说不利索。于是她就这么自我安慰着，告诉自己，没事，虽然我数学不好、历史更不好，但是和数学好的亚洲人相比，我文科比他们厉害；和历史好的美国人相比，我数学又比他们牛多了。这样的自我安慰总是让她心里舒服很多。

杨景涛今年也是上三门AP。数学和关柚一样；科学方面，关柚上了AP生物而杨景涛选了AP物理；他没AP文科可上却自己向学校申请提前修了最后一门数学里的AP——AP统计。老实说，关柚不明白他为什么要这么选，今年把数学都上完了那他明年上什么呢？这样真的有必要吗？

除三门AP课和普通的十一年级英语外，关柚还选择了美术课。而美术课上的“惊喜”就是——她和林想同班。

两人走进教室的时候看到对方都是一愣，随即坐到了不同的桌子，没有对视，也没有交流。其实也不赖，至少Rose不在，林想其实毫无攻击性，只是纯粹像个陌生人罢了。

如果说AP美国历史是学业上的挑战，那么参加划船队，成为男子划船队的舵手（coxswain）就是关柚自己给自己体育上的挑战。她简直觉得自己是脑子坏掉了才会想别出心裁地尝试一些不一样的东西。

每天下午的活动时间不再是舒舒服服地窝在艺术楼里写写作业弹弹琴，而是在炎炎烈日下，扯破嗓子用英文喊口号，指挥着一群足足比她高出一头的人高马大的美国男生。

他们看到她的时候似乎不是不惊讶的，也谈不上多冷漠，但也谈不上多配合。就是一种正常范围内的疏离加上男生原本就喜欢嬉笑玩闹的不正经，足以让关柚十分不自信到焦头烂额。

好在教练对她不错，总是鼓励她，说：“你选择来当coxswain本身就是一件充满了挑战的事情，不是每个女生都可以做到这样的魄力，更不是每个国际生一上来就会很自信地用英文喊口号。做出选择就是第一步——你已经战胜了自己，接下来就大胆去做，不断跳出自己的comfort zone。”

舒适区——这是一个来美国前从没听过、来了美国之后却不断听到的词。关柚觉得它很实用。

所以Junior Year正式拉开了帷幕。她挣扎了一下，决定秋季运动不换了，坚定地留在了男子划船队。这样一来，她便有了一个新身份：中国来的coxswain。

开学两周，杨萱已经活跃地加入了不少学校的社团。这个周六的晚上，她参加的一个慈善社团正在食堂里搞义卖，卖一些文具、糖果之类的小玩意。

“这是在搞义卖啊？”Rose拿着一个苹果准备离开的时候看到杨萱的小摊，边上还有几个社团里的其他美国人。

“嗯，是啊，”杨萱甜甜地一笑，“Rose 学姐要不要看看？”

“好啊！”Rose 表现出姐姐般的关怀，看着手中劣质的文具，却很难装作提起兴趣，便随便指了指桌上的巧克力和软糖，“我买个糖吧。”

“要哪一个？”杨萱像专业客服一样客气又机械，连一贯会在人前社交的 Rose 都起了一身鸡皮疙瘩。

“就……”她低头挑选着，其实也实在没什么可买的，自己平时怕发胖不怎么吃糖，“这个、这个，还有那个，”她随便指了三种糖果，“每样给我五个吧，当支持你工作了。”

“啊！这太不好意思了……”杨萱一副天真又为难的神情。

“没什么，”Rose 手一挥，“以后都是同学了，有空来找我玩呗！”她看了看杨萱，笑了笑。

“好！”杨萱乖巧地点了点头。

“这个杨萱看着还真是人畜无害。”说话的是观察了杨萱许久的谢诚。

康俊文今晚又胃口大开，一盘米饭、一盘肉、一盘菜，在自己面前摆开了，“她哪里人啊？好像从来没听她说过。”

“湖州人。”谢诚答，“我和她有两节课都一起上，有一次偶然聊到的。不过她好像不太愿意聊到国内家里的事情。”

“湖州？杭州边上？”一直盯着手机看视频的王沐成突然抬起头。

“湖州有啥好吃的吗？”康俊文不紧不慢地边吃饭边眨着眼睛说。

谢诚一口牛肉刚送到嘴边又放了下去，嗤笑道：“就知道吃。”

“在看什么？”Rose 走向肖恩的时候，他正站在门口等她，眼睛却一直盯着杨萱的方向，“怎么，”她不屑地回了回头，“看上她了？”

“没，”肖恩讪笑，“但还是挺清纯的，不是吗？”

“清纯？”Rose 冷笑一声，“是，齐刘海，素面朝天，每天穿的衣服都像童装。这一身装扮，放到 30 年前还可以当个村花，现在？真的是——”

“哎呀你嘴可真是越来越损了。”肖恩开始替杨萱说话。

刚结束划船训练的关柚一走进食堂就看到笑成一团的三个人：“笑什么呢你们？”

“你是没看见她刚才和 Rose 那模样，”谢诚笑得眼泪都出来了，“Rose 本来去向杨萱示好，但回来之后又和肖恩在骂她，而更精彩的是——”

“更精彩的是肖恩好像又看上杨萱了！”连王沐成都积极参与了讨论。

关柚挑挑眉毛，一点也不惊讶：“哼，这个渣男，”她摇摇头，“不过杨萱嘛……哎，人我不好说，没怎么接触过，但穿衣风格……有点偏……童装？”

康俊文和谢诚对视一眼，说道：“你和 Rose 还真是心有灵犀啊。”

“什么意思？”关柚皱起眉头。

“Rose 也这么说的，用的词都一样。”谢诚回答。

关柚耸耸肩，站起来打算去拿吃的了。

“不过不得不说，”康俊文回过头来补充，“你现在说话比以前谨慎了啊。”他眨眨眼睛，挤出一个海绵宝宝式微笑，以示赞美。

关柚笑笑，叹了口气。

不再以貌取人，不再用攻击别人来作为巩固自己信心的武器，不再把成为众矢之的当成一种特别和骄傲，收起曾经的虚荣和嫉妒，关柚已经决定，这新的一年重新开始，做一个不一样的自己、一个更好的自己。

“欸，关柚学姐！”看到端着盘子的关柚，杨萱叫她。

“啊？叫我？”关柚受宠若惊。

“是呀，我们社团在搞义卖呢，要看看文具和糖果吗？”杨萱天真地笑着。

“啊，我……我看看，”她一手端着盘子，另一手挑选着桌上的巧克力，结果忽然一下右手重心不稳，盘子在手中晃了一晃，差点打翻——

“啊！”

“拿不稳就两只手拿。”身边的一只手托了一下她的盘子——有惊无险、有惊无险。

关柚松了一口气，看向身旁，丛邵东也不知是什么时候出现的。站在她身边，还是这样高出一头、远出一尺的距离和一脸冷漠的表情。

杨萱愣了愣，马上又绽放出甜美的笑容：“Joey 学长要看一下糖果吗？”

“呃……”这下轮到丛邵东语塞了，看着杨萱真诚的笑脸，他忽然不知道如何接话。自己明明就不可能买这种无用的东西，但又似乎不忍心拒绝了。他求助一样地看向关柚。

关柚狡黠地一笑，眼神里仿佛在说，戳到你的弱点了吧？“你慢慢看，”她得意地朝丛邵东看看，又向杨萱礼貌地道别，“我先走了。”

“欸，”丛邵东看向她远去的背影，转头和杨萱匆匆说，“先不买了，不好意思。”

杨萱看着两人一前一后远去，收起了笑脸，若有所思。

看关柚回到座位上，康俊文立马打趣：“怎么样，和你的劲敌聊得怎么样？”

“劲敌？”

“是啊，继你之后第二个跳过 ESL 直接上了美国英语的女生，而且同样是十年级就上了 AP 微积分 AB。是不是和您的经历很像？”康俊文笑眯眯地挑衅。

“哼，那也是继我之后。”关柚白眼一翻。

“哼。”谢诚学着关柚的样子哼了一声，然后自顾自地大笑起来。

“说不定明年人家也上 AP 美国历史了。”康俊文还继续煽风点火。

“康俊文！”关柚不满地吼他一声。

丛邵东打包好了晚饭，正好经过他们的桌子；关柚连忙收起怒色，假装就在正常吃饭，低着头，没看到丛邵东悄悄瞥了她一眼。

但这正好又给了康俊文说词：“看来不光是成绩啊，感觉你们还有争夺 Joey 这一仗要打——难道又会掀起满城的血雨腥风？”

“吃饭还堵不上你嘴。”关柚笑着摇头，任由康俊文满口胡说八道。

又聊了会儿天儿，关柚吃完就起身说先走了。

“去哪啊？有约会啊？”谢诚也站起来，却不忘开她玩笑。

“什么约会，你怎么跟康俊文一样了！”关柚笑着埋怨谢诚，“我和齐粤约好一起去琴房唱歌，也一个暑假没一起唱歌弹琴了。”

“喔唷？”谢诚发出一声怪异的感叹，和康俊文交换了一下眼神。

谢诚说：“我赌齐粤。”

康俊文胸有成竹地眨巴着小眼睛摇摇头：“不不不，齐粤只是一种普通的倾慕，但她心底最爱的那个，”他特意强调了爱这个字，“一定是 Joey。”

王沐成只看了他俩一眼：“无聊。”便站起来端着自己的盘子朝回收房走去。

音乐楼里，Rose 和肖恩正躲在一个空房间里——这里通常是学生情侣们在没人的时候偷偷来谈恋爱的圣地。

“有意思吗这样？你不累我都累了！”肖恩坐在沙发上，抱怨着自己不想再和 Rose 这样搞“地下情”，“要么就光明正大的，要么就分开。”

“现在你在这跟我嚷嚷分开了？当初我和齐粤还没分手的时候，是谁三番五次就开始跑来找我说喜欢我好久了？”Rose 站在一旁，靠在钢琴上，阴阳怪气地讽刺肖恩。

“哼，你留不住齐粤，又来抱怨我。”肖恩冷笑，“再说，当时我会看上你也是你有意无意招惹的我，不然我会想和你在一起？”他摆出一脸好笑的表情。

“你！”Rose 气得嘴唇苍白，手指关节都因为握成了拳头而显得格外凸起，但她马上转念一想，又恢复了明艳的微笑，“我看，是你看上杨萱了吧？现在就嫌我碍事了？”

肖恩像是被猜中了心思，匆忙躲开她的目光，“反正你想好吧，”他站起身来，“我可没工夫跟你耗着了！”甩下一句话，就走了。

隔壁房间里关柚推门而进的时候齐粤正在弹肖邦的夜曲。

“哟，今天是经典曲目啊？暑假没改编几首新的陈奕迅？”关柚笑眯眯地走过来。将陈奕迅的歌改编成不同的钢琴谱子是齐粤喜欢的事。

“哈哈，你真了解我。”齐粤停下旋律，笑道，“有啊，但还没完工。等我练好了弹给你听吧！”

“好啊。”关柚点头。

“你呢？你暑假过得怎么样？”齐粤温和的眸子里面像是盈盈的湖水，嘴角的笑容正如同夏末秋初的风，温暖中透着凉爽的清新。

怎么是齐粤的声音？Rose突然警觉起来。是从隔壁传来的？还有笑声？另外一个女生是——

“今天想弹琴还是唱歌？”齐粤问关柚。

“要不要试试合唱？”她晃了晃手机，“里面也有陈奕迅哦。”

“你是说……《因为爱情》？”齐粤默契地一下就猜中了。

“欸，被你猜对了！”关柚笑起来。

“好啊。”齐粤微笑着点点头。关柚随即就开始播放了伴奏。

果然是关柚！

Rose恨得咬牙切齿。刚受完肖恩的气，紧接着又听到关柚和齐粤在合唱情歌，Rose强忍着不让自己爆发出尖叫。

嘭！她胡乱把教室里桌子上的东西都推到地上，背起书包，狠狠关上了门。

不行，她要把齐粤夺回来！

# | 三小时睡眠 |

因为做历史作业的缘故，关柚又是到后半夜才睡。其实来美国之后，她十年级一年基本都是每天十点半准时上床睡觉的。一熄灯就上床，玩会儿手机就睡了；然而到了十一年级，AP 微积分、AP 美国历史，再加一个 AP 生物，关柚还没有一天是早于十二点睡觉的。想想自己还要持续这样的日子一整年，她简直觉得痛苦。

上课三周，AP 美国历史的班上已经有将近一半人换了课，调出了 AP 美国历史转而去上普通历史了。关柚不是没有过这样的想法——去 Registration Office，领一张换课表，找老师签个字，再也不用忍受这种地狱般的压力。可想来想去她还是没换。可能是觉得这门课还蛮有趣，也许是因为对自己学文科的能力还是有信心、相信自己的潜力，也可能是不愿意轻易放下一个挑战。人生总是会有不断的新挑战，也总是会不断摔跟头；如果每一次都退缩，就永远得不到磨炼。

其实她也不确定自己最后能不能学好，但她至少不愿意在一开始就低头。

身边甚至有好心的同学提醒她："要换课就赶紧换，要是过了期限，后面想换也换不了了。"不过也听说过 AP 美国历史这门地狱一般特殊的课——以前似乎有个学生坚持了一学期最终实在坚持不下去了，在上完了秋季之后放弃了之前的成果，愣是转到其他课去了。

新一次的测验成绩又出来了，关柚得了 41 分。

她真的要绝望了。

班上另一个同学瞥见她的成绩，朝她耸耸肩、吐了吐舌头，给她亮出自己的试卷——52，也没强多少。关柚心里既觉得麻木难过，同时又好像稍微有了点安慰。

那个男生下课的时候还跟她说："班上其他人也有这个分的。This class is HELL。"

除测验成绩外，还有更要命的就是课堂发言。

根据读书内容，同学们自愿写自己感兴趣的话题到白板上，然后其他同学挑话题，喜欢哪个就举手点名要哪个话题，然后大家就开始讨论，各自举手，发表自己对这一话题的见解或是疑问。

关柚整个人就冒着冷汗傻在那里。

别说发言了，就连听都费劲。美国人也不知道为什么，一个一个都那么积极？！举手举得此起彼伏，说话语速又快得像机枪，语音语调还特别有热情，抑扬顿挫的；老师坐在一边，看得不亦乐乎，时不时还点评两句："Good, good! 我就喜欢看你们这么积极地探讨！"

关柚简直开始怀疑——自己和他们读的是同样的内容吗？！为什么连他们写的是什么话题都看起来那么陌生呢？

一开始努力听别人的发言发现难度太大，于是她索性开始盯着班里个别一两个同样不爱发言的人，心想着，只要他们也不说话，老师应该就不至于单单拿自己开刀吧。

直到她盯着的一个女生终于举了手——她一举手，老师立马表现出很高兴的样子，赶紧让领头的同学叫她，还说要给没说过话的同学机会。那女生说完了，另一个没说过话的男生也紧接着说话了。

这下关柚慌了——垫背的也没有了啊！

终于挨到下课，老师果然在打铃前特意关照道："Jessie，你不说点什么？没有什么想说的吗？"

感受到全班的目光，关柚浑身都开始发烫，不知所措地看着老师，目光躲躲闪闪地也不知道该说些什么，好像就在暗自心虚：我的水平可能的确是够不上这节课的难度。她生怕老师当着全班的面说，也许你应该调课，挑一个难度低一点的课。

所幸老师只是笑笑，有点无奈地说："I want you all to enjoy this class, because this is fun! I never mean to scare you."

还有比较活跃的成绩好的同学回头鼓励她："Come on, Jessie, you can do it!"

下课铃终于响了，关柚就这么混混沌沌地结束了这节课。日子这么过着，有一搭无一搭的。

有时候感觉真的是应了那句话：间歇性踌躇满志，持续性混吃等死。

难道我真的就是块烂木头？关柚忍不住质疑自己。不行，不能这么下去，不蒸馒头还争口气呢。不就是一个美国历史吗！没问题。

中午的食堂里照例是一片喧闹声，混合着刀叉叮叮当当和盘子碰撞的声音。

开学好几周了，杨萱也算在学校里摸出点门道。看着关柚和 Liz 等一众美国女生说说笑笑从远处走过，杨萱心里暗暗不服。从小城来到美国，这个学校该是她施展的舞台。

“Hi！”看到一个生物课上的美国同学正好经过，杨萱抓紧机会和对方打招呼。

“呀，是你啊，Laura。”女生笑眯眯地向杨萱点了点头，之后就径直走了过去。

“欸，”见对方没有邀请自己一起坐，杨萱咽了下口水，握着盘子的手指攥得更紧了些，深呼吸，鼓起勇气叫住她，“你坐哪里呀？我们一起坐吧！”她露出一个招牌微笑。

“哦？”女生回过头，笑笑，“好啊。”然后扬一扬下巴，指向食堂中央的大长桌，杨萱这个年级最活跃的女生们几乎都坐在这张桌子上，有十来个人，“我们在那边，你可以一起来。”

杨萱愣了愣，“噢……这样啊。”她心里有点打退堂鼓。这么多美国女生凑在一起，会聊些什么呢？但她嘴上还是应付着，“好的好的，我去拿点纸巾，马上就来！”

她心里没底，但想要融入这个环境，成败在此一举，绝不能一开头就当缩头乌龟！她暗暗在心里下决心。

纸巾……在哪里来着？对了，应该是在右手边。

杨萱转过身，果然看到纸巾，正往前走着，突然脚下一滑——

“啊！”她惊叫一声，努力保持着平衡，手中的叉子却一个没拿稳已经飞了出去。

呼。幸好没有摔倒。

杨萱站在原地，还惊魂未定，看着脚下不知谁洒的一摊油。

远处传来几个人的嬉笑声。

太丢脸了！感觉到有人在看她，杨萱恨不得自己当场蒸发。她感到自己脸上火辣辣的，却又不得不赶紧移动步伐。

但紧接着，一只手出现在她眼前，手里举着她的叉子。

那只手白白净净的，手指修长，指甲整齐。

世界仿佛静止了，尴尬也消失了。

她一抬头，这个人好高——是杨景涛。他戴着一顶棒球帽，正低头看着她。

“你没事吧？”他问她，“喏，你的叉子，有点脏了，你要不换一把吧。”

她依旧注视着他入了神。

尽管他语气平常，杨萱却被“英雄救美”这一幕感动了。

“欸？”杨景涛见她呆呆地站着，晃了晃手里的叉子，笑道，“干吗呢？吓傻了？”

“啊，哦哦，谢、谢谢你。”杨萱脸上刚褪下去的热度忽然又烧得滚烫起来，一下子紧张得语无伦次。

杨景涛笑起来，露出一排白牙，见她终于伸出手，便把叉子塞给她，转身离开了。

这个微笑在杨萱看来却像是照亮了她的世界一样温暖、明亮。

她心脏怦怦地跳着，简直感觉头都被震得一拍一拍的。

拿了纸巾走到美国女生那个桌子上，刚才的同学却已经不在了。

剩下的一众女生一个个都转过头略显惊讶地看着她，好像并没有很欢迎这个不速之客；其中有两个认识她的女生简单打了个招呼，勉强算是友好，但她坐下后，仍然感觉如坐针毡，根本插不上话。

远处的关柚竟然在和 Liz 她们打打闹闹。这让杨萱看得恼火。

于是她努力听着桌上女生们的话题，就算插不上话，也假装跟着惊讶、跟着大笑。

“Jessie！”见关柚端着盘子站起来经过，杨萱立马满面笑容地叫住她。

“欸，杨萱？”关柚愣了一下，笑笑，“是你呀。”

“Hi，”杨萱优雅地点点头，用英文和她打招呼，“Did you have lunch already？”

“啊？”这是什么路数？好吧，也许因为她和美国人坐在一起不方便讲中文？关柚神情奇怪地看了她一眼，但随即恢复友好的笑容，也没多说，就点了点头。

结果杨萱这一打招呼倒让桌上的美国人都看到了关柚。

“Hi，Jessie！”领头的女生竟然特别热情地朝她挥手。

“Kayla，how are you!”关柚看到她也惊喜地笑了笑，很自然地问候一句之后走过去，边走边咬苹果。

杨萱的脸上开始一阵红一阵白，低下头用叉子搅拌了两下盘子里的意面，终于决定放弃，站起身来，朝回收房走去。

“欸，你叫什么来着？”领头的女生 Kayla 见她离开却忽然又叫住她。

“哦哦，我叫 Laura！”杨萱展示出一个大大方方的微笑，受宠若惊。

“喔，”Kayla 点点头，“你和 Jessie 是好朋友吗？”她在杨萱走前随口扯着话题。

杨萱的脸黑下来，但马上装作眼睛一亮：“是啊，我们关系很好！Jessie 人很好！你们也是朋友吗？”

Kayla 笑笑，点点头。

转过身，杨萱却一下子皱起眉头；而走出回收房的时候她又恰好看到关柚跑去中国桌，坐在康俊文、谢诚几个男生中间和他们在说说笑笑。

她望向中国桌那边的眼神变得复杂而深邃起来。

第二天的数学课，Mr.B 宣布了一个特别的消息：

有一个两年一次的全美数学竞赛，“Scholar Mathematic Competition”（学者数学竞赛），全国范围的，得奖者还有奖杯和奖学金。初赛会从十月开始，先从各学校用做试卷的形式选拔，学校里得分最高的六个人会被选拔出来组成一支参赛队伍，在本州的首府和本州的其他学校竞争。每个州选出来的前十名的学校又会被放到更大的区域去竞争。区域一共有十三个，关柚他们学校所处的是新英格兰区，新英格兰区的决赛在波士顿。最后，每个区域的前五名会有资格去芝加哥参加全国总决赛。总决赛在年底之前完成，并在圣诞节前夕颁奖。

本来对于数学竞赛她是没兴趣的，但每到有团队合作，关柚又总是兴致勃勃。不知道为什么，任何事情被变成团队形式之后就会显得趣味百倍。

初赛的选拔就在下周了，这支队伍的成员究竟会是谁呢？关柚头一次开始对数学竞赛这么期待，也这么紧张。

“你要参赛吗？”下课后，杨景涛走过来敲了敲从邵东的桌子。

从邵东转头看到他，又一副“放马过来，我不怕你”的神情，傲慢地挑了挑眉：“你也要参加？”

杨景涛眼神坚定，抿了抿嘴唇：“篮球不是我强项，但数学——我不怕你。”

从邵东笑笑，望着杨景涛的背影——其实他不得不承认，杨景涛的数学直觉和反应能力很强，是一个很出色的好苗子。那么如果自己最终和他一起参赛……事情要变得有意思了。

自从昨天和妈妈通完电话听说她又要再婚的消息，Rose 这一整天都打不起精神。

自己的这位母亲，在自己小学三年级和爸爸离婚之后，这十年又结了三次婚；算上和爸爸之前的婚姻以及这一次新婚……她到底要结多少次婚才算完！

“嘭！”

“哎呀！”

Rose 心烦意乱地在课上走神，一不小心撞翻了自己的笔袋。

真是倒霉事情一桩接一桩啊。

唉！她叹了口气，无奈地踢了下桌子，开始低头捡笔。

齐粤听到声响，回过头来，看到凌乱的长发下那张憔悴的脸……她今天怎么连妆都没化？脸色还这么苍白？看到一个反常的Rose，齐粤忍不住多看了两眼。

察觉到他的目光，Rose抬起头来。

然而在这一瞬间，齐粤马上又收回了目光。

下午的女生宿舍里，杨萱听到Kelly和林想的动静，马上跑过来向她们打听杨景涛的一切有关信息。

“欸，怎么回事，情况不对啊？”Kelly坏笑着打趣。林想则只是看了看她，没说话。

“哎呀，快说啦！”杨萱撒娇的语气，有点害羞地低下了头。

“杨景涛……基本你知道的我们也就知道这么多啊，”Kelly挠了挠头，“深圳人，十一年级，喜欢数学、喜欢打游戏——噢，对，他喜欢打英雄联盟，总和谢诚一起上线……不过，不过你也不打游戏啊……”

“人家不打游戏可以学啊。”林想阴阳怪气地插了句话。

“噢，还有啊，”Kelly又想起了什么，“他最近晚上每天都会去图书馆。”倒不是因为杨景涛有多努力用功，而是在这个学校里，每个人的纪律都有分数，如果分数被扣太多，晚上就会被强制要求去教学楼上晚自习；十一年级以上的同学可以申请去图书馆自主学习。

“啊，这样啊！”杨萱眼睛一亮，似乎找到了一条出路。

林想耸耸肩，无奈地和Kelly对视了一眼。

“欸，对了，”杨萱忽然想起关柚，决定也打听个究竟，“那关柚是个什么样的人？”

Kelly和林想各自瞠目结舌，暗中感叹这个杨萱还真会挑问题啊，问完杨景涛紧接着问关柚？难道她已经知道？不过自从高年级学姐们都毕业以后，这些陈芝麻烂谷子已经很少有人再提起了。

“关柚……关柚怎么了？”自从在之前和关柚头一次面对面聊了天，Kelly对她的印象大有改观。也许她只是看上去傲慢点？也许她的确有了变化？但至少那天的经历让Kelly觉得关柚并不难相处，因此她也不想再在新生面前无端嚼舌根。也许更是因为没有了高年级学姐煽风点火的氛围。

“她……人怎么样？”杨萱试探着问，眼神灵动，带着天真的善意。

“……就还行？”林想和 Kelly 有同感，没了饭桌上各种聊八卦、嚼舌根，其实要不是杨萱问，她还没意识到为什么最近清静了许多，自己的世界也感觉干净了许多。虽然和关柚依然交集不多，对她没什么特殊好感，但至少她现在看起来不那么讨厌了。

“呃……”这么模糊的答案显然没能让杨萱满足。这算什么？这么中性，既不是赞美又不是批判。但是算了，不能再问了，再问下去就显得可疑了。

她心里对关柚产生了更大的好奇。

晚上八点，图书馆，丛邵东雷打不动地坐在老位置开始写数学作业。

杨萱看着表，踩着点进了图书馆，环视一圈——杨景涛大概还没到吧？然而在最显眼的位置上，她看到了丛邵东，于是她灵机一动，走了过去。

“Joey 学长！”杨萱笑盈盈地走过来，“Joey 学长，你也喜欢来图书馆学习？”

丛邵东闻声抬头，打量了杨萱两眼，淡淡地点点头：“嗯。”

杨萱在他边上坐下，丛邵东下意识地把身体往反方向侧了侧。他最不喜欢别人侵犯他的私人空间、和他有近距离接触。

杨萱却锲而不舍地想继续和他聊天，这样就可以让进门的杨景涛看到他们有说有笑的样子。

八点十分，杨景涛和关柚一前一后进了图书馆。

哟，丛邵东在呢，不知道是不是在备战？我干脆坐过去！杨景涛果断地朝着丛邵东走过来。

明明是丛邵东约她来学习，怎么杨萱在他旁边？……杨景涛也走过去了？什么情况？！关柚走在杨景涛身后，看到接二连三的意外场景，本来往前挪动的脚步迟疑了。要不……要不我还是自己去别处坐吧？她在心里想着。

“Joey，又在刻苦学习呢？”杨景涛大步流星地走过来，坐到丛邵东对面，书包一甩，“你要是学数学的话可别一个人吃独食啊，有什么习题拿出来一起做！——欸，杨萱，你也在呢？”杨景涛坐下后才注意到丛邵东旁边的女生是杨萱，随即打了个招呼。

“欸，哈哈，嗯，是……”杨萱本来满心欢喜地看着他走过来，以为那是因为他看见了她……结果原来并不是这样。她掩饰不住眼神里的失望。

“还没做习题。在写数学作业呢。”丛邵东没好气地看了杨景涛一眼，正好也看到了他身后的关柚正准备朝旁边走去，“欸，你干吗去？”他连忙叫住她。

关柚一脸的无奈——怎么还是被他看到了。

她一脸讪笑地转过身：“嘿嘿，我看你们这么多人讨论数学，我还是……先去旁边看我的历史吧！”

从邵东却丝毫没有给她当逃兵的机会，用手中的笔点了点杨景涛旁边、杨萱对面的位子：“过来啊，这不是有个空位置。”

关柚只好硬着头皮走过来。

杨景涛听着她的脚步声，不满地瞪了从邵东一眼，没看她。

从邵东不以为意地耸耸肩，感觉这桌子上的人都各自心怀鬼胎——但这和他毫无关系。他只想快点写完作业，争取能早点回去睡觉。

想到这，他立马又动笔，刷刷地写起来。

“写第几题了？”杨景涛不甘示弱地赶紧翻开书。

“第五。”从邵东多一个字的废话都懒得说。

杨景涛读起题来，暗中较劲地想在速度上超过从邵东。关柚也翻开书，开始写数学作业；杨萱却隔着书本偷偷看杨景涛。

“写完了！体积是不是三又四分之一？”杨景涛飞速放下笔，自豪地看着自己的答案。

“这么快？”从邵东不可思议地看着他，又低下头，“你等一下。”

关柚刚好也算完这道题，和从邵东同时停下笔，看着自己的计算器，“我算的是三又四分之三。”

“我也是，三又四分之三。”从邵东放下笔，看着关柚点点头，表示赞同。

“不可能！”杨景涛看看从邵东，又看看关柚，不相信自己算错了，“你们怎么算的？”

他……他在和我说话？！

关柚简直受宠若惊。

毕竟时隔一年，杨景涛终于看到她不再躲开；眼里虽然还有反感和抵触，却不再有一年前的那种恨意了。

关柚心里有点感动。

“你应该先画个示意图，这样会好些。”从邵东凑过去帮杨景涛看着他的步骤。自己果然料得没错——他太急躁，空有速度，缺乏准确度。

“画示意图会慢，”杨景涛不服气地夺过草稿纸，“这就是为什么你比我慢。”

“可我比你稳，”从邵东严肃认真，“直接列式子当然快，但复杂了就容易出错。”

两人激烈地讨论着数学，一旁的杨萱感觉自己竟然被两个男生同时冷落了。

她不甘心，只能找关柚搭话："关柚学姐，你也上 AP 微积分吗？"

"嗯。"关柚点点头。

"你也是 AB 吗？听说 AB 有两个班，你是不是在我隔壁那个班呀？"杨萱不经意地炫耀着自己十年级就能上 AP 微积分 AB，生怕别人不知道。

"我上 BC，"关柚敲着计算器漫不经心地回答，"和他俩一个班。"说着又看看旁边的丛邵东和杨景涛。

杨萱一愣，不甘心地向丛邵东求证："Joey 学长，原来你们都是一个班的呀？"

丛邵东和杨景涛的争论被打断了。

完了，关柚看着杨萱，暗自幸灾乐祸，这下她可算撞枪口上了。她又看看丛邵东的脸，果然有了不耐烦的神色——他最讨厌学习的时候思路被打断。这点她是知道的。

图书馆快要熄灯的时候，四个人一起收拾着书包准备往外走。

"你也要参加数学竞赛？"杨景涛突然转向关柚，开口道。

关柚再一次受宠若惊，不可思议地看着他。这是怎么了？一晚上主动和自己说话两次了？他想通了？两人可以和好了吗？

但他问过话后就转开了目光，神色也是冷淡的。

她的希望被浇灭了，但还是回答："嗯，是，"随后又补充，"你也是吗？"

杨景涛冷笑一声："哼，是啊，"看看她，"让你失望了。"然后朝前走去。

杨萱看杨景涛要走，连忙追上去搭话。

"杨景涛！"关柚鼓起勇气叫住他。

他回头，面无表情。

"我没失望，我希望你参赛，"她看着他，认真地说道，"因为我觉得以你的实力，你应该参赛。"

杨景涛的眼里闪过一丝光芒，随即看向丛邵东，得意又装作一脸无所谓地耸了耸肩。

丛邵东和关柚并排走着，推开门，晚上的风已经开始发凉了。

"我回去还有 20 页的美国历史要读呢。"关柚哭丧着脸抱怨，"看来今天早睡又是没戏咯。"

"这有什么的，大家不都这样。"丛邵东不以为意，"我已经两年都几乎没在两点前睡过觉了。"

"两点？！"关柚目瞪口呆。这些天她也总是熬到那么晚，但这对她来说是很不寻常的，并不是自己正常的日常作息。

“嗯，是啊——”

“嘿，我也是，天天两三点睡！”走在前面的杨景涛突然回过头打断丛邵东，“不过我不是刻苦学习，我的时间都用来打游戏了，哈哈哈。”

“爱耍小聪明啊杨景涛。”丛邵东接话。

意外地看到杨景涛久违的笑脸和阳光、温暖的神色，又看到身边的丛邵东也是隐隐有着笑意的脸庞，关柚忽然也开心地笑了，感觉此时此刻他们开玩笑的气氛其乐融融。

杨景涛和杨萱先走了，只剩下黑夜里的丛邵东和关柚了。

蝉鸣在夏末渐渐淡了下去，微凉的晚风里夹杂着一丝花香——但这也是夏天的尾巴了吧。

“你历史读得慢，是因为你效率低。”丛邵东沉沉的声音在她耳畔响起。

“废话，这还用你说，”关柚翻了个白眼，“重点是怎么提高效率啊？”

丛邵东顿了顿，“你不是说每天都有 quiz 吗？那你读每个 chapter 的时候，就抓关键词。把所有的人名、地名、事件名过滤出来，把形容词、副词全部忽略，不要就那么实打实地从头到尾一字不落地读，这样会快很多。”

关柚脑中想象着这个画面——过滤出来关键词？

“还有，开始读每个 chapter 之前，把这一章先从头到尾大致翻一遍，把小标题拣出来，列个提纲，这样你就会有大局观，知道这一章讲的是什么，而不是只纠结于细枝末节。”丛邵东继续给关柚上着课。

“喔。”她眼前一亮，这听起来倒真是个好办法！“不过我经常是，东西背嘛，全会了，但考试一考，所有熟悉的东西在脑子里又乱成一锅粥，张冠李戴。”关柚沮丧地摇摇头。

“嗯……”丛邵东思索片刻，“我觉得你得自己考自己。把关键词都提炼出来之后，自己默写相关的重点。我以前也是这样，背东西的时候就盯着看，然后看向别处，嘴里背，但后来发现这样不行。背东西要想真记住，就得自己默写，写的时候你就会发现问题；多默写几遍，就彻底记住了，而且忘不了。”

关柚若有所思，侧头看着他，虽然夜太黑了，看不清他的脸，最多只能看个轮廓。

可佩服他的同时，她又觉得自己羞愧得无地自容：“唉，你懂得挺多啊。”她摇摇头，潜台词是，怎么和你一比，我总是那么白痴呢？

从邵东怔了怔，“啊……没有啊，”他想安慰她两句，但说着说着也认真起来，“我其实也是纸上谈兵，毕竟我没有真的上过 AP 历史。”他低头看了看她，停顿了一下，“能上 AP 历史，还是挺了不起的，你得坚持住。”

“欸？”关柚觉得受到了极大的鼓励，“好。”她点点头。

“而且我也是因为 SAT 啊什么的做多了，”从邵东想起自己的经验从何而来，不禁觉得“刷题”的概念有些好笑，“真的，题做多了，经验自然就积累了。”

“哈哈，”关柚笑笑，“说得也是。”

“嗯。”从邵东点点头，“观察力和注意力也会提升。”

观察力和注意力？

她突然想到刚进图书馆的时候见到的他和杨萱坐在一起那一幕。

“哼，”关柚狡猾地笑起来，“那我来考考你的观察力和注意力！”

“啊？”从邵东被她的话打了个措手不及，“什么？”这个关柚，怎么总是乱来的？想一出是一出，从来不按常理出牌。他无奈地摇摇头。

“我今天穿的什么颜色衣服？”关柚提问。

从邵东低下头、弯下腰，装模作样地好像仔细想在黑暗中辨认出颜色。

“哈哈哈，”关柚笑着躲开，“不是外套啊，我说的是里面的 T 恤。你的观察力呢？”

“白色。”从邵东直起腰，打断她，不假思索。

“那裤子呢？”关柚的问题快得像机枪。

“呃，蓝色！”从邵东犹豫片刻但依然答对了。

“那——”关柚话锋一转，“杨萱刚才穿的什么颜色的衣服？”

“啊？”从邵东顿了顿，“黄色？欸不对，蓝色？”

关柚笑笑。

杨萱穿的是淡黄色。杨景涛穿的是深蓝色。

“那她穿的什么颜色裤子？”她丝毫不给他喘息的时间。

“穿的……裤子……哎呀，这谁记得了，又不是盯着看的！”从邵东被问烦了，答不出来，便想搪塞过去。

“你的观察力呢？注意力呢？”关柚佯装胜利者的姿态嘲笑他，但实际上她心里乐开了花。

“你这都什么破问题。”从邵东不认账，责怪关柚的问题太刁钻古怪。

“哈哈哈。”关柚大笑起来。

说话间，从邵东停住脚步，指了指马路对面的房子：“你到宿舍了。”关柚忽然有点舍不得走，但从邵东淡淡地开口，完全没有停留的意思，“我先走了。”

“好吧，”关柚笑着摇摇头，“拜拜！”

“……拜拜。”从邵东僵硬地挥了挥手。

“哇！竟然会道别了？”关柚一脸发现新大陆的表情，挥挥手，笑着离开了。

# |利刃出鞘|

功夫不负有心人。

新一次的历史小测验成绩出来后，关柚果然有进步，得了 82 分。虽然依然没有上 90 分，但相比以前，已经是质的飞跃。和她料想的差不多，前面部分全部正确，直到结尾的两道题，因为准备过于仓促，记忆出现了偏差——但这正说明她大体上的学习方法已经走上正轨了！关柚心里暗暗欢欣鼓舞。

距离数学竞赛还有一周的时间，由 Mr.B 组织、从邵东协助的集训已经开始了。每天晚上七点到九点的晚自习时间，六名参赛选手都会聚在数学教室，做着往年的习题。

“嘟、嘟。”

从邵东的手机振动，但他正在讲台前写板书。

“嘟。”手机又振动。

关柚忍不住好奇地瞥了一眼他的手机屏幕，上面是一串消息，全部来自一个叫苏菲的人。

苏菲是谁？难道……不可能吧，这个木头怎么会有女朋友？！

关柚摇摇头。

“你走什么神？”从邵东走过来，看着心不在焉的关柚，坐回到自己的座位上拿起手机。

关柚偷偷瞄向他的方向，发现他打字回信息的时候，嘴角竟然是带着笑意的！难道真有个神秘的女友不成？

她眯了眯眼睛，不甘心地收回了目光，继续埋头做题。

周五下午的国际生协会，照例是从邵东和 Jackie 站在讲台前。现在的从邵东已经是主席，而 Jackie 是副主席；另外有几个其他亚洲国家的人也在主席台当中，坐在第一排。

“这学期比较大的一次活动定在感恩节，我们需要完成本学期的筹款目标。”从邵东在讲台上，衬衫、西装外套、休闲裤，看起来十分精神，“大家有什么好的想法吗？”

Rose 每次都是积极举手、喜欢出主意的那个。

“Rose。”从邵东看着她点点头，示意她发言。

“我觉得还是和往年一样吧，做一个美食节，每个国家的同学可以做 1—2 道菜，然后我们在食堂里面卖。”Rose 站起身来，信心十足地说道。

“嗯。”从邵东和 Jackie 纷纷点头。美食节一直是多年的传统，反响也很不错，所以其实开会征集想法也基本就是走个形式。

“还有人有什么主意吗？”从邵东象征性地问了一句，正准备进入下一个讨论议题，却看到一只手高高举起，“欸——”

他偏了偏头，见是杨萱，一袭粉色毛衣长裙，坐在杨景涛身边，微笑而从容地举着手。

“Laura。”从邵东点了她的名字。

众人纷纷看过来，看着这个在集会上大胆的新生。

Rose 先是惊讶，随之是一脸不屑的表情。这个杨萱，还真是小看她了。Rose 轻哼一声，她倒要看看她能说出个什么花来。

杨萱其实心脏怦怦跳着，在众人的注视下，紧张地开口道：“听说以往每年都是美食节，是不是太缺乏新意了？”

“哦？那你有何高见？”从邵东看了看时间，靠在讲台旁，淡淡地推动着谈话。

“我觉得其实可以做个其他形式的爱心义卖，采取 DIY 的形式，搞一个自主做蛋糕或者饼干的活动……”

杨萱说话间，关柚从后门姗姗来迟，穿着一件宽松的白色毛衣、灰色裤子、黑色短靴；偏偏康俊文他们坐在靠近前排的位置，于是关柚的高跟鞋嗒嗒的声响引起了在座同学时不时短促地回头。

怎么又来晚了。从邵东皱皱眉头，在心里抱怨着——不过这件白色毛衣，好像没见她穿过？

杨萱看到在座同学的不专心，心里愤愤地把这笔账记到关柚的头上，但脸上依然微笑着，继续道：“我们提供原材料，想参与活动的同学可以根据自己的需要购买不同的材料，然后现场制作。我觉得这样既增加趣味性，又可以提高参与感。”

“但这样耗时就更长，还需要提前协商场地问题。”Rose 不甘示弱地举手，“如果大家对此并没有兴趣、参与度低，那岂不是弄巧成拙？还不如采用传统的方式，保险些。”

“什么情况？”挤进拥挤的座位，关柚悄悄问身边的王沐成。

“嘿，看着吧，好戏，可精彩。”旁边的谢诚抑制不住地笑。

“正可谓一山不容二虎。”康俊文眨巴着小眼睛，朝关柚挤眉弄眼道。

还窃窃私语？丛邵东看关柚来晚了还不专心听，故意点了点黑板：“下面的同学请安静。”

关柚抬起头，瞪了他一眼。

“Joey，我的意见说完了，最后的决定还是由主席团来做吧。”Rose 甩下一句话，便坐下。这个杨萱可真是不知天高地厚！

“Joey？”Jackie 看丛邵东竟然走神了，连忙低声提醒他。

“啊？什么？”丛邵东回过神来，却没注意听刚才 Rose 和杨萱的辩论，“哎呀，你来答吧。”

Jackie 一愣，怎么突然把这种难题甩给他了，“呃，”他看了看第一排坐的其他主席团成员，抬起头，清了清嗓子，开始和稀泥，“这个问题，我觉得你们双方的发言都非常精彩，所以我们主席团回去需要商量一下，之后会发邮件通知大家！”

“切，没劲。”谢诚撇撇嘴，本以为这台戏能更精彩一点。

散会后，杨景涛和杨萱并排往外走。杨萱注视着杨景涛，正想着要以什么话题来开口。

“恭喜你啊，”她微笑着，声音十分细腻、柔和，“顺利选上参加数学竞赛。下周就比赛了吧？加油哦。”

“咳，小意思。”杨景涛插着兜，吊儿郎当地笑笑。

杨萱盯着他，期待他能说出安慰自己落选的话，可杨景涛并没有会意。

站在门口说话的关柚看两人走过来，和杨景涛对视了一眼。但他迅速移开了目光。

“杨萱，”关柚犹豫了一下，叫住杨萱，“那个……数学竞赛的事，你别放在心上，我觉得你明年，哦不，后年，肯定就没问题了。”毕竟自己是以高年级、更高一难度的课的优势当选，关柚想着还是安慰杨萱一下。

“啊，数学竞赛！”杨萱一副恍然大悟的样子，“哎呀，你不说我都忘了，”她笑吟吟地，“没关系啊，我其实也没那么在乎啦！”尽管她内心愤恨交加。

紧接着，她转头对杨景涛笑着说：“我们走吧？”

“哼，活该吧，”谢诚摇摇头，“你何必自找没趣。”

“走吧。”王沐成率先推开了门，回头看着他们，笑嘻嘻地，“今晚有比萨！”

“啊，比萨！”康俊文眼睛一亮，跟了上去。

一周后，在关柚高中本州的首府，学者数学竞赛第一轮复赛——州内赛，拉开了帷幕。

比赛在一所大学的多功能厅里面举行，第一个环节是个人赛，每道题的答题者由队长指派，而各个学校的答题者将同时答题，在计时结束后，同时亮出答题板，由裁判给分。一共六轮，72 题；正确得两分，错误扣一分，不答不扣分。分数累积。

“我们就轮流来吧？”从邵东建议着。

“没问题。”中东同学胸有成竹。

“来，加油！”美国同学最会带动气氛，和队友一一击掌，声势浩大的样子。

“第一道题，请看屏幕。”主持人在大屏幕上打出了题目，“计时——开始。”

从邵东作为队长，是他们队伍里最先上场的。这是一道 Taylor Series 求值题。题目很长，但关柚读下来感到有迹可循，并不十分复杂。

还有半分多钟的时候，从邵东放下笔，做完了，飞快地检查着答案。

“应该没错吧？”关柚紧张地问 Jackie。

“应该……没错。”中东同学在自己的草稿纸上也飞快地演算着。

“回答正确！”裁判一一检查后，关柚学校的分数牌上加了两分。

“耶！”美国同学激动地跳起来，拥抱了一下走下场的从邵东。

Jackie 和中东同学、关柚、杨景涛，也纷纷击掌。

Jackie 第二个上场，之后就是关柚。

她拿着笔的手冰凉，心脏怦怦跳着，抿紧了嘴唇，深吸一口气。

大屏幕上的题目出来了——

竟然是一道很普通的求 limit 题目。

关柚松了一口气。她最不擅长的是泰勒级数（Taylor series），而她最擅长的就是普通的求极限（limit）、求导（differentiation）和整合（integration）。

这道题和从邵东的式子情况类似，看起来很长、很复杂，但其实是纸老虎。

她很快将式子因式分解完毕，冗长的式子现在变得干净利落：求 limit 趋近于 4 的时候，函数式子 $(x-4)/(x^2-8x+16)$ 的极限值。

这个式子现在一眼见到底，关柚迅速将 4 代入，立即心算得出了答案：limit 等于

0！她放下笔，但是……等等，limit 等于 0？

场下的杨景涛原本冷眼旁观着，但看到关柚放下笔，他突然开始不安起来。

“不对！”杨景涛叫出声来。

关柚惊慌地回了下头。

“别说话！”丛邵东立即训斥杨景涛，并瞥了瞥裁判席，摇摇头，“你不能提醒她，否则犯规，我们整个都会被罚，还有可能出局。”

关柚看看杨景涛，又看看丛邵东，有些怀疑又求助的眼神。

丛邵东握紧了拳头，盯着她在黑板上的式子——他何尝不想帮她呢？

Mr.B 做了个加油打气的动作。

关柚重新静下心来。沉住气，沉住气。

“求 limit 的时候一定要化简式子，直到最简形式，才能代值。”

Mr.B 在课堂上嘱咐过的话回响在关柚的脑海里。

啊，最简形式？我是不是没化简到底？

她迅速地重新检查了一遍式子，认认真真、仔仔细细——时间还剩两分钟，绰绰有余。

对了！是这里——在最后一步的时候，分母还可以再化简——于是式子变成了 $(x-4)/(x-4)^2$。这个时候千万别代值！她提醒自己——分子和分母还有公因式。继续约分之后，式子终于变成了 $1/(x-4)$。也就是说，代入 4 后，分母为 0，而 1/0 等于……无穷大。所以这个函数式子的 limit 是不存在的！

距离时间结束还有一分钟。关柚迅速改掉答案框里的答案——不是 0，而是 DNE。The limit does not exist。

“回答正确！”

随着裁判的声音落下，答题板上的分数由 4 变到了 6。关柚松了一口气，终于露出一个笑容。走下场，面对的是队友们的欢呼和 Mr.B 的鼓励。

杨景涛是最后一个上场的。

他上场前，关柚喊了一句“加油”。杨景涛回过头，抿紧嘴唇，嘴角微微上扬，做出了一个肯定的表情，并竖起大拇指。

关柚笑了笑。

第一轮结束。关柚的赛队里六个人全部回答正确，累积 12 分——旗开得胜。

接下来的比赛难度又提高了，队友们开始陆续出现错误了，而关柚状态却平稳下来。第二、三轮，她基本都是稳稳地胜券在握。

可第四轮的时候则出现危机了——是她不擅长的三角函数。

她在答题板前抓耳挠腮了一阵子，还是没能在规定时间内答完题——没得分也没扣分。

但这一次的失利让心理素质不高的关柚慌了神。

第五轮的时候，是一道复杂的 integration by parts。好不容易找出来要替换的 u 和 v，在算完 u 的求导式子之后，关柚在 v 的整合式子里面竟然犯了一个马虎的低级错误。还剩几秒的时候她终于算出答案，犹犹豫豫地不敢确定，但看着时间一秒一秒地接近结束，她终于还是慌张地把答案抄进了答案框。

“回答错误！”

答题板亮起红灯，关柚的学校被扣了一分。

她闭上眼，叹了口气，放下笔。指尖还是冰凉的。

走下答题区的时候，她感觉整个赛场的声音在耳边嗡嗡作响，眼前发黑，头皮发麻。

杨景涛眉头紧锁，紧握着拳头，盯着答题板。

关柚走下来看到他的时候慌忙避开目光，不敢和他对视，怕看到他愤怒或者轻蔑的双眼。

“关柚！”杨景涛却叫住她。

她闭了闭眼睛，唉，完了。回过头，却出乎意料地听到杨景涛说：“别紧张，还有最后一道题。”

“欸？”她心里忽然觉得像是一块石头落了地的感觉。看着他坚定的神情，她的心情平复了一点。心脏还是跳得很快，但指尖的温度似乎回升了一点点。

“发现什么问题没有？”Mr.B 对丛邵东做着临场指导，“你和杨景涛的平均水平是队里最强的。你做题，踏实、沉稳，所以准确率高、水平稳定，但是你过于保守，对不确定的难题倾向于放弃、保分，而不是挑战；相反，杨景涛速度快、思维灵活，题越难他越兴奋，但有时候太粗心、太自大，就容易出错。”

丛邵东若有所思地点点头，看着顺序第四的中东同学正在场上做题。

“你觉得在你们俩之后，谁的水平最有竞争力？”Mr.B 继续问。

“我觉得是关柚。”丛邵东不假思索。

Mr.B 点点头：“没错，和我想的一样。但你觉得她最大的问题是什么？”

“速度慢，而且……不自信。”从邵东看了看关柚在场边垂头丧气的样子，又补充，“尤其是出错之后，完全慌了阵脚。”

Mr.B 赞许地看看从邵东，拍拍他肩膀。“不错嘛！你观察得很仔细。当队长就是要这样。除了自己的能力，也要注意观察队员的特点。”

“嗯。”从邵东得意地笑笑。

“但是——”Mr.B 话锋又一转，“光观察也不够。你很有魄力，但别忘了，亲和力和凝聚力也是必不可少的。”

从邵东愣了一下，但 Mr.B 殷切又有如能洞察世事一般的眼神让他意识到了作为一个队长的责任远比他想象中要重大。

中东同学答错了，但后面的美国同学答对了，又补回一分。

杨景涛上场了。

“想什么呢？”从邵东走到关柚身边。

“唉，我很紧张。”关柚眼神空洞地看着答题的杨景涛，“我现在连丢两题了，我——”

看着她失魂落魄的样子，从邵东打断她，故作轻松地笑了笑：“不就两道题吗！”

“欸？可是……”关柚仍然心情沉重。

“你还记得我上次最后一场输球之后，你跟我说了什么吗？”从邵东凝视着关柚的双眼。

在两人的眼前，北京的落日、球场里的汗水，那些音乐声、呐喊声、喝彩声，似乎又充满了整个画面；温暖的回忆瞬间压过了赛场上的一切动态、声音和紧张的气氛。

当时的她对输了球坐在地上的他说：“这有什么的！虽败犹荣，尽力了就好。世上本来就没有十全十美的事。”

她笑了，冲他点点头：“嗯，我记得。”

“所以啊，”他神色温柔地看着她，“不要追求完美，但是要展现出你原有的实力。专心做题，集中精力，别留遗憾。”

这是他前所未有的温柔神态和语气。

关柚的心好像突然漏了一拍，紧接着整个脸都发烫了。本来刚平静下去的心情，这会儿又开始让她喘不过气，胸口像有人敲打着她一般。

杨景涛大胜而归，正大摇大摆地走下场来。

“来，大家集中一下！”从邵东走上前去，连打两个响指，把大家聚在一起。

关柚回过神来，连忙凑上去。

“听我说，今天的比赛，无论输赢，只要我们专心、认真、努力做到让自己满意，我们就都是好样的！不跟别人比，我们就是要战胜自己！”丛邵东字字铿锵有力，“都想不想去波士顿？”

“想啊！”

“想！”

“Yes! Boston!!”

刚才答错了题正蔫儿的几人一听到波士顿，一个个又顿时打起了精神。

丛邵东看着队员们纷纷恢复活力的眼睛，满意地点点头，狡黠地一笑：“所以啊，最后一轮了！我们拼尽全力！熬过了今天，就可以去波士顿啦！”他犹豫了一下，把手伸到正中央，手背朝上——这样美国人的热烈的加油方式，他其实是不习惯的，但是……算了，为了鼓舞士气，也尝试一次吧！“来，加油！”

“加油！”众人同时伸出手，异口同声地喊道，“必胜！”

杨景涛的手正好在关柚的手背之上，两人尴尬片刻，但随即相视一笑。

后面的 Mr.B 看着他的队员们，挺着他的啤酒肚，欣慰地点了点头。

最终，队伍里面的得分状元是杨景涛，所有题全部答对，得分 12 分；丛邵东弃权 1 题，其他全部正确，得分 10 分；Jackie 超常发挥，得分 9 分；关柚答对 4 道，错 1 道，得分 7 分；中东同学也是答对 4 道，但错了两道，得分 6 分；最后是美国同学，对错各半，得分 3 分。总分 47 分，在六十多支队伍里面排名第九，踩线进了区域决赛。

“有惊无险、有惊无险啊！”尽管得分最低，美国同学看起来还是自信满满的。回去的路上，数他最活跃。

“虽然进了决赛，但我们赢得很侥幸。”小巴士的前排，丛邵东和 Mr.B 分析着大赛组委会传来的数据，“前两名和后面拉开的差距很大，第一名 68 分，第二名 60 分；第三名到第七名在 50 分和 60 分之间；之后的第八名比我们高一分，然后是我们和另一所学校持平。在前几名的绝对高分之后，我们之后 40 分以上的队伍，有 22 个，主要集中在 40 分到 45 分；30 分到 40 分之间的队伍又有 19 个；真正落后的是少数。”

“我们的确赢得很侥幸。”Mr.B 不愧是哈佛毕业的数学博士，三下两下就看着 iPad 屏幕上的数据算出了各种平均数、中位数、standard deviation（标准差），还画出了一个简易的统计分布图，“所以其实，大家的水平都非常集中，可以说是不相上下。”

“嗯。”从邵东点点头。

“决赛还有三周多，到时候没有个人答题了，团队配合的东西会更多，我们回去还得好好练习。”Mr.B 说道。

北京。

关柚的妈妈江宁作为影视公司的负责人和新电影的总制片人，今天在公司会见从香港来的投资方。

“业界特有名儿吧？”助理给她送咖啡的时候忍不住八卦道，“前两年每次投资的电影最后票房都巨火！捧红了好几个影后影帝。”

看着小助理一脸梦游般的神情，江宁笑道：“别做梦啦，你也想当影后啊？”

“嘿嘿，那怎么可能啊。”助理讪笑，“不过今天可算是要见到本尊了，我还是相当激动的！”

“这就激动了？有闲工夫八卦还不如担心担心未来的票房吧！”江宁抿了口咖啡，暗红色的口红在白色的咖啡杯上留下了一道唇印。她低头看看表，起身，“走吧，时间差不多了，去会议室。”

“好嘞！”助理兴奋地紧跟其后。

又是一年的十月，新英格兰小镇已经很凉了。

穿着短裤走在外面的时候，杨景涛感觉双腿渐渐开始冻僵。看来还是刚才视频的时候应该听妈妈的，穿长裤出门才对。他摇了摇头。也不知这么晚了，杨萱约他来湖边干什么？

他远远地就看到了一个高挑的身影，站在湖边，长发飘飘。

“这么晚，怎么了？”杨景涛边走边问道。

杨萱转过身来，看着夜幕下的杨景涛，那么高，笑容还是那么温暖，对比着夜色的黑和微风的凉，好像在黑暗中闪闪发光。

“怎么了？”杨景涛问道，“你说吧。”

“我……”杨萱深吸一口气，看着他的眼睛，鼓起了勇气，“我刚来的时候，那天在食堂，我脚下滑了一下，叉子掉了，还差点摔倒。那天……你还记得吗？”

杨景涛愣了愣：“记得啊，怎么了？”

杨萱顿了顿，吸了吸鼻子：“我……”她犹犹豫豫的，迟迟不敢开口，“我其实……”

“有什么你就说呗。”杨景涛本来是想鼓励她，也是因为有点冷了想快点说完回宿舍，但话一出口，他突然觉得，杨萱这个苗头……有点不对啊……

“我从那个时候就开始喜欢你了！”杨萱终于鼓起勇气，把想说的话说出了口。

看着杨萱亮晶晶的双眸，杨景涛却忽然不知所措：“啊？杨萱……可是我觉得我们，我们还不太了解对方吧……感觉一共也没说过几次话。”

明明还是一起学过数学的啊，她还给他复习提纲了呢！

“除了在图书馆学数学的时候。”杨景涛也马上想起了这一点，连忙补充道。

“那，慢慢来，以后多……一起出来玩，慢慢地不就了解了！”杨萱不甘心。

“呃，”杨景涛语塞，“你说得对……但现在，”他想了想，努力组织语言但依然语无伦次，“现在还是不合适吧，我们，我觉得还是先……不太适合在一起……”

杨萱鼻子一酸，眼泪突然就滑了出来，不受控制地，她的睫毛在颤抖。

“欸，你你你，你别哭啊，杨萱……”杨景涛吓得慌了神。

杨萱一抹眼泪，笑笑：“没事，”抬头依旧满腹期待地望着他，“我给你时间考虑！”说罢，塞给了他一封信，便跑走了。

看着杨萱的背影，杨景涛叹了口气。

按理说，自己刚被表白，这应该高兴才对吧？

一阵风袭来，杨景涛不禁打了个寒战。可他怎么就高兴不起来呢？

听着耳边的风声和湖水的潮起潮落，他嗅到一股腥咸的味道。树叶哗哗几声，随着风，大概又是落了一大片。

这样的新英格兰，还是那个熟悉的新英格兰，和去年一模一样。同样的景色，同样的湖水——现在还在流动，但要不了多久，它很快又会结冰，就这样周而复始着。

关柚的身影又出现在他眼前了。

是啊，景色都还一样，只是人不同了。

齐粤回宿舍的时候看到自己宿舍门前的小路上一个熟悉却陌生的身影——Rose那单薄的身影出现在自己宿舍门前，记忆里好像还是昨天的事情，但细一算，又是太久太久以前的事了。

她来干吗？

听到齐粤的脚步声，Rose转过身。

齐粤本想就照旧忽略她，但看着她单薄的着装、被风吹得散乱的头发，他还是忍不住犹豫着开口：“有什么事吗？”

“哦，没。”Rose眼里闪过一丝惊慌，冲他笑了笑，“我……就散散步，刚好就走到这了。”说罢，却没有要走的意思。

谁都没有挪动步伐。

“你最近还好吗？”齐粤忍不住问道。

Rose低头笑了笑：“我……还好吧。”欲言又止。

“怎么不多穿点？”齐粤皱起眉头，叹了口气。他终究还是关心Rose的。

“最近其实发生了挺多事的，”Rose轻轻地说，“我妈又再婚了，你可能……可能也从饭桌上听说了？”

“嗯。”他轻声回答。

已经晚上十点，快到熄灯时间了，此时的街道安静得很，一辆车也没有，路边也是空无一人。除了阵阵的风声和落叶还有远处便利店那一点点发白的光，连路灯都昏暗得像是在打瞌睡了。空气中只有齐粤和Rose两个人的气息。

齐粤还是狠了狠心，对她说：“早点回去吧。”便往前走。

Rose却突然拉住了他的胳膊。

那种熟悉的感觉又回来了。

“齐粤……”她这样声音里带着柔软和脆弱，还是很少见的。两人面朝相反方向，并排站着，他看不到她的脸，却从她的声音里听出些许无助。

他转过头，看着她的脸，长长的睫毛被路灯昏暗的灯光照亮了一点点，灯光打在脸上，却被头发和阴影覆盖了大半。

“照顾好自己。”他心疼地说道。

“嗯。”Rose沉默片刻，点了点头，“你也是。”然后，慢慢地，她的手从他的小臂上滑落下去。接着，是背道而驰。

刚一进门，哥哥齐晋的电话就打来了，吓了齐粤一跳，真怀疑他是不是在他宿舍安装了实时监控。

“爸刚在北京和制片方开完会，新电影已经确定投资了，圣诞节就开拍。”齐晋的声音淡淡地响起，父亲公司里的事情齐晋是一直都在跟进的，“你不是一直想学音乐和表演？圣诞假期回香港，正好你可以客串个什么角色。”他平淡如水的声音说得这好像是再简单不过的事情。

“嗯，好，谢谢哥。”齐粤显得有些心不在焉。

“对了，还有一件很巧的事——制片人的女儿和你在一个学校，叫关柚，你认识吗？”

关柚？“认识啊！”齐粤笑起来，怎么会是她，这还真的是巧了。

“那最好不过。”齐晋的声音听起来十分满意，“她圣诞假会和她妈妈一起来香港。爸和江总——哦，就是关柚的妈妈，聊得挺投机的，你们又是同学，正好到时候你带关柚在香港转转吧。”

“好啊，”齐粤答应道，“没问题。”

“嗯，”齐晋正打算挂电话，却又忽然想起来，“你最近……和 Rose 没联系吧？”

齐粤心中一顿，慌忙说着：“没，没有，早就不说话了。”这话说得，也算是半真半假吧。在上上周之前，的确是从分手直到那时都几乎没说过一句话了。

“那就好，”齐晋满意道，又叮嘱，“最好别再有什么牵扯。门不当户不对，爸妈也不会同意，你们也不会有结果的。”

听着哥哥意味深长的语气，齐粤只得无奈地顺从：“我明白。”

# |决战波士顿|

很快，杨萱表白杨景涛的事情就已经不再是秘密了。至于到底是杨景涛告诉了谁，还是杨萱自己传出去的，大家也说法不一。

中国桌上依旧坐满了人，现在正是低年级吃饭的时间。肖恩看到杨萱后马上走了上来。

“你竟然喜欢杨景涛？！”他一脸不可置信的表情。

路过的 Rose 闻言，冷笑一声。肖恩啊肖恩，如意算盘落空了吧？还有这个杨萱，当自己是何方神圣？表白不照样被拒。

“可惜表白失败了吧？”林想看不惯杨萱已经有一阵了，而看到同样令她厌烦的肖恩凑过来，她干脆站起身准备走，走前不忘讥讽杨萱两句，“其实……唉，我也不明白，他怎么会拒绝你呢？你说你各方面都这么优秀。”林想故意学着杨萱惯有的一脸无辜的表情和语气，“哎呀。”她又故意大惊小怪，好像想起了什么，把杨萱上上下下打量了一遍。

“怎么了？”杨萱被她盯得毛骨悚然的。

“没什么。”林想撇撇嘴，笑道，“我只是听说——杨景涛好像喜欢瘦的女生。所以你嘛，再减减肥，没准行！”

杨萱愕然，减肥？林想这是在说她胖？！可即使气得已经将手里的餐巾纸捏成了一团，她还是努力深呼吸，笑着装作毫不在意，“我觉得健康最重要，太瘦了也未必好吧。”

“哼。”肖恩冷哼一声，“你别听她胡说了。”

杨萱转过头，狐疑地看着他。

“他拒绝你，八成就一个原因——”

“……什么？”

肖恩看了看她，似笑非笑：“关柚。”

“关柚？”难道杨景涛真的喜欢关柚？！也对啊，有时候的确感觉他们之间苗头不对劲，怎么会这样？

“哎哟肖恩，你又往事重提了。”坐在对面的一个十年级男生也饶有兴趣地抬起头，话里话外好像也是知情人一样。

“什么意思？你们都知道些什么？”难不成真只有她一个人被蒙在鼓里？

男生看看杨萱，犹豫了一下：“咳，都是些……好久以前的陈芝麻烂谷子了，本来没什么可说的，”男生笑道，“但你要想知道嘛……”

“快说。”

“也没什么特别的，就是杨景涛以前喜欢关柚，很喜欢，两人走得也很近。但后来……后来听说关柚作风问题，太不检点，两人闹掰了，后来就再也没交情了。”男生小心翼翼地透露着，耸了耸肩，觉得自己嚼舌根不太好，但同时又觉得他和关柚、杨景涛都没什么太多交情，所以也没责任义务替他们保守秘密吧。

杨萱脑子里轰地一下子，原来千算万算没算到他们之间是有历史的……这下就麻烦了。

“所以啊，你也知道，”肖恩又开始添油加醋了，“在杨景涛心里，关柚可是他的白月光，所以，应该很难接受其他人吧暂时。”他一脸幸灾乐祸的表情，说完就走，也不再纠缠杨萱。既然她这么没眼光，他也从来没有一棵树上吊死的习惯。对他肖恩来说，天涯何处无芳草！

美术课上，不知什么时候开始，关柚和林想已经一起坐了。此时林想正哈哈大笑地给关柚讲她刚才午饭的时候讽刺杨萱的事情。

“你是没看见，她当时那个表情。”林想学着杨萱一脸气得要胀爆了却还强装笑脸的表情，却总是学到一半就又忍不住大笑。

“我知道，笑里藏刀嘛。”关柚拿着画笔继续画画，但盯着画板的眼角眉梢也是满带笑意，“唉，”她笑着摇摇头，“她那个表情，你别说，还挺难学的，技术！”

“嗯。”林想擦了擦笑出来的眼泪，顿了顿，“不瞒你说，我反正……我是一直不怎么喜欢她。太虚伪了吧！”

关柚笑笑不语，没有附和也没有否认。

“你不烦她？”林想追问，没想到关柚竟然这么镇定。

关柚做思考状，说道：“我以前就是情绪太多了，说的话太多了，所以我现在算是学会了——祸从口出。”她朝林想笑笑，淡淡地说道，“真是惨痛的教训。”

林想当然知道她指的是什么，可自己把关柚当朋友之后已然是有什么全数告知，关柚却藏着掖着。“你不信任我？”她不满道。

“不是。”关柚微笑一下，窗外的阳光刺眼地折射进来，她忍不住眯了眯眼睛，“我只是觉得，人不犯我，我不犯人。我现在慢慢地越来越觉得，其实很多事情是可以宽容一些的。如果尝试从当事人的角度去思考，可能就会理解很多。”

“这么高尚了？”林想嗤笑。

一周过去，杨萱除了给杨景涛那封情书之后，还没再找过他。难道事情就这么平稳地过去了？杨景涛心想着，只是每次在走廊里碰到她两人还尴尬地打招呼的场面着实让人头大。

除此之外，日子一天天在照常运转着。

关柚的日常：读历史、数学集训、划船队训练，等等。她的历史成绩终于平稳地停留在90分以上的区间了，对划船队的训练也越来越习惯。在体育运动中做决断、又有威严地扯着嗓子喊口号，关柚越发觉得自己的领导能力和自信也同时提升了很多。

“……14、15。”

做完最后一组俯卧撑，关柚站起来拉伸，然后打算上跑步机跑个20分钟就结束。

“你练完了没有？”谢诚打完沙袋，满头大汗地朝关柚喊。

“还没！”她边上跑步机边说，“20分钟吧！”

“行！那我去外面跑道上找康俊文跑几圈。”

关柚喜欢在跑步机上跑步，康俊文喜欢跑道，谢诚最喜欢户外跑。

体育馆二层的大门一开一合，一个身影闪了进来。

“欸！”谢诚看得大跌眼镜，“杨萱什么时候来体育馆了？”

“穿得倒是挺专业。”康俊文看到杨萱一身运动装，从头到脚，“不过怎么来体育馆还化着妆？”

二人狐疑地跑着，距离恰到好处地跟在杨萱身后，看着她进了健身房，不远不近。

她怎么也在？

杨萱看到跑步机上的关柚，皱了下眉头。

关柚也注意到了杨萱，愣了片刻之后，朝其友好地稍微扬了扬嘴角。

杨萱不甘示弱地灿烂一笑，上了跑步机；看到关柚的速度是6.3，她故意把自己的调到了7.0。

康俊文和谢诚此时正好经过两人面前的大落地环景玻璃窗，看着杨萱和关柚并排赛跑的样子忍不住笑了出来，又同时朝关柚挤眉弄眼。

关柚朝两人挥了挥手，而杨萱装没看见。

20 分钟到了。

关柚减速，变成走路模式；身边的杨萱早已累得气喘吁吁。见关柚终于停下来，她也马上停了下来。

关柚走下去，开始拉伸。

杨萱累得扶着墙走路，心里暗暗后悔自己为什么要设那么高的速度。但杨萱办事从不轻易认输，既然为了超过关柚而设置了 7.0 的速度，那她还真就有这份意志力坚持到底。想着杨景涛的笑脸和很快就会变苗条的自己，杨萱又一次握紧了拳头——要坚持！

下楼梯的时候，她因为太疲劳，崴到了脚，毛巾也从肩膀上掉了下去。

一个高大的身影正好在上楼梯，顺手捡起毛巾递回给她，却并未停留，径直往前走。

“欸，Joey 学长！”杨萱叫住了擦身而过的丛邵东。

他回过头。

杨萱迟疑片刻，心里打着鼓，但脸上尽量笑盈盈一副优雅又胜券在握的样子：“Joey 学长，我……我有个请求。”

看着眼前这天真又楚楚可怜的模样，丛邵东简直不知道接什么话好：“呃，你说。”

关柚拉伸完毕，和康俊文、谢诚刚好走到楼梯口。

“欸，嘘，等等，”康俊文听到声响，做了个暂停的手势，“好像是 Joey。”

“这个请求可能……有一点点奇怪。”杨萱不好意思地说，“我前段时间向 Ben 表白了，你……听说了吧？”她假设这在中国人圈子里已经是一个尽人皆知的新闻。

没想到丛邵东一点面子都不给，直截了当地就否认：“噢，是吗？我还真不知道。平时不太关注这些。”

康俊文和谢诚听到丛邵东的回答差点笑出了声，关柚却突然紧张起来：她要干吗？刚和杨景涛表白完，难道真的又要对丛邵东下手？

“啊，好吧。”杨萱尴尬道，看着丛邵东的扑克脸没有一丝波澜，禁不住要打退堂鼓了。但她还是决定计划要进行到底，于是清了清嗓子，继续道，“他当时拒绝我了，可我觉得我们还有希望，所以现在唯一的办法嘛……就是能引起他的嫉妒。”杨萱抱有歉意又天真的眼神朝着丛邵东渴望地看着，“所以，可以麻烦学长你……扮演我几天的男朋友吗？”

从邵东惊讶地抬了抬眉毛，额头上露出抬头纹，一脸不可置信的表情。这太荒唐了吧！他可不吃美人计这一套，也向来没什么怜香惜玉的美德，沉默片刻就连连摇头："不好意思，这我还真是——爱莫能助。"说完便转过身要走，心想着，真是又浪费我时间。

"欸，学长！"杨萱不甘心地追了两步，但刚崴了的脚腕开始隐隐作痛，痛得让她忍不住扶住了墙。

从邵东不得不再次停下："你的脚，没事吧？"

"没事。"杨萱故作坚强，继续乞求道，"两天，就两天，两天都不行吗？"

从邵东摇摇头："真的不行，不好意思。而且两天后我要去波士顿比赛了。"

"波士顿？"

"嗯，数学竞赛的决赛。"

"那……"杨萱忽然想到杨景涛，"Ben 也会去吗？"

"会去。"从邵东的喉结动了动，点点头，"那，你脚没事的话我就先走了。"

"欸，学长！Joey！"杨萱站在原地，有些气急败坏。

躲在墙后的关柚终于松了口气，结果一抬头就和刚上楼梯的从邵东撞了个满怀。

谢诚和康俊文终于忍不住哈哈大笑出了声。

"Joey 收拾绿茶女，"谢诚低声和康俊文开玩笑，竖起大拇指，"还是有一套的！"

康俊文连连点头，但示意他小声，"杨萱应该还没走远，"他眨眨眼睛，作出思考状，"暂时没有脚步声。"

"真是间谍的本性又暴露了啊！"谢诚笑着给了他一拳。

"你在干吗？"从邵东狐疑地看着关柚，"你们都在干吗？"怎么每次都是这几个人，又每次都非得搞得像集体演喜剧一样。

"没。"关柚连忙摇头，"我们正准备走，恰好听到某些人在谈话，不忍心打扰，才特意在这等着。"她挑衅地看着他，笑笑，"是不是很贴心？"

从邵东没好气地瞥了她一眼，没搭话。

"你还真是不懂得怜香惜玉啊。"关柚不依不饶，打趣道，"人家脚崴了你也不管？"

"哦。"从邵东这会儿饶有趣味地转过身来，意味深长地笑道，"那你希望我该怎么管？背她去医务室？"

“你，”关柚语塞，“切，实话说吧，你是不是就这么想的？”

“大姐，”丛邵东一脸好笑地看着她，“我要是想去我早去了，真是！还会碰到你？”

关柚将信将疑地撇撇嘴：“那她要是特别严重怎么办？”

“那我就给医务室打个电话，让他们来接人！”丛邵东无奈地摇摇头，笑笑，用一种哄孩子一样的语气说得关柚不得不信。他看着她不服气的神情，忽然有那么一瞬，觉得她挺可爱的，盯着她脸庞的眼睛不舍得离开。

关柚被丛邵东看得不知所措，但听到他的答案，嘴角忍不住满意地上扬着：“哎呀，我先走了！”

他这才回过神，笑着收回了目光。

由于关柚说素描本落在了美术教室，几个人在去食堂的路上顺路去美术楼取。

十月底的新英格兰，风越来越凉了。一贯最注意保暖的康俊文已经早早地穿上了他那件标志性的亮橘黄色棉袄。

天已经开始黑了，而美术教室里的灯光此刻就显得格外明显。

“欸，谁这么晚还在啊？”关柚不禁疑惑。

又到了新英格兰的雨季，一场秋雨一场寒。雨季的来临从来都是没什么太多预兆的，不定什么时候天空就会忽然乌云密布，紧接着雨点就会稀稀疏疏或者密密麻麻地落下，滴滴答答的，有时候下一两个小时，有时候能连绵地下一整天、一整夜。

昨夜刚下过雨，脚边的很多泥土还是湿的。草地混合着泥土的芳香，踩上去却满是泥泞。道路中间也有一些浅浅的车轮轧过的泥土印记。

“林想？”关柚推开教室门，看到竟然是林想还端坐在画凳上，修改着自己白天的那幅作品，“你怎么还没走？”

林想笑笑：“嘿嘿，我不是画得慢嘛，但这幅画下周就要交了，想着来赶个工。晚上这么安静，就我自己画着画，其实很享受呢！”

“哈哈，那挺好的。”关柚一眼看到她落在桌子上的素描本。

谢诚和康俊文踱着步子，在美术教室里四处乱看。

康俊文正把玩着一个小小的裸体雕塑模型，而谢诚却目不转睛地被林想的画吸引了。

她画的星空，深蓝色的天宇像是幽幽旋转着一样，那样深邃，中间密布着银色颜料勾勒出来的银河系，还有一些金色的——大概是流星？星星点点地点缀在其间。

“走吧？”关柚叫两人。可她和康俊文都走到门口了，发现谢诚还在盯着林想的画发呆。

“你画得真好。”只见谢诚旁若无人地夸奖道，“这是银河系？”

“嗯。”林想笑笑，轻轻点点头。

“有什么寓意吗？”谢诚认真地问。

林想不好意思地低下头，浅笑：“我觉得每个人心里都有一座小宇宙，包含着也许是他们最爱的家人，也许是心中执着的理想；而每一个宇宙，又都饱含着深情。”

这段话本来可能听起来会有点肉麻，但十月底静静的夜晚，下过小雨之后清新的空气配上微凉的晚风，林想清脆的声音回荡在空气中，反而是如此恰当合适。

谢诚端详着眼前的少女：两个麻花辫垂落在肩膀往下一点点的位置，白皙的皮肤、水灵灵的大眼睛，一张脸完全不加粉饰，大号的帽衫让整个人看起来有些慵懒，但胳膊上蹭得五颜六色的袖套又让他感受着这个女孩心中对画画的热情。

“哇，这些都是你画的啊？”谢诚翻着林想的素描本，更加被她的才华所吸引。

“谢诚！走不走啦！”康俊文盯着手表算着食堂关门的时间，感觉人饿扁了之后，连声音都跟着扁了起来。

谢诚不悦地抬起头，虽然不满他们的打扰，心里却也知道的确是该走了。

“那我们先走啦，”关柚朝林想挥挥手，“你继续加油，哈哈。”

“嗯。”林想也笑着挥了挥手中的画笔。

如从邵东所说，两天后就是他们数学竞赛赛队出发去波士顿的日子。

早上去集合的时候，杨景涛一如既往地赶着最后几分钟出门，还睡眼惺忪地边走边穿着外套，结果看到在自己宿舍门外徘徊的杨萱。

“你、你怎么来了？”杨景涛无疑是惊讶的。

杨萱依旧笑嘻嘻地看着他，手里捧着一个塑料饭盒，塞给他：“喏。”

“这是？”他举起盒子往里看着。

“杧果，我剥了皮、削好的……听说你爱吃杧果，我特意买来的。”杨萱笑盈盈的。

“杨萱……”杨景涛无奈又为难地皱着眉头，并不想拒绝她的好意，可也不想接受。

“你别推托。”杨萱立马一脸委屈，“我就想对你好，不求回报。”她使劲摇摇头，认真地望着她，见他依旧为难的表情随即转而一笑，“放心吃吧，没毒！”

“哎，杨萱！”杨景涛还想叫住她，却见她已经转过身，只是向着身后挥了挥手。

一走上车，杨景涛就想赶紧摆脱掉手里的烫手山芋，问车上的同学要不要吃杧果。中东同学、美国同学和 Jackie 纷纷谢过杨景涛，就开开心心地吃起来。

“哎，你要不要？”杨景涛把盒子举到关柚面前，问她。

不得不说，关系缓和到已经可以分享杧果，关柚还是十分惊喜的。她迟疑着拿了一块，问道：“你怎么有这种闲情逸致了？弄得还挺精致的。”

“嗯。”杨景涛闷声答，“杨萱给我的，还说是特意买来、亲手削好的。”

“咳咳，”关柚一听立马呛到，而身后的丛邵东窃笑起来，“不是，我说，她给你准备的爱心水果，你就这么给我们瓜分了……不好吧？”

“吃还堵不上你的嘴。”杨景涛偏过头不理她。这样自然是不好的，但看着那盒诱人的杧果，再美味他也吃不下；扔了又不忍心，还不如给大家分了，也算物尽其用。

两小时后，一行人抵达波士顿。入住的酒店位于市中心 Boston Common 公园附近。

好不容易看到久违的高楼大厦，团队里几乎所有人都激动得大喊大叫。

“终于进城了！”美国同学夸张地叫起来。

放好行李后，Mr.B 带着大家转波士顿，穿过了 Boston Common 公园，一路向西。

可能因为还不是周末的缘故，公园里人不多。走进公园，迎面是一片绿油油的景色，草地、树，悠闲又古典，时不时会有一座亭子或者雕像出现。穿过一片湖，走出公园后便是热闹的景象。

“这就是著名的 Newbury Street，很多小众的时装、珠宝品牌；牌子虽然是不知名的设计师品牌，但这条街在波士顿的年轻人中却算得上是最受欢迎的地点之一了。”Mr.B 介绍说，“Jessie，你们女孩子平时是不是都喜欢逛逛衣服什么的？你要是有什么想买的，就尽管逛，我们都等着你！”他哈哈一笑。

还没等关柚开始逛，美国同学和中东同学纷纷活跃地大叫起来，率先冲进了某个店，举着花花绿绿的衣服往自己身上比画。

街上的店铺不像印象中的商店，反而都是在看起来略显古老的红砖楼里面；而每一栋楼的入口都不是在地平面上——要么需要上几步台阶，要么就下几步台阶到半地下。楼与楼之间都是并排的，不留缝隙，而每一栋楼都是小别墅一样的，大概两三层，也就是容纳着两三个店铺。

街上来来往往的，有些看起来就是游客，有些是一家人抱着孩子、推着婴儿车，也有寻常的穿着皮衣、靴子、在阳光下戴着墨镜的三三两两的金发女人。

隔着路边装饰的花草，关柚闻到一家咖啡店里浓浓的咖啡香气；透过植物的缝隙，她看到半地下的小院子里摆着几张精致、复古的圆桌，庭院里的男女相对而坐，正笑着谈情说爱。

“Mr.B，我去买杯咖啡。”关柚说着，走进了那家小小的咖啡馆。

“好。”Mr.B 点点头，站在街上看着后面慢悠悠走来的最不省心的两个队员——美国人和中东人，向他们挥挥手。

捧着咖啡出来的时候，大部队都到齐了，正站在路边等她。

接下来逛街的时候其实关柚很少进店，更多的是好奇地看着每家商铺独特的风格和装潢。唯一一次进店买了东西是一件驼色的宽松款西装外套。隔着马路看到对面的玻璃橱窗里的模特身上这件外套时，关柚就动了心。

手里拎着她心爱的衣服，关柚很是满足。

前面还有家店门上插着几面美国国旗。

要不要主动帮她拎一下？看她手里还拿着咖啡。从邵东犹豫着，但马上又打消了这个念头——不行不行！多管闲事可不是自己的风格。

眼看着 Newbury 街就要走完了，关柚从刚才和 Jackie 并排走换到了现在和美国同学有说有笑；而空闲下来的 Jackie 加入了从邵东和中东同学。

“表情不对啊 Joey，那么凝重，想什么呢？”Jackie 看到从邵东的脸立马打趣。

“你也这么觉得吧！”中东同学终于一脸找到了志同道合的同志的欣慰，“这家伙都这表情半天了，”然后故作神秘地凑到 Jackie 耳边和他说悄悄话，“盯着 Jessie 半天了！”

“噢！”Jackie 忙作恍然大悟状。

“放屁。”从邵东骂了两人一句，快走两步走到前面去了；身后仍然传来几声窃笑。

Newbury 街走完了，还有一小段就要到今天的目的地 Fenway Park 了。

前面的关柚在转角的垃圾桶扔掉了手里的咖啡。

行了，这下手空了，正好也用不着我去拎袋子了。从邵东依然纠结并自我安慰着。

没多久，棒球场就出现在了眼前。

“这是著名的 Red Sox 的主场。”Mr.B 和美国同学热烈地讨论起来。

事实上，尽管 NBA 篮球在美国也十分火爆，但整体而言，美国民众最关注的两项运动比赛中却并没有篮球——而是棒球和橄榄球。

站在远处看着空荡荡的体育场：整齐划一的红色座位、气派的大屏幕和记分牌，仿佛下一秒，精彩的赛事和震耳欲聋的呐喊就会在眼前出现。

作为 Yankees 的铁杆球迷，美国同学对 Red Sox 并不十分感冒，反而更多的是嘲讽；然而尽管如此，热爱棒球的他，临走的时候还是忍不住在旁边的商店里买了个钥匙扣，当作纪念品。

往回走的时候，Mr.B 带他们走了另一条路，不再是热闹的街市，而是沿着安静的查尔斯河。

杨景涛从包里掏出还剩了一点点的杧果，想赶紧分完扔掉："要不要？"

从邵东刚想摇头，却看见前面的美国同学伸出了手，问关柚需不需要帮忙拎袋子。

"不要我可扔了。"说着，杨景涛正要走向前方的垃圾桶，却被从邵东急中生智、一把抢过了杧果盒、叫住前面的美国同学："还有最后两块了，你吃了吧！"

"欸？"看着从邵东的一系列反常举动，杨景涛一脸的莫名其妙。

"噢，好啊。"不明所以的美国同学欣然接受。

好不容易把他的手占满，趁着他吃杧果的空当，从邵东一把抢过关柚手里的袋子。

"啊？"关柚吓了一跳，"你干吗？"

"帮你拿。"从邵东淡淡地回答，脸上一点多余的表情都没有，不容拒绝地走到了她身边。

"欸嘿！"

"拍上了吗？"

关柚和从邵东打死也想不到，不远处的 Jackie 和中东同学正变着法地给两人拍照。

"这下有了笑话 Joey 的证据！"

"对，终于扬眉吐气了！"

两人大笑着在后面恶搞。

"不过你别说，"Jackie 仔细看着照片，"我这照片拍得……还真是艺术啊！"

照片上从邵东和关柚并排走在小路上，两边是草地，左手边有一块供人休息的木甲板和几把木椅；左前方的河上有三三两两的帆船、独木舟，天空中还有飞鸟掠过；正前方是缓缓下沉的夕阳。

中东同学也凑过来，不禁赞叹："还真是。"

晚上大家一起去唐人街吃饺子。

看着远远的那块大牌匾，关柚嘟囔着："天下为公？公为天下？"

身边的从邵东淡淡地笑了笑："天下为公吧。"

"真的吗？"关柚半信半疑。

“应该是吧，”已经走进了大门的他回过头，“不信你看背面。”

礼义廉耻四个大字——这一定是从右往左念，无疑。

吃过晚饭，出来的时候唐人街颇有些灯火辉煌的样子。路上行人开始多了，大多是来吃饭的，充满了烟火气。

关柚坚持要去一家面包房，从邵东便说，作为队长，由他来等她就好，其他人可以先回去，早点休息；尤其是 Mr.B 还要去领取一些比赛资料。

抬起头，她终于找到了她心心念念的面包店：Corner Cafe。

“干吗非得来这家？有什么不一样吗？”从邵东笑着耸耸肩。

“特别不一样！”关柚夸张地一本正经道，然后一边念叨着一边打开柜子像抢劫一样把货架洗劫一空，“红豆面包两个、椰蓉包两个、鲜奶包两个、菠萝包两个、蛋挞……普通的和葡式各来四个吧——”

“买这么多！你吃得了吗？”从邵东皱着眉头打断她。

“噢，不对！”关柚却像被提醒了一样，但紧接着说道，“四个可能不够，至少每样来八个。”然后继续认真地搜索着货架。

从邵东简直后悔跟她来。他看了看收银台的小姐姐，正盯着关柚这个大客户，脸上乐开了花。

“再来四个椰挞！好嘞，大功告成！”她终于放下手中的夹子，笑嘻嘻地看着他，怀里捧着一摞蛋糕、面包，颤颤悠悠地走向收银台。

“欸，慢点，”从邵东手疾眼快地负责接住各种关柚抱不住的噼里啪啦往下掉的面包们，汗颜道，“真是考验我的反应力啊——欸！”正说着，最后一个掉下来的面包他没接住，抓了个空。

关柚却在前面一副旁观者的姿态大笑起来。

等她结完账，从邵东也走过去，用粤语和走上来的老板娘交流着，点了些东西。

“你还真会粤语啊？”拎着手里满当当一大包吃的，关柚嘴上乐开了花，顺口一问。

“是啊，跟你说了我妈是广东人。”从邵东接过老板娘递过来的一杯饮料，递给她，“你要不要尝一下？”

“这是什么？”关柚狐疑地接过来，抿了一口，“哇，好好喝！”是一种带着谷物麦香的巧克力味道饮料，甜度适中，温热的温度也刚刚好。

从邵东看着她的反应，对自己的决定满意地笑笑。

“这是什么东西？”

“阿华田。”

“唔……”关柚依依不舍地把杯子还给他，并说，“来来来，我也要点一杯。这个太好喝了！”

从邵东笑道：“拿着吧，就是给你的。”

“嗯？”关柚吃惊地看着他——他竟然会给她买喝的？什么时候性情大变了？

“你的，做好了。”老板娘适时地走过来，笑眯眯地递给了从邵东第二杯阿华田。

“看什么，”从邵东被她盯得不好意思起来，连忙谎称，“第二杯半价。”脸上依旧是淡淡的，面无表情，径直往前走。

“啊！原来是这样。”关柚一脸的恍然大悟，“就知道你没这么好心！”

从邵东也懒得管她说什么，还是任劳任怨地在店门口伸出手，“给我。”

“什么？”

“袋子。”他弯腰直接拿过了她手里的袋子，却不看她，“为什么对这家面包店情有独钟？”

关柚笑笑，看着身边拎着大包小包的从邵东，心里忽然有种暖暖的感觉。恍惚间，时光仿佛穿越到了多年后，他们好像一对普通的情侣，甚至是夫妻，居住在波士顿，正在一个平常的工作日下班后来唐人街吃完饭、遛弯、买面包和饮料。

“第一次来波士顿的时候和我爸妈来中国城吃饭，恰好走进这家面包店，随便挑了几款面包，结果竟然每一个都特别好吃！”一说起面包，关柚的语气又兴奋起来，“所以从那时候我就对这家店印象深刻。”说到这，她也忽然有点想爸妈了。

“嗯。”从邵东若有所思地点点头。

店里的老板娘看着门外远去的身影，不禁在收银台上撑着头，笑容流露出一些温暖的神色。

第二天一早，区域决赛就紧张地开赛了。北美大陆的 48 个州，一共 13 个赛区，除了得州和加州是单独赛区，其他的每个赛区包含 3 到 6 个州不等。关柚所在的新英格兰地区就有 6 个州，因此赛场上是 60 支学校的代表队伍，秩序井然却也吵吵嚷嚷的，每个人都精神头十足，让气氛也不知不觉紧张起来。

决赛的赛场设在哈佛大学的一个礼堂里面。决赛的规则是抢答，题目的类型更加偏向于商科，通常是给出一个现实的应用问题，之后需要团队合作、想出一个解决方案。如果抢答成功，将派一名队员上场展示自己队伍的完整方案。裁判的给分将基于数据应用的完整性、准确性，以及解决方案的可行性。每一道题只要思路正确就可得10分，如果过程信服力高、答案优秀，那么最高可得20分，答错不扣分；但每道题最多可有三支队伍按照抢答顺序依次答题。也就是说，如果第一个抢答的队伍没有拿到完整的满分20分，第二队、第三队将有机会做补充，但只有剩余的几分可拿；把20分瓜分完，一道题就算完。如果三支队伍之后，20分里还有剩余，其余分数只能作废。

大概还是因为对应用类试题缺乏接触的缘故，第一道题就让关柚他们傻了眼。题目大致是这个样子：

有一个做Zip Car的公司，现在有几种线路，又有几种优惠政策；而每一个州，道路交通情况、交规、平均车流量以及税收规定都不相同。题目给出了很复杂的一系列条件，之后问，要如何安排这些政策和相对应的州，才能让此公司实现在新英格兰地区的最大化盈利？

关柚一看题就蒙了，完全摸不着头脑。

“Zip Car是什么意思啊？”她问队友。但任凭美国同学怎么解释，她都有点听得云里雾里。丛邵东见状，开始用中文解释，但没开过车的关柚依然不太明白这个东西是怎么一个运行模式。

几个人只得硬着头皮做题：丛邵东提出一种思路，杨景涛补充，剩下的人就分工演算。丛邵东很快就意识到，这样事实上只有两个人在出主意解题，整体对题目的把握度是很低的。

“每一个州的政策都不一样，我们可以先按照地图算一下路程，还得把油价和限速加进去。”丛邵东和杨景涛迅速讨论着，而其他几个队员就和关柚一样，只能似懂非懂地闷头敲计算器。

“我们需要申请附加条件。”杨景涛列出了一个单子，果断地说，“谁去？”

这个比赛有个奇妙的地方就在于，原题的所给条件大概率是不足以完整地解题的，因此，每支队伍可以无限度地向主席台申请获得额外附加条件。然而，每次获取条件的时候只能派一名队员上台，在一分钟内手动抄写条件；此队员可以反复上台，但每一次单次的限时是一分钟。也就是说，每次记的东西越多，需要跑的次数就越少，效率也就越高。

“关柚，”丛邵东不假思索地叫她，“你去。”

“我？”关柚怀疑地反问了一句。

“嗯。”丛邵东点点头。

关柚咽了下口水，紧张地站起身来。虽然团队比赛相比于个人赛，关柚已经信心大增，但独自上主席台交流，还是让她紧张地握紧了拳头。

一分钟计时开始。

第一项：油价。

在一个很长的清单上，关柚需要从全美各州的平均油价值中找出她需要的几个州——单子上从便宜到贵排列的油价，第一个出现的目标是缅因州，1.83 美元每加仑；新罕布什尔州，1.91；康涅狄格，1.95；马萨诸塞，1.96；罗得岛，1.98……

第二项：重要道路交通和枢纽城市的地图。

第三项……

一分钟时间到，关柚迅速跑回自己的团队，把信息留下，又跑回主席台。

渐渐地，她熟悉了这个流程，在频繁的两边奔走之间找到了自己的节奏。

“三队抢答！”

“哎呀！”杨景涛看着其中一个队伍上了主席台，把笔重重地一摔，“还是让人抢了先！”

从邵东不动声色，心里其实十分无奈。这种应用实战类的题，虽然集训的时候也练过不少，但平时毕竟接触得少，比起一看题就已经有了完整思路的人来说，没有日积月累的训练，是很难过招的。

“三队一下子就拿了 18 分。”盯着主席台的 Jackie 目不转睛地播报，“还真够厉害的。”

“是啊。”从邵东看都不用看，“不打无准备之仗，来的对手可都不容小觑啊。”

很快，又有队伍抢答了，上台给三队做了补充，剩下的两分很快到手。

根据第一题的情况，从邵东迅速重新做了任务部署：关柚的记忆力好，负责上台获取并传达附加条件；杨景涛反应快，主要贡献思路；从邵东有大局观，善于整理、列出整体计划；接下来由踏实细心的 Jackie 演算；眼睛尖的中东同学验算；口才好的美国同学则等到最后，伺机抢答，然后上台演讲。

有了战略部署，团队的心态整体稳定了不少。

“大家都听我说，”Mr.B 在两题之间中场休息的时候鼓励他们，“决赛来的都是高手，我们暂时落后，没有什么可气馁的，尽力就好。记住，场上有 60 支队伍，三个半小时的上午场比赛一共有 12 道题，所以至少有一半的队伍根本没有抢答机会、去上场。我们只要抓住机会，只要上场一次，就是成功！”

到了第二个小时偏后的时间，终于出现了一道让关柚看起来不那么云里雾里的题：是一道破译密码、找规律的题。

关柚的任务是上台记住几个密码附加群组。

“ACJD 3I8K X980 J531;

KDEC 9JUY ADW6 5678;

CAJK 9UTB C86L 9065;

……”

回来之后，关柚基本是凭着记忆就开始快速复述，而Jackie的手也忙着记录她念出的数字和字母。

中东同学简直看呆了：“这太不可思议了，Jessie，你是怎么记住这些乱码的？！”看着她的草稿纸上只有一个大致的抽象图形和一些乱七八糟的点和连线，中东同学不敢相信——难道她有超能力？

等Jackie记录完，杨景涛也不禁问她：“你怎么记住的？”

关柚笑笑，尽量不影响Jackie的计算，小声说：“我把它们都想象成键盘上的位置，然后根据位置和它们出现的顺序来记忆。”她晃了晃手中的纸。这么一看，那抽象的形状倒的确像是一个键盘了。

看着别的学校的同学还在不断往返着传送密码，关柚的快速记忆帮助他们抢回了很多时间。从邵东列完矩阵之后，Jackie和中东同学同时演算，很快就得出了一些答案。

看着三队那边虎视眈眈地又出现了胸有成竹的表情，从邵东果断打断了中东同学的验算，直接按下抢答器，然后把方案塞给美国同学，坚定地说：“直接上台。”

的确，在这个时候一味追求完美会失去宝贵的时间；和对手争分夺秒的对决中，效率高于一切。就算出错、就算不完整，在对答案有了至少80%把握的情况下，现在上台，无论如何也能拿到一大部分分数。

美国同学愣了片刻，从一开始的犹豫，到走上台之后越讲越自如，最后游刃有余地完成了精彩的演讲。

轮到裁判席做决策了——

“得分19分。”

“YAY！”

“YES！”

美国同学跑下台后和队友们一一击掌、拥抱。

一个上午的团体抢答环节下来，两道大题上拿到绝对分值加两道因为补充答案而得到的小分值，关柚的队伍在60支队伍中排名19。

“Wohoo，这个成绩比我预想的要好！”美国同学兴高采烈的，“至少没有垫底！”

“没有垫底你就满意了？什么追求！”杨景涛一贯是要力争第一的，“别忘了，只有排名前五的队伍才能出线、进入总决赛。”

Mr.B走过来，笑眯眯地：“行啦，都别争论了，现在是午饭时间，赶紧休息。第一轮之后排名19，说实话，对于我们学校而言，已经是历史上相当不错的成绩了。后面还有机会！”

午饭之后的第二轮——一个十分别出心裁的比赛方式：所有的赛队同时领取题目，从领取到题目packet的一刻起，两点整起算，所有人拥有相同的24小时时间去准备一份完整的书面方案，然后截止到第二天下午两点前提交到大赛的官网。决赛的最终结果会综合两轮的成绩，在晚上六点的联谊烧烤加庆功宴上面宣布。

“走吧，先吃饭，两点还得回来领题目。”美国同学早已饿得前胸贴后背，好不容易从紧张的情绪中缓过神来，连忙催促大家先填饱肚子再说。

“哎呀，完蛋了，这下晚上估计都没得睡咯！”中东同学则是担心着自己的睡眠，惨叫着出了会场。

是啊，这下子估计晚上是没得睡了。关柚也揉揉眼睛，叹了口气，走出了会场。

# |圣诞舞会|

时间一分一秒地过着，总是一眨眼的工夫就已经一个小时过去了。

眼看着都凌晨两点多了，关柚他们所有人窝在同一个酒店房间里，分工写着方案；大家坐在桌上、地上、趴在床上的，姿势不一。

关柚坐在角落里，哈欠已经是打了一个又一个。

“要不休息一会儿？”旁边的Jackie问她。

美国人已经趴在床上，和杨景涛同时都开始走神了；玩游戏的玩游戏、刷网站的刷网站。

中东同学却是夜猫子，习惯了熬夜，这会儿正研究题目研究得精神抖擞。

关柚点点头，看着对面也开始打哈欠的丛邵东，她对Jackie说：“第一部分我算完了，第二部分还差一点，我先睡会了。”然后又打了个哈欠，“十五分钟后叫我。”

“好，没问题。”Jackie答应下来——但关柚这一睡就叫不醒了，十五分钟后叫她、推她，都无济于事。

“算了，别叫了。”丛邵东叫住Jackie，看了看表，转而对大家说，“已经凌晨三点半了，大家还是赶紧回去休息吧。我们今天已经完成了基本的计算。”然后问美国同学，“根据现有的数据，你开始写论文了吗？”

“写着呢，”美国同学打着哈欠竖了个拇指，“开头已经写完了，数据也都按顺序列好了，明天把个别欠缺的地方补进去就可以写结尾了。”

丛邵东点点头：“好，太好了。”他站起身来，“那明天我们统一九点钟起床，十一点前完成全部计算，争取在十二点半前完成论文！”

人群散去，只留下了Jackie和丛邵东，还有睡在角落的关柚。

“十二点半前真完得了吗，你觉得？”Jackie并不抱有乐观态度。

“完不了。”丛邵东斩钉截铁地摇摇头，“但计划就是要往前定嘛，这样后面留出富余时间刚好可以补足了。”

“哈，你啊，”Jackie 笑道，“一如既往地狡猾。”

从邵东笑笑，看着角落里熟睡的关柚。

“她……你打算怎么办？”Jackie 走过来，“要不我再叫叫她。”

“欸，算了，不用。”从邵东制止了他，俯下身去，轻轻抱起了关柚。

“哇……你——”Jackie 正看得瞠目结舌。

从邵东打断他，看了看地上的房卡：“愣着干吗，拿房卡啊！”

“哦哦哦。”Jackie 这才反应过来，捡起关柚放在地上的房卡，连忙跑到前面去替他开门。

“关柚，关柚起床了，关柚？”

被耳边这烦人的声音唤醒的时候，关柚蒙蒙眬眬睁开眼——竟然是从邵东？！他怎么会在自己房间里！旁边还有 Jackie，他也在？！

关柚吓得连忙捂住脸——没刷牙没洗脸的仪容仪表……可不能被任何人看见！

从邵东看着她的样子，笑着站起来就走了，留下 Jackie 来解释。

“你昨天晚上在我们房间、大家一起写方案的时候，睡着了，还记得吗？”Jackie 提醒她，“你让我十五分钟叫醒你，结果你就怎么也叫不醒了。”

“欸……好像是有这么回事。”关柚不好意思地笑着，一骨碌爬起来，走到洗手间梳洗，“那我是怎么回到自己床上的？”

“Joey 把你抱回来的呀。”Jackie 坏笑着，“幸亏你把房卡提前就放到自己旁边了，不然我们还真不知道怎么办。”然后又补充道，“哦，对了，Joey 昨晚要求的起床时间是九点钟。因为你睡着了，没法上闹钟，所以我们特意留了你的房卡，来叫醒你。”

“噢，这样啊。”关柚吐了口漱口水，点点头，钟表上的时间显示是九点半了，“我知道了，我收拾好马上就去找你们。”

“好的。”Jackie 爽快答应，“我们的目标是十一点前完成所有演算，十二点半前争取写完论文。”

关柚看了看镜子，粗略计算了一下现在的进程——感觉有点紧，但也差不多。“好。”她点点头。

又是三个多小时的奋笔疾书之后，关柚的队伍终于赶在截止时间前的几分钟全部上传完毕，点下了提交键。

“哎哟，终于可以好好补个觉了！”中东同学一头栽倒在床上，却被 Jackie 一把拎起来：

“去去去，回你自己房间睡去，我也得睡会。”

Mr.B 笑着说：“恭喜大家啦，任务圆满完成！无论结果怎样，我对你们每一个人的表现都非常满意！接下来自由活动——我建议你们补补觉，然后就晚上六点钟在哈佛大学集合，参加烧烤晚会。”

眼看着队友一个一个都倒下，关柚犹豫着问丛邵东：“你要睡会吗？”

“不睡了吧，”丛邵东坐在床上揉揉眼睛，“怎么了？要不要……出去转转？”

关柚喜出望外：“跟我想的一样！那我们走吧！”

照例是先穿过了市中心的 Boston Common 公园。

“欸，你看，这个池塘旁边有个青蛙雕塑——青蛙池塘？哈哈哈哈。”关柚看着身边的每一景、一草一木，大笑着。

来到查尔斯河边，一直沿着走，丛邵东指了指左手边的一座大桥：“你看这座桥，对面就是剑桥那边了。”

河岸离他们如此接近，在左侧也就几步路远；河水碧蓝，偶尔有经过的野鸭或者独木舟——毕竟十一月了，水已经太冷了。好在还没下过雪。幽静的小路上行人不多，偶尔有跑步的人或者年迈的夫妇来散步。树每隔几米就会有一棵，关柚心想，夏天的时候一定是绿荫一片的。只可惜现在渐入冬季，叶子都快掉光了，只剩下光秃秃的树干和枝杈。

再往后地形就复杂了。

丛邵东带着关柚上了立交桥，一路就沿着立交桥走。

这桥看起来可是有些年头了，靠下的部分是钢铁一样的材料，上半部分的铁栏杆也破破烂烂的，很多地方生了锈，也有很多涂鸦、贴纸、字迹。桥下是宽敞的马路，车一辆接一辆地在下面奔驰着，特别像电影里那种主人公站在一座吊桥上自杀前往下看的场景——这桥可真高。旁边还有铁轨。

前面是一座像火车站一样的建筑；然而那个年久失修的外形，倒更像是废弃的火车站吧。远处着实有火车的轰鸣还有庞然大物轧过铁轨的隆隆声，却只闻其声不见其踪影。自己好像穿越了，来到了 19 世纪的波士顿一样。关柚被眼前的历史氛围惊呆了。

“这一带怎么这么荒凉啊？你没走错吧？”关柚忍不住问丛邵东。

他不慌不忙地看看手机上的地图：“没错，大致的方向是往东走的。”他伸手指了指，“应该还有几百米就可以下桥了。”

“喔。”关柚也分不清什么东南西北，只能赶紧跟上，就假设丛邵东说的是对的——

还真没错。

下桥之后就是 TD Garden 和 North Station 火车站。

丛邵东罕见地掏出手机对着 TD Garden 照了几张相。

“这有什么好照的？不就一栋……普通的楼吗？”关柚不明白其中的所以然。

丛邵东一脸的哭笑不得：“你知道 TD Garden 吗？”

关柚摇头。

丛邵东叹了口气：“知道凯尔特人吗？”

关柚再次摇头。

丛邵东努力平静下来，保持微笑：“那，你知道 NBA 吧？”

关柚终于点点头：“这个我知道啊。”

“很好。”丛邵东皮笑肉不笑地开始科普，“NBA 的其中一个队，叫凯尔特人；而这个队伍的主场在波士顿，叫 TD Garden；而 TD Garden——就是你眼前的这栋楼。”他指了指眼前这栋普通的、方方正正的、只不过看起来是有点年头的楼。

“哦？”关柚盯着牌子看了看，原来这么一座不起眼的大楼也是个明星啊，“这个 TD 我认得，和 TD 银行是同一个吗？”她盯着楼顶那个绿色的牌子。

“嗯，对。”丛邵东总算认可了一次她的提问，“应该是最早的赞助商。”

关柚若有所思地点点头：“凯尔特人这个球队算是厉害的吗？”

“呃，一般吧。不过 NBA 的球队里面球员都不是固定的，主要还是看哪一年、谁在哪个球队效力；每一年的竞争力都会有变化。”

“噢。”关柚双手放进口袋里，“不过我觉得 NBA 这些球队的名字倒是挺有意思的，哈哈，狼啊熊啊牛啊蜜蜂啊鹿啊什么的……好多动物——牛还不止一个。”

丛邵东无语，明明这些名字是十分帅气又有个性的，他还从没听过谁像关柚这样，用好笑的语气数说它们。不过被她这么一说……还真是。他也忍不住跟着笑了起来。

“所以凯尔特人为什么叫凯尔特人？”关柚问道。

“因为波士顿最早的时候有很多爱尔兰人登陆、移民；凯尔特好像就是爱尔兰那边的一个民族或者血统。所以凯尔特人是为了纪念最早的爱尔兰移民。”

“可以的。”关柚夸张地点点头，“你最喜欢哪个球队啊？”

“我喜欢的都在加州呢。”丛邵东温和地扬一扬嘴角，“湖人和勇士。”

“勇士？勇士在哪？”

“金州勇士。旧金山。”

“那这两个名字又是什么含义？”

丛邵东侧头看了看她，还真是有打破砂锅问到底的好学精神啊。他无奈地笑起来，摇了摇头：“湖人以前是在明尼苏达州，所以湖其实指的是北美五大湖区；后来它才搬到加州的。勇士队最早在费城，勇士是纪念独立战争里面牺牲的勇士们；后来它搬到了加州，金州指的就是加州。大概就是这样。”

“喔。”关柚笑着，不得不心服口服，十分钦佩，“懂得还不少嘛。”

一拐弯，街上的店铺逐渐密集起来，一阵阵刚出锅的油烟、炒菜的味道时不时飘过来。街边一家挨着一家的都是餐厅，每一家的装潢风格都类似，都是精致的欧洲复古风格。前面这家店看起来档次很高，侍者穿着燕尾服、系着领结，笔直地站在门口；每一扇窗户都是落地窗，或者更准确地说是一扇扇的门，敞开着，旁边的铁栏杆上摆着鲜花；吧台处有个红裙子女郎正和一个穿着西装的男人喝着红酒，眉来眼去呢。

“怎么？要请我吃大餐？”关柚看着丛邵东严肃的样子故意打趣道。

“这我可真的……暂时请不起，”丛邵东摇摇头，笑，“这里是 north end，意大利小镇，里面卧虎藏龙，很多高档意大利菜，你进去就会发现……”他顿了顿，故意吊关柚的胃口。

“什么？”她果然追问。

“菜单上的东西——”他伸出手指，“都三位数。”

“这么夸张！”关柚嗤笑，同时嘟囔着，“north end，真是个有诗意的名字。”

“嗯，北岸。”丛邵东点点头，随即看着前面一处在店门口就排起了长队的地方，看看关柚，嘿嘿一笑，“大餐请不起，甜点还是可以的。”

关柚看着这个大长队，目瞪口呆，抬头看了看牌子，大大的黄色花体字，像书法一样，“Mike’s Pastry。”

“这可是波士顿著名的糕点哦。”丛邵东神秘兮兮地吹嘘。

“切，不就是糕点吗。”关柚耸耸肩，都是糕点，还能做出什么花来？

“可不是普通的糕点。”丛邵东显然力挺这家店，“这是意大利的传统糕点，cannoli，你尝尝就知道啦。”他津津乐道地笑着，好像这糕点真有什么魔力。

关柚本来半信半疑，却被这笑容勾起了好奇心——是什么东西竟然能让丛邵东笑得这么开心？

排队排了 20 分钟，从邵东买了一个巧克力的和一个草莓的 cannoli。这家店竟然还只收现金。

“你要哪个？”他打开盒子，捧在她面前让她挑。

“巧克力！”关柚果断选了自己的最爱，一口咬下去——“嗯！还真好吃。”

“那是。”从邵东得意地笑笑。

两人边吃边往前走，吃完手里东西的时候，正好走到水边，便并排坐到河岸的矮墙边，望着安静的港湾里停靠着的大大小小的帆船。

“好宁静啊！”关柚不禁感叹，问从邵东，“你喜欢波士顿吗？”

“挺喜欢的。”他点点头。

“不觉得太安稳、太平静了吗？”对她来说，似乎还是更喧嚣、热闹一点的地方更有吸引力。

从邵东思索片刻，摇摇头：“我挺喜欢平静的生活的，平平淡淡才是真。”

“那你以后想来波士顿？或者类似的城市？”

他又沉默半晌：“不一定，哪里有机会就去哪里。”

“什么样的机会？”关柚侧耳倾听，等着他说出什么宏伟的理想抱负。

结果从邵东却狡黠地一笑，答道：“看看哪里能有机会打篮球我就去哪，看有没有 NBA 球队愿意签我。”

“嘿！”关柚有点生气地皱皱眉，“又不正经了！真是的。”

“真的啊。”从邵东止不住地轻笑，“我的梦想真的是可以去 NBA 打球。”

关柚眯起眼睛瞥了他一眼，“切，可是那现实吗？”

“不现实。”从邵东收起笑容，摇了摇头。

“欸？”关柚没想打击他，连忙又安慰道，“我不是那个意思。”

“我知道。”从邵东不在乎地耸耸肩，看了看身边的关柚——一个和他一样又傲慢又不服输的人，“那你呢？你以后想干吗？”

关柚顿时被问住，其实她又何尝没有一个自己下意识想脱口而出的答案呢？

“我也不知道。”她摇摇头，“我最想唱歌，就写歌、创作，然后出自己的专辑，去演出，”她凝视着远方，眼睛里的光芒都是明亮的，但随即又黯淡下来，“但总觉得，这不是一条稳妥的路吧，毕竟艺术这些东西……太靠运气了，不敢赌啊。”

从邵东嗤笑：“刚才还说不安于平淡、不甘于安稳呢！”

她笑笑，是啊，无奈地摇摇头：“但理想和现实总是有差距的。”转头看着他，四目相对，“不是吗？”

在河边坐了许久，直到天色都暗下来了，街上的路灯开始纷纷亮起，他们才意识到该走了。

“走，带你去最后一个地方。”从邵东拉着关柚的胳膊起身。

“什么？来得及吗？”她看着手表，已经五点多了。

“就两步路。”从邵东答。

他所说的最后一个地方，指的是昆西市场。

“这，就是著名的昆西市场！”从邵东又一次像导游一样地介绍。

“又是一个‘著名的’！”关柚笑道，“怎么到你嘴里，什么都是著名的。”

不过这个地方真的很漂亮。夜幕降临，街道上确实灯火通明、人声鼎沸。这街上的灯有些是方形、有些是圆形，有的像灯笼一样连成一串；还有很多圆形小彩灯，缠绕在树上，星星点点的，像是万花丛中的风景。

“既然来了昆西市场，clam chowder 总得买一杯吧，”关柚指了指前面的铺子，学着他的语气说道，“这才是，著名的——新英格兰美食。”

从邵东一掏兜，挠挠头，也不知道身上零钱还够不够了。

“喏，”关柚伸手递给他 20 块钱，“看在你请我吃点心的份儿上，蛤蜊汤我赞助啦！”

从邵东看看她，又看看钱，不知所措。

“愣着干吗，给你呀。”关柚笑嘻嘻地，“我赞助，你跑腿。快去！”

从邵东笑了，接过钱；买回蛤蜊汤的时候天空飘起了细碎的雪花。

这雪纷纷扬扬的，看起来声势浩大，但其实像冰激凌一样，触地即化，绝不粘连、也绝不停留；北方的雪，像北方的汉子一样有个性、有骨气。然而，这世界终究是被白花花的雪，一片、一分、一线地渲染了。刚才还是光秃秃的棕色树枝，现在也变成了洁白一片。枝杈的密密麻麻和天空相近的颜色很难被分辨开来，但远远看去，其中的差别更像是古代那种上了年代的古董花瓶上面细碎的纹路。

关柚被眼前的景象惊呆了，不禁兴奋地喊着，抓起了从邵东的胳膊：“你看，下雪了！”

“看见了。”从邵东却只是淡淡地回答，然后更加不解风情地补充道，“又不瞎。”

关柚懒得和他计较，只是念叨着：“初雪啊，这可是初雪啊。”也不知道这个呆子有没有听说过关于初雪的传说——算了，不用想了，八成是没有的。

她从包里掏出毛线帽，戴上。

从邵东一转头，看着关柚戴着黑色的毛线帽，上面落了几片晶莹的雪花；小脸在帽子和头发的包裹下显得格外小巧，五官却被衬托得立体而皮肤白皙。

关柚发觉他在看她，马上不好意思地转过头，扶住帽子："怎么了？"想到自己很少戴帽子，她连忙试探着问，"很……很奇怪吗？"

"欸，别摘，"从邵东制止了她想摘掉帽子的举动，低下头，破天荒地夸奖了她，结结巴巴地说着，"还……挺好看的。"他低沉的声音浮于安静的雪和嘈杂的背景音之上，让关柚不由得怔了怔。

但他马上又收回了目光，目视前方，恢复了常态："走吧，五点半了，现在叫 Uber 过去，时间应该刚刚好。"

"Uber？"关柚和从邵东出来的收获就是发现自己有太多日常生活中的工具还不会用，太多技能还没掌握。

从邵东笑笑，一边看着自己手机里 Uber 软件的地图，带着关柚走向指定上车地点，一边说着："那有什么难的，你等会儿下个软件，我教你用。"

不出所料，一到烧烤晚会，Jackie 就率先打趣道："这一下午，去哪儿约会了？"

众人说话间，关柚看到了露台上的杨景涛。

"听说杨萱跟你表白了？"她端着盘子和饮料走过去，穿着一件藏青色呢子大衣，头上戴着黑色毛线帽。

杨景涛不作声，算是默认。

关柚自觉他可能还是不愿意和自己交流，便想打个圆场就走，笑道："咳，喜欢就在一起呗？"

杨景涛的声音却在背后响起："关柚，我喜欢谁你不知道吗？"

她惊愕地回头看着他，他却已移开目光。

都过去一年了，他还放不下过去吗？关柚半信半疑，同时也有点愧疚和沮丧。

"下面，我们将宣布本届数学竞赛的总决赛入围名单——"

屋里的主持人走上台了，示意裁判长打开信封，开始公布。

"景涛。"她喊他。

他终于肯转过脸看着她。

"走吧，进屋吧，公布名单了。"

很遗憾，前五名里面没有关柚的学校。

Mr.B 领回成绩单之后看到他们的排名从第一轮之后的 19 名又降了几个名次，到了 27 名，但他仍然是很满意的样子，似乎根本没有奢望总决赛，还笑着拍拍他们每个人的肩膀，说道："这次成绩很不错！"

同学们也大多对成绩很满意——不管怎么说，波士顿是来成了！

"怎么了，还闷闷不乐的？"从邵东看着唯有关柚和杨景涛有点沮丧的样子。

"没有啊。"关柚摇摇头，"只是觉得还是技不如人，挺可惜的，不过我们也的确尽力了。"

"我压根就没觉得我们能进总决赛，说实话。"从邵东不在乎地收起名单，递还给 Mr.B。

"不是吧？一开始就这么没追求吗？还队长呢。"关柚不屑地翻翻白眼。

"不是没追求——我们都尽力了啊，但还是要量力而行，不要期望过高。"从邵东看了看面前的两人，语重心长地说，"毕竟我们还是活在现实里，不是梦里。事情不是都以梦想为准的。"

"欸？"关柚不甘心地瞪了他一眼，"冷血……"

但这声抱怨很快又被现场一片欢腾的气氛淹没了：金色的装饰、金色的灯光，烧烤会上一片冬季雪景衬托下，暖洋洋、闹哄哄的欢笑。

回学校后没几天，秋季学期就结束了。在感恩节放假之前的周五，是颁奖礼——上午是学术，下午是体育，两个仪式碰巧凑在了同一天。

在学术颁奖礼上，从邵东、关柚、杨景涛、康俊文、谢诚、王沐成等人纷纷获得了一些奖项。然而最出风头的是杨萱——作为新生，她却获得了最高荣誉奖项，Summa Cum Laude。下台的时候，杨萱看着关柚，一副得意至极的神情。

"小人得志！"最看不惯杨萱的林想已经不知不觉开始为关柚打抱不平了。

关柚笑笑，没有理会杨萱的炫耀。

下午体育颁奖礼上，从邵东和关柚又纷纷获奖。

从邵东获得了篮球队里最有潜力运动员奖，而关柚获得了划船队中优秀新人奖。

下台的时候两人不经意地互相对视了一眼，从邵东下意识挪开了目光，关柚却从容地笑了笑。

"Joey 和 Jessie……"底下有低年级的学弟学妹开始议论，还时不时看向康俊文和谢诚，仿佛在求一个答案；但当他们的目光碰到 Rose 的目光，又立马吓得闭上了嘴。

"嘿嘿，群众的眼睛是雪亮的啊。"康俊文看着群众的八卦情绪高涨，欣慰地乐起来。

谢诚则看着满载而归的关柚，手捧一个学术奖、一个体育奖，笑嘻嘻地调侃道："关大小姐，这回扬眉吐气了吧？"说罢还故意看了看坐在后排不远处、没有参加体育运动的杨萱。

琴房里，关柚和齐粤又聚在一起弹琴唱歌了；一首《Breakeven》，关柚拨弄着吉他唱着歌，而齐粤弹着钢琴在一旁给她伴奏，两人的合作听起来十分悦耳。

"对了齐粤，"关柚忽然停下来，好像想到了什么，兴奋地说，"我妈做的一部新电影好像在和你爸爸合作，所以我寒假会去香港呢！"

"早就听说啦。"齐粤一如既往地温柔地笑着，"本来之前就想和你说了，但你去波士顿比赛，这几天才回来。"

"嘿嘿，"关柚笑道，"那寒假真的可以在香港一起玩啦！"

齐粤点点头："没问题，到时候你想去哪，我全数奉陪！"

关柚大笑："够意思！"

"不过寒假，你也陪我练练冬季音乐剧选角色的剧本吧，对对台词。"齐粤犹豫道。

"你要去试镜？！"关柚很是替他兴奋，"好啊，没问题！"

"还没想好，"齐粤微微勾一勾嘴角，眼睛笑得弯弯的，眯成一条缝，但他的微笑平静、恬淡，很少是咧开嘴的大笑。如果杨景涛的笑容像是正午的暖阳，烈日当头，那么齐粤的笑容总是温和得像清晨四五点钟带着露水的晨光。

"还在犹豫？"关柚想到之前鼓励齐粤去 Coffee House 唱歌的类似情景，"不够自信吗？"

齐粤笑笑，心里想说是，但又不想每一次都表现得如此胆小。

"还是那句话啊，"关柚又开始鼓励他了，"喜欢的事情就要去做！其实除了自己，谁会那么在乎你做不做、又做得好不好呢？你都要毕业了，真的不是为了做给别人看的，就当……就当圆自己一个梦吧！别留遗憾。"

看着关柚坚定的神情，齐粤心里也坚定起来。从一开始，他就不是犹豫不决地随口一提；其实他早已经想好了，他想参加，但他缺乏的恰恰就是最后一点点的勇气和马力——而这正是每一次关柚都能给他补上的东西。

越到年底日子感觉过得越快。感恩节之后还有两周的课，紧接着就是圣诞假期了。

又要回国啦。

关柚独自坐在食堂的窗前，看着窗外的鹅毛大雪。

去年也就是这样，同一张桌子，同一个位置，看着窗外似曾相识的雪景，在圣诞节前夕，又孤独，又胆怯，感叹着自己同时失去了Rose和杨景涛——在这异国他乡，一眨眼的工夫，一夜间失去了全部的依靠。

一年过去了，又是这样的回国前夕，现在的自己，是否真的已经脱胎换骨？

放假前的最后一晚，学校举办了一年一度的圣诞舞会。说是舞会，其实也不是跳舞的场合，就是大家都打扮起来，齐聚一堂，吃吃喝喝，聊聊天。地点虽然只是在食堂，但平时普通的桌椅都被布置起来了，食堂里还摆了圣诞树、彩带、花环等装饰品，足足成了一个豪华的宴会厅。

“哟，最近Rose小姐的复合之路可顺啊？”穿着晚礼服、梳着油头的肖恩看到迎面走来的Rose，阴阳怪气道。

Rose今天穿的蕾丝礼服裙，及膝的长度，暗红色，虽然不是最鲜艳的颜色，但配上她同款颜色的口红，却更像是一朵幽暗绽放的带刺玫瑰，看到她的人都会像被黑洞吸引一样义无反顾，但接近她的人又会被刺得鲜血淋漓。

“哼！”Rose轻蔑地瞥了他一眼，“比起我的闲事，你还是关心关心你自己吧。杨萱追得怎么样了？”她故意大声笑起来，时不时看看肖恩，仿佛这真是一件极其好笑的事情，“欸，你看，她来了。”

顺着Rose的目光看去，杨萱穿了白色的露肩布质长裙，还烫卷了头发，化着夸张的橘黄色眼影。

“妆化得真艳丽啊！”Rose冷嘲热讽的，脸上却笑着，也不知道杨萱听不听得出来她心里的嘲讽。这一身白色长裙，真当自己穿着婚纱要来结婚了呢？不对，这裙子一看就是杨萱一贯的风格——劣质，和婚纱还真比不了。

“Rose姐。”杨萱却自顾自地凑上来，想必是当真对自己的装束很满意。

肖恩皱了皱眉头，手一摸鼻子，仿佛嗅到了空气中浓浓的火药味。现在这两个女生都和自己没什么关系了，他自然也懒得凑这个热闹，便和Rose讪笑着说：“你们慢聊，我就先撤了。”

宴会厅的门开了，康俊文、谢诚、王沐成，清一色都是破天荒的西装革履。康俊文是深蓝色的西装，谢诚是法兰绒的格子西装外套加米色裤子，而王沐成是浅灰色的西装。关柚走在三人中间，穿了一件裸色深V领的短款礼服裙，还踩着一双恨天高。

“非得穿这么高跟的鞋，”谢诚看着关柚的高跟鞋不禁笑道，“摔了我可不扶你啊。”

“别摔个狗吃屎。”康俊文生动形象地补充道。

“闭上你们的乌鸦嘴吧！”关柚没好气地瞪了几人一眼。

“不过说真的，干吗非得穿这么高跟的鞋啊？”王沐成也忍不住好奇。

关柚嘿嘿一笑，不好意思道：“嗯……万一丛邵东来了，他那么高，我想我要是站在他旁边的话——”

“喔！”康俊文和谢诚马上打断她，做出心领神会的表情。

“美人计！”谢诚总结。

“不对！”康俊文批评道，“应该是关柚故意摔倒，摔在Joey怀里，然后Joey大庭广众之下——英雄救美！”

接着三人就笑起来。

“什么啊，什么乱七八糟的。”连关柚自己都忍不住笑了，但还是嫌弃地看了他们一眼，“我只是单纯地想说，站在他身边的话，我不能因为身高而输了气场！”

“行！气场气场。”康俊文敷衍着。

宴会厅的另一边，林想、Kelly和几个低一年级的学弟学妹走进来了。林想穿的是墨绿色单肩小礼服，而Kelly是一身米色西装——也对，这个女汉子怎么可能穿裙子呢。

两人看到关柚他们，挥了挥手，走过来，谢诚却看着款款而来的林想，紧张起来。

“不对啊谢诚？”等她们打完招呼一离开，康俊文敏锐的小雷达就测出了谢诚的不对劲，“怎么回事？老实交代。”

“什么？什么怎么回事！”谢诚大笑起来，装傻。

关柚意味深长地看着他，回想起几周前在美术教室的一幕以及之后的种种，“你该不会……喜欢上林想了吧？”

谢诚的脸顿时就唰的一下红了，看看关柚，又看看康俊文和王沐成，没有否认。

“你还真喜欢林——”第一个夸张惊叫的竟然是王沐成。

谢诚听着他直线上升的分贝，连忙上前捂住了他的嘴。

康俊文面带笑意，小眼睛又开始隔着锃亮的眼镜片，一眨一眨的，“要不要趁机表个白？今天可是个吉日啊！你看，这么浪漫的气氛！”他语气酸溜溜的，像那种穷困潦倒还到处招摇撞骗的诗人。

“我，我表白？太快了吧？”谢诚紧张地深吸一口气，“我怎么表白？我、我说什么啊？”

听着他语无伦次的一连串问题，关柚笑道：“看来你还真是很喜欢她啊，这么上心。”

“要不先从发信息开始，如何？”康俊文军师开始大显神通了，“先编辑一条浪漫的信息，引起她的兴趣，然后约她舞会之后见面！”

谢诚半信半疑地看向关柚，她连忙点头：“可以。”

他又看看王沐成，王沐成也若有所思地坚定地点点头：“我看行！”

谢诚坐在一张圆桌上专心地编辑着短信，康俊文和关柚抓紧时间把在场提供的食物洗劫一空，嘴里还念叨着：“真是的，连个正餐都没有，全是点心！”

尽管这个活动的宗旨是一个庆祝节日的社交，但对康俊文和关柚来说，一定要拼命拿吃的、拿纪念品，才不算白来一趟！

“哇，竟然有酒！”康俊文看到精致的铺着桌布的自助餐区竟然有一排排香槟酒杯，可走近一看，上面却标注着大大的“无酒精”几个字，“切，没劲。”

“是什么？”关柚问他。

“无酒精起泡苹果酒。”康俊文耸耸肩，“不过这个杯子还真是够 fancy 的了。”

拿完吃的之后，关柚看到走进来的 Liz 和自己小圈子里的朋友们，便和康俊文分开，走上前去和她们打招呼。

“哇，Jessie！你今天好美啊！”Liz 和其他几个女生看到关柚，跑上来和她拥抱。

“嘿嘿，还说我呢，你们每个人都是啊！”关柚也笑呵呵地和她们寒暄着。

几个人一边聊着天一边吃点心，但丛邵东不经意间闯入了关柚的视线。

“Congratulations（恭喜）！”丛邵东身边的女老师不知道听到了他的什么消息，忽然睁大了双眼，用高八度的声音尖叫着冲上去给了他一个拥抱。

然后关柚看到丛邵东也腼腆地笑着，两个人又交流了些什么。

“看什么呢？”Liz 看关柚发呆，便在她眼前晃了晃手。

关柚笑着摇摇头：“你看 Joey 那是在干吗？我刚刚好像听到老师在对他说恭喜。”

“难道你真喜欢 Joey？”Liz 打趣道。

身边的 Marie 却说：“我好像听到他们说 UC 伯克利。”

“噢对哦，现在正好是大学申请季，Joey 是 senior 吧？”

“是不是被录取了？”

身边的朋友们开始你一言我一语地七嘴八舌起来。

难道他真的被 UC 伯克利录取了？那的确是个很好的去处，应该为他高兴。如果一会儿见到他，自己也该道声喜才对。可是好端端的，怎么突然就那么伤感呢？圣诞假之后还有不到半年时间，之后就要分道扬镳了……离别显得真切起来。

回到座位后，谢诚叫住她："你干吗去了，这么久才回来？快帮我看看，我这么写行不行？"

康俊文坐在一边马上邀功："在我的指导下完成的。"

关柚接过谢诚的手机："哇，你想把那天她画的星空和今晚的星空联系起来啊……嗯，你别说，这个构思，还真是挺巧妙的！"关柚点点头，但看着旁边立马开始沾沾自喜的两人，她又赶紧转折，"但你的用词、造句可是不太灵，"说着，她连连摇头，"我帮你改改吧！"

"欸，怎么就不行了！"

"好嘞，那就麻烦您啦！"

康俊文和谢诚一个气愤地不服，另一个就大功告成般地坐等关柚给修改。

关柚拿着谢诚的手机，删除了后半部分，保留了第一句，正在构思着，眼睛在现在已经人山人海的宴会厅里漫无目的地环视着，忽然看到齐粤。

她朝他笑笑，挥挥手，正要走过去，却又看到了他身边的Rose。

"齐粤。"Rose显然也看到了关柚，因此马上凑过去，先发制人。

善良的齐粤当然不会当场对她视而不见，只得转过头，冲她笑着点点头。

Rose趾高气扬地看看关柚，朝她笑了笑，扬一扬手里的香槟酒杯里装着的苹果酒。

关柚看着齐粤尴尬的表情，他正对着她笑，但又不断被Rose叫住说话，于是只能看着她，远远地做出很为难的表情。

关柚嘲弄地笑笑，算了，何必呢？她不想和Rose争，但同时对齐粤的态度也有些失望。于是她转过身，举起谢诚的手机，正要重新开始认真地编辑信息——

"啊！"她撞进一个人怀里——白衬衫、黑西装、黑色的细领带……切，这么无聊又一成不变的装扮，除了丛邵东还能是谁！

她后退一步，撇撇嘴，和他重新拉开距离。

"你该不会是故意的吧？"丛邵东看着她，似笑非笑。

"肯定是故意的！"康俊文在远处乐此不疲地做着画外音。

"下一步该摔了吧？怎么还不摔？"谢诚也在旁边压低了声音窃笑。

王沐成看着他俩幸灾乐祸的样子，嫌弃地摇摇头，抓起康俊文盘子里的杏仁饼干，咬了一大口。

关柚还来不及回应丛邵东的话，她忽然反应过来刚才还举着的谢诚的手机……还正在打字——

完了！

屏幕上果然是已经发送的信息："那天晚上你在画板上画的星空和今天晚上的星空，你"。

天啊天啊，自己刚干了什么！

关柚一下子脸色刷白，现在就祈祷林想千万暂时别看手机，不然自己就真的要被谢诚碎尸万段了，怎么办？

她也顾不上丛邵东了，连忙踩着高跟鞋就努力地一路小跑回康俊文所在的桌子。

"你怎么竟然把 Joey 一个人晾在那了？"康俊文正奇怪地问她，却发现了她的脸色不对，"你怎么了？"

"完了完了，"关柚来不及解释，直接亮出手机，"我撞上他之后，信息还没编辑完就不小心发出了。"

"啊？！"

"怎么办？"

谢诚大惊失色，王沐成也同时吃惊地叫道。

一脸莫名其妙的丛邵东刚走过来，正准备问个究竟——关柚为什么这么反常？结果他直接被关柚先一通劈头盖脸地责备。

"都怪你！"他刚走过来她就转过身，一脸世界末日的表情。

"先撤回吧，只能直接说了。"还是康俊文稳住了大局，"你就发，舞会结束后有空吗？就这么发，听我的，没问题。星空那些，一会儿构思好了，你当面跟她说吧！"

谢诚照做，而康俊文腾出空来给丛邵东讲了事情的原委。

丛邵东笑了——是啊，他们几个凑在一起，每次不都得闹出点与众不同的热闹来吗！他已经见怪不怪了。但有趣的是，每次看到他们闹出的荒唐笑话，他都觉得作为一个观众，好像热闹看得很开心，同时也觉得很温馨。

活动快结束的时候，杨萱就神不知鬼不觉地先走了。

她迅速地回了宿舍换衣服，然后奔向体育馆——赶在体育馆十点半关门之前，她还能在健身房跑半小时的步。

只要心里一想到杨景涛的笑脸，再想到林想当时刺激她的话，杨萱就瞬间感觉斗志昂扬，好像浑身充满了力量。

她在跑步机上流着汗，握紧了拳头，暗暗发誓，一定要减肥，减到特别苗条——

她要瘦成一道闪电，要让杨景涛刮目相看！

从邵东和关柚他们四个开始坐在一起聊天了，竟然还有说有笑，这让他自己都觉得这不像自己了。

“谢诚！”林想款款走来，一笑就露出嘴角边的两个小梨涡，“走吗？”她看着他旁边的一众人，有些不好意思道。

“走。”谢诚笑着站起来，十分绅士地和众人告别之后和林想并排往外走。

“找我什么事啊？”林想侧头，笑着看他。

她的目光那么纯净而美好，和洒下来的皎洁的月光可以媲美。谢诚的心脏怦怦地跳着。哎呀！他责怪自己，多大的人了，怎么又在女生面前这么紧张？

谢诚和林想走后，从邵东和关柚也站起身来一起往外走了。

临走的时候，关柚回头抬起脚，冲康俊文比画了一下自己的鞋跟，意思是在说，你看，我的高跟鞋派上用场了吧，然后做了个鬼脸。

康俊文贼眉鼠眼地笑着，回应了她一个弯腰的动作。

看着身边的关柚不断地回头和康俊文挤眉弄眼还又在互相比画着一些他看不懂的暗号，从邵东也干脆不问了，只是无奈地摇摇头，笑着催促关柚：“走不走啦？”

康俊文看着王沐成，指了指左边谢诚走掉的方向，又指了指右边关柚走掉的方向，口中念念有词道：“哎呀，郎才女貌，郎才女貌啊！”然后手一搭，搂住了王沐成的肩膀。

“去去去，”王沐成甩开他，“他们都郎才女貌，那咱俩是啥？”

康俊文流露出悲伤的表情：“我们是孤家寡人啊，老王！”

王沐成大笑着拍了他一掌。

十二月的东北部，寒风下，关柚却穿着夏天装扮那样的礼服裙。虽然外衣穿着一层呢子大衣，但里面的衣服终究单薄。

“冷不冷？”从邵东很少说这种关心人的话，因此说话的时候，他甚至觉得自己语气僵硬，舌头都有些打结。

关柚哆嗦着摇摇头，只是问他：“你要上 UC 伯克利了？”

“你又知道了？”他略微惊讶的目光扫过之后，是他那挑着眉毛扬着嘴角的表情。

“你和老师拥抱的时候我听到的，”关柚耸耸肩，然后微笑着向他道喜，“恭喜啊。”

他的喉结动了动，闷声“嗯”了一声，静静地注视着月光下她的脸庞。

今天她化的妆可不淡，浓黑的眼线和阴影变换着的眼影，还有那烈焰红唇。

他感到自己的心跳加快了，呼吸也变得急促了，连忙转回了头，不看她，只看着远方天地连成一片的浓重的夜色。

他们还是并排走着，却一路无言。

“舍不得我走？”丛邵东再次偏头看她，开玩笑道。

难得见他轻松活泼的语气配上罕见的笑容——丛邵东这个人，要么一本正经，要么就是这种狡猾的、坏笑的表情，亦正亦邪。

关柚叹了口气，舍不得吗？废话。但她还是努力不去想，故意说着：“切，别臭美了，你赶紧走吧，省得我天天看着你这张扑克脸！”她嗤笑。

“真的？”他收起了坏笑，眼里的神色又温柔又有种让人心疼的脆弱。

关柚从未见过他这样的神色，一下子不知说什么才好。

丛邵东沉默了半晌，手伸进了口袋：“给。”他递给她一个苹果。

“苹果？”她不解。

他笑笑，轻咳了一声，然后一本正经地重重地说道：“提前的平安夜礼物！”

她惊讶片刻，笑着接了过来：“谢了。”

“嗯。”他双手插着口袋，抿了抿嘴，“平平安安。”然后咧嘴一笑。

关柚怔了一下——几乎从没见过丛邵东这么灿烂的笑容。这张万年冰山的脸，即使偶尔一笑，也是那种浅浅的或者坏坏的笑。但随后她还是点了点头。

“看来真舍不得我走啊？”他低下头，追逐着她逃离的眼神，笑道。

“切，”她一脸不服地笑起来，抬起眼眸看着他，被他盯得，气得她用高跟鞋轻轻踩了他一脚，“才没有！”

“嗷！”丛邵东夸张地叫起来，“喂，很痛啊！”

“少装，少装！”关柚看着他的样子大笑。

# | 告士打道和轩尼诗道 |

飞机快降落的时候遇到气流发生颠簸，开始剧烈地摇晃起来。关柚睡得迷迷糊糊的，眼睛睁开一条缝。机舱的灯已经全亮了，身边的乘客也开始各自清理垃圾、折好毛毯。又一下强烈的气流震动，关柚打着一半的哈欠都瞬间被震醒了。

她拉起小窗户的遮光板——眼前的景色竟像是画一样美。

好久没有见过如此湛蓝的海洋。海水的颜色好像随风吹动而变换着，一块深，一块浅；深的地方像蓝宝石一样深邃，浅的地方则是翡翠般碧绿。

“各位旅客，欢迎大家来到香港。当地时间早上五点零五分，机舱外温度 22 摄氏度，73 华氏度。飞机马上就要降落，请您再次确认系好安全带。感谢您选乘我们的航班。”

海的另一边就是香港繁华的都市了；即便这样远，密密麻麻的高楼大厦似乎也是隐约可见，让人感到触手可及。不过飞机又降低一个高度之后，楼宇被山挡上了，此刻的视线中只有连绵起伏的山和一望无际的海了。

飞机掉转了方向，紧接着就是轮子着地的一瞬间那轰隆隆的声响和身体因惯性产生的前倾。

“关柚，关柚！”

在接机大厅的出口，她听到身后传来妈妈的声音，正东张西望着，高跟鞋点地的脚步声越来越近了。

“看什么呢你，又东张西望的，我老远就看见你了！”妈妈今天是工作装扮，衬衫、裙子、西装外套。

“哟，打扮得还挺像样！”关柚笑起来。

江宁的助理走上前来，寒暄道：“又长高了吧？上次见你都一年多以前了。”

“是吗？我以前一直都怕她不长个，现在还行，有一米六五了吧？”妈妈笑道。

“走吧，车就在外面等着呢。”助理笑眯眯地接过关柚手里的行李。

“还有车？！”关柚惊讶道，“可以啊，看来这回的合作方真是大手笔啊。”

妈妈笑着拍了她一下：“不就是你同学的爸爸吗。这几天见到我其他合伙人，可别动不动乱说话啊。”

“哎哟我知道！”关柚不悦地甩开妈妈的手。

坐上了车，江宁问女儿：“你这几天都怎么安排的？”

关柚一边解着缠在一起的耳机线，一边心不在焉道：“嗯……还不确定，不过我应该跟齐粤一起出去玩吧，他说带我转转。过两天康俊文也来，我们要去迪斯尼呢。”

“行，你安排好了就行。”江宁点点头，“我这几天事挺多的，就不管你了。”

“好！”关柚这下答得爽快。

“星期三晚上有个合伙人聚会，到时候你一起来吧。”江宁从包里拿出墨镜。

后排的助理听着她们的对话，不禁频频瞪大眼睛，然后又点点头，不可思议地感叹：“这大姑娘就放养了啊，您可真放心。”

江宁笑了笑，戴着墨镜，头一歪，准备睡觉；旁边的关柚也笑着戴上了耳机听音乐。

香港真是个奇妙的地方。

出机场还没多久，没有想象中的机场高速，直接上了一座大桥就过了海，然后很快就到市中心了。

她们住的酒店在九龙尖沙咀，高层的窗户可以看到对岸的中环。

“香港可美了！你们这个房间位置好，晚上灯都亮起来，夜景更漂亮！”助理放行李的时候，羡慕地对关柚说着。

随后，妈妈和助理就出门了，而关柚躺在床上和齐粤发起了信息。她看着窗外风平浪静的海面，川流不息的渡轮来来往往，不知不觉中睡着了。第一天就恍恍惚惚地在时差里度过了。

第二天一大早，可能由于时差的原因，关柚睡了个好觉，然后早上六点半准时醒了。她梳妆打扮好就出门了，和齐粤约了在中环码头见面。

根据妈妈昨天的指示，关柚顺利地看着地图找到了渡轮——天星小轮，旁边是热闹的海港城商业区。接下来该过海了！

这真是像梦一样美好又浪漫啊！关柚坐在船上靠窗边的位置，吹着海风，看着对岸的几座香港标志性建筑变得越来越近——直到她意识到自己……好像坐错了船……

齐粤早早就出门了，此时正坐在车里，在中环码头附近等着关柚的电话。

“喂？啊，你坐错船了？！在哪？……紫荆花是吧？好的没问题。你别慌，我马上就到。”齐粤温和的声音让关柚镇定下来，好像这完全不是什么问题。他笑着放下电话，对司机说，“去湾仔码头。”

“怎么还坐错船啦？”齐粤笑着走过来，神色暖洋洋的。他今天穿了一件拼色条纹的薄毛衣和一件黑色夹克衫。

关柚不好意思地撇撇嘴：“我也不知道啊，码头太复杂啦……那么多航线，一不小心就走错了吧。”

齐粤淡淡地笑笑：“没关系，”笑容温和又纯净，“在湾仔也好，正好，我们就从紫荆花开始转吧！”

齐粤所说的紫荆花就是那座著名的金色紫荆花雕塑，听说是1997年香港回归的时候中央政府赠送给香港的礼物。雕塑前面海边的位置竖立着两面旗帜——一面是中国的五星红旗，一面是香港特区的紫荆花旗。经过广场的时候齐粤还指了指后面那栋玻璃木墙的大高楼，说：“这上面有个公寓，我爸妈给我哥买的。现在我哥回国，有时候就住这。”

“哇，”关柚看着齐粤漫不经心的表情再看看眼前这栋楼……湾仔也是港岛的中心区了，这样的住宅……应该不便宜吧！不过她还是好奇，“你哥不住家里吗？”

齐粤笑笑：“他们可能觉得我哥上了大学就是大人，独立了吧。”

“那你高中毕业之后他们也再送你一套公寓？”关柚觉得不可思议。

“我没那么渴望搬出去，不像我哥。”齐粤笑道，“我住了那么多年的家，对自己的房间还挺有感情的。不过这公寓是两居室，里面也有我一间房。”

关柚沉重地点点头，心中感叹，有钱人的世界啊，可怕！

走到一个路口，齐粤开始当起了导游，笑着讲道：“你看，我们现在脚下踩着的呢，叫菲林明道，眼前的这一条……欸，叫什么来着？”他自言自语，随后看到了路牌，“噢，港湾径！”

“什么嘛，”关柚笑道，“你这个导游怎么自己还不知道路名的！”

“我家在山上，平时都不怎么来这么闹的区域。”齐粤摇摇头，转头看她，“今天特意舍命陪君子，还不感动？”

“感动，”关柚夸张地点头，“太感动啦！”

齐粤笑得眼睛弯弯的，嘴角上扬的弧度还是恬淡得刚刚好，随之绅士地指了指前方的天桥，“走，我们上去。”

“欸，传说中的香港的屋檐下穿梭开始啦？”关柚好奇又兴奋地看着桥下的车水马龙，忽然指着左侧，“呀，李锦记！”就是这个霓虹灯，在好多著名的香港维港的夜景里面显得格外突出。

齐粤笑起来：“怎么一个李锦记把你兴奋成这样。你知道这条路叫什么吗？”他指了指脚下车流穿梭的双向车道。

“车多得把行人都只能挤到上面，应该是个主干道吧？”关柚笑嘻嘻地侧着头看他。

“嗯。”齐粤点点头，“这是告士打道。”

“告士打道！”关柚又兴奋地叫起来，“的确好像是香港有名的几条街之一呢。欸，是不是还有一个轩尼诗道？”

“哟？地理不错嘛，哈哈。”齐粤笑着说，“就在前面呢。”

香港的立交桥盘纵交错，看得关柚眼花缭乱，感觉这都不是平地而起的一座桥，而是一层覆盖在另一层上，又高又复杂，像那种几百年的树根一样，又如同迷宫。然而桥上桥下的车，速度快得好像总是很自信地知道该往哪里开。噢对了，司机还是在右手边。

立交桥上既有西装革履又打着电话神色匆匆的上班族，也有穿着短裙化着精致妆容的年轻女孩——香港的十二月份，感觉也是一个温暖的夏末秋初，热的时候能穿短袖，冷的时候就像齐粤这样，一件薄毛衣加一件薄外套。

“这些就是菲佣吗？”关柚看着桥上铺着毯子席地而坐的三三两两的妇女好似在野餐，小声问道。

“嗯。”齐粤点点头，“今天正好是周日。每周日是她们放假的日子，她们都会结伴出来休息。”

下了立交桥，桥后面有破旧狭小的报亭、报纸摊，来来往往的偶尔有驻足的人；还有小吃店，当街卖着一些鱼蛋一类的香港小吃。

“这些好吃吗？”关柚指着那些五花八门的街边小吃问。

“不知道。”齐粤摇头，“我也没吃过。”他抱歉地看看他，笑笑。

的确，富家子弟是不是很少有机会或者被允许吃这些路边摊？想起以前初中在北京的时候总是放学之后和同学结伴买地铁口那些乱七八糟的小吃：烤肠、烤红薯、小蛋糕、煎饼、手抓饼……那是属于她最快乐的回忆呢。

经过了谢斐道和骆克道，前面就是轩尼诗道了。

“告士打道、菲林明道、轩尼诗道……”关柚喃喃自语道，“这些名字都好有诗意啊！”

齐粤表示赞同：“是啊，我也觉得，香港的很多路名都很有趣，也很有历史含义。而且有些路名的中文是英文的音译，有些是意译，很有趣。”

“有什么历史含义吗？”关柚问。

“大多是以以前那些英国驻香港总督的名字命名的。”齐粤解释，“还有几个我很喜欢的街道名，比如摩里臣山道、糖街……还有很多我们会经过。”

关柚若有所思地点点头：“博大精深啊。”

“是啊，”齐粤淡淡地说道，看着身旁的关柚和街上熙熙攘攘的人群、川流的车辆，街边的小店有些是历史悠久的老店，也有些可能是外地移民来开的新店：湖南菜、贵州菜，形形色色的，各种各样。“我喜欢这些有历史、有含义的东西，总觉得这样的街道让一个城市有灵魂。就像陈奕迅的很多歌，因为歌词的深刻而让歌曲变得引人深思。”他目光里闪烁着一些热忱。也有一些轻柔易碎的感情，认真地看着她。

关柚怔了怔，环视四周，随即点点头：“这些景象，画面、声音、味道，还有此时此刻的想法和感情，真的是过了这一刻就消失，再也不见了。时间不会停留，每一刻的经历也不得不流失，感觉挺无能为力的；但如果能把它们以某种形式记录下来，那么留下来的感受就形成了回忆。这样的话，历史就有了意义，失去的也并不可惜。”

齐粤笑了：“你说得很像陈奕迅一首歌歌词里的内容。”

“啊？”关柚惊讶道，“真的吗？什么歌？讲回忆的？”

齐粤轻声哼唱起来：

“留住温度速度温柔和愤怒，

凝住今日怎样好，

捉紧生命浓度坦白流露感情和态度，

留下浮光掠影飞舞。”

“这首歌叫《沙龙》，讲的就是照片即使能拍下当时的景物，却留不住那个时刻的感受和感情。”

“好伤感。”关柚感叹，但又笑笑，“感受嘛，照片是记不住，但用心却可以记住。”

齐粤看着关柚认真的样子，也不禁动容。的确，往事如烟，总是会散的；然而最终，经得住时间的锤炼的、留在心中的还是那些曾经认真感受过的情感和心得。

“饿了吗？”齐粤问关柚。

走了一上午，还没吃过早饭，关柚的肚子的确开始咕咕叫了。

此时，他们正沿着轩尼诗道往中环方向走，“走吧，”齐粤对她说，“带你尝尝附近的一家老店，挺有名的。”

说话间两人已经走到了修顿球场，在右手边一个拐角处，有个很不起眼的门脸，那便是齐粤提到的吃面的老店——永华面家。竟然还是家街边隐藏的米其林餐厅！

在齐粤的推荐下，关柚吃了碗招牌的南乳猪手面。面条很细、很硬，和她通常印象里的面条不大一样，但齐粤说这是碱水做的竹升面；配上腐乳炖的猪手，一碗面很快下肚。除了猪手面，齐粤还点了云吞面和牛筋牛腩，说要给关柚尝一下这里的特色。牛腩炖得很烂，滋滋地冒着泡，实在是香。

看着齐粤娴熟而优雅地用粤语点菜、要纸巾、买单，关柚觉得这位贵公子在街边小店里倒也并不显得格格不入，反而是另一番风度翩翩。

吃完饭后，他们重新走回了海边的路上，一路沿着海边往中环走，几乎每走一个街口都会出现浪漫的观景台、高楼林立中间圈起来像世外桃源一样的花园，或者是有名的大厦、建筑物。经过了漂亮、开阔的海滨长廊之后，齐粤指着远处可见的摩天轮说：“看，我们到中环了。”

到中环了。听起来简直像梦游仙境里一样：看着平时只在明信片上见到的如画一般的风景、行走在世界著名的金融中心，被高楼大厦环绕着，身边还有一个风度翩翩的贵公子来当本地导游……香港真是一个太浪漫的城市了！关柚不禁感叹。

“我们去逛逛中环的老街吧！”齐粤很少来中环一带。虽然不喜欢过于喧闹的街市，但正如他所说，那些蕴含历史文化的老街，却也一直是他心心念念的地方。即使很少来逛，去父亲公司或是随父母参加宴会的时候，坐在车里，这一带他还是经常经过。

走过红棉路，穿过遮打花园，齐粤指给关柚对面的两栋楼：“看，这个就是最有名的中环的夜景标志性建筑——中银大厦；旁边那个是长江集团，在景观上可能稍逊一筹，但在商业圈可是不容小觑。”

关柚听着齐粤如此文绉绉的用词，忍俊不禁。

长江集团的背后是长江公园，真像一个都市里的热带雨林：地上的矮树丛是椭圆形、深绿色的阔叶，稍高一点就是郁郁葱葱的嫩绿色的尖尖的三角形叶子。像溶洞一样的岩石上长满了分叉的、羽毛形状的叶子和芦苇形状的叶子，又高又坚硬。最高的树在道路两旁，足有几十米高；回头隔着树再看楼的时候，一大半的高楼都被遮挡了，只露出楼顶的几层。齐粤说这种参天大树叫白兰，是香港的一种古树，花期长，开花的时候花香远飘，沁人心脾。

“你懂得还真多啊。”关柚忍不住称赞。

齐粤只是淡淡地笑笑：“我爷爷懂得很多，小时候总是教我们兄弟两个，要求我们把他教的这些都要记住，说这才像个样子。”他无奈地摇摇头，笑道，“我爷爷他人很好，又博学，喜欢书法和国画，不过是个脾气古怪的老头。”

出了公园，齐粤继续当起导游：“这条花园道，一直往上走就是美国使馆，我去办过签证的；去山顶的缆车也是这个方向。”

“啊，缆车！这几天一定要去半山看一次夜景呢！”关柚激动得眼里闪着光。

“没问题啊。”齐粤眼里波光粼粼闪过温柔的神色，“明后天吧，反正你不是要在香港待一周吗？今天先在中环转吧，正好我也有个东西要买。”

关柚点点头：“好啊。”

他们穿梭在中环一带的街道，沿途去了皇后像广场，看到了对面的汇丰银行。“接下来是太子大厦、历山大厦和置地广场，中环这边最有名的几个商业区。”齐粤越说越乐此不疲了，“哦对了，”他又指指置地广场的方向，“那个就是很有名的皇后大道。这里是皇后大道中，不过罗大佑有一首歌，叫《皇后大道东》。”

“讲什么的？”关柚问。

齐粤没回答，只是说：“你回去听听吧，挺有意思的，也是有些历史含义的。”

又穿过雪厂街和遮打街，文华东方酒店就到了，酒店后面的路叫干诺道中。齐粤要买的东西是文华东方酒店二层餐厅专卖的玫瑰酱，据说他妈妈极为钟爱。

“但文华东方也是张国荣跳楼的地方，”齐粤叹了口气，问关柚，“要喝下午茶吗？”

这个高档酒店的下午茶，服务生穿得整齐划一、训练有素，环境幽雅大气，上来的点心都是很精致的三四层那样的点心塔，上面有西式的马卡龙、中式的蛋挞，还有其他很多巧克力的、草莓的，关柚也叫不上名字的点心。甜滋滋的点心和清新醇厚的伯爵茶，配上橘黄色的灯光和背景音乐里的钢琴声，这大概就是经典的英式下午茶该有的样子吧！

喝过下午茶后，齐粤带关柚穿过毕打街、云咸街，去了中环繁华都市后面的老街区：都爹利街的煤气灯和有名的兰桂坊酒吧街。这些街道在中环后面，但似乎已经开始远离沿海的繁华了，稍微安静一点，少了些商业的气息；而地形也开始起伏了，酒吧街的一家家店错落有致，随着山路的高度，一家排在一家的上面。继续往西走，是老香港的样子——石板街，街上很多卖红色的喜庆饰品的小摊，看上去像庙会；这条路下山的时候可真陡，感觉足足有45度的倾斜。不过脚下的每一步都是货真价实的石头堆砌成的路，又的确是极其有历史古迹的味道。下了山，关柚看到路牌上写着：砵典乍街。

关柚感叹道："香港好大啊，这一天走了这么多的路、有这么多有趣的地方！"

齐粤大笑，这回是罕见的并不腼腆，而是灿烂的露出牙齿的笑："香港大？我第一次听到有人说香港大，哈哈！香港其实很小，只是很密集，街道星罗棋布，像棋盘一样，但走多了就好了。"他指指左手边，"再往那边走就是上环了，有比较有名的孙中山纪念馆和荷里活道，还有一些很有情调、很小资的咖啡馆。"

"荷里活！"关柚笑起来，这个词似乎在很多小品、喜剧中出现过。

"好啦，下山啦！"齐粤终于一脸大功告成的表情，笑着看关柚，"前面就是交易广场，穿过去就回到IFC了。"

关柚连连点头，心里对在香港的第一天感到十分惊喜，"去IFC坐会儿吧，我都走出汗了！"她手里拿着早就脱下的外套，笑道。

坐在商场里的Greyhound店里，关柚终于有种回到了和内地商场氛围差别不大的现实，也回到了接地气一点的平民生活的感觉。

服务生端上来两杯饮料：关柚点的果汁是绿色的，齐粤的是粉色的。

"这里的椰子蛋糕很好吃——"齐粤正要给关柚继续推荐，关柚却连连摇头，笑着说道："不行了，我可吃不下更多蛋糕了，留点肚子等会儿吃晚饭吧。"

"好。"齐粤依旧是温和地笑笑，轻轻地点头，笑容的温度永远像是早上的初阳，不多不少。

晚饭的时候，齐粤带关柚吃的依旧是一家有名的老字号，庸记烧鹅。听齐粤说，香港人普遍吃晚饭都很晚，有时候八九点钟餐厅还人满为患；反而是他们去的时候刚刚六点出头，所以没什么人。但即便这样，等位还是等了十五分钟。

在深圳，杨景涛的假期生活就是打游戏，边打游戏边吃饭，然后再专心打游戏；打累了就睡觉，睡醒了再接着打。

"不行了，都五点多了，我打不动了。"在美国的谢诚边打着哈欠边操作迟缓地坚持打完最后一局。

"辅助帮忙探草。"杨景涛却是下午四点才起的床，这会儿精神头正好，盯着电脑屏幕专心致志。

“探个屁啊，我就想干脆跳出去被乱箭射死算了。”谢诚已经哈欠连天，“不行了我真的要睡了，明天再说了。”

“哎呀，这时差，真是烦死。”杨景涛抱怨，“我刚起你就要睡了，等你起了我又要睡了。”

“没事啊，找杨萱陪你打！”谢诚大笑着，阴阳怪气地调侃，“听说她还真为了你，最近学着打游戏呢。”

“就别拿我开心了好吧，老哥。”杨景涛顿时泄气道，“我跟她……我都已经跟她说清楚了，我们俩没什么的。”

“你跟我解释干吗？我又不追你。”谢诚笑得更加意味深长，“不过杨萱这么努力，你就真的无动于衷？”

杨景涛沉默，听筒中只传来他的呼吸声。他刚要开口，就听到谢诚又说：“难道是还放不下关柚？”

“怎么可能！”杨景涛立马反驳，“早都是过去式了。”

“切，你别自欺欺人就行。”谢诚撇撇嘴，“但我看你们俩最近又有说有笑了啊？”

“是缓和了一点，因为数学竞赛吧。”杨景涛摘掉大耳机，把手机举到耳边，重新一头栽倒在床上，“但也就这样了。”

“说实话，你们俩都是我朋友，因为之前这种感情上的事闹这么僵，其实我觉得真是挺没必要的。”

“哼。”杨景涛冷笑一声，“没必要吗？我当时是真过不去这坎，她太过分了啊！”他每每提到去年的过往，都还是会生气；不过转念一想，除了当时这种耻辱、愤怒的感觉，他们之间究竟发生了什么？到底有什么让他这么忍无可忍？具体的事件他竟是记不真切了。“也许你说得对。”他顿了顿，“其实过去这么久了，现在想想，的确也没什么感觉了。”

谢诚笑笑：“你好好想想吧！关柚、杨萱……啧啧，你的桃花债还真是不少啊兄弟，”他大笑着，“我睡了。”

“欸，你这家伙——”

“晚安。”杨景涛话还没说完，就被谢诚一声故作甜美的“晚安”打断了。

这家伙！杨景涛笑着摇摇头，又上了线，和其他朋友开始继续打游戏。

香港的十二月，即使天气温暖，太阳落山的时间毕竟也是遵循着冬日的规律。五点半刚过，就已经仅剩下一些夕阳的余晖还在发光发热了。

关柚如愿以偿地坐上了那个漂亮的亮粉色灯光的摩天轮，在透明的车厢里缓缓升起，看着远方地平线上落下去的夕阳和城市的天际线，她此刻的心情平静又美好。

这也是齐粤第一次坐香港的摩天轮。摩天轮是这几年才新建的，他小的时候没有。其实今天还真是托了关柚的福，他也如愿以偿地故地重游了很多记忆中的街道。

摩天轮广场有香港老牌的富豪雪糕车，齐粤给自己和关柚分别买了一个香滑软雪糕——其实和麦当劳的甜筒很类似，但是没那么甜，感觉糖少些、奶油却多了些，略微有点腻，但也是吃个情怀。

太阳已经基本全都落下去了，天空的晚霞还有一点点亮，隐隐约约地舍不得褪去，但对面城市的灯光已经亮起来了；九龙ICC的高楼上亮起了滚动的字，我爱香港、欢迎，等等。

“送你回去吧。”齐粤微笑着看关柚吃完手里最后一口雪糕，准备给司机打电话。不料关柚却说，“好啊，我们去坐天星小轮吧！我觉得那个船好神奇。”不光是香港人用船当交通工具这件事神奇，她还觉得天星小轮就像那些路名一样，又是一个极其浪漫的名字，还有点像《哈利·波特》里的“小天狼星”。

“好，”齐粤点点头，温柔地笑笑，“那就听你的，我们去坐船！”他放下电话，“这回不会再坐错了。”

“喂……你笑话我啊！”关柚不好意思地笑起来。但面对温和的齐粤，她不像面对冷漠的丛邵东那样叛逆而大胆，也不像面对大大咧咧的杨景涛那样心无顾忌。

船一靠岸，关柚就听到了码头区热闹的艺人在街边卖唱的声音、游客各种吵吵嚷嚷的声音；码头上还有卖吃食的小贩、卖报纸和杂志的报亭、街头画画的艺人，表演行为艺术的、跳街舞的……真是和早上相对安静的海港城截然不同。

“这大概是最热闹的地方了。”齐粤说着，又看向对岸，“看，从这里看中环，是不是和明信片上的角度一模一样了？”

看着远处亮起的中银大厦的线条、摩天轮、耸立的IFC……灯光五光十色，倒映在海面上；天空上的云却是难得地在已经夜幕降临的黑暗中，还和天空白蓝呼应，亮得显眼。

“从左边开始，最左边那边是北角，然后是铜锣湾，看那个凸出来的金紫荆广场就是我们早上去过的湾仔，往东是金钟、中环，过了IFC那边就是上环、西营盘，然后坚尼地城。港岛的北岸沿线就是这个样子啦！”齐粤感觉像是在做总结性陈词。

两人边说笑边走，而谈话声渐渐被路边歌手的歌声所盖过。他的声音有点憧憬又有点沧桑，关柚不禁被歌声吸引了。

“一生何求 常判决放弃与拥有

耗尽我这一生 触不到已跑开

一生何求 迷惘里永远看不透

没料到我所失的 竟已是我的所有”

看着身边女生看得出神，齐粤也很是被这歌声打动，“这首歌叫《一生何求》，也是很久以前的老歌了。”

“嗯。”关柚点点头，“他唱得真好。”

熙熙攘攘的人群中，朦胧的月光和明亮的路灯灯光交织在一起；而这首歌在夜幕下的海港城响起，好像就是在编织着一张回忆的网。关柚又想起两人白天的对话：如果回忆注定留不住，那么……她轻轻闭上眼睛——她一定要用心记住这一刻的歌声、风声、海水的潮湿和淡淡的咸，以及这些所有的一切凝聚成的温度、速度、温柔和态度。

继续往前走，歌声就渐渐远去了。一直送关柚到酒店门口，齐粤看着她进门才绅士地离开。

“明天想去哪？”在她走进旋转门之前的一刹那，齐粤叫住她。

“嗯……我想想啊，”关柚满脸洋溢着笑容，“今天转了中环、坐了摩天轮，我还想吃海鲜，哦对了，还有去山顶看夜景！”

齐粤想了想，说：“好，那明天先满足你吃海鲜的愿望！”

关柚脸上挂着幸福的微笑，点点头。想不到在香港的第一天竟是这样美好。

她进去后，很快，齐粤家的车便出现在了酒店，来接他回家。

司机看着一贯沉默寡言的齐粤脸上自始至终挂着淡淡的笑容，都忍不住问：“Eric，今天做了什么事情这么开心呀？”

第二天一早，齐粤如约而至。司机开了将近一个小时的车，他们到了香港新界的西贡区。和都市的景色截然不同，这里更像一个宁静的渔村，海上停泊着密密麻麻的小渔船，沿岸每隔几米就是栈桥和甲板；街边的餐厅、咖啡馆、装饰……都充满了东南亚风情。

“想不到香港还有这样的地方！”关柚感叹。

而这一天，齐粤也是遵守诺言地不仅带她出海坐了渔船，还吃了现点现做的海鲜大排档，饭后又去喝了糖水——也就是香港人对甜品的叫法。

杨萱在家里的跑步机上已经走走跑跑快一个小时了。她大口喘着粗气，时不时用手抹去额头上低下来流进眼睛的汗水。

“休息一下吧，萱萱？”这已经是这一个小时里妈妈第五次喊她了。

杨萱却坚持跑着，对妈妈的关心视而不见。

“这孩子，现在早餐就吃一个鸡蛋，中午只吃那么一点点，还不吃米饭，晚餐干脆就不吃了！”

“是的呀，运动量嘛又那么大，这身体是要垮掉的呀！”

看着夕阳下跑步机上杨萱的脚步来回落地又抬起，爸爸妈妈悄悄地在餐桌前担忧着。也不知是怎么了，这个假期一回国，杨萱的感觉很疏离，每天也不怎么吃饭，闷闷不乐的，除了运动就是把自己关在屋子里学习。

妈妈摇摇头，“我就说过这孩子不要送到国外去，你非要把她送出去！这下好了伐，肯定是在外面吃的住的都不好！当初就应该要把她留在我身边的嘛，多好！”

“你懂什么。”爸爸不悦地撇撇嘴，“个嘛我们领导，人家家里有条件的都是要送孩子出去见见世面的呀！你就每天想着你自己，想着嘛把女儿拴在身边。”

“噢，我想着自己？个嘛你看看现在，这下好了伐，不吃不喝，肯定是在美国受欺负了呀！”妈妈一听爸爸的指责更加不乐意，“不行！”她打开微信，“我去家长群里问一下，这到底怎么回事嘛，看看别人家孩子有没有类似的情况！”

“你问问问，问什么呀你问！”爸爸一把抢过妈妈的手机，放在桌上，“不要一天到晚地丢人现眼了。”

“好了都不要吵了！”杨萱不知道什么时候已经从跑步机上下来了，听到父母的争吵走了过来，面无表情地丢下一句话。

“萱萱，要不要吃点东西呀？我去给你烧些饭好伐？”妈妈站起来，说着就要往厨房走去。

“哎呀不用了，妈。”杨萱抿紧了嘴唇，大脑有些空白，却强忍着已经饿得瘪瘪的肚子，努力不去想，“我不饿。”

“欸？”妈妈看着女儿说完就又一头扎进了屋，无奈地摇摇头。

杨萱坐在桌子前，本想预习一下开学之后的英文阅读，可脑袋饿得发蒙。

她鼓励自己，坚持住，坚持住，不能前功尽弃。熬到明天早饭，就可以吃东西了！这两天照镜子的时候，她已经感觉到自己的手臂好像细了点，脸嘛，也尖了点。

想到自己的成果，杨萱还是满意地笑了笑。只是肚子太饿，她已经没有力气看得进去书……发个朋友圈吧！晒晒自己这两天的读书和运动成果。

于是，杨萱发了一条元气满满、看起来正能量满满的朋友圈，但刚发完朋友圈再一刷新，她看到关柚三分钟前正好也发了条朋友圈——

竟然和齐粤在香港游山玩水？！

关柚的照片里，有立交桥上看出去的高楼大厦、古老的街道名称和脚下的石板、错落有致的酒吧街、奢华的下午茶、摩天轮、海上的天星小轮、夜幕下的中环，还有水面上停泊着密密麻麻的渔船、海鲜，以及和齐粤的合影。

杨萱盯着这些照片，在气得发指的同时也不是不羡慕的。凭什么她出身小城市、得不到喜欢的人还要在这节食减肥？凭什么关柚就好像什么都不做，却坐拥一切？！

沉思片刻，杨萱给关柚点了个赞，但同时毫不犹豫地把朋友圈截图发给 Rose，并说：关柚现在和齐粤好像走得很近哦，你知道吗？

过了一会儿，Rose 回复：嗯……我知道……

杨萱看着这条有些模棱两可、犹豫不决的回复，便又发：其实上次我碰到齐粤，和他聊天，感觉他还是很放不下你的。

她当然没和齐粤有过这样的聊天，但是没关系——这个方法奏效了。

在杨萱的怂恿下，Rose 紧接着也发了条朋友圈，是一张角度模糊、略显憔悴的自拍照：怎么又在圣诞节生病。后面跟着一个生气和一个无奈的表情。

“你觉得这样齐粤就会找我？”Rose 半信半疑。

“放心好了，错不了。”其实杨萱心里也不那么确定，但她还是斩钉截铁地说道。

“欸？什么情况……关柚、杨萱、Rose，三个人连着发朋友圈啊！”这种大事件的出现，怎么能少了康俊文和谢诚。

“嘿，谁知道，也真是够巧的。”谢诚昨天熬到凌晨和杨景涛打游戏，今天又在凌晨刚准备睡的时候接到了康俊文的微信语音电话。

“你说，关柚和齐粤在香港会有什么浪漫的奇遇呢？”康俊文一脸贼眉鼠眼地乐着。

“切，一天天八卦！”谢诚在电话另一边也是偷着笑，“不过我昨天和杨景涛打游戏，他倒是提到和关柚的关系缓和了不少。”

“天下大势分久必合啊！”康俊文摇头晃脑。

“又来了，”谢诚大笑，“但真的是这样啊，他们俩也僵着一年了，哪至于啊我觉得……之前大家都一起平安友好、说说笑笑的日子，多好！”

“嗯。”康俊文若有所思。

“你现在在哪啊？香港还是广州？”谢诚问。

“我在广州。”康俊文打开面前的电脑屏幕，御坂美琴的壁纸映入眼帘，“不过明天去香港，跟关柚和齐粤一起去迪斯尼，然后在我奶奶家住几天。”

“喔唷，”谢诚夸张地发出一声感叹，“可以可以，那祝你当电灯泡当得开心！”

“哈哈，行。”康俊文笑道。

“随时互通信息！”谢诚又补充。

康俊文却沉默片刻，说：“谢诚，有件事跟你说一下。”

“怎么？爱上我了？别吧！”谢诚依然嬉笑着。

康俊文看着电脑屏幕上密密麻麻的文件：××× 学校申请文书，××× 主文书，托福，成绩单……他深吸一口气，“我可能要转学。”

“转学？！”看来这才是突如其来的大事件。康俊文一开口，谢诚顿时睡意全无了。

关柚刚被齐粤送回酒店，打开微信，除了朋友圈的不少赞，她也看到了 Rose 和杨萱各自发的朋友圈以及互相给对方的评论。

Rose 在杨萱的照片下面评论了加油和爱心的表情，而杨萱给 Rose 评论的则是“怎么生病啦”加抱抱的表情。

两人的互动看得关柚一身鸡皮疙瘩，忽然有些莫名不爽。

不过也罢，看着酒店房间里隔着海港、对面中环的夜景还是那么亮、那么美好，她的心情又好了一大半。

“吱——吱——”床上的手机振动起来：

微信语音来电，林想。

关柚刚接起电话就听到林想夸张地喊：“哇，果然齐公子是富贵人家！”

“什么？”听得关柚一头雾水，“你怎么知道的？”

“你发的照片啊，你们俩的合影。”林想撇撇嘴。

“……所以？”关柚还是不明所以，“不就一张照片吗，能看出什么？”

“衣服啊，衣服！”林想听上去恨铁不成钢的语气，“你知道他穿的那一身衣服，从毛衣到外套，到裤子，到鞋——手表太暗了我没看清，但估计更价值不菲！”

听着林想认真的语气，关柚惊叹：“可以啊你，这样都能看出来？”

“别忘了我是学什么的呀，”林想得意地笑起来，毕竟自己的梦想是学时装设计，所以了解时尚圈和各种奢侈品牌，她还是在行的，“尤其他的毛衣和外套，都是 Armani 的经典款，就很有名的那种！不过不是今年新款，大概……两三年前的？”

“阿玛尼啊！”关柚也惊讶道，“那是……很贵吧？”现在重新回想齐粤的种种言行举止，串在一起，倒也不难解释了。

“我现在算是知道为什么 Rose 会动不动就有那些名牌了。”林想轻蔑地说着。

Rose 的家境虽然是衣食无忧的小康家庭，但加上出国留学的费用和单亲的缘故，也绝对不是说想买就能大手笔去买奢侈品的。

“但他们以前是男女朋友，齐粤送她礼物也说得过去吧。”关柚淡淡地说道。

“嗯，是。”林想点点头，“但我还是觉得主动向男朋友索要——还是不断索要，就挺……哎呀，挺不要脸的！”她也找不到其他的词，索性就说得严重了些。

“哈哈。”关柚笑起来，刚才看到 Rose 和杨萱互送虚情假意的朋友圈而引来的阴霾现在顿时烟消云散了。至少还有林想这样的人，会和她想法类似，都不满拜金、都不喜欢虚伪。不过提到虚伪……关柚又想起杨萱，便说，“不过至少有什么她都会直说，这一点，总比那些表里不一的人强。”

林想顿时就猜到关柚指的是谁，笑了笑，表示赞同，但谁都没点破。

来香港也三四天了，今天因为康俊文来了，关柚特意把撒手锏活动安排在今天。早上还是照例，齐粤接上了她，然后他们去码头接上了来会合的康俊文，直奔迪斯尼。

迪斯尼在另一个岛，不过开车过去也很快就到了。还真是如齐粤所说，香港是一个丁点大的地方。

“好好在市里待着多好，非要来这人山人海的地方！”康俊文满头大汗地抱怨关柚。

“欸？我特意因为你来香港才安排的迪斯尼，为了跟你一起来！”关柚气得大叫，“我想跟米奇老鼠合影呢！”

康俊文拿着地图当扇子，没想到香港今天比广州还热，艳阳高照的好天气，现在他已经脱得就剩一件短袖了。他一边扇着风一边说，“哎呀，米奇老鼠？我穿成米奇老鼠给你合影不就好了！”

“你去，你去啊！”关柚斜着眼看康俊文，挑衅道，“就会嘴上说得痛快！”

一旁的齐粤看两人斗嘴，始终没有插话，只是依旧笔直地站着，脸上还是和蔼的神色，带着淡淡的微笑。

“渴不渴？要不要喝水？”齐粤微笑着问关柚，掏出一瓶包里带来的矿泉水。

“Wow——”康俊文见状马上又阴阳怪气地叫起来，“Eric 好贴心哦！”

关柚笑着接过水后，齐粤又给了康俊文一瓶。的确，自己备好矿泉水就不用在人山人海的游乐园挤到小摊贩那里去排队；不仅如此，游乐园的水又贵、瓶子又小，而且买水的话还会耽误排队的时间。喝完水后，齐粤还给了两人纸巾，让关柚擦嘴、康俊文擦汗。如此想来，齐粤还真是细心。

但不得不承认，康俊文说得也有道理——天气好的迪斯尼就注定是人满为患，一天下来，队排了很久，项目没玩几个。

“已经比美国的迪斯尼好很多啦！那边的队伍更长。”齐粤笑着安慰关柚，“上次我们一大早去洛杉矶附近的迪斯尼，一天下来也就玩了五六个项目。今天我们玩了十几个，已经很好啦！”

关柚笑笑，点点头。有齐粤的陪伴，迪斯尼的队伍都不那么让她狂躁了。齐粤总是能用很温和、镇静的语气和笑容让她变得平和。

“欸，康俊文呢？”

一转头，康俊文忽然跳出来，“Ta-da！嘿嘿嘿！”举出两个卡通头饰，一个米奇、一个米妮，分别递给了齐粤和关柚，“怎么样！给你们买了礼物。”他笑嘻嘻地，追着让两人戴上。

齐粤愣了一下，但随即又恢复了淡淡的微笑；没有拒绝，但接过来后也没有戴上，“我就先拿在手里吧！”他不好意思地说道，恰好他的电话又响起来。

“喂，你干吗，什么意思啊……”趁着齐粤走到一边接电话的工夫，关柚立马向康俊文兴师问罪。

“什么什么意思啊？”康俊文笑着装傻，“情侣头饰啊，难道不是你心中所想？”说着还冲她挤眉弄眼。

关柚尴尬得不知道说什么好：“哎呀，你别乱点鸳鸯谱了，怎么就成了我心中所想了！而且你不是前段时间还在开丛邵东的玩笑，怎么你……墙头草啊，又随风乱倒了。”

“嘿嘿，不矛盾啊，”他眨着眼睛一肚子坏水，“今天齐粤，明天可以再丛邵东，不矛盾，不矛盾！”他念念有词。

眼看齐粤已经挂了电话向他们走来了，关柚赶紧快速和康俊文澄清：“我和齐粤……就是好朋友！像是知己吧，真不会有什么其他关系。”

康俊文意味深长地看着她，不过来不及说话，齐粤就回来了。

“我们走吧，司机到了。”他笑道，手里还拿着刚刚康俊文塞给他的米奇头饰。

“想不想看夜景？”齐粤在车上问两人。

“好啊！”关柚自然是兴奋地答应。

康俊文却推托，说自己就从中环下车然后搭船回家就行了。

“不一起来吗？”关柚不满地想说服他，“别这么扫兴嘛！”

康俊文却依然笑得贼光闪闪，意思是，你们自己去吧，我可不当电灯泡了！

在中环分开后，康俊文就去码头等船了；而齐粤则带关柚坐着中环扶梯上了山。

竟然有这种室外建在山上的露天扶梯作为交通工具？！关柚真是又一次大开眼界。扶梯就像魔毯一样，带着他们很快从地平面升了起来。中间转换了几次不同的扶梯，夹杂一些需要走楼梯的地方，沿途都是些和城市相差无几的街道，只不过更像居民区，没有什么太多的商业区、大商场，或是交通繁忙的路口了。

越往上走越僻静。她一回头，他们在后面拾级而上，而香港这座城市又在脚下了。

“上山啦，”齐粤回头叫了声正出神的关柚，“好风景在上面呢！”

她看到沿途的路牌：罗便臣道。

“这就是扶梯的终点了，现在带你去坐山顶缆车，”齐粤的声音听起来也很兴奋，“好久没坐这个小火车了，非常有意思。”

“有意思？”关柚上了车才知道，齐粤说的有意思到底是什么意思。

整个缆车，车厢很短，看似像火车，但车门和座位的设计又和铛铛车类似。

他们上车的这一站叫麦当劳站，沿途的轨道简直就是45度角倾斜，大部分景色被两旁茂密的树叶所遮挡，偶尔能看到下面的城市若隐若现。

原来香港除了人们通常印象中的繁华都市——尖沙咀和中环这样的地方，还有像西贡那样的渔村、像山上这样陡峭又充满自然趣味的都市中的世外桃源。

当站牌显示山顶缆车白加道站的时候，齐粤说了一句“这站下去走一点点就是我家”，之后很快，下一站相隔也很短，转眼间他们就到了山顶凌霄阁缆车站。

梦想中俯瞰视角下的香港全貌很快就尽收眼底了。

“原来真的是这个样子。”微风轻轻吹着关柚的长发，微微打着卷垂在胸前，有些许凌乱的发丝挡住了她的眼睛。真是一览众山小啊！有种终于历尽千辛万苦、期盼了很久的东西被收获的感觉，又有种柳暗花明、拨云见日的爽朗，“也不枉来一次香港了。”关柚看着眼前的城市、左手边缓缓下沉的夕阳和天边的霞光，微微眯起了眼睛，笑道。

“这么喜欢这里的景色吗？”齐粤难得地在凌霄阁环顾四周，景色是不错，不过……他对她说，“但我觉得这里的景色还不是最好的呢！”

“还有更好的？也是山顶的夜景？”关柚将信将疑地转过脸看着他。

齐粤微微点头，笑着问她：“嗯，要不要去？”

“好啊！”她不想放过任何一个好机会。

在起伏的山路中上上下下穿行大约十五分钟就到了齐粤所说的卢吉道观景台。其实景色相差无几，但可能因为角度更偏一点的缘故，这里的确更有隐晦含蓄又开阔的感觉。

对比从正前方俯瞰香港，也许侧面的角度就会不一样；看到的都是同样的东西，但感受又不同了。也许在生活中，对人、对事，很多时候也是这样。

“想什么呢？”关柚沉思了好一阵才意识到齐粤正在远一点的地方举着手机，步子踱来踱去，看起来正因为什么事情犹豫不决。

齐粤笑着摇摇头，放下手机：“怎么样？这里风景还不错吧？”

关柚笑笑：“你心事重重的样子，到底怎么了？”

他犹豫半晌，还是向关柚如实相告：“昨天 Rose 在你之后发了个朋友圈，好像是生病了。”

“……所以你在犹豫要不要问候？”关柚试探着问。

“嗯。”他轻轻点头，看着她，也不知道说什么，但千言万语好像都汇在了眼神里。

齐粤的眼睛会说话，他不用说，她也懂了。这么久以来，齐粤放不下 Rose，也许这说明了他是个重感情的人吧。

关柚笑着摇摇头，叹了口气：“想她就告诉她吧！”

齐粤不语，心中却若有所思。

“怎么？还是不能原谅她？”关柚转过头，神情认真地看着他。一年多前，阴差阳错地，关柚成了齐粤和 Rose 分手背后那戏剧性的一幕唯一的目击者。也许就是从那时候开始，她对齐粤多了几分心疼和同情。

也是从那次，齐粤通过和关柚的后续接触，逐渐开始对她越来越有所信任。

“不完全是我自己能决定的，”齐粤和关柚坐在后面的石台阶上，山下的灯火还是一如既往的美，“我家里不是很看好我们，都希望我和她还是不要来往。”

啊，原来是这样。关柚点点头，传说中的豪门恩怨？

“那你自己怎么想？”她问，“你……爱她吗？想以后一直在一起？”

齐粤愣了一下，随即回答：“其实我都没想过那么远，”他摇摇头，“只是我从小其实性格挺孤僻的，没什么朋友，在学校里总是很孤单。”他眼里闪烁着温柔而平静的神色，就和任何时候都相同，但眉宇间却是令人心疼的忧伤，“直到认识了 Rose，她开朗、爱笑、喜欢热闹、喜欢大声说话，和她在一起我很开心。”

听着他轻描淡写的陈述，关柚忽然觉得还挺感动的：“所以你就喜欢上她了？”

齐粤又摇头：“是她先……她先提出来的。”

“噢。”关柚笑，换了个更通俗的说法，“她追的你？”

齐粤腼腆地点点头：“嗯，她先开始找我聊天、约我出去玩的，后来慢慢地就在一起了。”

“嗯……”故事里的 Rose 听起来还真像个天使啊，关柚笑笑，“这毕竟……是你们的事情，你和 Rose 还有你家人，我也不便多说。但我觉得，你如果牵挂她，就告诉她吧。”

“你这么想？”齐粤期待的眼神已经说明了一切。

关柚无奈地笑笑。其实她怎么想的并不重要，重要的是他其实心中已经有了答案。如此，与其做一个多嘴的外人，何不推波助澜成人之美呢？

香港的天气除了常年气温偏高，还有一个特点——那就是雷雨多发。

刚刚还是万里晴空的落日，太阳落下去之后，一瞬间的工夫，晚霞的余晖忽然就被阴霾所取代了。一道闪电划过天空，紧接着就是震耳欲聋的雷声。

说话间，雨哗哗地就开始下起来了。

“快先找个亭子避雨！”齐粤拉着关柚往山下跑，等到略微空旷的地方才敢掏出手机，迅速给司机打了电话。

司机来得也是及时。齐粤挂了电话后，他五分钟左右就赶到了。

齐粤很绅士地帮关柚遮着雨，接过司机手中的伞，为她拉开车门，让她先上车。

“先去我家避避雨吧！”齐粤坐上车后一边掸着身上的水一边说，“我家很近。”

“欸？”这样毫无征兆地造访豪宅……是不是不太好？她表情错愕，有点试探着问道，“这样合适吗？”

“没问题啊。”齐粤的笑容依旧像定心丸一样让关柚安心。

她心里正忐忑不安地想着见到齐粤的家人会是什么样子，妈妈的电话就进来了。

“你在哪呢？回酒店了吗？”妈妈那边背景音嘈杂。既然这么问，显然是还在外面。

“没呢……”关柚不知道如何作答，“我在……我在去齐粤家的路上。”

“去齐粤——”妈妈压低声音问道，“你跑人家家里去干吗？下冰雹了，早点回酒店吧。我这边活动也快结束了，一会儿就回去。”

关柚正要张口，却又听到电话里传来一个洪亮的男声：“是不是去了我家？哈哈，欢迎欢迎！”竟然是齐粤的爸爸，看来是听到了她们的对话。他又开口道，“江总，不要担心啦，让女儿在我家住一晚好啦。”

“啊？齐总，不行不行，这样太不合适了！”妈妈在电话里推托着。

“这有什么不合适的！”齐董事长爽朗的笑声又传来，“十二月下雨实在难得，加上冰雹，断断续续。如果不嫌弃，就留宿一晚如何？”

“这……”妈妈的声音似乎还是有些为难——

关柚的心提到了嗓子眼。

齐粤的家没有想象中的奢华：简单的布置，米色的主打色调，装潢和摆设都很温馨。进门之后，客厅是木地板的，不是关柚想象中通常富人家会有的大理石；面积也不是特别大，虽然足够宽敞，但并不铺张。正前方的壁炉里面还生着火，和美国的House类似。屋顶的吊灯很别致，不是那种俗气的水晶灯，而是一个设计感很强的、牛皮纸材料做成的吊灯形状，但四周只是纸质的剪成的细碎的形状垂下来，罩住柔和的灯光。

换了鞋之后，关柚走进客厅，一眼就看到了右手边的大落地窗和推拉玻璃门，而隔着那扇门——那是隐隐约约山下中环的夜景！

“哇！”她赞叹一声，也顾不上端庄淑女形象了，直接三步并作两步走到门口。

齐粤在身后笑着，也跟了过来：“你这么喜欢山上的景色呀。”

“重点是香港的景色啊！”关柚激动地回过头看着他，眼睛亮晶晶的。

两人站在玻璃门前，外面的暴雨还在哗哗下个不停，雨滴越过阳台的顶棚，肆意地敲打着玻璃门，画出一串一串长长的水珠。雾气却已经渐渐散去了，山下的灯光在水雾中亮得模模糊糊的，像魔幻电影里面发着光的魔法石。

“白天天气好的时候可以在阳台上坐着，山下的风景会很清楚；天气暖和还可以泡温泉。”齐粤微微笑着，指了指外面的小水池。

“温泉？！”关柚再次惊愕地赞叹，瞪大了双眼。她一边暗暗骂自己这种没见识的表现，但另一边又不得不承认，今天的很多所见所闻……她的确是没见识过啊！真是开了眼界。看到如此多新奇的东西，她兴奋极了。

“嗯。”齐粤点点头，“但是现在太冷啦！明天如果天气好的话你可以泡温泉。”

关柚看着齐粤的眼神都在放光，有种极度跃跃欲试的大喜过望和冲动，却又不得不时时刻刻在脑子里还得保持理性。

“齐粤？”身后响起一个温和的中年女声，声音略微低沉、饱满。

关柚和齐粤同时转过身，只见那妇人微卷的长发盘在脑后又有几缕垂在额头前；身材不纤细也不臃肿，略微有些雍容华贵的中年富态之相。她的神色和齐粤是一模一样的温柔似水、平静谦和，面容带着淡淡的微笑。想必这就是齐粤的妈妈了。

“……阿姨好。”关柚连忙向她打招呼。

她看到关柚一点都没有惊讶，脸上的笑意反而又浓了几分：“齐粤的爸爸已经同我讲过了。你的房间准备好了，我带你上楼吧。”

关柚受宠若惊，连忙答：“好。”

二楼的景色似乎还要更好一些。虽然远处的中环还在雨雾中，并不清晰，但看楼下的花园、温泉池却有了种俯瞰的感觉，因此望远也更有一番一览众山小的体验。

床单和楼下的风格统一，也是米色的；房间里的灯光气氛柔和、安静，床头还摆了香熏蜡烛。

齐粤的妈妈注意到关柚在看蜡烛，笑了起来：“我平时很喜欢蜡烛，今天给你挑了Cranberry Mango的，很清新，不知道你喜不喜欢。”她眼睛弯弯的，神色很温柔，与其说是一个有钱人家的太太，不如说更像是一个平易近人的阿姨，“如果不喜欢，洗手间里还有点其他的flavor。”

“哦哦不用，”关柚客气道，“这个味道很好。”

齐粤的妈妈点点头，把准备好的睡衣放在了床上，还特意准备了备用的披肩和毛毯，说香港的冬天，室内容易冷。除此之外，她领着关柚在明亮宽敞的洗手间里给她介绍了几款浴盐，放在漂亮的乳白色椭圆形大浴缸旁边，说是可以泡澡用。

直到齐粤的妈妈离开房间，关柚还沉浸在这一切像梦一样的美好中。

洗完澡下楼的时候，齐粤正坐在沙发上看着窗外的夜景发呆；家里的一台老式唱片机里却放着音乐。歌声舒缓、细腻，是一个很温柔的男声，一听就是香港的老歌吧，那种或甜腻或悲哀的港式情歌，没有沧桑、没有用力过猛，是一种像梦境一样丝滑的声音；伴奏的旋律很悠扬，节奏感并不是很强。

“洗完澡了？都还习惯吧？”齐粤看到她走下来，抬起头问道。

“嗯。”关柚点点头，“都很好，谢谢。”

齐粤的笑容像傍晚维港的海面一样温柔、平静，美丽又深邃。

一曲播放完毕，随之响起来的歌是吉他伴奏的，旋律听着很熟悉。

看到关柚似乎被歌声吸引，齐粤解释道：“这是张国荣的《千千阙歌》，也是我最喜欢的歌之一。”他轻声哼唱着，“来日纵使千千阙歌，飘于远方我路上；来日纵使千千晚星，亮过今晚月亮；都比不起这宵美丽，亦绝不可使我更欣赏，Ah……因你今晚共我唱。”

“张国荣？”关柚必定听过这个名字，但她对老一辈的港星了解很有限。

“对，张国荣……就是从我们前两天经过的文华东方酒店的顶层……跳楼自杀的。”齐粤神色暗淡下去。

“噢。”关柚恍然大悟，原来是已经故去的人。她走到唱片机旁边，上面放着的专辑封面上就有张国荣的脸。这张脸……她猛地回过头看齐粤，那清澈的眼睛、眉宇间的忧伤、柔和的轮廓、安静又温和的神态……这不是齐粤吗！简直神似极了。

“怎么了？”齐粤被她盯得不好意思起来。

“我觉得你和张国荣很像欸……”她犹豫道，也不知道说对方和一个故去的名人相似是夸奖还是忌讳。

“啊？真的吗？”齐粤惊讶道，随即大笑，露出了几颗牙齿，却又摇摇头，“这种经典，故去了，也没有人能比了。”

关柚点点头：“也许吧。”她从来不追星，很多时候也不理解为什么大家会对所谓偶像有种情怀。

齐粤好像看出她的想法一般，笑道：“偶像追星我不了解，但对我来说吧，我觉得很多时候，名人不光代表他们自己。有一定影响力之后，他们更是代表着一个时代，代表了一代人的回忆吧。”

“嗯，”关柚若有所思地努起嘴，“你这么说倒也还真是有道理，”她点点头，又调皮地说，“哈哈，说不定哪天我就也成名人了呢。”

齐粤竟然很认真地配合着点头：“有可能啊。”

“欸？”关柚不可置信地看着他笑起来。

看着关柚笑得弯弯的眼睛，眼神里永远有一股热情、冲劲，又有种坚定和不服输的勇气和倔强。他突然眼睛一亮，想起了什么，“记得我之前说过在练的那首歌吗？”

“嗯？记得……”好像记得吧？但他练的歌有很多啊。

“就是我说过很适合你的那首歌。”齐粤提醒她，说着就关掉了唱片机，走到钢琴边，修长的手指开始在钢琴的黑白键间穿梭起来。

一串不算特别朗朗上口但却也是优雅豁达的旋律响了起来。

他边弹边唱着，声音婉转、饱满，不明亮也不沙哑，就在中音的声线上透着一种高透明、清澈的厚度。他时不时抬头望向关柚，好像在表达着他想说的话。可惜她听不懂这里面的粤语歌词。

歌曲是恬淡的、温和的，但又是温柔中透着力度的，似乎有种广阔的田野、山间的小路、清泉和溪流的画面既视感，清新脱俗，不落窠臼。

“从何时你也学会不要离群 从何时发觉没有同伴不行

从何时惋惜蝴蝶困于那桃源 飞多远有谁会对他操心

曾迷途才怕追不上满街赶路人 无人理睬如何求生

顽童大了没那么笨 可以聚脚于康庄旅途然后同沐浴温泉

为何在雨伞外独行”

一曲弹完，齐粤的最后几个音符在他指尖淡去，两人都沉思在慢慢静下来的空气中，谁都没有马上说话。

“你觉得这首歌讲什么的？”终于，齐粤先开口了。

“像是田野的感觉。”关柚思索着回答。

齐粤点点头：“是有田野的豁达和洒脱。可能歌曲的本意讲的就是人生的浅尝辄止、举重若轻，但我觉得适合你是因为，在所有石头都被河水冲刷、磨平之前，总有那么几块是特别有棱角的，就像是最有个性的人。也许这种特立独行是可贵的，但又也许所有人都逃不过最终会被磨平的命运。”

关柚怔住，随即很认同地点点头，无奈地笑笑：“我觉得我就是被磨平了啊。”这一年多，她学会的最重要的一件事就是锋芒毕露未必是好事。有时候就是要低调、要平和，甚至随波逐流地隐藏在人群里，才不会因为太突兀而惹麻烦。

“那你……是难过还是庆幸？”他合上琴盖，站起来问道。

她笑了笑：“一半欢喜一半忧愁？哈哈，觉得有些可惜，但也是一种成长吧。”

“其实没什么可惜的。”齐粤笑望着她，“如果蜕变之后可以变得成熟却同时保持个性，把我行我素融入更加大众化、通俗易懂的、被接受的范围，那才是真的洒脱了。”他始终更相信个性和被认同可以兼具，就像成熟和童真也不一定就是对立面一样。

关柚叹了口气，真的有这么完美的平衡？“也许吧，但现在我还差得远呢。”

齐粤笑笑，在上楼之前告诉她：“这首歌是陈奕迅的《任我行》。”

上海。

Rose和朋友逛街回来之后又等了很久，妈妈才“嘭”的一声推开家门。

“哎呀，你怎么又回来这么晚的啦！”Rose一脸不耐烦地抱怨。她站起身来，走向门口，却闻到浓浓的酒味，“怎么又喝酒了呀！”

她摇摇头。平时在学校，她也知道，大家对她的印象肯定都是浓妆、浓郁的香水味道、喜欢奢侈品、喜欢打扮、说话做事咋咋呼呼——但看着眼前棕色眼影、大红色嘴唇、一头卷发又香水味扑鼻的妈妈，自己可真是小巫见大巫。

把妈妈扶进屋里，Rose 无奈地走向厨房："我帮你把饭菜热一下。"

"欸，不用了！"妈妈拉住她，撑着额头，露出倦意，酒却是看起来已经醒了一半。

"那我帮你倒杯茶。"Rose 挣开妈妈的手，还是向厨房走去。

"丽丽呀，"妈妈叫着 Rose 的小名，看着女儿在厨房忙碌的身影，鼻子一酸，"你以后可一定要嫁个好人家啊。长得这么漂亮，别像我似的，半辈子就这么漂着了。"

Rose 把茶放到妈妈面前，嗤笑："还说呢，两个月前还嚷嚷着要再婚，怎么就又黄了？还不是你自己天天折腾，喝酒呀、烫发呀、打牌呀，哪个男人受得了你！"

"说什么呢你！怎么能这么说妈妈？"一听 Rose 的讽刺，妈妈刚刚还满是疼爱的神色瞬间就烟消云散了，取而代之的是暴跳如雷的尖锐刺耳嗓音，"还说我呀，你看看你自己，齐粤呢？也跑了吧！切。"

这一句话算是戳到 Rose 的痛处了。她不可思议地瞪着妈妈，愣了半晌，转身回了自己的房间。

"还瞪！瞪什么眼呀你瞪眼！"妈妈的声音还在后面像一只无形的大手紧紧尾随。

Rose 干脆捂住了耳朵，就一头钻进了被子。她有些难过，不光是因为想起和齐粤的过往，同时也在反思自己——其实她并不想变成妈妈的样子，但这一路走来，她难道已经成了她的影子？

她打开手机，不得不说，杨萱的办法还真灵。前天那条生病的朋友圈过后，齐粤果然发来了消息问候。想到关柚，Rose 不禁得意起来，但同时又有种孤芳自赏的无力——一年多过去了，她们到底在争什么呢？

但她不能认输。

这一次杨萱的主意奏效之后，Rose 开始觉得她不容小觑了。与其两人继续争锋、互相看不惯——虽然心里这还是在所难免，但不如强强联手，结盟好了。

于是她发消息给杨萱：你的方法管用了，齐粤发消息问候我了。

香港的雨和冰雹似乎还在时断时续地下，大概是到后半夜才淅沥沥地变小了。

第二天早上起来，天空终于放晴，而窗外的景色也终于明朗起来。

下楼的时候，关柚看到齐粤的背影，在阳台上似乎手上比画着什么，嘴里也念念有词。

她走过去，推开门——山下的标志性建筑物一览无余。IFC 在左边像立起来的宝塔，而中银大厦在右边上面是交叉的一个个十字；蓝天碧海相衬，城市的轮廓勾勒出高矮不一、形状各异的高楼，真是再清晰不过了。而隔着海峡，对面就是九龙那边的楼宇，还有更远处群山的连绵起伏，隐约可见。

“干吗呢？”她迈进阳台的门，看到今天穿了一件浅蓝色衬衫搭配一件深浅不一的蓝色和褐色相间的毛背心。

“起来啦？早。”他的笑容和早晨的阳光完美融合在一起，“我在……哈哈，看剧本。”

“剧本？”她一头雾水。

“嗯，寒假之后音乐剧不是要试镜了嘛……”齐粤摸了摸后脑勺，不好意思地笑笑。

“你想好了去试镜？”关柚惊喜地问他。

“还没想好。”齐粤马上抢着说，生怕她误会了，高兴过早。

她撇撇嘴：“还记得去年我劝你去 Coffee House 演出的时候吗？跟那时候一样！你怎么又犹豫起来啦？”

齐粤嘿嘿一笑：“我先看看剧本，要是练得还可以，就去。”

“别拿这个当借口啊，”关柚不满地夺过剧本，“你不是一直都特别喜欢表演吗？”

“……是啊，”齐粤犹豫着说，“但毕竟要上这么大的舞台——”

“可你都要毕业了啊……还是那句话，不成功演一次主角，你不觉得遗憾？”关柚打断他，逼问道。

齐粤在九年级的时候没勇气去试镜，十年级的时候去试过一次镜但只拿到了一个配角，因此而有些受挫，去年就并没有再去参演，而现在转眼到了最后一年。

听着她的问题，齐粤坐到带有软靠垫的藤椅上，只是默默眺望着山下的风景。

关柚则认真地看起了手中的剧本——《Fiddler on the Roof》，讲的是一个犹太家庭在历史时代的变革中，男主人公不得不接受很多在传统意义上让他难以接受的东西，比如村庄里引进的先进技术、工业化改革，又如几个女儿一一开始追求自由恋爱，爱上的男人还一个比一个有违传统意义上的门当户对、宗教信仰、边界国籍，等等。她恰好以前在文学课读过一篇类似的作品，而这部舞台剧被当作文献提到过。齐粤要试镜的角色就是这里的男主角，Tevye。

“我帮你练！”看齐粤还是犹豫不决，关柚干脆举起剧本读了起来：“As the good book says‘Each shall seek his own kind’. In other words, a bird may love a fish but where would they build a home together?”

齐粤饶有趣味地看了看她，眼角的微笑洋溢起来，却没接话。

关柚有点尴尬，却鼓起勇气，盯着剧本，挑了几句，继续念下去。这一句台词是男主人公对妻子在喊话，于是她语气变得粗犷起来，假装对着齐粤喊道：“Quiet, woman, before I get angry, because when I get angry even flies don't dare to fly!”然后马上又换作柔和、不耐烦却又包容着丈夫的老妇人的样子，说道：“Oh, you're finally here. Come, let's go home now.”

表演完这一小段，她又抬头看齐粤——还不说话？

“I want to see Motel's new machine.”他终于开口了，这是男主人公对于村子里引进的新技术，又好奇又不服的那股老派犹太人的傲慢劲儿。

“You can see it some other time. Let's go home now.”关柚换作温柔、宠溺的声音，读着妻子的台词。

“Quiet, woman, before I get angry! Because when I get angry, even flies don't dare to fly!”这回这句愤怒的台词是经齐粤的口而说出来的了。他边说边情绪充沛地站了起来，加上了一点手势，看起来活脱脱一个愤怒、倔强、不服气的老头儿正在耍着脾气。

关柚笑起来，但头马上埋回剧本里，那是妻子讽刺挖苦的语气：“I'm very frightened of you. After we finish supper, I'll faint.”

男主人见妻子藐视自己一家之主的权威而气愤却无奈地吼叫道：“Golde, I am the head of the house! I am the head of the family! And I want to see Motel's new machine NOW!”

妻子没有回答。

老头看着沉默的妻子——齐粤露出一副无奈的神情四处望了望，叹了口气，力不从心地感叹道：“Now, let's go home.”

齐粤的话音落下，关柚的嘴角渐渐上扬。她的掌声响起：“这不是很好！”

他笑了，擦了擦额角的汗：“是吗？”他笑着坐回到椅子上，“光是这一小段，我都已经很紧张了。”

“但你表演得很好啊！”关柚认真地说道。

“你配合得也很好！”齐粤赞叹，“或者说，引领。”

关柚摇摇头：“没那么夸张，”转而又对他说，“你这个水平，不去试镜真的太可惜了。到时候我陪你一起去吧！无论是独白还是和别人对戏，你就想象成今天的香港，你在自己家阳台和我对话这样简单。”

她的眼中又闪烁起那种充满着向往的坚定了——就是这种眼神，齐粤只要和她对视，就好像已经被感染，坚定了自己心中的信念。

从邵东在北京的家里整理着房间里的旧书——托福、SAT，那些陪伴了他无数个日日夜夜又枯燥又乏味的东西，现在也终于是时候说再见了。除了家里的这一堆，学校里也剩下不少复习资料；这些东西直接扔掉嘛，又可惜，不如留给后面的学弟学妹吧。想了想，学校里比自己小一两届的、和自己有一定交情、又能让这些发挥它们的作用的，也只有关柚和康俊文了。

他分别发了消息给两人：托福和SAT的复习资料，要不要？

还是一如既往的，一个多余的字都没有。

半个小时过去，房间里的东西快收拾得差不多了，不光是书本，还有一些他带回来的冬天的厚衣服——这样毕业的时候能少些行李。

关柚还没回复，但康俊文回了：暂时不用啦，多谢。

后面还有一条：我明年要转学了。

转学？这么突然？

“你怎么突然决定转学了？”从邵东问他。

“其实已经考虑很久了，”康俊文还是嬉皮笑脸、轻描淡写的语气，“就一直觉得我们学校体育方面游刃有余，学术方面还是重视不够吧。”

这个康俊文！从邵东不禁勾起嘴角，平时看着总是那么喜庆，感觉没心没肺的，其实猴精。“嗯，这倒是。”不得不承认，康俊文说得还是有道理的，“那你已经申请完了？”

“快了。”康俊文难得地语气里透着认真，“截止日期都在新年前后，就这几天了。”

“好吧。”从邵东从来都用词匮乏，也不知道还能再说什么更多的话——鼓励好像显得多余，挽留好像没有意义，告别的话又为时过早。

“你给关柚呗！”是啊，康俊文怎么能放过任何一个开他玩笑的机会呢。

“……我给了。”从邵东忽然又舌头打结，“不是，我是说……我给她发信息了。但她还没回。”

“噢，对哦。”康俊文做出恍然大悟的语气，“她估计是顾不上回你吧。”

“什么意思？”从邵东皱起眉头。

“她这两天和齐粤在香港玩呢，”康俊文阴阳怪气地乐，“你是不知道啊，他们在那，景色优美、风景如画、神雕侠侣、双宿双飞……”

“康俊文，你学没学过语文，会不会用成语……”从邵东打断他这一大串的成语罗列。说的都是些什么啊。

“嗯？我觉得我形容得挺贴切的啊！”康俊文还是自顾自颠儿颠儿地乐着。

从邵东心里不安起来，关柚怎么忽然去香港找了齐粤？他平时很少看微信朋友圈，但这会儿打开她的相册一看——果真是在香港一起出行的照片！

“Joey？”见从邵东不说话，康俊文又叫了一声，“喂？”

从邵东却忽然没了心情，一下子就一句话都不想说。

“欸，奇怪……”康俊文却还在电话那端自言自语，“喂喂喂？”他加大了说话音量，吵得从邵东瞬间就把手机从耳边拿开，干脆打算挂掉。

“这电话怎么信号——”

没等康俊文自言自语完，从邵东就果断地直接挂了电话。

“怎么搞的？！”康俊文看着手机显示的“通话已中断”，一脸莫名其妙。

“走吧。”齐粤看了看手表，起身，“我们到附近散散步，晚一点还要去合伙人聚会，你记得吧？”

“哦对哦，是今晚。”关柚走进屋的时候瞥到齐粤家客厅里的日历，今天是2015年12月23日，星期三。妈妈说晚上是剧组庆祝圣诞和新年的聚会，几位重要的合伙人都会到场，其中齐粤的爸爸和哥哥也都会出席。

“我去下洗手间，你先在客厅坐一下吧。”齐粤说道。

“好。”关柚答着，看着这个屋子南北通透的日光，梦想着如果自己有一天也能住这么漂亮、宽敞的房子就好了！

忽然，她注意到餐桌旁边的一个小茶几，上面摆了些积木和玩具汽车，看起来不像是齐粤的东西。那更不可能是他哥哥或他爸爸的吧？关柚好奇地低下头，拿起其中一辆车在手中把玩。这辆红色的小车模型是一辆跑车，做工精致，说不定又是什么名贵的东西；上面的漆很新，却有不少刮痕，看起来像人为的，好奇怪。她轻轻地把模型又放回原处。

“啊！”一转身，身边却是一张脸正面无表情地盯着她，吓得关柚尖叫一声，结结巴巴地问着，“你、你是谁啊！”

那小男孩却根本不理她，眼神空洞，略带不屑，绕过关柚，径直拿起了一辆蓝色的小跑车模型——看来这些积木和模型都是他的了。

“……你是齐闵？”关柚知道齐粤还有个比他小十岁的弟弟，便猜测道。

小男孩原本在飞快不停地转着汽车轮子的手顿了顿，抬头警惕地看了关柚一眼，还是没说话。

“好沉默啊。”关柚笑笑，撇撇嘴，坐到椅子上托着腮，看小男孩开始搭起了积木。

还挺聪明的嘛，她心里感叹，看着他把积木的底盘堆成了三角形，然后稳稳地一层一层往上搭，直到快到塔尖的时候，他手停住，开始犹豫起来。

“那块蓝色的吧！”关柚看着他手里一块相对大的绿色长方形积木，怀疑这样的体积在这么高的塔尖重量会承受不住，便指了指另外一块蓝色弧形积木。

小男孩眼珠滴溜溜地转了转，没看她，却在思考片刻之后听从了她的建议，放上了蓝色的弧形积木——结构纹丝未动——两人都松了口气。

令关柚没想到的是，小男孩突然转过身来了，静悄悄地朝她走来，将手中的绿色扁形积木塞到她手里。

“嗯？你让我帮你搭？”关柚惊讶道。

齐闵盯着她没有说话，也没点头，只是转身又走回到积木旁边，抬头望着她。

“欸，”关柚不知所措地举着积木，缓缓走过去，看看齐闵，“那我可放上去了？但这个塔已经太高了呀……放上去会倒的吧……”她端详着积木，自言自语道。

齐闵还是不说话，就静静地看着她——

“哐当！”

关柚把绿色积木放上去的那一刻，整个宝塔轰然倒塌了。

“啊！”关柚失望地叫了一声，正担心齐闵会怪自己，却看到他竟然绽放出了一个难得的笑容，乐得正欢，还轻轻地发出了“咯咯”的笑声。

齐粤的妈妈发现小儿子下楼了，正急急忙忙下楼来寻他，却在楼梯上看到两人在一起玩耍的画面。她不禁惊讶地睁大了眼睛。

远处传来隐约的抽水马桶的声音，齐闵听到动静，突然惊恐地捂住了耳朵，做出一副很痛苦又厌恶的表情。

“你怎么了？”关柚看他的反应，连忙问他，却又不敢和他太亲近。

“齐闵！”走过来的齐粤看到弟弟，赶紧走上前，既是担心弟弟，同时也担心关柚，“在搭积木呢？要不要上楼去？”他走上前，轻声问齐闵，随后又转头向关柚解释，“这是我弟弟齐闵。你别见怪，他小时候有自闭症，从不和人讲话的。这些年经过治疗，已经好多了，只不过还是很内向。”

啊，原来是这样！关柚恍然大悟，同时庆幸自己没在齐闵身上闯什么祸。但看着齐闵此时又提起精神的水灵灵的大眼睛，她笑着给齐粤讲：“刚才我们一起搭积木，他笑得可开心了呢！”

齐粤的妈妈走下楼来，看到关柚嘴角淡淡上扬的样子，赞同地点点头，对齐粤道：“是咯，好难得哦，他和关柚很有缘！”她看着关柚，慈祥地笑着，对她增添了几分好感。

“真的？”齐粤不可思议地看看母亲，又看看关柚和齐闵，“那真是太罕见了！”

齐母点点头：“嗯，他将积木给关柚的时候都是亲自塞到她手里的。”

“哇。”齐粤惊喜地睁大眼睛，向关柚解释道，“他很少会愿意和人有接触的。”

关柚显然也很受宠若惊，这真是没想到的小插曲。她又和齐闵笑着说了几句话，然后和齐母道谢、道别，两人便出了门。

这一带是传统、典型的富人区，幽静又安宁，真是完美的现代化设施和自然景观的结合。齐粤带关柚转了转山顶的这几条街：白加道、种植道、施勋道、普乐道，还去了齐粤以前的小学，山顶小学。转了一大圈，司机来接上他们，送关柚回了尖沙咀。

傍晚时分，关柚梳妆完毕，和妈妈、助理一同上了齐粤家的车，由司机送她们前往位于铜锣湾的跑马地。

这是关柚第一次来看赛马。她们到的时候现场氛围已经很热烈了，横幅、广告、DJ、主持人，还有欢腾的群众和五花八门的场边小吃店，有点类似北京的工人体育馆和工人体育场。上了楼之后瞬间安静了许多，走进包厢，这里更像是普通的餐厅，除了隔着大玻璃窗能看到外面的灯光和沸腾的人群。

齐粤见关柚走进来，从沙发上站起身来走向她们，和江宁问好；而和齐粤一同走过来的男人，无疑——终于见到传说中的齐董事长了。

“呵呵，关柚是吧？”他两鬓斑白，身材高大，没有想象中的威严，更多的是一种慈父的感觉，尤其是脸上这样笑呵呵的表情。他声音洪亮，谈吐很亲切，交谈中似乎非常平易近人。他的五官是比较硬朗的，并不精致，看来齐粤的长相还是遗传妈妈较多一些。

“叔叔好！”关柚连忙点头问好。

齐栋之笑起来，和关柚很客气地握了握手。

“先是1600。今天的场地……昨天下过雨，看来不是好地，”窗边一个高大挺拔的身影正和身边人谈论着什么。

“齐公子今天预备下多少注？”

“你有经验，我们就也跟着凑凑热闹啊！”

那个年轻人身边的两个中年男人似乎把他围绕在中间。

“哥。”正在想着，齐粤带着关柚朝那人就走了过去。

齐晋抬起头，看到弟弟和他身边的女生：齐粤今晚穿了深灰色衬衫、浅灰色西装外套、宝蓝色领带，戴着银灰色腕表，而女生是深蓝色厚尼龙丝质吊带裙、白色宽松毛衣外套、银色的高跟鞋。

“还蛮登对哦。”齐晋转过身来，灿烂地大笑着，一手插在裤子口袋里，看着齐粤身边的女生：略显腼腆，一张娃娃脸和她此时过于成熟的打扮并不十分贴合。反倒是自己一贯温和内敛的弟弟齐粤，今天显得倒是格外活跃，主动上前来和众人打招呼。

在场的除了齐粤家父子三人、齐栋之的秘书、关柚母女，还有另外两个投资人、一个制片人、一个导演、一个副导演。

“你好呀。”齐晋看着关柚，一脸亦正亦邪地笑着，可以说是很友好的，但又透着点高高在上的距离感。和齐粤的俊美相比，齐晋没有那么精致的五官，却透着十足的阳刚之气，可以说是俊朗。“你叫什么名字？”他微微一笑，问关柚。

“我叫关柚，你好。”关柚伸出手来和他相握，在美国一年多的时间，现在她对握手的礼仪逐渐开始习惯。她打量着眼前的人，头发偏长，花衬衫、黑色西装外套，又想到刚刚身边人对他的吹捧——别是那种玩世不恭的富二代加花花公子吧？关柚对他只是微微颔首，礼貌性地笑笑，并没太多好感。

晚饭吃到一半，桌上的大人们酒过三巡，楼下的气氛也开始上升到了沸点——赛马开始了。

齐晋忽然激动地走到窗边，盯着楼下的一匹匹骏马奔腾的样子，看上去很紧张。

“谁赢啦？”一个内地投资人笑嘻嘻地问道。

“是不是还在试闸？”香港导演接话，用词似乎稍微专业了一点点。

齐晋目不转睛地看着楼下，根本没有理会这些人的客套话，皱着眉头的样子又忽然多了一种冷冽。

还是齐栋之接过话茬，和桌上的诸位又攀谈起来。

“我哥一直对赛马很感兴趣。我们初中的时候，每周三他都要拉着我过来；那时候我爸对这个也挺上心，家里还买了匹马。”齐粤凑过身，和关柚轻声解释道。

“还能买马？”

“嗯，可以的。不过后来我哥和我都出国，我爸也没那么多时间关注这个了。”

谈话间，一轮赛马结束，齐晋终于面带喜色地转过身。

“怎样？”齐栋之问。

“还不错，金喜今天状态不错，从 13 档起跑追到第二，果然还是 1650 的跑道适合它！”听齐晋讲得头头是道，关柚没想到，看来这个富家子弟也并非盲目挥霍。

“下了多少？”齐栋之还是叮嘱道，“太久没来了，小玩一把就适可而止吧。”

齐晋点点头：“不多。”

桌上的人又开始陆续称赞齐栋之的儿子见多识广、博学多才了。

不就赌博吗。关柚心里不屑，就静静地看着桌上某些人阿谀奉承的样子。

“怎样？要不要下去露台看看？”齐晋忽然走过来问齐粤和关柚。

齐粤看向关柚等着她决定，而关柚当即点点头：“好啊，走！”说着便站起身。

露台的气氛和上面可真是大不相同了——明明是热闹得声震两座山的欢腾海洋，坐在餐厅的包间里，就像是把万花筒缠了保鲜膜，又关进保险箱，里三层、外三层。关柚庆幸自己来了露台。

“下面的氛围不同吧，”齐晋显然深有同感，满意道，“小时候来也都是在下面的观众席，有时候还偷偷买啤酒和爆米花。这才是真正的赛马场，happy valley！”

“欢乐谷？”关柚疑惑。

“噢，那是跑马地的英文。”齐粤解释道。

“欸，你看，”齐晋拉过齐粤，指着场边一匹栗色的马，“嘉禾要试闸了。”

“今天谁骑？”齐粤凑过去问道。

齐晋说出一个名字。

“那肯定前三名吧。”齐粤笃定地说着。

“不行，”齐晋摇摇头，“嘉禾是匹良驹，但就算再配上顶级的骑师，光有人和，缺了天时地利，也是不行的。”

“是吗？”齐粤转头看了齐晋一眼，“嘉禾是后上马，现在在跑 2000，档位又靠内，不是刚好合适？”

“但你别忘了，之前嘉禾名次好的几次都是在沙田的泥地；昨天下过冰雹，今天的地恐怕是硬地——它不一定行。”齐晋盯着场下，若有所思，“而且沙田地形不同，更平缓，这里弯道更急。”

齐粤点点头："嗯，也有道理。但它刚升过班，减了磅，也许还是有优势的。"

关柚听着兄弟二人的对话，一头雾水；对赛马一无所知的她，根本不知从何问起，只觉得这些马的名字怎么听起来都像宫斗戏里面的太监名。

"开赛了！"齐晋低声叫道，"看，我就说，后上马在内档未必是好事，还是应该后来居上。"

"第二个弯道——直道了——不行……被逼到太边上了——哎呀，没超过！"就连齐粤的声音也不同寻常地提高了，听着十分激动。

第二场赛马结束了，音乐又响起来，气氛又恢复到了音乐节、演唱会这样的娱乐氛围，而不是紧张的赛事了。

"赛马的学问大着呢！"齐晋终于转过头，开始给关柚讲解道，"有些人来纯粹图个气氛、娱乐，也有些人来看赛马是好赌马。从这匹马近期的排名、班次数据，骑手、练马师，到赛事类别、赛道、天气，每一场赛马里面的变量因素都多得很。"

看着齐晋冷静锐利的目光又扬扬得意的语气，把一个赛马的娱乐项目分析得有棱有角，关柚不禁有点佩服起来；但同时，她也想到一个人——丛邵东。别说，这两人举手投足间，还真有些相似。

"我哥以前对这个研究可多了，"齐粤笑道，"真认真起来，那是要列个表分析各项因素的。"

"哈哈，都是从前的事了。"齐晋也回忆起了初中的时光，那段对赛马痴迷的时光。

"那你今天下注了吗？"关柚问。

齐晋摇头："还没，太久没关注了，先看几场，到后面再小押一把。"

"一不小心又六宝彩？"齐粤打趣。

"六宝彩？"关柚不断地听到新名词。

"噢，就是连续六场猜中第一名。"齐粤解释道。

"这么厉害？"关柚将信将疑。

"是真的啦，以前来得多，他真有过六宝彩呢，也很难得啦！"看样子齐粤对哥哥很是尊敬和崇拜。

场边又一批新的马上来了，齐粤笑呵呵地问关柚："你看好哪一匹？"

那些马远看都差不多，都是高头大马、十分健壮，颜色略有差别，但关柚对此是一无所知。

她看到一匹漂亮的黑马，在马群中看着很突出，便伸手一指："那个吧。"

齐晋和齐粤相视一笑："哟，她看中了 Kiki！"

"这可是匹有个性的马，"齐粤笑着点评道，"它跑得好不好很大程度上取决于它的心情。"

"心情？"关柚大笑。

"是啊，"齐晋点头，"你看它今天，在沙地上起两次飞脚了，状态明显不佳。"

齐粤也点头附和道："而且好像最近胖了十磅？"

关柚的手机忽然振动起来，她一看——竟然是丛邵东。他怎么会忽然打电话来？

他怎么会给她打电话？瞥到关柚来电显示的齐晋神色诧异地看了关柚一眼。

"十磅？"她也不知道这是个什么概念，于是笑笑，一边接起电话一边结束着和齐晋的最后两句对话，"但我看它身材还是很好啊，肩膀健硕、线条完美，还有腹肌！哈哈！"

齐晋笑笑，望着走到一边接电话的关柚却是若有所思。

"喂？"关柚接起电话，一副笑嘻嘻的调侃语气，"今天刮的什么风？你怎么突然想起给我打电话了？"

丛邵东沉默半晌，此时正在家里的阳台上看着北京的夕阳，语气有些不悦："谁啊？谁身材很好？还有腹肌？"好不容易给她打个电话，怎么刚接通就听她倒在谈论别人的身材！

"啊？"关柚被突如其来的质问问得一愣。

他快步走到洗手间，掀起自己的衣服自言自语道，"切，腹肌……我也有的好吧！"

关柚愣住，随之爆笑："哈哈哈哈，丛邵东！"

他放下衣服，被她的笑声搞得心里发毛："怎、怎么？"

"你跟马比身材啊？！我在说马啊！"关柚笑得眼泪都出来了，"我在跑马地看赛马呢，我刚才在说一匹马！"

这回轮到丛邵东愣住了——他脸唰的一下通红——幸好她看不见。他在心里暗暗感叹。他清了清嗓子："看来你这几天，玩得很开心啊？"

"是啊，是挺开心的！"关柚的语气轻松愉快。

丛邵东又沉默了，心里盘算着该说点什么好。他忽然后悔打这个电话——怎么明明都没想好要说什么就冲动之下拨了号码呢！

走回齐粤身边的时候，他们正准备去下注。

齐晋看看关柚，欲言又止的样子，尽管什么都没说，他的反常神态却恰恰提醒了关柚，让她想起了之前听说的他和丛邵东之间的恩怨。

关柚犹豫片刻，小声问齐晋："你和丛邵东……到底有什么恩怨？"

齐晋没想到她问得如此直接，看了看她，思索着不知从何说起。

排队的窗口却正好轮到他们了。窗口里的人问道："有什么可以帮到你？"

"这个，对……嗯？不用。"齐粤递进去钱和一张单子，对窗口里的人用粤语说着些什么。等买完彩票他才转过头，看着她笑道，"你猜我今天能不能中三宝？"

关柚还没反应过来他的脑回路，但想到刚才提到的"六宝彩"是六次都猜中第一名，那"三宝"大概是类似的意思，便问："三次猜中第一名？"

齐晋似笑非笑地点点头。

"也许吧。"关柚耸耸肩，回赠了他一个迷离的微笑，重新走回到齐粤身边。

竟然没追问？齐晋勾一勾嘴角。

回到露台，天空已经是深蓝墨色的宇宙，云朵如丝，拉出片片花纹在天空散落着。场下的灯光是橙黄色，和绿色的草地、红色的跑道交相呼应着，又对应天空的安宁，一动一静。人群还是照样吵吵嚷嚷，仿佛酒意上来后更欢脱了。

"等下去喝一杯吧。"齐晋趴在玻璃围栏上，侧头看着她，微微一笑，眯起了眼睛。

又是这么跳脱的逻辑？她抬了抬眉毛。

他的语气终于沉静下来，眼神也认真了一点，定神道："到酒吧告诉你你想知道的。"

开阔的酒吧露台上，灯光昏暗迷离，周围是一览无余的中环夜景，还有背景中淡然优雅的爵士乐——一切又如梦幻般恰到好处了。赞叹着眼前的美景，关柚却都习惯了不断在给她惊喜的香港，已经见怪不怪了。

身边是齐粤，对面是齐晋。

她看着对面的人，开口道："说吧。"

齐晋撇撇嘴，看着齐粤又大笑起来："好心急哦，酒都还没上来！"

关柚笑笑，刚要说"那也不急"，齐晋却开始讲故事了——原来刚才只是个玩笑。

"我和他之前是最好的朋友，"齐晋目光飘向了远处，淡淡说道，"但我那时候爱玩，和美国人玩得很好。有一天大家说一起去树林里飞叶子，我就也跟着去了。"现在讲起这段经历，他已经很平和了，只是不在乎地耸耸肩，好像与自己无关。

"然后他举报了你。"关柚替他继续说了下去。

“对。”齐晋轻描淡写地点点头，又一脸好笑的表情，“他当时是 student leader，在 Dean's Council 上，专门管纪律的。Dean's Council 的人都要轮流在周末晚上巡逻。我记得很清楚，那天他当值，但就在他下班前五分钟看到了我们。”

关柚静静地听着这段往事，画面仿佛也浮现在她眼前：“然后呢？”

“然后他就举报了我们呗！”齐晋一挥手，叹了口气，“但关键就是他看到我之后我们有过一段对话。当时我正在申请大学，申请已经基本都递交了。我成绩一直不错，家里对我期望也很高，”齐晋跷起脚来，语速渐渐加快了，“我走上去，我就求他，放我们一马。他一开始很犹豫，但他后来答应了——他答应了的！”齐晋眼神中有了怒色，字字句句斩钉截铁，“他职责在身，他也很为难，这些我都理解。但出尔反尔就是伪君子了！君子一言驷马难追。如果他不肯放过我们，我会怪他——八成……八成也没法继续做朋友吧，但不至于结怨这么久！说一套做一套——这就是另一码事了。”说完，齐晋轻蔑地摇摇头。

“您好，Ruinart Blanc de Blancs。”服务生走上来，搬过酒桶，齐晋点的酒正整瓶浸泡在冰桶里。

倒出酒后，他对关柚做了个“请”的手势：“你尝尝，有没有奶油蛋糕和烤杏仁的味道？”

“酒里还能有蛋糕和杏仁的味道？”她笑起来，喝了一口酒，淡淡的，很清新，有点涩涩的，不太甜。她点点头：“还不错。”但“还不错”的意思就是“反正我也不懂”。

齐晋也端起杯子喝了一口，品着酒点了点头。

“所以你后来的成绩、申请学校受影响了吗？”关柚还是更关心后面的故事，“但你现在照样在纽约上着名牌大学呀。”

齐晋放下杯子：“是呀，但一码归一码。的确，我的家境很有优势，因为捐款赞助的缘故，我上大学……没太受影响。”然而他话锋一转，“但这并不能抵消他的人品问题。”

从邵东……有人品问题？关柚即使故事听了这么久，她还是下意识地愣了愣：“也许……也许有什么误会呢？”她不由自主地就开始替从邵东辩解。

“误会？”齐晋眼神里闪过一丝不屑。

关柚认真地点点头：“后来你找他谈过吗？你问过他吗？”

“没有。”齐晋不假思索地回答，又喝了口手中的香槟。

“所以其实你并不知道事实。”关柚神色凝重地放下酒杯。

“事实？事实就是他出尔反尔。”齐晋丝毫不给她迂回的空间。

关柚摇头：“你们的事情我一无所知，但你会和一个人品恶劣的人交朋友吗？”两人的共同点如此多，这让她不得不觉得他们的友情除了在异国他乡找个陪伴，更多了一层志同道合的深意，“你们都是聪明人。他是什么样的人，你一直以来也是有体会的吧？”

齐晋愣了愣，回想起和丛邵东昔日的过往，一起打篮球、吃饭，甚至是背英语单词；他们也会交心，是在那个冰雪小镇上难得的知己。一直以来，丛邵东给他的印象都是踏实、可靠，话不多，但又幽默风趣，直到那一次……他还是摇了摇头，“知人知面不知心。”

“那你承认你识人不清了？”关柚字句咄咄逼人。

“我？”齐晋诧异地轻哼一声。

关柚笑笑，晓之以理之后激将法也点到即止，接下来就该动之以情了。“你当时是被愤怒蒙蔽了双眼吧。”她轻声说，“所以你们从来都没给过彼此一个澄清解释的机会。”

齐晋匪夷所思地看着她：“讲了这么多，这就是你的结论？”

看着他依然坚定的神情，她觉得自己也不便多说了，多说无益。

见她笑而不语，齐晋反而陷入了沉思，心中并非无所动摇。

齐粤自始至终都在一边安静地听着两人的对话。他和丛邵东之间也是好友，但感情没有齐晋和丛邵东深，冲突也显然没有那么明显。他倒是忽然意识到，关柚的话不无道理，期望越高失望就越多。“爱之深，责之切，”他开玩笑道，“友情里也是这样，你越深陷其中，越当局者迷。”

关柚转头看了看他，微笑着感激他的出言相助。

“欸？你们两个合起伙来对付我啊，”齐晋无奈地又端起酒杯，一饮而尽，神色却柔和了几分。

关柚继续趁热打铁，忍不住说：“我觉得你们俩挺像的。”

“我和……我和他像？”齐晋似乎都不愿说出丛邵东的名字。

“嗯。”她一本正经地点点头，“刚才你用数据分析赛马，他之前也用数据来分析过篮球。”她想起之前在篮球场自己歪打正着投进一个球之后丛邵东对命中率的言论。

齐晋微怔。是啊，用统计学来看篮球，用统计学来看一切……这是曾经属于他们俩最快乐的回忆。NBA 赛季的时候，每场比赛，他们俩都会各挑一个队，边看比赛边记录每个球员的成绩，然后比着赛看谁算得快，再一起预测后面的结果。

他微微皱起眉。要不是她提到，他还真忽略了——这么看来，两人之间的确是有不少共同点。

“你知道有个人叫 Daryl Morey 吗？”他抬起头问她，杯中的酒已经又加满过一次。

关柚摇头。

“达雷·莫里，火箭队的总经理，这个人可是我们俩的启蒙老师。”齐晋眼神深邃地回忆着过去，“他在一个采访里提到，我们应该用统计学取代传统选球员的方法；不是用眼睛和经验，而是用客观的数据——他们的身体数据、历史表现，甚至家庭情况、经济状况、学历，来建立一个模型，然后通过统计模型代入数据来推测他们未来的成功与否。”

这番言论对关柚无疑也是一个很大的冲击——忽然像打开了新世界的大门一样。她瞪大了眼睛，惊讶，也惊喜。原先只是觉得他们这种把生活都切割成理性，把感情也能一板一眼去分析的做法很新奇；现在她忽然学到真有一套这样系统的法则，还被应用在了 NBA 中。她若有所思地看着齐晋，期待他继续讲下去。

齐晋笑起来：“对，我们当时也是类似这种反应，觉得很新奇。后来，我们同时对数据开始感兴趣、开始研究，一起认识到了数据的用处。”

夜色渐浓，身边的齐粤似乎刚一杯酒下肚就已经有了醉意，起身去栏杆边透气。

“他就是这样，很少来这种地方，更是很少喝酒，”齐晋解释道，又冲关柚狡黠地笑笑，“他对你——不一般哦。”

关柚愣了一下，不禁想到 Rose；正好一阵风刮过来，她冻得打了个寒战。

她抿了口杯中的酒，也是刚刚又加满过一次了，抬头道：“你不喜欢 Rose？”

齐晋正要拿纸巾的手顿了一下，诧异地看着关柚，随即大笑着摇头：“又是这样？北京女孩都这么直接的吗？”

关柚也意识到自己似乎有所失言。

好在齐晋没有介意，只是摇摇头：“不是我不喜欢她，是门不当户不对，不会有结果的。”

“你是说你父母不会同意？”关柚追问。

齐晋笑笑：“哪想得到那么远。他们并不了解他的感情生活，但——反正就是不会有结果的。”

关柚耸耸肩："既然本来也没想那么远，又何必用一个假设的结果来决定过程呢？"

"嗯？"齐晋望着她，"你是说……"

"其实齐粤自己也没想那么远。"她想到齐粤在山顶和她说过的话，"也许 Rose 也没想那么远。也许他们继续谈恋爱，谈着谈着自然有一天还是会分手。"她说了一连串的"也许"之后，顿了顿，神情镇定地看着齐晋，"如果是这样，与其你强行拆散他们，何不成人之美呢？也许……也许后面怎样，命运就自有安排了。"她犹豫着说出了最后一个也许。

"怎么这么多也许！"齐晋哈哈大笑，点点头，"嗯，有道理。但既然我已经可以控制结果，又何必要去等未来那么多不确定性呢？那么多的也许！"他借用着她的话。

"因为那样——"关柚特意又用了一次这个词，"也许他会更快乐。你不希望他快乐一点吗？"齐粤说过，他从小是个孤僻又多愁善感的孩子，而 Rose 带给了他一缕阳光。

"聊什么呢？"齐粤走回来了，面颊还是绯红。

"你这酒量甘（很）差噶！"齐晋示意他赶紧坐下，笑着调侃道，实则是在担心弟弟，"哎呀，以后还是不要喝酒啦！"

齐粤笑着摇摇头，指着齐晋和关柚："我今天可是舍命陪君子啦！"

关柚微笑看着他坐定，而齐晋的目光似有似无地扫到她，变得深沉了起来。

# | 深南大道 |

回到酒店，关柚反复想着齐晋讲的故事，忍不住给丛邵东拨了电话。

“什么事？”丛邵东冷漠疏离的语气从听筒里传来。

“啊？”关柚觉得莫名其妙，“干吗？这么冷漠？”这家伙，明明几个小时前还主动给她打了电话呢，现在又一副这种生人勿扰的语气了。

“没有啊。”丛邵东停下手里的事情，他的语气真的很冷漠吗？他自己都没觉得。

关柚不和他继续争论，只是想了想，问道：“你知道有个人，叫 Daryl Morey 吗？”

丛邵东愣住了。这个人他当然知道，但重点是她怎么会突然问到这个……他语气低沉了下去：“你见到齐晋了？”

由一个人名马上就能联想到齐晋，想必丛邵东也猜到他们对话的内容了。关柚不再兜圈子：“嗯，聊了一些你们以前的事情。”

“我们？”丛邵东声音冷下去，“我们有什么好聊的。”

“我觉得你们可能有些误会。因为你们事后就再也没讲过话，所以其实你们都不知道对方的真实想法。”她急着说出自己的结论，想劝他和齐晋好好谈一谈。

丛邵东噎住一般不知道讲什么。其实她说得没错，他们是从来都没好好谈过，而这个误会……的确是该解开。可说了又怎么样呢？解释了齐晋就会理解自己吗？与其当面撕破脸，还不如就让它石沉大海吧。

“喂？”听筒那边是一片沉寂。

“嗯。”丛邵东轻声发出一声，算是表示自己还在听，但随即结束了这个话题，“你就不要多管闲事了。”

“我多管闲事？！”明明好心劝他，反而被责备，关柚心里气呼呼的。

“哎呀，”丛邵东含糊其词，“我跟他的事很复杂，但反正都过去了，你就别管了。”

关柚摇摇头，虽然暗暗不爽地骂了他一句，心里还是想着丛邵东对篮球的热爱，便继续说：“不过那个人用统计学去系统计算、预判篮球的方法，我觉得你不妨考虑到你未来专业和求职的方向里，也算是能更现实地继续你的篮球梦了。”

哦？从邵东饶有趣味地笑笑，心里一暖，但嘴上依旧轻描淡写：“嗯，再说吧，你别操心了。”

“切，打不进NBA，好歹这样也是一条路哦。”关柚故意刺激他，“而且这样进去了就是指挥官，不是更好？”

挂了电话之后，从邵东随手一翻关柚的朋友圈，看到了她新发的图片，在跑马地露台穿着蓝色吊带裙，长发披肩。他皱皱眉头，自言自语道：“又穿得这么暴露！”手上却顺手点了“保存图片”。

早上睁开眼，这一天就是平安夜了。爸爸也特意从北京飞了过来。过完圣诞节和周末，在28日那天，三个人又同时离开香港——爸爸回北京继续上班，而妈妈则是要去深圳一天，谈一个拍摄场地的问题，因此关柚也随妈妈前往深圳。

“下一站，落马洲。”

晃晃悠悠地坐着地铁，一个小时左右，沿途的风景消失了，地铁重新钻进地下，而车厢里的广播也播报了最后一站，终点站。

从香港的落马洲站入境就到了深圳的福田口岸。

“我先去办事啦。你见完同学跟我联系，咱们再在口岸会合吧！”妈妈笑嘻嘻地，说完便和助理一起上出租车走了。关柚则自己一人前往了约定好的CocoPark——去见杨景涛。

关柚到得早，在购物公园的星巴克买了杯咖啡之后就坐到路边的石椅上等杨景涛，可是左等他不来，右等他还不来。已经到约定时间了，杨景涛怎么回事？关柚开始焦虑起来：怪不得他答应得爽快，难道就为了故意放她鸽子？！

“小姐您好，请问有没有学英语的需求呢？我们这边留学英语辅导，您了解一下？”一个看起来二十多岁戴眼镜的男人一屁股坐到了她旁边，举过一张宣传单。

关柚看着他愣了愣：“啊，不用不用，谢谢你。”

那男人还锲而不舍，塞给她一张，说道：“看你气质这么好，我觉得你学一学英语吧，气质会更加有所提升！”

“呃……不用学了，我已经在美国留学了。”关柚握着宣传单，尴尬地讪笑。

眼镜男人继续十分友好地搭话：“哇，怪不得呢，你一看就气质很不一样！你是在这里等朋友吗？”

“嗯，是啊。”关柚心里就暗暗地骂着，这个死杨景涛，还不来！她站起身，推托道，“我去给我朋友打个电话。”

幸好眼镜男人没有继续跟上来。

杨景涛此时正坐在 CocoPark 下沉广场的许留山室外座位喝着他最爱的杧果汁。其实他准时到了，但他就是要让关柚等着——似乎在发泄着这一年以来的怨气。

距离约定时间已经过去二十分钟了，手机终于振动起来：关柚来电。

他嘲弄地勾一勾嘴角，总算沉不住气了？

“喂。”他淡淡地接起电话。

关柚深吸一口气，忍住怒气，保持平静道：“你在哪？”

“路上。”他答得极为简短。

“还要多久？”她抿紧嘴唇，看着街上来来往往的行人。

杨景涛想了想：“快了。”

“快了是多久？”如果他再这么一而再再而三地变本加厉，她就真的忍无可忍了。

“……二十分钟吧。”

“还要二十分钟？”关柚的声音有了怒色。

杨景涛却不慌不忙：“等不及就先走，今天就别见了呗。”

关柚紧皱着眉头，真有种冲动想立即拔腿就走。但她叹了口气：“没关系，我等。”

杨景涛挑了挑眉毛，叼着吸管又用力吸了两口自己已经见底的杧果汁，想努力吸出最后两粒杧果果肉。可惜吸管在塑料杯子里发出“呼噜呼噜”的空气声音，杧果却坐在杯子底纹丝不动——可恶！

他放下杯子，跷起脚，叹了口气，闭上眼享受广场的太阳，想象自己躺在沙滩上。

其实老实讲，除了故意让关柚等，他也有点胆怯去见她。见了面到底要说什么？他还要构思构思。

睁开眼睛，下沉广场上正是冬日的正午，穿着一件短袖 T 恤加一件厚牛仔外套——今年十二月的天气格外暖和，这样的穿着，晒着太阳坐在室外，正是舒服的温度。

站在星巴克旁，看着室外几张桌子上的客人都已经换了两三拨，台阶下石凳旁那发传单的男人也不见了踪影。

百无聊赖的关柚决定自己进商场逛逛。在商场门口的阴凉地方站久了毕竟还是有几分寒意的，但一楼的小吃店、小饰品店、电器店、化妆品店……她似乎也没有什么特别感兴趣的。于是她又走回门口，坐在台阶上，研究起手中宣传单背面的地铁线路图。

“欸，小姑娘，你怎么还在这里啊？”身后传来一个声音，她转过头仰起脸——竟然又是那个发宣传单的眼镜男人。

杨景涛终于站起身来往楼梯走去了。

他看了看手表，现在是中午十一点十分。

关柚的耐心本就已经耗尽，加上那个眼镜男人又一次一屁股坐在她身边开始友好地聊天，这让她实在忍无可忍，腾的一下站起身。

就这么走吗？可能要又一次错过和杨景涛和解的机会了。但地铁站就在眼前，下了台阶一右转她就可以离开这个鬼地方了——这个她等了杨景涛足足一个多小时的鬼地方。

“我走了。”她毫不犹豫地按下发送键。

哟，那不是关柚吗！杨景涛远远地就从后面商场里看到关柚的背影了——怎么身边还一个男人？他皱起眉头。

叮咚。手机一声响。

一条微信，来自关柚：我走了。

走了？！杨景涛忽然心里一惊，再一抬头，她的确站了起来。

“这就走啦？”戴眼镜的男人也站起身，好像依依不舍的样子，递上一张名片，“这是我的名片，你拿一张吧。想学英语了找我！”

关柚看着他诚恳推销的样子，不禁觉得好笑，便也没有推托就收下了。

“关柚！”杨景涛从后面大步流星地走过来，走到门口还换成了小跑，“关柚！”

她一怔，回头看到他——这会儿她已经下定决心要走了他倒是出现了？她转过头，不理他，直着就往前走去。

“欸，关柚！”杨景涛在后面大喊着叫她，“你等等！”他步子大，走得快，一把上前拉住她的胳膊。

她生气地甩开他，大声爆发：“杨景涛！过分了吧？你说的几点啊？十点。现在几点了？”她抬起手举着手腕，指着自己的手表说道，“你睁大眼睛好好看看，现在十一点十四分，你迟到了整整一个小时零十四分钟！”

杨景涛低着头，垂头丧气地抿着嘴。好吧……看来这个下马威是给大发了。他自己心里也有点过意不去。现在他心中的怒气已经顿时无影无踪了，取而代之的只有歉意。

由于站在商场门口的位置过于显眼而关柚的声音又很大，旁边坐在星巴克露天座位的人以及大门口进进出出的游客都纷纷侧目。

眼镜男不知什么时候又冒了出来，站在关柚身后，一本正经地看着杨景涛，说着：“嗯，是一个多小时，我做证！我发传单就是十点开始的。”

杨景涛瞪了他一眼，这人连忙把脑袋又缩了回去。

“商场门口都能迅速建立起一个规模一人的粉丝后援团？”杨景涛轻声打趣，开着玩笑。

关柚胸口起伏了一下，根本不看他。但她也没有挪动步伐。

商场门口看热闹的人又聚集了一拨。

“怎么回事啊？”

“谁知道，小情侣吵架吧？”

“怎么还有第三者？”

围观的人群越说越离谱了，关柚和杨景涛听着都纷纷觉得好笑。

杨景涛不想继续丢人现眼，偷偷地瞥向关柚，赶紧求和：“对不起啊。”

她终于抬头注视着他的眼睛了。

“我刚刚……路上堵车。”杨景涛胡乱编着谎话，眼神闪躲，移开了目光。

“哼！”关柚冷哼一声，但明显他道歉之后气也消了大半，“不仅迟到，还说谎。”她翻了翻白眼。

“欸？”杨景涛被说得一愣一愣的……这么容易就被识破了？！

关柚气得都笑了：“去喝许留山了吧？喝完不擦嘴也不照镜子？”

杨景涛大惊失色，赶紧掏出手机——嘴边竟然还真有一点黄黄的杧果痕迹。他脸一下子通红，连忙抹了抹嘴角，简直想找地缝钻进去。

关柚叹了口气，越想越委屈：“我在这巴巴等了你一个多小时你一个短信一个电话都没有，显然就不是在路上往这边赶。现在一看，好啊你，还自己去买了饮料享受去了！”说着说着她声音越来越激动，盯着他的眼睛里也开始波光粼粼溢起泪水。

“喂，你，”杨景涛看着本来已经开始四散的人群听到关柚的叫喊又退了回来，重新驻足，他惊慌地小声提醒她，“你别在这闹啊……”

“闹？”关柚一下子又被触及了怒点，“你知道吗，我等你等得连深圳地铁图都快背下来了！”

杨景涛不可思议地看着她，又感觉不服气：“你背？”

“不信？”关柚气愤地打断他，“好！”她深吸一口气，看了看四周的“观众”，平静下来，“你听好了，我从一号线开始说。第一站，罗湖；第二站，国贸；第三站，老街；第四站，大剧院；第五站，科学馆；第六站……第六站华强路；第七站，岗厦；第八站，会展中心；第九站，购物公园；第十站，香蜜湖；第十一站，车公庙……”

“小姑娘背地铁呢，你看看！”

“怎么在说地铁呀？”

人群又开始议论纷纷，而杨景涛却开始低头偷笑，笑容还越来越大，憋都憋不住。

“你笑什么！”关柚被他笑得发毛，心里更加生气。

杨景涛的嘴角止不住地上扬，盯了关柚半晌，才笑道：“你刚才说岗什么？你家起的名字叫岗厦啊？”他肩膀笑得一抖一抖的，眼里泛着光芒。

“什么意思？”关柚忽然有些不知所措起来。

“那个不念大厦的厦，是岗厦，厦门的厦。”杨景涛依旧笑着，小声纠正她。

这回轮到关柚红着脸抓耳挠腮了。

杨景涛笑着抓起关柚的胳膊进了商场，边走还边兴高采烈地朝人群挥挥手示意，“都散了散了啊！没什么好看的。”走过眼镜男身边的时候也不忘再瞪他一眼。

又回到了星空下沉广场，杨景涛笑嘻嘻地问关柚：“要喝什么呀？我去买！”

关柚没好气地看了他一眼：“反正不要许留山！”

“嘿，不识货，”杨景涛又开始贫了起来，“那去买水果茶，走！”

这一早上折腾的，关柚终于能舒舒服服地坐在座位上，但两人坐了许久之后她见杨景涛也没有要走的意思，便问：“你今天都怎么打算啊？”

杨景涛挠挠头：“饿了？去吃饭？”

“我指的是下午，吃完饭之后呢？”关柚看着他若有所思的样子，“你不会就想在这坐一下午吧？！”

还真被她说对了，他就是这么想的！坐着多舒服啊，聊聊天，就可以了。但他一看关柚一脸不可思议的表情，忙说：“不会不会，要不……去游戏厅？”

关柚挑挑眉毛，不说话。

“那……看电影？”杨景涛继续问。

关柚无奈地笑起来：“杨景涛，我好不容易来一次，你不打算带我逛逛深圳？”

“那你想去哪？”完了，又要走来走去了。杨景涛无奈。

“深南大道？”她听说那似乎是深圳最有名的路。

“那就是一条路，没什么好看的。”杨景涛想都没想就否决，但马上又话锋一转，“不过……好吧，你想去就去呗。吃完饭就去！”

从购物公园出来之后是一条叫福华路的路，让关柚想起了福华肥牛城。深圳的路名可有意思，要不就是“福华路”“人民路”这样的感觉像进了村，要不就是“深南大道”这样的感觉一下到了大都市。

“呐，这后面是酒吧街，年轻人很多。”杨景涛一路走一路指，“那个巨高的那个，是平安中心，深圳最高的吧应该是。”

看着杨景涛吊儿郎当又心不在焉的样子，比起齐粤诗意的讲解可真是天壤之别啊。关柚啧啧感叹了两声。

“前面是卓越，”杨景涛继续说着，“再前面那个，皇庭广场、利兹卡尔顿。”

“哟，你对酒店挺熟的啊？”关柚忍不住打趣道。

“去去去，”杨景涛笑起来，“我们是正经读书人。”

这笑容的弧度大得可以媲美透明的阳光，纯净又温暖。她看着他的时候还是仰头45度角，看到他眼角眉梢的笑意。时间过得好快啊，上次这样并肩一起说说笑笑是多久以前了？

过了会展中心地铁站和喜来登酒店，他们左转，又走过大约两个路口，杨景涛指着路牌：“到了。”

深南大道。

“斜对面是市民中心，也是个地标吧。”杨景涛伸了伸胳膊，又活动了一下脖子。

“果然也就是一条普通的路嘛。”关柚喃喃自语。

“欸，可不是普通的路啊，”杨景涛又来了精神，“这条路可真是深圳最早的路之一，贯穿东西，是我们的主干道、城市的名片！”他像做广告一样，指着另一个方向，“那边，罗湖，有名的京基100和帝王大厦。”

关柚笑了，同时瞥见路边的广告牌：来了都是深圳人。

“这一天还可以吧？”吃过晚饭后，杨景涛决定带关柚去爬莲花山。

“挺好，”关柚一边喘着气一边问，“还没到山顶？”

“到了。”

“哇！”景色果真露出来了，关柚惊喜地跑到前面。

杨景涛笑起来，追到她身边：“我可将功补过了啊。”

“什么？迟到的事？”她笑道。

“是啊！”杨景涛懒洋洋地说，“总算不生气了吧？”

关柚笑笑，却转头反问：“那你呢？你也不生气了吧？”

“什么？”杨景涛一怔。

“都过去一年了，你……”关柚轻声说着，顿了顿，很认真地望向他的侧脸，“景涛，我们和好吧。”

他转头看向她真诚的眼神，柔和的月光笼罩她的脸庞，多了一层皎洁。他笑了，也不知道从何说起，但其实……其实他早就不生气了。

也许一个笑容就包含了千言万语吧，一切尽在不言中。

两人都凝视着前方的天际线，靠下面一点的弧形建筑是市民中心。左手边有些粉色的灯光，右手边有些蓝色亮晶晶的条状灯光。一束探照灯打出的激光照入天际，变换着颜色，蓝色、粉色、绿色……那些楼都方方正正的，有些是竖着的条纹，有些是密密麻麻的方形小窗户，还有一栋和香港的中国银行类似，是那种十字交叉的花纹；而众多标志物中，最鹤立鸡群的还是右手边一个笔直的铅笔形建筑，耸立在那里，直冲云霄。

杨景涛的声音打破了沉寂，“你看，”他伸手指着那个最高的楼，“那个就是我们今天经过的平安中心。”

关柚平静地笑着：“嗯，那左边那个呢？”

“卓越呀！”杨景涛安静地回答着，“我小时候就只有最右边那一点点，但后来慢慢长大，深圳转眼就成繁华的大都市了，高楼大厦都拔地而起……哈哈，变化真是快啊。”他手指划过天空，感叹着时光变迁。

“你说，今天我们在商场门口吵架的时候，不会有人录像吧？”关柚回想白天的经历，不由觉得好笑。

“你还说呢，”杨景涛没好气地抱怨，“还不都是你，非得——”

关柚瞪了他一眼，又笑：“要真有人录了像、发到网上……那可就有意思了。”

“哼，是哈。”杨景涛接话，“然后我们上个新闻，再上个热搜？就彻底出名了。”

谈笑间，两人感觉像是回到了最初的时光，找回了那种单纯的美好。他还是那个阳光温暖、爱笑的大男孩，而她也还是那个争强好胜、初生牛犊不怕虎的关柚。

下了山之后是红荔路，两人一同从少年宫站上车去坐地铁。

“我只有一站，下站就去换乘。”杨景涛不放心地嘱咐关柚，“你就一直坐到头就是福田口岸了。”

“我知道，”关柚狡黠地笑笑，眼睛看着杨景涛的脸，说话却一气呵成，“少年宫、市民中心、会展中心、福民、福田口岸。跟你说过我把地铁图都记住了，真不是吹的。”

杨景涛睁大眼睛看着她，“哇，”他感叹一声，笑起来，“可以啊你关柚！”

“那是！”她得意地笑笑，“所以不会走丢的，放心！”

“嗯，太放心了！”杨景涛点着头笑道。

“市民中心站到了，换乘地铁 2 号线的乘客……”

“我走了？”杨景涛收敛住笑容，对关柚说。

“嗯。”她点点头，“回学校见。”

“回学校见！”他也挥挥手，绽放出一个笑容，走下了车。

转眼间，寒假也快过完了。从邵东在房间里收拾着东西——这是他高中生涯的最后一个寒假了。

妈妈敲了敲门，走进来：“你爸有事和你谈。”

“有事？”他皱皱眉，走到客厅，看到沙发上的父亲正襟危坐，“怎么了？”

“你爷爷的老房子已经找到买主了，合同已经签过了。”

“这么……这么快。”好吧，其实想想距离上次提到也的确是又半年过去了，但……出国留学后，回家的日子越来越少，独自在外的日子越来越多；每次回来都好像是隔了一个世纪那么久，而每每回忆起上一次，又好像也才是昨天的事情。

“我和你爸，还有你叔叔阿姨，都已经陆续在整理老房子里的东西了。”妈妈走到沙发边坐下，削起苹果，“如果顺利的话，四月底就要交房了。”

“所以我们的意思是，趁着你还在北京，不如这两天走之前再去看看吧。”爸爸叹了口气，“等你暑假回来的时候，估计就不属于我们了。”

从邵东眨眨眼睛，看着窗外出神。

“我们知道你和你爷爷奶奶、和那老房子感情深……”妈妈小心翼翼地看了看从邵东，然后把手里削好的苹果切成两半，一半递给了丈夫，另一半举起递给儿子。

“谢谢妈，”从邵东接过苹果，声音低沉道，“有没有可能……延迟一个半月？一个月也行。”

“这……”父亲面露难色，和妈妈面面相觑。

“我想最后再去住几天。”从邵东解释道，“但现在来不及了，所以……想等我暑假回来的时候。”

父亲沉思了一会儿："好吧，我去问问，给你争取一下。"

"嗯。"从邵东点点头，咬了口苹果，犹豫了一下，说道，"谢谢爸。"

"啊，"父亲抬起头，有点受宠若惊又不知所措，尴尬地回应着，"客气，客气。"

齐晋和齐粤两兄弟按照惯例，每年的圣诞后、元旦前，都要去南港岛的爷爷家拜访他老人家。听说关柚竟然能和齐闵相处，齐晋真是感到闻所未闻，便叫齐粤约上关柚一起去看望这个脾气古怪的臭老头。

车接上关柚之后从繁华的都市一路南行，开着开着她就感觉又进了山——和他们父母家大概也不是同一座山吧？香港的山山水水还真不少。

山路开始蜿蜒曲折，越开越深，海拔却应该并不太高。

道路两旁的树木从矮矮的灌木逐渐变得高了起来，郁郁葱葱的，甚至有点遮挡了道路前方的视线。

"这就是……爷爷家？"他们在深山里一片幽静的小竹林前面下了车。关柚感觉他们不是来探亲的，倒更像是来探险的。

齐晋点点头，笑道："他可是个脾气古怪的老头。"这话和齐粤说的一模一样。

用人来开了门后，他们走进院子——除了寻常别墅区会有的花花草草，这个院子的确是很别致。

"他呀，把游泳池填平了，改成了菜园子！"齐晋摇着头解释道。

关柚来不及惊叹，门开了，出现在眼前的是一个极为简朴、古色古香的屋子。这里没有家家户户普遍用的软沙发，只有一个硬座带靠背的红木长椅在客厅，旁边还放着一把藤制的摇椅；餐桌两旁都是木制的椅子，像古代堂上那种官员坐的椅子。餐垫是竹席子，茶几上放着茶海。客厅的墙上挂着些字画：书法、山水画……喜好看起来正如齐粤所说。她看到进门左手边第一幅小字，默念道：永和九年，岁在癸丑，暮春之初，会于会稽山阴之兰亭，修禊事也……

屋内传来两声咳嗽，一个白发苍苍却精神抖擞的老头走出来了，穿着黑色薄毛衣、黑裤子。

"爷爷！"齐晋乖巧地笑着，嘴快，"你精神仲系甘好啊！"

爷爷哈哈大笑："就你嘴甜。"

"爷爷。"齐粤随后也温和地微笑着，向爷爷颔首致敬。

爷爷走过来，点点头，笑眯眯地拍了拍他肩膀，又看着关柚道："今日仲带左个甘靓噶女仔来？"

他声音虽苍老却铿锵有力、洪亮而有气势。看上去明明就很和蔼、很好相处啊，关柚心里疑惑着两兄弟的评价，也赶忙叫道："爷爷好！"

"她叫关柚。"齐粤介绍道。

"好，好，"他笑得慈祥，指了指红木长椅，"来，坐，"又朝厨房喊道，"吴婶，唔该斟三杯茶。"

"爷爷喜欢字画？"关柚刚才看门口那《兰亭集序》看得入迷，坐下便问道。

"咳咳！"齐晋突然咳嗽起来，冲着关柚眨眨眼。

齐粤和他对视一眼——完了，忘了提醒关柚，爷爷的脾气就是最讨厌别人为了寒暄而讨好、为了搭话而班门弄斧、明明不懂还装懂。也正因如此，齐晋和齐粤都自知无法和爷爷聊字画，便从来不提，也不夸赞也不问；来了就聊聊小时候，陪爷爷说说话、开开心。

"是啊，怎么样，关小姐也感兴趣？"爷爷称呼她为关小姐，回头看了看门口的字画，回眸期待地看着她。

"不是很懂，"关柚如实相告，"但门口的那幅《兰亭》我略知一二。"

"哦？"爷爷挑挑眉毛，提起了兴趣，等着她继续说下去。

齐粤和齐晋再次交换了一下眼神，也不知道她是否真能说出点什么；她要能至少聊一两个回合倒也就好说了，可若是万一说错了什么或是完全接不上话……那恐怕这屋里马上就要阴云密布了。

关柚也莫名感受到了气氛瞬间的紧张，但还是平静地笑笑，背诵道："夫人之相与，俯仰一世。或取诸怀抱，悟言一室之内；或因寄所托，放浪形骸之外。"

"关小姐喜欢这句话？"爷爷看着她，神情令人捉摸不透。

关柚点了点头，轻声道："这句话写出了人生在世的千百种活法。面临选择的时候，每个人的经历都不同。"

爷爷呵呵一笑："那关小姐是哪一种人？"

关柚笑了，叹了叹气道："不自由的人——想无拘无束地追求梦想，但不得已还是一直活在条条框框之内。"

"听起来是浪漫主义的追求者啊？"他仰着头，微微笑道，点点头。

"是呀，"关柚笑嘻嘻地，"我最想现在就去搞音乐，但可惜——学还是要上的。"

"哈哈！"爷爷一听，大笑起来，"还是个叛逆的小女孩！"

吴婶把茶端上来了，笑看着爷爷："好耐无见到你笑得甘开心啦。"

爷爷满意地点点头，长舒一口气："我更欣赏他对历史的反思。后之视今，亦犹今之视昔，虽世殊事异，所以兴怀，其致一也。"他缓缓吟诵道，"世界风云莫测、时代变迁，但其实一切都万变不离其宗。若是我们多反思历史、从经验中不断学习，即可避免很多错误，亦可预测很多未来了。"

关柚附和："是啊。但我猜，知道这个道理的人很多，能做到的人却很少吧。"

"向来如此啊！"爷爷感叹道，又回头看了看那幅字画，"生和死，看得过于简单，一生虚度；看得太重，又成日心事重重。"

她笑道："其实本来无一物，何处惹尘埃呢。"

"看来还信奉佛教咯？"爷爷看着面前这个小女孩，再次尽兴地笑起来。

她的神态、语气……还有最重要的是这句话。齐晋注视着关柚的一举一动，感觉她很像一个人，只是比起他的冷静、深沉，她笑盈盈的样子显得更活泼、好接近；但他们同样的骄傲、同样的自信，同样的眼神里闪烁着热情和执着。

爷爷忽然饶有趣味地看向关柚，问道："关小姐觉得这字怎样呢？"

被他这么一问，关柚忽然想起刚刚看到的这字画上的涂改痕迹似乎和真迹不同，便试探着问："和真迹的临摹似乎有些不同？"

爷爷愣了半晌，每每问起来访的客人这个问题，关柚竟还是第一个小小年纪却辨识出的人。他连连点头道："关小姐眼力真好。这不是真迹的复制版，是我练字时写的。"

关柚惊讶地又将字迹远远端详一番，调皮地夸赞道："翩若惊鸿，宛若游龙。"

"哈哈哈！"爷爷显然是被她哄得开心，却摇头，"这是后人引用曹植的文笔来称赞王羲之的，我确实不敢当！"

他端起茶杯，喝了口茶——她这才注意到，他们三人的茶杯是现代的陶瓷样式，而爷爷的则是中式传统的紫砂小茶碗；她转头看向餐桌——果然，茶海像是刚被动过。

"爷爷还喜欢茶？"关柚端起自己的茶杯——一个金黄和乳白交织的马赛克花纹茶杯，而端起茶杯后茶碟的正面也露了出来——她差点呛到。那个里面写着"H"的圆环形标志——正是爱马仕的标志。低调的奢华啊……关柚不禁再次感叹。

爷爷像是注意到了她的观察，摇头笑道："这些杯子都是他们送来的，我从来都用不到！"他伸手指了指齐晋、齐粤两兄弟，"我喝茶就喜欢用我的小碗，总是给我这些没用的东西干什么？"

齐晋讪笑道："招呼客人咯！你看，今日不就用到咯？"

爷爷无言以对，笑着指了他几下：“你啊，你个死仔包！”随后又转向关柚，“关小姐喜欢普洱吗？”

关柚点点头，笑着答：“挺喜欢的。”

还真是什么话都接啊？齐晋无奈地看了她一眼。但她竟然能和爷爷聊到现在，有说有笑的——看来带她来还真是个明智的决定。想到这里，他对自己满意地点了点头。

说话间，爷爷就吩咐吴婶把普洱茶用的小茶碗给关柚端上来了。

她看着面前热气腾腾的茶，红褐色、深得发黑，液体盈盈地泛着光，清澈圆润、晶莹透亮。接着，她用拇指扣住茶杯的前沿、食指和中指笼住另一边，而无名指托住小茶碗的底部，小指微微弯曲着向外翘起，将茶端到口边，先是轻轻嗅了嗅，然后分三口将它缓缓饮尽。

爷爷看她拿茶碗的样子，问：“怎么样？”

关柚也不知道怎么样，便笑嘻嘻地绕开话题：“爷爷这是在考试呀？”

爷爷呵呵一笑：“考你？你才不会被难倒。”

虽然对茶了解不多，但凭普洱的色泽和温润的口感来判断，她尝试着问：“爷爷这茶是熟普洱吗？”

“正是，”他目光闪过一丝惊喜的神色，“这可是1992年的88青饼，你有口福啦！”他拉长声音却又叹气道，“每年的元旦前啊，我就等着这两个小子来看我的这一天拿出这茶，品上一壶；但他们没口福！都不爱喝中国茶，一定要国外的什么伯爵茶。唉，一眨眼这么多年啦……”他神色温和地看了看齐晋和齐粤，又微微眯起眼睛，注视着阳台那边的日光。

顺着爷爷的目光，在这青山环绕的老宅子中，竟也能看到远处一角碧蓝的海。

齐晋打着马虎眼，安慰爷爷道：“我们喝不惯这茶，但每年照样回来看你啊！”

爷爷慈爱地笑笑，目光在两兄弟间轮流停留，欣慰地点了点头。

“可以啊你，深藏不露啊！琴棋书画样样精通？真没看出来！”一走出爷爷家，齐晋就开始感叹道，打趣着关柚。

“是啊，”连平时素来云淡风轻的齐粤也附和道，赞许着，“见多识广呀，哈哈。”

“没有啦！”关柚大笑着摇摇头，“《兰亭集序》是我高一语文课学过的，正好就在出国前；茶嘛，是我家里的老人也喜欢啊，尤其是普洱茶，养胃的！所以我耳濡目染，也就略知一二。”

“好了现在不在爷爷家啦！”齐晋一脸嫌弃地摇摇头，“说话别文绉绉的啦！”

关柚笑笑，又随之叹气，“唉，语文可是我曾经最喜欢的科目啊……可惜再也学不到了。”想起在北京的语文课，她心里忽然伤感起来。

“不过你竟然连书法的字迹都看得出来？”齐粤不可思议地追问。

“噢，你说那个啊，哈哈，”关柚忍不住笑了出来，“我哪看得出来！只不过我记得学这篇课文的时候，老师给我们看过真迹的图片，其中有一处涂改，而涂改痕迹底下是之前的错字。”她顿了顿，看看身边的两人，“但爷爷那幅字，只有涂改痕迹，下面却没有字——所以明显不同于任何一个版本。”

“原来是这样！”齐粤恍然大悟。

齐晋却觉得匪夷所思，“几年前的东西，你能记得这么清楚？”包括她背诵的那几句……还有……他忍不住轻轻念叨着，“本来无一物，何处惹尘埃。”

“欸？”关柚闻声侧目，“你也喜欢这一句？”

齐晋不答，却反问：“这句话，你从哪学来的？”

这句话是丛邵东的座右铭，她是从他那里学来的——但她不想说，便思索片刻，而后轻描淡写地笑道：“这句话很常见啊，怎么？”

齐晋笑了，她的片刻沉默已经说明了她在撒谎：“是从他那里学的吧？”

关柚的微笑僵住，但很快恢复了自如的神态，点点头。既然他已经猜出来，那她也没什么好隐瞒的。然而从一句话就能顿时联想到一个人……看来他们曾经的确交情匪浅。

“对了，”她忽然想起来自己心中的一个疑惑——数学竞赛之前集训的时候，丛邵东收到的那一串让他喜笑颜开的信息的发件人——既然齐晋自己先提起的丛邵东，关柚也就毫不回避地问起，“苏菲是谁？”

“苏菲？”齐晋愣了一下，之后大笑。看来他们交情不一般啊，他竟然还给她讲过苏菲？“一个已经毕业的女生，和我一届的。”

“那她现在在哪？”关柚好奇心的匣子算是打开了。

“Columbia University。”齐晋似笑非笑地回答。

关柚心里一惊，迟疑了一下又问：“他们……什么关系？”

齐晋看着她笑了笑，摇头道：“不知道。”又补充，“不过她有个好闺密还在学校，跟你同一届哦。”

“……谁？”关柚也不确定自己认不认识，但齐晋说出的名字却让她大跌眼镜。

“Joanna。”

沿着海岸线一路由西向东，下山之后的地势变得平坦了些许，眼前的海景也忽然开阔了。齐粤介绍着，这就是浅水湾海滩了。

“你带她去露台餐厅吧，”齐晋对齐粤说，“我有事回一下湾仔，司机在路上了。”

齐粤答应着，带关柚沿着沙滩的边缘走，前方有三三两两窗户大敞着的南国风情咖啡馆，身后就是蔚蓝的大海和周而复始的涛声。

坐在著名的浅水湾 Verandah 餐厅的露台上，关柚看着设计精致又充满西方浪漫情怀的铁制黑色椅子、白色遮阳伞、每桌都有的闪烁的蜡烛，还有远处的大海和群山、面前微笑着的齐粤。她回想着自己在香港这段梦幻般的日子，而海平面尽头下沉的夕阳则将她拉回现实，提醒着她：一天又过完了，明天就是在香港的最后一天了。

2015 年 12 月 31 日，这一年的末尾，也是这所高中寒假的末尾。

“怎么好端端的非要在 1 月 2 日就开学啊，元旦假都没放完呢！”Kelly 的妈妈尖着嗓门，督促女儿收拾行李。

“明儿出太阳，再去打最后一场球？”Kelly 听着门外妈妈的脚步声赶忙压低了打电话的声音。

“行啊！”电话那头的王沐成爽朗地笑着，“我去把 Joey 也约上！”

“欸？”Kelly 错愕道，“Joey 学长……会来吗？”

“应该会吧！”王沐成大声回答，“上周我叫你你说来不了的那天，我就叫了他！他还说下次要把你也一起叫上呢！”

“真的假的？！”Kelly 不敢置信地叫出来，听到妈妈的动静又赶忙压低声音，“他现在也和我们平民一起打球了？”她开玩笑道。要知道，Joey 以前从不和其他中国人娱乐性质地玩篮球——他只和校队的那帮队友一起打。

“是啊，”王沐成也感叹，“现在变得平易近人了，不那么高高在上了！哈哈。”

杨萱在元旦前这一天从湖州去了上海找 Rose 玩。吃完午饭，两人在街上逛着。Rose 刚提交完一份大学的申请，正美滋滋地想买一双新鞋，当作给自己的奖励。

“你看哪个好看？”Rose 一边试穿一边问杨萱，指着她面前罗列着的五双鞋：一双米色坡跟编织凉鞋、一双黑色带亮片的高跟鞋、一双白色带几片刺绣花纹的平底鞋、一双棕色矮帮高跟短靴，还有一双浅灰色的长筒靴子。

“嗯……”杨萱想了想，笑吟吟地说道，“我感觉这五双风格各异吧，都很好看呀。”

Rose 无奈地转过身，笑道：“亲爱的，你这说了等于没说嘛。”她撇撇嘴，重新审视了一遍这几双鞋——的确都蛮好看的嘛，除了那双米色编织凉鞋，好像略显老气了些。她俯下身拿起了那双鞋，打算把它先放回到货架上。

不料杨萱看她伸手，说道："对，我也觉得这双比较好！"她笑眯眯地看着她。

"欸？"Rose 的手顿了顿，尴尬道，"不是啦，我是要先 pass 掉这一双。"

杨萱愣了愣，随即干笑两声："啊，这样啊……哈哈。"她尴尬地捋了捋自己的头发。

Rose 打量着杨萱的装扮——从刚入校时的粉色纯棉风格到现在变成了不是蕾丝制服就是黑丝诱惑……她摇摇头，拉起杨萱："走，我们去给你看看衣服吧！"

"什么，我？"杨萱反应过来，推托道，"不用不用……这个商场的东西……"她不好意思说出"太贵"，便改口道，"我觉得不太适合我吧。"

Rose 大笑，心直口快道："说实话，我觉得你现在穿的才不太适合你呢！你得先找准自己的定位，才能打扮得漂漂亮亮的！"她笑眯眯地拉着杨萱进了一家店，挑出一件米黄色针织衣对着杨萱比画起来，"你看，这个就挺适合你的！"

杨萱僵硬地微笑着，一边压下心中的怒气一边偷偷瞥了眼标签——1240 元……怎么百货商场的衣服都这么贵！

"哎呀，不要不要，我衣服够多啦！"杨萱夺过 Rose 手中的衣架，把衣服挂了回去，顺势又亲昵地挽起 Rose 的胳膊，"走啦，我们还是去给你看鞋吧！庆祝你又顺利提交了一份申请！"

一听到"鞋"和"申请"，Rose 的心血来潮的确马上就从杨萱身上移开了，要给杨萱挑衣服的冲动也立马又被她抛到了脑后。"好啊！"她点点头，跟着杨萱出了店门。

"真没想到我 2015 年的最后一天是跟你一起过的啊。"关柚和康俊文走在海边感叹着，从红磡眺望着对面的湾仔和中环。

"嘿，关柚，你什么意思啊？"康俊文佯装生气，模仿着关柚生气时常说的口头禅。

从康俊文奶奶家这一带沿着海边的长廊走去尖沙咀，这里安静、悠闲，但关柚的心情却随着康俊文带给她的消息而沉重。她叹了口气："真的要转学？"

康俊文笑笑，只点了点头，没说话。

既然他已经决定，那她又能说什么呢？她低下头，看着脚下的每一步踩进地上石砖的格子里，努力避免踩到缝隙。她对着地面说道："那就……祝你好运咯……申请顺利。"

康俊文倒不伤感，一如既往地嬉皮笑脸道："也祝你顺利！"

"我？"关柚转头看看他，"我顺利什么？"

他眉毛一挑一挑的，嘴角往上扬着，经典表情又出现了："顺利地——嫁入豪门呀！"说着还冲她扬一扬下巴，表情要多贱有多贱。

关柚一愣，反应过来后立马追着他打："康俊文！你给我站住！"

"哎哟，错了、错了！"康俊文大笑着求饶，等关柚刚一停手，马上改口重新说道，"不是嫁入豪门——是成为丛太太！"

关柚被他说得又是一愣，一边自己也忍俊不禁大笑着，一边重新开始追着他打，声音也又提高了一个八度："康俊文！"

零点整的时候，关柚给丛邵东、Rose 给齐粤、杨萱给杨景涛、谢诚给林想分别发了零点祝福。年轻人好像总是相信着一些美好的愿望，比如在新年的第一刻把第一份祝福发给一个自己在乎的人，就好像这份祝福对自己和对方都有了什么不同的意义似的。不过当然，世界上也不乏肖恩之流——

叮咚。

吱、吱。

叮、叮。

关柚、Rose、杨萱的手机在同一时刻振动起来，而她们在惊喜地拿起手机却看到是肖恩的信息之后，又同时失望地把手机扔到了一边。

这个小瘪三！Rose 最直来直去，心里暗骂着他。不用想她都知道，肖恩的祝福八成又是给大批女生群发的，去年他就这样！所以他的祝福——看着比淮海路的高仿都真诚，但其实，比福佑路那几毛钱的鞋垫还不值钱！想起肖恩的嘴脸，她当机立断：加入黑名单。

"哇，你时间算得够准时的呀！"林想惊喜地给谢诚回复了微信视频电话。

"嘿嘿，准时吧？"谢诚在美国，正吃着中午饭。

"你看，"林想把手机举到窗边，"看，烟花！"

隔着屏幕，烟花模模糊糊的看不清楚，但谢诚还是配合地感叹："哇，好看！"

两人聊了一会，直到谢诚的家人催他赶紧回去吃饭，才依依不舍准备挂电话。

"这寒假发生的事情也真够多的，"挂电话前林想忍不住八卦一番，"关柚前天还和杨景涛在深圳，昨天又和齐粤在香港了；还有杨萱，竟然去上海找了 Rose，啧啧。"

"是啊，"比起这些，谢诚却更关心另一件事，"康俊文也要转学了。"

“啊？”林想惊讶道。这么一会儿，又多了条信息。

“哎呀，咳。”谢诚作为美国公民，除了身边的生活小圈子，也不由得想到了年底即将到来的美国大选。他伸了个懒腰，说道：“2016……注定是不平凡的一年啊！”

# |冬雪雪冬小大寒|

“参加过数学竞赛之后真是上课都觉得简单了。”回到学校之后，一切又恢复了往常，而大家也注意到，从不说话的关柚和杨景涛竟然又每节数学课都坐在一起、说说笑笑了。

“是啊，本来就是学过的东西，”杨景涛得意地一笑，“我早就学过了！”

“吹，又开始吹！”关柚不屑地一笑，“我走啦，去上我的 AP 历史了！”

“哎哟，”杨景涛撇嘴，摇摇头，“我们理科生表示不屑。”

两人笑着一路斗嘴，互不相让；待关柚走后，杨景涛穿过走廊，迎面而来的是杨萱。

杨景涛清了清嗓子，有些尴尬，但两人已经对视，他便礼貌地问候道：“寒假过得怎么样？”

杨萱喜出望外，却始终保持着恬淡的微笑，微微一点头：“挺好的。你呢？”

“也挺好的。”杨景涛点点头，看着杨萱似乎脸消瘦了一圈，穿着短裙、高跟鞋的她，整个腰身和腿也都显得纤细苗条。他喉结动了动，“你……瘦了啊？”

“嗯？”她听闻简直眼前一亮，但依然努力保持着稳重、端庄的样子，“真的吗？我都没觉得呢，哈哈。”

杨景涛笑笑，移开目光。

“对了，你快要考 SAT 了吧？”杨萱体贴地问道，“我有些 SAT 的习题和单词书，我们一起复习吧！我也要考。”

“你才十年级，这么早就考？”杨景涛惊讶地侧目。

杨萱又甜甜一笑：“是啊，早点准备嘛！”

也对，她似乎一贯都挺努力的，对自己很有要求，也很有计划，和关柚有点像。他看着杨萱，若有所思地点点头。

“那晚上一起去图书馆哦！”杨萱略带撒娇的声音，仿佛说的是去约会而不是学习。

杨景涛思索了一下，想起来："明天吧，今晚不行。今晚我有个申请要写。"

"申请？"

"嗯，"他解释道，"National Honor Society，就是要满足 GPA、Leadership、Community Service 和 Character 四项标准，还要有推荐信，最后通过学校里几个老师组成的组委会评选才能入选的在全美高中里的一项极高荣誉。"这一大段话说的，杨景涛自己都觉得复杂。

"哇，这么严格！"杨萱显然也是惊异于还有这种东西的存在。

"嗯，"杨景涛点点头，"听上去是挺牛的，全美高中通用，大学申请的时候好像也会有帮助，所以筛选很复杂。"

"唔……那你加油啦……"杨萱鼓励道，"入选的人肯定特别少吧？"

"是啊，去年入选的一共 8 个，毕业了 6 个，现在就剩下两个，都是 senior……"说到这里，杨景涛不得不面对一个他很不愿意承认的事实，"……Joey 就是这两人之一，他现在是 VP（副主席）。"

杨萱愣了愣，果然 Joey 学长什么都是名列前茅，好厉害啊……但她看到杨景涛一脸愤愤不平的样子，连忙给他加油打气，"他是 VP 也没什么的嘛，因为他们现在只有两个人。你去申请，你肯定能选上，明年你也是 VP 了，哦不，明年你就是 President！"

杨景涛灿烂地笑了笑，感激道："谢谢你啊……杨萱。"

听到他叫她名字，她低下头，嘴角微微上扬，很是欣喜："我能申请吗？我跟你一起申请吧！"

"啊？不行，这个只有 junior 和 senior 才能申请，"杨景涛歉意地摇摇头，"不过你 GPA 连续三个学期 3.5 以上应该没问题吧？你明年申请吧！"

"噢，这样啊，"杨萱嘟起嘴，神色略为沮丧，但仍然甜甜一笑，"那你加油咯！"

冬日的湖面结了厚厚的冰，阳光穿透屋檐上几处垂下来的冰柱，晶莹剔透。湖边的雪鲜有被踩过的痕迹，反倒是湖面上有些车轮印迹，是摩托艇留下的。

"哎呀，这大冷天的，非要来湖边拍照！"谢诚哆哆嗦嗦地跟着康俊文一脚深一脚浅地踩着雪往湖边走。两人都很喜欢拍照，但谢诚只喜欢在秋天拍那些绚烂的色彩，康俊文却偏偏最喜欢冬天的冰天雪地。

"不觉得特别浪漫吗！"康俊文回头狡黠地一笑。

“不觉得，只觉得特别冷！”谢诚拼命摇头，说着又把羽绒服裹紧了一点。

“你坚持坚持。”康俊文不以为意，整个人直接跳进了前面的雪堆里。

“你干吗啊你？”谢诚生怕他被埋进去出不来。

“我要在这拍日落，隔着雪，把曝光时间调长。”康俊文一心一意只盯着相机。

“妈呀！”谢诚大叫一声，“你还打算在这驻扎啊？”

“很快，很快就好啦。”

谢诚摇摇头，嘴里念叨着：“明天一早，小镇的报纸就得报道，湖边发现两名冻僵男子，疑似某某学校学生……”

“那就出名了！”康俊文嬉皮笑脸地回过头，随即却伤感地说道，“唉，这是我在这里最后一个冬天了啊！”

谢诚一愣，还真是……这家伙要转学了啊。他沉默半晌，也钻进雪堆，蹲到了康俊文旁边：“你拍吧，想拍多久拍多久，我不冷了。”还真不是安慰他，而是他好像瞬间就真的不冷了似的。谢诚回想起这两年多和康俊文从入校成为朋友之后每一次斗嘴、打闹、一起出洋相，他忍不住笑了起来，同时还甚至抱有私心地希望康俊文的转学申请统统被拒。这样他就转不了学，就还会留在这里，和他们在一起。

音乐楼里，关柚终于鼓起勇气敲开了音乐老师办公室的门，来探讨一个她已经酝酿了一整个寒假的计划。

“哦？Jessie 啊，来，快请进！”白胡子老头 Mr. Friedman 笑眯眯地把她迎进来，“有什么我可以帮你的？”

关柚笑笑，开口道：“Mr. Friedman，我有个想法——我很想在这学期期末的时候办一场全校范围内的演出，邀请各种爱唱歌、擅长唱歌的同学们来表演，类似于 Coffee House，但是定在学期末，规模更大一点、更正规一点，演出之前要有集体排练、彩排的那种。”

老师想了想，点点头：“嗯，很好的想法啊！”

“那您觉得可行吗？”

“我觉得——没什么不可行的啊，哈哈。”Mr. Friedman 的回答让关柚很无语。什么嘛，感觉很多美国老师都是这样，你说什么他们都说，好啊，很好啊！但事实上又不会给予什么实用性的意见和帮助。

关柚无奈地再次开口：“那我就直接开始去问学校、联系我心中的演出人选了？”

老师点点头：“好啊，我觉得可以。你先去问问吧！场地要找学校活动管理的老师问。演员嘛，你可以从学生联系簿里面找到他们的邮箱，或者如果你们认识的话，你就直接发信息给他们。”

“就这么简单？”办一场全校范围内的大演出也几封邮件、几次沟通就可以搞定？关柚将信将疑。

“是啊，”老师和蔼地点点头，“我觉得这个想法挺好的，你放手去做吧，有什么困难随时来找我！”

“到时候可以请您当我们的指导老师来指导排练吗？”关柚喜出望外。不管怎么说，听起来并不难着手，怎么说也是个好消息了。

“当然可以啊！”老师爽快地答应。

门口传来敲门声，两人闻声转头，看见了音乐老师 Mr. Friedman 年轻貌美的妻子——戏剧老师。这两人之间的关系也是有趣了。听说 Mr. Friedman 前几年在戏剧老师来了学校之后，两人就一见钟情；后来两人每天一起工作，朝夕相处……就真的好上了。音乐老师离了婚，然后现在和她结婚了。对于这两人的态度，学生里面倒都是满满的祝福，把他们传成了一段爱情的佳话了。关柚也不知道戏剧老师到底有没有当第三者去插足，不过这两人都很有才华，这点还是令她钦佩的。

关柚和戏剧老师打了个招呼就出去了，一出门刚好碰到齐粤。

“我刚碰到戏剧老师呢，”关柚走过去，“下周就试镜了，你一定要去啊！别忘了在香港我们一起练台词的时候——你就拿出那种状态，一定没问题！”

齐粤笑笑，点点头：“好。我会去的。”

“嗯。”关柚欣慰地比出一个拇指鼓励他。

“你刚才去找音乐老师做什么了？”齐粤好奇道。

“噢，我啊，”关柚耸耸肩，“我想在学期末办一场大型的演出，类似……演唱会吧，像 Coffee House 那样，但更正规。”

“那很好啊！演唱会？太酷了吧，哈哈哈。”齐粤看起来兴趣盎然。

“但八字还没一撇呢，”关柚有些没信心，“我就先来问问，也不知道能不能办成。”

齐粤很欣赏关柚这种有什么想法立马付诸行动的精神：“但至少你在行动啊，你在为自己想做的事情努力着。我还……挺受你鼓舞的。”

看着齐粤很真诚的眼神，关柚受宠若惊：“真的假的！”没想到自己还有这种能力了？

齐粤点点头。

“那就更要去试镜啦！”关柚笑起来，趁机继续鼓励他。

“放心吧！”现在的齐粤已经下定决心了，“你的演出，也祝你顺利啊！”

“好！”关柚爽快地回应着，正要走，又被叫住。

“对了，”齐粤忽然想起一件重要的事，“你和我哥……谢谢你跟我哥说……关于我和 Rose 的事情。”他激动得有点语无伦次。

“嗯？”关柚一愣，随即想起自己和齐晋在酒吧露台那段简短的对话，其实本都是无心之举，“举手之劳。”

齐粤笑了，眼神荡漾着温暖的神色，柔和又明亮：“我离开香港前，他跟我说，以后我的事情自己做主；尤其是谈恋爱——他不再干涉了。”

没想到齐晋还真的去反思这件事了？关柚真没想到一次偶然的对话能对这兄弟俩产生这么大的影响。

“那很好啊，”她也笑着点点头，“你打算去找她……复合？”

齐粤愣了愣，“复合？我还没想那么多吧，”他不好意思地挠挠头，“但我还是去找她一下，把之前没说的话说清楚。”

“传球、传球！”

“Joey，防他！”

篮球场上球鞋摩擦地面发出的一声声尖厉刺耳却又带有律动的节奏充斥着整个球场，而教练的声音又洪亮地震动着每个队员的耳膜。

“Joey，快上一步——速度，速度！注意节奏，不要慌！”

真是见了鬼！

秃头教练平时也没那么关注他，今天怎么偏偏好像视线就全在他身上一样！

“嘭！”“咣当！”“哎呀！”

走神的瞬间，一个人高马大的黑人球员一个箭步冲上前，从邵东来不及闪躲，一下子被撞得一个趔趄，向后倒去。

“Joey！”黑人队员闻声回头，赶紧上前。

“Joey！”其次紧跟其上的必然是 Jayden，“你怎么样？”

从邵东正疼得龇牙咧嘴，脸上苦不堪言的表情，嘴角向下撇。

“走、走，送他去楼上医务室！”Jayden 和黑人队友一边说一边示意其他人，要把从邵东抬起来。

“Joey，你感觉怎么样？”秃头教练也来了，语气虽然稍微柔和了一点，但仍然没有什么波澜。

从邵东摆摆手，脸色煞白地深呼气了几次，说道：“我没事。”

“还没事！”Jayden 气得拍了他一掌，“又逞强！”

“我坐在场边，看完训练再去医务室吧。”从邵东看着教练轻声说。

教练蹲下来检查了一下他的膝盖，神色凝重道：“你还是现在就去吧！”

“这是老伤了，我心里有数——”从邵东还想为自己辩解，但教练和队友纷纷打断他，不由分说就把他送上了楼。

“你这左膝盖之前就伤过吧？”校医满脸严肃地一边往从邵东的膝盖上绑冰袋一边问道，“之前的伤是不是没休息好就又训练了？你看看今天，韧带又拉伤！别动！”

从邵东听着校医的数落，一脸无奈地看了看 Jayden，Jayden 却毫不理会，反而学着校医的语气，指了指从邵东：“听见没有？别动！”

“你。”从邵东比了比拳头。

“还比拳头呢？”校医没好气地瞪了从邵东一眼，递给他一袋东西，“好了，冰袋绑好了，剩下的药都在这里。”

从邵东点点头，闷声道谢。

“一周内都要尽量避免多走动，两周内不要剧烈运动！”校医在身后叮嘱着，从邵东却已经以最快的速度走出了门。

只有 Jayden 嬉皮笑脸地探身回来：“好的好的，谨遵医嘱！”

“两周啊，兄弟。”Jayden 送从邵东下楼的路上念叨着，“你……打算听话吗？”两周后就是今年的篮球赛季选拔，如果两周不训练，选拔赛的结果不容乐观；可如果强行训练，留下病根，以后形成慢性伤更会使得运动能力整体减退。从邵东也必定明白这个道理。

“不知道。”从邵东烦躁地闭上眼睛，皱着眉头挠了挠头，试图推开 Jayden，尝试自己靠着墙走路。

“你行吗你？”Jayden 看着从邵东逞强的样子，不放心地放开了手，“要不……要不训练先缓缓？”

“我这样子，暂时也没法训练啊，”从邵东撇撇嘴，“但我看看吧，最多休息一周，恢复好了马上就回来训练。”

“你不怕落下病根啊？”Jayden 还是担心。但的确，今年是他们最后一个篮球赛季了。若不是毕业生，他们也不至于如此为难。

从邵东叹了口气："如果错过高中的最后一个赛季，以后想想会更遗憾吧。"

关柚走在路上跟 Liz 打着电话，说着自己想筹办年终演唱会的事情，而 Liz 说自己会帮忙通知身边一众朋友、分分工，大家都来鼎力相助，和她一起实现这个想法。有朋友的感觉真好啊。关柚体会到了什么叫齐心协力——但愿能事半功倍吧！远远地，在黄昏的光线下，她看到迎面走来一个人，一瘸一拐的，但是看身形……怎么那么像从邵东？

还真是他！

"你怎么了？"她隔着段距离，边喊话边走上前去。

她怎么在这？

从邵东皱皱眉，站定，语气淡定地说："没事，打球的时候摔了一下。"

关柚迟疑了片刻，指着他腿上的冰袋："可你这都……都这样了，你……没事？"

"……没事。"从邵东语气坚定道，"哎呀，你先走吧！"他不想让她看到自己一瘸一拐的样子。

"噢，"关柚将信将疑地看着他，但这一脸冷若冰霜的样子，让她顿时也懒得再关心，便直截了当地回头，说着，"那我走了！"

从邵东站在原地看着她的背影，啊——这就……真走了？他撇撇嘴，忽然又后悔自己刚才说的话，不得不低下头，独自继续一瘸一拐地缓慢移动着步伐。但突然——一只手抓住了他的左臂——是关柚又回来了。

"逞什么强啊你这样子！"她翻翻白眼，用力扶住他的手臂，两个力道很快一个向上一个向下，合为了一体。

夕阳下沉的这几分钟时间，天色总是变换得特别快：漫天的金光和晚霞，很快光芒消失不见后就只剩落日最后一点点余晖，然后褪下去、再褪下去，暗淡了之后接管天空的就是夜幕的深沉和宁静。

雪花又开始飘了，落在两人的头上、肩膀上、手臂上，远远看去就是两个互相搀扶着艰难前行的雪人。

从邵东转头看了关柚一眼，雪花一片片落在她头发上，有的正在融化，有的贴合在她的发顶，厚厚的一层。他伸出手。

"你干吗？"关柚被从邵东突如其来地伸向她头顶的手吓了一跳。

他一把拉上她的帽子，然后面无表情地转过头："满头都是雪，帽子戴上！"

关柚一怔，停下脚步，也伸出手够着去戴他的帽子。

从邵东下意识一躲，但随即嘴角也勾起一个努力压抑却仍然上扬得越来越大的弧度，笑道：“够得到吗？”然后伸出手，自己戴上了帽子。

齐粤坐在沙发上，给自己斟了一杯热茶，在窗前看着外面越下越大的雪。

“周五晚上有空吗？放学后出来聊一聊？”按下发送键——发送至 Rose。

过了一会儿，Rose 回复了：好啊，要不一起去小镇看冰灯吧。

小镇在一月会举办一年一度的冰灯展览，齐粤每年都会去，Rose 大概也是猜到了这一点。虽说时隔一年多，第一次出来谈和就相约出游似乎有点过火，但既然已经打算冰释前嫌，就也没什么不妥吧。

于是他回复道：“好。”

“好啦，你宿舍到了，我先走啦！”关柚终于冒着雪，成功把从邵东送回到宿舍门口。

“欸，你等等。”从邵东却叫住她，“SAT 的复习资料你要不要？”

“复习资料？”要的话固然好，但好像也没那么用得上？关柚正思索着。

“哎呀，先进来，”从邵东不由分说地拉开了门，直接朝里面走去，指了指沙发，“你先在客厅坐一下。”

“我……”关柚虽然坐在了沙发上，但还是犹豫不决地推托，“其实我有 SAT 书，不用——”

“这上面可是有我的笔记哦，真传！”从邵东不给她推辞的时间，回头狡黠地笑笑。

“……好吧，”看着他一瘸一拐却执着的样子，关柚只得作罢，便在后面喊道，“你小心点啊，慢慢走。”

她正端详着男生宿舍客厅里的一些摆设，从邵东一楼走廊尽头的房间那边却传来一声巨响。

“What the fuck!”从邵东抱怨着室友乱堆了一地的各种东西，也不知道是踩到什么了，他本就重心不稳，现在更是脚下一滑，就摔了下去。

“从邵东！”关柚惊觉地站起身，跑到客厅和走廊的交界处，不安地往里张望。可惜学校有规定，低年级男女生不得串宿舍，而高年级男女生即使被允许进入对方的宿舍，客厅也是唯一的共同活动区域，绝对不能进入走廊区、更不能进房间。

从邵东坐在地上，正艰难地起身，似乎听到了关柚的声音，但膝盖又一次火辣辣疼痛的撕裂感让他喊不出声音。

“丛邵东！”关柚加大了音量，又叫了一声。这时候哪怕有个宿舍里的其他同学出来也好啊，这样就可以帮忙去看一眼了——可还是没人答应。

肖恩和丛邵东在同一个宿舍，他的房间在二楼靠近楼梯的位置。肖恩正准备出门去食堂吃饭，却听到一个女声用中文叫着 Joey，还是直呼其大名，是——关柚。果然是她。她怎么会在这？

关柚心里焦急，四下张望了一圈，毫无人影——那要不……要不就偷偷跑进去一下，看一眼他，确保他没事就再跑出来，应该问题不大吧。

肖恩隔着楼梯的缝隙，看见关柚竟然东张西望了一圈之后就跑进了楼道？！他也急忙蹑手蹑脚地跟了下去。

“丛邵东！”关柚一路跑到他房间，第三次喊他名字了。

“嗯，我没事。”丛邵东终于答应了。她进门的时候正看到他挣扎着起身。

“欸，慢点！”她连忙上前去扶他，扶到椅子边，坐下。

“这些都是。”丛邵东指了指桌上的厚厚一摞书和打印的纸，纸上有单词默写和笔记，都是他精挑细选出来的。

“这么多！”关柚挑挑眉毛，“好吧，谢啦。”又不放心地回头看看他，“那我……先走了？”

“我送你出去。”丛邵东说着就要起身。

“欸，别了别了。”关柚连忙制止他，嘲笑道，“就你这速度，你再送我出去，我怕是回不了宿舍了。”

他无奈地笑笑，也对。“那你自己小心点，别被人看见。”他叮嘱道。

“嗯。”关柚刚点下头，外面就传来宿管的声音。

“怎么这个时间回来了！”丛邵东一惊。完了完了，可能要临时查房——也对，最近学校管得很严，所以各个宿管也的确在逐渐行动起来了。哎呀，怎么没想到呢！

听着宿管的声音由远及近，刚还是开门声，现在已经进了客厅，关柚吓得六神无主，求助地看着丛邵东，“怎么办、怎么办！”这要是被抓到可是要记处分的。她环顾着房间，衣柜里？床底下？哪里能藏？或者……直接跳窗？

丛邵东看着她的目光便否决：“今天看样子就是要检查宿舍有没有藏东西，所以这些地方绝对没戏。”

“啊？！”关柚绝望了。

“跟我走。”丛邵东却果断地一把拉起她，走出了房间。

关柚顿时觉得双手冰凉，两条腿就麻木地跟着丛邵东走，也感知不到冷热。

肖恩本来侧耳站在门外，突然被“嘭”的一声门响震到：“哎哟！”

丛邵东和关柚撞见肖恩，同时都是一惊。但也来不及说话。丛邵东右手拉着关柚，左手扯过浴巾，穿过走廊，就冲进了厕所。

外面的宿管已经开始挨个房间敲门了。宿管是一个个子矮矮的香港男人，戴黑框眼镜、梳着一个马尾辫、留着小胡子，教高年级的数学和物理；为人其实很风趣，特别喜欢收藏蜘蛛侠模型，但看起来总是冷冷的，不苟言笑。听说他是会讲中文的，但他从来没有和学生们讲过；中国学生群里给他的外号就是“香港人”或者“小辫儿”。

丛邵东迅速关好厕所门，拉着关柚进了洗澡间，打着手势示意关柚：“你靠墙站，往前一点。”然后打开了水龙头。

“肖恩，你怎么站在这啊？”宿管巡查完了一楼的每一个房间，只剩下丛邵东这最后一间房了。

“噢，我……我刚才来找 Joey，正准备回房间。”他下意识说了个谎。

“Joey 呢？”宿管看了看空荡荡却开着灯的房间，问道。

已经到了八点要回宿舍报到的时间，若是说丛邵东没回来，那也是有问题的——更何况这房间的样子明显就是刚刚有人回来过。肖恩无奈，只得指了指厕所：“他去洗澡了。”

“洗澡？”宿管说着就推开了厕所门。

此时的丛邵东和关柚正紧紧地贴在这个淋浴喷头还往外洒着水的密闭小空间里。丛邵东半裸着上身，花洒溅出的水珠溅到他的头发上、肩膀上、胸膛上。关柚的头发和肩膀也被溅湿了一小片。水声哗啦啦地盖过了两人的呼吸声，但关柚依然能感受到自己和丛邵东的心都跳得厉害；眼前是他结实的胸膛，还有旁边的手臂、下面的腹部，都是好看的肌肉线条。

听到外面宿管和肖恩的对话，两人的心都提到了嗓子眼。

“Joey？”宿管进来了。

“嗯？在呢。”丛邵东假装不经意地从里面含糊地应答着。

“你刚从外面回来？怎么这个时间洗澡了？”按理说，8 点到 9 点半是“安静时间”，大家都应该在房间学习或做自己的事情；可以聊天，但没有特殊情况，不应该在客厅聚集、发出较大声响或者洗澡。

丛邵东伸手围上浴巾，走到洗澡间第一层和第二层浴帘之间的小空间，探出个头，笑呵呵地跟宿管说："我刚才篮球训练摔伤了，在外面走得慢，落了一身的雪，就想冲个热水澡。"

"噢，是这样，"丛邵东一贯成绩优异、表现得规规矩矩，宿管自然也不会为难他，反而关照道，"洗个热水澡也好，别着凉了。你看你脸通红，一看就是在外面冻的时间久了吧！"说完便转身走了。

丛邵东却愣了愣，摸摸自己的脸，还真是没淋热水都已经滚烫，心脏也跳得厉害……他深吸一口气，平静了一下——肯定是……蒸汽太热了，熏得吧！

重新钻回洗澡间，他伸手关掉了热水，但胸前还是传来一股股热气，也不知道是残留的水蒸气还是关柚的呼吸。

他连忙迈出了洗澡间，看看她，说道："应该安全了，已经查完房了。"

"噢，好。"关柚点点头，但眼神还有点呆呆的，似乎还没从刚才这惊心动魄的一幕里缓过神来。

关柚走后，丛邵东去客厅接水的时候又碰到肖恩，也没计较他怎么会在门口偷听，只是对他简单地道谢，毕竟他没在宿管面前揭穿他们。

"怎么感谢我？"肖恩一脸的阴阳怪气——真是莫名其妙帮他们圆了谎，自己还错过了晚饭。

"你们是没看到啊。"走出丛邵东宿舍的关柚立马在"四人帮"的微信群里汇报，讲着自己和丛邵东刚才这一幕，"刚才真的是太惊险了！"

康俊文却回复：哎哟，真是太可惜了。

关柚不解：可惜什么？

康俊文的话让众人感觉到他那张挤眉弄眼的脸好像已经浮现在了眼前：厕所邂逅、英雄救美——这之后通常都得发生点什么不同寻常的故事啊，可你们这就——各回各家了？

谢诚连发了几个大笑的表情。

康俊文又说：承认吧关柚，爱上Joey了吧？

关柚发了一串省略号。

康俊文锲而不舍，还开始帮她重新改编起故事：一个月黑风高的雪天夜晚，Joey挺身而出，带着你冲进洗澡间。混合着芬芳的洗澡水，他含情脉脉地看着你，说，Jessie，你真美。怎么样？

谢诚立马回复：你太恶心了啊康纯满……还芬芳的洗澡水，都怎么想出来的！

关柚刚进宿舍，一边掸着头上的雪，一边盯着手机屏幕爆笑。

康俊文说完，关柚马上又转场炮轰谢诚：还有你，谢诚，我看最近肖恩看林想的眼神又有点苗头不对了，你再不抓紧表白，就要被别人抱得美人归了。

又聊了好多回合，王沐成一直没动静，谢诚忍不住发了一句：老王呢?

结果王沐成秒回：都去学习，别聊了!

哈，原来他一如既往地在潜水。

“好了好了，我真去学习了。明天还有历史考试，而且我还有 NHS（National Honor Society）的申请要交。”关柚想到课业、SAT、申请……事情真的是多到要做不完了。

谢诚放下手机也准备学习，电话却又响起来。

“上线吗？快点，我们去抓刺客！”杨景涛的声音响起来，手边还摊开着 SAT 书。

# 复合在即

都说十二月底是日照最短、黑夜最长的，而一月底则是一年中最冷的。夏日入伏，冬日入九，现在正是“三九四九冰上走”的时候。

按关柚的习惯，周六自然是要睡到中午，直到正午太阳都晒屁股了才肯起床。

“你在干吗？”是康俊文的信息。

关柚打着哈欠，回：刚起。

不一会儿，康俊文又发来了：错了，我问的是“你在干吗”，重音在第三个字。

关柚愣了愣。

他继续发：你应该回答，没在干。

她瞬间反应过来，随即大笑——这个康俊文！

贫了一通，康俊文叫关柚晚上一起去镇上有名的三明治专卖店 Best Hoagies。

关柚洗漱完毕，想起丛邵东的膝盖，顺手发信息问候：你膝盖怎么样了？

没想到丛邵东回复：今天在外面打比赛，要很晚才回来。

这才一周不到又去打比赛了？！真是不要命啊，关柚无语地放下手机。

林想也刚起床不久，正在发信息和谢诚聊天。

林想说：最近都不知道该画些什么，画的都是老师安排的内容，感觉失去灵感了。

“灵感怎么会失去呢！天赋是与生俱来的，”谢诚安慰道，又说，“等我一下！”

“欸？”林想正觉得莫名其妙，结果十分钟后，就看到谢诚出现在了她的窗户前面。

“林想！”谢诚东张西望了一下，凑上前去敲着她玻璃。

“你怎么跑到这里来了！”林想吓了一跳，惊讶地瞪大了眼睛，吓得赶紧拉下了窗帘——自己这副蓬头垢面的样子……不行不行！赶紧先去洗漱一下。

“……是我太冲动了吗？惹她生气了？”谢诚正自我怀疑，纠结要不要跟林想道个歉。

“哎哟？”Kelly 经过走廊，看到冲进洗手间的林想又听到窗外谢诚的声音，忍不住八卦起来，“你跟谢诚，这是进展到哪一步了？一大早就跑来你门前。”

“哎呀，我也没想到啊！”林想一边最快速度洗着脸，一边含糊不清地说道，“丢死人了！他突然就出现在我窗前……我就这副样子……啊，脸都没洗、头发也没梳……”她嘴里念念叨叨的，擦干了脸又跑回房间，开始换衣服。

Kelly 紧跟其后，笑道：“你这么紧张干吗？看到谢诚你这么紧张干吗？”

“我——”林想一时语塞，脸有点微微发红，“哎呀，你出去啦！我要换衣服了！”说着就把 Kelly 推了出去。

谢诚还徘徊在林想的窗前，想着自己刚刚的举动是否不妥，该怎么跟她道歉呢？

门突然开了——林想出来了，穿着黄色毛衣和背带牛仔裤，头发扎成了马尾辫。

“谢诚！”她从门里面蹦出来，拍了一下他肩膀，笑嘻嘻的。

“你……”谢诚怔了怔，“我还以为你生我气了呢，我这么跑来……”

“啊？”林想愣了一下，“啊呀，没有啊……”她不好意思地说道，“我刚刚……蓬头垢面的……不好见人呀……不过我们去哪？”她话锋一转，眼神又是神采奕奕的了。

谢诚呵呵一笑，说：“走，带你去个好地方！”

他带着林想穿过校园的中心区，沿着小径，走到湖边，而更隐秘的则是湖边的小树林里还有一条步行踩出来的小路，旁边是一条废弃的铁轨。虽然都已经被厚厚的白雪覆盖，但这个地方看起来依旧充满诗情画意：前面是湖，旁边是树林；如果在春天，这里一定鸟语花香，色彩绚烂。

“这里好漂亮啊！”林想回头看向谢诚，不由得感叹，“我从来不知道这个地方欸！”

“嘿嘿，”谢诚神秘地一笑，“是啊，这个地方很少有人知道的。这是我和康俊文经常一起在户外跑步，有一次跑错了路才偶然发现的。”

“嗯。”林想环顾四周，频频点头，“这个地方真的可以——可以作画写诗了！”

“怎么样？是不是感觉灵感大增？”谢诚认真地问着她，随手折下一根短树枝，在雪堆上画着什么图案，心里反复纠结着：酝酿了这么久，一个寒假磨了这一剑，今天是不是该……

林想凝视着延伸向远处的铁轨，若有所思地点点头：“嗯，还真是感觉不一样。思路……好像真的是更开阔了。”

今天阳光很好，中午走在外面晒着暖暖的太阳，倒也不觉得冷。阳光照在堆起来足有一人高的雪堆上，把雪上面一点一点、晶莹剔透的小颗粒都照得格外立体，透出点黄色里面带了一点点橙红色光圈的亮度。但雪堆还是厚厚的——或者说，冰堆；在这个小镇，冬天的积雪堆在路边长达几个月，已经不是今天下了雪过几天就化掉的概念了，而是数月的千里冰封，万里雪飘。

“画什么呢？”林想凑到谢诚旁边，蹲到雪旁边，端详着谢诚画出来的图案。

谢诚哈哈一笑，说：“你猜？”

林想思考了片刻，指着那个图案，说：“三根像草一样的东西……看不出来。”

“什么草啊！”谢诚佯装生气地抱怨道，“明明就是火苗。”

林想抬头望着他，睁大了眼睛：“火苗？！什么嘛，你在逗我吧！火苗哪有你这个样子的……”她嘟起嘴，也拾起手边一根小树枝，“来来来，换我来画，你来猜。”

谢诚看着林想在雪堆上画出的一个圈，扁扁的，觉得毫无头绪：“呃，这是……鸡蛋？”

林想听闻，一脸不可思议地抬头看着谢诚：“鸡蛋？！”

“呃……那就是……一个躺着的鸡蛋？”谢诚继续硬着头皮修改自己的答案。

林想被他气得都笑了：“这明明是戒指！谢诚你个白痴！哈哈哈。”

谢诚挠挠头，不好意思地笑笑。眼看林想笑得身子都一歪，他连忙伸出手来拉她起来。

四目相对，林想赶忙松开谢诚拉着她的手，目光移向别处；而谢诚心里还在继续盘算着，万一表白被拒，不会连朋友都做不成了吧？

她往前走着，四周没有鸟叫，但是静静的雪堆后面似乎有些小动物的声响。“这里不会有熊吧？！”她忽然惊恐地回头看着谢诚。

他大笑：“不会的，放心吧！”

两人一路走，沿着湖边又走回了校园。

告别的时候，林想似乎依依不舍。她低着头，犹豫地说着：“那我进去了？”

而谢诚的心里则是在打着鼓——康俊文那个贼眉鼠眼的表情又浮现在他眼前了。他双手握成拳头，嘴唇也抿紧，喉结动了动，怎么办——表白？不表白？

林想见谢诚不说话，只得尴尬地打算离开，在他眼前挥了挥手：“喂，发什么呆啊？我走啦！”说着便转身离去。

“欸欸欸，林想！”谢诚情急之下，一紧张，直接拽住了她的胳膊。

“啊？”林想一惊，连忙想抽回手。

但谢诚却忽然平静了下来，定神凝望着她的双眼，用比打英雄联盟还全神贯注、比考试还要认真的态度，问道："林想，你……你愿意做我女朋友吗？"

"啊？"林想再次——不能说十分惊讶，但依然是措手不及地张了张嘴，看着平时一贯稳重的谢诚像个孩子似的手足无措的样子，忍不住笑了出来。

她低下头，不看他，但轻轻笑着点了点头。

快到晚饭时间时，关柚出门就看到康俊文正在宿舍门口等着她，行为又鬼鬼祟祟的，也不知道在干吗。

"康纯满！"关柚猛地跳到他身后。

"嘘！"康俊文回头瞪了她一眼，"小松鼠都被你吓跑了！"

两人一路走，看到路边的灯亮起来，每隔两三盏路灯上面就贴着关于冰灯节的小广告。为期一周的冰灯节在这个小镇也算是个特色了，四面八方的人都不乏甚者会特意为此前来。

推开小餐馆的门，热气扑面而来，康俊文的眼镜瞬间结了一层雾气。

"你要的什么？"刚点完餐的关柚坐过来，问康俊文。

"烧烤牛肉的三明治，里面加洋葱和蘑菇。"康俊文回答，眼睛却目不转睛地盯着自己的手机。

"噢，"关柚点点头，"跟我一样啊，不过我比你多加了芝士。"

刚来美国的时候，她很不解为什么美国人会喜欢这种臭烘烘的东西，闻起来简直像两周没洗的衣服！但时间久了，慢慢竟是越来越习惯；点什么东西，但凡有芝士这个选项，她基本都会加进去——谢诚每次还是会吐槽一下，似乎身边大部分中国朋友还是不那么习惯芝士的。

康俊文不加芝士是因为他对奶制品过敏；王沐成对鱼过敏；谢诚特别讨厌稻草人中餐馆里美式中餐那种油炸的"甜酸虾"，对那个酸甜黏稠酱料尤其反胃；而关柚嘛……是吃的都行，从来不挑。

"想不想走进 Joey 的心里？"康俊文举着手机抬起头，对着关柚挑挑眉毛。

"什么乱七八糟的。"这家伙，又犯什么病。

"他今天跟校队出去打比赛了，要很晚才能回来，可能得快十点——那时候食堂就关了。"康俊文慢慢悠悠地晃了晃手机，别有深意地看着她。

"我知道啊。"她记得从邵东跟她发信息是这么说的，"……所以呢？"

“他拜托我帮他买个三明治带回去，不如——你去带给他吧！”他笑嘻嘻地出主意。

“我？”关柚愣了愣，“……为什么要我去？”

“哎呀，真是朽木不可雕也！”康俊文一脸的恨铁不成钢。

“31号、32号！”柜台叫号了，康俊文和关柚的三明治都做好了。

“快去快去，你拿三明治的时候顺便就把他的也点了。”康俊文催促道。这个小餐馆，每天生意都出奇的好，尤其是在周末，排队的人从柜台到门口，还能再折过来再到柜台。老板是个老太太，加上两个伙计，好像总是忙不过来，因此要等得相对久。

“噢……”关柚犹豫着起身，走到柜台却又跑回来，“不对啊，可我不知道他爱吃什么呀。”

“我知道！”康俊文早有准备，胸有成竹地微微一笑，“你买一个 large 的 meatball sub，再加一份 small 的田园沙拉；三明治加 cheese，沙拉的沙拉酱要单放。”

“这么复杂？！”关柚睁大眼睛抱怨道，“而且他怎么吃这么多？！”

康俊文笑起来，“是啊，他不光是买 sub 要 large，有时候一个 large 还要再加一个 small。见着比你能吃的了吧？”关柚已经是出了名的能吃，“meatball 是他的最爱，而且他每顿必须有蔬菜，所以一般都会加一个小份沙拉。”

关柚若有所思地点点头，说着：“你知道吗，我在香港的时候和齐粤他们去看赛马，他们就给我讲，那些马都特别金贵，每顿吃多少、食物里要包含什么营养素、平衡膳食等——丛邵东真是有一拼了！”她翻翻白眼。

“没关系，”康俊文手一挥，又扶了扶眼镜，挤眉弄眼道，“今后你把他拿捏在手，到那时候，你给什么他就吃什么；只要是关大小姐给的，Joey 都爱——你觉得怎么样？”

关柚笑起来：“行了啊，又开始胡说八道……不过你怎么对他的喜好知道得这么清楚？”

康俊文摇摇头：“唉，说起来啊，我第一次来这个店就是 Joey 带我来的。而 Joey 呢，他第一次来……是齐晋带他来的。”他抬头看了看她，“我那时候刚来，九年级新生，什么都不懂，就他，总愿意带着我来镇上吃吃东西、去 mall 买买便宜货——噢对，Joey 挑起东西、节约省钱这一点——真是无人能及！”令关柚不解的是，每次提到丛邵东，康俊文都赞不绝口……切，那个木头，康俊文竟然还总说他人好……

走去柜台点完单回来，两人继续坐下吃着聊天。

“齐粤！”Rose化好妆、穿好大衣、一切准备就绪走出门时，齐粤已经在门口等候多时了。就和从前一样，每次她推开门，映入眼帘的都一定是他笔挺的背影。

好久没和她一起出去了。齐粤微怔，但一切都感觉还是那么熟悉。

他微微颔首，久违的温和神色，没有视而不见的冷漠。

他终于不再对自己置之不理了。Rose似乎很受鼓舞，快步走到他身边。

“走吧。”齐粤轻声说，两人便向小镇走去。

除了互相的寒暄和客套话，一路上，两人并无太多话题。

冰灯自然是好看的，五光十色的，远远看去竟衬托得小镇都好像热闹、繁华了起来，似乎街道变得灯红酒绿——但走近一看才发现，街道还是那几间已经歇业的旧店铺，路上行人也仅是三三两两，路灯稀疏、光线又昏暗，只是冰灯的虚张声势罢了。也只因为这冰灯节的缘故，冬天的周末晚上在这个小镇的中心广场聚集的人群也比平时多了一些。

“你……”和齐粤围着冰灯走了一圈了，Rose每次都是欲言又止。她想说“你怎么样”，但这个问题好像已经问过了；“你这一年过得好吗”“试镜加油”“大学申请得怎么样”……这些话题都是他们来的路上已经互相都客客气气问过的开场白，但回答又无非都是些“还好”“挺好的”“谢谢”“还不知道，在等结果”——越客套反倒越显得生疏了。

还是齐粤先开口了。

“其实我约你出来，主要是想……是想说，”他站在一座冰雕小鹿旁边，侧身转过来，面向她，“之前我们之间闹过的那些不愉快……就让它过去吧。以后我们见面也不至于老死不相往来，毕竟……毕竟同学一场。”他难得如此认真地和她眼神相对。

Rose眨了眨眼睛，瞥向那盏小鹿冰灯，又转回头抬头望向他。她睫毛那么长，在一双大眼睛上面忽闪忽闪的：“同学一场？只是同学一场吗？”捕捉到他眼里闪过的一丝不安，她继续趁热打铁，“齐粤，其实我们当初……是可以不分开的。”接着，她神色又暗淡下去。

“说这些做什么？”他淡淡地打断她，语气听起来轻描淡写，但实际上眉头却紧锁，胸口起伏着，躲过了她的目光。不得不说，Rose还是Rose，一如既往的美艳，又明媚又总是充满热情，一不小心太靠近，就感到一种被灼烧的炽热。

她犹豫着，就算提到肖恩可能会让他生气她也决定还是把话说开，因为她明白，那是他们之间一个解不开的心结。于是她凝视着他的眼睛说道：“我和肖恩其实并没什么。是你和我分手之后，我每天都很难过……后来他总来找我，我才和他……走得比较近。”

齐粤忽然很受伤，眼神略微带了点怒色。

“但他的为人你又不是不知道，我也是……一时糊涂。”Rose 赶忙把责任都推到肖恩头上，可怜兮兮地说着，眼里还开始溢出了盈盈的泪光。

她竟然眼里都充满泪水了。齐粤顿时心软了，下意识地就抬起手，很想替她把泪水擦去——他最不愿看到她难过了。但刚伸出手，他又立即意识到这样不妥，很快收回了手，只是说：“你别哭啊，我……我也没怪你。我已经不怪你了，都过去了。”他很想拍拍她的肩膀，或是抱抱她，给她一些安慰。但他克制着自己。

然而，齐粤的小动作却没能逃过敏感的 Rose 的眼睛。她顿时眼睛又睁大了一点，满是憧憬地眨了眨：“你不怀念我们以前美好的日子吗？那些回忆，迪斯尼、香港、上海，上课的时候偷偷传纸条，晚上熄灯后还偷偷视频……”她越说越动情，眼泪唰唰地就掉下来；说到两人纷纷机智地躲宿管这样某些好笑的情节，她又忍不住一秒就破涕为笑。

“你真是喜怒无常啊，时而哭时而笑的。”齐粤还是忍不住流露出心疼又宠溺的神情，拍了拍她肩膀。他的思绪被她带动着，想起他们的种种过往，最难过的也最开心的，最甜蜜的也最伤悲的……高中前两年那么多携手一起走过的时光，第三年怎么竟然说不联系就不联系了呢！唉，转眼又是一年，也就这么恍恍惚惚地过去了……

看着他凝望远方的深邃眼神，她吸了吸鼻子，问：“在想什么？”

他收起回忆，笑笑，摇头道：“我也想到很多以前的事情啊。现在想想，回忆的确挺美好的。”

和康俊文分开之后，关柚去了丛邵东宿舍门口等他，等了好一阵他才姗姗来迟。

丛邵东的脚步由远及近，到宿舍门口的时候站定，看到面前这个矮小的身影……嗯？康俊文又在搞什么鬼？

“你终于回来了！”关柚转过身，哆哆嗦嗦地递给他手里的袋子，“喏，您的送餐服务！”

“……怎么是你？”丛邵东接过袋子，却是一头雾水。

“呃……那个，康俊文临时有事……”关柚连忙扯着谎。

“噢。”丛邵东点点头，想问她“冷不冷”，但这句话就是死活说不出口，“你……快回宿舍吧。”本来还有后半句“别冻着”，但说完前一半，这后半句就被他吞掉了。

“嗯。”关柚点点头，在转身之前却看到从邵东身后走来的两个人影……是——齐粤？

是齐粤和Rose。

从邵东转过身，也看到迎面而来的这两个人。他和齐粤对视了一下，但两人很快纷纷移开了目光。关柚注意到了这一点，但她现在也顾不上再想从邵东和齐粤之间的恩怨。她本想和齐粤打个招呼，却又看到Rose充满敌意的目光。她的眼神碰到齐粤的眼神，两人都只是微微笑了笑，点了个头。

四个人尴尬地在宿舍门前相对而立半晌。

“我先进去了。”齐粤偏过头，温柔地对Rose说道。

“嗯，好。”Rose乖巧地一笑，“晚上早点睡呀。”话音落下，她朝关柚得意地扬了扬下巴，鼻子里冷哼一声。

看着擦身而过的齐粤和得意扬扬的Rose，关柚心里忽然五味杂陈，像是空了一小块——是该为他和Rose冰释前嫌而高兴呢，还是该为自己从此失去了齐粤这个知己而悲伤？

齐粤经过自己旁边时错了错身，从邵东微微侧目，皱了皱眉头。其实他何尝不想与齐粤和好如初呢？想起寒假的时候关柚给他打电话时说过的话，又看到齐粤和Rose现在复合的模样，他们之间的恩怨也该清一清了吧……其实本来，兄弟间又哪有那么多过不去的仇呢？回过神来，他注意到Rose胜利者一样的姿态和关柚失落的神情，也不知是哪根神经搭错了，忽然就有了把刚才的话说完的冲动。他开口就对关柚说道：

“改天去Hoagies，请你吃饭，当答谢今天的了。”

“啊？”关柚抬头诧异地看了他一眼。

正转身离开的Rose和已经拉开门的齐粤听到从邵东的话，动作同时也都慢了半拍。

从邵东勾起嘴角，先是笑了笑，随后又回到面瘫表情，说道：“赶紧回去，太冷，别着凉。”一个多余的字都没有。

“啊？”关柚刚平复下去的心情又是一惊——什么时候这块木头竟然也会关心人了？！

看到Rose转头对他不满地眯了眯眼睛，从邵东耸耸肩，满不在意地转过身回屋了；或者说，甚至是对她的反应有些满意。

齐粤站在门口，从屋里用手扶着门。

从邵东看到齐粤在门缝处的手，微怔，喉咙略带沙哑地慢慢吐出："……谢谢。"

齐粤没说话，只是依旧静静地扶着门；也没看他，但却等他完全进了屋，才松的手。

过完周末就是音乐剧的试镜了。

"下一位，Eric。"

听到老师叫自己的名字，齐粤深吸一口气，走向台前。

"加油！"身边的 Rose 笑着为他打气助威。

他对她笑笑，缓缓地走向舞台中央，眼前仿佛出现了香港从山上望下去的景色，左边的 IFC，右边的中银大厦，还有蓝天白云、开阔的维港、对面的九龙和更远处连绵不断的群山。而关柚的声音在耳边响起，那句台词，"Let's go home now"——他的心脏怦怦地跳得厉害，指尖微微颤抖。还是有些紧张。

不要怕。齐粤对自己说，就像那天一样，就把这里想象成香港自家的阳台，想象成自己是在和关柚练习对台词那样简单。

他再次深呼吸，然后在聚光灯下站定。

"准备好了就开始吧。"台下的戏剧老师笑眯眯地说道。

"好。"他点了点头。

周三通常只有半天的课，因此下午完成体育或者艺术活动之后，不少人会选择放松一下，去小镇转转，或者去体育馆玩篮球、去艺术楼画画，等等。

杨萱依旧中午只吃了一碗沙拉，下午撑不住了才吃一片面包，但吃完之后很快就后悔——又是主食的卡路里摄入——不行！于是她现在正在跑步机上挥汗如雨。已经跑了半个多小时，胃里空空如也的杨萱快要撑不住了，眼前发黑。

终于停下跑步机，今天晚上她和 Rose 约了去小镇吃比萨——这次是 Rose 主动约的她，她也不好意思拒绝。餐厅也是 Rose 挑的，但比萨……杨萱在减肥中，是肯定不会吃的。唉，她叹了口气，到时候又要找个借口点沙拉，然后看着 Rose 吃香喷喷的比萨了。

见到 Rose 第一眼，杨萱就发现她眼角眉梢都带着笑。

"什么喜事啊，这么开心？"杨萱跑上去问道。

“嘿嘿，”Rose 一笑，先是卖了个关子，随后才肯解释道，“我和 Eric 和好啦！”

“啊？”杨萱先是一惊，这也太突然了吧，毫无征兆啊，“你们复合了？”

Rose 摇头，“还没……不过至少是关系缓和了不少！”然后她眨眨眼睛，胜券在握的样子，说道，“复合——指日可待。”

杨萱正笑着打算附和，却看到正前方关柚和杨景涛有说有笑地并排走着，也是去往小镇方向。

“好久没和你一起去 Dunkin Donuts 啦！”关柚开心地大声说着，还捅了捅杨景涛的胳膊。

“是啊，想我了吧？”杨景涛得意地大笑。

“想你？”关柚侧头做出不屑的表情，“才不想！我想我的 munchkins！”然后又笑嘻嘻地低头盘算着，“今天买什么呢？巧克力肯定是要的，然后 jelly 的，还有我的最爱——Boston kreme！”

“切切切，”杨景涛打断她，“就知道吃！”

杨萱的笑容凝固了。

Rose 注意到这一幕后先是对关柚嘻嘻哈哈的样子不满，但随之看到杨萱僵硬的表情，她意识到似乎有人和她一样不爽，甚至更甚。

“吃醋了？”Rose 似笑非笑地问杨萱。

杨萱深吸了一口气，没有回答，反倒是笑嘻嘻地转头对她说，“之前看朋友圈，Jessie 不是寒假的时候一直和 Eric 走得很近吗？现在怎么又和 Ben 勾搭到一起啦，哎呀，真是搞不懂！”

Rose 一惊。杨萱的话倒是提醒了她……关柚和齐粤……不行！她得坚决遏制一切苗头。

回到宿舍，关柚拿出手机看到 National Honor Society 的名单已经邮件公布了——她入选了！

同年级的一共有 7 个人，而 senior 中有 10 个人，可以说这一届是很大的一批了。Liz 和 Marie 一贯成绩优异，她们俩的名字也赫然在列。不过……杨景涛的名字不在。

她又把邮件从头看了一遍——的确没有他的名字。

这家伙……会不会很失落？要不要安慰他一下？关柚犹豫着拿起手机。但她转念一想，如果自己落选，大概也并不希望马上收到一个来自胜利者的安慰。想到这里，她又打消了这个念头。

听说荣誉典礼的时候会由现任主席团来给他们授予丝带、奖状——一想到从邵东给自己颁奖的样子，她心里忽然有点紧张，但也有点期待，于是她又偷偷傻笑起来。

杨景涛看到邮件——和关柚猜的差不多，一刹那，他是很沮丧的。

他把手机一摔，顺手举起桌子上厚厚的微积分书就往地上一扔——室友都被他吓了一跳。他栽倒在床上，盯着手机邮件里面老师私信给他的附加原因——学术方面虽然综合 GPA 达到了，但有点偏科，文科不足；Leadership 这一项也有点欠缺。杨景涛在高中并没有申请任何 Leadership 职位，因此他只得凭借小聪明，写了一个自己以前在初中的职务。

他重重地叹了口气，躺在床上仰面看着天花板。本来打算开始写作业的，但突然收到这样一个坏消息，他现在写作业的心情也全没了。

哎呀，算了……不管了！

杨景涛一骨碌坐起来，走到课桌前又一屁股坐下，打开电脑，拿出手机，打微信语音电话给谢诚：“喂？上线啊，玩一局？”

# |接二连三|

星期五晚上六点，学校在船屋的宴会厅举办 National Honor Society 的颁奖礼，每个新晋成员最多可以邀请四名嘉宾，名单都是提前上报的，非常严格正规；而除了相关老师、现有成员、新晋成员和他们的嘉宾以外，其他人是不被允许参加的。

作为关柚的特邀嘉宾，康俊文、谢诚、王沐成也是早早就西装革履地到了宴会厅。

“喔唷，连名牌都准备好了呢！”谢诚一眼看到桌上摆着的他们几个的名牌，还是漂亮的花体字，指着“Chun-Man”向康俊文打趣道。

“你看，Joey。”康俊文看到讲台处穿着深蓝色西装、深蓝色领带、米色长裤的丛邵东，拿着演讲稿；作为 NHS 的副主席，他此时正在和主席交流。

在座的大部分是新晋成员的家长，有的是父母双方之一，有的甚至是一大家子都来了——看来美国人还真挺重视这个的啊。

排队等待入场的时候，关柚和 Liz、Marie 趁机说着演唱会的事情。

“怎么样？”关柚问。

“都挺顺利的！”Liz 笑嘻嘻地，“我问了弹吉他特别好的 Andy、会打鼓的 Ian，还有每次 Coffee House 都反响最热烈的 Kate 和 Julia，他们都特别感兴趣。”

“嗯，我也问了四五个人，”Marie 点点头，“感觉情况很乐观。”

“太好了！”关柚惊喜，“Julia 和 Kate 我也问了，我还发邮件问了几个我平时不太熟的人，不过这几个人嘛，邮件发了七八封，回复却只收到了三封。”

“没事的，”Liz 不以为意，“同学的邮件很多人都不怎么回，当面再找他们就好。你把名单给我，我可以帮你去说。”

“嗯，我也可以分担一半。”Marie 接话。

“好！”关柚拍板，“那下周我就统一发信息问问大家什么时候有空吧！我们先定一个开会的时间，大家可以来分别说一下他们想唱的歌、想合作的人，还有排练的时间表，之后我们就开始排练！”

“啊？还要排练？”Marie 似乎是没想到关柚这么认真，“排练的话……说实话，我不确定大家会有多少热情和精力愿意投入进去。如果只是像 Coffee House 那样随意唱唱，倒是还行……”

Liz 神色为难地看了看 Marie，又笑着对关柚说：“嗨，我们观察一下大家的态度再说吧！也别太急于求成。场地你都联系好了吗？”

“请在场来宾注意。”主席团的老师走上台，开始说迎宾致辞了。

仪式就此开始。

新晋成员会被依次念到名字，走到入口处，先由主席颁发奖状、副主席授予脖子上挂的黄色丝带，之后由秘书长给予一枝黄色玫瑰、财务负责人递上一个小小的点燃的蜡烛；这一流程结束之后，这名新晋成员走到舞台中央，发表获奖感言，而手中的黄色玫瑰即是赠予一个他最感谢的人，可以是在场的，也可以是不在场的。最后，这名新晋成员会走到舞台边缘的摆好椅子的方阵，在自己的座位前站定。

关柚上台的时候，Liz 正好就排在她后面，为她加油打气。

领取完奖状，她走到丛邵东面前，他拿过黄色丝带，挂到她脖子上。看着他西装笔挺的样子，她轻轻地深呼吸，目不转睛地看着他的脸，而后目光又移到他的肩线、领带、他给她授予丝带的手。

他挂完丝带，看了看她的脸，刚好和她的目光对上；他连忙点了点头，算是以示鼓励吧！虽然这张脸还是一如既往的面无表情。

“我最感谢我的爸爸，”关柚站在舞台中间说道，“虽然……虽然我们以前时常打架——”全场的很多父母都笑了起来，“——但是我很感激，在我今年升级到 AP 美国历史之后，当我的 quiz 只考了 41 分时，我爸爸说的唯一一句话就是，好好休息，照顾好自己，下次你一定会做得更好……”

她穿着暗红色裙子和短帮高跟靴子，站在聚光灯下，面带微笑，从容不迫，想起自己给爸爸写的那首歌 *I See You, Dad*，又忽然觉得此刻的自己简直就如同新生见面会时坐在台下看到的台上丛邵东轻松自在、侃侃而谈的样子。

丛邵东站在场边，正在给另一名新晋成员授予黄丝带。听到关柚的声音响起，他忍不住侧目，授着丝带的手也慢了一拍。

等到所有成员都发言完毕走到方阵，台上的灯就暗了下去，只剩下一个个蜡烛的光在闪烁跳跃着——宣誓环节到了。

“宣誓完毕，恭喜大家成为正式的 National Honor Society 成员！”老师走上台宣布，而台下响起了雷鸣般的掌声。

康俊文抻着脖子看向台前，鼓着掌，可前排那些家长都太激动，有的还高举着双手向自己的孩子挥手示意。于是他索性腾地一下子站了起来。

谢诚的余光里看到这个拔地而起的人影，赶紧拉他："欸，干吗呢你，快坐下吧，别丢人了！"

可话音还没落，后排竟然又一个家长、两个、三个……一个个地都在康俊文的带领下站起来鼓掌了。

谢诚惊讶地睁大了眼睛——都……都这么激动的吗……

关柚和丛邵东看到康俊文的样子都忍俊不禁。

典礼结束后，大家都在忙着各自合影。关柚他们四个合完影之后，她很想和丛邵东合影，却又不好意思说，还是在康俊文和谢诚的帮助下，有了第一张和丛邵东的合照。

时间说巧也巧，刚好在二月初，和春节赶在了一起，所以四个人早就说好，典礼结束后一起去稻草人中餐馆吃饭，算是提前的年夜饭了。

看丛邵东穿上外套准备出去，关柚叫住他："……喂！要不要……一起去吃年夜饭？"

"嗯？你跟我说？"他愣了愣，随即摇头道，"不了，今晚我当值——"

"哎呀大忙人！"关柚不想被拒绝，索性在他说了一半就打断他，然后装作潇洒地回头，跟康俊文他们说道，"走吧！"

出门的时候，康俊文冲谢诚挤眉弄眼："你不叫上你家林想？"

"不叫不叫，"谢诚笑着摇头晃脑，"兄弟如手足，女人如衣服！"

"喔唷？"康俊文发出一声阴阳怪气的感叹，"这才刚在一起，你就嘚瑟？"

王沐成却哈哈大笑，指着关柚说："那她是什么？"

谢诚大手一挥："她？她……不能算女人吧！"

"谢诚！"关柚大喊一声追了上去。

突然，谢诚的手机响了，是林想。

"今天晚上来我宿舍一起看《功夫熊猫》，你没忘吧？"电话那头响起林想娇柔的语气，听得王沐成和关柚同时做出一副起了一身鸡皮疙瘩的表情——怎么人一谈恋爱，声音都变得这么甜腻腻的了！

谢诚的表现简直和刚才的信口雌黄就是180度大反转，满脸堆笑着，语气温柔道，

“怎么可能忘嘛！我一吃完饭就去找你！”

王沐成和关柚已经走开了，躲在一边偷笑着，康俊文还锲而不舍地抻着脖子贴在谢诚的手机听筒背面，而谢诚一个劲地闪躲，想甩掉他，场面滑稽极了。

“晚饭是我们几个早就说好的啦，”谢诚打着包票，语气诚恳至极，“但是我保证——一吃完饭我就去找你！”说完他还偷偷瞥了另外三人一眼才压低声音跟林想告别，“嗯，mua，也爱你。”

王沐成和关柚对视一眼，捂着腮帮子说道：“哎哟，牙都要酸掉了。”

“就是啊，谢诚，啧啧，”康俊文完成了他的偷听伟业，总结道，“你成了我们四个人里第一个变庸俗了的人！”

关柚也笑嘻嘻地打趣道：“是谁刚才说的啊，女人如衣服？”

谢诚被众人批判得满脸通红地笑着，同时又感到无地自容，就一个一个指着他们：“你们……哎呀，走了走了！饿死了！快去吃饭！”

齐粤和 Rose 自从和好之后，两人的互动又开始变得频繁起来。两人一起走进食堂的时候，低年级学弟学妹全都惊讶地张大了嘴——真的是毫无准备的爆炸性新闻啊！一想到他们的表情，Rose 就得意得很。

叮咚。

齐粤的手机振动了一下。

他从裤子口袋里掏出手机，表情却在刹那间凝固了——是音乐剧的演出名单——他入选了！

那一刻，齐粤感觉自己呼吸都要静止了。数秒的沉寂后，他才缓过神来，嘴角咧开一个大大的弧度，笑得心满意足，拍着 Rose，语气激动地说：“我选上了！我选上了！”

“选上了？”Rose 听闻也是惊喜地连忙放下叉子，“选上哪个角色了？”

“Tevye！”齐粤大声叫道。

“这个是……主人公吗？还是什么角色？”Rose 并不了解这部音乐剧。

“哦哦，”他笑起来，高兴到都忘了要和她解释，“是，是主人公。”

Rose 眼睛一亮，惊喜地晃了晃齐粤的肩膀，“啊，你太棒了呀你！”

餐桌上旁边的学弟学妹见此情景纷纷不由自主地从手机中或对话中停下，看过来，又马上条件反射似的再转移开目光。

肖恩刚一走进食堂就听到中国桌上似乎是一片骚动，这是怎么了呢？

齐粤一怔，脸上微烫，有点不好意思起来，但笑容的幅度却没有减少，只是Rose的反应让他想起关柚——对了，也要给她发个信息报喜，毕竟她是陪他练习、鼓励他去试镜的大功臣。

“你在给谁发信息呢？”Rose忽然凑过来，看到“Jessie”的名字，脸顿时拉了下去。

感受到身边的低气压，齐粤转头问她：“怎么了？”话一出口才想起——噢，这两人历来是有矛盾的……

“没什么，”Rose笑笑，但明显语气冷漠了很多，“我和她从来都不对付，你又不是不知道。”

“哎呀齐粤！”Rose见他低下头去，也更加不悦，转头质问道，“现在我们都和好了，你和关柚没必要走那么近了吧？”

他转头看了看她——好吧，这倒也是，毕竟自己和Rose的关系……也还是要考虑到她的感受吧。于是他开口道：“好吧，那我就——”他想说“那我给她发完这个报喜短信以后会和她适当拉开距离”，但就连这句话都还没说完就又被Rose打断了。

她看出齐粤还是要给关柚发信息，那么她就势必要阻止。

Kelly和杨萱由于同一宿舍的缘故，刚好结伴来食堂，迎面就看到了Rose拉着齐粤站起来。

“这、这什么情况？”Kelly正纳闷两人什么时候和好了，看了看杨萱，她似乎也是同样的一脸困惑。

“走，陪我去拿块cookie！今天有燕麦的呢！”Rose一脸兴奋的样子，打断了齐粤，夺过他的手机放回桌上，拉着他就起身，一回头却正好又对上肖恩的眼神。

“哟，这是和好了？”肖恩毫不畏惧地就迎上去，似笑非笑地嘲讽道。

齐粤只看了他一眼，平静地没有说话，而Rose则皱着眉头对着他比了个中指。

“有了新欢就忘了旧爱咯？”肖恩依旧是笑得贱兮兮的，也不恼。

“你——”Rose被他的话噎住，狠狠地说道，“到底谁是新欢、谁是旧爱啊，切，拎不清自己几斤几两！”她的意思是想说，齐粤在先，总是有个先来后到，而肖恩是没有资格在这里搬弄是非的。

“所以你承认他只是旧爱咯？”肖恩毫不示弱，特意强调了“旧”这个字。

齐粤对唇枪舌剑历来没有兴趣，也不擅长，因此和肖恩打了照面之后就率先向厨房走去了，因此对后面的对话也只是隐约地听了个零零星星。

“肖恩！”Rose 几乎要尖叫出来了。

“Rose 姐！”杨萱细声细气地凑到餐桌上，“别生气嘛，气大伤身呀。”

看着她一脸清纯无辜的神情，Rose 也没有理会，但她环视了一圈食堂，终究是没有爆发，只是快步跑上前去厨房追齐粤了。

“什么情况？”Kelly 大大咧咧地拉了把椅子坐下，问桌上的人。

“Eric 选上音乐剧主角了，说要给 Jessie 发信息，结果 Rose 又生气了。”一个学弟耸耸肩。

“好像是这样。”身边的学妹点点头。

杨萱听着他们的描述，想想关柚，又回头望了望厨房那边齐粤和 Rose 走掉的方向，心领神会地笑了笑。

“喂，NHS 的事……你别太放在心上啊。”快下课的时候，关柚打算安慰一下杨景涛。

杨景涛却并不领情，脑袋一歪，“切，你不就选上了吗，有什么了不起！”他翻翻白眼，一点也不想把这个话题继续下去。

气氛又尴尬了。

“你听我的没错，别听 Ms. Jenson 讲，她都乱讲的！”小组讨论的时候，康俊文给一个美国同学讲起刚才的数学题，直接就否定了老师的方法。

谢诚虽在一旁对他的直接表示瞠目结舌，却也点点头表示同意——感觉有很多在中国学过的基础步骤，怎么美国人越搞反而越复杂了！

“你们在说什么？”数学老师 Ms. Jenson 虽然听到只言片语，却似乎感到很被冒犯，本来还在另一个组指导，现在突然就蹿过来到了他们这边。

远处角落里的王沐成偷着笑起来。

“那个，老师，”康俊文讪笑着，指了指黑板，“那里应该是 2x+y，您写成了 2y+x。”

“嗯？”Ms.Jenson 一惊，跑到讲台上又看了一眼书，讪笑起来，“欸……同学们，不好意思啊，我这一步写错了……还多亏康俊文的提醒。”

底下的同学面面相觑，刚才将信将疑的美国同学此时也对康俊文佩服地竖起拇指。

“老师，”谢诚趁热打铁地举手，指了指黑板的另一边，“那个多项式的常数项应该是 230，您从第三行抄到第四行的时候抄成了 236。”

“啊？”Ms.Jenson 再一次急忙跑过去检查。

下面的同学有的一脸不可思议，也有的早已见怪不怪，只是偷着笑——毕竟振振有词地把整道题讲跑偏、讲完之后才发现原来自己说得全都驴唇不对马嘴这种事，在 Ms.Jenson 身上发生，已经是司空见惯了。

“哎呀，还真是。”Ms.Jenson 再一次讪笑道，挠了挠眼角，把板书的错误擦掉。

康俊文和谢诚偷偷对视一眼，比了个胜利的手势；王沐成看着他们，笑着摇了摇头。

中午吃饭的时候，关柚和 Marie 手挽手走进食堂，在她们那个圈子的桌上坐下，两人分开去拿食物。经过中国桌的时候她还是忍不住习惯性地瞅一眼——呀，今天好难得，竟然几乎所有人都在呢。

看到齐粤正优雅地用勺子喝着汤，关柚想起前几天看到音乐剧主演的名单公布之后还一直没来得及和他道喜。她正要走过去，却看到坐在他身边的 Rose。

还是齐粤先看到她，远远地，朝她微笑着点了点头。

Rose 侧目看着齐粤，又顺着他的目光看过去——关柚？

哼，她还敢过来？

尽管 Rose 的目光让她有些发怵，关柚还是在齐粤的微笑中受到鼓舞，便走了过来。

“齐粤！恭喜啊，音乐剧的男主角呀！”她笑盈盈地走过去。

“谢谢！”齐粤激动地脱口而出，正想感谢一番，却忽然又感受到 Rose 的眼神，正火辣辣地灼烧着他。他不禁皱起眉头。

“哟，光看得见 Eric 都看不见我们啊！”康俊文适时地笑嘻嘻打趣道。

“就是的！”谢诚也跟着附和。

“吃饭都堵不上你的嘴。”林想略微不满地瞪了谢诚一眼，但随即马上意识到——其实她倒不是想故意给关柚难看，便朝她笑笑，指着谢诚，“哎呀，我就是说他啦，话多！”

康俊文和王沐成交换了一下眼神。

从邵东和 Jayden 等几个队友刚好吃完饭站起来，目光瞥到中国桌看到这一幕——这么多人围在一起？今天又有什么稀奇事？而她……她也在。

他凝视着中国桌半晌，直到 Jayden 催他他才收回目光。

算了，想那些没用的干吗！他耸耸肩，顺手把刚刚擦过嘴的纸巾揉成一团，扔进了碗里。

杨萱见气氛渐渐又安静下来，便笑吟吟地开口问齐粤："Eric，听说你试镜之前都是 Jessie 在鼓励你吧？"

齐粤愣了愣，悄悄看了眼 Rose，但也如实地点点头："嗯，是，她……确实帮了我挺多的。"说完又抬头看了一眼关柚，笑了笑。

"听说你们还在香港你家的阳台上一起对台词？"杨萱继续追问。

关柚愣了愣，看向康俊文他们——杨萱是怎么知道这些的？

康俊文和谢诚同时摇了摇头——他们也不知道。

"哇，对哦，听说 Jessie 还住 Eric 家了呢！"一个学妹悄悄议论道。

"是啊，我当时刷朋友圈看到那些照片，哇，太……"另一个学妹满脸花痴地刚想说"太浪漫了"，却又马上意识到——Rose 还在这里。

Rose 紧锁眉头，握着杯子的手指关节都有些苍白得突兀。学妹的口型一张一合，她感到整个世界都是嗡嗡的。看关柚和齐粤对视的那一眼——他眼角眉梢的笑意——她的心中顿时烧起一团怒火。

"Rose？"杨萱笑眯眯地叫她。

她没有理会，只是直接腾的一下站起了身。

从邵东对 drama 最不感兴趣。

从回收房走回来，他斜挎起书包就往门口走去。经过中国桌的时候，桌子上有人看向他，然而他看了看关柚。她也看到了他。

他的喉结微微动了动，但很快又恢复了那张木头一样面瘫的脸。

"呃，那个，总之祝贺你啦……我先走了。"关柚看着话题在人群中四散开来，马上圆着场，对齐粤再次祝贺之后准备转身。

"嗯，好，也谢谢——"

"哗！"

"啊！"

"哈哈哈哈！"

齐粤的话还没说完，再回过神来的时候已经是在众人的哄笑中：Rose 神色凌厉地和关柚对立着，手里的杯子还倾斜着滴滴答答。而关柚呢，被猛地泼了一身可乐，正一身狼狈、惊愕地看着她。

“哎呀！”杨萱惊叫一声猛地站起来，立马当起了和事佬，“Rose 姐，这是何必呢……”

“呀，我不是故意的啊，”Rose 假装惊慌地笑笑，端起自己的盘子看着关柚，“你挡到我的路了。”然后她径直朝回收房走去，走过的时候还撞了一下关柚的肩膀。

# |棋逢对手|

整桌的人都还没反应过来发生了什么。

过了良久才有个别低年级的学生错愕地惊叹起来："哇……"

"Rose 姐太霸气了吧……"一个低年级男生似笑非笑地看了看关柚，故意说道。

他身边的人则犹豫着小声嘀咕："有点过分吧……"

王沐成最先回过神来，淡定得眉头都没皱一下，只是默默站起来走向关柚，帮她收拾。

康俊文和谢诚也紧接着想要起身。

关柚依然湿漉漉地站着。她想报复 Rose 的无礼，但同时看不起她这种行为，因此更不允许自己变得同样狂妄嚣张。只有没教养的人才会这么做。她默默在心里对自己说道。

已经拉开门的丛邵东本来都准备去教室了，但听到动静往中国桌瞥了最后一眼，正好看到这个无比尴尬的局面。

他愣了一下，没想到 Rose 竟会冲动至此。她和关柚是有怎样的深仇大恨啊。丛邵东心里不解，但关柚不是号称以后两人互不相干了吗。他轻蔑地撇撇嘴。关柚会怎样处理呢？他不禁好奇，却并没有停下脚步。

如果她真是一个有能力的人，那么处理这点小事应该不在话下吧。

他挑了下眉毛，赶忙收回思绪。他最讨厌的就是占用脑细胞去想这些没用的事情。

可是当他已经走到了外面的小径上又一次从窗户往里看到关柚还是一动不动的时候，他的思绪再一次不受控制了。

她脑子坏掉了吗？！怎么像块木头一样还是呆若木鸡。

丛邵东往前走的脚步越来越慢。

他终于再一次停住脚步，回头，站在原地叹了口气。难道自己也开始和这些是非牵扯上关系了吗！他对自己有点失望，但最终还是迈开脚步往回走去。

“Rose，你站住！”关柚轻声呵斥一声，冲上前去，就挡在了 Rose 面前。

Rose 一怔，心里突然也打起鼓来。她环视四周——康俊文、谢诚、王沐成……关柚的亲友团全都在场。她不禁后悔起来——她忘了，关柚已经不是一年前的关柚了。

纵使心里再慌，关柚依然神情坚定——在场的人不是想看笑话吗？你们笑吧，看谁笑到最后！

“你干吗？”Rose 看着关柚手里的水杯，冷笑道，“怎么？也想泼我一身水还回来？”

关柚深深吸了一口气，定定地看着 Rose，说：“Rose，你听着，不管以前发生了什么，不管你因为什么原因、有多恨我，你刚才的行为很无礼也很没教养。但我不会报复你，因为我和你不一样。”

从邵东走回来的时候刚好听到这句话。他轻浅地笑了笑，嘴角不动声色地向上勾了勾。听到关柚终于为自己说了几句话，他心里也莫名地得意起来。对嘛，这才是关柚啊。但是当他走近了，她红着的眼眶还是清晰可见的。齐粤安静地坐着，时而望向窗外，时而竟然还假装在专注地吃饭——也不怕被噎死？！

其实，齐粤心里很为难——出于道德和与关柚的友谊，他不能帮 Rose；但出于和 Rose 往日初恋的情分和现在和好之后的关系，他也不能帮关柚。

从邵东大步走向前，步伐坚定而稳健。他在 Rose 下一轮的进攻之前，也在所有人有可能的议论之前先开口了。“关柚，”他叫她名字，“走啊，去图书馆。”

关柚此时的惊讶程度不亚于刚被泼了一身可乐的时候——从邵东特意回来给自己解围？！她简直不敢相信。

忽然之间她说不出话来。

不知道从邵东为什么连她的书包都拿着。

“啊？我……”关柚吞吞吐吐地回答着。

桌子上的所有人也重新安静了下来，正面面相觑。

什么时候关柚和从邵东学长又有这么深厚的交情了？

桌上还有低年级学弟学妹下意识想帮 Rose 说话，但很快被及时地拉住了——Joey 学长可不是他们这些 freshman 小虾米得罪得起的。

“走吧。”从邵东走到她身边坚定地催促道，丝毫不留给她思考的余地，一只手仍然挎着她的书包。

当所有人都看他们的时候，她反而忽然有了勇气抬起头。她看看从邵东，绽放出了一个笑容；好像他的忽然出现让她又有勇气了。

她站到他身边，和他并肩向外走着。

“噢对了，”走到门口，关柚又转过身，挑衅地看着 Rose，学着杨萱那种软绵绵的语气说道，“总喝可乐可不太好哦。可乐里面含有大量的明矾——也就是硫酸铝钾，经常食用的话会使人出现烦躁不安、注意力不集中、记忆力减退……还有最重要的——皮肤也会急剧老化。简单来说，就是会变得又笨又丑的哦！”

恢复了元气的关柚一字一句地对 Rose 说着，吐字清晰，铿锵有力，句句戳中 Rose 最在意的要害。而说完这番话，她又特意瞥了一眼杨萱。关柚的嘴角始终上扬着，仿佛是在讲着一个和自己无关的、有趣的故事。

听着她的言论，从邵东诧异地看了看她——什么时候这丫头成了百科全书了？

一旁的谢诚和康俊文却忽然爆笑出来——她哪里是什么百科全书啊，“硫酸铝钾”是他们俩昨天化学课在学的东西，昨天晚饭的时候抱怨了一通，没想到就被关柚活学活用到这了。

杨萱撞上关柚的目光，笑容瞬间凝固住了，慌张地看了看四周。

齐粤始终戴着耳机，紧握着手里的叉子。他终于忍不住了，腾的一下站起来，椅子猛地划过地面，发出一声“刺啦”的尖锐声——

Rose 本就面色苍白地站在那里，看到齐粤起身，瞬间就褪去了刚才的霸气，单薄的肩膀更是抖了一抖。

看着她这副脆弱模样，齐粤紧锁着眉头，手握盘子的力度仿佛能把盘子捏碎一样。

他重新坐下，始终不敢偏过头看关柚一眼。

良久，桌子上的人才反应过来。“这、这什么情况啊？！”有人操着一口东北口音大喊。

桌子上的人又开始了新一拨热烈的讨论，只不过这一次的话题主角换成了从邵东。

“为什么要帮我？”一走出食堂的大门，关柚就问从邵东。她感激他的帮忙，尽管他在她心里从来不是什么助人为乐的角色。

“去洗手间把衣服擦一下吧，”从邵东没有回答她的问题，只是低头看了看她衣服上的可乐印迹，“幸好你今天穿的衣服颜色深。”

关柚破涕为笑。这果然是从邵东，永远只说自己关心的话、做自己想做的事，丝毫不在乎别人在问他什么。不过算了，她叹口气，现在的自己算是刚受了他的恩惠，好像并没有什么资格去责备他吧。

“你——”关柚看着从邵东手里自己的书包问他。

他似乎又知道了她的心声，直接说道：“自然是我去你好朋友 Marie 那边帮你拿过来的。”

“那——”

“你要问的第二件事——”他看向她，挑了挑眉毛，“放心吧，今天食堂人不是很多，除了离得近的，没有很多人看到刚才那一幕。而离得近的都是韩国人和日本人，也不会把你的故事去美国人圈子里盛传的。”

关柚松了口气，同时惊叹从邵东什么时候变得这么了解自己了……不过今天她不敢跟他开玩笑或者斗嘴了，就凭她现在这副狼狈的样子。

他也发现了她的灰心：“没事的，所有事情，来得快去得也快。要是有人问你，你不想回答就不回答好了。当明星的话要承受更多压力呢。”

走在路上，她问他：“你还真想带我去图书馆啊？”

“为什么不？”他反问，笑容忽然诡异起来，“难道再带你去我房间？”

“你……”关柚本来在狼狈中就涨红的脸，现在羞愧得更加通红，“我以为这只是你刚才帮我的时候随便说的。”她看着他，哇，从邵东不愧是从邵东，连开这种玩笑的时候都依然是他那一副木板脸。“所以你不打算让我吃饭咯？”她笑笑。

“哇，你吃啊，你去？”他笑起来，看向身边的女生，“你要是现在还有勇气回食堂继续吃饭，我绝不拦你，我给你鼓掌！”

关柚悻悻地转回了头，撇撇嘴，不再说话。

“反正你也习惯了吧——去年冬天，不是经常不吃饭吗？”从邵东耸耸肩，顺便就把自己之前的观察结果全都说出来了。也许就是从那个时候开始对她产生好奇的？

关柚顿时面红耳赤。

“这是怎么回事？什么情况？”杨景涛走进食堂的时候看着一个个都像霜打的茄子一样，耷拉着脑袋。

康俊文、谢诚、王沐成纷纷对视一眼，站起身来，示意杨景涛看地上的一摊水，“有人在这起矛盾咯。”说着，康俊文看了一眼 Rose，三人便起身了。

紧接着离开的，是齐粤。

杨景涛莫名其妙地坐下，看着对面紧抿双唇的 Rose。

“怎么回事？”他环视一圈，似乎也只有杨萱一个人能问一问了。

杨萱为难地撇撇嘴：“Rose 姐刚才泼了 Jessie 一身可乐。”

“什么？！”杨景涛简直怀疑自己是不是听错了。

“其实……Rose姐，你不该那么冲动的啊。”杨萱悄悄地说道，音量却大得足以让全桌人都听到。

Rose皱着眉头瞥了她一眼：“不关你的事。”便站起身朝回收房走去。

杨萱一脸的不知所措，随即看了看杨景涛：“哎呀，Ben……”她犹豫着说，“我想起来了，你之前和Jessie……唉，可她刚才被Joey带走了呢。”

杨景涛始终紧握着拳头，本来还因为NHS的事暂时记恨着关柚，但一听她被当众欺负，心里又不自觉地为她打抱不平了起来。

“我和她没什么关系，你用不着这样。”他看了看杨萱，抛下一句话，起身去找Rose。

“怎么？”Rose在回收房刚放完盘子就被杨景涛堵个正着。

杨景涛不说话，就直直地挡在她面前。

“欸，杨景涛，你长本事了？”Rose本就无处发泄，现在更是被杨景涛惹火了，“你干什么！你让开！”

“Rose，”杨景涛一字一顿地开口道，“我和关柚也有过矛盾，但过去的就让它过去吧，你又何必揪着不放，最后两败俱伤呢。”

中午的小径上人不多。明媚的阳光洒下来，阴影在空地上摇曳。每到这种艳阳高照的日子，地上的积雪总会有水滴积聚在表面，打着圈圈往下流淌。

“丛邵东，”关柚轻轻叫他，“刚才……谢谢你了。”

“嗯。”他点点头，侧头看着她，“你已经说过了。”他的语气还是淡淡的，但神色却是难得的温柔。

“那我们……算是和好了？”她试探着问他，实则心里一块石头早已经落地。

“嗯？”他似笑非笑地摇摇头。

“欸？”她惊讶，这家伙，还要卖什么关子。

丛邵东站住脚步，在前面花坛的边缘坐下，双腿伸直，显得修长。随后他看着她的双眸，认真道：“你以后别再去了，我不想让悲剧重演。”

“悲剧？”她下意识地问，但话刚出口又意识到，“啊！你是说齐晋？！”

他迟疑了片刻，也不再隐瞒，点点头。

“所以你当时……为什么要举报他？”关柚不解，“不是已经约定好了不揭发？”

丛邵东苦笑，思绪又飘回了那年冬夜的小树林。

那天从小树林离开后，从邵东径直回了房间，正在写着当晚的值班报告。

他在每一栏里认真地填写着——事故：0。违纪：0。

“Joey！明天去不去 mall 买东西？上次的——”Jackie 敲了三下门之后进了他的房间，走到他旁边的时候刚好看到他桌上的值班报告，“欸，你也是今晚八点到十点当值的？”

“嗯。”从邵东低着头继续写报告。

“啧啧，你没抓着什么违纪？”Jackie 刚从楼上下来，津津乐道，“今晚当值的另外一个人可是抓着了一票大的！”

“什么？”从邵东抬起头。每个周末，周五和周六晚上当值的会由一个老师和三个学生组成。

“嘿嘿，”Jackie 卖着关子，“就在小树林那边啊，一帮人聚众在飞叶子——这回可真是规模不小！看来不少人要遭殃了。”

小树林……那不就是——“都有谁被举报了？”从邵东连忙问着，站起身来，准备上楼。

“欸，你这么激动干吗？”Jackie 觉得莫名其妙，紧跟在从邵东后面也冲上楼去。

“James！”从邵东敲了敲另一个学生 Leader 的房门。

“哟，Joey？”那个名叫 James 的美国人见从邵东走进来，笑了笑。

从邵东凑过去一看——他的报告上举报的一串名字里，齐晋赫然在列。

完了。

他闭上双眼。

“你怎么了？”James 奇怪地问道。

“这个人……”从邵东手指着齐晋的名字，内心很是煎熬。他不想对兄弟食言，但也不想出卖自己的正义感和道德观。不行，若是让他包庇，他也就接受了；但现在已经板上钉钉，如果再厚着脸皮求情……他做不到。

“所以……你就没再问？”关柚坐在他身边，侧头问他。

“我问了，”从邵东叹了口气，“但不光是 James，另一个当值的女生 Abby 也看到了。他们值班结束回宿舍的路上，两人一起走，刚好撞见了那群人里的其中一个，正扶着神志都不太清醒的另一个往回走，被逮个正着。”他摇摇头。

“啊……”想不到还有这些不为人知的事情……那所以说，齐晋冤枉从邵东了？！

他望向前方被雪覆盖的灌木丛，冬天的严寒却让它只剩下枝杈。

他继续说道："后来那个人就供出了所有人，而 James 和 Abby 的报告又是一致的。我也无能为力了。"

"那你的报告……你……"关柚刨根问底。

"我写了，"从邵东也毫不避讳，"我没办法。他们那个区域是我巡查的必经之路，又相对明显。如果另外两份报告都汇报了这个时间地点，偏偏我说我什么都没看见，那估计我就算不被怀疑徇私枉法，也会被怀疑工作能力有问题了。"

上课的预备铃打响了。

"我先走了。"从邵东站起身，果断地说了一句，算是告别，然后大步流星地离开了。这就是特有的从邵东风格。

关柚随后也背起书包往教学楼走，却在门口撞上匆匆赶来的 Marie。

"欸，你怎么来了……"关柚不愿让好朋友看到自己的狼狈，有点不好意思。

Marie 心疼地看了看她，抓起她的衣服，愤愤不平："他们真是太过分了！你就这样轻易放过他们吗？！"

无巧不成书。Marie 愤愤不平的这句话刚好被从楼上走下来经过图书馆门前的 Rose 一行人听见。

"算了算了。"关柚连忙制止 Marie 再大喊大叫。以 Marie 这样路见不平拔刀相助的性格，还没等她出气呢，自己这件丢脸的事情就先闹得尽人皆知了。

也好，这件事之后算是彻底和 Rose 形同陌路了。

她不打算再去报复什么，她此时此刻只想息事宁人。如果一次的闹剧可以换来之后的安宁——不再有动不动的找碴，可以多一点尊重——就这样吧，当陌生人，也挺好的。但她心中还是不禁悲哀：曾经最好的朋友，最终还是落得一个这样的下场啊。

"不用担心，"关柚对 Marie 笑了笑，看到 Marie 的样子心里倒是难得的温暖，"我先去上课了。"说完她就要走。

"欸，等等！"Marie 呆愣了两秒之后突然反应过来，"把这个拿上吧。"她手里递给关柚的是一个烤好的热气腾腾的 panini 三明治，"还热着呢！"

关柚吃了一惊，心里更感动了。这下有饭吃了！她摸摸自己饿得有点咕咕叫的肚子，暗自又开心起来。

"里面放了你最喜欢的火鸡肉、西红柿和酸黄瓜，你不喜欢洋葱就没给你放。"Marie 体贴地解释。

"哇！这么好？！"关柚激动地叫起来，又疑惑，"你怎么知道我不喜欢洋葱？"

“这你得问 Joey 咯。” Marie 神秘地朝关柚眨眨眼睛，“都是他告诉我的。三明治其实也是他让我做给你的，看你没吃饭，怕你饿。”

关柚呆住，回想刚才和丛邵东发生的种种。他消失了一小会然后又出现、手里拿着自己的书包、她提到没有午饭吃的时候他神秘的眼神……这样一来就都解释得通了。她简直有点震惊了，甚至多于感动——丛邵东什么时候变成了这么体贴的……暖男？！关柚一想到这里，简直是一身的鸡皮疙瘩。

Marie 笑起来：“干吗呢你？想什么呢？高兴傻了啊！”

“我的天，还真有点。”关柚也笑道。刚才所有的不愉快好像已经缓解了很多。

“那我先走了，你自己继续偷着乐吧。” Marie 和她打趣道，“对了，这里面还放了生菜。虽然是你不爱吃的，但 Joey 说要多吃蔬菜。”

关柚想到丛邵东那张自以为是的脸，画面的即视感又让她不受控制地嘴唇勾起了很大的弧度。

她咬了一口三明治，烤过的微微焦香的面包和里面鲜嫩的火鸡肉配上多汁的西红柿，一个普通的三明治竟也成了人间美味。

齐粤的音乐剧已经进入了紧张的排练，Rose 还是每天都会来探班，谁也没再提食堂泼可乐的那一幕。

丛邵东的篮球训练日益加紧，而关柚也筹备着自己的演出。

还真如 Marie 所说，提到这个想法的时候，一个个都答应得爽快，可一说到要开会、要排练了，真正愿意承诺来花时间、付出努力的，少之又少。

杨萱也是照常每天吃得很少、运动很多，时时刻刻围在杨景涛左右，陪他去图书馆复习 SAT、帮他抄笔记，还为他练了英雄联盟。现在她的技术已经可以勉强陪他一起打了。与此同时，杨景涛似乎也越来越习惯杨萱的存在了。

转眼到了情人节，学校社团自然都不会放过这个筹款的好机会，纷纷在食堂的入口摆起了摊；最火的一个摊位是情人节定制糖果，糖果上包含很多种不同的花样，有笑脸、爱心、“love”字样等，每一份糖果袋子里面包含 30 颗糖、每袋最多可以挑 3 种不同花样。定制完糖果，还可以写小卡片的祝福语，最后可以选择当场自己拿走，或者由社团的人晚上送货上门。

杨萱徘徊在这个摊子已经有一阵了，摊位前面的同学从一开始热心给她介绍，到看着她踌躇不前也就不再和她搭话，只是时不时笑看着她问一句：“你想好了吗？”

和杨景涛的关系也是不温不火的有一阵了，他似乎接纳了她作为一个朋友，偶尔也开一两句有点暧昧的小玩笑、说那么一两句让人动心的话；但除此之外，他好像没有特别想和她更进一步的打算。

“欸，你看，那不是杨萱吗？”关柚和她的四人帮走进来了，康俊文小声笑着说。

“谢诚，你不得买个礼物送给你家林想？”关柚转头朝谢诚眨眨眼。

“嘿嘿，那肯定的呀！我来看看，”用不着问，谢诚已经兴奋地一个箭步冲上去，“挑个什么好呢？”

“杨萱，你也在看糖啊。”关柚走上前去，想一探究竟。

“啊，是啊。”杨萱看到众人忽然出现，不好意思地往后缩了缩，吞吞吐吐道，“我……我就是随便看看。”随后便跑走了。

“是给 Ben 的吧？”王沐成难得地参与了一次八卦讨论，和康俊文交换了一下眼神。

“你要哪个？”

“我想要笑脸的。”

“那我就这个 I love you 吧。”

关柚也低下头认真地挑起了糖果，并和谢诚讨论着。

“欸，我说，”康俊文饶有趣味地看着她，“你跟着起什么哄啊？你也要过情人节？”

“切，”关柚一脸不屑地推开他，“过个气氛嘛，懂不懂？”

“你好，你要几个？”摊位上的同学热情地凑过来了。

“我就要一个，那个心形的……”谢诚低下头写着地址，“今晚八点送到女生 A 宿舍。”

“好的。”同学笑眯眯地接过单子，又问关柚，“你呢？”

“我要十个！”关柚爽快地答着，准备开始低头写地址。

“十个？！”旁边三个人都异口同声地叫出来，“你搞什么鬼？！”

“嘿嘿，”关柚就猜到了他们这种反应，狡黠地一笑，“别大惊小怪的啦！都是给各种好朋友的。”

“好朋友？”康俊文狐疑地走上前，谢诚配合地一把抢过单子——康俊文、谢诚、王沐成，他们三人都赫然在列；然后 Liz、Marie、Megan、室友 Jordan、Erin、前室友 Sabrina，还有……

“哎呀干吗！就都是我在学校关系最好的几个朋友而已啦——”关柚夺回自己的

单子。

谢诚却打断她："什么时候 Joey 都成了你关系最好的几个朋友之一了？"他阴阳怪气地着重念了"最好"两个字。

"不不不，谢诚，你此言差矣，"康俊文慢悠悠地笑道，转头看向她，"应该说 Joey 才是关系最好的，我们都还不够资格——是不是，关柚？"

关柚被他们说得又气又不好意思，但嘴角也忍不住一直往上扬起，就笑着翻翻白眼，埋怨道："话多！"

等几人走后，杨萱最终还是回到了摊位上。

"要这个心形的，一袋，我……现场取。"杨萱迅速说着，低头开始写起了祝福卡片。

晚上，楼下传来砰砰的敲门声，有人开了门后，林想的名字被喊到了。

林想跑下楼，看到糖果，很是惊喜，连忙一边上楼梯一边打给谢诚。

"谢诚！"她简直是尖叫了起来，"我收到糖果啦……"

吵死了。恋爱中的女人……

杨萱在隔壁房间里心中暗骂，把手中的糖和信封塞进口袋，穿上外套，出门了。

杨景涛十分钟前收到杨萱的信息之后就陷入了沉思：她在情人节来找他，其中的意义不言而喻。

嗡。手机振动。

信息，来自杨萱：我到了。

他起身出门。

由于杨萱还是低年级，不能进他的宿舍，两人只能在室外，冒着严寒，简短交流。

见他裹着羽绒服走了出来，杨萱马上笑嘻嘻地递上那包糖果和自己写的小卡片，"给！"她看他接过糖，又低下头，不好意思地笑笑，"嗯……那个，情人节快乐啊。"

杨景涛愣了愣："情、情人节快乐。"他本想回避，但又觉得，这么一个特殊的节日，杨萱特意跑来……他于心不忍，便接过糖，说道，"谢谢。"

她抬起头笑着，笑容像纯净的月光，脸庞被照得皎洁，眼神里是闪闪发光的喜悦。

他忽然有那么一刹那被吸引住了，下意识地竟然屏住了呼吸。

等回过神来，他才意识到自己的走神，而面前的她竟然穿得这么单薄。他马上说道："天太冷了，你快回去吧。"

她的眼神里划过一丝失落，却依然鼓起勇气说道："Ben，你知道的，我一直都喜欢你。”

杨景涛的心脏开始怦怦地加速，不知是因为尴尬还是紧张……他紧张什么呢？

“呃……”他支支吾吾的，似乎很难马上就说出“好，我们在一起吧”，但现在的他，似乎也无法轻易地拒绝她了。

她消瘦的脸庞、真诚的眼神，还有此时此刻他手里握着的这袋糖果……他觉得自己欠她许多，心中有歉意；同时又的确很感动，也很感激。眼前的这个小姑娘不知不觉间，竟为他付出了这么多。

杨景涛吸了吸鼻子，一时间说不出话，皱起的眉头带了几分淡淡的伤感。

杨萱低下头等了好久都没听到他开口，便又扬起头，看到他为难的神情，感到自己的心突然就变成了一块冰冷的石头。

“阿嚏！”一阵风吹来，她猝不及防地打了个喷嚏。

“你、你快进屋——啊不对，我是说……回宿舍……”杨景涛急得语无伦次。

杨萱感到自己的手指尖冰凉，睫毛颤抖着，眼里也充满了泪水。自己这么久的努力还是不足以打动他吗？！

她转过身就跑，不愿再面对他。

“杨萱！”他却从后面叫住她，声音暗哑。

她站住脚步，听到身后响起他的声音，“我送你回去。”

两人一路走，无言。她不禁偷偷转头看他，看到的只有紧锁的眉头。

冬天的小镇真是刺骨的寒冷，就是那种寒冷中带着潮湿，让你感觉不到很冷，但事实上走几步，就会觉得从下到上、从里到外被冰点贯穿了的感觉。若是洗完头湿着头发出门或者流鼻涕的时候，头发和鼻涕都能瞬间就结成冰柱。

人们常说，下雪的日子不冷，化雪才冷。这两天没怎么下雪，白天都是艳阳高照，因此夜晚正是对比之下的严寒。

她的宿舍就在眼前了。

杨萱叹了口气。情人节……还是这样的结局吗？

可身边的杨景涛却突然开口了。他那么高的个子，声音感觉是从她头顶传来的：“杨萱，你想清楚了吗？”他说得很慢，但似乎字句都是斟酌后才出口的。

“啊？”她没反应过来，转过身看着他。

杨景涛的喉结动了动，声音还是有些哑：“我平时，总是很懒……学习爱偷懒，就爱打游戏；但又总是心高气傲、争强好胜，别人超过我，我就不服；我脾气也不太好，做事还总冲动……”

她似乎明白了什么，连忙打断他，摇摇头：“这些我都知道，你不用跟我说，我也不在乎。”

他沉默了下去，依旧是看着月光下她那张巴掌大的小脸，在齐刘海下，也就脸颊还稍微有点肉，但从腮到下巴就一直尖下去了，只剩一双水灵灵的大眼睛望着他。

他清了清嗓子，“那……杨萱，”他顿了顿，“你愿意做我女朋友吗？”

“女朋友”这三个字简直像是一道幸运的晴天霹雳霹到了她头上。那一刻，她心头涌上的喜悦像是广告里一泻而下的洪水，而组成洪水的全都是彩虹糖——甜到麻木。

她心脏的跳动都好像漏了一拍似的。反应过来时，已经沉寂了好一阵。

她抬起头，没有想象中的尖叫和大笑，只有眼中又一次不自觉地涌起的一点点薄雾，点了点头，微微笑道：“我愿意！”

# 阴天快乐

第二天一早，杨萱已然开始履行女朋友的职责了。

杨景涛被她一个电话催促出来的时候还睡眼惺忪。

“干吗啊，这一大早，我第一节课 free block 啊，我九点才有课。”杨景涛看了一眼手机上的时间——七点三十——真是服了！有了女朋友就要用牺牲睡眠来做代价吗？

杨萱嘟了嘟嘴：“哎呀，对不起啦……”她小心翼翼地说着，“但是不吃早饭对身体不好呀……”

“哎呀好了，走吧走吧。”杨景涛不耐烦地挥了挥手，跟杨萱往食堂方向走去。

齐粤正坐在食堂里中国桌的一角，安静地吃着他盘中的炒鸡蛋。Rose 走进来后，直接坐到了他旁边。

“你来得好早啊。”她笑了笑，放下盘子。

齐粤摘下耳机，淡淡地笑着点了点头：“嗯，等下有个考试，今天起得比较早。”

“欸，Rose！”杨萱拉着杨景涛走进来，坐到 Rose 对面。

“早。”Rose 笑眯眯地朝杨萱点点头。

杨景涛一边打着哈欠一边拉开椅子坐下，朝对面两人挥了挥手就趴倒在桌子上。

“谢诚，你看！”康俊文杵了杵旁边的谢诚，示意他看向那边，杨景涛和杨萱赫然是手拉手进来的。

“Ben，你别趴下啊。”杨萱站起来准备去拿吃的，却看到身边的男朋友不怎么配合地一头趴到桌上继续睡着回笼觉。大家都看向这边，她只得拍了拍杨景涛，“你要吃什么？我去帮你拿。”

“嗯。”杨景涛抬起头来敷衍道，“就……随便。”

杨萱张了张嘴，但感受到身后的众多目光也没再多说，就甜甜地笑道：“好，那我拿什么你就要吃什么哦。”

杨景涛点了点头，依然是心不在焉。

“Yo！”杨萱一走，谢诚就一个纸团扔过去砸到杨景涛头上。

“干吗！”杨景涛本来怒吼一声直起身来，但看到是谢诚，又没了精神。

“你这什么情况？改过自新，以后早睡早起吃早饭了？”谢诚咬了口手里的橙子。

“我——”杨景涛提着气，感觉很不服气地摇摇头，耸着肩膀叹了口气，“陪她吃呗。”

谢诚笑得贱兮兮的：“来一盘王者？”

“好啊！”杨景涛掏出手机，马上就感觉到不困了。

也不知道从什么时候起——可能是去年年底、寒假的时候，或者这个学期初，英雄联盟在他们的世界里出现的时间越来越少了，而这个叫“王者荣耀”的新手游开始流行了起来。再也不用等到回家有电脑同时上线，随时随地掏出手机就可以对决。

“快点啊！”

“来来来，我来了我来了！”

杨萱回来的时候，杨景涛已经挪到了谢诚对面，大摇大摆地打起了游戏。

“Ben？”她尴尬地看了看四周，推了推他。

“你等一下等一下，别碰我。”杨景涛却不理她，只沉浸在游戏里。

“Ben！”杨萱坐到他旁边，又拍了拍他，并把盘子里的鸡蛋、华夫饼、水果都推到他面前。精心准备的营养早餐就这么被他忽视了？杨萱气不过。

再看另一边的齐粤和Rose，齐粤正给Rose递着餐巾纸；两人不知又说了些什么，都笑起来。

“杨景涛！”杨萱有点火了，夺过他的手机，“别玩了！”

“欸欸欸，你干吗！”杨景涛吓了一跳，眼看着顺风顺水的局面就这么被杨萱给掐了，他气得喊了一声，“杨萱！”

杨萱显然也吓了一跳，但看着马上又顾忌着众人目光而平息下来的杨景涛，她把手机还给他，只是撒着娇说：“哎呀，别玩啦！吃饭啦！玩游戏太多对眼睛也不好呀！”

“啊呀，好好好。”杨景涛点着头安抚她，放下手机，拿起了叉子，冲她笑笑，“吃饭吃饭。”

杨萱看着他又展露出温暖的神色，满意地抱起他的胳膊：“以后吃饭的时候不要总玩手机啦。”

杨景涛和谢诚都愣了愣，但随即他也就敷衍地点了点头：“好！听你的，不玩了。”

对面的康俊文别有深意地笑了一笑。

七点五十八的时候，大家纷纷起身赶去上课，而康俊文则是拖到了八点整才慢慢悠悠地站起来——第一节课是单独的学术结构辅导课，一对一的形式，老师都非常宽松，迟到也不要紧，从来不会被扣分。可他倒完盘子准备离开的时候，看到一个大摇大摆走进来的人影——

“欸，Joey！”康俊文扶了扶眼镜。

从邵东朝他摆摆手，算是打招呼了。别看他是所有人眼中的全优生，翘课吃早饭这种事，他可不在话下——何况他要毕业了，毕业生难免都对课业和纪律开始若有似无的。

康俊文挑了挑眉毛，推门出去了，但迎面而来的又一个人——

“关柚？”她明明都迟到了怎么还来吃早饭。

她步伐急匆匆地朝他喊：“哎呀，我晚了晚了！”

“那你还来吃饭！”他回头喊着。

“这——”她停住脚步回头讪笑道，“课可以一节不上，饭却不能一顿不吃！嘿嘿。”

康俊文摇了摇头，笑着推门出去了。

“你迟到了吧？”看着坐到他面前、拿了满满一盘子食物的关柚，从邵东抬起头，似笑非笑道。

“你不也是？”关柚笑嘻嘻地吃着东西，不甘示弱地回应。

沉默了半晌，从邵东开口道：“你怎么了，看起来忧心忡忡的。”

“没什么，”关柚撇撇嘴，本来想着这不值一提，但她撞到从邵东的眼神，又鬼使神差地和盘托出，“唉，就是我的演出呗……本来想在年末搞一场大型的演出，但是推进得不顺利。”

“什么意思？找不到人？”他喝了口水问道。

关柚摇头：“一个个的一开始都答应得可积极了，可一说排练时间就又都不愿意承诺来排练。就感觉……大家都不怎么认真，能来就当玩一场，没有也无所谓。”

从邵东放下水杯：“没有好处的事情，推进当然困难。”

“没有好处？”关柚提高了音量，放下杯子，“怎么叫没有好处！能一起唱歌，这是实现梦想啊！”

从邵东连忙摇头，不紧不慢地说道：“是你的梦想，不是他们的。”

关柚愣了愣，这话难听了点，但很在理。

“经济学里面讲，一个交易之所以能达成，是在一方有供给的情况下，另一方有需求。”他把自己盘子里的煮鸡蛋摆到桌子中间，讲解着，“现在是你提供了这样一个机会，但他们并没有很渴望一定要演出。反而是你，渴望他们都来配合你演出——所以还是你的需求比较大，供需不平衡。”他淡淡地说道。

“好像有点道理啊。”她转了转眼珠，有点沮丧，一把夺过他的鸡蛋，在桌上磕了一下。

“欸，你——”从邵东伸手要去抢，嘟囔着，“又拿我的鸡蛋。”

“嘿嘿，”关柚狡黠地笑笑，“那你告诉我该怎么办？”

从邵东放弃了抢鸡蛋，无奈地笑笑：“想一个不用靠任何人、只靠自己的 Plan B。”

关柚疑惑地皱了皱眉，什么 Plan B？只靠她一个人，那怎么能行呢？

“如果他们都不配合，你就不能自己唱？”从邵东把话说得更直白了一点，提议道。

“自己——”关柚惊讶地睁大眼睛，“自己唱有什么意思啊……”对她来讲，团队合作就是最有动力的事情，而单打独斗，总是让她没什么信心。

从邵东看着关柚费劲地剥着鸡蛋，指着鸡蛋说：“你把正反两面都磕一下，然后里面连着剥——”

“你帮我剥。”她直接把鸡蛋递上去，笑容灿烂。

“草，抢了我的鸡蛋还要我来给你剥。”从邵东小声抱怨。

“你说什么？”关柚佯装生气。

“我说……”从邵东接过鸡蛋，堆笑了一秒钟后立马恢复到面无表情，字正腔圆地说道，“我说，草，一种植物。”

关柚忍不住笑了出来。

“不过，我是说，”他边剥着鸡蛋边正色道，“你得自己内心强大起来。想做的事情，就要做到不需要任何人你也行。”

“嗯……”关柚托着腮，“可是一个人的演唱会……多没劲啊，都不一定有观众。”

“那如果——”他顿了顿，“如果是毕业典礼呢？”

“毕业典礼？！”关柚眼睛一亮。对啊，一个人办演唱会也许难聚到观众，但如果是在毕业典礼上能唱 solo，那……不光的确是不用其他演员，还稳稳地会有不错的反响。她连忙点头，“好主意！我回头去问问！”

“嗯，给。”他伸手递过剥好的鸡蛋。

“嘿嘿，”她接过鸡蛋，又忽然想到，“欸，从邵东！你篮球比赛……快要到选拔的时候了吧？”

他面色一沉，闷声答道：“嗯。”这是最后一个赛季了，也是最后一次能争取首发的机会。

“那你……加油啊！”虽然这话说得没什么用，但她还是本着鼓励总比什么都没有强的原则说道，紧接着又补充，“还有你的膝盖……别太拼啊，你……照顾好自己。”

“你还挺关心我的？”从邵东嘴角一扬。

关柚挑挑眉毛，随即笑着反击：“你不也是？”

齐粤的音乐剧这几天排练时间越来越长了。

还有两周就要演出了。

“齐粤，喝口水。”中场休息的时候，Rose 体贴地递上一瓶水。

这段日子她还真是尽心尽力，每场排练，她只要有空，必来观摩。齐粤看在眼里，心里还是挺感动的。

“辛苦你了。”他走下台来，坐到她旁边。

“嘿嘿，没事。”Rose 低着头，摇了摇头。两年的时光，转眼都要毕业了，也不知道之后会怎么样呢。现在的她只想抓紧时间和他相处。想到这里，她不禁又一次压抑不住心里的怀疑，干脆转头问他，“你和关柚……最近都没什么联系？”

“真不懂你为什么总是抓着她不放。”齐粤叹了口气，摇摇头。

Rose 反倒有点愧疚了——叽叽歪歪地像小女生一样成天吃醋可不应该是她 Rose 的风格啊!

齐粤转过头，思索了一番，认真地看着她：“其实就连我哥不再管我们的事情，都是关柚求的情。”

“啊？什么意思……”Rose 惊讶道，“她……见了你哥？”对哦，他们寒假的时候在香港，似乎是见了面……可是齐晋那个人……竟然能被关柚说动？！另外，关柚为什么要替他们求情？！

看着 Rose 睁大又眯起来的眼睛，她的不解他何尝没有呢？他只知道，那天在酒吧的露台，关柚和齐晋本来是在说当年和从邵东的那件往事，但后来好像又聊到了他；关柚走后，齐晋就破天荒地网开一面了。

他也不知道怎么回答，只是淡淡地看了看她：“所以……你别再那么针对她了。”

“集合！”队内选拔赛之后，教练一声哨响，所有队员都跑到场中央。

Jayden 有点担心地看了看丛邵东的膝盖——明明就没好利索，又非得来逞强。但比起他的膝盖……恐怕即将要公布的首发名单才更会牵动他的喜怒哀乐吧。

“今天，大家都知道，2016 年的篮球赛季名单，就要公布了！”秃头教练声音洪亮地断断续续卖着关子。

丛邵东站在后排的边缘，忍着膝盖的疼痛，深呼一口气，屏住呼吸。

“膝盖还行吗？”身边的高个子低年级白人球员 Frank 不怀好意地故意刺激丛邵东。这个人可谓少年得志，从小学就在县上的篮球队开始训练，后来一路靠着篮球，走体育特长生的路线；在这所以篮球著称的学校，也是小小年纪就一直在竞技校队打首发。也正因如此，他心高气傲，平时和丛邵东最不对付。

“都安静！”秃头教练不耐烦地又一次喊道，“下面是这次的名单！小前锋……大前锋……中锋……”

丛邵东没理会 Frank 的挑衅，只是静静地全神贯注地听着，仿佛世界都静止了。

“得分后卫……控球后卫——Joey！”

教练的话音落下那一刻，丛邵东整个人都呆住了至少五秒钟——他选上了！选上了！熬了四年，终于熬出头了！他激动得简直跳了起来。

“恭喜啊！”Jayden 作为丛邵东的好兄弟，此时比谁都激动，冲上来给了他一个拥抱。他真心地为他高兴，因为他最清楚自己的这个队友有多热爱篮球，又有多努力。

然而并不是人人都这么开心——Frank 就是个例外。

“哼。”他轻蔑地勾一勾嘴角，走到丛邵东面前，“小心别在赛场上又摔到膝盖哦！”

“闭嘴吧你，蠢货！”Jayden 平时也看不上鼻孔朝天的 Frank，正好逮到个机会可以骂他了。

丛邵东压根不在意 Frank 的冷嘲热讽了，就看着 Jayden 的回击，乐在其中。

他掏出手机，迫不及待地给关柚发了信息：！！

两个叹号。

两个叹号？

她看到他的消息先是疑惑了片刻，但又猛地想到——今天是篮球赛季公布首发名单的日子啊！

你选上了？！她回复。

叮咚。

从邵东回道：我选上了！！

关柚正坐在自己屋里的床上，看到这一消息立马激动地扔下手机，好像是她自己中了五百万彩票似的。

“天啊，Jessie，你怎么了？”室友 Jordan 刚午睡起来，睡眼蒙眬地看到关柚扔下手机跳到地上，吓了一跳。

“没、没事，”关柚努力想收住笑容却收敛不住，“我就是……我就是太激动了！”

一转眼，二月都过完了，三月开了个头。

若不是手机上的提醒，关柚都忘了，今年是闰年，二月是有 29 日的。

一周后就是冬季学期的期终颁奖典礼。

学校的奖项分为三种，Cum Laude、Magna Cum Laude、Summa Cum Laude。这些名字，关柚起初不明白是什么意思，也是过了好久之后才知道是希腊语的一些表示荣誉的词。因为学校的每门课都分为 foundational、standard 和 accelerated 三种等级，只有每门课至少达到 standard，才有可能获得学术奖；之后再根据分数，被划分为 Cum Laude 或者 Magna Cum Laude。Summa 则是最难的，每门课不仅要 90 分以上，还必须都是 accelerated 或者 AP 等级，而这对于国际生来说，能拿到文科课 accelerated 的人简直微乎其微。

关柚即使连历史都上到了 AP 等级，她的英文却一直在 standard 停留。

中国人里面，除了九年级成绩好的人一开始上 ESL 时有可能拿到 accelerated，普通的英文课能到 accelerated 再拿 Summa，相当罕见。

就连从邵东也只拿过一次 Summa。

大家都知道自己的成绩，成绩好的就是稳稳的 Magna 或者 Cum Laude，成绩不好的根本对奖项没有任何期待——一个已经知道的结局，也就没什么好紧张的了。

“Jessie，Magna Cum Laude。”

关柚在一片掌声中，跟随着其他获奖者排队上舞台，没有喜悦反倒是有小小的失落——该死，又是这个拖后腿的英文课！

杨景涛除了数学和科学成绩名列前茅，英文和历史总是徘徊在 90 分上下。因此，他总是这个学期获奖、下个学期又不获奖的状态。这个学期的杨景涛刚好处于起起伏伏的“起”阶段。

“Laura，Summa Cum Laude！”

杨萱作为他们年级为数不多的佼佼者，获得了最高奖项。

她款款走上台，穿着高跟长筒靴和超短裙，微微鞠躬，和老师握手后接过了奖状和奖章，然后侧身，看着台下微笑。

她等这一刻太久了。这就应该是属于她的光环！

“哎哟，”康俊文看向关柚，一脸奸笑，“她这回超过你了哦，是不是特别不爽？”

谢诚还添油加醋地补充：“本局，杨萱队获胜，关柚队惨败——关柚，有什么失败感言没有？”

关柚把头扭到一边不理他们，心里暗暗不服。

奖项颁完了，老师又走上台，邀请篮球教练宣布了本年度篮球赛季的首发名单。

“啊！”关柚突然眼睛一亮，打起精神来了。

“丛邵东、丛邵东！”关柚看着他走上台，激动地拍了拍康俊文，又拍了拍谢诚。

“听到啦！”谢诚侧身躲过她的手，翻了翻白眼，笑道，“又不聋！”

还有三天就放春假了。

十二月的时候，因为妈妈和齐粤的爸爸合作新电影的缘故，两人才误打误撞有了香港那一段“奇缘”。是缘分还是巧合？如今，将近三个月过去，电影也从剪彩仪式走到了杀青宴，而昔日的朋友——从陌生人到知己再到陌生人，再次在香港见面，又会是怎样的场面呢？

耳机里的钢琴声响起，像潮水一样，一波一波在推动着音乐，也推动着记忆。

回忆就从此如潮水一般涌起。

“害怕悲剧重演，我的命中命中，越美丽的东西，越不可碰……然后睁不开两眼，看命运光临，然后天空又再涌起密云……”

从去机场的路上和室友 Jordan 聊着天、一起用 snapchat 的各种滤镜自拍，到飞机降落到香港，仿佛也就是一晃眼的事情。

杀青宴当天，香港的天空被灰色的云压得很低，路上三三两两的飞鸟掠过。走在外面，关柚感到气压的压迫感，胸口闷闷的，喘不上气。

“会不会下雨啊？”她问妈妈。

“嗯……不知道。”妈妈抬头看了看天空，“香港的冬天基本没下雨，不过最近这一周，时不时地就乌云密布。”

宴会厅在北角的一个酒店顶层。从漂亮的大落地窗看出去，是似曾相识的维港；渡轮还是川流不息，把平静的海面掀起一道道褶皱。

对面是九龙城区，往左手边看过去，能隔着云雾隐约看到高高耸立的 IFC 高塔，却看不到中国银行那一道道十字交叉的花纹。

关柚随妈妈到场的时候，现场已经是满满的人了。

看到侍者端着酒杯走过来，关柚毫不犹豫地拿起一杯香槟。

“哟呵，还喝上酒了你？”妈妈笑着调侃道，“看在美国把你给憋的。”

关柚嘿嘿一笑，环顾着四周——还真有一两个她认识的明星！

“江总！”齐栋之看到她们，笑呵呵地迎上来，并转头叫着儿子，“齐粤！”然后伸手指了指面前的方向，示意他走过来。

隔着人群，关柚看到了那一道她熟悉的身影，孤独、沉静，略带着忧伤的单薄的背影，正独自站在窗边，手中举着一杯饮料，望向窗外。

他转过身来了。

“那不是你同学吗？”妈妈笑着拍拍关柚，“去打个招呼吧！”

由于齐栋之和江宁是本场两个最大的主角，江宁到场后，齐栋之又迎上来，两个人凑到一起说话，引得在场的人纷纷侧目；另外几个导演和投资方也分别走过来。

齐粤站在窗边，感受到旁人的目光似乎把他也笼罩到了聚光灯下。

远远地，他看到关柚似乎深吸了一口气，笑着对身边的妈妈和他爸爸说了些什么，就款款地迎面走来了。

她今天的穿着很传统、保守，也很一反常态地走了淑女风格：一件淡粉色厚尼龙材质的短袖连衣裙，加一双淡粉和透明色拼色矮跟高跟鞋。

第一次见她是什么时候？一年半以前，作为十年级的新生，关柚刚转校过来，在那个琴房。那时候她头发还是短短的，也就刚到肩膀的长度；后来她染发、烫发，搞过不少很个性化的造型；而现在，一头乌黑的长直发安静地垂在胸前，看起来又十分乖巧稳重了。

他胸口起伏了一下，眉心微皱。

在场的人若有若无地朝他们俩看过来，而她，就旁若无人地稳稳地端着自己的酒杯，一步一步，慢慢地朝他接近过来，走到他面前，站定。

她的目光越过他，看着窗外的海，随后才转过头，挤出一个淡淡的微笑，缓缓说道：“好久不见。”

“好久……不见。”他也从喉咙里挤出了这四个字。

这并不是庸俗的场面话或者故作深沉，而是细算下来，即使在同一所学校，从圣诞假回去之后，他们的确……很少再见面了。连照面都很少，话更是几乎没再说过了。

“你……最近怎么样？”身处嘈杂的人群中，齐粤安静地开口。

“我挺好的，”关柚笑盈盈地点点头，反问道，“我看……你也不错？”

齐粤点点头。

然后两人就各自望向窗外的海和海上的船，无言。

还能说什么呢？问问他是不是和Rose复合了？是不是Rose要求他疏远自己？

他同样尴尬得不知还有什么可以寒暄，问问她最近有没有写歌？她的演唱会办得顺不顺利？

两人之间相隔半米的距离，现在却像是隔了一堵无形的墙，让两颗心近在咫尺，却远在天涯。

可惜吗？也许有点吧。但他后悔吗？自古以来，鱼和熊掌不可得兼。既然在他心中，最牵挂的、不舍的、最愿意迁就的还是Rose，那么，这一段友情，大概也只能就随风飘散吧。

关柚喝了一口杯子里的香槟酒，转头笑着说道：“这酒不错啊，但我总觉得圣诞的时候在酒吧露台，齐晋哥点的那瓶更好喝。”

她这话什么意思？在提醒他些什么？

“是啊，”齐粤淡淡地笑道，“齐晋对酒很有研究，对香港的酒吧更是了如指掌。”

“可惜以后见不到了，”关柚微笑着接话，隔着淡黄色冒着泡泡的液体，带着一个弧度看着外面的海，“就像这地方，景色很美，可惜看不到中环。”

齐粤愣了愣，却故意指了指IFC：“你看，能看到一个角。”

“不一样的风景啊。”她笑着摇了摇头。

其实她想说一些“祝你和Rose幸福”这样冠冕堂皇的话，但每每转头看到他安静俊美的侧颜，话又好像卡在喉咙里说不出口。

看着关柚低下头，齐粤凝视着她的发顶、微微露出的睫毛和鼻子，还有身上穿着的粉色裙子。该说点什么呢？祝你明年申请大学顺利？对不起，我和Rose复合了所以无法再和你做朋友，不能再向往日一样一起弹琴、唱歌、聊一聊人生的哲理？这些未免都太矫情做作了。

他转回了头。

她说得没错，这里的风景比起中环的那几座标志性建筑，还是大有不同。要说是差了点吗？也许个人喜好不同吧。他摇摇头，也喝了一口手里的饮料。不过抛开风景不说，三月的香港和十二月的香港，又怎会相同呢？

天空上全是白色和浅灰色交织的云朵，一片一片叠加起来，露不出一点蓝天，而海面上却是风平浪静。短时间内大概是不会下雨吧。

关柚叹了口气，是不是太美好的东西她就注定抓不住呢？有些缘分就是这样无可奈何地失之交臂的吧。

良久，她开口道："那我……先过去了。"

她举着酒杯的手抬了抬，示意着她妈妈的方向。

"哦，哦好。"齐粤连忙应答着，呆滞地点了点头。

关柚微微笑了笑，最后回头看了一眼窗边那隔着密密的灰云穿透过来的日光，眯着眼睛看了看天空——光倒是均匀的，亮得晃眼。

但可惜，离别的这一天，没有太阳。

离开的时候，她和妈妈一起在等着齐栋之派来的车，吴与路的电话竟忽然打进来。

"喂？你这家伙，怎么想起打电话了？"关柚笑笑，这个电话还是不知不觉中让她的心情明亮了一点。

"关大小姐，好久不见啊！"吴与路在电话那头一如既往地油嘴滑舌，"我是来给你报喜的！"

"报喜？"关柚琢磨着是什么喜事……在他们四个人中，吴与路是最后一个决定出国留学的，而现在……三月……啊！难道是……

"你猜怎么着？"吴与路继续卖着关子。

"怎么着？"关柚配合地和他一问一答，听得身旁的妈妈都笑起来。

"你们俩干吗呢？说相声呢？"妈妈忍不住调侃。

"我录取 UIUC 啦！"吴与路在那边笑嘻嘻地说着。

"恭喜啊！"关柚开心地大喊大叫。

其实以吴与路这样尖子生的成绩，没有上得了常青藤顶级学校，关柚知道，他大概是失落的。

但吴与路好像是猜出了她的心思，给自己打着圆场："唉，什么学校其实也不那么重要了。我本科努力一点，以后再考研，一样的；毕竟出国的准备做得太晚了。"

“这个的确……”关柚点点头。吴与路是他们几个人中最晚一个决定出国的，当时高考和出国两条路同时进行，纠结着做两手打算，反而是劳心伤神地事倍功半。

“Yellow 和李美玉也都去 UIUC。”吴与路继续说着，声音没有什么太多沮丧。

“哇，真的？！”关柚再一次兴奋地跳起来。

“是啊，哈哈哈，”吴与路爽朗地笑起来，“听说那地方是个大农村，以后我们就——相约玉米地啦！”

关柚也笑起来。虽然她还没有开始申请的过程，对美国的大学也还不太了解，甚至都不知道哪个学校具体在哪，但她还是开心地应和着：“好！我们相约玉米地！”

“什么玉米地啊？您又要搞什么江湖聚会啊？”妈妈在一旁好笑地看着她，往前走了两步又回头向她招招手，“行了别聊了，走吧，车到了。”

放下电话，关柚迈进黑色的奔驰车，戴上墨镜和耳机，音乐声又充斥了整个世界。

# | 惊天逆转 |

回到学校，关柚开始致力于提高自己的英文课成绩——她一定要做到最好，才能逼这个最讨厌的教英语的中年女老师不得不给她调到 accelerated 级别。

“下面这个问题，谁来回答？”身材呈梨形的女老师在讲台上堆笑着说道——关柚怎么看都觉得她鼻子是歪的。

关柚在众目睽睽之下举起了手。

同班的 Joanna 看了她一眼，一如既往地高高在上、等着看笑话的表情，很是不屑。

同时看过来的还有肖恩，也是一脸等着看戏的表情。

这两年的英语课，气氛总是比别的课感觉压抑很多，很大一部分就是因为，班里总是有 Joanna 这个人。今年更甚，还加了个肖恩；没有王沐成，没有杨景涛，也没有 Liz 等一众好友。

“Jessie。”女老师点了她的名字，眼神并不友善。

好吧，那就看我来单打独斗吧。

关柚深吸一口气，想起了丛邵东的话：想做成的事情，就要做到只依靠自己、不用靠任何外力的帮助，也能做成。

她开口道：“盖茨比的故事里，有一个很重要的主题，就是当时的时代背景下大家的 American dream，淘金热、对财富的追求……”

本来就在英语课上鲜少发言的关柚这回竟然说了这么一大段话。英语老师愣了愣，点点头：“很好。”

既然她拒绝给自己上调到 accelerated 的理由是她发言太少，那从今天起，关柚就硬着头皮也要积极发言。

感受到 Joanna 的目光，关柚勇敢地回应过去，并得意地给了她一个微笑。

Joanna 愣了一下，也朝她笑了一下，随后低下了头。

下午放学后，关柚和往日一样，来到健身房，碰到了在跑步的康俊文和谢诚，又看到了楼下篮球场上正在训练的丛邵东。

“传球！”

“好，快一点，再快一点！”

看着篮球场上纷乱的脚步和丛邵东跳跃的身影，关柚不由得趴在二楼的栏杆边，看得入神。

“哎哟，关大小姐又犯花痴了？”谢诚跑过来调侃道。

“欸，谢诚，”旁边的康俊文却忽然喘着粗气有点惊讶地拍了拍他，指着前方一高一矮正慢吞吞地跑步的两个身影，“那不是杨景涛吗？”

“欸？！”谢诚放慢速度，“还真是！我有生之年还能看到他来健身房跑步？！”

“真是稀奇了。”康俊文跑完步，走到一边喝水、擦汗。

谢诚又跑了一圈，也走了过来，然后两人就一起站到跑道的栏杆边看着窗外360度环绕的无敌湖景。

“哎呀，不行了，跑不动了跑不动了。”杨景涛在远处喘着气，停下来，弯腰扶着膝盖。

“哎呀，Ben！再坚持一下啦！我们已经跑了六圈，一多半了！”旁边的杨萱一边鼓励着一边上前拉他。

杨景涛却甩开她的手：“哎哟，大小姐！你说要跑步我都陪你来了，我是真的跑不动了呀……你自己去吧啊。”他挥一挥手，直起了腰，不由分说就往旁边休息区走去，说什么也拒绝再继续跑了。

杨萱一脸为难的神色，追上前去撒娇道：“哎呀，Ben，乖啦……每天运动一下对身体好的嘛……走啦！”然后继续尝试拉着他的胳膊。

“啊！”杨景涛简直就是痛苦地对天——准确地说是天花板——号叫了一声，然后点点头，十分不情愿地被杨萱拉着，又气喘吁吁地继续跑了起来。

康俊文和谢诚听到杨景涛那一声杀猪一般的惨叫都忍不住笑出了声。

关柚走下楼去，篮球训练还有五分钟就结束了。她在场边站着，等着丛邵东。

“好，今天的训练就到这，解散！”秃头教练吹了声哨，宣布解散。

“哎，Joey，你的小女朋友在场边等着你呢！”几个黑人队友看到场边的关柚，朝丛邵东挤眉弄眼道。

丛邵东转过头，眯着眼睛朝他们做出一副似笑非笑的表情，无奈地摇摇头，朝关柚走过来：“你怎么来了？”

“我来给你报喜的呀！”她模仿着吴与路的语气，眼神亮晶晶地朝他说。

“有什么喜事？”他挑了挑眉毛。

她笑了笑，得意地宣布：“我的演唱会——不办啦！”

从邵东等着她说后文，结果她的话戛然而止。他挑起眉毛：“啥？不办了？这叫喜讯？”

“哈哈哈！”关柚笑起来，“我还没说完呢，”抬头冲他狡黠地笑了笑，“演唱会不办了，但我申请了在毕业典礼上演唱——独唱，还是我自己写的歌！”

“哦——那很好啊！”从邵东做梦也没想到自己竟然有一天会因为别人的成就而激动地大叫出来、语无伦次。

关柚用力地点了点头：“是啊！简直比原计划还要棒！”

从邵东激动地伸出手，却又停在空中——他本想抱抱她，但又觉得……好像不合适？他又冲动地想揉一揉她的头发，但瞬间觉得……好像更不合适？索性，还是拍拍肩膀吧！于是他拍了拍关柚的肩膀。

唉，他笑着摇摇头，感到自己竟然……真是越来越有人情味了啊……

走回去的路上，从邵东问她：“下周篮球赛季小组赛就开始了，你会来吧？”

“当然啦，”她笑嘻嘻地，“你们这几个周末都有集训吧？你的膝盖怎么样了？”

“还好，”从邵东点点头，看了看她，“好多了。”

“嗯，那就好。”她也点点头。

从邵东若有所思地自言自语道：“哎呀，这么一想还真是……这几个周末都没有清闲日子咯……欸——不过五月初那周末没有训练，正好可以去趟波士顿。”

“去波士顿？去玩吗？”她问他。

从邵东笑着摇摇头：“去定做一套礼服。”

“礼服？干吗用？”她不解。

“参加毕业舞会啊。”他温柔地笑道，眼里荡漾着难得的柔情。

毕业舞会……关柚提起了一口气，那他……会邀请谁呢？会邀请她吗？

她的遐想都还没结束，从邵东就完全不解风情地打断了她的憧憬，自顾自地笑着：“我之前有个关系很好的学姐，她特意为了我的毕业舞会，到时候会来学校呢。”说着，他还转头看了看她。

学姐……关柚的笑容僵住，难道是……

她颤抖着问：“她……叫什么名字？”

“苏菲。”从邵东笑了笑，眼神里的温暖却像寒冰一样刺进了关柚的心，击碎了她心中所有美好的想象。

吃晚饭的时候，杨景涛和杨萱手牵手进的食堂。

“看，就说Ben名草有主了吧！”

“嗯，不过杨萱蛮厉害的啦，成绩那么好。”

两个九年级小学妹偷偷议论着，其中一个之前还很喜欢杨景涛。杨萱虽然有些不满那个学妹，却还是假装不经意地朝她们笑了笑。

谢诚正和两个学弟打着王者荣耀。

Kelly推门进来了：“哎哟我的妈呀，搁外边儿就听见您这动静儿，楼都要震塌了！”

“你来得正好，”谢诚不由分说地指了指面前的凳子，又抬头看着杨景涛，“你们俩都来了我们就排位吧，玩一把正经的！”

“好啊！”

“好，没问题，走起！”

两个人分别答应着就掏出手机。

杨萱却一把夺过杨景涛的手机：“哎呀，怎么回事嘛，都答应我了不在吃饭的时候玩游戏的——玩那么多游戏，手机屏幕又那么小，对眼睛不好！”

“我的妈呀，这是女朋友还是妈呀！”对面的学弟正在兴头上，没想到半路杀出个杨萱，忍不住就抱怨了起来。

“你——”杨景涛一拳头砸在桌子上，努力平息下来满脸的怒气，好言相劝道，“就玩一局，行不行？”

杨萱皱着眉头，撇撇嘴，神情柔软，撒着娇靠近他，嘴上却不妥协，“嗯……别了吧……你都答应我了。”

“哎呀，没劲！”谢诚懒得等他们磨叽，实在是看不惯杨景涛现在这副模样，直接果断地说，“算了算了，还打个屁排位，来来来，继续匹配吧！”

身边的林想刚刚一直在戴着耳机听音乐，而此时她摘下耳机，拍了拍谢诚：“谢诚，我先回去了啊。”说着便站起身来。

“诚哥，你看你把嫂子都气跑了。”旁边的学弟一边选英雄一边调侃道。

“是啊，我赶紧走吧！”林想咧嘴笑着，推了谢诚一把，“你啊，在我旁边念叨着打打杀杀的，吵死啦！”

“嘿嘿，”谢诚一笑，拉住林想的手，“夫人息怒。”

林想笑着摇摇头：“晚点回去视频？”

“嗯嗯，回去我打给你。”谢诚笑着点点头。

杨景涛张了张嘴，望着对面又开始新一轮厮杀的兄弟们，忽然很怀念以前总是整日厮混、一起打游戏的日子。这么一想，自己还真是有些日子没跟他们一起打游戏了——连 Kelly 什么时候入了坑、喜欢上用英雄恺，还已经足以和他们一起打排位……这些他统统都不知道。

他叹了口气，不满地对杨萱抱怨：“你看看人家林想的觉悟。”

杨萱撇撇嘴，忽然余光扫到了他的手正要去拿盘子里的炸鸡和薯条，“欸——这个不能吃！”她赶忙把他的盘子抢过来，皱着眉头，“你怎么拿那么多炸鸡和薯条呀！别吃那么多油炸的嘛，不健康。”

“杨萱，你有完没完了？”杨景涛的怒气已经燃烧起来了，直接打断了她的话。

杨萱怔了一下，连忙推过自己面前的碗，里面是她精心给他搭配的各种切块水果，“Ben，你吃这个，这是我——”

“杨萱，事不过三，”杨景涛彻底被惹毛了，一拳头重重地砸在桌子上，“你别没完没了！”

他腾的一下站起身来，大步流星地扬长而去。

“欸，喂，Ben！杨景涛！”杨萱站起身来叫他，可回应她的只有关门的声音，剩下桌子上的人面面相觑。

周末，齐粤和 Rose 一同去了学校组织的 mall trip。

Rose 又在缠着齐粤给她买一个 Prada 的钱包了。

本来对 Rose，齐粤一直是百依百顺的，但也不知怎么，今天的齐粤就是不想给她再平白无故花一笔钱。

“这点小钱对你来说又不算什么，怎么就不行了嘛！”Rose 不满地甩开他的胳膊，“你变了，齐粤！你以前不是这么对我的。”说着说着，Rose 突然神情又伤感起来。

“我只是不想无限制地花钱。”齐粤沉默片刻，语气有点冷了下去，“每次一起出来都是买东西，每次都是买、买、买，我哪次没依着你？”

“那你今天就再依我一次嘛！”Rose 又笑得明艳起来，抱着他的胳膊央求道。

齐粤困惑地看着自己的女朋友，情绪好像总是大起大落的，一会儿强硬地大喊大叫，一会儿又小鸟依人。

他摇了摇头，反问："那你也给我买个东西？"

Rose愣了愣："你、你开玩笑吧……"她不动声色地放开他的胳膊，"这些东西对你来说本来就不值一提嘛……"

"可我也不是一个金库、无底洞啊。"齐粤无奈地摇摇头，转身走出了商店。

"欸，齐粤！"Rose尴尬地放下钱包，连忙追上去，"男生给女生买东西，那本来就很正常的嘛！"她说得理直气壮，"哪个女孩子不喜欢这些包包啊、鞋子的？真是！"

"关柚就不在乎这些！"齐粤脱口而出，说完才突然后悔——完了，这下算是踩到Rose的雷区了。

果然，Rose的脸一下子就拉下来了，脸色煞白——不光是愤怒，简直是气得发抖。她直接就在商场正中央大喊："你别跟我提那个小人的名字！"

齐粤吓得一个激灵。

其实，关柚的名字在他们俩之间已经很久没出现过了。平时朝夕相处，两人其实都挺和睦的，但今天……其实若不是她一味无休止地索要，齐粤也不会心里不满，更不会下意识拿出关柚来对比。

"对不起啊，我不是故意的。"齐粤语气又软下来了，连忙道着歉求和。

可Rose却被惹怒了，不依不饶的："我看你就是故意的！关柚……关柚就是个贱人！"

虽然一心只希望能和Rose好好相处，但齐粤听到这么难听的词还是忍不住皱起了眉头："我真的不懂，你跟她到底有什么深仇大恨？每次一提到她，你就暴怒，可是问你你又不说……"他小心翼翼地看了看Rose，除了对她刚才的话不满，他现在也是真的好奇——到底是怎样的血海深仇啊，至于到如此境地……

"卑鄙！"Rose不假思索。

"卑鄙？"齐粤追问。

"哼，"Rose冷哼一声，直勾勾地盯着他，"就知道管别人的闲事，就知道告密，难道不卑鄙吗？"

"什么告密？告什么密？"齐粤越听越糊涂。

"少装！"Rose狠狠地抛下一句话。

"装什么？"齐粤更是一头雾水。

Rose看着他无辜的模样，心里也生出疑惑——难道他真的不知道？怎么可能！她想了想，决定告诉他也罢；虽然这件事情对她来说很尴尬，再次提起可能又会惹怒他，但是……反正今天齐粤也是难得发了次脾气。话都已经说到这份儿上了，她也不介意再在旺火上浇这最后一滴油。

她犹豫着说："你刚和我分手的时候，我和肖恩……走得比较近，这你是知道的。"她在脑海里迅速检索着用词，避重就轻。

齐粤点点头，脸上没什么明显的波澜。

她的胸口起伏了一下："那当时的感恩节，我给你打电话说想你了，你却在那之后彻底不再理我，不和我说话，对我视而不见……是不是就是因为知道了我和肖恩的事情？"

……肖恩？噢，对！齐粤其实已经很少去回忆当时的那些事情了。其实既然分手，他便尊重她的选择，他只是自己心里过不去这个坎。

他又点点头。

她颤抖着继续问："是因为……"

"是因为我看到你们在食堂走廊后面的楼道里接吻，对。"齐粤索性打断她，替她说了。他的眉头紧皱，仿佛并不愿意去回忆这段令他痛苦的往事。

Rose轻轻闭了闭眼睛："而这件事，是关柚告诉你的，没错吧？"她的语气很肯定。

关柚？这怎么会和关柚有关系？他正疑惑着，突然反应过来，啊！是啊！那次关柚好像是站在他前面，而后来他转身就走了，既没有太刻意注意到关柚的在场，也不知道后面发生了什么。难道是关柚后来被Rose他们撞见了？！

齐粤猛地睁大了眼睛——他竟然从没去联想过这里面的因果。

"不是关柚！"他连忙解释道，"是我，是我自己看见的！"他语气有些慌张，声音也跟着急促了起来。

"哼，不是她？你少替她狡辩了！"Rose才不吃这一套。

齐粤痛苦地闭上眼睛，忽然感觉是自己做了什么不可饶恕的错事一样，缓缓地说道："真的，Rose。当时是我看到你走在前面，我就跟着你一路进了食堂。我本来想走上去找你说话，但又觉得都分手了，不应该再互相纠缠不清。我正纠结着，就看到你和肖恩一起进了楼梯间……"

什么……齐粤在说什么？！

她像在听天书一样瞪大了眼睛，一脸不可思议的表情。

“然后我就跟了上去，一路走到楼梯间窗户的侧面，看到了……亲眼看到了你和肖恩……”他的声音喑哑着，喉结动了动，“我当时觉得相当无法接受，所以后来……才一直感觉无法面对你。至于关柚……她当时好像的确也在，就在我前面。”

Rose 惊讶得说不出话来，眼眶里竟不受控制地充满了泪水。

原来这一年多，她都恨错了关柚？！

如果齐粤说的是真的……她不敢想。

一颗泪珠猝不及防地就掉了下来。

齐粤看着她眼里的不可置信、悲伤和惊慌，忙问：“你怎么了？”

Rose 用手捂住脸，眼泪却越掉越凶。反正眼泪也不受控制，她干脆直接就蹲在了商场正中央，就这么小声呜呜地哭了起来。

“Rose……”齐粤心疼地弯下腰去拉她起来，“唉，都怪我不好……”

“你为什么不早点跟我说啊？”Rose 抬起头，满脸的泪水，浓浓的黑色眼线化成一条线，黑色的瀑布就这样倾泻下来，心里默默祭奠着她的友情。

“我真没想到，你会因为这件事情误会她……”齐粤自责地说道。

“就是因为这个……还误会了这么久……”Rose 哭得上气不接下气的，断断续续地说着，“我当时感觉到有人在看我们，一转头，就看到了关柚，而且只有她一个人。”

齐粤拉着她，重新站起来。

Rose 眼神空洞地目视前方，喃喃自语道：“其实她跟我说过的啊……她说不管我信不信，她没有做任何对不起我的事情，”她懊悔地敲了敲自己的头，“……我一定是当时气得昏了头，也就什么都听不进去了……”

齐粤看着怀里的 Rose，叹了口气。

篮球赛季开始了，今天是第一场小组赛。

赛场上人声鼎沸地喊着“传球！”“防他！”或者喝彩，好像一个个都是专业指导或者解说员似的。

“哎呀，漂亮！”

旁边的王沐成和 Kelly 同时大喊一声，站了起来。

“Joey 进了一个三分球！”王沐成扭过头冲着关柚喊。

她隔着人群看了看那个矫健的身影，笑了笑，却没有像往日一样专心和兴奋。

“你怎么了啊？”康俊文问她。

关柚愣了愣，脑子里全是丛邵东和苏菲学姐去舞会的场景。她使劲眨了眨眼睛，努力停止再胡思乱想。

自周五晚上在食堂和杨萱当众拍桌子之后，杨景涛就一个周末都没理她，而是痛痛快快地和谢诚通宵打了场游戏。

没想到，周一一大早，杨景涛踩着点出门去上课的时候却一推门就看到杨萱。

听到门响，杨萱转过头，露出惊喜的神情，马上跑了上来，递上一个保温饭盒。

“这是……”杨景涛愣了愣，她怎么又来给自己送东西了？

“Ben，对不起。”杨萱上来就先道了个歉，很诚恳地看着他，“那天是我不好，我管你太多了，以后……”

嗯？杨景涛真是没想到杨萱竟然又主动跑过来找他。现在回想一下，自己当时也正在气头上，其实女生生气，一般男生都是有义务要去哄一下的吧？

“呃……”

杨景涛正不知所措地张口，杨萱又打断他，把保温饭盒塞到他怀里，笑着说：“我以后不会总干涉你啦！你要是不想早起去吃早餐，我就每天给你装在饭盒里送过来！”

看着她真诚的眼神和微笑，他更加愧疚了，紧紧握了握手中的保温盒：“哎，杨萱，其实你不用这样的啊……”

“不吃早饭对身体不好哦！”杨萱眨眨眼睛，依旧保持着温柔的微笑。

“唉。”杨景涛叹气，吸了吸鼻子，随后用手轻轻揉了揉杨萱的长发。

# | 离别的篇章 |

四月中旬，国际生协会这一年的工作又要接近尾声了。今天是宣布下一任主席团名单的日子。

现任秘书长走上台，和副主席 Jackie 一起，很有仪式感地拆开了信封，宣读着上面的名字："Co-President ——"

"嗯？"谢诚惊讶地睁大眼睛，转头推着康俊文，"关柚选上了？"

"是哦！"康俊文也有点出乎意料。

下一届的联合主席是关柚和一个西班牙人。当事人关柚却在 Mr.Reaves 都开始结束致辞了才姗姗来迟。

"你选上了！你是主席！"

她一坐下，身边的谢诚、林想都开始道喜。

"啊？我？"关柚显然也没想到。

散会后，杨萱特意拉着杨景涛的手走过来，叫住她，"Jessie，"她唇角的笑容弧度刚刚好，"恭喜啊！"

"啊？"关柚愣了愣，随后点点头，"谢谢。"

"Jessie！恭喜！"Jackie 从演讲台走下来，笑眯眯地给了她一个拥抱。

"哎呀，谢啦！"两年的数学课同学，关柚和包括 Jackie 在内的很多比自己大一届的学长都有些交情，想到他们马上全都要毕业了，心里还是很舍不得。她和 Jackie 拥抱着，动情地说："你马上要毕业了，我会舍不得你的。"

"哈哈哈，"Jackie 笑起来，"以后来加州找我玩！"他即将去加州上大学。

"好啊。"关柚笑着答应道。

"会不会舍不得 Joey？"Jackie 不放过任何一个开玩笑的机会，"浴室事件——我可是听说了啊！"

关柚一愣，脸有些红，却扭着性子不想去想丛邵东和苏菲学姐的事情，便说："哎呀，提他干吗，我和他……其实也没那么熟。”

“浴室事件？”

“什么浴室事件？”

散会的时候大家正好都经过他们这个位置往外走着，听到 Jackie 提到这种敏感字眼，一个个国际生协会成员都忍不住好奇起来。康俊文、谢诚、王沐成只是会心一笑。

“别装了！”Jackie 才不吃她这一套，笑着拍拍她肩膀，“你知道你当主席是谁提的名吗？就是 Joey！”

“是他？”关柚做出一脸不可思议的表情，睁大了眼睛。

走廊外面，Rose 站在门口等着杨萱。

“欸，Rose，”杨萱看到她眼睛一亮，依旧是弯弯的眉眼，勾起的唇角，热情地迎了上去。

Rose 却伸手挡住了她，一脸正色，也不管正向外面涌着的人群，简明扼要地指着她就说：“杨萱，你以后要是再和关柚过不去，想找她麻烦，我第一个跟你没完！”

“什么？”杨萱吓了一跳，Rose 这是受了什么刺激还是被附体了？！性情一夜之间大变……

说完话，Rose 就转身走了，只留下杨萱在原地不明所以。

推开门，看到外面的蓝天，Rose 反而轻松了。

她仰起头，眯着眼睛看着春天的太阳，那么明媚——这才是高中最后一个月的时光该有的样子。

齐粤走在她身边，任由她钩着他的手臂。阳光照在身上感觉暖暖的。

他侧头温柔地看着她：“收到了 RISD 的录取通知书，今晚要不要去镇上吃牛排？”

“好啊！”她转头和他对视，笑着答道。

无独有偶，好事成双。

在提升了国际生协会的主席后，全校集会上面宣布新一届学校里的 leadership 名单，关柚又赫然在列。

同时选上的还有杨景涛。

关柚选上的是一个叫 PEEPS 的组织，相当于学生心理咨询师，以学生的身份帮助身边不开心、想聊天、需要劝解的人；而杨景涛选上的则是和丛邵东同样的职位，Dean's Council。

为了庆祝关柚和杨景涛双双“升官”以及欢送康俊文，谢诚提议他们在四月的最后一个周末一起去郊游——其实也就是天气暖和了，大家可以去湖边野餐、晒晒太阳。

他们这一行八个人，除了关柚、康俊文、谢诚、王沐成，还有杨景涛、林想、Kelly和杨萱。

“你叫杨萱来干什么！”关柚看到杨萱那个标准的温柔微笑就浑身起鸡皮疙瘩，不满地拍了谢诚一掌。

“哎呀，那哪是我叫的啊？”谢诚无奈地撇撇嘴，“好歹现在也是杨景涛女朋友，你就大人有大量呗！”

关柚耸耸肩。为了杨景涛的幸福……好吧！

到了湖边，王沐成和Kelly一边给大家烤着肉一边聊着篮球，而谢诚带林想去了湖边散步，康俊文和关柚则坐在树下聊天。

关柚看着在两天前才终于被宣布全部融化的湖水，湛蓝的波浪一波又一波朝岸边涌来，伤感地说道：“你就要转学了，我明年可怎么办啊……真舍不得你。”

康俊文却不领情，贼兮兮地贱笑着：“不会，你不会舍不得我的，你只会舍不得Joey。”说完，还朝她眨了眨眼。

“切！”关柚也习惯了他的不解风情，就翻翻白眼，“欸，不过这么一说，你的新高中不也在加州吗？那离他不远啊。”她灵机一动，又开始美滋滋地盘算起来了：“这样以后我过去的话就可以一起看你们俩了啊！”

“不不不。”康俊文摇摇头，站起身来狡猾地一笑，“主要还是看Joey。”

“要不要帮忙呀？”杨萱笑眯眯地走到烧烤架旁边问Kelly。

“都四十岁的人了，出手还是这么准，干脆别退役了吧！”Kelly正和王沐成热火朝天地聊着篮球，没空和杨萱多说，便随手指了指还没拆包装的两袋培根。

自始至终，杨萱就在一旁听着，插不上一句话。

“聊什么呢？”康俊文和关柚蹦蹦跳跳、打打闹闹地回来了。

王沐成看着他们的样子，大笑着递上盘子说道：“一对活宝！”

谢诚拉着林想的手走在湖边。

“时间过得真快啊，转眼都要暑假了。”林想被谢诚牵着，轻轻踩在软绵绵的沙滩上，看着湖水冲上来，拍打着她的鞋面。

“会不会想我啊？”谢诚笑着一用力，把林想一把拽到自己怀里。

“废话！”林想瞪了他一眼，又立马羞涩地偏过了头。

谢诚温柔地笑着，一只手还抱着林想的腰，伸出另一只手转过她的脸，凝视她的双眸，认真说道："暑假我去深圳看你啊。"

林想睁大了眼睛，惊喜道："真的吗？！"

谢诚笑着点点头。

周围是绿油油的草地和新吐出嫩芽的树枝，草地上还开着黄色、紫色的小野花；鸟也出来了，在树上鸣叫着，时不时掠过干净的蓝天。清澈的湖水还是乐此不疲地奔腾着。春暖花开，鸟语花香……几个人就在阳光底下，感觉像在一幅画里，又好像是活在了形容春天的那一篇语文课文里。

林想开心地掏出口袋里的耳机，自己戴上一只，把另一只塞进了谢诚的耳朵里。她笑嘻嘻的，刚要继续往前散步，却被谢诚又一把拉回来。

"嗯？"她怔了一下，还来不及说话，就被谢诚一低头吻了上去。

随着四月的收尾，五月的到来，篮球赛季的决赛就在众人期盼中拉开了帷幕。

一开场，丛邵东的表现就很精彩，第一节一上来就拿了 17 分 3 个篮板 5 次助攻，台下的观众反响热烈，而他今天的情绪也格外激动，在场上每一次得分都会和队友击掌、呐喊——不知不觉中，这已经是他在高中篮球生涯的收官之战。他会像自己的偶像科比一样创造奇迹吗？

毕竟是决赛，打得肯定没有之前的小组赛顺利。在第二节结束的时候，比分被卡死在了 28∶32，丛邵东的球队始终落后，只能死守，却没有突破。

哨声一响，比赛进入中场休息。

"都打起精神来！"秃头教练在底下喊着。

"你们怎么都速度那么慢，这样的手速就等着被吊打吗？！"Frank 趾高气扬地责备着队友。

"Frank，你不能一直都单打独斗。"

Frank 不服气地瞥了瞥丛邵东："你的膝盖可别打完这一场就残了啊。"

"闭嘴！"秃头教练伸手要去削 Frank 的脑袋，却因为个子太矮没有削到。

"Joey 说得没错！"秃头教练第一次当众肯定了丛邵东，"篮球是什么？是团队配合！记得要传球、传球，齐心协力才能取胜！"

Frank 不说话了，新任队长却又不满地看了看丛邵东。等到教练一走，他冷哼一声："你是队长还是我是队长？"

从邵东愣了愣。

“不是，这有什么好计较的啊，都这样的关键时刻了！”Jayden 第一时间跳出来帮从邵东说话，同时心里也是急得很。

队长嘲弄地勾了勾嘴角，转身去喝水。

“等等，”从邵东却叫住他，认真地说，“谁是队长不重要，重要的是大家一起打球。最后一场了。”

同为 senior 的队长怔住——他说得没错，最后一场球赛，难道要因为争风头而不用尽全力吗？他也不想留遗憾，这才郑重地点了点头。

哨声又响了。

双方球员各自回到场上，开始了又一轮的厮杀。

“防住他，Joey！”队长喊起来。

对方人高马大的黑人球员足足比从邵东高出一头。从邵东势单力薄，根本就防不住——

对方又进一球。

“哎呀！”“Wohoo！”

听着场下己方球迷的叹气和对方球迷的欢呼，从邵东心里不是滋味。

不行。

他自知对方的小前锋和控卫都很厉害，他觉得不能一味地打。

“Frank！”他叫了自己的小前锋一声，“要抢占先机！”

Frank 愣了愣，但看着从邵东认真又诚恳的样子，思索了片刻，回答道：“好。”

再次发球，Frank 先发制人，从边线冲到前面，却被对方一个篮板弹回——作为大前锋的队长奋力抢过球，又传给了外线的控卫从邵东。只见他原地拍着球，对方来抢，他一个闪身躲了过去，然后一眨眼的速度，转身、跳跃、出手——一条漂亮的弧线之后球稳稳地落进了篮筐，连一丁点砸筐的声音都没有，只有摩擦篮网的轻微声响。

“漂亮！”全场沸腾了。

关柚简直激动得跳了起来，举着手中的充气加油棒，使劲挥舞着。

“看来这第一控卫可真是名不虚传。”身边传来穿着对手校服的人的讨论声，也在忍不住夸奖从邵东。

“稳准狠——真跟水花兄弟有一拼了！”从邵东的铁杆粉丝 Kelly 站了起来，笑呵呵地朝场下挥了挥手，和关柚一左一右。

看着场上的丛邵东和队友全部击掌、欢呼，关柚开心极了。

可好景不长——

追平了 41：41 之后，丛邵东一个闪身，被对方的巨人球员撞倒在地。

刚刚才坐下的关柚一下子又站起来，焦急地看着他在场上捂着膝盖痛苦的模样。

“哎哟，好像是 Joey！”

“啊？Joey 不行了？”

“他之前就受过伤，膝盖好像没好完全。”

听着场下又是议论一片，关柚不断地踮着脚——也不知道他怎么样了？！

“Joey！”

“Joey！”

这次不光是 Jayden，连 Frank 和其他两名队友也都跑上来很关切地看着他询问。

“哎呀，不行了不行了，你看，Joey 被扶下场了！”

“这回看来是损兵折将了！”

完了，他还是没有撑下来……一定是往医务室去了！关柚转身就往医务室跑去。

“丛邵东！”她进去的时候他正在被冰敷。

“你怎么来了？”他愣了愣，想掩饰自己的狼狈模样。

“你怎么样？很疼吗？”她关心道。

他看着她那么担心的样子，忍不住扬起了嘴角，但又故意问她：“你不是最近都不理我了嘛，还要保持距离，现在自己又跑来！”

关柚愣了一下，在心里说着，切，对啊，我才不想理你呢！谁让你带别人去舞会的！

见她不说话，丛邵东安慰道：“哎呀，好啦，我没事的。”

“嗯。”关柚坐下来，点点头，等着校医把最后一个绷带绑紧。

“比分怎么样了？”这才是丛邵东最关心的问题。

关柚为难地摇摇头：“54 比 59 了。第三节结束了。”

丛邵东一听，立马挣扎着起身：“走，扶我下去。”

“欸？”关柚一怔，也顾不上后面的校医又开始抱怨，只得扶起了他往外走着。

“哎，Joey 出来了！”

场上的人看着丛邵东慢慢走下去无一不看过来；而关柚，也就顺便一同成了全场的焦点。她不在乎别人怎么议论，她就坚定地站在丛邵东身边，一步一步艰难地陪着他走下场去——她知道，那里有他的梦想。

送他入场前，她认真地抬头看着他："丛邵东，你不是最喜欢数据了吗？历史上最后一刻翻盘的例子比比皆是，你千万不能放弃。"

数据？翻盘？

他深深望向她的眼底，周遭的一切噪声仿佛都远去了。他想到自己的好兄弟齐晋、队友 Jayden、课友 Jackie，想到自己的偶像科比……而眼前是他高中时代的最后一场球赛。

他点头："嗯。"

回到场上，既然不能打，他就坐在场边认真看；教练本还想安慰两句，结果没想到丛邵东已然冷静沉着地在中场休息时间当起了场边指导。

"Jayden，对方身高优势太明显，特别喜欢盖帽，所以你下次投球的时候先假跳，然后晚一拍再出手。"

"Frank，对方的中锋很强，但其实打法单一，很喜欢后撤一步再上篮，要么就是抢篮板，所以你就盯着他，别给他任何机会！"

"队长……"

看着丛邵东简直快要代替自己的位置但身边的球员们反而听得认真还频频点头，教练摇摇头，笑了出来。

只剩下最后一场了，比分 61：66，依然落后 7 分。

"别灰心、别灰心！"丛邵东鼓励着一个个垂头丧气的队友，从容地说道，"NBA12-13 赛季，湖人对战黄蜂也曾经落后 21 分，62 比 83，比我们还惨，但最后他们成功逆转了局面；2010-11 赛季，小牛在总决赛上，最后四分钟逆转了热火 15 分……"

回忆着刚才短短时间内关柚从手机上给他找的几条资料，丛邵东凭着记忆给队友们转述起来——还真有点奏效！蔫儿着脑袋的一个个人又抬起头来了。

"我们还有机会！"队长喊道。

大家又伸出手来顶着拳头互相加油了。

"教练，"丛邵东拆掉冰袋，站起来，"让我上场吧。"

"你……"教练吃了一惊，但看着丛邵东坚定的样子，想了想，拗不过他，便同意了。

"Joey 又上场了！"

随着场下一片唏嘘声，关柚已经是第三次从观众席上跳起来。

离比赛结束还有一分半结束的时候，场上比分是 71：71。

这一局还真是神了！底下的观众也纷纷感叹着，他们学校的篮球队，这回是使出全力了在奋起直追啊。

比赛还有最后 28 秒。

比分还是 71 持平。

场下已经越来越多的观众站起来了，很多人甚至紧张地盯着场下目不转睛，大气都不敢喘一下。

Frank 一个箭步冲上去把球抢了下来，传给丛邵东。

一道弧线之后，漂亮的三分球——

进了!

进球了!

他们赢了。

观众们都看得热血沸腾了，有的笑着尖叫，有的抱头痛哭。

关柚则第一时间以最快的速度冲下了场，跑过去，看着也在冲她微笑的丛邵东，她一个箭步跳上去，而丛邵东稳稳地抱住了她。

在一片音乐声和欢呼声中，啦啦队在场上跳着最后一场舞，主持人走上台，宣布着丛邵东成了本场的 MVP；而镜头一切换，大屏幕上出现的是关柚像树袋熊一样挂在丛邵东身上的画面。

全场哄笑起来。

在毕业典礼之前，还有最后一次 Coffee House 的演出。

这次，齐粤还是照旧唱了一首粤语歌，并且说这首歌是送给一个特别的朋友。

散场之后，康俊文迟疑了一下，问关柚："你觉不觉得那首歌是唱给你的？"

关柚笑笑，时至今日，她还在乎吗？她摇头："大概是给 Rose 的吧，一如既往。"

"不对，"康俊文却否决了这个想法，"你知道他的歌词是什么吗？"

"我怎么知道，"关柚淡淡地笑着，"都是粤语的，我又听不懂。"

康俊文压过散场的人群产生的喧嚣，认真翻译道：

"流水很清楚惜花这个责任，真的身份不过送运，这趟旅行若算开心，亦是无负一生。"

看着关柚微微眯起眼睛陷入沉思，康俊文也没再多说，但他想，齐粤大概也在惋惜缘分之短，并祝福关柚的美好未来吧。

画锋一转，关柚戴着耳机，里面播放着声音巨大的电子音乐，正在去上最后一天课的路上。

"Bang my head against the wall

Though I felt light headed, now I know I will not fall

I will rise above it all

Found what I was searching for

Though I felt light headed

I should have failed, and nailed the floor

Instead I rose above it all"

这首歌的歌词和旋律都让她充满力量，好像是蜕变之后、浴火重生的感觉。

毕业典礼那天，关柚还是穿着白裙子，在校长致辞后、万众瞩目下走上了主席台，拎着她的吉他，坐定。她从容地调试了一下话筒，然后就声音清脆地唱起了自己的歌。

"这就是关柚吗？"齐晋身边的女生微笑着侧头问他。她波浪般的长发垂在胸前，穿了一件红色纱织女士衬衫、白色直筒裤、黑色高跟鞋，手里还拿着一件黑色的西服外套，看起来很干练。

"嗯，对。"齐晋的嘴角勾起一个淡淡的微笑。他今天也是西装革履。

毕业典礼散场之后，关柚远远地看到穿着毕业袍、戴着毕业帽的丛邵东，正拿着毕业证书和身边几个数学课、篮球队的好兄弟笑着聊天。

齐晋和齐粤走了过去，丛邵东抬起头，三个人静静地对峙着。

"你好。"

身后传来一个温和的女声，关柚闻声回头——这个长发披肩的干练女神可不就是传说中的苏菲学姐吗。

她竟然还伸出手来和关柚握了一下，寒暄了几句。

待她走后，关柚不得不承认，她是挺有魅力的。

顺着她离开的方向看过去——果然，如齐晋所说，她和 Joanna 正抱在一起，看起来很亲密。

"还在为舞会的事失落啊？"杨景涛吊儿郎当地走过来。

“哪有！”关柚被他说中了，却死活不愿承认。

舞会那天，丛邵东西装笔挺的样子真帅，而旁边的苏菲学姐一袭深紫色的裙子，气质尽显……可惜，他身边的人终究不会是她吧。唉，但反正他也要毕业了，本来就没可能的事情，何必再去想呢。

“这有什么的！”杨景涛拍拍她肩膀，“明年舞会我带你去！”

关柚愣了一下，随即大笑，却推开他提醒道：“好啦，谢啦！但你还有杨萱呢！”

再看向丛邵东那边时，他和齐晋正面对面站着，两人的脸上竟然都有了笑容。

大概毕业典礼最大的一个作用就是“讲和”。

在告别之际，满眼的深蓝色毕业袍。在朋友们互相拥抱、挥洒泪水告别的同时，很多家长会来、毕业生也会回学校观看，与此同时，很多之前看似血海深仇的矛盾竟然也就能这么轻而易举地在这一天被打开心结。但凡两人能有一人主动，冰释前嫌的概率就很大；而只要两人一把话说开，大多的结局也都是一笑泯恩仇——就如同场中央的丛邵东和齐晋，又如同湖边的关柚和 Rose。

那些误会、那些遗憾，既然历史不能倒退，回忆不能重写，那么大家所能去宽容的也就只有此时此刻的现在了。

和 Rose 拥抱过后，说实话，她的道歉让关柚心情顿时明朗起来，仿佛这两年的伤害和冷漠真的就可以随着 Rose 的毕业而沉入海底。

又和数学课上的一众毕业生学长纷纷告别、合影完，关柚独自走到了湖边的那棵大树上，一跃而上，坐到了较低却粗壮的一根树杈上。

她望着面前的湖——湛蓝的湖水和蓝天相接的地方，每每望去，都有种海阔天空的感觉。

“哎，你还真能跑！我找你好久了！”听到丛邵东的脚步和难得有些起伏的语调，关柚转过头。

“找我干吗？”她撇撇嘴，“怎么不去陪苏菲学姐？”

丛邵东却好像料到了她会这么说似的，笑嘻嘻道：“怎么？吃醋了？”

“切，才没有。”关柚往旁边挪了挪，给也坐上来的丛邵东让了个位置，“你来了也好，那我们就……在这里告个别吧。”

“告别？”丛邵东竟然装出一副疑惑的样子，“为什么要告别？”

“啊？”关柚怔住，“你都毕业了啊……以后也不知道还会不会再见面了……”她的声音越说越小，说到最后，她也不愿意继续想下去。唉，想想就伤感。

“你觉得不会了吗？”从邵东却忽然严肃起来，正色道，“我觉得一定会。”

关柚侧着头，脸偏左，而从邵东坐在左边，脸偏右。两人对视着。

一道阳光穿过树叶，照得湖面金光闪闪的，又反射过来，照亮了树上的两人这一对剪影。

“咔嚓、咔嚓、咔嚓、咔嚓。”

照相机的声音在树丛后面响起。只见康俊文像狗仔一样蹲在灌木丛后面，疯狂地抓拍着坐在树上的关柚和从邵东。

“哎呀呀，你，”谢诚不满地蹲在他旁边，“你这家伙，打着毕业典礼摄影师的旗号就在这里当狗仔！”

“是啊，”王沐成难得和他们一起“参与行动”，也附和道，“刚刚毕业典礼的照片你才拍了几张啊？现在在这里当敬业的八卦娱记，拍了得有几百张了吧！”

“你们在这里干吗？”从邵东早就听见了动静，跳下树来把他们几个逮了个正着。

看着一脸讪笑的三个人，关柚满脸尴尬，作出一副狰狞的表情又作出一个砍头的手势，惹得几个人——包括从邵东在内，都哈哈大笑起来。

“你们聊吧。”从邵东笑笑，离开了。

望着他的背影，关柚却突然意识到什么，想上去追，但又觉得他已经走远，只得懊悔地说道：“啊！可惜连张合影都没留下……”

“怎么会没有呢！”康俊文神秘兮兮地凑上来，晃晃相机，“拍了拍了！都在这呢！”

关柚一愣，看着大笑的谢诚和王沐成，忽然鼻子一酸，冲上去抱住了康俊文：“我也会想你的，康纯满！”

谢诚和王沐成见状，都凑了上去。

四个人抱成了一团。

# |依旧冻酸奶|

学校大门行车道入口的地方摆着两台大音响，声响震动得好像整个草坪、每一栋房子、每一辆车都在跟着震颤。

“你好。”关柚穿着学生 leader 的蓝白 T 恤站在迎接新生的大牌子旁边，笑眯眯地给新生们分发着资料和地图。

“Jessie！”

关柚抬起头，笑道：“Kevin 哥，你们来得挺早啊。”说着便把手中的资料和地图递给 Kevin 的弟弟 John，对他说，“有什么事情都可以随时找我。”

学校的另一边，杨萱和杨景涛搭档，也成了指引新生的高年级志愿者。

“谢谢学姐！”性格活泼的新生学妹 Coco 甜甜地对杨萱一笑。她剪着齐刘海，梳着马尾辫，刚来美国却已经打扮十分新潮。

“不客气，”杨萱冲她笑笑，等她走了之后问身边的杨景涛，“要喝水吗？”然后不等他回答，便已经拧开了矿泉水瓶的盖子，递到他嘴边。

“噢。”他淡淡看了她一眼，习以为常地接过瓶子，咕咚咕咚地喝了起来。

Coco 听到两人的说话声，回过头看到这一幕，恍然大悟般地冲杨萱眨了眨眼睛。

“欸，也不给我留一口？”杨萱回过神来，发现矿泉水已经被杨景涛灌进去大半。

“你好，请问钥匙是在这里领吗？”

杨萱抬起头，看到一个中国妈妈领着自己的小女儿，直接用中文和她对话。

“哦哦，您好。”杨萱灿烂地露出一个笑容，“没错的，”然后又转向女孩，“你的 last name 是什么？”

女孩身材娇小，有点微胖，脸蛋圆鼓鼓的，看起来只有十四五岁的样子，可能比实际年龄都要显小；而她面前的杨萱，身材高挑，打扮成熟，还画着精致的妆容，感觉比女孩大了得有六七岁似的。

领完钥匙，女孩的妈妈客客气气地托付杨萱："以后就麻烦你了，还得多关照她。她初来乍到，人生地不熟的，胆子又小。"

"没问题呀！"杨萱眼睛亮晶晶地爽快点头。

那位妈妈立马喜笑颜开："太谢谢你了！有你在，我就放心多了，"随即又拍拍自己的女儿，"Ava，以后多跟姐姐学着点啊！"

女孩眼神还是有点怯生生的，抬头对杨萱点了点头，话很少。

UC 伯克利的 Sather Gate 前，从邵东依然背着他高中时的黑书包，穿着一件白色 polo 衫，站在新生的队伍里。

眼前这道青铜色的门和两旁白色的柱子仿佛就是开启新时代的通道——四年的努力没有白费，他终于站在了梦寐以求的校园里，成为一个名校的大学学子了。与此同时，他也真切地感受到，脚下加州的土地和新英格兰地区，着实是在美国大陆的两端了。

一切都是陌生的。

四年之后，曾经在高中打拼过的一切换来了在大学开学第一天又一次做回新生，一切从零开始，仿佛一个轮回。

"欸，你也是中国人吧？"前面三米远左右有个戴帽子的奶油小生和旁边的女生搭话——这个男生的做派……像肖恩。

"是啊是啊！"女生大大咧咧地回答，刚中带柔，也不乏淑女气质——这个女生嘛，从邵东想了想，有点像 Kelly 和林想的综合体。

他不禁笑了笑。

刚巧手机震动了一下，他拿出手机，先随手回复了一个 snapchat，又打开微信。

旁边一个穿浅蓝色裙子的女孩已经怯怯地观察了他很久，直到看他打开微信才敢确定，终于开口搭话："你……也是中国人？"

"嗯？"从邵东被她的叫声打断思绪，环顾了一下四周，疑惑地问她，"叫我？"

女生点了点头。

"是啊。"他淡淡地笑了一下，点点头。

女孩愣了一秒，也回给他一个微笑："你好。"

这个微笑淡淡的。她的头发半长不短地披在肩上，还有这条裙子……竟然和关柚有几分相似——这世上果然任何事情都可以做到人有相似，物有相同，也许就是没有谁是不可替代的，至于关柚——他叹了口气，就让美好的过往都留在记忆里吧。毕竟时间过去了，距离也产生了，他们这两条线相交过后也不太可能回到交点了。就简简单单做个朋友吧。

“你叫什么？”他沉默良久之后又转过脸问女生。

“啊？”女孩抬起头，“哦，我、我叫 Charlotte。”

“你好，”从邵东伸出手，“我叫 Joey，从邵东。”

她伸出手，文静地微微一笑，和他相握，眼神里的纯净和明媚虽然是十分美丽的，但从邵东对上她目光的那一刻瞬间意识到——她不是关柚。初次见面时，即使同样的羞涩和不自信，关柚的小眼神里依然闪耀过一些机灵的、狡猾的、与众不同的光。

他忽然又松了口气似的。

Senior 这一年开学后，关柚、杨景涛、谢诚、王沐成这些十二年级的人都开始各自发奋图强，准备最后的冲刺了。

“杨哥、诚哥，打游戏吗？”开学没多久，几个新来的小男生就已经和他们这些高年级的男生混成一片了。

“欸，加我一个加我一个！”女生里面最大大咧咧的就数 Coco 了，说话直言直语，什么都毫不避讳。相比之下，和她一同新入校的几个低年级女生要文静、乖巧很多。

“今年新生可以啊，各有千秋啊。”关柚一副老先生的样子，笑呵呵地悄悄在王沐成耳边说着。

“是啊，”王沐成大笑着点点头，“也不知道康俊文那家伙怎么样了啊？”

“唉，”关柚难过地撇撇嘴，但随即笑笑，“估计挺好的吧！圣地亚哥那么暖和，真是去了天堂了。我和他约了周末视频，回头我们周日早午餐的时候，一起吧！”

“好！”王沐成爽快地答应。

“这轮你选什么？”John 正在问杨景涛，抬起头又看到走进来的 Kelly，“欸，恺哥来了、恺哥来了！恺哥，一起吗？这局还要用恺吗？”

Kelly 常玩一个叫恺的英雄，因此喜提“恺哥”这个外号。

很反常的是，Kelly 并没有像往常那样打起精神，而是垂头丧气的，握着手机的手攥得紧紧的。

“你怎么了？”关柚这才注意到她红着眼眶，俨然一副刚哭过的样子。

“还好吗？”杨萱也特意凑过来，握着 Kelly 的手。

Kelly 叹了叹气，转头对杨萱点点头："嗯，我没事。"随后拽了把椅子，坐到关柚身边，靠在她肩上。

"怎么了啊？女汉子还流眼泪呢？"关柚轻轻抱了抱她，笑道。

桌上的人纷纷抬起头看了看 Kelly，包括一直安静埋头看综艺视频的 Ava。

Kelly 却没注意到别人的目光，只是沮丧地看着关柚："我妈呗，还能是啥，又开始碎碎念了，没完没了。"

"家家有本难念的经。"原来还是这个老问题，关柚想起 Kelly 的妈妈争强好胜的样子，倒也不足为奇，"我觉得你妈就是爱面子、爱跟别人比。她太在意别人的样子、别人的眼光，所以有些忽略了你的特别。"

Ava 又抬起头，好奇地看了看关柚。

"那我咋办啊？我难啊！"Kelly 欲哭无泪，"我爱打篮球是我的错？"

关柚一听到篮球就条件反射一样地想起丛邵东，愣了一下，摇头："你得跟你妈好好打个电话沟通一下，告诉她你为什么喜欢篮球、为什么篮球和学习并不冲突——证明给她看。"

Kelly 听得若有所思。

"是啊，打个电话，好好沟通一下。"王沐成也赞同，"你俩啊每次都是，你妈呢就嚷嚷，你呢就躲，你从来没有认真地、开诚布公地表达过自己的想法吧？"

"这倒是……"Kelly 点点头。

关柚一看表，马上十二点半了，还有和升学办公室老师的预约，便开始收拾东西，"你跟你妈约好一个时间，到时候我们陪你一起跟她说，我们都在呢，"她站起身来，又弯腰从后面抱了抱 Kelly，"有事随时打给我。"

"嗯，好。"Kelly 吸吸鼻子，也伸手回抱了一下关柚。

杨萱正要上前说点什么，却瞥到旁边杨景涛的目光在追随着关柚走向门口。

"欸欸欸，不玩了不玩了，"杨景涛放下手机，拍了一下谢诚的肩膀——自己的头号竞争对手关柚眼看着已经又上跑道了，他不能输在起跑线上！

"你干吗去啊？"谢诚疑惑地看着杨景涛起身。

"她干吗去啊？"杨景涛直接指着关柚问谢诚，也忘了杨萱在身边可能会多想这茬。

林想的午休时间刚到，走到食堂门口，一推开门便看到从桌上起身往外走的关柚。

"欸，Jessie，这么早就走了？"林想走上前去。

“嗯，”关柚笑笑，“有升学顾问的预约。”

升学顾问？杨景涛在心里嘟囔着。

“哦哦，”林想恍然大悟，做出一个加油打气的动作，笑嘻嘻地说，“加油！”

“好，”关柚拍拍她的手臂，顺便凑上去小声说，“Kelly 和她妈又吵架了，心情不好，你正好去陪陪她。”

“又——”林想差点脱口而出，但看到满桌的人还是憋了回去，只是点点头，“好，知道啦。”

她走到桌子旁，坐到 Kelly 旁边，Ava 对面。

Ava 抬起头对她笑了笑。

“走了，我也去学 SAT 了，下周还考试。”杨景涛看着关柚已经走出去，盘算着自己可不能落后，急忙叼着半截香蕉也往外跑。

谢诚打游戏的兴致一下子被他搅得心烦意乱，便也起身：“哎呀，行行行，那我也去研究研究学校喽……正好，省得下周回家我爸又在我耳边念叨。”

“多好啊。”王沐成紧跟其后，“你这个美国公民，申请的时候和我们都不是一个 pool，知足吧！已经赢了一步了。”

Ava 听懂了他们在说大学申请的事情，但又感觉这些距离自己还好远。

“我先走了。”谢诚临走之前叫了下林想。

她翻翻白眼，随即笑道：“知道啦，你忙！”然后做出和对关柚同样的加油动作。

谢诚感激地笑笑。

杨景涛这才想起自己也应该和女朋友说一声，匆匆忙忙回头道：“杨萱，我先走了啊！”

“嗯，”杨萱温柔地点点头，伸出手，“把橘子拿上吧，我刚剥好——”

“不用不用。”他摆摆手，说着便走了出去。

“欸——”她举着剥了一半的橘子，只得又无奈地收回手，低下了头。

“想好大学上哪里了吗？”升学顾问看着关柚的履历，“你现在的优势是 GPA 很高，但劣势是 SAT 成绩不理想，所以现在要注重的就是在最后这两个月冲刺 SAT，另外就是好好想想文书到底怎么写。”

“嗯。”关柚点点头。

“大学想学什么？”顾问戴上了眼镜，盯着电脑屏幕。

“嗯……”关柚犹豫着，每一次和父母、和丛邵东的探讨又出现在脑海里，“还没想好。”

“你想学什么？”顾问推开电脑，目不转睛地问她。

“我想学音乐，”她脱口而出，“可是……可又觉得这不是一条最稳妥的路，所以在考虑双专业。”

顾问点点头：“双专业是个不错的考虑，”她又翻了翻资料，“有时候甚至不是你想学什么，也要看自己的优势在哪里——比如你的数学，竞赛是获过奖的；音乐，在学校里演出过，我觉得你都可以综合考虑。”

“听起来不错。”关柚点点头。

“但是最后怎么选，必须得由你自己决定。”顾问耸耸肩，一摊手。

关柚笑了：“我明白。”她心里再清楚不过——美国人就是这个套路，说了一通之后还是要把球丢回给你，思维方式就是，你的事，只能你做主，别人都没有这个权利，也没有这个义务。言下之意就是，我说完了，剩下的你看着办，不关我事。

“有什么地理位置的偏好？”顾问开始继续打字。

“嗯……”关柚想了想，笑道，“去暖和一点的地方吧。”

顾问也笑起来，点点头，然后敲下一个按键，身后的打印机启动了。

“这是根据你想要的条件暂时筛选的一些学校，而根据你的成绩，我分了三类：冲刺、目标、保底。”顾问老师把纸递给她，“你自己回去好好研究研究，我们下一次预约的时候再进一步探讨。”

关柚接过纸，看着上面长长的单子，笑了笑，背上书包站起身：“谢谢老师。”

星期天的早午餐时间是食堂人最多的时候，因为最有名的就是学校主厨亲自做的自定义煎蛋卷（omelette）。其实待得久了也未必每周都赶着热闹去排大长队了，但对于刚来的新生们，这种点餐、吃蛋卷的方式，还是着实新鲜。

关柚、谢诚、王沐成也终于在食堂里齐聚一堂和康俊文打上视频电话了——这让周日的早午餐有了一种周末家庭聚餐的温馨。

“怎么样啊？圣地亚哥爽了吧！”谢诚大笑着，看着康俊文走在路上穿着一件单薄的短袖还满头大汗，身后的背景是穿透力极强又纯净到刺眼的阳光和蓝天。

“是啊，真的不错。”康俊文笑嘻嘻地回答，“我学校周边还是旅游胜地呢。”

“真羡慕。”关柚笑笑，九月底的新英格兰已经冷下来了，一件短袖已经穿不住了，“我们这儿再过两周又要开始穿毛衣啦。”

“嗯，然后就下雪。”王沐成补充。

林想走过来坐下，等到他们视频完，提议道："要不要去吃冻酸奶？这周末可能是今年秋季最后一周营业了。"

"哇，还真是。"Kelly 也忽然想到这个店可能又要关了。

他们这个小镇的甜品店，什么冰激凌啊、冻酸奶啊，都是在春末夏初开始营业，过完一整个最美好的夏季，等到开学再回来，营业的日子就没剩几天了，因为每年的冬天这些店都是不营业的。

"好啊，我们吃完早饭就去吧。"关柚点点头。相比传统的最受欢迎的那家冰激凌店，她其实更喜欢这家去年才开的冻酸奶店。

林想看向她，笑了笑——那个店也是她和关柚最初关系好转的时候两人常常喜欢一起去的地方。

这个周末的早上，杨萱特意为了和杨景涛过一个浪漫的二人世界没有去食堂，而是去了镇上的一个小餐馆。

"今年 AP 历史上得怎么样？"杨景涛切着盘子里的东西，想关心一下杨萱的学习情况——虽然他不懂她为什么放着好好的周日煎蛋不去吃，非要跑来这里——不仅贵，火腿肠还硬得很难切。

"小意思啦，其实很简单的。"杨萱笑眯眯地回答，满意地看了看周边的氛围，"怎么样，你喜欢这里吗？"

"嗯？"杨景涛抬起头，不想扫她的兴，"挺好的……"

她开心地笑了笑，继续说着："AP 历史不难，不过 AP 英文还是有点。"

杨景涛的眼神顿了顿，看着她骄傲的样子，忍不住心中有所不甘——作为他的女朋友，还是小一个年级的学妹，杨萱现在光芒逼人。十一年级就三门 AP，和去年的关柚一样——甚至比关柚还厉害！关柚去年也还没有强大到连英文都可以上 AP 的地步。不过想起关柚……她今年可是四门 AP 呀：AP 英语语言，AP 统计，AP 宏观经济，以及 AP 物理……这全校的 AP 都要被她上遍了。

"阅读量很大，还要写很多东西。"杨萱自顾自地讲着她的英文课，眼里洋溢着满满的骄傲，"其实也还好，只不过要上台演讲，有时候说话语速、反应会没有美国人快……"

他就静静地听着，低头切着盘子里的肉，心里越发不平衡，闷声答道："嗯。"

杨萱发觉他的心不在焉，有些不满道："喂，Ben，你有没有在听啊！"

杨景涛吃完最后一口擦了擦嘴，淡淡地说："听了，走吧。"说着便站起身去买单。

"欸？"她莫名其妙地跟着他，买完单，走出店门，"你什么意思！怎么我的事情都好像跟你没关系似的？"

"没办法，你太优秀了，我配不上。"杨景涛甩开她，恨恨地说。

杨萱一怔，随即嚷嚷起来："杨景涛！你有没有搞错？！我变得优秀、我一直努力变得优秀，那都是为了你啊！为了你能看得上我，你知不知道我付出了多少？！"

杨景涛没想到平时一贯柔柔弱弱的杨萱竟也有如此这般爆发力，吓了一跳，根本没认真琢磨杨萱说的话，只是顾及自己的面子，生气地一把抓住她的手腕，吼道："闹够了没有！"

杨萱吓得一个激灵，手腕的骨头被杨景涛捏得生疼，感觉要被扭断了一般。她的两行眼泪唰的一下就流了下来，颤抖地哀求："杨景涛，你，你先放开我……疼。"

"你也知道疼！"他松了手，但瞬间放手的反作用力过于大，差点让杨萱跌坐在地上。他见状，还是下意识地拉了她一把，却又被她一下子甩开。

"我真是瞎了眼，"杨萱抽泣着，但瞪着他的目光也有种悲痛的绝望，"我为了你每天坚持去图书馆、每天运动减肥，我节食、我努力学习，我……"她越说眼泪流得越凶，"我给你做好水果盒、我帮你抄笔记，我——"

"别说了！"杨景涛打断她。他最见不得女生这副哭哭啼啼的可怜模样……

自己刚才这是怎么了？就因为杨萱在他面前一贯的百依百顺，他竟对她的掌控欲也越来越强了，仿佛她是随他差遣摆布的玩偶。

他懊悔极了，竟然还对她动了手。

杨景涛蹲在地上，难过地抱住头，狠狠地敲打起自己。

"欸，你干吗？"杨萱脸上的泪痕还在，但看到杨景涛这副模样，既心疼又胆怯着不敢上前；刚才心中的怨恨还有残留，却一下子也消了大半。

"那不是杨萱和杨景涛吗？"林想看到马路对面两人怪异的格局，随口说了一句。

"又打架了吧，"Kelly无奈地摇摇头，"这两人，到底是情侣还是冤家！"

"要不要过去看看？"谢诚于心不忍，但其实也早有预料。他和林想对视了一眼，深圳的场景还历历在目——他们俩是挺甜甜蜜蜜的，但对面那俩……简直看得他们惊心动魄。

"我不去啊，"关柚耸耸肩，"谁爱去谁去。"

林想知道关柚和杨萱向来不和，尤其是泼可乐事件之后，她对杨萱也是一直看不惯，便附和道："我也不去。"

王沐成还是一如既往地事不关己，高高挂起。

眼看着冻酸奶店就在眼前了，谢诚虽然不想为了一些闲事得罪女友和好友，但还是和 Kelly 忍不住双双又回头看了一眼——

嗯？什么情况？这两人又手拉着手和好如初了？！

谢诚和 Kelly 面面相觑。

# |一波未平|

可惜好景依然不长——十月小长假之后，回学校听到的第一个消息竟然是杨景涛被警察拘留了。

“什么？！拘留？！”谢诚听到消息的时候简直跳了起来。

“杨景涛和杨萱打架？”

“那杨萱现在人呢？”

另一个令大家万万没想到的事情就是，传播这个消息的竟然是平时安安静静不起眼的 Ava。据说她也是下课路过校长办公室的时候看到了警察，然后又听到了 Ben 和 Laura 的名字，才留了个心眼。

Ava 被大家围在餐桌中间，目光都不知道往哪看好了。没想到提这么一嘴，自己却成了新闻焦点——毕竟是唯一的知情人。

“你快讲讲啊！”大家纷纷催促 Ava 讲她听到的事情。

谢诚和王沐成对视了一眼。

“哎呀，其实我也不是特别了解啊，”Ava 急得脸都红了，“我就看到两个警察进了校长办公室，然后跟校长说……”

在警察局里的第四个小时，杨景涛越发开始焦躁不安——难道他的留学生涯就要断送于此？！简直莫名其妙！

他站起来，走到门口，抑制不住地想大喊，但又碍于这是美国，毕竟不是自己的地盘，心里也害怕。

刚举起手来要敲门，门开了。

“Jingtao Yang，”人高马大的警察手里举着一份文件，面无表情地看了他一眼，声音洪亮，吐字却不清楚，“跟我来。”

杨景涛吓得一个激灵，紧接着被带到另一间房。门口的两个单词看得他胆战心惊的：审讯室。

“描述一下事情的经过。”面前其中一个胖警察开口。

他皱着眉头，深吸了一口气。唉，其实有什么好描述的呢？他自己都还没来得及想明白发生了什么，就被带到了这个鬼地方！

“当时在湖边，我和女朋友起了争执。”杨景涛缓缓地开口，脑子里又浮现出当时的画面：

“你别过来！”杨萱近乎尖叫着嘶喊着跑向湖边，回头威胁杨景涛，“你再过来我就跳下去！”

“你别——杨萱！”杨景涛又气又急，没想到女生发起疯来竟然还真什么都干得出来，“你别冲动！”

杨萱蹲在湖边，号啕大哭，这些日子在他身边小心翼翼的，委屈好像一瞬间都倾泻了出去。

“杨萱！”他趁机跑上前，一把拽过她，把她拉进怀里。

“你别碰我！”她却反常地没有温顺服帖下来，而是尖叫着挣开了他的怀抱。

“然后呢？”胖警察旁边的瘦警察一边低头记录一边问道。

“然后？然后你们就来了。”杨景涛没好气地回答道。

拉扯中，两个警察突然出现了。

“干吗呢！”凌厉又洪亮的吼叫声如同晴天霹雳一般，吓得杨景涛和杨萱同时都是一个激灵，连忙放开彼此，笔直地站好。

“你们在干什么？”警察走近了些，目光直勾勾地看向杨景涛，又看杨萱，在两人之间不断徘徊。

这还是他生平第一次被美国警察逮住，像审问犯人这样严刑逼供，杨景涛吓得发抖：“我、我们，没干什么。”

旁边的杨萱还是止不住地哭。

“那她哭什么？”警察义正词严。

“她要跳湖！我总不能看着她去死吧？！”杨景涛心中的怒火在燃烧。然而此时此刻，他又害怕又无奈，壮着胆子替自己辩解。

“你要跳湖？”警察听闻，一点也没惊讶，只是认真地看了看杨萱，掏出一个对讲机，“急救车，湖边，××× 街道和 ××× 街道的交叉口……”

杨萱一下子吓傻了，怔怔地看着警察，没有回答是，也没有回答不是。

“不是，你说句话啊！”杨景涛焦急地催促她。

“我在问她，没有问你。”警察却不给他说话的机会，铿锵有力地一字一顿，打断了任何潜在来自杨景涛的威胁压迫和狡辩。

“没关系，我已经叫了急救车，你先去稳定一下精神状态吧，”警察对杨萱的态度看似和蔼很多，但紧接着又补充，“检查之后也需要来一趟警局，做笔录。”

杨景涛本来还在心中鸣不平，但听到了后半句又忍不住冷笑一声——怎么样？你闹吧，闹一通你自己也一样逃不过。

还没窃喜完，警察又转过头叫他：“麻烦你跟我们走一趟吧。”

“啊？”杨景涛愣了一下，但不由分说，就被两个警察前后压着带走了。

“所以你们为什么起争执？”胖警察继续发问。

杨景涛皱着眉以手掩面，摇摇头：“我都记不清了，就是一些小事，反正我们总吵架，天天吵……”他就记得，两人本来好好地来湖边散步，杨萱忽然就质问他什么到底爱不爱她，然后又指责他玩游戏太多、不在乎她，还扯到了关柚……这都什么乱七八糟的，杨景涛为难地看着警察，思绪乱到他自己都不知道怎么解释了。

“你有没有对她实行暴力？”这一次轮到瘦警察发问。

杨景涛想了想，暴力……如果说上次抓着她手腕还姑且可以算暴力的话，这次……天地良心，可是真的没有啊！于是他斩钉截铁地摇头。

“那你们在湖边的肢体冲突，你如何解释呢？”胖警察不依不饶。

“不是，警察叔叔，”杨景涛好笑地看着面前这哼哈二将，“她都要跳湖了，难道我看着她去死？！”

“当然不。”胖警察不紧不慢地说道，“她要跳湖，你就得让她跳！要充分尊重个人意愿。等她跳完了，你再及时报警。”

“对。”瘦警察补充道，“有事情找警察。”

“我……”杨景涛被他们的话堵得简直无语——这生死关头我先放任不管，等到事后再脱了裤子放屁，等着你们来救人？！要都这逻辑，世界还不乱套了？！他一下子被噎得说不出话来，心里暗骂着，美国人这逻辑，都是脑子有病吧？！

“后来怎么样了？”中国学生还缠着 Ava 问个不停。

“我真的不知道了。”Ava 捂着耳朵摇头，“我就听到 Laura 要跳湖，Ben 想拦她，结果警察就来了。现在 Ben 在警察局，Laura 在医院……”

众人都面面相觑。还是想不通，这到底是怎么一回事？竟然闹到如此田地。

“哟，不会又是你兴风作浪了吧？”肖恩只当听个笑话一样，故意给关柚难堪。他平日喜欢和美国人称兄道弟，除此之外，作为台湾同胞，他也就和之前那个讲粤语的圈子还算合得来——齐晋、齐粤、丛邵东，充其量再加个康俊文；对关柚，他有种莫名的敌意。

“欸？”Ava疑惑地抬起头看着肖恩。他这无厘头地一问，倒是把她从众人的目光中解救了。

肖恩却不回答，就看着关柚瞠目结舌的样子，似笑非笑地耸了耸肩，走开了。

Kelly见状，立马接话帮关柚解围：“这跟关姐有什么关系！杨萱肯定自己又想不开了呗……”

“Jessie！”又一个声音响起——是一个学校里还小有名气的美国帅哥路过，试探着跟关柚八卦了一嘴，“听说Ben被拘留了？”

“啊？”关柚为难地看过去，也不知如何作答：“我也不知道呢……不清楚。”

美国男生笑了笑，也没在意便走了，但在座的Coco却按捺不住了，看着他的背影眼睛直放光：

“Jessie姐，”她对关柚的态度夸张地谄媚，“你跟他很熟吗？”

关柚没反应过来Coco这唱的又是哪一出：“呃……不是很熟，怎么了？”

“得了吧，”Coco笑着撇撇嘴，眼神里却别有深意，“我都听说了，你在美国男生里很受欢迎的哦。”她神神秘秘地挑挑眉毛。

“切，这都什么时候了，还想着勾搭帅哥？”John对Coco不合时宜又没有分寸的话表现出不满——谁不知道啊，自从来了学校，Coco就一心想着怎么迅速融入美国人的圈子。虽然平日大大咧咧地跟谁都能聊上几句倒也不至于招人厌，可这都什么时候了？还是毫不收敛！

“关你什么事啊，问你了吗！”Coco毫不客气地回怼。

“都别吵了，”关柚叹了口气，站起身，“了解清楚情况再说吧。”

“欸？”众人纷纷看向她，只见她往外走去。

“Jessie姐，你去哪儿啊？”关柚回头，没想到叫住她的竟然是Ava。

“我去……琴房。”心情不好的时候，心烦意乱的时候，关柚总是喜欢去音乐楼，寻一片宁静。

“等等我，”Ava逃离似的也慌忙起身，“我跟你一起去。”

“欸，你——”还有人想叫住她继续发问，但Ava已经一溜烟儿地跟在关柚后面跑走了。

Coco望着两人的背影，还是好奇于肖恩的反应，不失时机地问众人，“所以……Ben和Jessie有什么关系？”

谢诚愣了愣，看看王沐成，不知是该说还是不该说。

正犹豫着，已经被心直口快的Kelly抢答了：“咳，Ben和Jessie……”她话说了一半又忽然踌躇起来，但看过谢诚和王沐成之后，索性就继续说下去了——反正也不是什么见不得人的秘密啊，“Ben以前喜欢过Jessie。”

“什么？！”Coco惊叫出来，随即又笑起来，心里暗道有意思！

“啊？这样的吗？”

“怪不得……”

“你看Laura和Jessie那个样子，我就知道……”

旁边的学弟学妹们像是听到了惊天大秘密一样，沉默半晌之后纷纷开始窃窃私语了起来。

滴答、滴答。

病房里的点滴一滴一滴往下流着。

杨萱躺在洁白的病床上，脸色却比病床还要苍白，唇色毫无血色。她躺了三个小时了，睫毛终于一颤一颤的，缓缓睁开眼睛。

——这是哪？我怎么会在医院？！

杨萱皱着眉头，艰难地回想着……好像是和杨景涛在湖边吵架，然后……然后她很生气，威胁他说自己要跳湖，再后来警察就出现了……

“呀，你醒了。”走进来的小护士调了一下输液瓶，微笑着看了看她，“我去叫医生。”

“好。”杨萱虚弱地回答着，又想起自己的确是被强行带上了救护车……但其实自己当时压根就没事，可后来……好像是上了救护车之后反而在途中不知怎么就昏过去了……

“Xuan Yang，”中年女医生走进来，一本正经地念着她名字，“你和一个男生在湖边起了争执，被送来医院检查的路上情绪受到刺激，晕倒在了途中，就在救护车上。”

“啊……”她的疑问得到了解答。

“今天的晕倒问题不大，只是受到了刺激，情绪波动太大，”医生顿了顿，正色道，“但幸好今天检查了——经过检查，你的身体现在严重营养不良，我们怀疑你有饮食紊乱症、厌食症，还可能有轻度到中度抑郁的倾向……”

什么？

杨萱听着医生的话，仿佛听天书一样。

她的眼圈却不由自主地湿润了，是啊，节食、厌食、营养不良……这不都是她拼命为了杨景涛而努力减肥的结果吗？可这一切，事到如今的验证，又真的值得吗？

“你有没有过节食减肥？”医生问她。

杨萱轻轻叹了口气：“有。”

医生无奈地摇摇头：“先留院观察三天，明天等你身体营养恢复一点，还要做一个全面的检查。”

第二天一早，杨景涛回到学校上学了。

身边的人看到他无一不目光怪异，有的踌躇半天想上前询问一番，也有的干脆就把他视为危险人物了，对其敬而远之。

感受到身边诸多的不友善目光，杨景涛在委屈的同时本就惊魂未定，现在又一次充分体会到传说中的“人言可畏”，被吓得发怵。中午吃饭的时候，他端着盘子看着冷漠的中国桌，谢诚、Kelly 都还没来，他忽然感到无依无靠……索性，在旁边的一张小空桌子上坐了下来。

一个人坐在角落，小心翼翼地吃着饭，杨景涛的脑海里闪过几个大字——过街老鼠。难道自己真的已经落魄至此？！

但他现在甚至没有时间去想别人如何议论他，因为在警局里的一整天他既没吃好也没睡好；现在补足了精神，等下还要继续上课……等到了教室，老师同学对待他又会是怎样的眼神呢？

杨景涛想着想着，眼里忽然充满了泪水。

他竟然一个人坐着呢？

端着盘子犹豫了片刻，关柚还是径直走到杨景涛面前，大大方方地坐下。

“今天有排骨啊，”她笑嘻嘻地放下盘子，还推给他一个苹果，“喏，补充维生素。”

他红着眼圈抬头看她——此时关柚的样子怎么那么像杨萱？她给他苹果的样子，她说话的样子……杨萱平时也经常是这样关心、照顾他的，只不过还要更细致些——他说喜欢削好的苹果，杨萱便会把苹果削皮、切成小块，装在饭盒里带给他。每一次苹果送到他手里的时候温度都还冰凉，吃起来酸酸甜甜，刚刚好。

他点点头，默默地拿起苹果，又放下——他想杨萱了。

真是以前一点一滴都觉得理所当然，现在失去了忽然又开始觉得可贵。

“你还好吗？”关柚轻声问他。

杨景涛摇头，也不知道说什么，就低头扒拉着饭菜，却又吃得索然无味。

她就静静地看着他，静静地吃着自己的饭。他要是不想说，她就先不问。

“哇，你们看，Jessie 去找 Ben 了……”

“她怎么还和他搅在一起啊……不怕近墨者黑吗！回头也惹上麻烦……”

“哼，我看没准他们俩本来就是一伙的！”

对于旁边中国桌上飘来的只言片语，关柚只是笑而不语。

杨景涛却忽然抬起头，一脸惊恐地问关柚：“怎么办，关柚？怎么办，我要身败名裂了……”他惊慌失措地念叨着。

“怕什么，”关柚皱着眉头，“你不是已经做完笔录了吗？你又没有伤害她，你怕什么？”

“对，对对，”杨景涛神情恍惚地机械般点头，“我没有，我什么都没做……”

关柚抬头看到推门进来的谢诚和林想，赶紧招了招手，想让他们过来支援。

林想愣了一下，下意识地拉了拉谢诚。

“走啊，”谢诚回头看她，“怎么了？”

“现在杨景涛是众矢之的，我们还是别……”她看了看谢诚，又看了看关柚和杨景涛的方向，犹豫着说。

谢诚的目光徘徊一圈，抿着嘴想了想：“都是朋友，我还是去帮一把。你随意。”

“唉。”林想无奈地叹了口气，既然他都这么说了，那她还能怎么办呢？自然是跟着他走喽！

“你怎么样？”谢诚走过去坐下，看着旁边一蹶不振的杨景涛，“杨萱怎么样？”

“还在医院呢吧，这两天宿舍没见到她。”林想坐到关柚旁边，顺便接话。

杨景涛抬起头，目光呆滞，说话结结巴巴的：“我，我对不起她……”说完就双手抱头，把脑袋埋进臂弯里，头抵在桌子上。

谢诚看着杨景涛的样子，拍了拍他的肩膀——这和之前那个每天阳光满溢、活力四射的他，和那个每天嚷嚷着不服要和他比游戏又要和丛邵东比成绩还自不量力地比篮球的他，甚至当时和关柚几乎绝交还任性发脾气的他，都简直判若两人。之前无论怎样，他还没有这么消沉过。

“杨萱严重吗？”关柚问林想。

王沐成和Kelly纷纷走入食堂，顺其自然地坐了过来。

中国桌上的低年级小孩们看着隔壁的桌子，本来只有孤家寡人的杨景涛和不怕死的关柚，现在竟然开始壮大了。

“杨萱……”林想和Kelly交换了一下眼神，“要说严重倒也不严重，好像没有外伤。”

“但是说营养不良，还是节食减肥造成的，现在贫血，还有……好像很多指标都低于正常值，需要慢慢恢复。”Kelly接话。

“嗯，”林想继续说，“总的来说就是比较虚弱吧，而且还……”她小心地看了一眼杨景涛，“还有些精神问题、抑郁倾向什么的。”

“抑郁？”谢诚也没想到，杨萱的情况竟然比想象中更糟糕。

“嗯，就是抑郁。”林想不满地看了看杨景涛——虽然她看不惯杨萱的样子，但是作为一个男朋友，能把女朋友逼成这样……她到底是该对杨景涛的恶劣感到可耻，还是该对杨萱的盲目感到无奈呢？幸好她和谢诚不一样。

“你们要不要去看看她？”王沐成提议。

“我……”杨景涛第一个叫出来，但这一声豪言壮语还没说完就又瘪了下去，杨萱会愿意见他吗？

“林想，Kelly，”关柚建议道，“你们俩下午放学后去看看她吧。”

“好，没问题。”Kelly爽快地答应。

林想思考了一下，也点点头。

“安慰她一下吧，说点好话……毕竟刚受了这么大刺激，”关柚叹了口气，转而看向杨景涛，“你……要是实在想去就去吧，在门外等她，如果Kelly和林想问过杨萱之后她愿意见你，你再进去，否则的话你别去刺激她……”

“嗯，好。”杨景涛此时已经六神无主，就麻木地点了点头。

关柚顿了顿，若有所思道：“不管怎么说，我觉得……你欠她一个道歉吧。”

“嗯。”杨景涛又麻木地点点头。

“你不去？”谢诚问关柚。

“我就不去了吧，”她笑道，“不凑热闹了。”论关系，她和杨萱本没什么交情，犯不上。

下午的活动时间，关柚来到琴房，抚摸着钢琴上面黑白分明的琴键，又拿起手边的吉他。时间过得真快，总觉得暑假和丛邵东在四合院里弹吉他、寒假和齐粤在香港弹钢琴的画面，都还像是昨天的事一样。都说人上了年纪会变得越发爱回忆过去——她这成了学校里的最高年级之后，也是同样的道理吗？

回顾自己这两年来的种种，坎坷和成就，有时候为自己的成长而欣喜，觉得作为一个 senior 的学姐、一个 student leader、一个终于也开始担起照顾学弟学妹的责任的她有种熬出头的喜悦；可与此同时，丛邵东不在这里了，康俊文也不在这里了……她最爱的人都走了，这学校瞬间看起来空荡荡的。

当然，还有谢诚、王沐成、Kelly、林想、杨景涛……他们都在，连同今年的新生——新鲜血液的加入总会让学校看着生气勃勃的。

可她还是觉得这里对她来说是不一样的。

总觉得少了点什么……

一种写歌的冲动又油然而生。

关柚站起身来，飞快地走到对面房间，敲敲门——她知道里面是学校有名的音乐才子 Zac。

“Jessie？怎么了？”Zac 打开门，房间里还有几个都是比较风云人物的男男女女，包括之前在篮球队和丛邵东不对付的 Frank，还有学校里有名的“风流夜店女”Julia 等。

“Zac，”关柚的灵感催促着她刻不容缓，开门见山地问道，“美国有什么最常见的啤酒牌子？”

“啤酒？”Zac 被她突如其来的问话弄得一头雾水。

“你问啤酒干什么呀，Jessie？”Julia 的声音妖娆妩媚地从房间里传来。

“Jessie 按捺不住想喝酒了，哈哈。”Frank 打趣道。

关柚朝他笑了笑，心里却实在忍不住承认丛邵东之前说过的一句话——“这个 Frank，真的是个傻子！”

“有吗？”她没回答，只是又重复了一遍自己的问题。

“啤酒……Bud Light 吧。”Zac 随口说出一个答案，又回头看看屋里人。

“嗯，Bud Light，Samual，Corona 都挺常见的。”Julia 补充道。

关柚在心里默念着，Bud Light，Samual，Corona……眼睛一亮，“好，就 Bud Light 吧！多谢！”她朝众人笑笑，挥挥手，走回了自己的房间。

“你到底在干什么啊？”Zac 好奇地跟了过来。

“写歌。”关柚不假思索地拿起吉他。

“欸？”Zac 音乐才子的称号并不是徒有虚名。除了精通好几种乐器，他还是写歌的一把好手，之前和关柚一起闲暇娱乐唱过好几首二重唱。

“是啊。”关柚笑笑，已经开始拨弄起吉他，同时一边嘴里念叨着，一边往手机备忘录里面打着歌词。

“要不要帮忙？”Zac 一下子兴趣浓厚，“你等等啊，我去拿吉他！就在走廊背面的房间，一会儿就来！”

“好啊！”有个出色的吉他手帮忙伴奏，她何乐而不为。

看着 Zac 跑出去的身影和他同伴们在身后疑惑的追问，她笑了笑，没有理会，只是闭上眼睛，开始认真回想她和丛邵东暑假时相处的点点滴滴，每一个画面都开始变得栩栩如生。她要把他们之间的每一段经历、每一幅场景，都变成歌词里的诗情画意……

对了、对了！就是这样！

不光歌词押韵，旋律也挺夺人眼球——她对这首新作品说不出地满意。

门口的敲门声响起，关柚以为是 Zac 回来了，随口说了句“come in”——没想到进来的是 Coco、Ava，还有九年级的另外两个女生 Jenny 和 Linda，平日看起来都是勤奋上进的小女孩。

“欸，怎么是你们啊？”关柚笑呵呵地探了探身子。

“哇，Jessie，你还会弹吉他啊！”Coco 羡慕地凑上前去，而另外三个女生只是站在后面和关柚打了个招呼。

“哈哈，是啊，但弹得也不好。”关柚把刚修改好的歌词保存，摆正手机。

“你给我们弹一段呗！”Coco 不依不饶地央求。

“是啊，学姐。”后面的 Linda 也眼神亮晶晶地附和。

关柚笑笑：“好吧，我正好刚写了首新歌，准备试一下——不过先说啊，我水平一般啊。”

“学姐别谦虚啦！我们都听说你还在毕业典礼献唱了呢！”Coco 话接得快，嘴也甜。

关柚无言以对，只是保持着淡淡的微笑，开始唱她的新歌，也是讲述着她的故事：

“Walking down the road this time I am all alone

I remember how you picking me up by the side

When carrying two bags of snacks

We went out for dinner around 1AM

Then once again I bought two cans of bud light but this time

they' re both mine..."

最后一个吉他和弦收尾完毕，正凑在一起看着歌词的小女生们这才回过神来。

"这……这歌词里的故事你都怎么想到的？好浪漫啊！" Linda若有所思地问她。

"不会是真的吧？！" Coco又迅速抢话。

"是真的啊，"关柚的唇角微微上扬着，"除了一个地方——当时的啤酒是燕京，但在这里我给改成了Bud Light。"

"哇！"几人同时发出一声感叹，"那这个人是谁啊？我们学校的？"

"学姐原来你有男朋友啊！"

关柚还没来得及回答，这些提问都被一阵掌声打断——是Zac回来了。

"怎么不等我回来就开始了呢！"他推开门进来打趣道。

Coco又一次看得两眼发直，小声用中文问关柚："你还认识他啊！"

Zac的同伴们也纷纷进来了，嚷嚷着Zac和Jessie的表演，绝对不容错过。几个女生见这阵势，马上推托说还有事，就离开了。

"你们说，Jessie姐的男朋友会是谁啊？" Linda忍不住第一个八卦道。

"不会就是Ben吧！难道他们一直秘密交往？" Coco是唯恐天下不乱。

Jenny脸一沉——几个人里，就数她和杨萱最交好，"别忘了我们是去干什么的。"毕竟她们几个偶然经过音乐楼也只是为了抄近道去医务室的病房看杨萱而已。

杨萱躺在病床上，的确显得瘦弱又苍白。

林想给她倒了杯水，Kelly把她从病床上扶起来一些，两人陪她聊了一会儿天，随后才犹豫着问出关于她现在对杨景涛的想法。

杨萱面无血色，没有她们担心中的情绪失控，只是眼神空洞地摇头："不见。我再也不想见他。"语气倒是很坚定。

Kelly和林想面面相觑。

"他就守在外面呢，" Kelly试探着继续尝试，"他这回……是真的很后悔……特别虔诚地忏悔，说以后一定改，会对你好，你就再给他一次——"

"不见，"杨萱轻轻皱着眉头打断她，胸口起伏了一下，"当说客就免了。"

真是惜字如金啊，一个字都懒得再多说了。

林想看着她眼中的空洞，又有种决绝，忽然忍不住有点心疼她——这是得有多少次失望，才能流露出现在这种再也不抱希望的眼神啊……何况，这是面对着她曾经喜欢了那么久，追求得那么执着那么热烈、又付出了那么多努力的人。恐怕背后的辛酸，杨萱真的是把苦都咽在自己肚子里了。

想到这，林想叹了口气，对着 Kelly 摇了摇头。

杨萱显然也没有继续说下去的欲望，缓缓地闭上眼睛，身体往下滑了一点，说道："我累了。"

Kelly 见状，也只得帮她整理好枕头，背上自己的书包，和林想一起往外走去了。

在推门的一瞬间，杨萱却忽然又开口道："帮我和他说——"

两人闻声转过头。

只见杨萱躺在床上，仰面朝天，双眼紧闭，嘴唇颤颤巍巍的，半晌才终于吐出那两个字："分手。"

门是虚掩着的。

站在门口的杨景涛刚好听到了这两个字；正走上楼梯的四个女生也刚好听到了。

她们几个面面相觑，撞上从里面走出来的林想和 Kelly 的目光，大家都尴尬地愣了一下。

杨景涛回过神来，也顾不上低年级女生在看笑话了，"不行，"他果断地要拉门，"我得跟她解释清楚！她一定会原谅我的。我改，我以后都改——"

"你别去了，"林想拉住他，"她真的挺坚定的，你先别打扰她了。"

"我——不行，"他摇头，"我必须得去！"

"杨景涛！"林想见自己拉他没用，连忙示意 Kelly。

Kelly 也不知道该不该拦住他，但既然林想让拦，那她就拦吧！

"让我过去！"

"你别闹了！"Kelly 身子一横。

"你这样只会让她更讨厌你！"林想这已经是今天第三次涌现出这种对杨景涛的鄙视之情了，"一个大男人，把女孩都折腾到医院了，现在又事后诸葛亮，不还她一片宁静！"她忍不住为杨萱打抱不平，"你们之间发生了什么我不了解，也一点都不想了解，但——"想起他在深圳时的种种表现，今天的结局其实说是意料之外吧，也是意料之中，"在一起的时候你没珍惜，现在既然她决定分手，你总该给她最起码的尊重吧？就别纠缠了！"

杨景涛被林想突然爆发出来的怒火吓了一跳。

“Kelly,”林想转过身，手一挥，“我们走。”

“啊？”Kelly 回过神，“哦哦，”她跟在林想后面，又对杨景涛招招手，示意他与其在这里杵着继续尴尬，还不如跟她们一同出去。

“怎么回事？”楼上的争吵惊动了医务室的护士，“保持安静！”

谢诚和王沐成一道来食堂吃晚饭，看着对面空荡荡的座位，不禁怀念起去年的时光——每天这个位置通常坐的是杨景涛还是康俊文呢?

“也不知道康俊文最近怎么样了。”谢诚感慨道。

“欸，关柚来了。”王沐成抬起头，面无表情地招招手。

关柚一屁股坐下：“想什么呢？”

“可乐鸡翅。”谢诚叹了口气。

“唉。”关柚摇摇头。

“估计连可乐鸡翅都索然无味了吧……”王沐成耸耸肩。

是啊……最近发生的事情接二连三，真是让人大跌眼镜。

走出医务室的时候，杨景涛整个人都垂头丧气的。一米八几的身高，驼着背、含着胸，看上去是那么没精打采。

林想和 Kelly 先走了。

他一个人走在十月的新英格兰小镇——天气又凉下来了，本就阴天，到了五点多将近六点的时候，天色更是已经昏暗。就是这样，又是一年十月，身边刮着小凉风，嗖嗖的，不是很冷，却围绕着他，将他在寒意中包裹起来。

手机震动——一次、两次、三次。

还有什么事情能更糟糕呢!

他叹了口气，拿出手机，看到竟然是妈妈的微信语音电话。

“喂？”他迟疑着接起，这个时间在中国不还是凌晨吗，“妈?你怎么起这么早？”

“景涛,”妈妈那边的声音支支吾吾的，好像在抽泣，又好像在掩饰。

“妈？”杨景涛察觉出妈妈的反常，心里忽然咯噔一下，有种不祥的预感，“妈，你怎么了？”他的声音开始焦急起来。

“景涛,”妈妈的声音还是断断续续的，听着很虚弱，但叫了他半天也不说出原委，这让他更加发慌。

“你倒是说啊！”他屏住呼吸，站在路中央。

“你爸的公司被查封了，昨天政府来人，说你爸涉嫌贪污、行贿、挪用公款……

我……”妈妈一下子又哭出来。

而杨景涛则感觉这是一道晴天霹雳，把他本就发蒙的脑袋彻底炸裂了。

他站在原地，呆滞地望着前方——一瞬间，昏暗的光线和灰蒙蒙的校园好像变得更加黑暗了，完全失去了色彩。

他双腿如灌了铅，麻木得无法移动；胸口像压了块大石头。

他喉结动了动，不知所措，不知该说些什么。

“妈，”杨景涛的声音也一下子就带了哭腔，呼吸也急促起来；想安慰妈妈，但自己内心也怕得要死——从小到大，爸爸就是天。他虽然对爸爸有些惧怕，但无论是受了欺负、要用钱，还是出国留学的一切事宜，小事大事，只要有爸爸在，他的脚下就是稳的——对妈妈来说也一样。

然而，现在他们同时失去了主心骨。

“景涛，我本来不想告诉你，但我思前想后还是要嘱咐你一下……”妈妈的声音终于平静了一点，“你爸现在被带走，等候调查，后面结果如何还没人知道。妈昨晚一夜都没睡，和你爸公司的副总在找律师、想办法……妈就想跟你说，一、没有你爸罩着你了，千万要安分守己，不要惹事情；二、好好读书，考个好大学，也算是给你爸一个交代。”

不要惹事……可是晚了。

杨景涛闭上双眼，从警察局出来后的恐惧好不容易平息下来，现在又被愧疚取代。

“景涛？”妈妈见他不说话，又不放心起来，“唉，孩子，妈本来不想告诉你的，真的怕吓着你。但你性格太冲动，我思前想后，觉得必须要提醒你……”

“我知道了，妈。”听着妈妈一夜之间仿佛苍老了许多的声音，杨景涛都不忍心听她继续说下去。

这叫什么？祸不单行？真是一波还未平，一波又起。杨景涛鼻子一酸，流下两行眼泪。

天色更暗了一些。微风吹过，树叶发出沙沙声响，紧接着还落下了小雨。他打了个寒战，望着前方小路的尽头是一片树林，看不到远方的房子。

独在异乡为异客，又屋漏偏逢连夜雨……

现在的他感到孤立无援，该怎么办呢？还有谁能帮他呢？

他蹲到地上，双手抱着头，脸埋在膝盖上，裤子上的布在膝盖处被打湿了一片。

# |千年修来的好兄弟|

第二天在学校，关柚没有发现杨景涛的身影，似乎没来？也好吧，让他冷静冷静。她心想着，依旧穿梭于各种老师的办公室间，写着文书，准备冲刺最后一次的 SAT 和托福考试。

与此同时，她纠结着，要不要给丛邵东打个电话呢？毕竟他录取了名校，这方面肯定还是有经验的吧……行，就这么办！这样也不算是刻意联系他——这属于向学长求助的正当理由！

杨萱出院了。

她整个人瘦得脱了相，小身板在牛仔衣里，衣服、裙子都显得空荡荡的。

新生 Jenny 走在杨萱的旁边，和她手挽手，两人看着挺亲密。

“Laura，你出院了啊！”路上偶尔遇到一两个中国同学，大家都是在惊讶片刻后，流露出好奇又踌躇的神情；个别人真是大着胆子开口问到关于杨景涛的问题，杨萱也只是淡淡地一笑而过，完全闭口不提。

“你真的……不想他了吗？”连身边的 Jenny 都忍不住问她。

杨萱脸上的微笑弧度还是保持得刚刚好，和走过去的老师打了个招呼，没有回答 Jenny 的问题。

“你到了，快去上课吧。”看着 Jenny 的教室就在眼前了，杨萱温和地转头对她说。

关柚早上给丛邵东打电话，他没接，直到下午才回了个信息。听说关柚想打个电话问他些问题，他便查了自己的日历，说着今晚正好有空，可以在晚上九点和她打电话。

九点整，关柚拨通电话。

“喂？”丛邵东的声音响起来，还是那么波澜不惊。

“可以啊丛邵东，”关柚放下笔，戴着眼镜，靠到床上，“上了大学真是不一样了哈？大忙人，跟你打电话都要预约了？”

上了大学之后，他的生活虽然还是建立在自己的三点一线上，但课余生活的确丰富了很多。听着关柚熟悉的唠叨，他笑了："你倒是没变啊？看来 senior year 对你的压力还是不够大，还这么有空贫嘴。"

"切，"关柚笑笑，"大学怎么样？"

"忙……就很忙。"丛邵东从微波炉里拿出刚热好的三明治，边吃边说，"开学的时候都给我忙疯了，新生活动、选课、社团、搬宿舍……所有的东西都在这短短的一周。"

"但是什么事儿能难倒你啊！"在关柚心里，丛邵东总是无所不能的。

"不过不得不说，"他嘴里塞满了东西，"跟正常人交流真的是容易很多——之前在高中，sb 太多。"

难得听到他抱怨，她忍不住打趣道："看来是满腹的不满啊。"

"也没，不过真的是这样。感觉这里的人都很聪明，都有目标，也肯努力，不像高中的很多人……每天都在想些没用的东西，什么穿衣打扮啊、男女关系啊、出风头啊……"他撇撇嘴。

其实关柚有同感——丛邵东这话真是说到她心坎里去了："唉，这么看来，也许我到大学更能找到属于自己的圈子和归属感吧。"

丛邵东笑笑："言归正传，找我什么事啊？"

"噢，"贫了这么久，关柚才想起来，"我想问问你关于文书的事情。主文书我想了几个方向，但我还没想好哪个选题更能吸引招生官……"

听她长篇大论了一通，丛邵东觉得她的每个想法都挺有趣，都有一定的可行性；但他实在不想帮她做决定，因此只是简单给了几条建议之后，说："最重要的还是做自己。你觉得怎样最好、最能代表你、体现你的价值，就怎么写。说你想说的，不用太纠结招生官怎么想……毕竟每个招生官的喜好也不同。"

关柚对这个回答却显然不满意："你都上 UC 伯克利了，你现在当然说得轻松……"

"嘿嘿，"丛邵东故意逗她，又玩起了老把戏，"都跟你说是招生官点错按钮了嘛。"

聊完文书，关柚又兴冲冲地给丛邵东讲起最近学校发生的各种戏剧性转折——真没想到杨景涛和杨萱竟会闹到如此田地。

他一边听一边笑："可以啊这个杨景涛，终于折腾到警察局去了。"

"你就那么看不上他？"关柚叹了口气，"怎么一点同情心都没有啊。"

"我没看不上他，"丛邵东反驳，"我只是觉得正常人是不会闹出这种事情的……"

她眯了眯眼睛，其实他的话虽然难听，但是也无可厚非：“你觉得我对杨萱……有没有太过分了？”虽然明明是杨萱之前三番五次在一旁煽风点火，挑拨她和Rose的关系还不算，又各种笑里藏刀，但……她感觉自己强大起来之后，对杨萱的确时时刻刻有种幸灾乐祸的心态。

从邵东沉默了一下：“没什么过分不过分的。我还是那句话，你就做你自己，做你觉得对的事情。但别被嫉妒和不满冲昏头脑就好。”

听到他这么说，关柚松了一口气。

如果说一天在学校没看到杨景涛还没让关柚起疑心，但接连三天不见他人影，关柚就觉得有点不对劲了。

“你也没见着他？”谢诚也吃了一惊，“我这两天找他打游戏他都没回我，我以为他也就是想一个人静静。”

“什么？所以说他是真的三天都没上学了？！”关柚睁大了眼睛——这不行啊，再这样下去，他本来从警察局出来都没事，可连续逃课却是真的会被记处分了！

“怎么办？”谢诚背起书包，和关柚走在放学的人潮里。

“走吧，我们去他宿舍看看！”她不由分说，拉起谢诚就往外走。

杨景涛躺在床上，头蒙在被子里，房间里一片漆黑。

烟酒这些东西，虽然学校明令禁止，但在学生中，想要找到这些东西却也不是什么难事。

头好痛。

每年的senior男生几乎都会住在校园路边这座地理位置最好的宿舍，宿管是小辫儿——从邵东去年的宿管。

“这有人吗？怎么都黑着灯……”关柚凑到窗子前往里看，却什么也看不到。

谢诚看了看四周，忽然意识到……不对吧？这栋小房子应该不是男生宿舍吧……而是——

“欸欸欸，”他赶紧上前拉住关柚，制止了她刚捡起小石子准备往玻璃上扔的举动，“大姐！你看清楚……这个是校长家！那个才是他宿舍！”他指了指旁边那栋楼。的确，两个房子挨着，又都是白色的，除了大小不同，其他在外观上看起来大致相似。

“啊！”关柚吓了一跳，连忙扔下手中的石子。

“多亏了我吧！”谢诚念叨着。

两个人刚好碰到一个从宿舍里出来的男生，给他们开了门。

咚咚咚。

他的门突然被人敲响了。

杨景涛吓了一跳——难道是这两天自己没去上学，老师终于找上门来了？

“杨景涛！”

好像是谢诚的声音。

他松了口气，睡眼惺忪地起身去开门。

“杨景涛！”谢诚看到门突然打开后头发乱糟糟的杨景涛，身上还有烟草和宿醉的味道，整个人看起来精神萎靡，“你搞什么鬼！想自己在宿舍烂死啊？！”他生气地大吼。

他看起来很虚弱，脸色蜡黄，感觉也是好几天没正经吃饭了。

“吵什么，”杨景涛懒洋洋地嘟囔一句，“没事就别打扰我睡觉。”说完转身就要走。

“杨景涛！”关柚也顾不上什么不能踏入走廊的规矩了，听到声响，立马从客厅冲了过来。

“你、你怎么来了？”他闻声回头，看到她显然很意外，随后又不自在地遮住脸，回了房间，没有看她，朝着前方说道，“你赶紧走吧，等下被人抓住了你也得拿处分。”

“我还管他什么狗屁规矩！”关柚心急如焚，不光踏入了走廊，还光天化日之下直接踏进了他的房间，一把揪住他，拖着他往外走，“拿处分？你也知道处分啊？你几天不上课了你还算得清吗？！”

“我……”杨景涛皱着眉头，一时语塞。

“你——”关柚气得说不出话，看着一摊烂泥一样的杨景涛，就丢下一句话，“赶紧换个衣服洗把脸！我去客厅等你！”

杨景涛的脸在阴影里，鼻子一酸——看着他们竟然跑来找他，忽然也感觉到一丝温暖。他本以为自己躲在角落，已经被世界遗弃，但现在他发现，就算全世界都忘了他，他们也没有。

“快点，我监督你！”谢诚推着关柚往客厅走之后，又回来看着杨景涛。

王沐成和 Kelly 也来了，和关柚一起在客厅给杨景涛点了红灯笼中餐馆的外卖——是他最爱吃的回锅肉盖饭。

看着换好衣服的杨景涛，虽然依然邋遢，但至少有了个人样，大家都舒了一口气。

谢诚开导着他，王沐成就时不时地给狼吞虎咽的杨景涛递餐巾纸和水；等到他吃完，关柚提议带他出去走走。

终于等到没有其他人了，关柚和杨景涛走在湖边他们熟悉的小路上，看着湖水一如既往地拍打着沙滩。

“你听，”关柚看了看湖面，“涛声总是能让人平静下来。”

“嗯，”杨景涛停住脚步，闷声答道，“夕阳也总让人绝望，提醒你一天又结束了。”

“然后就是新的一天。”关柚毫不犹豫地接话。

再过几周，湖水又要结冰了，紧接着就又是一年冬季。

秋季多雨，冬季多雪，等到下雪的时节就没有雨水了；再下雨时，就又是一年春季。时间就是这样永不停息，日子和四季就是这样循环往复。就算和时间赛跑人永远赢不过时间，但人活一次总要有进步吧？总不能停滞不前吧？

“说到底，不就是分个手吗？”关柚滔滔不绝地开导着他，“天涯何处无芳草……”

“关柚——”

“欸欸欸——你干吗，”她话说一半就被他打断，紧接着他整个人扑上来抱住了她，重量一下子也砸了过来。

惊吓过后，她本来正有点恼怒地想推开他，却发觉他的肩膀在颤抖——他在哭！

“你怎么了啊？”她的语气软下来，“分手谁都会——”

“不是，”他打断她，抬起头来放开了她，蹲在地上。半晌，他才缓缓说道，“是我家里。我爸出事了。”

“啊？”这令关柚没想到。

而接下来杨景涛全盘托出的一番话，关于他爸爸被检举行贿、贪污等罪行和现如今仍在看守所等待审判——这一切让她更加措手不及。

怎么会这样呢……

“你去找杨景涛了？”吃饭的时候林想问谢诚，语气很是不悦。

谢诚明白她现在因为同情杨萱而对杨景涛不满，并不想激化矛盾，便轻描淡写地“嗯”了一声，继续低头吃饭。

林想却不依不饶地指责他：“谢诚，我以前觉得你挺有正义感的啊，可你现在怎么黑白不分呢！”

谢诚抬起头，愣了一下：“有这么严重吗……都是朋友啊好歹。”

“你跟这种人做朋友——”林想气不过，“我现在可看出来了，杨景涛就是个渣男！”

谢诚皱起眉头：“可人都会犯错啊，知错就改还是好的啊……”

林想低下头，不说话了：“反正我保留意见。”

“以前也没见你对杨萱这么好啊。”谢诚耸耸肩。

“我是不喜欢——”她环视了一下四周，压低音量，“我是不喜欢她，可杨景涛也确实过分。我这是就事论事，有一说一。”

看着林想嘟起小嘴的样子，谢诚依然觉得很可爱。他无奈地问她：“那如果你的朋友犯了错，你会眼睁睁地看他们深陷泥潭吗？”

“我……”林想说不出，“看是什么错吧……”

“你觉得杨景涛就那么不可原谅？”谢诚叹了口气。

林想沉默了。其实如果抛开女生和女生间下意识的同情心，她也无法就直接给杨景涛判死刑。

谢诚的手机响了一下。

他拿起手机，看到关柚的信息，脸色一变。

“怎么了？”林想小心翼翼地问。

谢诚盯着手机屏幕愣了好久才缓过神：“杨景涛家里出事了。”

“啥？”林想疑惑。

关柚迟疑一番之后还是决定大家集思广益，一起帮助杨景涛，便在争得了他同意后，发消息告诉了王沐成和谢诚，随之知道消息的就是 Kelly 和林想。

三天过去了，即便谢诚约杨景涛打游戏、王沐成约他打篮球，大家的努力也并不能根治他家里的问题。

接踵而至的是 11 月 1 日的大学 Early Decision（ED）申请的截止日期。

“都准备好了吗？”爸爸打电话询问关柚，“申请的什么专业？”

“数学和音乐，”关柚聚精会神地填着表，距离截止时间还有五个小时。好在到底申请哪个专业这个问题，经过将近一年的思考、和各种人不断地讨论，关柚和父母也在理想和现实中找到了一个可以妥协的平衡点。

“嗯，挺好，”爸爸满意地点点头，“你是不是文书还没写完？”

“我……”关柚心虚，其实本来这个 ED 已经被自己当成儿戏——别人都是冲刺梦想学校，她明知道自己准备不充分，却还是想冒险一搏——其实只是不甘心而已。至于结果，基本都没什么悬念……

“我知道你最近为了同学的事情操心，你是好心，想帮忙，”爸爸的语气有些不悦了，“但这种事情根本就不是你能力范围之内的，你别不自量力了。”

“我这怎么是不自量力呢，”关柚反驳道，“我这是尽力而为！”

“嗯，好，你尽力而为，”爸爸嘲讽她，“然后把自己的大学申请都耽误了！你别分不清轻重缓急。”

关柚皱着眉头：“本来也没对ED抱太大希望，就试试而已。”

“你看你这个态度就不认真！”爸爸越说越生气。

“反正就是几十刀报名费的事儿。”关柚也懒得继续争论，就埋头填表。

“几十刀？几十刀不是钱啊？你真是自己不挣钱就以为用的钱都是大风刮来的？”爸爸板着脸教训她。

关柚无语地叹了口气，要求换人：“我能不能跟我妈说两句？”

爸爸没回答，关柚正提心吊胆着，听筒传来了妈妈温柔的声音：“喂？柚柚？”

唉，还是妈妈的声音动听多了！

“妈妈，你和杨景涛他妈不是有微信吗？你要不也发个信息慰问一下？”她还是关心着杨景涛那边的事情进展。

“有微信，”妈妈犹豫了一下，“但我觉得人家家里出这种事情，未必希望外人都去问；再说，她现在肯定也忙得焦头烂额的，咱就别再添乱了。”

和爸爸的指责不同，妈妈的和颜悦色更容易让关柚听进去——想想也有道理：“那你帮着找找人，问一下？”

妈妈笑了：“你还真是爱操心。”

关柚撇撇嘴，填完手里的申请资料——就差文书了！这个该死的文书……还是被自己拖延到最后一刻也没写完。

“行，我看看吧，看能帮上什么忙。”妈妈答应下来，五分敷衍五分认真。

关柚听得出来，但还是感激道：“嗯……谢啦。”

“嘿哟，”妈妈笑道，“客气。你赶紧好好写文书吧，还是申请重要。你爸说话不中听，但是自己的事儿，你确实得心里有数。”

“嗯，知道了。”关柚回答。

距离ED申请的截止时间还有三个小时。

谢诚目不转睛地看着宾夕法尼亚大学的申请按钮——这个梦想会实现还是破灭？

他心里打着鼓，一咬牙一跺脚，点下了提交按钮。

杨景涛还是盯着新浪新闻网页版发呆——ED的事情他本来就没太上心。也不知为什么，明明知道是人生大事，但申请学校从研究学校到考托福、SAT，好像一直都也稀里糊涂的。肯定不是因为他不在乎，但这种东西，他觉得他现在理想有十分，能力却只有五分——就好像已经能看到一个令人失望的结局的时候，连拼一把的斗志都没了，努力起来也力不从心。加上最近杨萱的事情、家里的事情……ED已经彻底不在杨景涛的考虑范畴之内了。可是，就这么放弃吗？

他看看表，十点零三分，距离ED截止还有两个小时——

可能注定和他梦想中芝加哥的繁华无缘了。

"还没写完？"

关柚奋笔疾书的同时，心里也焦虑得很，鬼使神差地和丛邵东从发信息又变成了打电话。

"没啊。"她语气都变得慌张。

"真是为杨景涛的闲事操碎了心啊，啧啧，"丛邵东无奈地感叹，"因小失大了吧？"

"你怎么跟我爸说的一样？"关柚皱着眉头，不满道。

"我看你还……挺关心他的？"迂回了半天，丛邵东问出了重点。

思绪越写越乱，关柚索性放下电脑，靠在沙发上，笑道："怎么，你吃醋啊？"

丛邵东不接话，沉默了片刻之后马上转移话题："不过帮他处理事情，你倒是成熟了很多啊。不错，有进步！"

听到他亦师亦友般的夸奖，关柚笑了，心里还是很开心的："是啊，我就想，如果是我，我该怎么办。"或者说，她把自己想象成了丛邵东，如果是他，他又会怎么处理呢？他以前告诉过她，遇到事情，与其到处问怎么办，不如自己先开始着手研究，想出解决方案，然后再拿着方案去咨询别人哪一个办法可能会更好——这就是寻求帮助和盲目依赖的区别。

"放心吧，"丛邵东安慰她，"办法一定会比问题多的。"

"哦？"她听出他语气里的温暖，打趣道，"你这块木头什么时候也变得这么有人情味了？”

“我——”他笑着摇头。是吗？自己以前很冷漠吗？现在的自己很有人情味了吗？他也不知道。不过想到反腐的问题，他倒是庆幸，幸亏自己早就注意到这个风向，一直观察着趋势，也在不断提醒自己的父亲——去年感恩节前后，父亲的生意也出现过大大小小的问题，但有一点原则是他们父子沟通后达成一致的：不能违法，不能打破纪律。他的这些准则其实也是爸爸教给他的。从小，爸爸就告诫他，要方方正正做人，光明正大做事。

她听到他深思之后的感想，恍惚间竟发觉……他们之间的讨论好像越来越深刻了？

走廊里传来脚步声。

“Jessie？熄灯啦，快回屋睡觉！”温柔的中年女宿管是学校里面有名的热心肠老师，承包着大大小小的事情，也愿意听宿舍里的女生们跟她倾诉各种感情上、家庭上的问题。前段时间，Erin 的妈妈住院了她是跟宿管倾诉的，Jordan 分手了也是和宿管倾诉，而前两天，因为杨景涛的事情，关柚也找宿管商量、拿主意。

“今天 ED 截止申请，能不能让我在客厅提交完申请再回房间？”关柚央求她——大家都知道，她一贯是最好说话的。

宿舍的规矩，从刚来的第一年碰上严格的年轻女宿管、每天提心吊胆地遵守时间回宿舍、洗澡、熄灯，还要定时整理床铺以防抽查，到现在作为毕业年级，宿舍要求也随之松了很多。正是因为这个宿管的通情达理、善解人意，即使这个宿舍离主校园最远，关柚也在去年毫不犹豫地选择了留在这里——这个温馨的小房子，里面的女生不多，却永远充满了欢声笑语。

“噢对哦，我都忘了！”宿管一拍脑门，果然爽快答应，“那你加油，早点睡。”

“谢谢！”关柚甜甜一笑。

“啊，对了，”宿管刚走出客厅又退了回来，“我刚才烤了 cup cake，我去给你拿两个上来！”

关柚听闻，顿时很惊喜，连连道谢。

“一听到吃的看把你兴奋的。”丛邵东的声音又从听筒里传来。

“嗯，是啊。”关柚笑笑，看着电脑屏幕上的时间已经到了十点半——不管了，最后拼一把吧！“我先挂了，我得赶紧把文书写完。”

“嗯，”他答应道，并说，“我决定了——十二月圣诞假回一趟学校。”

“欸？”这真是今晚的第二个惊喜，“来看我的吗？”她笑道。

“……去看老师。”他声音低沉，听不出起伏。

“切，真的假的？”她翻翻白眼。

“你猜？”放下电话的丛邵东，嘴角还带着淡淡的笑意。

又一个小时过去了，文书倒是写完了，只是实在是惨不忍睹——关柚感觉自己的思绪乱七八糟，废话连篇……怎么办？改改吧！

她手忙脚乱地改起来，刚改了几行，又发觉时间只剩五分钟了——

不管了不管了……反正也就是试试而已。她在心里安慰自己，然后赶紧上传，在最后一分钟点了提交。

“Submitted！”

绿色的大字蹦了出来。

“呼！”关柚松了一口气——虽然 ED 哈佛的结果已经可想而知，但，总而言之，还是过了一道坎一样——申请季就此正式打响了。

“什么？！你写了一半就提交了？”杨景涛笑得鸡蛋都噎在了嗓子眼。

“啧啧，你这种把自己的快乐建立在别人的痛苦之上的习惯可不好啊！”关柚看着他露出久违的笑容，其实是欣慰的。

自从上次和丛邵东通完电话，关柚慢慢养成了早起的习惯，每天五点半就起来多学一个小时的 SAT，然后七点准时第一个来食堂吃早饭。她也习惯了独自享用美食，喝一杯咖啡，在日程本上过一遍这一天要干的事情——一日之计在于晨。早起之后，关柚发现，这一天的时间仿佛都被拉长了。

至于杨景涛，他并不是天天早起，只是这两天听从关柚的各种建议，也慢慢开始井然有序地收拾自己的烂摊子了：给妈妈打了电话，了解情况，并安慰她的情绪；给学校老师发了邮件，解释了自己的缺勤和家里的情况，请求各科作业的期限延期；还有……最后就还剩下杨萱的事情了——他的确还欠她一个道歉。

“挺好啊，有进步。”关柚像丛邵东夸她一样夸奖道，“也该长大啦！变得有担当起来。”

“嗯。”杨景涛点点头。

“杨萱的事情——”关柚顿了顿，收起了原本想说的“别在一棵树上吊死”，而是说，“如果放不下，就去弥补，就去……把她追回来吧。”毕竟朋友的幸福，自己不该怀着私心替他做决定。

杨景涛苦笑一下，却摇头："估计她不会原谅我吧。"

"不试试怎么知道呢！"关柚鼓励他。

"欸，你看，Jessie 和 Ben 又坐在一起呢！"

"我就说他们俩不简单吧？肯定有一腿！"

刚走进来的几个中国学生看到关柚和杨景涛又面对面坐在窗边的小桌一起吃早餐还有说有笑，再一次纷纷议论起来。

一个女生摇摇头："这才跟 Laura 分了几天啊又和 Jessie 搞到一起……男人的心啊——没几个是真的！"

杨景涛听到议论，神色尴尬地看向关柚："对不起啊。"

"嗯？"关柚装傻，转移了话题，笑嘻嘻地说，"周末要不要来我宿舍一起吃火锅？我新买了个锅。"

杨景涛心里是感动的，但听到"我新买了个锅"忽然觉得莫名好笑，忍住笑意，调侃道："我去年还买了个表呢。"

"杨景涛！"她笑着踹他一脚，"好心帮你，怎么还骂人呢！"

"我错了我错了。"他笑着求饶。

Kelly 走进食堂刚好看到这灿烂的笑容，愣了一下——果然还是关姐有办法啊！

"你看，还打情骂俏。"刚才批判男人的女生翻翻白眼，和对面的男生说道。

Kelly 听着他们的话，不以为然，反倒跟着打趣道："嗯，是啊，金童玉女呢。"

"是吧？"女生以为 Kelly 在赞同她的讽刺，得意地冷哼一声。

Kelly 却丝毫没在意，只是想起刚进校的时候，每个人都还是那么青涩、稚嫩，也都还不太懂得宽容、忍让和收敛。没想到当时自己妈妈一句添油加醋的客套话倒成了时隔两年勾起她回忆的导火索。看着窗前笑容明媚的关柚和杨景涛，Kelly 的嘴角也忍不住上扬起来，好像看到了大家初来乍到的时光。

妈妈已经安慰过了，老师也沟通过了，现在剩下的就这最后一件事——杨萱。

来得早不如来得巧。

下课后，还是在那个熟悉的走廊，杨景涛一转弯就看到了杨萱的身影。

她的影子逆着光，显得那么单薄、瘦弱。昔日她在转角等着他、故意偶遇、又追逐着他喜笑颜开的样子好像都还历历在目。可现在一切都只剩下回忆了——一张纸、一堆碎片，最后会在灰烬里被风吹散。

他低着头，鼓起勇气走上前去叫住他："杨萱。"

Root beer 是一种带有牙膏味道的汽水饮料，并不含酒精，在美国很流行——关柚却想不明白为什么大家都如此钟爱它的牙膏味道？那回家直接吃口高露洁岂不是更省事？

“嗯，我还想去 Best Hoagies 买个午饭。”王沐成接着说道。

Best Hoagies……关柚又想起去年和康俊文、丛邵东的回忆了。

“我就不去啦，”关柚笑笑，“我回宿舍收拾一下，晚上火锅局啊！都来都来。”

买完吃的，杨景涛和谢诚举着炸鸡薯条去了湖边，而关柚回宿舍准备。

收拾自己乱糟糟的衣服、挪动客厅的沙发，然后在 Kelly、林想和 Ava 的陪同下一起去附近超市买了食材。

忙活一下午，不知不觉也就五点多了，天又开始擦黑了。

火锅插上电，开始咕嘟咕嘟冒起了泡。

今天关柚的宿舍可真热闹啊！

人陆陆续续都来了：除了平时熟识的杨景涛、谢诚、王沐成、Kelly、林想，还有新生 Ava、Coco 和 John。Ava 和 Coco 因为喜欢音乐的缘故和关柚最近走得比较近，而 John 是和谢诚、杨景涛、Kelly 因为打游戏而交好。

“好香啊！”Ava 脸蛋红扑扑的，率先凑在火锅前面拍起了照。

“对对对，天冷就是要吃火锅！”Coco 咋咋呼呼地开始给大家分发纸盘子。

John 则是在一旁腼腆而礼貌地先对关柚道谢：“谢谢 Jessie 姐。”

“咳，谢啥啊，”关柚一笑，“那我们开火吧？”

“好！”

“开火喽！”

众人的欢呼和外面的寒夜形成鲜明的对比。杨景涛握着盘子的手在火锅蒸汽旁边被烤得暖暖的。

冬令时又开始了。

看着身边的人、热闹的气氛、明亮的灯光，他忽然很感激关柚对他处理事情的指导，还有众人多多少少都给予他包容和帮助——没有人在他绝望的时候丢下他。

“谢谢。”他悄悄对身边的关柚说道。

但每一个微小的动作都逃不过八卦大王 Coco 的眼睛——“哎！怎么回事杨景涛！和关柚眉目传情？”

谢诚听到她的话耸耸肩，素来不是很喜欢这个目中无人的新生。总是咋咋呼呼的也就算了，称呼学长学姐还从来都是直呼其名。

“没有没有。”杨景涛吓了一跳，连连摆手，“我就是……就是感激一下……”

“这百年修得同船渡，”Kelly 也饶有趣味地调侃起来，“千年——”

“千年修来好兄弟！”谢诚为了避免两人尴尬，索性接话。

“切，什么嘛！一点都不押韵！”Coco 不满意地撇撇嘴。

杨景涛却笑了，感激地看看谢诚，又看看关柚，最后看了看在场的每一个人，“对。”他点点头，语气坚定，“你们都是我千年修来的好兄弟！”

火锅的热气混合着暖气吹在窗户上，形成了薄薄一层雾气。从窗外看去，远远的，只觉得是模糊的一团明黄色亮光在黑夜里一闪一闪。

# |好久不见|

一下飞机还是熟悉的感觉，又回到波士顿洛根机场了。

从邵东从机场的租车公司取了车就一路往高中赶，还是回到他去年的宿舍。来之前，他就和人讲好，打算偷偷在学生宿舍里借住两天；而他的接应者——是肖恩。

“不会被发现吧？”停好车，从邵东拎着包跟着肖恩鬼鬼祟祟地上楼。

“没问题！”肖恩一拍胸脯，“我下午就走了，你就睡我的床，我都和我室友讲好了，反正你也认识他；只要小心谨慎别被小辫抓住就行。”

肖恩说话带着台湾腔，说“小辫”的时候没有儿化音，听起来很像“小便”，惹得从邵东一阵窃笑。

“你这么早就走了？”从邵东放下行李。

“嗯，”肖恩狡黠一笑，“我先去波士顿找我朋友玩两天。”

环顾四周，宿舍里还是同样的布局，窗外也还是同样的风景。

十二月了，小镇又一次被冰雪覆盖了，路面上是白皑皑的一片。雪不厚，但天空中又开始不断地飘洒雪花。

收到从邵东消息时，关柚正在琴房准备着寒假前最后一次的 Coffee House 演出。Coco、Linda、Ava 也都在琴房里凑热闹。

美国人有个习惯，就是不喜欢穿鞋。在宿舍的客厅里、琴房里，他们总是习惯性地把鞋一脱，好像这样是个更舒服的方式；就连上课的时候，还有甚者也会偷偷脱一会儿鞋再穿上。关柚起初觉得这绝对是个陋习，但待得久了，竟也习惯了这样的方式。在琴房的时候，倒不是说脱了鞋就有多舒服，只是冬天的长雨靴或者雪地靴太厚重，在琴房里的暖气下、地毯上，还是脱了鞋轻便些。

“欸？你去哪啊？”刚从洗手间回来的 Coco 撞上迎面拿着手机冲出去的关柚，一脸莫名其妙。

房间里的 Linda 也不明所以，同样蒙的表情，和 Coco 对视了一眼：“不知道，看到一条信息就跑出去了。”

“嗯，” Ava 点点头，“还说了一句‘他到了’。”

“欸？” Coco 挑挑眉毛，一脸的饶有趣味，拉上两人，“走走走，去看看！”

推开门，一股冷风袭来。

踩在冰冷的雪地上，关柚这才想起自己连鞋都忘了穿。但她哪还顾得上那么多？正前方停了一辆蓝色大众高尔夫……是他吗？

她看了看两旁，急匆匆地跑过马路：“从邵东！”

“欸，”从邵东闻声抬起头，从车窗看出去——是她。这么冷的天，外套也没穿一件。他赶忙下车，“你怎么穿这么少！”

“我……我忘了，嘿嘿。”她跑到他面前站定，仰头看着他，但显然在寒风里冻得瑟瑟发抖。

他低头一看——竟然连鞋都没穿？！就两只袜子踩在雪上：一只粉的、一只绿的。

“你过来！”他一把拉过她。

“欸——”关柚一下子失去重心，两脚就踩在了从邵东的脚上。

“怎么衣服不穿，连鞋也不穿？！”他皱着眉头责备道，但和她近距离的接触又让他一下子开始心跳加速——她没变样，头发从之前的五颜六色染回了黑色，好像剪短了一点，也剪齐了。

她毫不在意，只是目不转睛地看着他，双臂贴着他的双臂——还是那样熟悉的温度。

“走吧，我们进去，”他犹豫了一下，不想让她再光脚踩在雪上，索性一把扛起她。

“喂！”关柚先是吓了一跳，随之大笑，“你这样很像人贩子打劫啊！”

“哇……”躲在门后的三个人看得瞠目结舌，“这、这是……什么情况？”

Coco 和 Linda 面面相觑。Ava 却想起之前偶然看到关柚和一个人发信息的一幕。

那人发：nzgm？

关柚回复：在琴房呢，写新歌。

那人又发：bc。

关柚说：嗯，你什么时候回？

那人回答：hbzd，wkk。

当时 Ava 疑惑的目光不小心被关柚撞到，她本能地想解释她不是故意偷窥的，但关柚却丝毫没有在意。

“所以……这些暗语都是什么意思啊？”见关柚并未生气，Ava也就忍不住好奇地问。

关柚笑道，仿佛习以为常了一般，“nzgm就是‘你在干吗’，bc应该是‘不错’，‘hbzd’就是‘还不知道’，然后‘wkk’是‘我看看’。”

听了关柚的翻译，Ava这才恍然大悟，但依旧哭笑不得地笑起来：“这人是谁啊？好奇怪啊！”

“是啊，”关柚笑着继续低头编辑信息，“他就这样，习惯就好。”

……习惯……就好？

Ava无奈地撇撇嘴，又不小心瞥到关柚刚发出的信息：一定要七点之前回来啊！来听我唱Coffee House，有惊喜！后面还打了一个眨眼的表情。

她回过神来，看看旁边Coco和Linda羡慕的目光，又看着走进来的男生刚刚才松开Jessie学姐，不禁目光在他们身上停留了一阵，眨了眨眼睛。

Coffee House演出开始的时候，观众席座无虚席，主持人Mr. Friedman走上了舞台。直到看到丛邵东和谢诚、王沐成等人坐在一起，Ava她们才明白，这大概是之前毕业的学长。

“那所以说……Jessie和这个人什么关系啊？”Coco悄悄问Kelly。

Kelly笑笑：“他们啊——”

“欢迎大家来到今晚的Coffee House！”Mr. Friedman宣布演出开始了，观众席上顿时一片欢呼，立马就淹没了Kelly的声音。

Coco还有些不甘心地想让Kelly继续说，但她看到关柚已经拎着吉他上台了。

“今天，我有一个特殊的朋友也来到了现场。”她笑盈盈地直接看向丛邵东的方向，“我要唱的这首歌——是写给他的，名字叫作《Let Me》。”

“喔！”

“Ayh Jessie！”

“天啊，那是Joey！他回学校了？！”

观众席传来一片骚动，关柚的朋友们在给她加油鼓劲，而高年级同学则更多是惊讶地把目光全部聚焦在了丛邵东身上。

丛邵东被众人盯得不好意思起来，似笑非笑地勾着嘴角，回头想平息骚乱的人群，喊了一句：“I hope you all enjoy the show（希望大家都观看愉快）。”

人群却爆发出一阵大笑。台上的关柚也笑了起来。

她看向从邵东，发现他的面容恢复了平静，正饶有趣味地看着她。

于是她深吸一口气，摆正话筒，清了下嗓子，开始唱了：

“Let me be the one you think of

When you're bored, you're scared, or being alone

Let me be the one wakes you up

In the morning and make you breakfast with love

Let me be the one you lean on

When you're tired from work just need to take a nap

Let me be the one sitting next to you

At a show, in a car, or just at home

Let me be the one who can call you mine...”

她越唱越动情，字字句句都是她的心意：在四合院里叫这头死猪起床时的样子、给他做早餐，又或者是在三里屯她生气时他竟然用百度搜索来讲笑话的情景……一幕幕都像放电影一样在眼前闪过。

关柚的目光始终没离开从邵东，眼角眉梢都带着笑。

在现场又一轮的尖叫与掌声还有群众起哄地说“在一起”的声音中，关柚走下舞台，坐到从邵东身边，问他：“惊喜吗？”

他的嘴角忍不住地上扬，转脸看着她，挑挑眉毛，笑道：“惊吓。”

“切，有没有认真听歌词啊你？”她翻翻白眼。

“听了啊，”他还是挑着眉毛，“你不是 count off the days（数着日子）吗？”

“真的啊！”关柚激动地看着他，忽然又有点委屈，“你知道我们多久没见了吗？我们有——”

“188 天。”从邵东淡淡地回答道，嘴角微笑着，低下了头。

“欸？”她愣住。是，没错……就是 188 天……想不到……

“哇，你看他们好甜啊！”

后排几个中国小女生偷偷笑着，窃窃私语起来。

第二天就是圣诞放假前的最后一天课。

关柚下了课之后问从邵东他在哪，原本还担心他现在作为一个闲散人员在学校会行动不便——毕竟这有违纪律。但当她听到他不仅早上正大光明地去食堂免费蹭了早饭还去洗衣房洗了衣服，她不禁感叹，自己的担心可真是多余！

而下一秒，这种感觉就更强烈了——

他竟然大摇大摆地就走进了自己统计课的课堂？！

“Joey！”统计老师去年也教过他，看到他回学校特意来看自己，老师十分高兴，不仅没有把他赶出去，反而还跟同学们热烈地介绍，“这是Joey，去年毕业的！He's a very nice guy（他是个很好的人）！”

他这个冷漠的木头是个nice guy？关柚忍不住笑了一下。

丛邵东显然也没想到老师会这么夸他，有些受宠若惊，但紧接着又似笑非笑地开起玩笑，说：“It depends（看情况）。”

全班哄堂大笑。

关柚迎上他的目光，笑着摇摇头。

统计课下课后，圣诞假期就正式开始了。

她走出教室，看到等在门口的丛邵东：“你现在要去哪？”

“去打篮球。”他懒洋洋地靠着门框，淡淡地说道。

她提着一口气，张着嘴说不出话来，嗤笑了一声——行，可以。吃了饭又洗了衣服之后，现在要继续免费用学校的公共设施——转战体育馆了。不过也对，这家伙，走到哪能让他忘了篮球呢？看着眼前的丛邵东，单纯的笑容就是个大男孩，她无奈地笑起来。

王沐成和Kelly果然也趁着放假前最后这半天闲暇时光来了篮球馆，和一些低年级小男生正打着三对三。

“欸，Joey！”Kelly看到丛邵东眼睛一亮，差点激动地要大叫“师父来了”。

“Joey哥？”正在打篮球的John也抱着球跑了过来，“你回来了啊？”作为他哥Kevin的好朋友，丛邵东在国内连他家都去过，两人自然也是早就认识。

“嗯，”丛邵东笑道，其实心里一暖——没想到自己的到来不仅不是无人问津，反而还掀起了“兴风巨浪”似的。

其他小男生也纷纷凑上来，提出让他和他们一起打。

“Joey打球可是很厉害的啊！”Kelly作为丛邵东的死忠粉，不放过任何一个宣传他的机会。

“打吗？”王沐成笑着把球扔给他。

丛邵东拍了两下球，心想，球都丢给我了，我还有选择吗？他笑道：“恭敬不如从命呗！”

好久没有看到他打球了。

关柚走到旁边的长椅上坐下，想起了第一次误打误撞在湖边看到他独自打球的样子、之后的篮球比赛他和队友默契合作的样子、受伤倒地的样子、漂亮地投出最后一个三分球的样子，还有最后夺冠时他跳起来欢呼的样子……望着他在篮球场上矫健穿梭的身影，她安静地笑着——篮球在手的他总是神采奕奕的，连背影都闪闪发光。

不一会儿，场上的人都稍作休息，纷纷走下场，喝水、擦汗。丛邵东也走过来，看到对着篮球架子傻笑的关柚："想什么呢？"

"啊？没、没有。"她慌忙收回目光。

丛邵东笑笑，在她身边坐下，忽然又想起了什么："欸，对了，"他转头看向她，"你之前说过的什么百发百中的独门秘籍，到底是什么？"

"嗯？什么？"关柚愣了一下，自己又是什么时候胡说八道过这种话？

"就是有一次你自己在这打篮球，后来我来了跟你一起打，然后……"他提醒着她。

"是吗？"关柚也努力回想着，好像……是有那么一次，她自己来玩篮球，结果碰上了他，他看她连投了几个球没进之后，给她讲起了命中率。

关柚看着丛邵东矫健的身姿，"你这在干吗，花式秀篮球啊？"她撇撇嘴，"你也不是百发百中！"

"我当然不是百发百中了，"丛邵东单手拿球，一个手指顶住球的底部转了来，"我只是给你演示一下统计学。"

"什么统计学？"

"我投了三次，中了两次，命中率大概60%，"他一本正经地抱着篮球讲，"你根本不会投篮，可能投5次能蒙中一个？其实运气也还行啦，第一个投进也不奇怪，但你后面接连投不进是我意料之中的。"

"命中率？"关柚本想反驳，但马上又莞尔一笑，"也不是事事都可以用你的理论计算的。"

"什么意思？"他问。

她盯着他手中的篮球看了两眼，又抬头盯着他的眼睛，狡猾地笑道："我有一个百发百中的独门秘籍哦。"

"什么秘籍？"他挠挠后脑勺，又被她绕得摸不着头脑了。

她却笑着跑走了："哈哈，都说了是秘籍！"她特意把"秘"这个字着重念了。

“喂！”他在后面大喊。

“以后再告诉你吧！”她回头看了看场中央的他，挥了挥手。

“噢，你说这个啊！”关柚想起来了，随即大笑起来，“想知道？”

“快点说，别卖关子。”从邵东双臂交叉，看着她笑。

“好啊，”关柚狡黠地勾一勾嘴角，站起身来，随手拿起一个脚边的球，指了指前方，“那你蹲下。”

“蹲下？”从邵东一愣——她又要搞什么鬼？

“是啊。”她抱着篮球，歪着头看他。

他挑挑眉毛，疑惑地照做了——没想到刚一蹲下，她竟然整个人坐了上来。

“喂！”从邵东一惊，回头看她，想制止，“你骑到我脖子上干吗！赶紧下来！”

“站起来，”关柚却毫不买账，仍旧饶有趣味地拍了拍他的脑袋。

从邵东哭笑不得——他大概已经猜到她要做什么了。

球场上的人也不知是谁先看到了他们，一个人大叫了一声，紧接着剩下的人也都不打球了，就一窝蜂地凑了过来。

“嚯！这是在干吗啊？”

“又秀恩爱？”

“这又唱得哪一出儿？”连 Kelly 都不解地看了看王沐成。

听到“秀恩爱”，关柚忍不住笑了出来，却像吆喝着卖货一样嚷嚷着，“现场教学啊，现场教学！”

从邵东无奈地皱着眉头，嘴角的弧度简直说不上是哭是笑了。

“往前走，”他只听得见自己脑袋顶上的“上帝”继续发号着施令，“哎——一直走到篮筐底下——对，对，没错，然后停住——别动！”

她还真是越玩越起劲啊！他笑着摇摇头，眼看着她笑嘻嘻地把篮球从筐上塞了进去，然后篮球稳稳地落下。

“你看！这不是百发百中吗！”关柚自豪地一咧嘴。

“这叫百发百中啊？”从邵东仰着头，尽力想看到她的脸，“这叫耍赖！”

“切！这叫 think out of the box！照样是一个计策呢，你承不承认？”关柚不依不饶地又敲了两下他的头，“不信我们再试验一次？”

“欸——别别别，别了，”从邵东连忙求饶，把她放了下来，忍住笑，竖起一个大拇指，“可以的。你这个独门秘籍——领教了，领教了。”

“哈哈哈！”关柚灿烂地大笑起来。

远处的 Kelly 见此情景，学起康俊文的样子，扮演起了播报员，“叮——本局，关柚胜。”

她身后的学弟却看得瞠目结舌，看了好久才若有所思地念叨着：“原来 Jessie 学姐的男朋友是这个样子的啊……”

由于暴风雪的缘故，学校临时决定给他们这最后离开的一拨国际生把大巴时间由上午十点出发改为凌晨四点出发。

关柚和一个同为国际生的俄罗斯舍友聊着天，一直到凌晨三点多，两人都困得不行了，才在宿舍客厅的沙发上打起盹来。

三点五十分，睡了半小时不到，手机闹钟又响了。

“走吧走吧，该出发了。”关柚揉揉眼睛，坐起身来，推了推舍友，转身去洗漱。

大巴车快开到波士顿的时候，即使堵车加暴雪影响也才刚刚七点出头——看来学校是多虑了，他们的车并没有遇到任何麻烦。整个波士顿的城市还是空空荡荡的。

“想不想去吃早茶？”杨景涛坐在关柚的后排，探起身来，拍了拍她的脑袋。

“啊？啥？”关柚睡得迷迷糊糊的，摘下耳机，一睁眼——似乎已经进城了。

“马上就到 south station 了，我说，要不要去城里转转？”杨景涛神神秘秘的。

他的飞机是下午五点的，而关柚的更晚，是凌晨一点的，因此他们完全有大把时间在城里晃荡晃荡。

因为学校有规定，在校寄宿生除非有家长特别和学校说明，否则一律不许坐非学校授权的任何人的车；反正关柚也必须和学校的大巴走，丛邵东决定好好睡一觉，睡醒了再去波士顿和她会合。

关柚想了想，虽然感觉有那么一点违反纪律，但——反正都放假了，便也没那么多顾虑，爽快地答应道：“好啊！”

于是两个人站起身来临时更改了目的地，混在火车站下车的人群里提前下了车。

杨景涛带关柚来的这家早茶店叫作龙凤，他们刚到的时候连早茶店都还没开，两人只能在外面的寒风中瑟瑟发抖。直到八点整，餐厅终于开了门，他们走上楼梯，看到里面老式的传统装修风格——很中国的装潢和布局，还有像旧时的香港那样服务人员推着餐车挨个桌子停下来的点餐流程。杨景涛像模像样地点了一壶香片茶，然后两人又要了一大桌子的凤爪、排骨、百叶、糯米鸡、叉烧包、流沙包、奶黄包、马蹄糕、椰子糕、桂花糕……终于满意了，看着满满一桌美食，开始享用饕餮盛宴。

从邵东睁开眼睛，八点四十，还打着哈欠就先看到了康俊文发来的微信，微信内容是他截图的关柚发给他的 snapchat，snapchat 里是一张杨景涛坐在对面吃着早茶的照片。

他发了两个问号过去，走去洗手间洗漱。

“提醒你啊，”康俊文不紧不慢地回复过来，那贼兮兮的小眼神仿佛又在眼前了，“你再不快马加鞭，你的白菜都要让猪给拱了。”

从邵东边刷牙边看到这条新消息，笑得一口漱口水喷到了镜子上——这个康俊文！也难怪 Kelly 不断在说，任何在这高中里打听八卦的人都要么是得了康俊文的真传，要么就还差得远——毕竟他康俊文才是八卦事业的鼻祖！

“幼稚……”从邵东撇撇嘴，笑着转身去收拾东西准备出门。

离波士顿还有一个小时的时候，从邵东又一次接到了某个出乎意料的电话，“喂？”

“喂！啊那个……Joey 啊，”肖恩谄媚又小心翼翼的声音在那边传出来，“欸，那个……你在波士顿了吗？”

“现在还不在，”从邵东言简意赅，“怎么了？”

“啊，那你还要多久啊？”肖恩的语气可怜兮兮的，又有些着急。

“一小时吧，”从邵东看着自己事实上已经一路都在限速 55mph 的乡间小路上开了 70mph，不耐烦地问，“到底什么事？”

买完单，吃饱喝足的关柚和杨景涛沿着中国城开始走起来。

都说下雪的日子不冷，化雪的日子才是真的冷——今天偏偏就是冷的那个。

“走吗？”关柚抬起头问杨景涛，看着他穿了一件灰色布制羽绒服，戴着帽子把自己裹起来的样子，萌萌的。

“欸，这么着急？”他有些意外，“还有一整天呢啊。”

她却笑嘻嘻地说道：“我和从邵东说好了在机场等他的，他大概——”她看看表，“还有半个小时就到了。”

“噢……这样啊。”看到她眼里不经意流露出的竟是满满的幸福，杨景涛眼里有些藏不住的失落。

“咦？”关柚掏出震动的手机，看到从邵东的来电，继续笑道，“嘿，说曹操曹操到——喂？怎么了？”

“你到机场了没？”从邵东的声音听不出起伏。

“没呢，我和杨景涛在唐人街吃饭呢，不过现在准备过去。”她回答。

杨景涛在一旁屏住呼吸，身边只有关柚和丛邵东的声音，还有风吹过树枝或者什么东西落到雪堆上发出的细微声响，汽车轧过路面都是在远一点的地方了。这条街放眼望去，暂时空空如也。

关柚走出 B 航站楼，在 U 型车道拐角处一眼就看到了丛邵东的车。她迅速上了车，笑嘻嘻地看向他：“走吧，我们去哪？”

他耸耸肩：“嗯……随便转转吧！”

两人一路开车，先去 Hanover 街又买了一次 Mike’s Pastry 的 cannoli——丛邵东喜欢 Strawberry cannoli，而关柚最喜欢 Chocolate ricotta cannoli。看到柜台旁的“只收现金”字样，两人纷纷想起刚才肖恩的闹剧，都忍不住笑了出来。

买完吃的，丛邵东号称要带她去看波士顿绝佳的风景，便来到了马萨诸塞大学的波士顿校园，站在桥头的确能看到河对岸的城市。只不过这一看风景不要紧，回去的路上却计划赶不上变化——进了城区后，在进一个隧道的时候，丛邵东一拐弯，只听见轮胎下“嘭”的一声，紧接着车就像失去了控制一样朝旁边“漂移”过去——

糟糕！

“啊！”被车一个惯性带得身体往前，关柚的惊叫在被安全带锁住的瞬间止住。

丛邵东拼命减速之后刹车，换到停车挡，拉了手刹，又打上了紧急双闪灯。

“怎么回事？”听着身后的车一辆一辆嗖嗖地过去、时不时还有车给他们按着喇叭，关柚吓了一跳。但奇怪的是，有丛邵东在身边，她一点也不惊慌。

他皱着眉头：“应该是爆胎了，”探身向窗外望了望，他又回过头对她说，“我下车去检查一下轮胎。”

她坐在车里，看着漆黑的隧道里只有昏暗的灯光，洞口就在前方不远处，可他们的车却停在了隧道最右边的行车道上，打着双闪，动不了了。

窗外的丛邵东蹲在后轮旁边，用手按压着轮胎。

关柚按捺不住，也一把拉开车门，走下车去，蹲到他旁边：“怎么样了？”

隧道里的车流声在车外被听得更加清晰。

“滴——”

“滴——”

不同声调的喇叭交错呼啸着，轮胎蹭过地面的声音在他们旁边不断响起。

“轰隆隆——”

一辆货车开过去，连隧道洞口仅透过来的一点光芒也被遮住了。

“应该就是爆胎了！”丛邵东隔着噪声朝她喊着，沮丧地又指了指前轮，“还不是一个，是两个！”

“什么？！”关柚大惊失色，“两个轮胎都爆胎了？！”

杨景涛过完安检之后，在去登机口的路上给妈妈发了信息：妈，不用担心，我很快就回家了，回去陪你一起处理事情。

作为儿子，他终于感觉到了自己肩上的责任——是时候该长大了吧。

窗外的光太刺眼了，照耀在路边堆积的雪上，更是明亮得晃眼。

他转过头，把脚跷在没托运的小箱子上，闭目养神。

回家之后，会不会看到的一切和离开时截然不同了呢？每一次都是这样，离家的征程、归家的旅途，总是感觉像过了一个世纪，又感觉像是昨天才发生的事一样。

只不过，可以确定的是——这次回家大概没有司机来接了，家里大概也没有堆积成山的礼品，而是冷冷清清、门可罗雀了。

但这就是世界吧，大概。

坐回到车上之后，丛邵东给租车公司打了电话。听着他娴熟的英语，关柚心里又开始对他肃然起敬了……他在这忙活，自己也不能闲着吧！于是她打开前面的抽屉，找着里面会不会有什么保险单啊、说明书啊、联络方式啊，等等。和租车电话沟通完，他又拨通了保险公司的电话号码。

欸？这是什么东西？关柚找到了一张说明书——换胎？

身边的丛邵东也看到了这张纸，示意她把说明书递给他，一边打着电话，一边研究起说明书。

“你不会打算自己换胎吧？”关柚有点犹豫，“你会吗？”

“不会，”丛邵东放下说明书，看了看窗外，拉开门，“我试试吧！”

“哎，”她看着他迅速走过车身走向后备厢的时候被身边疾驰而过的车按了喇叭，急忙趴在座椅上冲后面大喊，“你小心啊！”

他打开后备厢——果真有个备胎！除此之外，还有一个工具——千斤顶。

关柚往左看着奔流不息的车，前方是悠长的隧道，右边的后视镜里是蹲在地上开始操作着工具的丛邵东，只穿着一件单薄的蓝色帽衫。

“丛邵东！”她有点着急了，也跳下车来，越发感觉这个地方危险，毕竟身边的车速都很快，隧道又黑又窄又长，视野也不好，“你别换胎了，太危险了，赶紧上车吧！”

“不换怎么办？”他自顾自地低着头，眼看千斤顶已经成功把车撑起来了，他走向后备厢，安慰她道，“没事的，我很快就换好。”

关柚看得目瞪口呆——换个车胎竟然就是这么简单的事？！看着丛邵东波澜不惊的样子，三两下似乎就把一个难题分解了……

“哎呀，”她又突然意识过来，“你穿得太少了！要不你穿上我的羽绒服吧！”说着，她便走向车里。

“欸，不用了。”丛邵东推托道，手里卸完了旧轮胎，正举着新轮胎。

“你别冻坏了！”关柚却不由分说地就把衣服给他披上，蹲在他旁边，伸手帮他扶住轮胎，看着他又用工具开始拧螺丝固定。她心里暗暗自叹不如。

他看着她的手上也沾满了黑漆漆的机油，跟着他在寒风里瑟瑟发抖，看了看她长发遮住一半的侧脸，心中有些愧疚，又有些感动。

“你快回车上去吧，外面冷。”他轻声说道。

关柚却摇头，坚定地说道：“不用，我陪你一起。”

谢诚刚进家门，瘫倒在沙发上，趁着父母还没回来，和王沐成打了个简短的电话。

“你到登机口了？”谢诚问。

“刚到，”王沐成看到坐在窗边的杨景涛，“杨景涛已经到了，我看见他了。”

王沐成挂了电话，坐到杨景涛身边：“要回国了，开心吗？”

杨景涛笑笑：“有种视死如归的感觉了。”

“言重了啊！”王沐成拍拍他的肩膀。

谢诚则刚放下手机就听到父母开门的声音，赶紧关了电视机，一溜烟儿地跑回了自己的卧室。

好不容易换完胎，坐回车里，打着了火之后，车却还是寸步难行。

“还是不行？”关柚担心地看着丛邵东。

他沮丧地发出一声低吼，摇摇头。

“那怎么办？”关柚焦急地左顾右盼，已经一个小时过去了，“要不打911吧！”

虽然还从来没真的打过这个来美国之前第一个就被强迫背熟的电话号码，但从邵东也觉得，事到如今，还能怎么办呢？便点了点头。

拨通电话之后，关柚开了免提，从邵东进行了主要交涉：“你好……对……我们的车爆胎了，在隧道里，×××街入口处。一共爆了两个车胎，我换了一个，不起作用……是，已经联系过保险公司……”

“你们就等在原地，我们会派拖车过去，20分钟就到。”接线员说道。

他们终于有救了。

他挂了电话后，她打趣道：“看来今年大家都有些戏剧性情节啊——杨景涛和杨萱进完警察局了，这回轮到我们了。”

“你还挺高兴！”他看着她竟然一点不惊慌，反而面带笑意，真是哭笑不得。

“总是要乐观的嘛，”她嘿嘿一笑，“也是一次难得的经历了。”

“嗯。”他点点头，“他们还有一会儿才能到，你困的话就睡会儿。”

“我不困，”关柚虽然缺觉，但在经历了凌晨4点赶大巴车又隧道里爆胎这一系列的高强度高压力事件之后，已经感觉不到累了，索性拿出电脑，把腿蜷起来，整个人窝在座位上，“我接着写文书吧。”

从邵东笑笑：“好。”

从警察局出来的时候，天都已经黑了。

经过这件事，从邵东发现，美国人说大话是骨子里带的吧？20分钟？骗谁呢？至少等了一个半小时，等得黄花菜都凉了！

“竟然也体验了一次坐拖车，又进警察局的经历啊。”从邵东看看关柚，一脸不可置信地笑道。

“是啊，”她也笑，“我竟然在隧道里一辆爆胎的车上用自己的手机热点提交了NYU的申请！”

“走吧，晚上带你吃点好的！”从邵东双手插兜，兴致勃勃，事情终于解决完了——虽然现在也没有车可以开了，“想吃什么？”

“吃什么都行，”她看着他，忽然认真地说，“还有几个小时就是我生日了呢。”

“啊？真的？”他惊讶道——自己竟然从来都不知道她的生日呢！而且怎么这么巧？刚好赶在爆胎这一天……

忽然，他眼睛一亮，看到前面的一个糕点店，却语气平淡地转头对关柚说：“你等我一下，我进去上个厕所。”

“欸？……噢。”她回答着，却纳闷，他从警局出来之前不是才刚上过厕所吗？

他很快出来了，手里多了一个袋子，叫了 Uber 带她到了一家简易中餐厅。

“要一个红烧豆腐煲——”从邵东刚一张口点菜，关柚就忍不住笑起来。

“又是豆腐？”她打趣道。

从邵东也不好意思地笑出来，脸上却拼命绷着。

两人莫名的怪异举动引得服务生莫名其妙地打量了他们好一阵。

点完菜之后，从邵东站起身：“我去趟厕所。”

什么？又去厕所？

关柚张了张嘴，看着他的背影不禁疑惑——难道从邵东只是看似冷静，实则早已被下午的情景吓得尿频尿急尿不尽了？看来还是自己更镇定。她在心里又自豪起来。

可忽然……整个餐厅的灯都黑了。

怎么回事？！

“怎么回事啊！”

“服务员！”

“是不是停电了啊？”

周围的客人们瞬间纷纷炸开了锅。

关柚也吓了一跳——别吧？！马上要去赶飞机，又马上要过生日，别再有这一波的第三折了吧！

“祝你生日快乐，祝你生日快乐……”

听到餐厅里停止的音乐马上又响起，但原本的凤凰传奇却被换成了生日歌——她愣住了。

紧接着，她就看到从走廊尽头走过来的从邵东：他捧着一个盘子，盛着一个椭圆形的东西，上面还点了两根蜡烛，荧动的火光照映得他脸上一闪一闪的。

周围的人一下子反应过来了，也都开始跟着唱起了生日歌，有些人鼓着掌，还有些人就站起来、凑过来围住关柚和从邵东。

柜台后面的老板笑呵呵地看着他们——年轻就是好啊！

他走近了，脸上带着那么温暖的微笑——真是罕见！

她深吸一口气，惊喜得眼泪差点掉下来，嘴角的弧度快要咧到耳朵了，收都收不住。

“本来想给你买个蛋糕的，”他语气很温柔，脸上却是不好意思的笑，“但他们跟我说蛋糕卖完了，只剩巧克力面包了——我就挑了一个最像蛋糕的形状。”

听他一席话，关柚已经感动得说不出话来：“……谢谢。”她又哭又笑的样子，让从邵东第一次感到原来为别人做一件小事也可以成为她开心的源泉。

“生日快乐，”他微微一笑，“许个愿吧。”

关柚眼里噙着泪水，点了点头。

看来风雨之后才见彩虹真不是空穴来风——经历了一天的艰难险阻，晚上竟然就有这样大的惊喜等在后面呢！

她盯着那块椭圆形的巧克力面包，闭上眼睛：如果接下来的 365 天都像今天这样幸福该多好！不过当然……还是希望大学申请季能有个圆满的结果。噢对了，她又想到杨景涛家里出的事情——也希望身边的人都平安喜乐吧！别再有更多的磨难了。

“快点啊，好了没？”从邵东开玩笑道，“我胳膊都酸啦！”

“好了好了。”她笑着睁开眼睛，迎上他期待的目光，一口气吹灭了蜡烛。

# | 一觉不起 |

关柚简直不敢相信，自己在申请最心仪的范德堡大学的时候竟然把自己名字拼错了——电子签字确认的时候，她把自己的姓氏少打了一个字母。

“我的天啊，笑死了。”一得知消息，杨景涛就忙着嘲笑她，“瓜柚……可以的这名字。”他憋着笑，朝她竖起大拇指。

关柚笑着摇摇头：“是啊，太可怕了！然后新年第一天给学校发邮件，解释自己名字拼错了……”

“不不不，”杨景涛摆摆手，“我觉得这个新名字更好，更有你的气质！瓜柚——哈哈哈！”

牛排馆里面的灯光是昏暗的，用餐的大部分是家庭聚餐，也有一些情侣约会，气氛温馨浪漫。餐厅里还有个壁炉，既能用来取暖，也能用来当装饰。火光在木柴上跳动着，一闪一闪的。关柚和杨景涛坐在窗边的位置，又明亮又温暖，和外面的漆黑一片形成鲜明对比。隔着玻璃窗上的热气，冻冰的湖面在黑夜里依稀可见；刮着寒风的夜，却似乎看不到行人。

他端起杯子，喝了口里面的冰水——来美国第三年了，总算有点习惯了美国人这个一年四季都喝冰水的习惯。他的喉结动了动，抬头看了眼关柚低头切牛排的样子，缓缓开口：“我爸……他的判决结果下来了。”

“啊，”她闻声抬头，并没看到他沮丧的情绪，只是有些惘然，“怎么样？”

“已经是万幸了，”杨景涛果断地点点头，“贪污数额不大，归还得及时；贿赂虽然成立，但没有获得特别多的不正当利益……”

“那……”关柚小心翼翼地继续问。

“判了两年，”杨景涛叹了口气，闭上眼睛，“缓刑两年。”

她心疼地看着他，“这段时间你真是累坏了吧？其实最辛苦的还是你妈了，这段时间……哎，操多少心啊。”

“嗯。”他闷声答道——真的，这回算是见识了什么叫作一夜白头。

“那……你怪你爸吗？”她的目光飘向窗外湖边的路灯。

他沉默半晌，放下刀叉，靠到椅背上，摇摇头：“不怪。他也都是为了我和我妈。”

关柚点点头，没有说话。她眯了眯眼睛……在亲情和正义之间，有绝对的对错吗？是非黑白似乎都变得模糊了，棱角也都变得柔和了。

第二天下午，关柚所在的PEEPS干部组织正在开会。除了例会上的情况交流，负责老师还公布了春季招新的相关信息。

从邵东发来信息：你在哪？

关柚偷偷把手机藏在桌子底下，回复：我无处不在，然后加了一个“酷”的表情。

从邵东：……到底在哪里？

她忍不住笑了笑，回答：PEEPS meeting（开会）。

他说：PEEPS……一个基本没用的组织。

老实说，他说得其实挺对。PEEPS美其名曰是学生担当心理辅导的职责，挑选出共情能力强、沟通能力强、有责任心的学生领导，可以去开导其他同学的心理问题，答疑解惑。然而……没有办法，可能毕竟都是学生，学校又这么小，谁又会愿意把自己内心深处的问题就这样去和另一个同学说，然后把对方当成救世主呢？还是缺乏信任。因此，PEEPS这个组织里的成员，极少有过真正的用途。

但关柚还是不服气地回复：还讽刺我的组织？！

过了一分钟，他回复道：你是这个组织存在的唯一亮点。

她一下子嘴角的微笑弧度灿烂到不行，笑得连忙低下头，生怕被台上的老师看见。

开完会后，关柚径直来到食堂，坐到林想旁边，看着她愁眉苦脸的样子正在低头看手机，便问：“你怎么了？”

“正在跟我妈争论关于明年报大学的问题，”林想撇撇嘴，“我想学时装设计，但我妈想让我学经济……”

关柚一怔，想起去年的这时候，自己也是正为专业抉择和人生道路的方向而纠结：究竟是跟着自己的心意走选择理想，还是考虑到社会因素选择现实？

“这的确是个难题，”她撑着头，也皱起眉头，“我记得我去年这个时候也是想了好久，后来决定在理想和现实之间平衡一下，就选了双专业。”

“是啊，”林想点点头，“但我想学时装设计的话还是要去专门的艺术院校才比较好……不太能双专业……而且数学对你来说是强项，可经济……不行不行，”她拼命摇头，“我真的是一窍不通啊，就没有这根弦。”

这时，Kelly 推门走了进来，看到旁边正在玩游戏的谢诚、杨景涛、John、Coco 等人，却没有加入他们。

“你又怎么了？”关柚看着 Kelly 的样子，“怎么也是一脸愁容？”

Kelly 摇摇头：“我妈，又发神经……”

关柚笑了：“真是家家有本难念的经，你们啊，”她指了指林想，又指了指 Kelly，“最重要的就是沟通、沟通。告诉她们你们在想什么。”

“知道了就会理解吗？”林想耸耸肩，“她不会的……”

“嗯，”关柚也同意，家长们的确总是很固执又自以为是，“但……还是要先有协商才可能有妥协吧。”

“我去！”Kelly 忽然一声惊叹，“你们看……杨萱——”

关柚和林想闻声抬头，显然也是瞪大了眼睛——

杨萱的头发现在是大波浪卷，穿着低胸吊带裙和一件狐皮大衣，配上性感的黑丝袜和高跟靴子，还画着浓浓的眼线……有点像 Rose 以前的风格，却又不同。这哪里还是刚来时那个清纯的小姑娘了？！就算之前她也努力为了杨景涛开始打扮得偏成熟，但现在……是真成了完完全全的御姐风格了……

“哇你放反了！大招放反了是什么鬼！”打游戏的那拨人刚爆发出一阵骚动在笑 Coco 的技术，紧接着却抬起头也正好看到杨萱——

“我……我的妈。”John 吓了一跳，手机都没拿住，掉在桌子上了。

谢诚看了她一眼，索性也不看了，移开了目光，看向面前的杨景涛正低着头，无所适从的样子。

Coco 看到面前的杨萱，浓妆艳抹，愣了一下之后却刚好迎上杨萱的笑容，“哇，Laura，”她大叫一声，站起来，“你今天好漂亮啊！你这是要去哪？”

杨萱微微一笑，大大方方地走到中国桌前，温柔地回答：“也不去哪里啦，就想稍微打扮一下——女为悦己者容嘛。”她说话的时候完全没看杨景涛，也没看其他人，就和 Coco 旁若无人地交流着。

Jenny 取完吃的回来都忍不住惊讶地张了张嘴：“Laura……你这个变化也太大了吧……”

杨萱毫不在意地莞尔一笑：“不过提醒你们哦，我现在改名叫 Lauri 了。”

“欸，为什么？”Coco 不解。

“嗯……因为 Lauri 更特别一点呀，哈哈。”杨萱笑了几声，一甩头发，往前走去了。

“哇……”Kelly 阴阳怪气地感叹了一声，问关柚，“你做何感想啊？”

关柚根本懒得理睬杨萱，不屑地用只有 Kelly 和林想听得到的声音说着：“麻雀再怎么打扮也只能是野鸡。”

林想扑哧一下笑出来：“太毒舌了啊。”

“果然搜不到 Laura 了……还真的变成了 Lauri！”杨萱一走，Coco 就开始在手机上看她的 Facebook 和 instagram，想去翻她之前的照片，“不过她今天真的好漂亮哦！”她左顾右盼地和身边人继续赞叹杨萱。

关柚不动声色地抬头看了她一眼，恰好碰到她无辜又张扬的目光。

“欸……不过这个 Lauri 的 Facebook 资料……”一个 freshman 男生也踮着脚看着杨萱的 Facebook，一脸为难的表情，“这个真的是她吗？”除了妖娆性感的头像，资料还写的是：法国巴黎出生，香港长大，后来移民到美国加州……语言是普通话、粤语和英文……男生抬起头，“她还会粤语？”

“她会个屁粤语啊她。”谢诚最看不惯这样的行为，心直口快道。

杨景涛原本想起杨萱都很愧疚，可今天看到她的变化，他忽然又不满起来。

“Hi，Coco！”一个美国男生经过，和 Coco 打了个招呼——众人瞥过去，看到 Coco 已经眉飞色舞地追着那人一起往厨房走去了。

关柚愣了愣，忍不住无奈地笑着摇了摇头——今年的新生果然可以啊！一个个的都挺有想法……

“长江后浪推前浪啊。”Kelly 笑着打趣道。

“Jessie 姐。”Linda 从厨房取完吃的走出来，和 Jenny 一起坐到关柚的旁边，热情地和她打招呼。

“哈喽啊。”关柚笑笑，收拾了一下自己的盘子。

两个女生对视了一眼，犹豫着开口：“Jessie 姐，我们都想申请 PEEPS，你有什么建议吗？”

“哇，你们要申请啊？”关柚一听很是高兴，连忙鼓励她们，“PEEPS 里面现在就我一个国际生，如果你们要申请的话，可以突出自己的 multicultural（多元文化）背景和增加 diversity（多样性）来当说辞，体现你们有这个经历和能力去体会别人的想法、感受……”她想着，如果能一手助推两个中国学妹进入自己效力的 leadership 组织，也算是她能在毕业前做的最后一点贡献了。

“哦哦，好啊。”Linda 听了频频点头，Jenny 甚至还拿出手机备忘录，做起了笔记。

正说着，手边的电话响了起来——从邵东的微信语音电话。

“稍等啊，我接个电话，”关柚朝学妹们笑笑，“喂？你怎么还没睡？”大学的寒假比高中长了一倍，他们的假期足足有一个月；而现在，从邵东应该是自己在英国玩。

身边的几个学妹互相看了看，窃笑起来。

“睡不着啊，时差，”他听上去兴致勃勃，“我租了辆车，明天开去 Birmingham 了。”

“噢，”关柚也不熟悉英国的地理，但想起上次爆胎的经历，只是一脸严肃地问，“你有没有备胎啊这次？”

“嗯……应该有吧。”从邵东漫不经心地答着。

“你这什么态度吗，备胎很重要啊，”她撇撇嘴，“那你现在在哪呢？”

“我现在……”他嘿嘿一笑，“在你心里。”

“你——”关柚一听，提着一口气，又开心又不动声色地慢慢咧开一个微笑，却故作不满道，“哎呀，说正经的呢……”

从邵东笑起来：“我在一个……荒郊野岭……喂，说真的，这里真的好恐怖啊……”

听着他声音里的笑意，关柚摇摇头：“早点睡吧你，先不跟你说了，我在食堂呢。”

“欸欸欸，不行啊，别挂啊，”他的语气竟然有几分撒娇，半开玩笑道，“没有你在，我魂不守舍啊！”

“别扯了你。”她没料到他竟然还会说这种话，又忍不住笑了出来，却看到身旁的学妹们都盯着她，一脸意味深长的表情。

想着这是自己在高中的最后一年，甚至是最后一学期，关柚早在两周前就开始张罗起小年的年夜饭。因为下周她要和杨景涛 take a weekend（申请周末外出）去波士顿庆祝真正的春节，所以在学校的庆祝就提前一周，办在小年了。

从挨个发消息、邀请，到协调时间、订餐厅的位置，关柚花了不少心思。她办年夜饭的想法被热心的宿管知道之后，宿管竟然向学校申请，要了一辆小巴士车送他们去餐厅。也正因为有了交通工具，他们不用去走路能到的稻草人，而是可以去大家每天都点外卖、最钟爱的台湾老板开的货真价实的中餐——红灯笼，在开车 15 分钟以外的地方。

从路上到餐厅，大家的欢声笑语就没断过——出乎关柚的意料，她竟然凑齐了几乎学校里全部的中国人，来的人足足有 17 个！同学之间，熟的、不熟的，聊着聊着大家也就都凑到一起了，丝毫没有生疏的感觉——除了一个人，杨萱没来。

“过年必须要点饺子啊！”Coco 又咋咋呼呼地站起来了。

“Jessie 姐，我可以看一下菜单吗？”Ava 拍拍关柚——现在的她已经开朗多了，也变得自信起来。

“给！”不等关柚说话，John 已经递过了菜单，朝 Ava 一笑。

谢诚和杨景涛坐在旁边，面对面地聊着天；桌子的尽头，Kelly 在和肖恩斗嘴。

红灯笼餐馆里果真挂着红灯笼，红色的薄纱下是通透的灯光，挂在窗前，慢悠悠地转着、闪着。雪花洋洋洒洒地飘下来，轻轻落在窗户上，点缀了倒挂的福字周围的空白。

吃完了小年这顿年夜饭，大家回到校园还都纷纷感觉意犹未尽，而关柚和杨景涛则去了他们第一次误打误撞找到的湖边小路散步。

路漆黑，除了入口的一盏路灯，后面几乎看不到什么光亮，两人不得不打着手电筒一点点往前走。冬天的新英格兰，到处都是来不及融化的积雪堆积成的冰。

“啊！”关柚一脚不小心踩到冰面，滑了一下，身子往前一栽——

“怎么还是这么不小心！”杨景涛连忙伸出手，一把扶住了她。拉住关柚的力，让她又反方向栽过来，撞在他胸前的羽绒服上。

关柚笑起来：“谢啦……”

他收回手，听着耳边一阵阵风声——冬天的湖水结了冰，没有涛声，通常只有猛烈的寒风；今天倒是运气好，天气不冷，只飘了点小雪。现在雪也停了，在一月底的寒冬，竟有了些冬天就要过完、春天即将到来的意味。

“像不像……一开始的时候？”关柚抬头，对杨景涛笑了笑。

“什么？”他笑笑，装傻。

“开学前最后一天，家长告别之后，我们从国际生协会走出来，在路上，我也是这样差点摔倒。”关柚笑道。

“是啊，所以说你平衡力不好啊。”杨景涛随口回答，心里却也默默回想着——怎么会不记得呢？那天她和丛邵东在大庭广众之下，唇枪舌剑一番之后……

“切，”关柚翻翻白眼，看他木讷的样子，不甘心道，“喂！那是我们第一次一起出去玩呢。欸，你真不记得了？”

他当然记得——怎么会不记得？反倒是她，她没注意到他的每一个小动作、每一次他温柔地望着她出神的眼神。所以说，她当时有没有看出自己对她的心意呢？她到底是真的大大咧咧从未发觉，还是故意玩弄他的感情？又或者，真的是他没有读懂她的暗示吗？为此，他也不是没有恨过她——但老实讲，他为两人之后的和好感到欣慰。

他只是不甘心。

杨景涛停住脚步，缓缓地转过脸，望向关柚的侧颜。

“嗯？怎么了？”她转身看着他。

“如果，”他清了清嗓子，声音在风里显得轻飘飘的，“如果没有 Joey，你……会喜欢我吗？”

“欸？”怎么又回到这个问题了？她怔怔地望向他，心里本是波澜不惊并对他们的友情信心满满，但那一瞬间，她还是不经意地慌了一下——明明像兄弟一样相处得这么自然的两人，是否曾经的情愫还是没有了断呢？是否时至今日走得太近，两人的关系又变得有些微妙了呢？她自问，自己也没做什么出格的事吧……至于帮助他家里的事情——天地良心，那可是出于友情的角度她才特意仗义出手的啊！

杨景涛笑了，有点尴尬、有点苦涩，但其实更多的是释怀，好像心里一块石头这两年来终于落了地——她的沉默已经是最好的答案了。

他明白了。

她对他，大概只是朋友间的喜欢，没有超越友情的情感。这一点，也许有没有丛邵东都不会改变吧？

他苦笑着低下头，双手插进了口袋，自顾自地低头慢慢往前走去。

见他如此，关柚心里打起鼓来，他们……难道又要回到两年前了吗？！当初的他是那么决绝……

“杨景涛！”她在空无一人的楼道里堵在他面前，“杨景涛，我们谈谈。”她仰起脸看他的角度还是和以前一样，阳光照过来打在她脸上柔和的色调也和以前一样。

杨景涛的喉结动了动，没说话，眼神看向了别处。

“你能听我说句话吗？”她的声音有些发颤了。她从来没想过会和他有这种“悲剧式”结局。“在我心里，你是我到这个学校第一个认识的朋友，也是我心里面一直觉得最可以依靠的朋友……”她偷偷瞥他，“和你在一起我很开心。”

他依然不看她，但从他紧皱的眉头和抿着的嘴唇来看，关柚觉得他有在听。

“不管你怎么想的，能不能说句话？”空无一人的楼道里寂静得可怕，她的声音几乎都带了哭腔。

“我没什么可说的。”他良久才给了一句在她看来更绝望的话。

“就不能继续……继续好好做朋友吗？我真的……”

“难。”这回他终于肯扭过头给她一个正脸了。

“为什么？”关柚深吸了一叉气，“做朋友不好吗？只有友情才能地久天长。”她认真地看着他。

但这神情似乎忽然惹恼了他，于是他也就怔怔地看着她，说：“可我们不是友情，所以我们，没法地久天长。”

“走啊？想什么呢？”他回过头来，看到她空洞的眼神，心情忽然又轻快了起来——既然如此，那就做朋友吧！做朋友有什么不好的呢？

“啊？”关柚愣了愣，“哦哦，来了！”看来他并没有生气啊……她松了一口气，笑起来，快走了两步，赶忙跟上去。

“抱一下——”杨景涛伸出双手。

“啊？”她又是一愣——他要干什么？但这个样子也正像他们当初刚开学的时候出去玩回来告别时常有的样子……

唉，怎么一幕幕都这么熟悉呢！

她无奈地摇摇头，脸已经被杨景涛贴上来的怀抱轻轻埋没了进去。但紧接着，他松开了她，然后伸出手，说道：“友谊地久天长。”

她再次愣住——他这是……他的笑容，在黑夜里只有依稀可见的轮廓，但依然是温暖而明亮，一如从前，像第一次在机场看到他的时候一样。

她心里忽然很感动，点点头——原来是一切都回到最初的原点了吗？不是诀别，而是美好的样子？

“嗯，”她坚定地点点头，迎上他的目光，握住他的手，用力握了一下，也说道，“友谊地久天长。”

一周后的春节，关柚和杨景涛按计划去了波士顿，和杨景涛的几个朋友一起庆祝。

早上丛邵东还发来信息，并配图：md，airbnb 订少了一天，一大早被赶出来。

关柚在车上看到他的消息时忍俊不禁，回复：哈哈哈哈，you made my day。

丛邵东发了个烧焦的表情，说：不是吧，怎么一点同情心都没有……我现在一个人背着大包小包站在路边，真的好可怜啊。

她笑道，心想着，没想到丛邵东也有这么稀里糊涂又孩子气的一面啊。

过完春节，很快就是二月的长周末假期，从 2 月 1 日到 7 日，有一周的假。这是关柚这三年来，假期唯一没有去任何美国同学家的一次，而是和杨景涛、谢诚、林想、Kelly、John、Ava 一起去了纽约；同时，放假第一天，2 月 1 日，也是最后两所大学申请的截止日期——密歇根大学安娜堡分校，和威斯康星大学麦迪逊分校。

关柚一路都在检查文书，做着最后的修改——经过一整个申请季，她终于也可以游刃有余地提交申请，而不是临阵磨枪到最后一秒了。

从波士顿洛根机场到纽约拉瓜迪机场，直到帝国大厦的塔尖和自由女神像都在视野里出现，关柚才终于完成了最后一段修改，利用飞机上最后一点 Wi-Fi——提交！

“你叫 Uber 了吗？”

“酒店在哪里啊？”

“晚上吃什么？”

从机场走出去的时候，不光 John 和 Ava 在问关柚，连杨景涛也跟着问。她觉得自己现在俨然一副大家长的样子。

“就不知道帮点忙吗？”她无奈地看向杨景涛。

“啊？”他愣了一下，“要我做什么？你说啊。”

关柚摇摇头：“算了，没事——”看到远处开来的丰田轿车，回头招呼大家，“车到了，上车吧。”再低头看看手里的 Uber 软件——这还是当初丛邵东教她下载、注册的。

她忽然心血来潮，问杨景涛：“欸，你说，如果哪天你开车的时候在隧道里爆胎了，怎么办啊？”

“爆胎？”杨景涛不假思索地说道，“给爸爸打电话——”但他马上又停住，摇了摇头，“不对，以前会给爸爸打电话，现在……自己看看怎么处理吧——叫警察？”

“嗯。”她笑了笑，没说话。

又有点想念那个无所不能的丛邵东了。

吃过晚饭回住处后，关柚睡得很早，倒头就睡，一觉睡到天亮都没醒。上午的时候林想敲过一次门，没人应答；中午，谢诚又去了一次，还是没人答应。手机也没人接听。当大家都以为出事的时候她才睡眼蒙眬地醒过来——下午一点十四分，手机上 11 个未接来电。

她吓了一跳，但看着窗前明媚的太阳——一觉睡到自然醒的感觉，可真好啊！

结束了申请季的senior生活好像就是一只放飞牢笼的鸟。

刚放完二月小长假，关柚又按捺不住想出去玩的心，竟然和学校撒谎，请了个假说去“college visit”（参观学校），在一个周五说走就走飞去了芝加哥；而吴与路和Yellow租了一辆车就从香槟开了三个小时来接她。

“你申香槟了？”谢诚疑惑地问她。

“没。”关柚笑道。

“那你visit个屁啊！你个骗子！”谢诚无奈地大笑，“我要揭发你！”

三月一整个月基本都在放假。关柚回了北京，其间拿了几封录取通知书，又拿了几封拒信；范德堡给出了Waitlist。

“Waitlist？那很好啊！”关柚第一个分享消息的是谢诚。

“嗯，不赖吧，”她回复道，“其实还挺惊喜的。”

“那您的ED呢？你不会后来真就连查都没查吧？”谢诚问。

“没查，到现在也没查，”关柚笑起来，“这还有什么悬念吗？”

“你可真行……”谢诚哭笑不得。

和从邵东的关系还是时不时在聊天，她越聊越觉得两人的关系在拉近，但同时……这到底算什么呢？谈恋爱吗？朋友吗？还是介于两者之间的暧昧呢？

春假结束后，从邵东给关柚发了张照片——一辆灰色的宝马五系。

“你买车了？这么快？”她问。

“早就买啦。”他回复。

关柚想了想，半调侃地说着：“这颜色不好看！”

“哎呀，”他发，“多看几眼就顺眼了。”

她摇摇头，继续说道：“看你不顺眼。”

“你四月还要来加州school visit吗？”从邵东问。

“嗯……”关柚犹豫了一下，“还没想好。”

这句话的言外之意是想看看——他会挽留她吗？她心里有千万种期盼，希望见到他，希望能多一点时间和他相处；但这两个月以来，虽然两人的交流越来越密切，他却既没有更进一步的意思，也没有退回到普通朋友的感觉。她暗示过他几次，全都被他有意无意地回避了——到底什么意思？！

“你来啊，”从邵东说道，沉思了一下，“你来了……我们可以road trip。”

“road trip？！”关柚一惊，这么酷的吗？她从来没想过在高中时代就可以干这种印象里只有成年人才能做的事情。

“嗯……”他想了想，“你要去 LA 附近看学校也可以。我先去接你，然后我们一路开上来。你别自己走了……危险。”

“你有时间？”

“嗯，我放春假。”

这个提议太诱人了，关柚不知如何拒绝。但 college visit 一周……学校是很难批准的，需要家长写特殊的邮件许可，还要校长亲自签字。另外……真的要去和他独处一周吗？又是一周？同时也……只是一周？

“所以你去吗？”康俊文在电话里津津有味地问道。

“不知道啊。”关柚摆弄着手中的笔，态度感觉很模棱两可。

“嘿嘿，”康俊文笑道，“我给你出一道数学题。”

“嗯，什么？”她问。

他神神秘秘的语气又响了起来：“Joey 和 Jessie 一起一路驾车北上。每天有 24 个小时，他们用两个小时吃饭、十个小时睡觉、五个小时游玩，请问剩下几个小时能开车？”

“你这又是什么鬼东西啊，”她笑道，早已心知肚明的他又要开始狗嘴里吐不出象牙，故意绕开话题，“你这题出得明显有问题——两个小时吃不完饭吧？而且睡觉哪用得了十个小时……”

“嘿嘿，”康俊文意味深长地一笑——可惜关柚看不到他挑着眉毛的样子，“你懂的。”

# 加州的阳光

“谢诚？！这……这都什么啊！”饭桌上，林想突然爆发出一声尖叫，红着脸看谢诚。

他们四人的群聊里——

康俊文：你就这么去了？不怕被他强奸了？紧接着是一个坏笑的表情。

关柚：哼，我巴不得。

谢诚：套和打狗棒，请都准备好。

王沐成就说了三个字：哈哈哈。

彼时，加利福尼亚州的下午三点多，关柚经过七个多小时的飞行终于落地在了洛杉矶机场，穿着短袖短裤加一件薄外套，温度正合适。

叮咚，叮咚。开机之后，手机里跳出两条信息——

Liz：今天经济课的笔记都帮你抄好了；英文课没有 quiz（测验）。

Jordan：宿舍里一切正常，没有房间抽查。

关柚心里暖洋洋的——出门在外，有内应就是令人放心！

犹豫再三，最终没抵住翘课一周的诱惑，于是她当机立断和妈妈串通一气，由妈妈写邮件给学校，说有一个 family wedding（婚礼）需要关柚出席——美国人对家庭活动格外重视，因此这足够算一个正当理由；而这个当新娘的重担，就落在了李美玉的身上。

“你就跟他们说，你是九一年生的，比我大几岁，然后咱们俩的妈是好朋友……”关柚编出这个故事的时候李美玉听得一愣一愣的，“至于为什么你手机号是香槟的而我要去加州……这个简单！加州风景优美，你喜欢加州！”

“噢……行。”李美玉哭笑不得地点点头。

“记住你在哪结婚了吗？”关柚还是不放心地和她演练，“我特意给你挑的著名旅游胜地——Monterey！”

“行……记住了，虽然我结婚这地儿我都没听说过。”李美玉笑得前仰后合。

“嗯……不要紧！一般是不会打电话找你求证的！”关柚想了想，信誓旦旦地说着，但更像是安慰自己——这说谎的罪名要是真被学校发现……距离毕业还有一个月多一点，可不能这么功亏一篑吧！

“好，得嘞，”李美玉无奈地答应下来，“那我就结婚去了！”

“好的！祝你新婚愉快！”关柚步伐轻快地挂断电话，笑着走出机场，在乘客上车处一眼就看到了那辆银灰色宝马五系和坐在驾驶座的丛邵东。

她拉开车门，坐进去：“走吧，司机师傅？”

“请问您要去哪里？”他转过头，两人相视一笑。

这一行，关柚要参观的学校包括 UCI、USC、UCSB、Santa Clara；UCLA 没录，UC 伯克利也没录。明明是要从 LA 往北走的行程，但应关柚的要求，一定要先去看康俊文，因此两人第一天往南开了两小时，等于是在反方向绕了个路。其实说白了，要看的学校没几个，也都不是什么梦校，关柚没有太高的兴致；反而是能见到康俊文——这简直是让她最最开心的事情了。

康俊文的小镇距离一个叫 Torrey Pines 的景点不远，再往南五十分钟左右就是墨西哥的边境了。他现在所在的高中不是寄宿的，而是走读的，每天和家人住在一起。

丛邵东和关柚到的时候，康俊文还没出来，两人便在车里等。

“欸，你看那边，”丛邵东突然看向关柚的车窗那边，做出一副好奇的表情。

“嗯？”她闻声扭头——“啊！”却随之大笑着惊叫——丛邵东的把戏，竟然骗她扭开头之后偷袭戳了一下她肚子，“丛邵东！”她气得大叫，脸上却是收不住的笑容。她也伸出手，开始不停地挠他。

他笑着，大叫求饶，“欸，喂喂喂，别闹了欸，我真的……我真的很怕痒啊！”

两人在车里笑着闹作一团。

当当当。

车窗被人敲了三下，丛邵东降下车窗——

“你们真是，大老远是来看我还是来秀恩爱的啊？”来人不紧不慢地露出了脸。

关柚眼睛一亮，“康俊文！”她急忙打开车门，冲下去就给了康俊文一个巨大的拥抱，惊喜地问道，“你下课了？”

“没，”康俊文不慌不忙，拉开后座车门坐进去，“但是我跟老师说今天我家人来探亲，就请了一节课的假。”

“你们俩还真是——物以类聚，人以群分啊，”从邵东憋着笑，转头问后座的康俊文，“你知道她来加州的理由是什么吗？”

“什么啊？”康俊文还是戴一副蓝框眼镜，两只小眼睛炯炯有神，灵动地一眨一眨。

“喂喂喂！”关柚笑着阻止他，又开始趁其不备戳他的肚子。

“欸，别闹，我开车——真是的！”从邵东笑着躲避，“也是骗学校——说什么family wedding！”

“可以，”康俊文抻着脖子，乐颠颠地很有节奏地点了几下头。

车里的香薰淡淡的，散发出一阵阵夏日特有的香水混合着热浪的味道。

“欸，”眼睁睁地看着正前方过火车的栏杆降下来，警示钟也响了起来，从邵东随口骂着，“第一次碰到过火车欸。”

三个人来到一个日餐厅，康俊文和关柚两人嘴里一直絮絮叨叨地在聊天，就没闲下来过；从邵东在一旁听着，偶尔和康俊文搭个话，也偶尔提醒关柚再不吃饭都凉了，嘴角也一直上扬着。

“想听听我的新发现吗？”康俊文神神秘秘地说起。

“又有什么变态的新发现？”关柚耸耸肩。

“你有没有发现，肩膀的膀和膀胱的膀——其实是同一个字？”他微微眯着眼睛，笑得很诡异。

关柚静静地看着康俊文眉飞色舞地讲着他新学校的样子——他一点都没变，还是老样子：爱贫嘴、爱开玩笑、爱说一些梗……他爱看动漫、爱笑，永远和颜悦色的，又散发着搞笑的气质。

“走啦？”下车的时候，康俊文冲从邵东挥挥手，而关柚跑下了车，送他走到门口。

“欸，康俊文，这是谁啊？”路过的一个中国男生阴阳怪气地朝他眨眨眼。

康俊文笑笑，没回答他，却小声问关柚：“你看他像不像Eric？”

“齐粤？”关柚一愣——这个名字已经好久没被提起了。望着男生远去的背影，关柚摇头，“不像吧……他比齐粤可差远了。”

“看来还是旧情难忘啊。”康俊文若有所思地点点头。

“别胡扯了。”她笑着打了他一下。

校园里的钟敲了几下——一点整了。

“我得进去了，”康俊文看看表，依依不舍地一点点挪动着脚步，边走边说，“你和Joey，到底打算在一起还是怎样？”

关柚无奈地笑笑：“我也不知道呢……”

“但是你想知道，”康俊文的眼里闪烁着光芒，“想知道就问清楚，别白跑一趟啊，加州也挺远的。”

关柚叹了口气，她何尝不想呢？

“嗯，”她点点头，“我知道，是快要有一个结局了，大概。”

也不知道什么时候走出几步的康俊文又退回到了关柚身边，这会儿又看了一次表，重复了一遍，“我真的走了啊，我要迟到了。”

“好，”她笑笑，却在他刚出溜到门口的时候又叫住他，跑上前去，“欸，康纯满，”她看了看自己的穿着，犹豫着问，“你觉得我这样子……行吗？”

“欸，”康俊文还是不动声色地笑着，“您不是一向——自命不凡的吗？别怂啊。放心吧，”他笑呵呵地打趣道，却也算是鼓励了，“你是最美的，要相信自己！”

关柚翻翻白眼：“又开始嘲笑我了。”

“没有啊，”康俊文装傻充愣，笑容憨厚。

车里的丛邵东看着两人都一步三回头的样子，无奈地摇摇头——这个康俊文……打着闺密的旗号，在他眼皮底下就和关柚眉来眼去的。

他眯起眼睛，似笑非笑地把手举到眼前，“捏”住了视野里隔着玻璃远望过去的那个小小的康俊文。

看过康俊文之后，两人第一晚住在了耳湾附近，转了一下UC Irvine便回了小酒店；一间房，两张床。接下来的两天，他们去了湖人的主场、参观了USC、好莱坞，还有新建成的OUE观望台。离开洛杉矶后，两人就一路北上；这一路让关柚最喜欢的地方还是Monterey——Carmel-by-the-sea。

“传说中的——我来参加婚礼的地方。”关柚笑着说起。

“嗯，”丛邵东边开车边玩起老把戏，指了指前面，“欸，你看。”

她听话地看过去，结果肚子上立即就又被戳了一下——“丛邵东！”她生气地大叫。

“哈哈哈，”他见自己的把戏百试百灵，开心地笑起来，“我发现你真的是蠢欸，怎么每次都不长记性。”

“切，”关柚撇撇嘴，也学着他的样子忽然叫了一声，“呀，你看！”

“嗯？”他勾一勾嘴角，却不为所动，余光瞥到她不甘心的表情，得意道，“看吧，我才不上当呢。”

“来给你体验一把我车的加速，”丛邵东嘴里叼着糖，含混不清地笑着，“有个sports模式，很帅！”他的声音低沉又字正腔圆，紧接着就踩了一脚油门——

加速！

“滴、滴、滴——”

“欸？”

“怎么回事？”

这一脚油门刚踩出去，车的警示灯就亮了起来——车子不受控制地慢了下来，警报开始不停地叫。

“怎么回事啊？”关柚睁大眼睛，又问了一遍。

“不知道啊，我去，”丛邵东也一脸的莫名其妙，却不慌不忙，还有心思和她打趣道，“怎么每次你一在车上，车就出事呢？！”

“我——”关柚瞠目结舌，笑道，“狗屁！”

“欸，怎么还骂人？”他佯装严肃地皱起眉头，把车停到路边，打起了双闪灯。

看他又在高速路边下了车，关柚担心地也连忙跟下去，只见他打开了车的引擎盖，正伸着手，试着温度。

“引擎过热？”她走到他身边，仰起头看着他。

“不知道，可能是。”他下意识地把她往里推了推，掏出手机开始打电话。

高速公路上的车在他们旁边一辆接一辆地飞驰而过；天色渐渐暗下去，透彻的蓝色在天空一点点变深，而云的洁白也渐渐淡了下去。

看他放下电话，拉开车门，她问他：“怎么说？”

“可以叫道路救援，”他皱着眉头，拿出一个还有少半瓶水的矿泉水瓶，一饮而尽，然后打开副驾的车门，“你先上车。”

“嗯？”她坐进去，回头看他。

“哎呀，”他不好意思地转过身，“我上个厕所。”

“用……瓶子上厕所？”她狐疑地指了指他手里的瓶子。

“嗯，”他似笑非笑地撇撇嘴，拿她没办法，“不然……不然会尿到自己。”

关柚扑哧一下笑出来：“这都什么逻辑！”

等他上车后，车子竟然真的成功启动了！

“怎么样！”他得意地朝她一笑，“哥的判断还是很准的吧！”

“切，”她笑道，“你别再乱搞啊！离旧金山还有两个小时呢！”

他点点头，打了个哈欠，打了转向灯，准备重新上高速。

“累不累？”她看着他疲惫的神情，犹豫地问道，“要不……我来开吧。”

“你？”他转头睁大了眼，“你……行吗？”

“没问题……吧？”她也不太自信地笑笑，但又想帮他分担，便壮着胆子说，“应该OK！驾照也不是白拿的啊。”

他想了想，笑着点了点头，两人便交换了位置。

开着他的车，飙到90迈，奔驰在加州的高速上，关柚有种放飞的感觉，但心里其实怦怦地在打着鼓，连踩油门的腿都有点抖。

“别紧张，看前面，”他淡淡地鼓励她，顺手切了首歌。

“嗯，”她瞥了一眼歌名——《Shape of You》，“怎么又是这首……一路上已经听三遍啦……”

“好听啊！”他往后靠了靠，舒展了一下身体，满足地笑了笑。

几首歌过去，关柚的心情平复了一点，再看向他的时候，他已经头歪在一边，安静地睡着了。她心里好笑地勾一勾嘴角——这么相信我的开车技术吗？第一次让我开高速，就这么放心地睡着了？看着他的睡颜，像孩子一样恬静，没有了平时的冷漠和凌厉。她心里一暖，忍不住腾出右手，轻轻摸了摸他的头发。

“啊！”她忽然低声惊叫一声——哇，好险！差点撞到旁边的车。她惊魂未定——看来开车还是要一心一意啊！重新打起精神，为了自己和他的安全……她一定可以的！她鼓励自己。

导航上的时间和路途在一点点缩短——还有半个小时……快到了，快到了……

车子停靠在加油站；她下车加油的时候，他醒了。

“睡醒啦？”她放下油枪——这是她第一次自己加油。本来是手足无措的，但又不忍心叫醒他，只能自己下车，看着标识在尝试。

“嗯，睡醒了。”他又打了个哈欠，走下车，进了驾驶座，“我来开吧。”

她看着夜光中他的笑颜，淡淡地笑了笑，走上车。

一转弯，金门大桥就赫然出现在眼前了：红色的铁锁，蜿蜒着，屹立在海上，而车的轮胎上桥后发出了一种不同材料的摩擦声。

“哇，到啦！”她兴奋地降下车窗，趴在窗户上感受着北加州的风——

她……到他的城市了。

第二天清晨，关柚睡得迷迷糊糊的时候听到车钥匙开锁的声音配合着有节奏的音乐响起来——是丛邵东用的 Shawn Mendes 的《Treat You Better》的闹钟。

他按掉闹钟，新的一天又开始了。

“起床啦！”关柚坐起来，揉着眼睛，推醒隔壁床的丛邵东——一切好像又回到了去年暑假的时候。

“嗯。”他含混不清地应答着，翻了个身，又昏昏沉沉地睡了过去。

“今天晚上不是约了 Kevin 哥吗？”她走进洗手间，洗漱化妆。

“嗯，”他睡眼蒙眬地起来，“对，他从戴维斯过来找我们。”

“那白天去干吗？”她从洗手间蹦出来，兴趣盎然地看看他。

“你想去哪啊？”他笑笑，翻身下床，“就看公主殿下的意思了。”

晚上七点，关柚跟在丛邵东身后，走进了所谓伯克利著名的北方佳香餐馆——据说这里不到年龄也可以喝酒。老板娘人很好，根本不查学生 ID。

“早就按捺不住要喝酒了吧？”丛邵东忍着笑，指了指菜单上的玉米日本豆腐。

“又是豆腐？！”关柚好笑地摇了摇头，要了一瓶燕京啤酒。

“又是燕京？”丛邵东不甘示弱，也笑道。

“怎么？”她勾一勾嘴角，“有意见？”

“不敢不敢。”他连连摇头。

Kevin 坐在对面，和服务员对视了一眼，忍不住摇头：“喂，我说，你们俩……”

“嗯？”丛邵东一脸天真无邪地抬起头，“我要一罐旺仔牛奶。”

“旺仔牛奶？”关柚又接话，“嗯，挺适合你的。”

Kevin 和服务员再一次对视，纷纷无奈地笑了笑。

上了菜，餐馆里的人也多起来。关柚吃着自己最喜欢的番茄炒蛋，笑得十分满意。

“哎，Jessie，”Kevin 夹了口菜，看了看关柚，“你大学去哪里啊？”

“还不知道，”关柚喝了口酒，嘟着嘴，摇了摇头，“看哪里要我吧……”

“那现在录了哪里？”

“嗯……”关柚嘴里塞满了东西，“现在最好的……UCSB 吧……”

“转学去南加吧！”Kevin 不假思索地又转向丛邵东，打趣道——

从邵东和关柚相视一笑。

这个小动作自然没逃过 Kevin 的眼睛——他还能说什么呢？只得无奈地摇了摇头。

吃完晚饭，Kevin 还要赶回学校，便先走了，只剩下从邵东和关柚，应关柚的要求去了金门大桥。

“其实……”关柚跟着从邵东走上山，“这是不是离西雅图已经很近了啊？”

从邵东瞪大眼睛：“小姐，旧金山离西雅图……比洛杉矶到旧金山还远……”

“啊？真的吗？”她本以为西海岸的城市都是一条线上的，都很近。

“嗯，”他笑着点点头，指了指前面的风景，“你看，旧金山最好的观景台到了。”

金门大桥就在左前方的不远处，腾云驾雾地隐藏在若隐若现、薄雾笼罩的山脚下。

关柚站定脚步，随手拍了张照片，回头笑着看他：“你说，我要不要跟学校申请延长一天假期？”

“嗯？”他跟过来，“什么理由呢？”

“嗯……”她想了想，眨眨眼睛，调皮地笑道，“没有理由，不想回了！”

他微笑着，摇摇头：“任性。”

“哼，”她转过身，“是啊，不回了，就赖着你了。”

“真的吗？”他忽然起了兴致，一把揽过她，“那你住哪？”

山上的风一阵阵吹过来，吹得关柚的长发在空中飘着，也吹起了从邵东的衣衫。

他用外套裹住她，问道：“冷吗？”

这里除了风声和他们的呼吸声，似乎并没有其他人。

云被风吹散了，关柚的呼吸也好像慢了一拍似的。

她闭上眼睛，忽然好留恋他的温度，轻轻摇了摇头，想说“不冷，有你在的地方都不冷”——但她没说出口。

他抱着她的手臂又紧了一点。在山上，在金门大桥上，在海上，在云的下面，天空的下面……他闭上眼睛——如果这一刻就此静止，他们也会一直被绑在一起吗？

也不知道两人这样抱了多久，直到天色都开始发黑了，身后忽然传来脚步声。

从邵东警觉地放开关柚，一转头，却看到一个穿着帽衫的白人女孩走过来。

“嗨，”她友好地笑笑，又有些不好意思地眨眨眼睛，“我……不是想打扰你们啊，但我刚刚用拍立得拍风景，刚好拍到了你们——”她递上一张照片。

“欸，”从邵东伸手接过，看到照片上的他和关柚，相拥着对视；虽然并不清晰，但两人的笑意却被看得清清楚楚。

“哇……”关柚惊呆地感叹——这可真是意外的惊喜啊，“谢谢你啊！”她看着白人女孩，连忙道谢。

“不客气，”女孩莞尔一笑，看了看她，留下了一句，“You're such a cute couple!（你们真是一对甜蜜的情侣）”

看着女孩离开的背影，丛邵东却愣了愣……couple?

关柚微微眯起眼睛，偷偷看了看他——他们……什么时候才会成为一对couple？又或者……他们会吗？

望着手中的拍立得，时光停留在夕阳落下前的最后一刻；里面的两人，笑容还是那么灿烂而耀眼。

关柚说到做到——说了要申请延长一天假期，还真就给学校发了邮件，又临时改签了机票去西雅图；学校显然对这个决定是十分不满意的，可……还有一个月就要毕业了，只要不是严重违规，关柚才不在乎！

临行前的最后一晚，中餐馆里，丛邵东和关柚相对而坐。

白菜豆腐蒸汽锅冒着腾腾的热气，隔在两人中间，白气断断续续地飘上来，遮住了互相视野里的对方。

关柚盯着白气下丛邵东一晃一晃的脸，灯光明亮，也看不到外面的天色了。她低头握着手里的筷子：“所以……最后一晚了？”

“……嗯。”他喝了口水，喉结动了动，微微皱了一下眉。

看他丝毫没有要提两人关系的意思，她失落地放下筷子，托着腮，看着桌上的菜。

“怎么不吃？”他看了看她，“不饿吗？”

她呆呆地听着他的问话，心中有种愤怒，又有种悲伤——所以，他是从来没思考过这个问题吗？

她怎么了？他心中隐隐感到她的不快，却说不上来，又下意识地在回避。

“你怎么了？”他犹豫着问。

她叹了口气：“丛邵东，你……”她闭了闭眼睛，隔着一晃一晃的热气，凝视着他的脸，“所以我们……现在算是什么关系？”

“欸？”他一愣，没料到她会忽然提起这种尖锐的问题，不自觉地推托道，“你……我们先吃饭，行不行？”

“不行！”原本还支支吾吾的关柚听到他这样模棱两可的回答，怒火一下子蹿了上来，“你什么意思啊，丛邵东？”

“啊？”他更加为难地看着她，“欸，你别激动啊……先吃饭嘛。”

“可我明天就走了，”她不想退让，心里空洞地打着鼓——其实看着他的态度，她的心已经凉了半截。

他皱着眉头，心脏也怦怦地跳得快了一点，轻轻捏了捏眉心，放下筷子：“你想问什么？”

“我们现在什么关系？我在你心里到底算什么？”她深吸一口气，声音颤抖着，很是委屈。

他痛苦地闭了闭眼——他实在不知道怎么回答，“就……朋友？——也可能比朋友多一些，但是……”女朋友三个字其实很多次就在嘴边，但这三个字于他而言，从来不是轻飘飘的空头支票，也不是今朝有酒今朝醉，而是沉重的承诺。

关柚的眼圈红了，眼里几乎要滑出泪水。

“欸，你别……别激动，别哭啊，不是，”他手足无措地想哄她，但自己心里其实也已经乱成了一团麻，“我是说……你让我想一下？”他试探着问道。

两行眼泪滑了下来，但又马上被她用手背抹掉。

他静静地看着她——这是……她第一次在他面前哭吗？！

孤单的时候，她神情怯生生的，但她没哭；被 Rose 当众泼可乐的时候，她红着眼圈握紧了拳头，可她也没哭；申请大学、数学竞赛、路遇爆胎……每次紧张、压力大的时候，即使急得团团转，她也没有因害怕而哭泣过。

“好，”她缓缓开口道，叹了口气，重新望着他的双眼，步步紧逼，“你要想多久？”

“吃完饭！”他连忙保证道，“吃完这顿饭我就答复你。”

“好，”她狠狠地点了点头，忽然对着空气大喊一声，“服务员！”

“欸，你干什么？！”他吓了一跳，生怕她就此买单走人，“你别——”

“你好，小姐。”服务员来的速度还真快。

关柚竟然笑了笑，眼睛鼻子都红红的，转脸问道：“你们这里……有什么是辣的菜？”她认真地盯着服务员，一字一句地说，“最辣的那种。”

“啊？”丛邵东一愣，连连摆手，“你——我吃不了辣的啊，你又不是不知道……你要吃？那……你要吃你就点……”他声音越来越小，小心翼翼地弱下去，嘟囔着。

服务员满脸为难地看了看丛邵东，又转向关柚：“呃……有辣子鸡……水煮鱼、麻辣牛蛙、小炒肉、麻婆豆腐……”

“哪个最辣？”关柚打断他，直截了当地问，“我就要最辣的。”

“呃，”服务员语塞，看着她怪异的行为，一头雾水，“那……那就水煮鱼吧？”他也不是很确定地回答道，“可以做三重辣的……”说完又偷偷瞥了一眼丛邵东。

“好，”关柚一把拍下菜单，“就水煮鱼，三重辣——要做到最辣！”

服务员记下，转身走了。

丛邵东皱着眉头，抿了抿嘴，几次想说话又咽了回去。

关柚一会儿低着头，一会儿又时而假装不经意地望向周围和窗外，但眼神实际上是在默默观察着他——她倒要看看，是谁先开口。

餐厅里的背景音乐忽然从不起眼的纯音乐切换到流行歌曲了。吉他有节奏的扫弦响起了，紧接着一个女声唱了起来：

该怎么去形容你最贴切

拿什么跟你作比较才算特别

对你的感觉 / 强烈

却又不太了解 / 只凭直觉

“怎么……怎么突然想吃辣的？”丛邵东清了清嗓子，声音沙哑地问道。在喧嚣的背景下，他的声音模模糊糊的，让人有些听不清。

“不是我吃，”关柚努力保持平静，装作漫不经心地笑了笑，抬眼直视他的双眸，“是给你点的。”

“我？！”他一惊，“不是，可我吃不了辣的啊……我一吃辣的就——”

“你不是要时间思考吗？”她抑制着胸中的憋闷，还是保持着那个带着泪光的微笑，“慢慢吃，不着急。”

“我……”丛邵东往后靠了靠，挠一挠头——她这是什么意思？“可我真的吃不了辣的啊……”他闭了闭眼睛，随后又睁开眼睛往前探了探身，为难的神色仿佛在求饶。

她的笑容淡了下去，一低头，眼泪还是猝不及防地就又掉下来了。

服务员来了，端上一盆冒着热气的水煮鱼，红色的辣汤咕嘟咕嘟地翻滚着：“您好，您的水煮鱼，请慢用。”

丛邵东嘴角一撇，一咬牙，叫住他：“等一下——麻烦……倒三杯冰水。”

“欸？”关柚和服务员同时转头，看着他，神情一愣。

他朝服务员点点头。

“什么意思？”她不解地看着他，擦干了眼泪，已经平静了很多。

他笑了笑："吃水煮鱼啊。"

她还是疑惑，微微眯起眼睛看着他。

三杯冰水端上了桌。

"这样我就可以吃了，"他轻描淡写地笑了笑，夹起一片红油包裹着的鱼片，放进了第一杯冰水，涮了涮，随后一口吃了下去。

关柚看着他一气呵成的动作惊呆了：

他一片接一片地吃着，神情痛苦得好似在受什么酷刑一样，眉头始终紧锁着，大口喘着气，时而张张嘴，时而灌冰水。

很快，两大杯冰水已经空了，而剩下的一杯——那哪里还是冰水？那分明是飘着红油的火锅汤，里面沉淀着原本正在融化的冰块，还有一些鱼肉的碎片。

没多久，他已经吃得满头大汗，甚至是气喘吁吁。

他偷偷抬起头看着她，而她正努力忍着眼泪。

发觉到他在看自己，她慌忙移开了目光。

"服务员，"丛邵东用牙齿咬着舌头，大口吸着气，"加十杯冰水！"

"啊？"服务员跑过来，以为自己听错了。

周围的其他客人纷纷好奇地看过来：相对而坐的是一个满头大汗的痛苦的丛邵东和一个满脸泪痕又流露着心疼的关柚。

"噢，好，好的……"服务员愣了一下之后马上回过神来，连忙点了点头。

"算了！"关柚打断他。

"没事。"他迅速回复，还是不断咬着嘴唇，吸着气，示意服务员去倒水。

"您的十杯冰水，"服务员来了——一、二、三、四……十杯冰水瞬间摆满了整张桌子。

然而很快，桌子又被空杯子和红油冰水堆满了。

……

如果日后回忆起这一晚，大概丛邵东和关柚都无法形容两人到底是怎么吃完了这顿饭，又回了酒店，一路无言。

直到第二天一早去机场的路上，丛邵东才又小心翼翼地看着从昨晚一直沉默到现在的她，扭头嘱咐道："到了西雅图，Jackie 会去接你，带你转转华大……"

"嗯。"她终于点了点头。

车子在加州的高速上以 90 迈的速度奔驰着……就像来的时候一样。可惜现在，是完全不同的心境了——是结束的气息。

她绝望地闭上眼睛，头靠在一边，假装睡着了。

一路上，从邵东都在纠结着该如何开口。

昨天晚上，他几乎一夜未眠，有时候翻身看看旁边黑暗中她的背影——是什么时候对她开始有了超越朋友的情愫的？开学初次见面的时候看到她羞涩的样子，说自己的名字叫关柚、柚子的柚？是国际生协会的第一次会议她当众抢了他的苹果？还是后来她脆弱的时候、努力的时候？或者也许是在北京的日子吧……他想了一夜也没想明白。

也不是不想在一起——这个问题其实他想过无数次，但现在的距离、未来三年的分离，这个承诺又谈何容易呢？如果万一……万一将来分手了，会不会连朋友也做不成呢？

关柚感到车速慢了下来，缓缓睁开眼睛，偷偷擦掉又渗出来的眼泪，映入眼帘的就是即将到达机场牌子：SF Airport，2 1/4 MILES。

车里的音乐动情地唱着，时间一分、一秒地过去……是离别的脚步。

车停了，她迅速拉开车门，径直走到后备厢，拒绝他的帮助。

“那我们……”她终于肯抬起头看着他，苦涩地笑了笑，“就此别过吧。”

他站在原地，张了张嘴，看着她话音还未落就急匆匆转过身离开的背影——

其实她是要赶在泪水像洪水决堤般涌出之前离开他。

她不想让他看到她最弱的样子。

他叹了口气，望着她的身影走进机场的自动门，趴在车顶上发呆，紧接着又把头埋进了臂弯。

直到机场的工作人员都凶巴巴地来催促他离开，他才急忙坐回驾驶舱。

车子轰的一声重新启动了，轮胎缓缓摩擦着地面，很不情愿地驶出了机场。

再见……是再也不见的意思吗？

他忽然又后悔起来，狠狠地砸了两下方向盘——自己为什么这么懦弱呢？！其实就像吃辣椒一样简单吧？明明一狠心就可以问出那句话吧……女朋友三个字就那么难吗？

飞机起飞的时候，关柚整个人有种腾空的感觉，紧接着地面上的楼、车，这些平日里的庞然大物也就都看起来像虫子一样渺小了。

她的眼泪再一次流了下来。

她戴上耳机，音乐开到了最大。

I knew I loved you then

But you' d never know

Cause I played it cool when I was scared of letting go

I knew I needed you

But I never showed

I wanna stay with you until we' re grey and old

Just say you won' t let go

Just say you won' t let go……

再见了，旧金山。她心里默默念着。

再见了……从邵东。

# 再见雪都

5月8日那天，范德堡的 Waitlist 出了结果——关柚被录取了。

她收到邮件的时候起初不敢打开，但当她跑到信箱看到里面静静躺着的那封信——范德堡的校徽赫然映入眼帘。不用看，她便知道，一定是录取信！因为拒信是不会再特意单独寄过来的。

她一下子有些感动，又有些茫然。她觉得自己这一年每天都很努力，但同时又觉得，这么多年，自己学着也玩着，似乎又没有达到排名前十五的大学那个标准。

谢诚和王沐成都录取了 UC 戴维斯；杨景涛录取了 UIUC，要和吴与路他们做同学了；而康俊文则还在等纽约大学的消息。关于杨景涛的去向，其实关柚有些替他惋惜。他挺聪明，但不够努力；可抛开这些不说，这一年……生活对杨景涛也确实是残酷了一些。

和从邵东……已经两周没什么联系了。

他发过两次信息，但她没回。

这两周她过得很平静，享受着静静的喜悦和成就感，混合着细微的离别的悲伤；没有像熬过寒冬时那样对他撕心裂肺的想念了……虽然还是会时常想起，也时常怀念。

但是否真的谁没有了谁生活都会继续呢？他们……真的就从此形同陌路了吗？

五月中旬的时候，学校就已经结课了。按照每年的传统惯例，最后的三周没有课，而是学生自主选一个课题，完成自己的一个小项目，最后有一个成品展示——这通常是学生们一年里最喜欢的时段，因为没有课，也没有考试。

小镇仿佛是没有春天一样，每年都如此：严冬一过去，积雪好像一夜之间就能融化，气温可以在两天之内就从只有几度一下子上升到将近三十度。

随之而来的是 senior trip、舞会，然后就是毕业典礼了。

当然，篮球赛季也是春季的保留节目，不过……篮球场上飞跃的身影里不再有他了。

今年的 senior trip，在大家的投票下，关柚的年级去了附近的一个游乐场；和最好的几个朋友 Liz、Marie、Hazel、Megan、Jenny 一起，这一天，她玩得很开心。

然而，接下来的舞会，关柚并没有接受同年级的美国同学、韩国同学或是西班牙同学的邀请，也没有接杨景涛提议的话茬；去年从邵东的毕业舞会没有邀请她始终是她心里过不去的一个坎。但毕业舞会（prom）这种东西，四年一次，怎么说也应该是高中里最美好的回忆。因此，关柚邀请了一个初中时代的现在在波士顿上大学的好友——似乎这样只和女生去舞会而拒绝所有男生的感觉可以弥补她心中曾经的遗憾，又好像是留住了一个幻想中和他在一起的永恒。

周五这天，交完最后一篇英语读书读后感，关柚终于正式完成了高中生涯的学业。

“嘿嘿，”Jordan 竟然诡异地一笑，“看你的 snapchat，我给你发了个东西。”

“嗯？”关柚打开手机，“shit express？”她挑了挑眉毛，扑哧一下笑出来，狐疑地看着 Jordan。

“哈哈哈哈，”Jordan 大笑，凑了过去，点开自己发给关柚的链接，“你看，你可以选任意一种动物的屎、选择 size 大小、新鲜程度……最后可以送货上门——专治你讨厌的人。”

“我的天，”关柚笑倒在床上，“还有这种操作的吗！”

Jordan 爬回到自己的床上，笑道，“是啊，还有什么讨厌的人？我帮你一起搞定！”

手机震动了起来——是爸妈！今天是他们要到小镇的日子。

明天就是毕业典礼了。

“你们在哪儿呢？”关柚急忙穿上鞋，激动地朝 Jordan 挥了挥手，向外跑去。

“柚柚！”

她老远就听到妈妈的声音。她站在食堂旁边的那棵老槐树下面，过一条街就是古老的爬满了碧绿爬山虎的教学楼；再往下，穿过草地，就是学校的 field hockey 场，然后下了小山坡就是船屋、甲板和湖了。

蓝天白云很明亮——夏天终于到了。

爸爸妈妈站在一起，和身旁的人交谈着。看那个男孩瘦瘦高高的身影，穿着黑色 T 恤和短裤，还戴了一顶棒球帽——那分明就是杨景涛。

“柚柚，”杨景涛的妈妈笑眯眯地转过身来看着她，样子有些憔悴，人似乎比三年前瘦了一些；但她精神还是好的，容颜焕发着光彩。她旁边的人是杨景涛的舅舅；他爸爸并没有来。“哎，今天还多亏了你爸妈呢，”她不好意思地笑笑，“我出了机场才发现没带驾照！幸亏你爸妈和我落地时间差不多，我就赶紧给你妈妈打电话……后来还是你爸妈，本来已经开出机场都半个小时了，又返回来接我……”

关柚忍不住笑了出来——原来杨景涛丢三落四的毛病是这样来的。

“笑什么！”杨景涛翻翻白眼，看着关柚摇摇头。两人相对而立的样子就如同第一次见面时的场景。

“我们是不是见过？”他看到关柚后停住了脚步，率先开口。

“好像是见过……在机场！”关柚睁大眼睛，又犹豫着回答。

“啊，是你！”他笑了，笑容绽放的一瞬间暖得可以媲美正午的太阳。

“是啊，这也太巧了吧！”关柚惊喜地大笑，“你叫什么名字？”

“我叫杨景涛，Ben，你呢？”

“我叫关柚，柚子的柚，英文名叫 Jessie。”关柚的嘴角咧得很大，颇有种他乡遇故知的感觉。

“要不要去湖边走走？”杨景涛转头问妈妈。

“好啊，好啊。”他妈妈连连点头。

杨景涛和关柚并排走在前面，四个大人走在后面。

“学校里的花都开了呢，你看，”关柚的妈妈笑道，“白的、粉的……”

“是啊，”杨景涛的妈妈接话，拿出手机拍着照片，“还很香呢。”

鸟在树枝间飞着，偶尔叽叽喳喳地叫几句。马路上的车开始多了起来，有条不紊地通行着。湖水远远看去是蓝色的一片，望不到头，耳边同时充斥着的是蝉鸣的声音。

这座小镇是个度假小镇，冬天的时候就是冰雪王国，有点寒窗苦读的意味；但到了夏天，太阳暖了，温度回升了，冰雪融化了，人多起来了，就热闹起来了。

“王沐成和谢诚的爸妈也来了吧？”关柚转头问杨景涛。

“我刚才都看见王沐成他爸妈了，”杨景涛点点头，“谢诚他爸妈才不会这么早来呢——”

“噢，对哦，”关柚想起来，“他家就在波士顿附近，开过来也就一个小时。”

“嗯，”杨景涛赞同道，“是啊，所以他们明早才来。”

一行人有说有笑地沿着湖边的小径走着，那里有废弃的铁轨，还有露天的篮球场。看着熟悉的一草一木，关柚想起他们几个人一起来踏青的场景。

“你看，”她笑着指指湖边的一处长椅，“记得吗，谢诚和林想——”

“哇，”杨景涛大笑，“怎么能不记得！谢诚这家伙，说什么给我们庆祝，明明就是自己带女朋友来谈恋爱的……”

林想开心地掏出口袋里的耳机，自己戴上一只，把另一只塞进了谢诚的耳朵里。她笑嘻嘻地，刚要继续往前散步，却被谢诚一把拉回来。

“嗯？”她怔了一下，还来不及说话，就被谢诚一低头吻了上去。

“哇啊啊！”

“嚯！”

烧烤摊旁边看着热闹的几人纷纷叫了起来。

看看身边的几人，王沐成直呼：“他提议来给你们送行啊庆祝的，我看他是自己来秀恩爱的吧！”

关柚也大喊道：“喂，湖边那两位！再不来吃饭烤肉都凉透啦！”

众人纷纷笑起来。

笑着笑着，杨景涛忽然神色又闪过一丝黯淡：“这也是我以前和杨萱经常来的地方……”

“嗯，”关柚闷声点点头，早就猜到了他会触景生情，但她何尝不是呢？那个篮球场……就在眼前，那是她第一次看到丛邵东的地方。

“欸！你看，那竟然有个篮球场！”关柚惊觉。

杨景涛顺着她的目光看过去——还真是呢，湖边的篮球场。还有个人在打球？

那人远远的，一下一下有律动似的拍着球，不停息地奔跑着，走近些似乎能看到他的脸——是个亚洲人，看起来皮肤黝黑，身材高大。

“Joey!”他的同伴叫他，用英文说着些什么。他好像摇了摇头，没说什么话，只是沉默地继续独自打着篮球，背拱起来的样子逆着光，像一道剪影。

关柚被那孤独的身影吸引，有点看得入迷。

“年年岁岁花相似，岁岁年年人不同啊。”关柚看着天边的橘红色云彩再一次爬上来，蔓延开来，而波光粼粼的湖水卷着细浪一次次涌上来拍打着沙滩，不禁淡淡地感叹。

“嗨，伤感啥，”杨景涛回过神来，浅浅笑道，“可惜 Kelly 她妈没来啊。”

“嗯？”关柚想了想，也笑起来。

两人回头，看了看后面一米开外的家长们，挥挥手：“你们走快点呀！”

“来了！”关柚的爸爸也挥挥手。

三年前……不也正是这样类似的景象吗？

“一转眼也是三年过去了啊，都是毕业生了。”家长们说笑着，迎面走来。

身后的微风吹起，树枝哗啦啦地发出一阵响，紧接着又一阵鸟拍打羽毛的声音传了出来。

一只鸟飞上了天空。

星期六早上八点，钢琴和吉他纯音乐伴奏的悠扬在会场上不紧不慢地播放着——今年是学校首次尝试室外的毕业典礼，在校园正中间的 field hockey 场地上，在教学楼和湖之间。幸好，天公作美，是个艳阳高照的好天气。

回想这几天的日子，和王沐成、谢诚最后一次去了稻草人吃中餐；和 Kelly、林想、Ava 最后一次去了冻酸奶店；和 Liz、Marie、Hazel、Megan 最后一次集体去了 Liz 家 sleepover；和室友 Jordan、Erin 在毕业典礼的前夜最后一次开着音乐清理她们乱得没有地方下脚的房间，然后彻夜长聊……

关柚穿着毕业袍，按照老师排的顺序，前面是 Jordan，后面是 Liz——也真是巧了！毕业生随着风笛声入场之后在前排坐下，她就正好坐在自己两个最好的朋友中间。

回望身后，众多学弟学妹，清一色的西装衬衫、白裙子——三年前第一次参加毕业典礼时的样子她记忆犹新。而现在，竟然是她自己的毕业典礼了。

校长走上台开始讲话了，紧接着就是宣布毕业生名单，然后看着一个一个毕业生排着队走上台去，和校长握手、领取毕业证书。

作为优秀毕业生的代表，关柚有幸走上毕业典礼的主席台演讲：

A lot of times, people ask me ‘where are you from’ or ‘when did you start learning English’. I had been learning English for over 10 years by the time I came here as a sophomore, but I found myself still couldn’t understand when someone said ‘what’s up’ to me. According to my text book, ‘what’s up’ means ‘what’s wrong’. So I got confused: why would someone ask me ‘what’s wrong’ when they saw me? There was nothing wrong.

看着台下的校长、老师、家长、校友、同学、学弟学妹……她面带笑容侃侃而谈，讲起自己初来美国时听不懂美国人地道的俚语表达方式时的困惑、不会用厕所水龙头或是不会买地铁票时的尴尬、第一次自己坐飞机搬行李却因为未满 18 岁还无法入住酒店时的恐慌……如今，这些经历仿佛都是看着相册所回忆起的一幕幕趣事，几年的成长，辛苦和泪水，也都浓缩在了这样一个从容的微笑背后。

当然，感谢的话是少不了的——还真不是她一贯最讨厌的客套，而是，出乎意料地发自内心的真诚。

“我感谢我的父亲，当我历史测验只考了 41 分，他说的唯一一句话就是让我好好休息，下次会更好；我感谢我的老师，在我失落的时候会给我一个拥抱，在我要去大学面试的时候在暴风雪里开车带我去两个小时以外的面试地点并在路上陪我不停地演练；我感谢我的宿管，总是在我深夜学习的时候带来小点心，让我觉得在这个零度（华氏度）的冬天都感到十分温暖；我还感谢我的朋友们，帮我改过英语论文，借过我西服和裙子，陪我一起唱过歌买过饭，也和我一起逃过课骗过宿管……”

听着这些肺腑之言和诚实的认罪，底下的老师家长们都笑了起来，关柚却红着眼眶。

嗞、嗞。

观众席上，关柚的手机震动了两下。

谢诚隔着两排看到她空座位上亮起的手机，没太注意，却一瞬间也恍了神，想着自己这几年的历练……大概和她有不少相似之处吧。

“讲得还挺好的。”耳边传来王沐成的声音。

谢诚偏过头去，笑道：“难得啊，老王开一次金口夸人了。”

“哈哈，”王沐成摇了摇头，感叹起来，“时间过得真快。”

演讲接近尾声了。

关柚深吸一口气，抬头望了望湛蓝的天空，看着下面密密麻麻的脑袋，铿锵有力地讲出了自己的最后一段：

It’s okay to feel awkward, to sometimes feel lost, to cry when you just can’t finish your homework on time, to argue with your roommate but eventually be fine again. Andit’s okay to not be perfect, because we are all different people.

Let me end my speech with a quote from one of Rihanna's songs: "When the door closes, you have two choices. Give up, or keep going. Let them shut you down, or prove them wrong. We all start somewhere.

雷鸣般的掌声中，关柚走下舞台。两个小时后，音乐再次响起。

在散场的人群里，她掏出手机，是康俊文的信息——他录取 NYU 了！

“照个相吗？”吉他男孩 Zac 走过来。

“当然啊！”她开心地点头答应。

“谢诚！”林想举着相机，靠到谢诚身边。

“来，我给你们照！”Kelly 凑了过来。

“等会儿大家一起照一个吧！”John 笑嘻嘻地走过来建议道，看着面前的关柚、杨景涛、谢诚、王沐成、林想、Kelly……

“可以可以！”Ava 也兴奋地跑过来，身后紧跟着两三个其他中国人低年级新生，“我也帮你们照！”

“肖恩呢？要不要叫他？”谢诚环顾四周，想起同年级的另一个人。

杨景涛跟着张望，却看到远处的杨萱在和几个美国人谈笑风生，正往宿舍走去。

“Jessie！”关柚一转头，看到 Liz、Marie 她们几个正在一堆中国人之外等着自己，晃了晃手里的手机，“来照毕业照呀！”

“好的好的！”她绽放出一个灿烂的笑容，“马上！”随后催促着身边的人。

和 Liz 她们也照完相后，她才匆匆跑去找爸妈——和他们还没合个影呢！

“真热闹啊。”谢诚按照学校的传统，在会场的出口买了一支雪茄，点燃。

“是啊，”王沐成笑呵呵的，回想着三年来每一次上课、打球、和大家打打闹闹；也有躲避宿管、上课睡着，还有……“欸，记得吗，你和康俊文中午溜回宿舍打游戏、看动漫，结果惊动了宿管的狗那次！”

“哈哈哈哈，”谢诚笑得被一口烟呛到，“还有帮关柚偷卷子、看数学竞赛的名单那次！咱们四个，真的，这叫什么？久经沙场、战无不胜，太勇猛了！”

王沐成笑着摇摇头：“我看是惊心动魄还差不多吧！”

感觉到口袋里的手机又震动了，关柚笑笑，对爸妈说：“你们等我一下啊，我去接个电话。”结果掏出手机，看到屏幕上的来电显示——丛邵东。

接还是不接呢？

她思索着，在嘈杂的人群中辟出一条路来，下意识地走到僻静的角落——唉，也一个月没联系了呢……算了，接吧！看在毕业典礼的分上……就……其实也是可以做个朋友的？可能的确因为毕业的缘故，她心情很爽朗，也挺平和。

深吸一口气，她按下接听键："喂？"

"喂？"他的声音顿了半拍，"嗯……恭喜，毕业快乐。"

她笑了笑："谢谢。"

他轻轻咳了一声，随后低沉的声音又传了出来："我想好了，我们……"

关柚的心提到了嗓子眼——

心里像是漏掉了一拍，回忆在这一瞬间又涌现出来了，充斥着整个大脑。她眼圈又红润了，有点感动，又有点无奈。如果说四月的时候冲动的是她，但现在真的毕业了，面对着不确定的未来和至少四年的分离，她还有没有感情用事的勇气呢？

"要不还是算了。"她擦了擦眼泪，叹了口气，一狠心，吐出一句话。

"欸？"电话那头的他一惊，立马反驳，"不行啊，这怎么行呢？这不公平！"

望着熙熙攘攘的人群，身边是一片欢腾的海洋，爸妈和其他家长老师就在不远处聊着天，自己的那几个朋友也都在身边。

似乎是感受到了她的目光，谢诚抬起头朝她这边看了一眼。她摆摆手，示意他自己没事，但谢诚还是不放心地笑了笑之后又朝她走了过来，在人群中穿梭着。

站在这个相对安静的小角落，往后一步是阴影，往前一步是阳光；但即使安静了许多，每一个角落在大的环境之下，也逃不过被同化的命运。

从邵东在房间里踱着步子，听着她那边的沉默，没有说话声，只有背景里的嘈杂，忍不住紧张起来。

窗外的阳光有点刺眼。

"喂？"他试探着又问了一遍，手心出了点汗似的。

"嗯，"她低下头，笑了笑，又抬头向前走去，望着喧嚣的人群，"要不……"

车离开小镇的时候，关柚心中没有太多不舍，只有种淡淡的对回忆的感激、对生活的敬畏。也可能 Kevin 说的是对的，刚毕业的时候心里都轻松得很，好像一块石头落地了，包袱放下了，以为自己真的长大了，但过一段时间，或是过很久，有时不经意间又突然也会挺想念的。不管怎么说，人都是念旧的吧。想起很多经历，和身边的朋友一一拥抱告别的时候，还是难免有些伤感的。

把几个笨重的大箱子搬上车的后备厢的时候，初来美国时的那种感觉又乍现了：三年前的八月，在首都机场看着爸爸把自己的大箱子搬上行李托运柜台的传送带时，她问自己，这就真的要走了？三年后的今天，再一次离开，自己把自己的行李打包、装箱、抬下楼、再扔进车……从美国回北京，这就真的又要走了？

汽车启动的瞬间，发动机发出一阵轰鸣的声响，紧接着，车窗外的学校就渐渐模糊成一条线，然后小镇也在高速公路边逐渐远去了。

窗外是绿油油的一片。

她打开车窗，用手感受着夏日正午的阳光晒过的空气和氤氲着热浪的淡淡的光——这是雪都的夏天。她用手遮住眼睛，微微晃动，在阳光和阴影中游走。

离开，也许是一个新的开始吧？

她笑了笑，心里默念道：再见了，雪都。

再见了……那些和雪都有关的人和日子。

Cigarette Daydreams– Cage The Elephant

Did you stand there all alone?
Oh I cannot explain what's going down
I can see you standing next to me
In and out somewhere else right now
You sigh, look away
I can see it clear as day
Close your eyes, so afraid
Hide behind that baby face
Do do do do do do

You can drive all night
Looking for the answers in the pouring rain
You wanna find peace of mind
Looking for the answer

Funny how it seems like yesterday
As I recall you were looking out of place
Gathered up your things and slipped away
No time at all I followed you into the hall
Cigarette daydream
You were only seventeen
So sweet with a mean streak
Nearly brought me to my knees
Do do do do do do

…………